KB068012

팔려 온 신부 1

팔려 온 신부

1

이여운 장편소설

1권

| 차례 |

2권

제 1 장

오백 냥 신부

침잠한 어둠이 모든 걸 삼켜버린 캄캄한 밤, 세상을 밝히는 건 지옥
불보다 더 무서운 홍등 불뿐이었다.

기루인 취향관이었다.

"아부지! 싫어요!"

"잔말 말고 따라와!"

아버지의 힘은 어린 은홍이 감당하기에는 너무도 억셌다. 아무리 힘
을 주어 도망치려고 해도 아버지의 손이 악귀처럼 그녀를 붙잡고 끌어
당겼다. 노름판에서 빚을 진 아버지는 그녀를 기방에 팔아 돈을 마련하
려고 했다. 내일까지 돈을 못 갚으면 아버지의 손이 잘린다고 했다. 그건
무서운 일이었지만, 기방에 팔리는 건 그녀에게 더 무서운 일이었다.

"제가 돈 갚을게요. 뭐든 해서 갚을 테니까……."

"그러니까 네 몸으로 갚으라고! 네 몸뚱이 말고 쓸모 있는 게 뭐가 있
단 말이여."

아무리 자기 손이 잘리는 게 무섭다고, 자기 핏줄에게 몸을 팔라고
말하는 아버지가 은홍은 너무도 원망스럽고 무서웠다.

"엉엉. 아부지, 제발요!"

그녀가 아무리 애원해도 아버지는 기어코 그녀를 기방 대문 앞까지

끌고 갔다.

기방 문을 지키고 있던 청지기가 달려와 아버지를 야단쳤다.

"손님들 계시는데 이쪽으로 오시면 어쩌하나! 어서 뒷문 쪽으로 가시게."

그는 그녀가 살려달라 애원하고 우는 건 아무 상관하지 않고, 그저 그녀의 울음소리에 손님들 기분이 상할까만 걱정했다. 이곳에서는 술 마시고 돈 내는 이만 사람이었다. 그녀는 이곳에 팔리는 순간 사람으로 살 수 없을 것만 같았다.

"제발 살려주십시오!"

은홍은 청지기의 바짓가랑이를 붙잡고 사정했다. 놀란 청지기는 그녀를 떼어내려고 다리를 털었고, 아버지는 그녀를 뒷문으로 끌고 가려고 그녀의 팔을 잡아끌었다.

그래도 그녀는 살고자 하는 본능으로 청지기의 다리를 붙잡고 늘어졌다. 누구의 발인지 모를 험한 발길질이 그녀의 등에 가해졌다.

"이년아! 당장 떨어져!"

"딸을 잡을 생각인가! 그만 때리시오!"

아버지의 심한 발길질에 놀란 청지기가 오히려 그를 말렸다.

"거기 무슨 소란이냐!"

문 안쪽에서 카랑카랑한 목소리가 떨어지자, 청지기는 놀라 그대로 망부석이 되어버렸고, 아버지는 납작 바닥에 엎드렸다.

"아이고! 대행수 어른! 제 딸내미가 정신이 나가서 그런 것이오니, 제발 불쌍히 여겨 한 번만 봐주십시오!"

아버지에게 맞아 바닥에 쓰러져 있던 은홍은 힘겹게 고개를 들었다. 붉은 치마가 눈에 들어왔다. 아마도 그 치마의 주인이 이 기방 행수인 듯했다. 그 옆에는 사내의 발도 보였다. 비단옷을 입고 있는 걸 보니 기방의 손님인 듯했다. 어떻게든 얼굴을 보고 도와달라 사정하고 싶었는데 몸이 움직여지지 않았다.

'누구든, 제발 날 좀 살려주시오. 이곳은 싫소.'

절박한 애원은 미처 입 밖으로 나오지 못하고 그녀는 그대로 정신을 놓아버렸다.

끔벅끔벅, 은홍은 힘겹게 감긴 눈을 떴다.

그녀가 다시 정신을 차린 곳은 정갈하게 꾸며진 방 안이었다. 그녀의 집은 아니었다. 그녀의 집은 흙 떨어지는 바람벽 사이로 진짜 바람이 스며들 정도로 다 쓰러져가는 곳이었다. 이렇게 사창(紗窓) 앞에 놓인 와룡촛대에서조차 부유함이 느껴지는 대궐 같은 곳이 아니었다.

설마, 기방 안?

은홍은 놀라 일어나려다 등에서 느껴지는 고통에 신음을 흘렸다. 상처가 큰 듯싶었지만, 이곳에 가만히 있을 수는 없었다. 은홍은 힘겹게 몸을 움직여 문으로 기다시피 다가갔다.

드륵―.

그녀가 막 문에 손을 가져다 대는 순간, 문이 열렸다. 은홍은 놀라 고개를 들었다.

냉엄한 시선이 그녀를 내려다보고 있었다. 소나무처럼 우뚝 솟은 몸, 사내다운 날 선 턱선, 우직하게 닫힌 입술, 우아하게 뻗은 콧날, 사람을 해부하듯이 찌르는 눈빛.

"나리."

은홍의 얼굴에 화색이 일었다. 그녀가 아는 얼굴이었다. 그녀가 저자에서 짚신을 팔 때, 사주었던 적이 있는 이였다. 비단신을 신은 사내가 짚신을 사 가서 아주 또렷하게 기억하고 있었다. 폭우가 쏟아지던 날에 그녀를 집까지 바래다준 적도 있었다. 그러니 그는 나쁜 사람일 리 없었다.

"나리가 어찌……."

그곳이 기방이라고 여겼기에 그가 이곳에 있다는 게 믿을 수 없었다. 절대 이런 곳에 출입할 이로는 보이지 않았기에.

그가 천천히 한쪽 무릎을 꿇고는 바닥에 주저앉아 있는 그녀와 눈높이를 맞추었다.

"오백 냥."

그가 무슨 말을 하는지 알 수가 없었다. 짚신 값을 말하는 거라면 터무니없이 비쌌다. 그 돈이면 짚신이 아니라 이 집도 살 수 있을 것이었다.

"내가 그대를 사기 위해 그대 아비에게 준 돈이다."

그의 말에 은홍의 두 눈은 커진 채 얼어붙었다. 아비가 기어코 그녀를 기방에 판 것이라 여긴 은홍의 얼굴이 하얗게 질렸다.

굳어버린 그녀의 얼굴을 가만히 쳐다보던 그가 다시 입을 열었다.

"나는 장사꾼이라 계산은 절대 허투루 하지 않아."

선한 사람이라 여겼던 이가 이제는 세상에서 제일 무서운 이처럼 보였다. 그녀에게 기어코 기생질하며 살라는 말이 떨어질 것만 같았다.

사내의 큰 손이 그녀의 턱에 닿았다. 차가운 눈빛과 달리 손의 온기는 끓는 듯이 높았다.

"그 돈의 값어치를 다할 때까지 그대는 내 신부다."

그는 화룡 상단의 대행수 최태웅. 세상의 모든 걸 돈으로 사고팔던 그가 기어코 신부까지 돈으로 사버린 것이다.

태웅은 이번 변무사(辨誣使) 사행을 따라 청국 연경에 가서 팔게 될 인삼의 질을 꼼꼼하게 살펴보았다. 2천 근이나 되는 인삼을 싣고 연경까지 가는 일은 결코 쉬운 게 아니었다. 인삼은 상단에 가장 큰돈을 벌어주는 품목이었다.

"대행수 어른, 시윤 나리 오셨습니다."

서사가 고하는 말에 태웅은 바로 시윤이 기다리고 있다는 사랑채로 향했다.

시윤은 태웅이 상단과 상관없이 만나는 유일한 벗이었다. 서로 신분도 다르고, 성격도 다르고, 꿈도 달랐지만, 그건 두 사람에게 그리 중요한 문제가 되지 못했다.

그를 보자마자 시윤은 가장 듣기 싫은 말을 떠벌렸다. 동네방네 소문이라도 내듯이 말이다.

"태웅 이 사람아! 취향관 곽 행수에게 오백 냥을 뜯겼다면서? 자네 같은 장사 고수가 어쩌다 그런 사기를 당한 건가?"

'사기'라는 말에 태웅의 짙은 눈썹이 찌푸려졌다.

"오해이십니다."

말은 그리했지만 껄끄러운 건 여전했다.

그러니까 그 오백 냥이 어찌 된 것이냐 하면……

태웅은 지난밤 취향관 행수와 상단 손님의 접대에 대해 상의를 하려 취향관에 들렀다가 그 아이를 보게 되었다. 저자에서 물건을 파는 걸 본 적이 있는 아이였다. 그가 돈을 내고 산 적도 있기에 더 또렷이 기억하고 있었다. 그는 자신의 돈이 들어간 인연은 결코 잊는 법이 없었으니까. 그게 아무리 적은 돈이라 해도 말이다.

아이는 팔자가 사나웠는지, 아비의 손에 팔릴 상황에 부딪쳐 있었다. 어리고 얼굴이 반반하니 기방에 파는 게 가장 높은 가격을 받을 수 있을 것이기에 취향관으로 데려온 모양이었다.

"내가 그 아이를 사겠네."

아이는 손재주가 있었고, 그래서 차라리 기방 기생이 되는 것보다는 상단에서 일을 맡기는 게 더 나을 듯해 나선 것이었다.

처음 의도는 그러했다.

팔리게 되는 아이도, 돈을 내는 그도 손해 볼 것 없는 거래였다.

어차피 아비라는 자도 돈만 받으면 되었기에, 그의 앞에 넙죽 엎드리며 고맙다는 씨도 안 먹힐 인사를 했다.

거기까지는 괜찮았다. 문제는 그다음이었다.

"아니, 내가 살 것이오."

갑자기 취향관 곽 행수가 나선 것이었다.

태웅은 마뜩잖은 표정으로 곽 행수를 보았다. 화룡 상단은 취향관의 아주 거물 고객이었다. 그런데 왜 그의 거래에 소금을 뿌리는 것인가 싶었다.

아이는 얼굴이 반반했지만 못 먹어서인지 비쩍 마르고 어려 보였다. 거기다 지금은 그저 아비에게 맞고 기절한 불쌍한 아이일 뿐이었다.

그에게 안 보이는 기생으로서의 자질이 설마 곽 행수의 눈에는 보인

단 말인가?

"오십 냥에 오십 냥을 더 얹어줌세."

단번에 가격이 두 배로 뛰자 아이 아비의 두 눈에 광채가 일었다.

안 봐도 뻔했다. 아비는 당장 곽 행수에게 기절한 딸을 넘길 태세였다. 그대로 두면 아이는 빼도 박도 못하고 기생이 되어 사내들의 노리개로 평생을 살아야 할 것이었다.

화룡 상단 대행수로서 그러지 말았어야 했는데, 태웅은 돈 계산보다 말이 먼저 튀어나왔다.

"내 거기 오십 냥을 더 얹겠네."

거기서부터 계산이 틀어져서는 오백 냥까지 쭉 달린 것이었다. 그러니 정확히 말하면 곽 행수의 사기가 아니라 그의 바보짓이라고 해야 옳을 것이다.

"설마 오백 냥씩이나 준 아이를 상단에서 허드렛일이나 시킬 생각이오?"

처음엔 그럴 생각이었다. 오십 냥을 내겠다고 했을 때는 말이다.

"대행수가 그리 손해나는 장사를 하는 사람이었나?"

오십 냥 값어치도 몇 년 동안 일을 배워야 겨우 할 거 같은 아이한테 오백 냥의 값어치를 찾기란 하늘의 별을 거래하는 것만큼이나 어려운 일이었다.

"뭐, 대행수의 신부 지참금이라 하면 오백 냥이 적당할 것 같기는 하오."

태웅은 그제야 곽 행수의 계략을 알아챘다. 약관을 넘기고도 혼인하지 않고 혼자 사는 그에게 이런 식으로 일침을 날린 것이었다.

그는 전혀 혼인할 생각이 없었다. 혼인하라 강요하는 가족도 없었다.

상단의 후계자야 그처럼 나중에 실력 좋은 이를 골라 수양아들로 들이면 되는 것이었기에 혼인에 대한 의무감도 없었다.

"오백 냥짜리 신부가 되게 잘 키워보시오."

그렇게 말하며 웃는 곽 행수가 진심으로 원망스러웠으나, 이미 오백 냥은 그의 손을 떠났고, 그에게 남은 건 이 상황도 모르고 기절한 아이뿐이었다.

누가 장사꾼 아니라고 할까 봐, 혼인을 이따위로 하게 된 것이다.

"예끼, 이 사람아! 아무리 장사꾼이라고! 신부도 돈 주고 사 온단 말인가!"

그도 그러고 싶은 마음 따위 없었다. 그저 쓴 돈에 대한 손해를 막아보려는 것뿐이었다.

"도대체 오백 냥 신부의 어디에 반한 것인가?"

반하다니. 말도 안 되는 소리였다.

그는 단지 그 아이가 짚신 팔던 솜씨를 보고 상단에 쓸모가 있을 것 같아서 오십 냥에 사 오려던 것뿐이었다. 그걸 오백 냥으로 뻥튀기를 한 건 곽 행수의 농간이었다.

"짚신에 꽃 장식을 해서 팔았습니다."

태웅의 말에 시윤은 그게 무슨 해괴망측한 소리냐는 표정을 지었다.

"비단신도 아니고 짚신에 꽃 장식을 했다고?"

"네, 여자들은 예쁜 걸 좋아하니 그럼 더 좋아할 거 같아서 장식을 했다더군요."

태웅은 무덤덤한 얼굴로 말하고 있었지만 그를 오래 알아온 시윤은 느낄 수 있었다. 그 아이의 꽃 짚신이 태웅에게 큰 감명을 줬다는걸.

"오! 여자의 마음을 알고 물건을 판다고 칭찬했겠군."

"아뇨. 나무랐습니다."

"뭐? 왜?"

감명을 준 것도 아닌데 왜 오백 냥씩이나 낸단 말인가!

"여자한테 파는 꽃 장식 짚신과 남자한테 파는 그냥 짚신의 가격이 똑같았기 때문입니다."

장사꾼으로서 그건 있을 수 없는 일이라는 듯이 태웅이 눈을 부릅떴다.

"설마 그때 혼낸 게 미안해서 오백 냥을 낸 건가?"

"아뇨. 남자 짚신도 나름 추가되는 게 있어서 크게 혼내지는 않았습니다."

"오! 남자 짚신에는 뭘 달았나?"

시윤은 태어나 처음으로 '짚신'이란 신발에 호기심이 일었다.

"칭찬."

"뭐?"

"여자들은 눈에 보기에 예쁜 걸 좋아하고, 남자들은 귀에 듣기 좋은 칭찬을 좋아한다더군요. 그래서 짚신 사는 남자들에게 항상 칭찬을 해주었답니다."

시윤은 웃음이 났다. 오백 냥 신부는 아직 만나보지도 않았는데 그 아이가 이미 좋아져버렸다.

"그럼 짚신을 산 자네에게도 칭찬해주었겠군. 뭐라고 칭찬해주던가?"

분명 그 칭찬에 감명받아서 취향관에서 오백 냥을 내게 된 것이리라.

그런데 그의 물음에 태웅이 뭐 씹은 표정을 지었다.

뭐야, 그것도 아니란 말인가?

"왜? 자네한테는 칭찬해줄 게 없다던가?"

"이제 보니 칭찬이 아니라 저주였는지도."

"뭐?"

사내 중의 사내라 혼인한 부인이 정말 행복하겠다고 한 것이다.

그런데 정작 그리 말한 그 아이와 혼인하게 생겼으니 이게 저주가 아니고 뭐란 말인가.

그는 심각한데 시윤은 남의 일이라고 신이 났다.

"그럼 어디 오백 냥짜리 자네 신부 좀 보세. 내 자네의 가장 친한 벗이니 당연히 소개해주어야 할 것 아닌가."

깨어 있을 때 보긴 했지만, 그가 오백 냥 신부라고 말하자마자 하얗게 질리던 아이의 얼굴이 떠오르며 태웅은 마음이 더욱 무거워졌다.

"아비한테 맞아 몸 상태가 안 좋습니다."

아마도 아이에겐 지금 자신을 판 아비나, 자신을 산 그나 똑같이 느껴질 것이다.

그의 무거운 마음도 모르고 시윤이 눈을 반짝이며 물었다.

"그래? 새색시 처지가 영 그렇구만. 그런데 오백 냥만큼이나 예쁜가?"

모르겠다. 그저 모른 척할 수 없었을 뿐이다.

―나리께서 오셨습니다.

미련하게 퍼붓는 빗속에서도 짚신을 팔던 그 아이에게 사람도 없는데 뭐 하는 거냐 나무랐더니 그리 말했었다.

기다렸더니 그가 왔다고.

취향관에서 맞아 기절할 때까지 도와달라 사정하던 그 아이가 그에게 그날과 똑같이 말하는 듯했다. 그 아이가 자신의 삶을 끝까지 포기하지 않을 걸 알기에, 그도 모른 척할 수 없었는지도.

화룡 상단 대행수 태웅의 집에는 사람들이 넘쳐났다. 모두 상단 사람들이었다.

은홍은 살짝 열린 문틈으로 밖을 훔쳐보았다. 모두 뭐가 그리 바쁜지 열심히 뛰어다니고 있었다. 가만히 방에 누워만 있는 그녀가 꼭 죄인처럼 느껴질 정도였다. 하지만 차마 밖으로 나갈 용기가 나지 않았다.

그렇다고 계속 남의 집 방에 숨어서 지낼 수만은 없었다. 그녀의 집도 아닌 곳에서 빌붙어 있는 신세에, 밥만 축내고 있는 건 그녀의 체질이 아니었다. 그래서 사람들의 왕래가 뜸해진 밤에 슬쩍 방문을 열고 밖으로 발을 내밀었다.

그런데 난감하게도 그녀의 신발이 없었다. 지금껏 나가려고 하지를 않아서 미처 몰랐었다. 신발을 잃어버린 은홍은 툇마루에 쭈그려 앉은 채 움직이지 못했다.

"야반도주도 게으르면 못 한다."

갑자기 들려온 목소리에 화들짝 놀란 은홍이 방으로 다시 숨어버리려 했지만, 걸어오는 태웅의 모습을 봐버려서 그럴 수가 없었다. 은홍은 도망치는 대신 바닥에 바짝 엎드리며 변명을 했다.

"도, 도망치려던 것이 아니었습니다요."

태웅은 별말 없이 다가와서는 그녀가 엎드려 있는 툇마루에 걸터앉았다. 은홍은 엎드린 채 슬금슬금 옆으로 피했지만, 바로 마루 끝에 도달해서 더 이상 움직일 수도 없었다.

곁에 있는 태웅의 몸이 산보다 더 크게 느껴졌다.

어린 은홍이 보기에 그는 세상에서 가장 큰 사람이었다.

살짝 고개를 들었다가 태웅과 눈이 마주치자 은홍은 바로 바닥에 코까지 박았다.

"몸은 이제 괜찮은 거냐?"

괜찮고 말고 할 것도 없었다. 어릴 때부터 항상 아버지의 매를 맞으며 자랐으니까. 단련되어서인지 몸은 삐쩍 말랐어도 통뼈였다.

"괜찮습니다."

"그럼 내 이제 네가 할 일을 가르쳐주마."

'할 일'이라는 말에 은홍은 바짝 얼었다. 어쨌든 그는 그녀를 돈 주고 산 사람이었다. 그러니까 지금은 그가 그녀의 주인이나 마찬가지였다. '신부'라는 말보다는 그게 더 적합한 듯했다.

"살을 찌워라."

태웅의 입에서 무슨 말이 나올까 겁을 먹고 있던 은홍은 눈이 동그랗게 커진 채 고개를 들었다.

살……?

"상단 안주인은 상단의 얼굴이다. 그런데 너처럼 피죽도 못 얻어먹은 얼굴을 하고 있으면 누가 우리 상단에서 물건을 사겠느냐."

은홍은 귀가 열려 있었지만 도대체 태웅이 무슨 말을 하는지 알 수가 없었다.

상단 안주인? 누가? 내가?

"기생의 요염함이나 양반댁 규수의 기품은 바라지도 않으니, 복 달아나게 보이지는 말아야 할 것이야. 내 말 알겠느냐?"

전혀 모르겠지만, 은홍은 태웅의 기세에 밀려 기계적으로 고개를 끄덕였다. 그래도 태웅은 마땅찮은 눈으로 그녀를 내려다보았다.

"그리고 남 앞에서 그리 함부로 몸을 낮추지 마라. 넌 이제 화룡 상단의 안주인이다. 너한테 돈 내고 물건 사는 사람이 아니면 절대 먼저 고개를 숙이는 게 아니다."

그녀가 아무런 미동도 없이 원앙새를 닮은 큰 눈을 끔벅이며 쳐다만 보자, 태웅은 버럭했다.

"일어나란 뜻이다!"

은홍은 소스라치게 놀라며 벌떡 일어났다.

이젠 선 채 굳어 있는 그녀를 보며 태웅은 쯧, 짧게 혀를 찼다.

"갈 길이 멀군."

은홍이 그 갈 길이 무엇인지조차 모른다는 게 지금은 가장 큰 문제였다. 그리고 벌벌 떠는 게 꼭 호랑이 앞에 토끼 꼴이었다. 그는 겁을 주려는 게 아니라 그녀가 할 일을 알려주려는 것뿐이었다. 너무 무섭게만 보이는 것도 역효과일 것 같아서 태웅은 일부러 목소리에 힘을 빼고 말했다.

"무얼 제일 좋아하느냐?"

그녀가 여전히 그의 눈치를 보며 쉽게 대답하지 못하자 태웅의 눈꼬리 끝이 꿈틀거렸다. 왜 묻는 말에 대답도 못 하느냐고 호통치고 싶은 걸 참느라 힘들었다. 태웅은 마음속에 참을 인(忍) 자를 새겨 넣으며 그녀의 눈높이에서 말했다.

"여인들은 예쁜 걸 좋아한다고 네가 그랬던 거 같은데."

'여인'이라는 말보다는 아직은 소녀가 어울렸지만 그래도 여자는 여자니까.

"네! 저도 꽃을 제일 좋아합니다."

은홍은 그의 말에 쫓기듯 대답했지만 진심이었다. 팍팍하게 살아온 삶에서 유일하게 기쁨을 준 건 꽃이었다. 길가의 들꽃도, 기와집 담 너머 화려한 꽃도, 여인들의 꽃신에 수놓아진 꽃까지 그녀는 좋아했다. 예쁜 꽃을 보면 세상이 그저 예뻐 보였다.

"그럼 네게 꽃밭을 주마."

'꽃밭'이라는 말에 은홍의 눈동자가 커졌다. 꽃 한 송이 가지는 것도 힘겨웠던 그녀에게 꽃밭은 감히 상상도 해본 적 없는 것이었다.

"내게 잘했다고 칭찬을 들을 때마다 그 꽃밭에 꽃을 하나씩 심거라."

그런데 그는 칭찬에 인색한 사람이었다. 아마 그 꽃밭이 꽃으로 가득 차려면 10년은 걸릴지도 몰랐다. 그때는 눈앞의 작고 초라한 소녀가 오히려 만개한 꽃처럼 활짝 피어 있을지도 모를 일이었다.

"차, 참말이십니까?"

은홍이 처음으로 감정이 실린 눈으로 그를 보자, 태웅도 처음으로 그가 오백 냥이나 주고 사 온 물건이 아니라 사람이라는 걸 절감했다.

"너 하기에 달렸다는 뜻이다."

그녀가 이 화룡관에서 꼭 필요한 사람이 되지 못한다면 그녀 스스로 버티지 못하고 이곳에서 나가게 될 것이었다.

"그러니 도망갈 마음이 있는 게 아니라면 그만 들어가서 자거라."

태웅이 툇마루에서 일어나자 은홍은 자신이 그에게 감사하다는 인사를 하지 못했다는 걸 깨닫고 서둘러 절을 했다.

"정말 감사합니다, 나리."

태웅은 가던 걸음을 멈추고 다시 돌아보았다.

"이젠 나리가 아니다."

은홍은 조심스럽게 고개를 들어 그의 얼굴을 보았다.

"그럼 어찌 불러야 합니까?"

달빛 아래 사내는 꼭 달에서 내려온 월인인 듯 수려했다. 그의 검푸른 눈빛은 밤보다 더 깊었다.

"어찌 부르고 싶으냐?"

그의 낮고 그윽한 목소리는 그녀의 심장을 긁었다. 은홍은 붉은 입술을 달싹였다. 그가 말했었다. 그녀가 그의 신부라고.

그럼…… 서방님?

하지만 차마 입이 안 떨어졌다. 어찌 저런 분을 감히 '서방님'이라고 부른단 말인가. 그녀한테는 언감생심이었다.

편하게 부르라고 물었더니 그녀가 다시 몸을 떨자 태웅은 짧게 한숨을 내쉬고는 알려주었다.

"다들 대행수라고 부르니 너도 그리 불러라."

은홍은 서둘러 머리를 숙이며 대답했다.

"네, 대행수 어른!"

퍽—!

그녀의 부름보다 그녀의 머리가 마루를 박는 소리가 더 커서 태웅은 흠칫 놀랐다. 은홍도 절한 자세에서 움직이지 못했다.

"설마 기절한 것이야?"

아니, 쪽팔려서 고개를 들지 못하는 것이었다. 이건 머리로 방귀를 뀐 거나 마찬가지였다. 거기다 엄청 아프기까지 했다.

이대로 먼지처럼 사라지고 싶다는 생각만 하는데 커다란 손이 그녀의 어깨를 잡고 단번에 일으켜 세웠다. 아버지의 깡마른 손과는 다른 느낌에 그녀는 당황했다. 그녀의 빨개진 이마를 살펴보는 태웅의 얼굴이 바로 코앞에 있었다.

"괜찮은 거 같구나."

그녀는 별로 안 괜찮았다.

그와 마주하고 있는 게 너무 힘들었다.

눈길이 닿는 곳마다 사내다움이 넘쳐흘러서 눈 둘 곳을 찾을 수가 없었다.

무서움과는 다른 감정에 심장이 욱신거렸다.

시윤은 설경을 보며 세상의 모든 재미를 잃은 듯한 표정을 지었다. 태웅이 인삼 팔러 청국으로 가버려서 오백 냥 신부를 보러 갈 수도 없는 노릇이었다. 남의 신부를 보고 싶은 마음이 그가 장가갈 때보다 더 심했다. 그래서 발걸음을 취향관으로 돌렸다.

"내 곽 행수에게 긴히 물어보고 싶은 말이 있어서 왔네."

곽 행수는 세력가 집안의 아들인 김시윤을 극진히 대접했다.

"한물간 퇴기인 제게 궁금할 게 뭐가 있으시답니까?"

자신을 낮추어 말하는 곽 행수를 보며 시윤은 술잔을 빙글 돌렸다.

"왜 오백 냥 신부를 대행수에게 갖다 붙인 건가?"

시윤이 노골적으로 묻는 말에도 곽 행수는 표정 변화 없이 그림처럼 앉아 있었다. 시윤은 그녀의 속을 다 안다는 듯이 입꼬리를 올렸다.

"자네 딸만 아니면 아무나 상관없었던 건가?"

"화룡 상단의 안주인 자리입니다. 설마 그럴 리가요."

"그랬던 거 같은데."

곽 행수가 날렵한 눈꼬리를 슬쩍 위로 올렸다. 시윤이 어디까지 알고서 묻는 건지 살피듯 눈빛이 예리해졌다. 그의 집안을 생각했을 때 건너 들었을 수도 있었다.

"그러나 자네도 미처 몰랐던 아주 엄청난 사실이 있네."

시윤이 장난하는 건지, 진심을 말하는 건지 알 수 없어서 곽 행수의 입매가 굳어졌다. 그녀로서는 놓칠 수 없는 기회였을 뿐이다.

태웅이 먼저 오십 냥을 내겠다고 했다. 태웅이 빌미를 제공한 거였다. 그 철저한 사내가 처음으로.

시윤이 아주 진지한 표정으로 곽 행수에게 속삭였다.

"짚신에도 꽃 장식을 할 수 있다네. 알고 있었나?"

곽 행수는 말없이 시윤을 쳐다보기만 했다. 어서 마시고 썩 꺼지라는 눈빛으로.

태웅이 청국에서 인삼 거래를 마치고 다시 한양으로 돌아온 건 무려 다섯 달이나 지나서였다. 떠날 때는 하얗게 얼어붙은 겨울이었던 조선이 벌써 완연한 춘색으로 도도했다.

청국 연경에 있는 동안 가져간 인삼을 다 팔고, 조선에서 팔 청의 물건들을 사들이느라 조선에서 장사할 때보다 더 정신없이 바빴다. 그래서 그사이 집에 남겨두고 온 오백 냥 부인에 대해서는 까맣게 잊고 있었다.

우뚝―.

행랑 마당을 지나 중문간을 지날 때쯤 그의 걸음이 멈추었다. 안채 쪽에 하얗게 피어난 녹련꽃을 보았기 때문이다.

상단에서는 금방 시드는 꽃을 팔지 않았기에 그는 살면서 꽃에는 관심을 두지 않았었다. 그런데 이젠 꽃을 보면 그가 안채에 데려다 놓은 어린 신부가 생각났다. 태웅은 사랑방으로 가려던 발걸음을 돌려 안채 쪽으로 향했다. 어쨌든 다섯 달 동안이나 방치해두었던 '오백 냥'이 잘 있는지 확인은 해야 할 것이었으니 말이다.

"까르르르르."

중문의 턱을 넘던 태웅은 안마당에서 들려오는 여인들의 웃음소리에 잠시 발걸음을 멈추었다. 옷감들이 마당 가득 널려 있는 걸 보니, 상단 여인들이 염직물을 만들고 있는 듯했다.

아직 마르지 않은 옷감들 사이를 천천히 걸어가던 태웅은 잠시 지나가는 봄바람 사이로 보이는 은홍을 발견하고 다시 발걸음을 멈추었다.

처음엔 다른 사람인가 했다.

하지만 분명 그 아이의 눈빛이었다.

비 오는 저잣거리에서 추위에 오들오들 떨면서도 짚신을 팔기 위해 웃던 아이의 눈빛을 태웅은 여전히 기억하고 있었다.

살찌우라는 그의 말을 잘 들은 것인지, 그저 지금이 살찔 나이이기 때문인지는 모르겠다. 뼈밖에 안 남았던 몰골이 사라지고 복스럽게 살이 오른 은홍은 저잣거리에서 보았던 그 미소보다 더 곱게 웃고 있었다.

아직은 여인이라 부를 수 없는, 뭐든 일일이 가르쳐주어야 하는 어린 신부.

그래도 오백 냥이 아까워 죽겠다는 생각은 안 드는 걸 보니, 그가 영 바보짓을 한 건 아니었나 보다.

뒤늦게 그를 발견한 은홍의 눈과 입이 동시에 커졌다. 순간 뭐라고 첫 말을 떼야 하는지 난감해하는 그에게 은홍이 먼저 외쳤다.

"대행수 어른 오셨습니다!"

그가 아니라 같이 일하던 사람들한테.

청국에 가 있는 동안 신부에 대해서는 까맣게 잊고 있었으니 집에 돌아왔다고 딱히 은홍에게 지아비 대우를 받고 싶은 마음은 없었지만 뭔가 살짝 마음이 그랬다. 그가 화룡 상단 대행수는 맞지만 상단 일꾼을 보러 일부러 안채로 발걸음한 건 아니었으니까.

제 2 장

안방 훈련소

조용했던 집은 가주(家主)인 태웅이 돌아오자 활기를 띠기 시작했다. 태웅은 자신이 없는 동안 집안에서 있었던 일들을 하나하나 점검했다. 그중에는 그녀도 포함되어 있었다.

"내 말을 잘 들은 거 같구나."

아마 살이 쪘다는 말일 것이다. 그녀가 보기에도 이젠 제법 살집이 잡힐 정도였다. 돼지였다면 잡아먹기 딱 좋은 상태일 거다.

"그럼 다음으로 네가 할 일을 알려주마."

은홍은 태웅이 또 무슨 말을 할지 알 수가 없었기에 긴장한 눈으로 그를 쳐다보았다.

"영리해져야 한다."

영리?

"장사는 멍청하면 절대 못 하는 것이야. 장사꾼으로 성공하려면 물건을 사는 사람보다 더 많은 것을 알고 있어야 한다."

그녀도 그와 상단에 도움이 되고 싶었기에 은홍은 잠자코 듣고 있었다. 이미 한 것도 없이 받은 게 너무 많았다.

"글을 읽을 줄 아느냐?"

그의 질문에 은홍은 얼굴이 붉어져서 고개를 저었다. 밥도 겨우 먹고 살았던 처지에 책 살 돈이 있었을 리가 없었다.

태웅은 그럴 줄 알았다는 듯이 바로 말을 이었다.

"글 선생을 붙여줄 것이니 우선 글부터 배워라."

"네."

그녀의 대답에 태웅은 좀 놀란 표정을 지었다.

그녀는 그가 왜 그런 표정을 짓는지 알 수 없었지만, 태웅은 그 뒤로도 별말이 없었다.

태웅이 청국에서 돌아왔다는 말을 듣고 시윤이 화룡 상단으로 그를 찾아왔다.

"지금쯤이면 아팠던 오백 냥 신부도 건강해졌을 거 같으니, 내 소개 받으러 왔네."

그동안 재미있는 일이 없었는지 시윤은 아직도 은홍에 대해 호기심을 가지고 있었다.

"만나서 그 아이에게 뭐라 하실 생각이십니까?"

태웅의 질문에 시윤은 실실 웃으며 그의 얼굴을 살폈다.

"내가 자네 부인 마음에 꽃바람이라도 넣을까 저어되는 거야?"

"그 아이가 사내들을 무서워합니다."

여자들과는 허물없이 잘 지내나 남자들과는 전혀 말을 섞지 못하고 피한다고 했다. 양반집 규수가 내외하기 위해 사내를 멀리하는 것과는 다른 것이었다. 아이는 분명 무서워하는 것이었다. 아마도 폭력적인 아버지의 영향인 듯했다.

그래서 일부러 글 선생도 상단 사내 중 제일 예쁘장하게 생긴 문길을 보냈다. 외모라도 여자와 비슷하면 거부감이 덜할 듯하여.

"이런, 그럼 첫날밤은 어찌 치르나? 눈가리개 한다고 자네의 그 큰 게 안 느껴질 리는 없을 텐데 말이야."

시윤의 농도 짙은 농에 태웅은 눈살을 찌푸렸다. 다른 사람도 아니고 그 아이를 상대로 그런 말을 한다는 게 영 기분이 나빴다.

"혹시라도 아이 앞에서 그런 이야기를 하실 거라면 만나게 해드릴 수 없습니다."

그의 단호한 거절에 시윤은 양반들이 거드름 피울 때처럼 뒷짐을 졌지만, 얼굴에는 여전히 장난기가 가득했다.

"돈 아까워 부인 자리에 앉힌 것치고는 엄청 챙기는구먼."

"돌아가신 대방 어르신이 저한테 해주셨듯이 하려는 것뿐입니다."

"억만은 자네한테 죽어라 일만 시켰지 언제 잘해줬나! 내가 들은 건 온통 억만이 자네를 혼내는 말뿐이었네."

그래도 억만은 그에게 아버지라 부를 수 있는 자격을 준 고마운 사람이었다. 은홍이 처음으로 그의 말에 '네'라고 대답하는 순간, 억만이 생각났었다.

그의 아버지였지만, 끝까지 아버지보다는 지독한 스승 같았던 이.

─장사꾼에게 밑지는 장사는 죽음보다 더 수치스러운 것이여.

그 말을 입에 달고 살던 억만의 영향이 없었다고는 못 하겠다. 오백 냥 적선한 셈 치지 못하고 기어코 은홍을 안채에 들인 건.

그럼 은홍에게는 그가 억만이 되는 것인가?

억만이 살아 있는 동안에는 고마움보다 원망스러운 감정이 더 많았는데, 어쩌면 은홍도 자신과 마찬가지일지 몰랐다. 앞으로는 잘해주는 일보다 혼내는 일이 더 많을 것이니.

억만도 그를 장사꾼으로 키울 때 이런 마음이었을까?

선선한 바람이 심장 위를 지나가는 듯한.

은홍 때문에 예기치 않게 억만을 생각하게 된다. 그게 좋은 일인지, 나쁜 일인지 그도 아직은 알 수 없었다.

결국 시윤의 뜻을 꺾지 못한 태웅은 시윤과 함께 화륜관 안채로 향했다.

"공부하고 있을 것이니, 소개만 하고 바로 나올 것입니다."

그가 안채에 도착하기도 전에 단단히 못을 박아도 시윤은 실실 웃기만 했다. 워낙 예측할 수 없는 인물이라 은홍의 앞에서 도대체 무슨 행동을 할지 불안했다.

그녀는 자신이 글을 쓰고 읽을 수도 있게 된다는 생각을 해본 적이 없었기에, 처음으로 글이라는 걸 접하게 되자 너무도 신기했다. 그래서 단어들을 종이에 적어 해당되는 사물에 이름표처럼 붙이기 시작했다. 태웅이 글 선생으로 붙여준 문길도 그러는 게 기억에 도움이 될 거라고 했다. 보기에는 바보 같지만 말이다.

집에 '家'이라, 목련 나무에 '木蓮'이라, 돌에 '石'이라, 문에는 '門'이라……

단어를 하나하나 알아갈수록 가진 게 많아지는 기분이, 꼭 부자가 된 것만 같았다. 하늘에도 '天'이라 적어 붙이고 싶어 고개를 들어 하늘을 보았지만, 손이 닿지 않을 만큼 높기만 했다. 꼭 대행수처럼.

그래서 오기가 생겼다. 저 높은 하늘에도 종이를 붙여보고 싶다는.

"하늘에도 종이를 붙일 수 있을까요?"

"그건 나라님도 못합니다."

문길은 냉정히 현실을 알려주었지만, 은홍은 안 된다고 하니, 더 하고 싶은 마음이 생겼다. 태웅도 말했잖은가. 영리해져야 한다고. 저 하늘에 '天'이라 적어 붙이면, 그녀는 영리해질 수 있을 것 같았다.

그런 그녀를 문길이 재촉했다.

"알아야 할 글자가 아직도 많은데 언제 하늘을 건너뛰실 겁니까?"

건너뛰는 건 쉽잖은가. 그건 전혀 영리하지 못했다. 어찌해야 하나 머리를 굴리며 마당을 서성이던 은홍의 눈에 나무 위에 앉아 있는 새가 눈에 들어왔다.

"새는 하늘을 날아다니지 않습니까?"

"그걸 모르는 이가 어디 있습니까."

심드렁히 대꾸하던 문길은 은홍이 커다란 나무 쪽으로 걸어가자 의아해하며 물었다.

"뭘 하시려는 겁니까?"

은홍은 대답하지 않고 치맛단을 걷어 올려 허리춤에 묶었다. 어릴 적에는 감나무에 열린 감을 따 먹기 위해 이보다 더 높은 나무도 자주 올랐었다.

은홍의 행동에 당황한 문길이 자리에서 벌떡 일어났다.

"설마 그 나무를 올라가시려는 건 아니겠죠?"

은홍은 바로 나무를 두 팔로 껴안고는 그대로 쭉쭉 위로 올라갔다.

위험하니 하지 말라 말리려던 문길은 은홍이 나무를 너무 잘 타자 놀라서 쳐다보기만 했다.

단숨에 새가 앉아 있는 가지까지 올라간 은홍은 그때부터 긴장하기 시작했다. 나무는 타봤지만 새는 잡아본 적이 없었기 때문이었다.

가는 가지에 여유롭게 앉아 있는 새와 달리 그녀는 온몸의 세포가 바짝 곤두서 있었다.

하얗고 까만 눈을 가진 새와 눈이 딱 마주쳤고, 이때다 싶어 은홍은 잽싸게 손을 뻗었다. 뭉클, 손에 잡히는 감촉이 따스하고 보드라웠다. 그리고 그 보드라움과 달리 새의 날갯짓은 너무도 힘찼다.

놓치지 않으려고 안간힘을 쓰는데 새의 뾰족한 다리가 그녀의 얼굴 쪽으로 날아왔다. 은홍은 본능적으로 두 눈을 감고 비명을 질렀다.

"까아악!"

그녀가 잠시 놀란 틈을 타 새는 보복으로 그녀의 뺨을 발톱으로 할퀴고는 하늘로 훌쩍 날아가버렸다.

"거기서 뭘 하는 것이냐!"

아픔에 놀랄 사이도 없이 더 놀라운 이가 나타나버렸다. 나무 아래로 태웅과 모르는 남자가 성큼성큼 걸어온 것이다. 태웅이 남자답게 잘생긴 얼굴이라면, 모르는 남자는 귀공자였다. 아마도 양반댁 자제인 듯했다.

뭐든 지금의 은홍에게는 참으로 난감한 방문객이었다. 내려가지도, 그렇다고 그대로 나무에 매달려 있을 수도 없는 상황에서 은홍은 나무 기둥만 꽉 껴안았다.

낯선 귀공자가 신기한 눈으로 그녀를 올려다보며 태웅에게 물었다.

"저기, 나무에 걸려 있는 게 자네 오백 냥 신부가 맞나?"

왜 하늘엔 쥐구멍이 없을까.

"당장 내려오지 않고 뭘 하는 것이냐!"

태웅이 더 큰 소리로 화를 냈다. 손님 앞에서 그녀가 추태를 보여서 더 노여워하는 것 같았다. 그녀도 마음 같아서는 당장 내려가고 싶었다. 그런데 너무 놀라서인지 온몸이 떨려 마음먹은 대로 움직일 수가 없었다.

"이보게. 그리 역정을 내니 신부가 놀랐잖나. 그러다 떨어지기라도 하면."

그 말이 화근이 되었는지, 떨리는 팔과 다리로 내려오려고 애쓰던 은홍은 발을 헛디뎌 그대로 아래로 추락하고 말았다.

"꺄악!"

문길과 시윤이 떨어지는 그녀를 보고 놀라 두 눈을 크게 뜨는 사이, 빠른 반사 신경을 이용해 나무 아래로 튀어나간 이는 태웅이었다.

덥석!

은홍의 몸은 아슬아슬하게 태웅의 팔 안으로 떨어졌다.

은홍은 태웅의 품 안에서 방금 날아가버린 새처럼 하얗고 까만 두 눈만 끔벅였다.

두근두근.

놀란 심장이 미친년처럼 널을 뛰었다.

"또다시 나무에 올라갔다가는."

태웅의 목소리가 겨울철 폭설보다 더 차가웠다.

"아예 나무 꼭대기에 묶어버릴 테니, 명심해라."

무시무시한 경고였다.

그런데 그는 말은 무섭게 해도 꼭 그녀를 구해주었다.

정말 신기한 사람.

하지만 분명 허언은 아닐 거라 은홍은 알았다고 열심히 고개를 주억거렸다.

시윤은 그녀가 화룡관에 들어오고 처음 맞는 손님이었다.

"난 김시윤이라 하오. 대행수와는 막역한 사이이니 편하게 시윤 오라버니라 부르시게."

그냥 봐도 양반댁 자제인데, 양반도 아닌 그녀에게 오라버니라 불러도 된다는 말에 은홍은 적잖이 당황했다. 은홍은 뭐라 대답해야 할지 몰라 태웅의 얼굴을 보았다.

"영의정 대감 댁 나리이시다."

영의정이라면 정일품에 해당하는 어마어마하게 높은 관직이었다. 은홍은 생각보다 너무 어마어마한 신분에 깜짝 놀랐지만, 시윤은 별거 아니라는 듯이 손을 저었다.

"몇 대만 거슬러 올라가도 우리 집안도 별 볼 일 없었어. 그러니 편하게 대하게."

시윤의 말은 참으로 요상스러웠다. 어쨌든 현재는 최고의 권력가 집안이었으니까.

"그래, 새색시는 연치가 어찌 되오?"

"여, 열다섯이옵니다."

그녀의 나이를 듣고 태웅도 슬쩍 놀라는 눈치였다. 사실 그는 아직 자기 신부의 나이도 모르고 있었다.

"어이구! 우리 대행수랑 열 살이나 차이 나는구먼. 대행수 땡잡으셨어."

"상스런 표현 좀 쓰지 마십시오."

태웅은 미간을 찌푸리며 영의정 아들을 막 혼냈다. 은홍은 그런 태웅의 모습에 다시 한 번 더 놀랐다.

"그래, 새색시는 신랑이 마음에 드는가?"

태웅이 더 이상 듣고만 있기 힘들었는지 시윤의 어깨에 손을 올려 꽉 움켜잡았다.

"얼굴 보셨으니, 이제 그만 돌아가시지요."

"이 사람이! 그렇게 신부를 혼자 독차지하고 싶나. 내 안 훔쳐가네."

시윤의 말에 은홍의 얼굴이 벌게졌다. 어찌 부끄럼도 없이 저런 말을 저리 술술 할 수 있을까 싶었다. 여기 신기한 사람 한 명 더 추가였다.

시윤은 집에 돌아가는 순간까지 조용하지 않았다.

"그런데 청국에서 부인 선물로 뭘 사 왔나?"

태웅은 입을 꾹 다물었다. 안 사 왔으니까. 자신에게 부인이 있다는 것도 집에 돌아와서야 깨달았는데 선물을 사 왔을 리가 있겠는가.

"세상에! 설마 청국까지 가서 아무 선물도 안 사 왔단 말인가?"

시윤은 부채를 칼처럼 뻗어 그의 얼굴을 똑바로 가리키며 말했다.

"자네는 소박일세!"

닥치고 꺼져라.

태웅은 약속대로 그녀에게 꽃밭을 주었다. 안채에 있던 채마밭을 꽃밭으로 바꾸도록 해주었다. 땅도 넓고, 상단이라 어떤 꽃도 쉽게 구할 수 있으니 그녀에게 그곳은 천국이나 마찬가지였다.

"내가 분명 잘한 일이 있을 때마다 하나씩 심으라 했던 거 같던데."

꽃밭의 땅을 신나게 파던 은홍은 도둑질하다 들킨 사람처럼 흠칫 몸이 굳었다.

저벅저벅―.

태웅이 걸어오는 발소리가 그녀의 심장을 꾹꾹 눌러댔다. 그녀의 뒤까지 온 태웅은 꽃밭에 가득한 꽃들의 가짓수를 세어보며 말했다.

"족히 스무 종류는 될 거 같구나. 어디 네가 잘한 일 스무 개를 말해보거라."

"대행수 어른, 그, 그, 그, 그게……."

그녀는 심하게 말을 더듬었다. 그런 생각 없이 그저 막 심었으니까. 태웅이 집에 없으니 그녀를 막는 사람이 없어서 무절제의 끝이었다.

"아, 앞으로 잘하겠습니다."

"그런 말도 빚이다. 빚지는 법부터 배우는 것이냐!"

태웅의 호통이 바로 떨어졌다.

꽃밭은 예뻐졌지만 그녀는 빚내서 도박한 아버지 꼴이 되었다.

"이 꽃들 전부!"

태웅이 꽃을 뽑으라고 할까 봐 은홍은 기겁해서 서둘러 두 팔을 쫙 뻗으며 그의 앞을 막았다.

"대행수 어른! 차라리 절 때리십시오! 꽃은 안 됩니다!"

주로 이런 상황에 술 취한 아버지는 그녀를 때리는 걸로 분풀이를 했었다. 그럼 그녀는 맞는 게 당연했었다. 그리 학습된 몸이 바들바들 떨리는데 이상하게도 그는 한참이나 움직이지 않았다.

"여기서 널 때릴 사람은 아무도 없다."

태웅의 말에 은홍은 천천히 고개를 들어 그의 얼굴을 올려다보았다. 그의 눈빛은 아주 강인했다. 그 누구도 쉽게 꺾지 못할 것처럼.

"누구든 널 다치게 한다면 내가 용서치 않을 것이야."

그녀의 가족도 그렇게 그녀를 지켜준 적이 없었다.

그런데 피도 안 섞인 그가 그녀를 지켜주겠다는 말을 은홍은 선뜻 받아들이기가 쉽지 않았다.

"어째서?"

그녀의 물음에 태웅이 대답했다.

"너는 내 신부니까."

앞으로는 잊을 일이 결코 없을 듯했다. 그에게 꽃을 아주 좋아하고, 원앙 닮은 눈동자를 가진 신부가 있다는 걸.

태웅의 얼굴이 그녀에게 좀 더 가까이 다가왔다. 높은 콧날이 그녀를 벨 듯해서 은홍은 긴장했다.

"그건 내가 너의 가족이라는 뜻이다."

그의 목소리에, 그의 눈빛에, 그의 진심에 그녀는 압도당했다.

"그, 그럼 꽃들은……."

그녀가 가족이라고 했으니까 그녀가 심은 꽃들도 해치지는 않을 것이라 믿고 싶었다. 그런데 태웅이 표정을 싹 바꾸며 말했다.

"꽃들은 필요한 사람들에게 모두 나누어주어라."

"네?"

죄다 뽑아버리라는 말은 아니라 다행이었지만, 그래도 이제 겨우 꽃을 피워 예뻐졌는데 다 나누어주라고 하자 그녀는 크게 당황했다. 다 뽑아가면 꽃밭은 그냥 밭이 될 테니까.

"두 개는 남겨도 좋다."

태웅이 선심 쓰듯이 말했다.

그의 말대로 살 찌웠으니 하나, 꽃밭 가꾸는 솜씨가 좋으니 하나.

은홍이 불쌍한 표정을 지으며 손가락 다섯 개를 폈다. 그래도 꽃밭인데 달랑 꽃 두 개만 있으면 너무 쓸쓸하니까.

태웅은 안 된다고 단호히 고개를 저었다.

계산은 정확히. 그게 장사의 기본이었다.

"이게 무엇입니까?"

문길은 태웅이 내미는 물건을 의아한 눈으로 쳐다보았다. 만화경이었다. 수정을 통해 안을 보면 다양한 무늬의 변화를 볼 수 있는 청국 장난감이었다.

"은홍에게 가져다주거라."

사실 시윤의 말이 신경 쓰여서 청국에서 가져온 물건 중 하나를 골라 선물로 가져갔다가 꽃밭만 털어버린 것이다. 그런 뒤에 선물 주는 건 너무 병 주고 약 주는 것 같아서 문길에게 대신 전해달라고 시킨 것이다.

"그래도 신부인데 장난감은 좀."

문길의 말에 태웅은 눈을 좁혔다.

"무늬가 예쁘니 좋아할 거라 생각했는데."

지금껏 그가 은홍에 대해 알게 된 것 중 가장 정확한 건 예쁜 걸 좋아한다는 것이었다. 꽃 같은.

"이상하면 됐다."

태웅이 다시 만화경을 가져가려고 하자 문길은 서둘러 집어 들었다.

"아닙니다. 아씨께 전해드리겠습니다."

괜히 선물 주고도 찝찝해서 태웅은 미간을 좁혔다.

"은홍이는 잘하고 있느냐?"

은홍의 교육은 가능한 한 문길에게 전부 맡기려고 했다. 그래야 은홍도 잘 따라길 수 있을 테니까.

"시간은 걸리겠지만, 자기 몫은 하실 거라 생각합니다."

그 길이 녹록지는 않을 것이었다. 화룡 상단은 구멍가게가 아니었으니까.

"힘들다고 울지는 않고?"

문길은 잠시 생각하고는 그제야 깨달았다는 듯이 말했다.

"그러고 보니 다 처음 하는 것들이라 힘들어하셨는데 한 번도 울지는 않으셨네요."

그럼 다행이었다. 처음에 울면서 화룡관에 오게 되었으니까.

이곳에서도 계속 울 일만 생기면 세상에 그녀가 편히 있을 곳은 아무 데도 없을 거였다.

"대행수 어른이 칭찬 한번 해주시면 더 힘이 나실 겁니다."

그게 만화경 같은 장난감보다 효과가 클 거라 문길은 생각했지만, 태웅은 냉정하게 잘라 말했다.

"난 야단만 칠 것이다. 그게 내 역할이야."

은홍은 그런 태웅의 속내를 절대 모를 것이라 문길은 한숨만 내쉬었다.

어쩌겠나. 이런 팔자로 만났으니 감수해야지.

두 사람이 진짜 인연이라면 언젠가는 제대로 된 부부가 될 수 있을 것이다. 그게 까마득하게 멀게 느껴진다는 게 문제라면 문제였다.

오늘도 어둑새벽에 집으로 돌아온 태웅은 사랑 마당을 걸어가다 발걸음을 멈추었다. 모두 자고 있을 거라 생각한 집 안 한쪽에서 빛이 흘러나오고 있었다. 그곳은 은홍이 있는 안채였다. 아마도 불 끄는 걸 잊은 채 그냥 잠이 든 거라 여겼다. 이렇게 늦게까지 깨어 있을 이유가 없으니까.

태웅은 '쯧' 혀를 차고 불빛을 따라 발걸음을 옮겼다. 등불도 돈이었으니 그라도 대신 끌 생각이었다. 그리고 아침에는 은홍에게 단단히 주의를 줄 생각이었다.

돈은 버는 것도 중요하지만 아끼는 건 더 중요하다고.

중문을 들어서던 태웅은 불빛에 비친 그림자를 보고 멈추어 섰다.

자는 줄 알았던 은홍은 아직도 깨어 있었다. 그림자만 보았을 때는 꼭 서안 앞에 앉아 책을 읽는 형상이었다.

설마, 그럴 리가.

태웅은 의심하며 안채를 향해 걸어갔다. 가까이 갈수록 은홍의 작은 목소리가 점점 또렷이 들려왔다. 글을 외는 소리였다. 정말 책을 읽고 있는 듯했다.

문길이 시켰나?

은홍의 목소리가 중간에 막혔다. 모르는 글자가 나왔나 보다. 이제 막 글을 익히기 시작한 은홍에게는 아직은 쉬운 것도 어려운 거다.

그러나 배우면 배울수록 점점 어려운 게 없어질 거라는 걸 그는 경험으로 알고 있었다.

"흠, 아직 안 자는 것이냐?"

그의 목소리에 그림자가 놀라더니 벌떡 자리에서 일어섰다. 그리고 곧 문이 열리며 발갛게 얼굴이 달아오른 은홍이 나왔다.

꼭 잘 익은 복숭아 같다고 생각했다. 사람이 어떻게 과일을 닮을 수 있는지 신기할 따름이었다. 은홍에게도 그에게도 똑같이 흐르는 시간일진데, 은홍만이 하루가 다르게 크고, 고와지고 있었다.

그는 이미 끝나버린 성장기가 은홍은 한창 진행 중이었다.

시간의 거리가 참 멀었다.

"뭐 하느라 여직 안 잔 것이냐?"

다 알고 있으면서도 일부러 모른 척 물었다.

은홍은 당황하며 대답했다.

"낮에 배운 글을 다시 읽고 있었습니다."

"문길이 시켰느냐?"

"아뇨. 제가 잊어버릴까 봐 걱정되어 다시 읽는 것입니다."

그래도 시킨 것만 하지 않고 더 노력하려는 마음이 기특했다. 그리고 그렇게 생각하는 자신이 참 무르다 생각하며 태웅은 속으로 혀를 찼다. 아직 갈 길이 멀었다. 그러니 더 독한 마음을 먹어야 했다.

"책을 가져오너라. 네가 얼마나 익혔는지 내 직접 확인할 것이니."

은홍은 산에서 호랑이라도 만난 사람처럼 잔뜩 겁을 먹었다.

그래도 그는 은홍에게 억만이 되어야 했다. 억만이 그에게 했던 것의 반의반만이라도 억척같이 담금질을 해야 했다. 그렇지 않으면 이 아이가 이곳에 있을 이유가 사라질 것이었다.

그날 밤 화룡관의 안채에서는 어린 신부가 책을 읽는 소리가 새벽까지 이어졌다. 물론 그녀가 잊어버릴 때마다 혼내는 태웅의 목소리도 바로 따라 나왔다.

"한 번 틀릴 때마다 열 번을 써라."

"네? 여, 열 번이나요?"

"그게 싫으면 자꾸 까먹는 네 머리를 바꿀 것이냐?"

"아닙니다! 쓰겠습니다. 열 번!"

'안채'라 쓰고 '훈련소'라 읽어야 할 판이었다.

"대행수 어르신이 밤에 안채로 들어가는 걸 내 눈으로 똑똑히 봤다니까."

"에이, 아직 혼례식도 안 올렸는데. 벌써 그러실 리가."

"아휴, 대행수 어르신은 사내 아닌가. 혼례식이 대수여."

집 안 사람들이 모여서 수군대는 소리를 들은 문길은 발걸음을 멈추고 우물에 모여 쑥덕대는 아낙들을 쳐다보았다. 괜한 오해하지 말라고 한소리를 하려다가 그만두었다. 어차피 그가 사실을 말해도 사람들은 자기가 생각하고 싶은 대로 생각해버릴 테니까.

어차피 태웅은 은홍을 화룡 상단 안주인으로 만들기 위해 안채에 들인 것이니 그런 오해를 받는다고 그가 나쁜 짓을 하는 건 아니었다. 단지 마음에 걸리는 게 있다면 은홍과 태웅이 아직 혼례식도 제대로 치르지 않은 사이라는 것이다.

태웅에게 사람들의 오해를 사기 싫으면 혼례식을 먼저 치르라는 말을 할 위치가 못 되는 문길은 대신 은홍에게 충고했다.

"앞으로 대행수 어르신과 나머지 공부를 하고 싶으시면 대행수 어르신이 안채에 오시기를 기다리지 마시고 아씨께서 직접 사랑채로 찾아가십시오."

문길의 말에 은홍은 흠칫 놀랐다. 마치 그녀가 밤에 태웅이 오길 기다리며 안마당을 서성인 걸 본 사람처럼 말하니까.

"아, 알고 계셨습니까?"

"네."

문길은 당연히 나머지 공부에 대해 말하는 것이었다. 태웅이 밤에 안채로 왔다면 그 이유밖에 없었다. 만약 그가 성욕이 동했다면 차라리 취향관에 가서 기생을 안았을 거다. 덜 자란 은홍보다는 그쪽이 더 여인다웠으니까.

"그런데 제가 먼저 사랑채에 찾아가도 되는 것입니까?"

그녀는 먼저 태웅을 찾아갈 용기는 없어서 밤에 안마당만 서성였던 것이다.

"당연히 됩니다. 아씨는 대행수 어르신의 부인이니까."

밤에 태웅이 안채를 드나드는 것보다 차라리 은홍이 사랑채를 기웃거리는 게 사람들 눈에는 덜 불순해 보일 것 같아 그리 말한 것이었다. 설마 어린 은홍한테까지 사람들이 그런 오해를 할 것 같지는 않았으니까.

"그럼 매일 가도 됩니까?"

은홍의 질문에 문길은 눈을 가늘게 떴다.

"아씨께서 글공부에 그리 진지한 줄 오늘 처음 알았습니다."

은홍은 두 손으로 통통한 뺨을 감싸며 배시시 웃었다. 분명 글을 가르쳐줄 때의 태웅은 문길보다 더 무서운 스승인데도 은홍은 그와 공부하는 시간이 기대되었다. 혼나는 것에 심장이 쿵쿵 뛰어대는 나쁜 중

독에 빠진 기분이랄까.

아마 태웅이 알게 되면 또 혼낼 것이다. 배우라는 건 빨리 못 익히면서 마음에 이상한 것만 잔뜩 들어찼다면서.

그러나 어쩌겠나. 그녀의 나쁜 중독은 이미 시작되어버려서 끊기가 힘들었다.

그날 밤 바로 은홍은 책을 품에 안고 사랑채로 향했다. 항상 태웅이 넘어왔던 일각대문을 지나 사랑방 앞까지 가자 등불에 비친 태웅의 그림자가 먼저 보였다. 은홍은 자신이 왔음을 바로 고하지 못하고 그의 그림자만 바라보았다.

사람이 어찌 저리 클 수 있을까 싶었다. 단지 몸집의 차이가 아니었다. 나이의 차이도 아니고, 남녀의 차이도 아니었다. 그녀에게 태웅은 아주 높은 곳에 있는 사람이었다. 감히 나란히 설 엄두조차 안 나는.

만약 그녀에게 정말 그의 부인이 될 자격이 있다면 어서 빨리 그에게 어울리는 여인으로 자라고 싶었다. 밥도 많이 먹고, 책도 많이 읽고, 얼굴도 예뻐져서…….

드륵—.

그녀는 아직 아무 말도 안 했는데 사랑채의 문이 먼저 열렸다. 그녀는 나쁜 짓이라도 하다 들킨 사람처럼 화들짝 놀랐다.

"거기 서서 뭘 하는 것이냐?"

그를 만나러 왔다는 말을 바로 하지 못하고 은홍은 침만 꼴깍 삼켰다. 방금 자신이 마음으로 한 발칙한 생각을 들켰을까 봐 심장만 쿵쾅거리며 뛰어댔다.

태웅의 시선이 그녀가 꼭 끌어안고 있는 서책으로 향했다. 이렇게 직접 찾아올 정도로 공부하겠다는 의지가 기특하기도 하고, '이것 봐

라?' 싶기도 했다. 그는 아직까지 너무 착한 억만이었나 보다. 그러니
은홍이 제 발로 찾아온 거다.

"직접 찾아왔다는 말은 자신이 있다는 뜻일 테니, 오늘은 틀리면 백
번을 써야 할 거다."

벌이 단번에 열 배로 뻥튀기되자 쿵쾅대던 심장조차 굳어버렸다. 차
라리 한 내 때리는 길로 끝내라고 하고 싶을 정도였다.

"오늘은 안 틀릴 자신 있습니다."

매번 틀려서 혼나놓고 말만 번드르르했다. 그래야 태웅이 사랑채에
들어와도 된다고 허락해줄 것 같았으니까.

"그래? 그럼 들어오너라."

태웅이 진짜로 허락하자 그녀는 다시 한 번 침을 꼴깍 삼켰다. 그녀
가 안채에서 생활하듯이 이곳은 그가 잠자고 생활하는 방이었다. 마치
그의 속살을 엿보는 기분이었다.

공부하러 와서 이런 생각만 하고 있다니. 아무래도 오늘 밤 백 번 쓰
겠구나, 한탄하며 그녀는 댓돌로 다가갔다. 벌 받을 각오까지 하면서
들어갈 정도로 그녀는 태웅이 기거하는 사랑방을 꼭 구경하고 싶었다.

사랑방은 주인만큼 특별하진 않았다. 그녀가 지내는 안방에는 예쁜
꽃도 있는데 이곳에는 온통 책뿐이었다.

"꽃이라도 좀 가져올걸."

그녀가 작게 하는 말을 들은 태웅이 그녀를 바로 야단쳤다.

"놀러 왔느냐?"

사실 사랑방을 구경하고 싶다는 흑심이 좀 있었던 은홍은 눈을 크게 뜨며 아니라고 고개를 세차게 저었다.

방의 주인인 태웅은 먼저 서안 앞에 자리를 잡고 앉았다. 밖에서 보았던 그림자 자태 그대로였다. 그리고 태웅은 마치 '난 널 혼낼 준비가 완벽히 되었다.'는 눈빛으로 그녀를 쳐다보았다.

괜히 왔나…….

순간 살짝 후회가 되었지만 이미 그녀에게는 퇴로가 없었다. 그녀도 서둘러 그의 앞에 두 무릎을 꿇고 앉았다. 이미 이 방에 들어와버렸으니 길은 하나였다.

틀려서 혼나고 백 번 쓰고 나가기.

"구용(九容)에 대해 말해 보거라."

"아, 아홉 개 다요?"

막 천자문을 떼고 계몽편으로 갈아탄 은홍은 긴장한 눈으로 태웅을 보았다.

"아직 다 안 배웠는데."

"미루어 짐작하는 것도 기술이다."

갑자기 들어온 기술에 그녀는 눈만 끔뻑거렸다.

"혹시 안 배운 걸 틀려도 백 번 씁니까?"

"네가 말하고 틀린 것이니 당연하다."

아직 안 배워서 틀린 것인데 그것도 벌을 내리겠다고 하니, 너무 부당한 것 같아서 그녀의 표정이 절로 억울해졌다.

"그러니 벌 받기 싫으면 아예 말을 하지 말아라."

"그래도 됩니까?"

"그래, 소심한 건 잘못이 아니니까. 널 탓하지는 않으마. 그저 너에 대한 내 기대가 사라질 뿐이다."

어째 벌 받는 것보다 더 심하게 욕먹은 것 같은 기분에 은홍의 입이 꾹 다물어졌다. 역시 대행수는 만만한 인물이 아니었다. 그녀의 머리 위에 앉아 있었다.

"대신 안 배운 것 중 하나라도 제대로 맞히면……."

하지만 대웅이 억만과 다른 게 하나가 있었다. 벌을 줄 때는 확실히 혼내고,

"네 소원 하나를 들어주마."

상을 줄 때는 화끈하게 쏜다는 것이다.

'소원'이라는 말에 은홍의 눈이 휘둥그레 커졌다.

"소원이면 제가 원하는 건 뭐든 들어주신다는 말입니까?"

"그래."

태웅이 그리 시원하게 대답한다는 건 하늘의 별을 따는 것만큼이나 일어나기 힘든 일이라는 뜻이었다. 배운 것도 틀리는 그녀가 안 배운 걸 유추해내야 하니까.

그래도 그녀는 꿈에 부풀어 몸이 붕 뜨는 것만 같았다. 사람이 괜히 도박에 빠지는 게 아니었다. 기대감이라는 건 사람을 부추기기 마련이 었다.

그날 밤은 그녀도 마찬가지였다. 태웅에게 소원을 빌고 싶다는 일념으로 그녀는 마구 날렸다. 오답을.

그래서 그날 밤 그녀가 써야 할 글자 수는 삼천 자를 넘어갔다. 그걸 다 쓰려면 밤을 꼬박 새워도 모자랄 것이었다.

"설마 삼천 자를 다 씁니까?"

돈을 깎아달라는 것도 아니고 글자 몇 개 깎아달라는 것이니 조금은

봐주겠지 싶어서 그녀가 씨익 웃으며 물었지만 태웅한테는 씨알도 안 먹혔다.

"다 쓰거라. 한 자도 빼지 말고."

아무래도 그는 '소원'이란 말로 그녀를 홀린 악마였나 보다.

검은 건 글자요, 흰 건 종이이니.

잠도 자지 못하고 죽어라 쓰다 보니 그녀는 어느새 글 쓰는 기계가 되어 있었다.

"틀렸다. 다시 써라."

이렇게나 많이 썼는데 틀리게 쓴 걸 하나하나 다 잡아내는 태웅이 진짜 악마처럼 느껴졌다.

"대행수 어르신은 안 졸리십니까?"

그녀야 글 삼천 자를 다 써야 해서 못 자고 있지만 그는 굳이 그녀와 함께 밤을 새울 필요가 없었다. 설마 그녀가 글을 안 쓰고 튈까 봐 감시하는 건가. 정말 징하게 독하시다.

"자고 싶으냐?"

그의 물음에 은홍은 그렇다고 세차게 고개를 끄덕였다. 굳이 오늘 밤 삼천 자를 다 쓸 필요는 없지 않은가.

"그럼 틀리지 말았어야지."

가차 없는 태웅의 말에 그녀의 얼굴이 울상이 되었다.

"하지만 아직 안 배운 부분이라."

그녀도 할 말이 있었다.

"난 분명 모르면 말하지 않아도 된다고 했다."

그랬지만 맞히면 소원을 들어준다고도 했다.

"소원이란 말에 혹해서 아무 말이나 뱉어댄 건 너다."

결국 그녀의 경솔함 때문에 이리 몸이 고생하는 거라고 태웅이 일침하자 그녀는 입이 있어도 할 말이 없어졌다.

그녀는 조용히 다시 붓을 들고 남은 글자를 쓰기 시작했다. 앞으로 천칠백오십이 자를 더 써야 잘 수 있었다. 아마 해가 떠도 다 못 쓸 것 같았다.

그녀가 조용히 글만 쓰자 태웅은 그녀의 표정을 살폈다. 그는 그녀의 억만이 되어야 했기에 말은 독하게 했지만 신경이 쓰였다. 조금 전 울 것 같은 얼굴이었으니까.

그런데 생각해보니 그녀는 이곳에 온 뒤 한 번도 운 적이 없었다. 겁먹고 불안해하고 자신 없는 모습을 보이기는 했지만 절대 울지는 않았다.

분명 이곳이 낯설고 그가 야단만 치는 게 힘들 텐데 왜 안 우는 걸까?

궁금하긴 했지만, 묻지는 않았다. 그 질문에 그녀가 울어버릴까 봐.

그는 그녀를 강하게 키울 수 있는 방법은 알 것 같았지만 우는 아이를 달래는 법은 전혀 몰랐다.

결국 그녀도, 그도 완벽하지 않았다.

그녀는 점점 완벽한 안주인이 되는 게, 그는 완벽한 대행수가 아니라는 걸 그녀에게 들키지 않는 게 각자의 숙제인 듯했다.

쨱쨱.

새소리가 들리고 따가운 빛줄기가 그녀의 얼굴을 찔렀다. 두 눈을 감고 있던 그녀는 소스라치게 놀라며 깼다.

"일천오백오십구 자!"

그녀가 마지막 세었던 숫자였다. 아직 써야 될 글자가 한참 더 남아 있었다. 그런데 벌써 아침이고, 그녀가 잠까지 잤다는 것에 기겁했는데, 그녀는 서안 앞이 아니라 요 위에 누워 있었다. 그녀는 놀라서 서둘러 주위를 둘러보았다. 자고 싶다는 욕망에 그녀가 무의식중에 요를 펴서 누웠다면 진짜 큰일이었다. 여긴 안채도 아니고 사랑채였으니까.

당장 태웅이 '이 녀석!' 하며 혼낼 것 같았는데 그는 없었다. 사랑방에는 그녀 혼자뿐이었다.

뭐지? 어떻게 된 거지?

그녀는 두 손으로 머리를 세게 움켜쥐었다. 어떻게든 지난밤의 일을 기억해보려고 했지만 생각나지 않았다. 그저 검은 것은 글자요, 하얀 것은 종이였다는 것만 기억날 뿐이었다. 그녀는 생각나지 않는 기억 대신 쓰다 만 종이를 한 움큼 안아 들고 사랑채를 도망치듯 나왔다. 어쨌든 남은 벌은 다 채워야 했으니까.

마침 오늘 수업할 내용이었기에 문길이 왔을 때도 그녀는 계속해서 글자를 쓰고 있었다.

"그래서 아직도 벌로 써야 하는 게 남았다는 겁니까?"

태웅이 내린 벌 때문에 수업조차 할 수 없게 되자 문길은 기가 찬 표정을 지었다.

"제가 맞추면 대행수 어르신이 소원을 들어주신다고 하셔서."

안 봐도 뻔했다. 소원에 욕심내다 벌만 왕창 받았다는 거다. 그리고 그게 태웅이 의도한 것일 게다. 경솔하게 굴면 어찌 되는지 그녀가 몸소 겪게 하려고.

"그래서 빌고 싶은 소원이 뭡니까?"

그런 게 있었으니까 무모하게 도전한 거라 생각했다.

문길의 물음에 은홍은 대답을 피했다. 쉽게 대답하지 못하는 게 수상해서 문길은 다시 물었다.

"설마 이상한 소원입니까?"

매일 야단맞는 거 복수하기 위해서 한 대 때리겠다고 하려나? 아니다. 은홍에게 그럴 배짱이 있을 리가 없다.

그럼 도대체 뭐란 말인가?

"사실……."

은홍이 어떤 소원인지 말했을 때 문길은 놀라 눈이 커졌다. 진짜 예상 밖의 소원이었다.

그녀는 이틀 밤을 꼬박 새워서야 벌 삼천 자를 다 쓸 수 있었다.

마지막 글자를 쓰고 붓을 내려놓으면서 은홍은 굳게 결심했다.

입조심하자.

사람은 어떤 상황에서든 평정심을 지키며 이성적이어야 했다.

유혹에 흔들리지 말고, 욕심에 가벼워지지 말아야 했다.

삼천 자 쓴 걸 태웅에게 검사받기 위해 그녀는 품 안 가득 종이 뭉치를 들고 다시 사랑채로 향했다. 종이는 부피에 비해 무겁지 않았지만 그녀의 걸음은 가볍지 못했다. 그녀가 태웅의 기대에 턱없이 부족한 사람인 거 같아서, 이러다 태웅이 그녀에게 실망해서 이 집에서 쫓아내면 어쩌나 싶었다.

그럼 그녀는 갈 곳이 정말 없는데.

노름꾼 아버지가 있는 집에는 정말 돌아가고 싶지 않았다.

"삼천 자 다 썼습니다."

그녀가 두 손으로 공손하게 내미는 종이 뭉치를 받은 태웅은 종이를 한 장 한 장 넘기며 확인했다. 설마 삼천 자 쓴 게 맞나 다 세어보려는 건가 싶어서 은홍은 태웅의 눈치를 보았다.

"억울하냐?"

종이를 살펴보던 태웅의 갑작스러운 질문에 그녀는 움찔했다.

"아, 아닙니다."

그는 납득할 수 있는 조건을 내걸었고, 그녀가 어설펐던 거다. 그러니 누굴 탓하겠나. 그녀의 모자람이었다.

은홍은 무릎 위에 놓인 손을 꼼지락거리며 머뭇머뭇 말했다.

"그저 제가 너무 모자라기만 한 거 같아서 송구합니다."

차락―.

태웅이 종이를 넘기는 소리가 더 크게 울렸다.

그도 그렇게 생각한다는 뜻인 것 같아서 그녀는 고개를 푹 숙이고 입술을 깨물었다. '왜 이렇게 모자라기만 한 걸까?' 하는 자책이 무겁게 그녀의 어깨를 짓눌렀다.

그때 그의 목소리가 그녀의 머리 위에서 들려왔다.

"넌 손재주가 있고, 꼼꼼하다."

은홍은 고개를 들어 다시 그를 보았다.

"네?"

설마 칭찬해준 건가?

"보통 재주가 있는 이는 자기 재주를 믿고 꼼수를 부리게 마련인데. 넌 첫 글자와 삼천 번째 글자가 똑같아."

태웅이 첫 번째 종이와 마지막 종이를 들어 올렸다. 양쪽 다 어느 쪽이 처음 쓴 것인지 모를 정도로 똑같이 정성스럽게 적힌 글씨가 적혀 있었다.

아직 배워야 힐 글자는 많을지 몰라도 그녀가 쓴 글씨체만큼은 과거 시험 보러 온 선비들도 본받고 싶을 정도로 정갈하고 유려했다.

"손재주는 배운다고 익힐 수 있는 게 아니고, 꼼꼼한 성격은 네가 살아온 태도이니. 넌 이미 가진 게 많다. 그걸 스스로 몰랐다는 게 너의 모자람이겠지."

그녀는 입만 크게 벌리고 태웅을 쳐다보았다. 아무래도 칭찬이 맞는 것 같아 믿기지 않았다.

분명 벌 받은 거 확인하는 자리인데 어찌 그녀를 칭찬해주신단 말인가? 설마 취하셨나? 술 냄새는 안 나는데.

"다물어라. 속이 다 보인다."

태웅의 차가운 말에 그녀는 서둘러 벌어진 입을 꾹 다물었다.

그런 그녀를 보며 태웅은 한쪽 눈썹을 살짝 찌푸렸다. 너무 빨리 칭찬을 해준 건 아닌가 싶긴 했는데 잔뜩 기가 죽은 정수리를 보니 그냥 보낼 수가 없었다. 이곳을 나간 뒤에도 방에서 혼자 자책할 게 눈에 선했으니까.

그는 마음이 너무 약해서 탈이었다. 태웅은 은홍이 절대 동의하지 못할 생각을 하며 가볍게 고개를 저었다.

"그만 돌아가도 좋다."

은홍은 고개를 깊게 숙여 태웅에게 인사한 뒤 사랑채를 나왔다.

자박자박一.

그녀는 안채로 연결된 좁고 긴 마당을 걸어가며 태웅이 한 말을 되풀이해서 생각했다.

그녀한테 손재주가 있다고 한 태웅의 말이…… 그녀가 꼼꼼한 성격이라고 한 태웅의 말이…… 너무 좋았다. 마치 그녀에게 화룡관에 계속 있어도 괜찮다고 말해주는 거 같아서.

아무래도 오늘 밤도 잠을 못 잘 것 같았다. 심장이 너무 빨리 뛰어서.

그녀는 바로 다음 날 문길에게 자랑했다. 그녀가 태웅에게 칭찬받은 말을.

"그게 칭찬입니까?"

그런데 문길이 찬물을 끼얹듯이 그리 물었다.

얼굴에 웃음꽃이 가득했던 은홍은 바로 못마땅한 눈빛으로 그를 흘겨보았다.

"저한테 손재주가 있고 꼼꼼한 성격이라 하셨습니다. 그게 칭찬이 아니면 뭡니까?"

"칭찬은 잘한 게 있어야 하는 겁니다. 그런데 어젯밤 아씨께서 잘한 게 무엇입니까?"

문길의 말에 그녀는 살짝 기가 죽었다. 그래도 여기서 물러날 수 없었다. 오늘은 내행수에게 처음 칭찬을 받은 다음 날이었으니까.

"그러니까…… 첫 글자랑 삼천 번째 글자를 똑같이 잘 썼다고 대행수 어르신이 그랬습니다."

"그 삼천 자가 벌 받아서 쓴 거였죠. 벌 받은 게 잘한 겁니까?"

문길의 말이 하나도 틀린 게 없어서 그녀의 얼굴이 일그러졌다.

"너무하십니다! 스승님."

사람이 기껏 좋은 기분으로 자랑한 걸 이리 따박따박 반박하며 찬물을 끼얹다니. 그냥 '좋았겠다.' 한마디면 족하였다.

그녀는 그저 자랑하고 싶었던 것뿐이니까.

은홍에게는 그리 냉정하게 말했지만 문길은 수업이 끝난 뒤 직접 화룡 상단으로 태웅을 찾아갔다.

"드릴 말씀이 있어서 왔습니다."

"하거라."

그의 앞에서는 평소처럼 강건한 자태의 태웅을 보며 문길은 눈을 가늘게 떴다. 그의 눈에는 달라진 게 보이지 않는데 왜 은홍 앞에서는 그리 무른 태도를 보였을까 싶었다.

부부 사이는 남들이 모르는 거라고 하더니, 그래도 부부라는 것인가.

"아씨의 소원을 들어주신다는 말씀을 하셨다고 들었습니다."

태웅은 피식 마른 웃음을 지었다. '소원'이란 말에 눈빛이 변하며 달려들던 은홍의 모습이 생각나서.

어떻게 그리 순진할 수 있을까 신기하고, 아직은 많이 어리구나 생각하니 어려웠다.

"어차피 은홍이 소원을 빌 일은 없을 거다."

"대행수 어르신이 이미 아씨의 소원을 들어주셨답니다."

뜻밖의 말에 태웅은 고개를 들어 문길을 보았다.

"뭐?"

그는 벌만 왕창 주었는데 무슨 소원을 들어주었다는 건가?

"취향관에 팔려갈 때 제발 살려달라고 빌었는데 그 소원을 대행수 어르신이 들어주셨답니다."

태웅은 할 말을 잃은 눈으로 문길을 쳐다보았다. 뒤통수를 한 대 제대로 맞은 기분이었다.

"그래서 지금은 대행수 어르신께 은혜를 꼭 갚고 싶답니다."

만약 은홍이 소원을 빌 기회가 생긴다면 오백 냥 다 갚은 걸로 치고 화룡관을 나가고 싶다는 말을 할 수도 있다고 생각했는데 그런 말이 나오자 태웅은 마음이 이상해졌다. 비도 안 오는데 가슴에 소나기라도 내린 듯이 울렁거렸다.

"그러니까 대행수 어르신이 제대로 보여주셔야죠. 아씨께서 그 말을 한 걸 후회하게."

사람이 한창 감성적이 되었는데 그걸 와장창 깨는 문길의 말에 태웅의 눈빛이 가늘어졌다.

"후회?"

"네, 대행수 어르신이 돌아가신 대방 어르신 밑에서 얼마나 생고생을 하셨습니까? 그런 과정이 있었기에 지금 대행수 어르신이 그 자리에 앉아 계신 것이죠. 그러니 아씨께도 상단 일을 배우는 게 결코 쉬운 일이 아니라는 걸 알려주셔야죠."

은홍의 억만이 되기로 한 그가 더 잘 아는 말임에도 방금 은홍의 소원에 대해 들어서인지 굉장히 찝찝하게 느껴지는 말이었다.

태웅이 입을 꾹 다물고 아무 말도 안 하자 문길이 넌지시 물었다.

"독한 대행수 역할은 하기 싫으십니까? 그럼 제가 대신 호랑이 선생 노릇을 할까요? 대행수 어르신은 아씨께 칭찬만 해주시겠습니까?"

태웅은 억지로 입꼬리를 올렸다. 이제야 갑자기 찾아온 문길의 의도를 깨달았다. 중요한 건 은홍의 소원이 아니라 바로 이거였다.

"됐다. 착한 선생 노릇은 네가 다 해라."

결국 다시 제자리로 돌아가버리는 태웅을 보며 문길은 속으로 짧게 혀를 찼다. 사실 태웅이 은홍 때문에 조금은 변한 게 아닌가 기대하고 있었다. 그래도 부부였으니까. 서로가 서로에게 영향을 주는구나 싶었다. 하지만 그의 말 한마디에 바로 정색을 하는 태웅을 보니 저쪽도, 이쪽도 한참 멀었구나 싶었다.

그래도 언젠가는 두 사람이 진짜 부부가 되는 날이 오려나?

올 수도 있을 것 같았다. 이렇게 서로 조금씩 변해간다면.

돈 오백 냥에 부부가 된 두 사람 사이에서 처음으로 희망을 본 사람은 문길이었다. 부부인 두 사람보다도 먼저.

오늘도 안방 훈련소는 쉬지 않고 돌아가고 있었다.

은홍은 태웅이 시킨 대로 열 번씩 글자를 쓰다 힐긋 책을 읽고 있는 태웅 쪽을 훔쳐보았다. 그녀가 별로 내려진 글자를 다 쓰는 걸 확인하기 위해서 앉아 있는 거라고 해도, 끝까지 자리를 지켜주는 그가 고마웠다.

"저기, 대행수 어른."

"다 쓰거라. 변명은 안 통해."

그녀가 글자를 그만 쓰고 싶다고 말하려는 줄 알고 태웅이 엄하게 말했다.

그러나 그녀가 하려는 말은 다른 것이었다. 사실 만화경 받은 것에 대한 보답을 하고 싶었는데 집에서 그를 만나기가 쉽지 않아서 지금껏 미루고 있었다.

"지금 제일 가지고 싶은 게 무엇이십니까?"

그녀의 엉뚱한 질문에 태웅은 그제야 책에서 눈을 떼고 그녀를 바라보았다.

"그건 왜 묻느냐?"

"그, 그냥."

자신도 그에게 선물을 주고 싶다는 말은 할 수가 없었다. 그녀는 부끄러움이 많아도 너무 많았으니까.

"아직 덜 졸린가 보구나. 잡담할 기운도 있고."

그에게 잡담 취급 당했지만 그녀에게는 중한 문제였다.

"없으십니까?"

태웅은 고개를 돌려 창문 쪽을 보았다.

"비나 시원하게 내렸으면 좋겠구나."

비가 내리지 않은 지 꽤 되었다. 이대로 계속 비가 안 오면 가뭄이 들어 농사를 망칠 것이었다. 나라의 재난은 화룡 상단과도 무관하지 않았기에 태웅은 신경을 쓸 수밖에 없었다.

하지만 태웅의 대답에 은홍은 굉장히 난감해졌다. 그녀가 무슨 수로 비를 태웅에게 선물한난 말인가. 그건 나라님이라도 불가능했다.

"다른 건 또 필요한 거 없으십니까? 이왕이면 돈으로 살 수 있는 물건으로."

"네가 어서 빨리 그걸 다 썼으면 좋겠구나. 나도 좀 자게."

괜히 꾸중만 들은 은홍은 의기소침해져서 글자를 계속 썼다.

그래도 비라니.

밤하늘에는 아름다운 별이 가득한데, 그녀의 머릿속에는 칙칙한 먹구름만 가득 찼다.

태웅이 청국에서 돌아온 지 반년도 지나지 않았는데 이번엔 2천 리 떨어진 의주로 가게 되었다. 상단을 운영하는 그가 멀리 떠나는 일은 흔한 일이었다. 한양 사람들만 상대로 하는 장사가 아니었으니까. 조선을 넘어 밖으로 뻗어 나가지 못하면 상업은 크지 못했다.

아침 일찍 떠나야 하는 원행이었기에 닭이 홰치는 소리를 내기도 전에 일어난 태웅은 말을 타기에 편한 옷으로 챙겨 입었다. 떠날 채비를 막 끝냈을 때쯤이었다.

툭툭툭.

빗방울 떨어지는 소리를 들은 태웅은 고개를 틀어 창문 쪽을 보았다. 동창 밖으로 정말 빗줄기가 보였다. 이렇게 쉽게 풀릴 가뭄이라 생각하지 못했기에 태웅은 놀라서 창가로 걸어가 창문을 열었다.

벌컥―.

창밖을 본 태웅은 뭔가 이상한 걸 느꼈다. 비는 내리고 있는데 하늘은 너무 맑았다.

이게 도대체 어찌 된 일인가 의아해하며 고개를 돌린 태웅의 눈에 그제야 물이 흐르고 있는 대통과 물을 끌어올리고 있는 수륜과 수저가 보였다.

비는 경사진 긴 대통을 흐르는 물이 수없이 많은 작은 구멍을 통과해 떨어지며 생긴 것이었다. 아래로 떨어진 물은 위와는 반대 방향으로 경사진 대통을 따라 또 흘러 방통 안으로 들어가 다시 위로 올려졌다. 그렇게 물이 순환되며 비는 끊기지 않고 내렸다.

툭툭툭툭.

비가 내렸다. 오로지 사랑방 창문 앞에서만.

태웅은 내리는 비에서 눈을 떼지 못했다.

이건 정말…… 말로 설명이 불가능했다.

"하아아암."

은홍은 늘어지게 하품을 하다가 손으로 입을 틀어막았다. 태웅이 의주로 떠나기 전에 완성해야 해서 무리했더니 며칠 사이 몇 년은 늙은 것 같은 기분이었다.

그래도 태웅이 떠나기 전에 완성해서 다행이었다. 태웅이 떠나면 또 돌아오기까지 한참이 걸릴 테니까.

"이제 떠나시겠네."

그를 오래 못 볼 생각을 하니 괜히 울적해졌다. 그렇게 야단맞다가 미운 정이 쌓였나 보다. 해 뜨기 전에 떠나니 배웅도 나오지 말라고 했지만, 그래도 대문에 나가서 마지막으로 얼굴만 볼까 갈등하고 있는데 밖에서 목소리가 들려왔다.

"아직 자느냐?"

태웅의 목소리였기에 은홍은 서둘러 일어나 문으로 달려갔다.

드르륵―.

문을 열자 안마당에 서 있는 태웅이 보였다. 봇짐을 지고 있는 걸 보니 떠나기 직전에 그녀를 만나러 온 것 같았다.

은홍은 허둥지둥 댓돌 위의 신발을 신고 마당으로 내려섰다.

"지금 가십니까?"

묻는 그녀의 얼굴을 빤히 보던 태웅이 물었다.

"어찌 만든 것이냐?"

비 내리는 대통에 대해 묻는 거란 걸 느낀 은홍이 느릿느릿 대답했다.

"아! 그게 논에 물 대는 자승차를 보고, 저렇게 만들면 비 내리는 것도 가능할 거 같아서."

물을 많이 쓰면 낭비한다고 태웅이 혼낼 게 뻔했기에 어떻게든 작은 양의 물로 비가 내리는 것처럼 보이게 하고 싶었다.

"대행수 어른이 시원하게 비가 내렸으면 좋겠다고 하셔서……. 그래서……."

어떻게든 비를 선물로 주고 싶었으니까.

태웅이 말없이 그녀를 쳐다만 보자, 그녀의 머리가 점점 아래로 내려갔다.

또 뭘 잘못했나?

물은 진짜 한 동이밖에 안 썼는데. 그것도 낭비인가.

툭―.

그녀의 머리에 닿은 손은 부드럽게 그녀의 머리를 쓸어주었다. 낯설고 다정한 손길에 온몸의 감각이 소스라치게 놀랐다.

"오늘은 내가 너한테 배웠다."

은홍은 놀라서 고개를 들었다.

"네?"

그녀의 귀가 잘못된 게 분명했다.

배웠다니. 태웅이 그리 말했을 리가 없다.

태웅은 몸을 돌려 중문으로 걸어가며 더 놀라운 말을 했다.

"이제 꽃밭에 무슨 꽃을 심든 네 자유다."

꽃밭에 꽃 두 개를 넘기지 못했던 그녀에게는 너무도 파격적인 말이었다.

"참말이십니까? 제가 아무 꽃이나 싫어도 뭐라 안 하실 겁니까?"

"그래."

중문 앞에서 태웅이 한 번 더 몸을 돌려 그녀를 보았다.

"다녀오마."

잘 있으라는 작별 인사가 아니라 꼭 돌아온다는 그의 말에 그녀는 울컥했다. 그 말을 들으니 그와 진짜 가족이 된 것 같았다.

"내가 돌아왔을 때는 더 자라 있어야 한다."

그는 이제 믿을 수 있었다.

그녀가 이 화룡관에서 성장하고 성숙하여 결국 모든 사람에게 인정받는 안주인이 될 거라는 걸.

그때까지 기꺼이 기다려주는 게 그가 해야 할 일이었다.

제 3 장

화룡 상단 안주인의 자격

3년 후.

포구에 청국의 서선이 들어오는 날은 장시라도 선 듯 사람들로 붐볐다. 거대한 청국의 배는 특별한 구경거리이기는 했다.

많은 사람 속에서 다른 이보다 머리 하나는 더 큰 태웅은 멀리서도 눈에 띄었다. 여인들은 아낙이나 처녀나 상관없이 훤칠하게 잘생긴 젊은 대행수를 구경하느라 눈과 입이 바빴다.

"아휴, 대행수 어른은 양반도 아닌데 어찌 저리 잘나셨을까."

"근디 들으셨수. 대행수 어른께 혼인한 부인이 있다는구면."

"엥? 그게 무슨 소리래? 내가 시전 거리에서 장사한 게 벌써 10년인데, 대행수 혼례식에는 가본 적이 없구면."

화룡 상단 대행수의 혼인이라면 한양에서 장사한다는 이들은 모두 모여 축하할 큰 잔치였을 것이다.

그러나 그런 잔치는커녕 혼례식도 없었다.

그녀들이 유령 같은 존재인 대행수 부인에 대해 열띤 토론을 하는 동안 태웅은 초대한 청국 상인들과 함께 화룡관으로 향했다.

"오늘은 취향관이 아니라 대행수의 집으로 가는 것이오? 하하하, 갑자기 접대해줄 부인이라도 생긴 것인가?"

태웅과 오래 거래한 사이인 양 대인은 취향관이 아닌 집으로 간다는 말에 농을 던지듯이 말했다.

그러자 태웅은 마치 남의 이야기하듯이 대답했다.

"네. 지금 집에서 시생의 내자가 기다리고 있을 것입니다."

농담을 던졌는데 진담이 돌아오자 얄브스름한 양 대인의 눈이 두 배로 커졌다.

"진짜 혼인을 했단 말인가?"

이른 나이에 혼례를 올리는 것이 관례인 조선에서 늦게까지 혼자였던 태웅은 이미 청국에까지 평생 혼자 살 상남자로 낙인찍혀 있었던 것이다. 그런데 갑자기 부인이 있다고 하니 놀라지 않을 수 없었다.

"빙산 같은 대행수의 마음을 훔친 여인이니, 분명 절세미인이겠구려."

그의 부인에 대한 양 대인의 기대감은 화룡관으로 향하는 동안 점점 부풀어가고 있었다.

그리고 태웅은 조금씩 긴장하고 있었다. 그와 관련된 일이었다면 긴장 따위 없었을 텐데, 이번엔 그게 아니었다.

"대행수의 부인은 어떤 꽃을 닮았소?"

양 대인의 질문은 참으로 난감했다. 차라리 물건 값을 깎아달라 그러지, 뭐 그런 답도 없는 질문을 한단 말인가. 다른 이도 아니고 그가 초대한 귀한 손님이었기에 태웅은 진지하게 대답했다.

"봄까치꽃을 닮았습니다."

"봄까치꽃? 못 들어본 꽃인데."

"아침에 피었다 밤에 지는 아주 작은 들꽃입니다."

"흠, 대행수 부인은 딱 하루만 어여쁘다는 소리요?"

"오늘 시들어도 내일 또 꽃이 피어납니다. 그래서 하루하루가 새로운 꽃입니다."

은홍은 그의 집에서 3년을 피었다 지기를 반복해서 오늘 처음으로 화룡 상단의 안주인으로 손님을 맞게 되었다.

"네? 인삼주를 쏟았다고요?"

인삼주는 청국 상인이 가장 좋아하는 조선의 술이라서 태웅이 특별히 몇 번이고 그녀에게 일러주었던 것이다.

그런데 그 귀한 술을 운반하다 깨트렸다니. 비쌀 뿐만 아니라 당장 구하기도 힘든 술인데 말이다. 그녀가 깨트린 게 아니라 해도 통할 일이 결코 아니었다.

"가근방에서 당장 최고 품질의 인삼주를 구할 수 있는 곳이 어디지요?"

은홍은 술을 깨트린 일꾼을 혼내는 것보다 먼저 일을 해결하기 위해 문길에게 물었다.

문길은 분명 그녀를 도와주는 역할인데 마치 남의 일 이야기하듯이 말했다.

"글쎄요. 취향관에는 한양 최고의 술 창고가 있으니 거기에는 최고의 인삼주가 있을지도 모르겠군요."

취향관은 죽을 때까지 백 리 밖으로 피해 다니고 싶은 곳이었지만 지금은 그런 걸 따질 때가 아니었다.

3년 전, 그녀의 아비에게 끌려왔던, 그녀를 모른 척했던 청지기는 훌쩍 자란 그녀를 알아보지 못하고 입성이 고급스러워진 그녀에게 먼저 고개를 숙여 인사했다. 고작 옷차림만으로도 사람을 대하는 태도가 그리 변할 수도 있는 건가 싶었다.

하지만 지금은 그런 걸 신경 쓸 시간이 아니었다. 취향관의 주인인 곽 행수는 그녀보다 문길에게 먼저 인사를 건넸다.

"어째 나날이 더 자태가 고와지네, 문 서기."

문길은 탐탁잖은 표정으로 인사를 했고, 은홍은 자리에서 서둘러 일어나 곽 행수를 향해 머리를 숙였다.

"처음 뵙겠습니다, 행수 어른. 소인은……."

"난 처음이 아닌데."

초인사를 하던 은홍은 처음이 아니라는 곽 행수의 말에 고개를 들어 그녀의 얼굴을 보았다. 나이가 들어 얼굴에 주름이 생겼지만, 한 시절을 풍미했던 기생답게 자색이 고왔다. 거기다 조선 최고의 기방을 이끄는 행수로서의 기백도 있으니, 이런 특별한 이를 그녀가 만났다면 결코 잊었을 리가 없었다.

"송구합니다. 저는 기억이 잘……."

"기억한다면 거짓말이지. 솔직한 성격이군. 잘 먹고 잘 입혀놓으니 못난 티도 사라지고."

분명 좋은 말들인데 어째 마음에 모래알처럼 걸려 문길을 쳐다보니 문길은 짧게 고개를 저었다.

굳이 대답할 필요 없다는 뜻이었다.

"그래도 좀 더 꾸미긴 해야겠어. 여인이 머리만 채우면 뭐하누. 외모를 가꿔야 사내들이 꽃으로 인정해주는데."

곽 행수의 말이 신경 쓰여 은홍은 머리를 매만졌다. 손님 맞을 연회와 묵을 곳을 준비하는 것에만 신경 썼지 자신을 꾸미는 것에는 많이 신경 쓰지 못했다.

하지만 지금은 그것보다 인삼주가 더 급했다.

"곧 청국에서 온 상인들이 도착하는데, 일꾼이 실수로 인삼주를 깨트려버렸습니다. 취향관에 인삼주가 있다면 지금 당장 좀 구할 수 있겠습니까?"

"인삼주라면 술 창고에 넉넉히 있네."

술이 있다는 말에 은홍의 얼굴에 화색이 일었다.

"가격은 오백 냥이네. 사갈 테면 사가게."

하지만 가격을 듣고 얼굴이 굳어버렸다. 정말 사악한 가격이었다.

"뻔히 술의 준가를 아는데 어찌 그리 폭리를 취하시는 것입니까?"

"공다지로 줄 수도 있네."

곽 행수의 한마디 한마디에 은홍은 어질어질했다.

"취향관으로 청국 상인들을 데리고 오면 말일세."

곽 행수의 말은 그녀에게 분수에도 맞지 않는 화룡 상단 안주인 노릇을 그만두라는 소리처럼 들려왔다.

화룡관의 솟을대문이 보이자 태웅의 긴장감은 최고조에 이르렀다.

아무래도 은홍에게는 너무 이른 손님 영접인 것 같았다. 양 대인은 만만치 않은 중국 상인이었다. 무엇보다 하루도 여인이 없으면 못 사는 사내였다. 그런 이를 아직 어린 은홍이 능수능란하게 상대할 수 있을 리가 없었다. 이제라도 그냥 취향관으로 길을 돌릴까 고심하고 있는데 양 대인이 놀라며 말했다.

"설마 대문 앞에 서 있는 저 여인이 자네 내자인가?"

그때까지 태웅은 미처 그녀를 못 봤다. 아니, 못 알아봤다.

"들꽃이라 하여 소박할 줄 알았더니, 생각보다 화려하오."

양 대인은 흥미롭다는 듯이 말했고, 태웅은 그의 눈을 의심했다.

분명 아침에 집을 나설 때까지만 해도 여전히 소녀티 나는 은홍을 보았는데, 대문 앞에 서 있는 은홍은 월궁항아(月宮姮娥) 같은 여인의 모습으로 변해 있었다.

어떻게 3년보다 반나절 만에 더 빨리 자랄 수 있단 말인가?

멀리 태웅과 양 대인 일행이 오는 걸 확인한 은홍은 옆에 있는 문길에게 물었다.

"저 정말 안 이상합니까?"

어쩌다 보니 취향관에 인삼주 얻으러 갔다가 거기서 옷도 얻어 입고 화장까지 받았다. 처음 해본 진한 화장에 어색해 죽을 것 같았다.

"어울리는 게 신기합니다."

어째 좋은 말도 기분 나쁘게 들려서 은홍은 문길을 흘겨보았다.

"오늘 정말 도움이 하나도 안 되십니다."

묻는 말에 제대로 대답도 안 해주고, 곽 행수 앞에서도 그녀의 편을 들어주지 않고.

"손님 왔습니다. 웃으십시오."

은홍은 서둘러 앞을 보며 활짝 웃었다.

풍채 좋은 양 대인은 딱 봐도 태웅과는 너무도 다른 모습의 상인이었다. 성격 좋은 아저씨는 아닌 게 확실했다.

"화룡관에 오신 걸 환영합니다."

은홍은 대표로 나서서 양 대인에게 환영의 인사를 했다. 그건 그녀가 화룡 상단의 안주인이라는 뜻이라 양 대인은 흥미롭다는 눈으로 은홍을 살폈다.

"하하하하. 취향관이 아쉬울 줄 알았는데, 그도 아니군."

태웅은 은홍이 청국 말을 모르는 걸 다행이라 생각했다. 은홍을 취향관 기생과 비교하는 말은 듣기 거북했다.

태웅은 그녀를 찬찬히 살폈다. 왜 달라 보이나 했더니 옷차림과 화장 때문이었다. 여인은 고작 그런 거로 이리 달라지는 건가 싶어서 놀랐다.

태웅의 시선을 느낀 은홍은 다른 의미로 알고 걱정 말라는 뜻으로 활짝 웃었다. 오늘은 무슨 일이 있어도 실수 안 한다.

그녀가 너무 화사하게 웃으니 태웅은 오히려 더 불안해졌다. 뭔가 뜻대로 흘러가지 않을 것 같은 예감이 들었다.

"들어가시지요."

연회가 꾸며진 사랑 마당으로 들어서자, 태웅이 미처 생각하지 못한 것들도 마련되어 있었다.

"다시 뵙게 되어 황감하옵니다, 대인."

취향관 기생들이었다.

해어화 같은 기생들을 보자 양 대인의 만면에도 웃음꽃이 피었다.

"취향관에 인삼주를 얻으러 갔다가 양 대인이 미색을 밝힌다는 말을 듣고 기생들도 같이 얻어왔습니다."

은홍이 작은 목소리로 태웅에게 상황을 설명했다. 사실은 곽 행수가 술값을 터무니없는 가격으로 불러서 협상한 것이었다. 술과 함께 기생

들도 껴달라고. 연회의 달인인 그녀들이 있으면 인삼주보다 분위기를
더 즐겁게 만들 것 같았으니까.

그리고 양 대인의 반응을 보니 그녀의 생각이 맞았나 보다.

"제가 실수한 것입니까?"

인삼주 때문에 어쩌다 일이 이렇게 되었기에 은홍은 자신 없는 목소
리로 태웅의 눈치를 살폈다.

태웅은 곁눈으로 그녀를 내려다보다 앞으로 걸어가며 짧게 말했다.

"잘했다."

야단이나 안 맞으면 다행이라고 생각했기에 그제야 은홍의 뾰족했던
긴장감이 조금은 무뎌졌다.

"내 첫 잔은 화룡 상단의 안주인에게 받아야지 않겠나."

양 대인이 그녀를 찾는 소리에 은홍은 앞으로 나서려고 했지만, 태웅
이 그녀의 팔을 붙잡았다. 태웅이 고개를 숙이자 그의 숨결이 그녀의
귓가에 닿아서 뜨겁게 습했다.

"첫 잔만 따르고 넌 뒤로 빠져라."

어차피 취향관 기생이 왔으니 그 정도 시늉이면 충분했다.

"하지만……."

영접을 맡았기에 끝까지 양 대인 옆에 있어야 한다고 생각했다.

"내 말대로 하거라."

그렇게 말하며 태웅이 눈에 힘을 주었다. 그 말대로 안 하면 나중에
크게 혼날 분위기였기에 은홍은 알았다며 고개를 끄덕였다. 그제야 태
웅이 그녀의 옷깃을 삽은 손을 놓았다.

양 대인에게 가기 위해 앞으로 고개를 돌린 은홍은 기생 한 명과 눈
이 딱 마주쳤다. 오늘 취향관에서 온 기생 중 가장 아름다워 같은 여자

인 그녀도 감탄했던 여인이었다.

그런데 왜 저런 눈으로 그녀를 보는 건가 싶었다. 꼭 그녀를 미워하는 것처럼.

도대체 왜?

그녀는 만난 적도 없는, 모르는 이였다.

하지만 지금은 그런 걸 신경 쓸 틈이 없었기에 은홍은 애써 그 눈빛을 무시하며 양 대인에게로 다가갔다.

양 대인 한 명을 위한 환영회는 밤이 되어서야 끝이 났다. 아주 길고 소란스러운 하루였다.

그리고 연회가 끝나자마자 은홍은 태웅에게 불려갔다. 마치 숙제 검사를 맡는 학생처럼.

"오백 냥?"

취향관 곽 행수가 불렀다는 술값을 듣자마자 태웅의 두 눈이 하늘로 치솟았다.

역시 그 돈에 덥석 사 왔으면 그녀만 태웅에게 엄청 깨졌을 것이었다.

"저도 비싸다고 생각했습니다. 그래서 기생들을······."

"그래도 비싸디! 오백 냥을 낸 것이냐!"

태웅이 오백 냥에 이리 격분하는 게 3년 전 자신이 곽 행수에게 폭리 비슷하게 당한 돈이 바로 그 오백 냥이기 때문이란 것도 모른 채 은홍은 쩔쩔매며 대답했다.

"아뇨. 돈 대신 다른 걸 드리기로 했습니다."

돈이 아닌 걸로 흥정했다는 말에 태웅은 화를 가라앉히고 은홍을 보았다.

"다른 거?"

"네."

"무엇을 말이냐?"

"저요."

"뭐!"

쾅—!

태웅은 서안을 주먹으로 내리치며 소리쳤다.

"취향관에 가서 기생 노릇이라도 하겠다고 했단 말이냐! 그깟 오백 냥에!"

아까는 너무 비싸다 했으면서 이젠 그깟 오백 냥이라 하며 불같이 화내는 태웅을 놀란 눈으로 올려다보며 은홍은 더듬더듬 설명했다.

"아, 아뇨. 화룡 상단 안주인으로서 곽 행수가 저처럼 어려움에 부닥쳤을 때 한 번은 꼭 도와드리겠다 약조했습니다."

태웅은 더 이상 소리치지 않았지만, 여전히 화난 얼굴로 그녀를 쳐다보았다. 그녀는 잘못했다고 빌어야 하는 건지, 이게 그렇게 화를 낼 일은 아니지 않냐고 따져야 하는지 알 수 없어서 큰 눈만 깜빡였다.

그때 마침 밖에서 문길의 목소리가 들려왔다.

"대행수 어른, 진월향이 취향관으로 돌아가기 전에 인사 여쭙겠다 합니다."

태웅은 자세를 바로잡으며 문밖을 향해 말했나.

"들어오라 해라."

태웅은 그녀를 보지 않은 채 말했다.

"넌 그만 가서 쉬어라."

인삼주 오백 냥이 이쯤에서 마무리된 건 다행이나, 은홍은 이제 방문객이 신경 쓰이기 시작했다. 진월향이라면 오늘 취향관에서 온 기생 중 가장 어여뻤던 이였다. 오늘 연회에서 양 대인의 옆자리를 계속 독차지하였던. 그런데 다른 기생들은 아니 그런데 왜 혼자만 태웅에게 인사를 하러 온 거란 말인가.

둘이 친한 사이였어?

은홍은 설명을 바라는 눈으로 태웅을 보았지만, 태웅은 그녀를 보지도 않았다. 할 수 없이 은홍은 꾸벅 고개를 숙여 인사를 하고 장지문 쪽으로 걸어갔다.

드르륵—.

닫혀 있던 문이 밖에서 열리며 막 문 안으로 들어서려던 진월향과 문 앞에서 마주 서게 되었다. 양반댁 규수보다 더 도도한 자태로 선 진월향은 키가 작은 그녀를 위에서 아래로 내려다보며 짧게 웃었다. 연회에서는 분명 그녀를 노려보았는데 그게 마치 그녀의 착각일 뿐이라고 말하는 듯했다.

역시 예쁜 사람이라는 생각은 들었지만, 기분은 별로 좋지 않았다. 그녀에게 욕한 것도 아니라 웃어준 건데 말이다.

드르륵, 문이 닫히며 그녀는 문밖에, 진월향과 태웅은 문 안으로 갈라졌다. 은홍은 고개를 돌려 닫힌 문을 보았다. 기분이 이상해서 발이 쉽게 떨어지지 않았다.

"오늘 수고하셨습니다."

태웅에게 듣지 못한 말을 오늘 내내 그녀의 옆에서 제삼자처럼 있었던 문길이 대신해주었다.

"……진월향이란 기생은 대행수 어른과 친한 사이입니까?"

"글쎄요."

은홍은 문길을 노려보았다.

"이건 손님 맞는 일이랑 상관없는 질문인데 왜 대답 안 해주십니까?"

"그래서 그럽니다. 상관없는 일을 왜 굳이 물으십니까?"

문길의 질문에 오히려 은홍이 할 말이 없어졌다. 태웅의 말대로 가서 푹 자는 게 내일을 위해 더 좋을 것 같아 은홍은 걸음을 떼었다.

그녀의 뒷모습이 너무 불쌍해 보였는지 대답해주지 않을 것 같던 문길이 먼저 입을 열었다.

"진월향은 곽 행수의 여식입니다."

그 말에 은홍은 반색하며 고개를 돌렸다.

"아! 그럼 곽 행수 대신 인사를 하러."

"글쎄요."

또다시 나온 '글쎄요.'에 은홍은 못마땅한 눈으로 문길을 쳐다보다 저벅저벅 큰 걸음으로 걸어가버렸다.

멀어지는 은홍의 뒷모습을 보며 문길은 짧게 한숨을 내쉬었다. 어쨌든 은홍이 화룡 상단 안주인으로서 한 첫 손님맞이는 무사히 하루를 넘기고 있었다. 은홍이 이곳에 왔던 첫날을 떠올려 보면 정말 기적 같은 일이었다.

다른 여인을 신경 쓰는 건 은홍만이 아니었다. 문 안의 진월향도 문 밖의 은홍만큼이나 그녀를 신경 쓰고 있었다.

"벌써 사람들에게 모습을 내보이기는 부족한 게 많은 이 같습니다."

그녀는 3년 전, 자신의 어미인 곽 행수가 그에게 한 어이없는 짓을 알고 바로 그를 찾아와 대신 사과를 했었다.

─오백 냥은 제가 대신 드리겠습니다.

그리 말하며 그 아이를 굳이 거둘 필요가 없다고 했었다. 그런데도 결국 그 하찮은 아이는 화룡 상단의 안주인으로 세상에 얼굴을 내밀게 되었다. 곽 행수가 던진 돌이었지만, 그 돌을 보석으로 바꾸려는 헛된 노력을 하는 이는 태웅이었다. 진월향은 그런 태웅이 이해도 되지 않고 야속했다.

"대행수 어른이 실수하시는 겁니다."

그녀가 앉았어야 할 자리였다. 어미가 그런 심술만 안 부렸어도 결국 그녀의 자리가 되었을 것이다. 어미처럼 웃음 파는 기생으로 평생을 살다 죽고 싶지 않았다. 그런데 그녀에게 가장 소중한 두 사람이 그녀의 인생을 바꾸어놓았다는 게 아직도 원망스러웠다. 그리고 그 원망은 이제 고스란히 은홍이란 어린 안주인을 향하고 있었다.

"모자란 건 우선 내가 채우면 된다. 그런 게 부부지."

고작 돈 오백 냥으로 시작되었으면서 너무도 쉽게 '부부'라는 말을 꺼내는 태웅을 진월향은 찬 눈으로 바라보았다.

오늘 은홍은 배워야 할 게 또 하나 늘었다. 바로 말 타기. 급할 때는 말을 타야 빨리 갈 수 있다는 걸 문길과 함께 말을 타고 취향관으로 달려갈 때 알았다. 시간을 꼭 지켜야 하는 상단 일이니 말 타는 걸 배워 두면 반드시 쓸모가 있을 것 같았다. 그래서 은홍은 곧장 마구간으로 향했다. 그곳에는 아주 멋진 흑마가 있었다.

"대행수 어른이 타는 말이구만요."

마구간을 관리하는 칠석의 말에 은홍은 흑마에 바로 정이 갔다.

"내가 이 말을 타도 될까?"

흑마는 태웅처럼 못 한다고 혼내지도 않을 것이었다. 사람 말을 못 하니까.

은홍은 칠석의 도움을 받아 흑마를 끌고 상단 무사들의 훈련이 끝난 연무장 한터로 갔다. 짐승이나 사람이나 다가가서 정을 쌓는 게 기본 중의 기본인 거 같았다. 그래서 말 등에 타는 걸 시도하기 전에 당근을 먹이며 대화를 시도했다.

"내 이름은 은홍이야. 반가워. 너도 이름이 있니?"

말은 열심히 당근만 먹을 뿐이었다.

은홍은 말의 갈퀴를 부드럽게 쓸었다. 뻣뻣한 털이기는 했지만, 그래도 동물의 온기를 느낄 수 있어 푸근했다.

"내가 화룡 상단 안주인 일을 잘해야 하거든. 대행수 어른 얼굴에 먹칠하지 않으려고 내가 3년 동안 정말 많이 노력했어. 그런데도 아직 배워야 할 게 많네. 말을 못 타니 급한 일이 있을 때 곤란하더라고. 그러니까 내가 화룡 상단 안주인 일을 잘하려면 네 도움이 꼭 필요해."

은홍은 알아듣지도 못하는 말에게 구구절절 자신의 사정을 설명했다.

그래도 착한 말인지 귀찮다는 표정은 짓지 않았다.

"내가 네 위에 올라탔을 때 성질부리면 안 된다. 그럼 다신 당근 안 줄 거야."

으름장도 놓았다. 태웅한테 배운 것이었다. 칭찬보다 혼내는 게 훈육에는 효과가 더 뛰어나다는 거.

"그리 말한다고 말 못 하는 짐승이 알아듣기라도 한다더냐?"

갑자기 들려온 태웅의 목소리에 은홍은 흠칫 놀라 이깨를 떨었다.

고개를 돌리니 태웅이 그녀와 말이 있는 곳을 향해 걸어오고 있었다. 아직도 진월향과 함께 있을 줄 알았는데 그게 아닌 걸 눈으로 확인하니 답답한 속이 좀 뚫리는 것 같았다.

그렇다고 웃으면 너무 속내를 들키는 거 같아서 은홍은 올라가는 입꼬리를 억지로 붙잡으며 태웅에게 물었다.

"대행수님은 어찌 여기에……?"

태웅은 손에 든 검을 보여주었다.

"양 대인 마중 가느라 아침에 못 했다."

어릴 때는 무관이 되는 게 꿈이었던 태웅이 매일 빼놓지 않고 하는 게 검술 연습이라는 걸 그녀는 미처 몰랐던 거다.

"말을 타려는 거냐?"

"네."

그가 굳이 시키지도 않은 일을 그녀가 먼저 시도하자 태웅은 좀 신기했다. 확실히 그녀는 처음 이곳에 왔을 때와는 많이 다른 사람이 되었다. 그때의 그녀였다면 남이 시키는 말을 따르는 것만도 버거워했을 거다. 하지만 이제 그녀는 자신의 모자람을 스스로 찾아내고 고쳐 나가려 하고 있었다. 그녀의 성장이 그는 기특하면서도 무거웠다. 그녀가 변한 만큼 그도 변해주어야 했으니까. 그런 게 진짜 부부일 텐데 그건 그도 해본 적 없는 일이었다.

만약 그녀에게 우리가 어떤 부부가 되어야 하는지 그도 잘 모르겠다고 말한다면 은홍은 어떤 표정을 지을까?

분명 엄청 황당해하고 그에게 실망할 것이다. 지금껏 다 아는 척 굴었으니까. 그녀가 어렸을 때는 그게 잘 통하고 편했는데 이젠 그럴 수 없다는 게 곤란했다.

"타는 법은 알고?"

"배우기 전에 말이랑 친해지려고······. 까악!"

그녀가 갑자기 비명을 지른 건, 그녀는 아직 말이랑 친해지지도 않았는데 태웅이 갑자기 그녀의 몸을 번쩍 안아 말안장에 앉혔기 때문이었다. 갑자기 세상이 너무 높아져 현기증이 몰려왔다.

기겁한 그녀와 달리 태웅은 아주 담담하게 일러주었다.

"몸만 쓰면 되는 일에는 쓸데없는 준비는 생략하는 게 더 낫다. 그래야 빨리 늘어."

쓸데없는 준비가 아니었다. 그녀는 말에게 정을 주고 있었던 거였다. 그리 해명하고 싶었지만 은홍은 처음으로 혼자 타본 말의 등이 너무 높아서 말안장에 필사적으로 찰싹 달라붙었다.

무엇이든 붙잡아야 했다. 안 그럼 떨어질 거 같았으니까.

그녀의 자세가 영 성에 차지 않아 태웅이 명령했다.

"똑바로 앉아라. 그런 자세로는 말이 움직이기 불편하니까."

그녀도 진심으로 똑바로 앉고 싶었지만 그게 쉽지 않았다.

"제가 오늘 당장 타려는 게 아니라, 차차······."

그냥 잠이나 잘걸. 괜히 당근 들고 와 설쳤다는 후회가 들었다. 당장 땅을 밟고 싶었다. 말이 멋대로 움직일까 봐 너무 무서웠다.

"고삐를 잡고 등자에 발을 올려. 그리고 허리를 세우고 앉아 어깨에 힘을 빼라."

그러나 배움에 있어서는 언제나 엄격하신 대행수 어른이 그냥 무조건 타라고 하시니 은홍은 어쩔 수 없이 고삐를 꽉 움켜잡고 천천히 허리를 세웠다. 태웅이 잡고 있어서 말은 움직이지 않았다. 마치 태웅과 흑미가 한패처럼 느껴졌다.

그래도 태웅이 시키는 대로 똑바로 앉으니 그나마 겁이 줄어들었다. 은홍은 심호흡을 길게 하며 태웅을 봤다. 무섭지만 배울 준비가 되었다는 눈빛으로.

"이제 제가 어찌하면 됩니까?"

그녀가 3년 동안 그에게 가장 많이 한 말이었다. 그럼 그는 그녀가 해야 할 일을 끝없이 던져주었다. 분명 보통의 다른 부부처럼 평범한 지아비와 아내 사이는 아니었다.

그런데 오늘은 도저히 그냥 넘어갈 수 없는 부분이 있었다. 사실 처음 봤을 때부터 마음에 걸렸었다.

그의 시선이 그녀의 머리로 향했다. 은홍은 그날 처음으로 화룡 상단을 대표해서 손님을 영접하기 위해 머리를 올렸다. 상단 안주인인데 혼례도 안 올린 머리를 하고 있을 수는 없었으니까.

그녀의 머리를 보는 그의 마음은 복잡했다. 그는 지금껏 아무렇지 않게 외자상투(정혼하지 아니하고 틀어 올린 상투)를 틀고 장사를 해왔기에 한 번도 신경 쓰지 않았는데 오늘 그녀의 올린 머리를 보니 꼭 자신이 아주 나쁜 지아비가 된 것처럼 느껴졌기 때문이었다.

지금껏 혼례식을 올리지 않은 건 그녀가 너무 어리기도 했고, 상단 교육을 받아왔기 때문이었는데, 이 순간만큼은 모두 핑계 같았다. 거울을 보며 혼자 머리를 올렸을 그녀의 모습을 상상하니 갑자기 가슴속에서 참기 힘든 감정이 끓어 올라왔다.

결국 태웅은 그녀의 눈을 똑바로 보며 말 타는 법이 아닌 다른 말을 꺼냈다.

"혹시 나와 혼례식을 올릴 마음이 있느냐?"

생각도 못 한 말에 놀란 은홍은 몸을 크게 틀다가 발로 말의 옆구리를 차버리고 말았다. 갑자기 말이 멋대로 움직이기 시작했다.

"까아악! 까아아악!"

처음으로 어렵게 혼례식 이야기를 꺼냈는데, 비명만 질러대는 은홍을 보는 태웅의 입매가 굳었다. 싫다는 뜻을 참 이상하게도 표현한다 싶어서 말이다.

은홍이 화룡 상단 안주인으로서 손님 영접을 시작했기에 문길은 갓 밝이가 되자마자 부지런히 화룡관 안채로 향했다. 중문을 넘어 안마당으로 들어서던 문길은 툇마루에 앉아 멍하니 하늘만 보고 있는 은홍을 발견하고 걸음을 멈추었다. 그 모습이 하도 요상해서 문길은 멀찍이 거리를 두고 물었다.

"언제부터 그러고 계셨던 것입니까?"

"달이 언제 해로 바뀐 거죠?"

밤새 그러고 있었다는 소리였다.

"무슨 일이 있었습니까?"

"대행수 어른이……."

은홍이 기운 없는 목소리로 중얼거렸다.

"혼례식을 하겠냐 물었는데, 제가 말 위에서 비명만 질러댔습니다. 말이 멈추고 난 뒤에야 정신을 차려보니 대행수 어른이 없었습니다."

문길은 어이가 없었다. 혼례식이 제일 필요하다 느꼈던 은홍 본인이 깽판을 칠 줄은 몰랐기 때문이다.

"대행수 어르신이 싫으신 것입니까?"

"그런 게 아닙니다! 말이 움직였단 말이에요!"

말 탓을 해서 뭐하나. 일생에 단 한 번 오는 기회를 그리 허망하게 날렸는데.

"대행수 어른은 그런 말 두 번 하실 분이 아니십니다."

은홍이 자신의 뜻을 제대로 못 전했다면 그걸로 끝이었다. 두 번의 기회는 없었다.

"그럼 혼례식은요?"

세상 다 잃은 표정으로 묻는 은홍을 보자 문길은 절로 한숨이 나왔다.

"그걸 소인한테 물으시면 어찌합니까. 저랑 할 것도 아닌데."

아마도 은홍은 태웅에게 먼저 혼례식 이야기를 꺼내지는 못할 것이다. 그럴 성정이었다면 벌써 옛날에 태웅을 붙잡고 말했을 것이다. 혼례식도 안 올린 부부가 어디 있냐면서. 화룡 상단의 안주인을 시킬 거면 그에 합당한 대우를 해달라고.

제 4 장

조선에서 가장 귀한 선물

집에 그녀가 영접해야 할 귀한 손님이 있어서 은홍은 계속 우울해하고 있을 수만은 없었다. 그녀는 문안 인사를 하기 위해 양 대인이 묵고 있는 별채로 향했다.

그런데 별채 앞에서 양 대인보다 태웅과 먼저 마주쳤다. 그녀가 멈칫하며 멈추어 서자, 걸어오던 태웅의 발걸음도 멈추었다. 두 사람의 어색한 눈 맞춤에 답답한 건 오히려 옆에 있는 문길이었다.

하지만 그는 입을 꾹 다물고 있었다. 혼례식은 철저하게 두 사람의 문제였다. 그가 먼저 말을 꺼내면 더 이상해지는 것이었다.

"들어가자."

태웅이 앞장서서 별채로 들어가자 은홍은 그제야 숨이 쉬어진다는 듯이 길게 숨을 내쉬었다.

"밤새 평안하셨습니까?"

정중히 인사하는 그녀를 빤히 보던 양 대인이 청국어로 뭐라고 대꾸했다. 그녀는 청국어를 몰랐기에 옆에 있는 태웅을 보았는데, 태웅은 상인에게만 몇 마디 하고 그녀에게는 아무 말이 없었다. 분명 그녀에 대해 말한 것 같았는데 말이다. 혹시 그녀가 실수한 게 있나 싶어서 청국어를 아는 문길에게 슬쩍 물어보았다.

"상인이 저에 대해 뭐라고 한 겁니까?"

"정말 매일 새로 피는 꽃이랍니다."

'꽃'이라는 말에 은홍의 얼굴이 붉어졌다.

"제가 꽃처럼 예쁘다는 소리인가요?"

"아뇨, 어제는 분칠로 화사했는데, 오늘은 아니라는 소리입니다."

군이 그런 것까지 솔직할 필요는 없는데, 가끔 보면 문길은 참 인정이 없다. 어제는 취향관 기생들 화장하는 곳에 끼어서 받은 것이었다. 그런데 매일 그래야 할 줄은 미처 몰랐다. 아무래도 분칠하는 법도 배워야겠다. 그리고 청국어도. 정말 배워야 할 게 너무 많았다. 죽을 때까지 배움은 안 끝날 것 같았다.

양 대인이 포삼 밭을 구경하고 싶다고 해서 태웅이 직접 동행했다. 그런데 열심히 땀 흘려 일하는 일꾼들만 있는 포삼 밭에는 그리 어울리지 않는 화려한 차림의 진월향도 함께였다. 양 대인이 진월향에게 직접 청한 일이기에 태웅도 어쩔 수가 없었다. 양 대인은 진월향이 너무도 마음에 들었는지 포삼 밭에서도 진월향의 미모만 칭찬했다.

"진월향과 가는 곳은 어디든 꽃밭이군."

이제 지겨울 정도로 들은 찬사에 진월향은 형식적인 미소만 짓고 있었고, 태웅은 별로 탐탁지 않았다. 술과 여자를 즐기고 싶으면 기방으로 가면 된다. 포삼 밭은 아니었다. 그래도 겉으로는 티를 내지 않으며 양 대인에게 포삼 밭에서 나는 인삼의 우수한 품질에 대해 설명했다.

"화룡 상단에서 내는 인삼은 만상과 비교해도 으뜸이지요."

진월향도 옆에서 거들어주며 그에게 눈웃음을 지었다. 지금 당신의 부족함을 채우는 건 당신 부인이 아니라 자신이라는 뜻이었다. 하지만 그녀를 보는 그의 눈빛에 연정은 전혀 없었다.

진월향은 속이 탔다. 아름다움도 그녀가 더 낫고, 상술도 그녀가 더 낫고, 태웅을 향한 연심도 그녀가 먼저였다. 아무리 생각해도 그녀가 그 계집보다 모든 면에서 나은데 왜 태웅의 옆자리는 자신의 차지가 아니란 말인가. 그녀가 웃음 파는 기생이기 때문이라면 진월향은 그녀를 이리 살게 한 어머니를 원망할 수밖에 없었다.

"주위 경관까지 좋은 것이 인삼주 마시며 아리따운 여인과 같이 놀기 딱 좋군."

그렇게 말하며 양 대인은 진월향의 잘록한 허리를 두툼한 손으로 휘감았다. 진월향은 그 손을 뿌리치고 싶었지만, 기생이라 그러지 못하고 오히려 사람 꽃처럼 미소를 지었다. 만약 오백 냥 신부가 이 자리에 있었다면 태웅이 지금처럼 보고만 있었을까 생각하니 속이 뜨거워졌다.

태웅이 잠시 자리를 뜬 사이 진월향은 양 대인에게 물었다.

"이번 거래가 틀어지면 안주인 탓도 되는 것입니까?"

얄궂은 질문을 하는 진월향을 보며 양 대인은 입꼬리를 틀어 올렸다. 아름다운 여인의 질시는 귀염 정도로 봐줄 수 있었다.

"왜? 안주인을 내치고 그 자리를 차지하고 싶은 것이냐?"

당연한 걸 묻는 양 대인의 질문에 대답하지 않고 진월향은 토라진 듯 고개를 모로 틀었다. 길고 하얀 목덜미가 탐스러웠다.

양 대인은 원하는 걸 주지 않아 심통이 난 미인을 감상하듯이 쳐다보다가 입을 열었다. 뭐, 적당히 장단 맞추어주는 것도 나름 재미있을 듯했다.

"그럼 내 안주인과 너 중에 더 귀한 걸 내게 가져다주는 사람의 말을 들어줄 것이다."

양 대인의 말에 진월향은 휙 고개를 돌려 그의 얼굴을 쏘듯 보았다.

"참말이십니까?"

양 대인이 그 말대로 해주기만 한다면 안주인을 태웅의 눈 밖에 나게 만들 수도 있었다.

"넌 자신이 있나 보구나."

당연했다. 그녀는 조선 최고의 기생이었다. 그녀에게 반한 남자들이 준 선물 중에서만 골라도 귀하고 귀한 물건은 넘쳐났다. 화룡 상단이 대단한 것이지, 고작 오백 냥에 안주인 자리를 꿰찬 풋내기가 그녀를 이길 리가 없다고 진월향은 확신했다.

태웅이 걸어오는 걸 보고 진월향은 부채로 입을 가리고 양 대인에게 당부했다.

"이 이야기는 대행수 어른께 비밀입니다."

양 대인은 짧게 고개를 끄덕이며 수염을 손으로 만졌다. 말을 던지고 보니 궁금해졌다. 과연 봄까치꽃을 닮은 안주인은 그에게 어떤 귀한 물건을 가져다줄지.

은홍도 양 대인의 접대를 위해 포삼 밭에 따라가고 싶었지만, 태웅이 필요 없다고 해서 화룡관에 남아서 배웅하고 마중하는 일만 했다. 안 그래도 자신감이 하락해 있었는데 태웅이 따라오지 말라고 못까지 박으니 화룡 상단 안주인이 아니라 보릿자루가 된 기분까지 들었다.

"그래도 힘낼 겁니다."

태웅과 양 대인을 마중 나와 있던 은홍이 갑자기 혼잣말을 하자, 문길은 고개를 돌려 그녀의 옆얼굴을 보았다. 아무 일도 없었지만 혼자 애쓰고 있는 게 느껴졌다. 태웅이 칭찬 한마디만 해주면 세상에서 제일 행복한 사람이 될 것인데.

그 칭찬 한 번이 참 힘들었다. 태웅은 그녀에겐 억만이었으니까. 그게 그녀의 지아비인 것보다 먼저였다. 아직은.

멀리 돌아오는 일행이 보이자 은홍은 언제 심각한 표정이었냐는 듯 얼굴에 미소를 지었다.

"외출은 즐거우셨습니까?"

양 대인은 반갑게 맞아주는 그녀의 인사를 받는 둥 마는 둥 하다가 그녀에게 물었다.

"안주인은 내게 귀한 선물을 준다면 어떤 걸 줄 텐가?"

"네, 선물이요?"

"그래, 진월향은 조선에서 가장 귀한 물건을 내게 가져다준다고 했는데 안주인은 어떤 걸 줄지 내 참으로 궁금하군."

은홍에게 통역해주던 문길은 진월향에 대해서는 바로 통역하지 못했다. 하지만 그 이름만은 확실히 알아들은 은홍은 꼭 누군가 뒤통수를 세게 잡아당기는 듯한 기분이 들었다.

"나야 당연히 마음에 드는 선물을 준 사람의 말을 들어주고 싶겠지. 아니 그런가?"

은홍은 어색한 미소만 지었다.

상단의 중요한 손님만 아니었다면 심보 고약하게 쓰지 말라고 한마디 했을 것이다.

태웅은 포삼 밭에서 그런 생각을 했었다. 청국 상인의 옆에 서 있는 이가 은홍이 아니라 다행이라고. 사실은 진월향이 아니라 화룡 상단 안주인 노릇을 해야 할 은홍이 있어야 할 자리였는데, 없어서 다행이다 싶었다. 참으로 이기적인 생각이었다.

태웅은 사랑채에서 나와 안채로 향했다. 왜 포삼 밭에 데려가지 않았는지 은홍에게 그의 이기적인 마음을 제대로 설명할 마음은 없었지만 잘 자고 있는지 확인은 하고 싶었다.

그런데 그가 안채에 도착하니 안마당 구석에서 쭈그리고 앉아 흙바닥만 보고 있는 이가 있었다. 은홍이었다. 야밤에 뭐 하는 것인가 싶었다. 그가 다가가는 것도 모르고 은홍은 딴생각에 빠져 있었다.

"뭐 하는 것이냐?"

그의 물음에 그제야 은홍이 놀라서 고개를 들었다. 놀랄 때 얼굴의 ·반은 차지할 거 같은 큰 눈만은 어릴 때와 똑같다고 생각하며 태웅은 눈을 좁혔다. 옛날에는 저러다 금방 울 거 같아서 불안했었다.

하지만 은홍은 화룡관에 오고 나서 단 한 번도 운 적이 없었다.

"아, 개미를 보느라."

"개미?"

이젠 어두워서 보이지도 않을 텐데 도대체 언제부터 보고 있었다는 걸까.

"개미들은 밥 한 톨만 주어도 세상에서 제일 부자가 된 거 같아 보이는데, 욕심 많은 양 대인한테는 도대체 뭘……."

깊은 고민에 빠져 말하던 은홍은 아차 싶어 손으로 입을 틀어막았다. 태웅 앞에서 손님 욕을 한 꼴이었다. 그녀는 또 혼나겠구나 하는 표정으로 태웅의 눈치를 보았다. 그런데 의외로 태웅은 별로 화난 표정이 아니었다.

"제, 제가 방금 양 대인 욕을 한 거 같은데."

은홍은 자진 납세를 했다. 알아서 때리라고 엉덩이 내미는 꼴이었다.

태웅도 못 들은 게 아니었다.

"없는 곳에서는 나라님 욕도 하는 법이니. 양 대인 귀에만 들어가지 않게 해라."

태웅의 말에 그녀는 눈을 동그랗게 떴다. 그러니까 지금 상단 손님 욕을 해도 된다고 허락을 받은 거였다.

세상에 이런 일이!

"지, 진짜 욕해도 됩니까?"

그녀를 시험하는 걸지도 모른다고 생각하며 그녀는 재차 확인했다.

"돈 많아서 손님이지 인격이 좋아 손님인 것은 아니니까."

태웅도 욕한 거나 마찬가지였다. 양 대인 성격 나쁘다고.

은홍은 처음으로 태웅이 그녀와 비슷해 보여 배실배실 웃었다.

그녀가 웃는 모습을 보자 태웅은 눈을 좁혔다.

"왜 웃는 것이냐?"

"대행수 어른이랑 친해진 거 같아서."

"뭐?"

은홍은 자신이 방금 한 말의 의미를 깨닫고 대경을 하며 부정했다.

"아닙니다! 욕한 겁니다!"

태웅은 더 기가 찬 표정을 지었다.

"뭐라?"

이래서 욕하며 친해지는 건 위험한 것이었다.

밤사이 무슨 일이 있었던 건지, 은홍은 좀비가 되어 있었다. 문길은
바로 방 안으로 들어가지 못하고 문지방 밖에서 물었다.

"또 잠을 못 주무신 겁니까?"

"제가 대행수 어른께 헛소리하고 어찌 감히 잠을 잘 수 있겠습니까."

아무래도 정신이 나갔었던 거 같다.

"대행수 어른께 무슨 말실수를 하신 겁니까?"

문길의 물음에 은홍은 창피해서 솔직하게 말할 수도 없었다.

"이게 다 양 대인 때문입니다. 그런 말만 안 했어도!"

그녀가 고민하다 태웅에게 헛소리하는 일은 없었을 거다.

양 대인이 조선에서 가장 귀한 물건을 선물로 요구했음을 아는 문길
도 심각한 표정을 지었다. 태웅에게는 말할 수 없었다. 이건 양 대인이
판을 짠 안주인과 진월향의 겨루기였으니까. 양 대인이 무슨 심보로 그
런 판을 짰든 손님의 체면을 깎을 수는 없는 노릇이었다.

"명심할 건 선물이라는 명목으로 뇌물이 되어서는 안 됩니다."

그건 태웅이 절대 용납하지 않을 거다.

문길의 말에 은홍은 더 어려워졌다. 선물과 뇌물의 차이도 아직은 잘
모르겠으니까.

"진월향은 양 대인께 무엇을 줄까요?"

"아마 도자기일 겁니다."

"도자기요?"

"네, 양 대인이 조선의 도자기를 좋아합니다. 이번에 이리 직접 조선으로 온 것도 도자기들을 사 모으기 위해서입니다."

그럼 진월향의 선물이 양 대인의 마음에 들 것은 자명한 일이었다.

"그럼 전 뭘 선물하면 좋죠?"

그녀는 이름만 화룡 상단 안주인이지, 선물 살 돈도 마땅치 않았다. 태웅에게 허락을 받아야 했으니까.

"어차피 물질적으로는 아씨가 진월향을 이길 수 없을 겁니다."

화룡 상단 안주인이 물질적으로 밀린다는 게 자존심이 상했다.

"짚신을 대행수 어른께 팔았던 것처럼 해보십시오."

"어찌 짚신과 이 일을 비교하십니까."

은홍은 속상한 마음에 문길에게서 등을 돌려 앉았다.

조선의 귀한 물건이 도대체 무엇이란 말인가. 분명한 건 짚신은 아니었다. 그녀가 태웅에게 팔았던 짚신을 다시 만들어서 양 대인에게 주면 그는 자신을 무시하는 거냐면서 화만 낼 것이다.

닭이 홰치는 소리가 들리자 은홍은 연무장으로 향했다. 밤새 조선의 귀한 물건을 생각하느라 잠도 안 오니 말 타는 연습을 할 생각이었다.

"흑돌아."

검은 말이라 이름을 그리 붙였다.

"넌 조선에서 가장 귀한 물건이 뭐라고 생각하니?"

흑돌이는 그게 꼴이라는 듯 꼴만 열심히 먹었다.

"그래, 배부르면 그게 가장 행복이지. 나도 그렇게 생각해."

은홍은 흑돌의 등을 쓸어주었다.

그러나 가난을 겪어본 자라면 알 수 있는 가치를 대국의 부호인 양 대인에게 강요할 수는 없었다.

은홍은 식사를 끝마친 흑돌의 등 위로 조심조심 올라탔다. 이제 좀 친해진 거 같으니 타는 연습을 해도 될 듯했다. 말 위에 앉아 있는 게 아직 어색하기는 했지만 그래도 처음처럼 무섭지는 않았다. 역시 동물과 친해지는 게 중요했다. 흑돌에 대한 믿음이 생겨서 덜 무서운 거라고 은홍은 생각했다.

"흑돌아, 이랴이니라."

드디어 흑돌이 움직였다. 그녀는 천천히 연무장 안을 돌 생각이었는데 흑돌은 더 넓은 세상을 원했는지 곧 연무장 밖으로 향했다.

"어? 어? 흑돌아, 어디로 가니?"

은홍은 당황해서 고삐를 당기고 발까지 굴려보았지만 애먼 신발만 벗겨져 땅에 떨어졌다.

"흑돌아! 내 신발!"

그녀가 목소리를 높여도 흑돌은 꿋꿋이 자기 가고 싶은 곳으로만 갔다. 아직 방향 전환을 못 하는 그녀는 흑돌이 가는 곳으로 갈 수밖에 없었다.

멈추지 않고 앞으로 움직이던 흑돌이 멈추었을 때 그곳에는…….

"말 타고 어딜 가는 것이냐?"

태웅이 있었다. 마치 운명처럼.

"아! 흑돌이 대행수 어른께 절 데려다주었나 봅니다."

"남의 말에 이상한 이름 붙이지 마라."

단번에 운명을 차단당했다. 들뜨던 기분이 민망해지려는데 태웅이 그녀의 발을 보며 물었다.

"왜 신발은 한 짝만 신은 것이냐?"

"흑돌이가……."

그녀가 또 흑돌이 타령을 하자 태웅은 짧게 한숨을 내쉬고는 몸을 돌려 걸어가버렸다.

은홍은 허망하게 멀어지는 그의 등을 보고 있을 수밖에 없었다. 흑돌이 움직이지 않았으니까.

"흑돌아, 운명이 아닌 거니? 그래서 안 움직이는 거야?"

그녀가 물어도 흑돌은 못 들은 척 땅에 있는 풀만 뜯어 먹었다.

많이 친해졌다고 생각했는데 그녀의 착각이 분명했다.

그냥 말에서 내려 걸어가야 하나, 그래도 끝까지 흑돌을 길들여야 하나 갈등하고 있는데 사라졌던 태웅이 다시 돌아왔다. 그의 손에는 그녀가 떨어뜨린 신발이 들려 있었다.

그걸 본 그녀의 눈동자가 가늘게 떨렸다. 그녀의 짚신을 사주었던 그가 이번엔 그녀가 떨어뜨린 당혜를 가져다준 것이다. 그저 흔하디흔한 신발이라도, 너무도 사소한 인연이라도 그녀는 그게 참 소중했다.

"뭐든 흘리고 다니지 마라."

그는 이번에도 습관처럼 야단 한마디 덧붙이고는 그녀의 버선발에 직접 신발을 신겨주었다. 손 안의 발이 너무 작아서 태웅은 쉽게 손을 떼지 못했다.

"발은 죽어도 안 자라는구나."

그게 다 자란 거였다. 그녀는 지난 3년 동안 정말 죽어라 자랐다. 어떻게든 그에게 닿으려고. 은홍은 지금이 아니면 앞으로 절대 말을 못할 거 같아서 입을 열었다.

"대행수 어른, 저도 혼례식……."

"부담스러워할 필요 없다."

태웅의 말에 그녀는 뒷말을 이을 수 없었다.

"강요하는 것도 아니고, 꼭 지금 당장 해야 하는 것도 아니니까."

그도 그 말을 하고 내내 신경 쓰였었다. 너무 그의 감정에만 치우쳐 그런 말을 한 것 같아서. 그의 시간과 그녀의 시간은 분명 달랐다. 그에게는 이미 늦은 혼인이라도 은홍에게는 아니었다.

그리고 무엇보다 은홍은 그를 선택해서 화룡관에 온 것이 아니었다. 그게 가장 마음에 걸렸다. 그가 오백 냥을 주고 그녀를 화룡 상단으로 데려왔다고 해서 그녀의 마음까지 마음대로 할 수는 없었으니까.

"네가 화룡 상단을 위해 모든 걸 희생할 필요는 없어. 네 마음의 주인은 너다."

'희생'이라는 말에 은홍은 울컥해서 대답했다.

"전 희생이라고 생각한 적 없습니다."

"그럼 다행이구나."

'다행'이라는 말이 이리 무겁게 들린 건 처음이었다.

태웅은 더 말하지 않고 흑돌의 고삐를 잡아당겼다. 흑돌은 그제야 가자는 방향으로 움직이기 시작했다. 어쩌다 보니 대행수가 말구종이 된 것이다.

은홍은 그의 뒷모습만 빤히 보았다. 이럴 땐 무슨 말을 해야 좋을지 알 수 없었다. 그녀도 혼례식을 올리고 싶다고 당당하게 말하고 싶었지만 그러지 못하는 건 아직 그녀가 화룡 상단의 안주인 자격이 있는지 확신할 수가 없어서였다.

은홍은 그를 실망시키는 게 세상에서 가장 두려웠다. 그러니까 양 대인에게 주는 선물에서 진월향에게 지지 않아야 했다.

"대행수 어른이 생각하는 조선에서 가장 귀한 물건은 혹시 도자기입니까?"

그녀의 물음에 태웅이 힐긋 곁눈으로 그녀를 쳐다보고는 다시 앞으로 고개를 돌렸다.

"도자기도 그 가치를 아는 이에게나 중한 것인지, 모르는 사람에게는 그저 물건 담는 그릇일 뿐이다."

진월향이 가져올 도자기는 아니라는 말에 은홍은 우선 안심했다.

"그럼 대행수 어른이 생각하시는 조선에서 가장 귀한 물건은 무엇입니까?"

"지금 당장 조선의 백성들에게 필요한 것이겠지."

슬쩍 답을 얻으려던 것인데 그걸 눈치라도 챈 듯 태웅은 바로 알아들을 수 있게 대답하지 않았다. 더 이상 물을 수는 없었다. 그럼 반칙 같았으니까.

은홍은 배에 힘을 꽉 주며 말했다.

"대행수 어른, 기다려주십시오."

은홍의 말에 태웅이 고개를 돌려 그녀를 보았다.

은홍은 혼자만 굉장히 비장했다.

"제가 화룡 상단 안주인 자격이 충분하다는 걸 보여드리겠습니다."

그럼 그때 그녀가 먼저 그에게 당당하게 말할 거다.

혼례식을 올리고 싶다고.

"쉽지 않을 거다."

현실적인 태웅의 대답에 배에 불어넣었던 힘이 빠지려고 했지만 그녀는 끝까지 비장함을 놓지 않았다. 이건 할 수 있느냐의 문제가 아니라 반드시 해야 할 일이었으니까.

"밤새 평안하셨습니까?"

아침 일찍 문길과 함께 방까지 찾아온 은홍을 보고 양 대인은 의아한 표정을 지었다. 아침부터 너무 의욕에 넘쳐 보였으니까. 매일 아침 새로 피는 꽃이라더니 아침이 제일 기운이 넘치는 건가 싶었다.

"대행수와는 어찌 혼인하게 되었나?"

양 대인의 물음을 문길이 통역해주자 그녀는 움찔했다. 청국에까지 그녀가 오백 냥에 팔려 온 신부라고 소문이라도 난 것인가 싶었다. 그 오백 냥으로 인해 그녀는 새로운 인생을 얻게 되었지만, 반대로 그녀가 극복해야 할 낙인이기도 했다.

"어려운 처지에 놓인 저를 대행수 어른이 구해주셨습니다."

"대행수한테 그런 선한 마음이 있었는지 몰랐군."

"그야 양 대인께서는 남에게 도움받을 필요가 없을 만큼 많이 가진 사람이지 않습니까."

"하하, 많이 가졌으니 도움받을 필요 없다?"

대국의 사람이라서인지 웃음통이 남들보다 두 배는 큰 듯했다.

"그래서 내게 줄 선물 준비는 잘되고 있나?"

아직 결정하지 못했기에 그녀의 어깨가 움찔했다.

양 대인은 못 본 척 능글맞게 말했다. 사실 원하는 게 있기에 먼저 말을 꺼낸 것이었다.

"뭘 그리 어렵게 생각하나? 조선에서 제일 귀한 건 조선의 미인 아니겠나."

은홍은 황당한 눈으로 양 대인을 보았다. 설마 이야기가 그리 흘러갈 줄은 꿈도 몰랐다. 그녀가 너무 순진했나 보다.

"내가 취향관 진월향을 청으로 데려가고 싶은데, 그이가 억만금을 준다 하여도 조선은 떠날 수 없다 하더군. 그게 아마도 대행수가 조선에 있기 때문인 듯하던데. 안주인 생각은 어떻소?"

웃고 있는 양 대인의 얼굴이 꼭 가면 같았다. 선득선득한 기운을 애써 이겨내며 은홍은 조심스럽게 물었다.

"그런 말을 왜 제게 하시는 겁니까?"

되묻는 그녀를 보며 양 대인은 크게 혀를 찼다.

"쯧쯧. 상단 안주인이 그리 둔해서야 어찌 큰살림을 잘 꾸려가겠나. 대행수의 선행이 너무 과했나 보구만."

땅을 딛고 서 있는 두 발이 너무도 무거웠다. 아무래도 태웅의 말처럼 그에게 안주인의 자격을 인정받고 행복한 혼례식을 올리는 건 그리 쉬운 일이 아닌 듯했다.

은홍은 다시 찾아온 취향관 앞에서 한참을 망설이다가 들어갔다. 이곳에 올 때마다 그녀는 항상 곤경에 처해 있는 것 같았다. 그래서 '향기에 취하는 곳'이라는 이 아름다운 장소가 그녀는 너무 부담스러웠다.

"날 만나고 싶다 하셨다고?"

멍하니 취향관의 백련 나무를 보고 있던 은홍은 뒤에서 들린 찬 목소리에 고개를 돌렸다. 백련 꽃보다 더 아리따운 진월향이 냉랭한 시선으로 그녀를 보고 있었다. 그녀와 진월향은 대화 한 번 나눈 적 없는 사이인데도, 처음부터 진월향과 그녀의 사이에는 높은 벽이 있었다. 아마도 그 벽은 태웅일 거다.

이렇게나 예쁘고 자신감 넘치는 여인이 바로 옆에 있는데 태웅이 어째서 그녀에게 화룡 상단 안주인 자리를 준 것인지 은홍은 알 수가 없었다.

"벙어리인가! 왜 말을 안 해?"

진월향이 그녀에게 화를 냈지만, 그녀는 아무 말도 할 수가 없었다. 진월향을 설득해야 양 대인이 인삼 교역에서 더 많은 돈을 내게 될 것이라고 해도, 말을 할 수가 없었다. 그저 몇 마디만 하면 되는 것인데도 그녀는 그것조차 할 수가 없었다.

태웅에게 도움을 주고 싶었는데. 오백 냥의 빚 때문이 아니라, 진심이었는데. 그런데 그 진심이 너무도 힘이 없어서 서러웠다. 결국 취향관까지 진월향을 찾아갔다 아무 말도 못 하고 돌아오니 문길이 그녀를 보자마자 야단을 쳤다.

"어디 가시면 가신다고 말씀을 하셔야죠! 한참을 찾았잖습니까."

은홍은 힘없이 문길을 지나쳐 안채로 걸어갔다.

그런 은홍의 모습이 아무래도 이상해서 문길은 다시 그녀를 불렀다.

"아씨."

은홍은 잠시 멈추어 서는가 싶더니 풀 죽은 목소리로 말했다.

"아무래도 당장 혼례식은 힘들 거 같습니다."

문길은 눈을 좁혔다.

어째 태웅이 은홍을 생각해서 올리자고 한 혼례식이 그녀를 더 힘든 상황으로 몰아가는 듯했다.

손님이 집에 있는 동안에는 식사시간도 손님 중심으로 돌아갔다.

태웅은 힐긋 음식 시중을 드는 은홍을 보았다. 아무런 표정도 짓고 있지 않았지만 평소와 다르다는 걸 느낄 수 있었다. 은홍이 아무런 표정도 없다는 거 자체가 이상한 것이었으니까.

"일부러 괴롭히는 짓은 하지 마십시오."

은홍이 나가고 태웅이 말하자 양 대인은 입꼬리를 올렸다.

"손님 앞에 두고 자기 사람을 먼저 챙기다니. 대행수도 혼인하더니 변했구만."

절대 빈틈을 보이지 않는 태웅이었다. 그래서 정은 안 갔지만, 신용만큼은 확실했다.

"이젠 내게 물건 파는 것보다 부인이 더 중한 건가?"

양 대인이 어떻게 굴든 은홍은 무조건 참기만 할 거라 그가 대신 말한 것뿐이었다.

"돈이 사람보다 먼저일 수는 없습니다."

억만도 말했었다. 장사는 사람을 남기는 거라고.

"아무리 사람이 먼저라도 아무나 화룡 상단 안주인 노릇을 할 수 있는 건 아니지. 너무 순진하기만 한 거 아닌가?"

"재주가 많은 아이입니다."

"사람 홀리는 재주는 없는 듯한데."

"은홍이 그러지 않았다면 대인을 좋아하지 않기 때문이겠죠."

태웅의 말에 양 대인은 '허허' 크게 웃었다.

"그럼 안주인이 마음만 먹으면 나도 홀릴 수 있다는 소리인가?"

"네, 깜짝 놀라실 겁니다."

일부러 세게 말한 것도 있었다. 그래야 은홍을 무시하지 않을 테니까.

"나도 자네 부인에게 진짜 깜짝 놀라고 싶군. 나이 드니 감정이 돌처럼 무뎌져서 말이야."

하지만 앙 대인이 백 년 묵은 능구렁이라면 은홍은 이제 막 핀 꽃송이였다. 종자부터 달랐으니 확실히 쉽지 않았다.

태웅이 안채로 찾아갔을 때 은홍은 꽃밭 앞에 쭈그려 앉아 손에 쥔 주머니를 흔들고 있었다. 항상 남들이 쉽게 생각하지 않는 걸 만들곤 하던 은홍이기에 그는 그 물건이 무엇일지 궁금해하며 다가갔지만, 가까이 가서 보아도 정확히 무엇인지 알 수가 없었다.

은홍이 주머니를 흔들자 그 안에서 하얀 알갱이가 흩날렸다. 꼭 눈처럼.

"그게 무엇이냐?"

그의 목소리를 듣고 은홍이 흠칫 놀라며 고개를 들었다.

"대행수 어른."

그녀가 일어나려고 하자 태웅이 그녀의 어깨를 눌러 다시 앉혔다. 그러고는 그가 그녀의 옆에 앉았다. 그가 손을 내밀자 은홍은 그녀가 흔들던 주머니를 조심스럽게 그의 손에 올려주었다. 태웅은 그녀가 했던 것처럼 주머니를 흔들어 보았다. 그러자 주머니 입구에 달린 수정을 통해 물속에서 하얀 입자가 날리는 것을 볼 수 있었다. 가까이서 보니 진짜 눈이 내리는 것과 똑같았다.

"이건 설마 눈이냐?"

"아! 네. 눈꽃입니다."

꽃을 좋아하는 그녀다웠다.

"어찌 만든 것이야?"

"대행수 어른이 주신 만화경에 달린 수정을 보고."

주머니 안을 들여다볼 수 있는 물건이 있다면 그 안에 무엇이든 담을 수 있었다. 그래서 그녀는 가죽 주머니에 눈꽃을 담았다. 북정사라는 약재를 뜨거운 물에 섞으면 하얀 결정이 생겼다. 주머니를 흔들면 하얀 결정이 물속에서 흩어졌다가 천천히 떨어지니 그 모습이 꼭 눈이 내리는 것처럼 보였다.

"설마 내가 준 만화경의 수정을 떼어다 여기 붙인 것이야?"

태웅이 놀라며 묻자, 은홍은 당황했다.

"아! 그게 눈꽃이 더 예뻐서."

거짓말이라도 잘해야 위기를 모면하는데 바보처럼 솔직하게 말해버렸다.

"이건 압수다."

"네?"

태웅이 눈꽃 주머니를 큰 소매 안에 넣어버리자 은홍은 어찌할 바를 몰랐다. 수정이 귀하고 비싼 물건이라 똑같은 걸 또 만들 수 없었다.

"대행수 어른, 그게 물도 갈아주어야 해서 엄청 귀찮습니다. 그러니까 그냥 제가 가지고 있는 게……."

태웅의 몸에 함부로 손을 댈 수도 없어서 은홍은 두 손을 든 채 쩔쩔 맸다.

자기 물건을 눈앞에서 빼앗겼는데 당당하게 달라고 못 하는 그녀의 모습에 태웅은 마음이 쓰였다. 그녀는 양 대인을 상대하기에 너무 착하기만 했다. 하지만 그가 대신해줄 수도 없는 노릇이었다. 그럼 화룡 상단 안주인이 필요 없어지는 것이니까. 그도 이젠 이 안채의 주인이 사라지는 걸 원치 않았다.

"왜 찔찔매는 것이야?"

그의 물음이 은홍은 오히려 억울했다. 그야 그가 자신의 눈꽃을 가져가서 그의 소매에 넣어버렸으니까.

"내가 아는 한 세상에서 비도 내리고, 눈도 내리게 할 수 있는 사람은 너 하나뿐이다."

그가 그녀를 화룡관으로 데려온 건 동정 같은 것 때문이 아니었다. 그녀의 능력을 인정한 것이었다. 그리고 그의 판단이 틀리지 않았다는 걸 그녀는 몇 번이고 스스로 보여주었다. 그러니 그녀가 특별하다는 걸 그녀 자신이 깨닫고 자긍심을 갖기를 바랐다. 마음 한 끗 바뀌는 것만으로도 그녀는 또 다른 성장을 할 수 있었다.

"그러니 누구 앞에서도 기죽을 필요 없다는 말이다. 넌 그들이 절대 할 수 없는 걸 할 수 있으니까."

그녀가 오늘 진월향 앞에서 한없이 작아진 걸 마치 보기라도 한 듯 태웅이 말하자, 은홍의 눈가가 뜨거워졌다. 그는 여전히 그녀에게 신기한 사람이었다. 어떻게 그녀보다 더 그녀에 대해 잘 아는 듯이 말하는 걸까 싶었다.

"하지만 아무리 생각해도 모르겠습니다."

양 대인이 원하는 선물이 진월향이라면 그녀는 결코 그걸 양 대인에게 줄 수 없었다.

"양 대인에게 어떤 선물을 주어야 좋아할지."

"왜 양 대인이 좋아할 걸 신경 쓰는 거냐?"

"네?"

태웅은 건조한 목소리로 알려주었다.

"양 대인이 네 선물을 거부할 수 없으면 되는 거다."

그녀는 모든 걸 감정적으로 대하니 차라리 그리 생각하는 게 마음 노동은 덜할 것이었다.

"그래도 선물인데, 받는 사람이 좋아해야 하지 않을까요?"

"그런 선물이면 주는 사람도 즐거워야 하지 않겠느냐?"

그의 말이 맞는 거 같아서 은홍은 태웅의 얼굴을 멍하니 바라보았다. 그녀는 말만 선물이라고 하고 잠도 못 잘 정도로 고민하고 있었다. 결국 그녀가 먼저 선물이라고 생각하지 않은 거다.

"제가 선물에 대해 잘못 알고 있었네요."

자책하며 작게 몸을 웅크리는 그녀의 모습을 보며 태웅은 짧게 한숨을 내쉬었다.

"그런데 그거 아느냐?"

은홍은 고개를 들어 다시 그를 보았다. 몸이 자라도 그녀의 눈빛은 그대로였다. 삶에 절실했다. 그녀는 어떤 순간도 허투루 사는 법이 없었다.

"선물이라는 건 먼저 요구하는 게 아니다. 네 마음에서 우러나와서 주는 거지. 그러니까 이건 처음부터 선물이 아닌 거다."

태웅은 입가에 미소를 지으며 말했다.

"그러니 상처받지 마라. 그럴 필요 없는 일이다."

이 화룡관에서 그녀가 우는 일이 생기면 그도 상처받을 것이었다. 그러니 그녀가 강해지길 바랐다. 그게 그가 상처받지 않는 일이 될 테니까.

은홍은 대웅이 했던 말을 떠올리며 조선의 백성들 이야기를 들어보기로 했다. 어려운 일은 아니었다. 화룡관에 있는 사람들 모두 조선의 백성이었으니까. 그녀는 우선 반빗간에서 찬 준비를 하는 파주댁에게 물었다.

"요즘 제일 필요한 게 무엇이오?"

파주댁은 일하던 손을 멈추지 않고 부리를 헐었다.

"쉰네야 외로운 밤 함께 잘 서방만 하나 있으면 더 바랄 게 없죠. 아씨는 참말로 좋겠습니다요. 대행수 어른같이 듬직하고 멋진 서방이 있어서."

듣고 있으려니 얼굴이 붉어져서 은홍은 슬그머니 반빗간에서 나와 행랑채로 갔다.

"우리 칠석이랑 짝 맺을 참한 처녀가 있으면 참 좋겠어라."

행랑아범은 마당을 쓸며 자기 아들 짝이 필요하다고 말했다.

그녀는 필요한 물건이 궁금한데 다들 사람에 대해서만 말해서 참 난감했다.

그래서 다른 사람들에게도 더 물어보기로 했다.

"어딜 그리 돌아다니시는 겁니까?"

한참 후에 나타난 은홍을 보고 문길은 한숨을 내쉬며 물었다. 은홍은 대답하지 못하고 그대로 대청마루 위에 쓰러졌다. 그런 은홍을 보고 불안해진 문길이 물었다.

"혹시 몸이 안 좋으십니까?"

양 대인을 접대하느라 신경을 많이 써서 몸에 탈이 난 것인가.

"스승님은 양 대인 가족이 어찌 되는지 아십니까?"

갑자기 양 대인의 가족 관계를 물으니 더 이상했다.

"그건 왜 물으십니까?"

"오늘 사람들을 만나 물어봤는데요."

은홍은 고개만 겨우 들었다.

"모든 사람의 대답에 공통되는 게 결국 가족이더라고요."

누구는 가족이 필요하다고 하고, 누구는 가족이 그만 아팠으면 좋겠다고 하고, 누구는 돈 많이 벌었으면 좋겠다고 하는데 이유는 결국 가족과 끼니 걱정하지 않고 살고 싶어서라고 했다.

"양 대인한테는 가족이 없습니다."

문길의 대답에 은홍은 낭패스러운 표정을 지었다.

"진짜요?"

"네, 딸이 하나 있었는데 죽었습니다."

생각도 못 한 말에 은홍은 놀라서 눈이 커졌다. 세상에 부족한 거 하나 없을 것 같은 양 대인에게 그런 아픔이 있을 줄은 몰랐다.

툭―.

그녀의 머리가 다시 마루 위로 떨어졌다.

"딸이 죽을 때는 양 대인도 많이 슬펐겠죠?"

"그렇겠죠."

사람이라면.

"울었을까요?"

"모르죠."

그 딸이 자결했다는 말은 하지 않았다. 모든 사실을 굳이 다 알아야 하는 건 아니니까.

진월향이 하속을 배종하여 화룡관에 나타났을 때 그녀는 이미 이긴 사람처럼 얼굴에 미소를 짓고 있었다. 그녀는 들고 온 백자를 양 대인의 앞에 놓았다.

"갑번자기이옵니다."

아무런 무늬도 없는 백자는 그 자체가 고혹적인 예술이었다. 양 대인은 드맑은 담청색의 순백자를 놀랍다는 듯 쳐다보았다.

"내 조선의 도자기는 이제 많이 안다고 생각했는데 이런 건 또 처음 보는군."

양 대인은 순수하게 감탄했다. 인간이 빚은 솜씨가 아닌 듯했다.

"수십 년 동안 임금님이 쓰시던 그릇을 만들던 도공이 만든 것이옵니다. 그분께서 말씀하시길 이런 도자기는 자기 인생에 딱 한 번밖에 만들 수 없다 하더군요."

"오호, 역시나."

양 대인은 백자를 들어 올려 이리저리 살펴보며 거듭 감탄했다. 빛깔뿐만 아니라 모양조차도 완벽했다. 완벽한 곡선에 청정한 빛깔은 보면 볼수록 사람의 마음을 깨끗하게 씻겨주는 것 같았다.

"진월향이 자신했던 이유가 있었군. 내 아주 값진 선물을 받았네그려."

진월향은 득의양양한 표정으로 은홍을 쳐다보았다. 그녀는 입을 꾹 다물고 앉아 있었다.

은홍이 선물로 가져온 물건이 보이지 않아서 양 대인은 의아한 눈으로 그녀를 보았다.

"그런데 안주인은 빈손으로 온 것인가?"

그럼 겨루어볼 필요도 없이 진월향의 승리였기에 그녀의 얼굴에 미소가 짙어졌다.

"양 대인은 돈이 너무 많으시니 제가 아무리 비싼 물건을 준비해도 양 대인께는 귀한 게 될 수 없다 생각했습니다."

"핑계 아니오?"

진월향이 끼어들자 양 대인이 마뜩잖은 눈으로 그녀를 보았다. 지금은 그녀가 낄 때가 아니었으니까.

"그래서 빈손이라?"

"아뇨, 돈으로 살 수 없는 걸 준비했습니다."

"그게 무엇인가?"

은홍은 품에서 종이 한 장을 꺼내 양 대인 앞에 놓았다.

"이게 무엇인가?"

"제가 양 대인께 드리기 위해 직접 쓴 첫 번째 서신입니다."

'서신'이란 말에 진월향은 비웃었고, 양 대인도 어이가 없었다.

"앞으로 계절이 바뀔 때마다 보내드리겠습니다."

"내게 서신을 보내겠다?"

"네."

"하찮다 무시하면 그만일 걸 왜?"

"언젠가는 기다려지실지도 모릅니다."

기다린다는 그 말이 양 대인에게는 참으로 멀게 느껴졌다. 그가 무언가를 기다려본 게 참 오래전 일이었기에.

"그래도 끝까지 하찮으면?"

"그럼 제 마음이 부족했던지, 아니면 양 대인의 마음이 이미 죽어 없는 것이겠죠."

"뉘 앞에서 말을 함부로 하는 것이오!"

진월향이 또 끼어들자 양 대인은 참지 못하고 역정을 냈다.

"너는 왜 자꾸 나대는 것이냐! 너야말로 내가 우습더냐!"

양 대인이 오히려 그녀에게 화를 내자 진월향은 당황했다. 당연히 하찮은 걸 선물이라고 가져온 은홍에게 화를 내야 맞았다.

양 대인은 은홍이 써 온 서신을 펼쳐 들었다. 서신에는 글씨만 적혀 있는 게 아니었다. 마른 꽃과 직접 그린 꽃으로 장식된 서신은 그 자체로 어여뺐다. 누구라도 이 서신을 받게 되면 기분이 좋아질 것이다.

"그래, 대행수 말대로 재주가 있구나."

하지만 고작 서신 한 장이 이 자리에서 명장의 도자기를 이길 수는 없었다.

"그런데 정말 이 서신이 저 도자기를 이길 수 있다고 생각해서 가져온 것이냐?"

"아뇨."

가족이 없는 양 대인에게 가족을 선물할 수 있다면 좋겠지만 그건 불가능했다. 가족이란 건 선물할 수 있는 게 아니었으니까.

"이길 마음을 버렸습니다."

그녀의 대답에 양 대인은 한 대 맞은 듯한 표정을 지었다. 그런 대답은 양 대인의 뇌 구조상 생각조차 할 수 없는 일이었다.

"왜?"

"양 대인께 꼭 그 서신을 드리고 싶어서."

매일 함께하는 게 가족이라면 적어도 그 서신을 적어 보낼 때만큼은 그녀가 그의 가족이 되어줄 수 있었다.

"계절이 바뀔 때마다 제 서신을 받으시면 그 안에 조선의 봄, 여름, 가을, 겨울이 있을 것입니다. 그리고 저도 있을 것이고요. 그게 제가 대 인께 꼭 드리고 싶은 선물입니다."

받는 사람이 요구하는 게 선물이 아니라면, 그녀가 꼭 주고 싶은 걸 주어 정말 선물이 되게 하고 싶었다.

양 대인은 그녀의 얼굴에서 눈을 떼 다시 그녀의 서신을 보았다.

은홍의 말대로 서신 안에는 조선의 봄이 있었다.

"왜 여기 봄까치꽃은 없는 것이냐?"

"네?"

은홍이 전혀 못 알아듣자 양 대인은 웃고 말았다.

정말 하찮은 선물인데도 이상했다. 아주 오랜만에 그의 딸이 생각나 버렸다. 딸은 그에게 서신 따위는 한 번도 준 적이 없었다. 그저 원망만 하다 부모보다 먼저 죽어버렸다.

제 5 장

목간통 습격 사건

안채로 향하는 은홍의 걸음걸이가 무거워 보여 따라 걷던 문길이 물었다.

"후회하십니까?"

은홍은 고개를 저었다.

"제가 양 대인께 정말 주고 싶은 선물이었습니다."

그런데 인삼 거래에는 전혀 도움이 안 되었다. 오히려 망했다.

"대행수 어른이 화내실까요?"

그녀가 안주인으로서 해야 할 일을 전혀 못 했다고.

"직접 물어보십시오."

문길의 시선이 향하는 쪽으로 고개를 돌렸던 은홍은 태웅이 서 있는 걸 보고 놀라서 서둘러 몸을 돌렸다. 발걸음이 저절로 도망가는데 태웅의 목소리가 그녀의 발을 붙잡았다.

"은홍아."

그녀는 움찔하며 멈추어 섰다.

은홍은 문길에게 도움의 눈길을 보냈지만 야속하게도 그는 태웅에게 인사하고는 혼자 가버렸다.

스승님! 같이 가야죠! 의리 없이!

저벅저벅―.

태웅의 발소리가 점점 가까워지자 그녀의 머리가 점점 아래로 떨어졌다. 할 수만 있다면 땅을 파서 들어가고 싶었다.

"왜 죄지은 사람처럼 서 있는 것이냐?"

"그게, 제가 양 대인께 선물을 전하긴 전했는데."

은홍의 목소리는 점점 기어들어갔다.

"그 선물이 빛을 발하려면 한 10년은 기다려야 할 거 같아서……."

말하고 보니 참 없어 보였다. 그녀의 정수리로 근엄한 태웅의 목소리가 떨어졌다.

"내가 함부로 고개 숙이지 말라 했다."

그녀는 바로 고개를 들었다. 하지만 눈동자는 여전히 그를 피해 구석으로 도망만 다녔다.

"제가 상단에 도움이 안 되어서 혹시 화나셨습니까?"

은홍은 조심스럽게 물어보았다. 서신은 기다렸다 받는 게 좋았지만, 야단은 먼저 맞는 게 나았다.

"내가 너한테 화만 내는 사람이더냐?"

지금껏 그에게 주로 혼만 났었던 그녀는 그렇다고 대답하고 싶은 걸 속으로 삼켰다. 솔직하게 대답하면 더 혼날 거 같았으니까.

"오늘 일에 대한 평가는 10년 뒤에 하마."

머리 위에서 들린 그의 말에 은홍은 놀라서 고개를 들었다. 그녀를 내려다보는 태웅의 눈빛이 은은하게 빛나고 있었다. 그 눈을 마주 보고 있으려니 심장이 동동 발이라도 달린 것처럼 달리기 시작했다.

태웅도 얼굴이 빨갛게 익어가는 은홍의 얼굴을 내려다보며 생각했다. 10년 뒤에도, 20년 뒤에도, 앞으로 쭉 그녀를 계속 지켜보고 싶다고. 아마도 언젠가는 그녀가 그보다 더 뛰어난 장사꾼이 되어 있지 않을까, 그런 기대도 생겼다. 사람의 마음을 움직이는 기술은 그녀가 그보다 더 뛰어난 듯하니까.

양 대인은 아침마다 산책을 했다. 그가 건강을 챙기는 유일한 시간이었다. 청에서도 그리 살았기에 조선에 와서도 아침 산책을 빼먹지 않았다. 날씨도 산책하기 딱 좋은 계절이라 양 대인은 조선의 봄이 꽤 마음에 들었다.
"밤새 평안하셨습니까?"
아침 산책길에 갑자기 나타난 은홍을 보고 양 대인은 눈을 좁혔다. 오늘은 옆에 통역으로 따라붙는 문길도 안 보였다.
"서신 한 장 주고 나서 똥줄이 타긴 했나 보군."
양 대인은 청국말로 핀잔을 주고는 앞서 걸어갔다.
쫓아오지 말라는 소리는 아닌 것 같았기에 은홍은 그의 뒤를 쫓아갔다. 항상 통역할 사람이 옆에 붙어 있었는데 산책할 때는 워낙 이른 시간이라 둘뿐이었다. 어차피 대화하는 것보다 산책하는 게 목적이었기에 지금은 굳이 말이 통하지 않아도 상관없다고 생각하며 은홍은 조선말로 양 대인에게 말을 걸었다.
"여자와 술이 없어도 기분이 상쾌하지 않습니까?"
"상쾌는 하나 재미는 없군."
갑자기 들려온 조선말에 은홍은 진심으로 화들짝 놀랐다. 계속 청국말만 하고, 태웅도 청국말로만 그를 상대해서 조선말을 할 수 있다는 생각은 전혀 못 한 것이다.

"우, 우리말을 할 수 있으십니까?"

"당연하지 않나. 조선과 장사를 하면서 조선말을 모르는 장사치라면 어찌 성공할 수 있으리오."

그럼 왜 지금까지 계속 청국말만 했단 말이냐!

덕분에 그녀는 청국말까지 공부해야 했다.

"하지만 내가 조선말을 잘한다는 것은 다른 이에게는 비밀이네. 이건 내 장사 비법이니."

뭐 그딴 장사 비법이 있나 싶었다.

"그럼 그냥 계속 청국말로 하시지 왜 갑자기 조선말을 쓰십니까?"

"안주인은 청국말을 모르잖나."

그녀는 낭패라는 표정을 지으며 양 대인의 뒤통수를 보았다. 이젠 조선말로도 양 대인 앞에서는 절대 욕하면 안 되는 것이니까.

"안주인이야말로 내가 인삼을 비싸게 사 가길 원한다면 통역을 달고 나와야지 왜 혼자 나온 건가?"

"그냥 옆에 있어드리고 싶었습니다."

그녀의 순진한 말에 양 대인은 코웃음을 쳤다. 아무래도 그의 죽은 딸이 생각난 건 착각인 듯했다. 닮은 구석이 하나도 없는데 왜 생각이 나겠나.

"어찌 장사도 모르는 이가 화룡 상단 안주인이 되었는지 여전히 신기하구만."

너는 장사에 안 어울린다는 양 대인의 말에도 은홍은 기가 죽지 않고 대답했다.

"제가 대행수 어른께 짚신을 팔았습니다."

엄연히 따지면 그녀도 장사꾼 출신인 거다. 절대 장사를 모르지 않았다.

그녀의 대답에 양 대인은 흥미롭다는 눈으로 그녀를 돌아보았다.

알면 알수록 봄까치꽃은 의외의 면이 있었다.

"짚신이라……."

"네. 양 대인은 절대 사실 일 없으시겠지만."

그는 비싼 신발만 신으니까 짚신은 거들떠보지도 않을 것이다. 그런데 그녀의 생각을 눈치챘다는 듯이 양 대인이 갑자기 생각도 못 한 수를 던졌다.

"그럼 그 짚신 나에게 한번 팔아보게."

헉! 은홍은 순간 진심으로 놀랐다. 이야기가 그리 될 줄은 몰랐기 때문이었다.

"대인께서 짚신을 사시겠다고요?"

"아니, 안주인이 내가 그 짚신 사고 싶게 만들어야지. 그게 장사니까."

양 대인은 껄껄 큰 소리로 웃으며 앞으로 걸어나갔다.

"내 안주인의 짚신이 참으로 기대되는구만. 허허허허허."

거짓말이다. 그녀를 또 괴롭힐 건수를 잡았다고 신난 게 분명했다.

은홍은 낭패스러운 표정을 지었지만 할 수밖에 없었다. 양 대인은 청으로 돌아갈 때까지 그녀가 끝까지 영접해야 하는 손님이었으니까.

중요한 상단 고객인 양 대인이 화룡관에 머물고 있었기에 태웅도 집에 머무는 시간이 평소보다 많아졌다. 그저 일하는 공간이 화룡 상단 내실에서 집 사랑방으로 옮겨진 것뿐이지만 말이다.

드르륵―.

사랑방의 문을 연 태웅은 바로 들어가지 못하고 창가 쪽을 보았다. 창가에 놓인 붉은 영산홍이 우아한 자태를 뽐내며 방을 화사하게 바꾸어 놓았다. 누가 갖다놓았는지는 굳이 행랑아범을 불러 묻지 않아도 알 수 있었다.

당연히 은홍일 것이었다. 화룡관 꽃밭의 주인은 그녀였으니까.

그의 방에서 새초롬하게 피어 있는 꽃은 여인을 닮았다. 그가 아는 여인과는 다른 느낌의 꽃이었지만 이 여인 또한 다른 아름다움으로 도도했다. 과연 왕의 사랑을 받을 만한 꽃이었다.

저벅저벅―.

그의 발걸음이 서안이 아니라 꽃이 있는 창가로 향했다. 태웅은 꽃으로 손을 뻗다가 닿기 전에 멈추었다.

내가 언제부터 꽃에 관심을 가진 것인가?

상단에서 팔지 않는 물건에는 아예 관심도 가지지 않았다. 그런데 이젠 꽃을 보면 자연스럽게 발걸음이 멈추고 손이 갔다. 아무래도 은홍의 영향이 분명했다. 그녀가 꽃을 너무 좋아하다 보니 어느새 그의 방에도 계절마다 다른 꽃이 장식되었다고, 그는 그걸 당연하게 여기게 된 것이다.

"물드는 건 꽃물만이 아니구나."

사람의 마음도 천천히 물들어가나 어느새 전혀 다른 색이 되었다.

지금 그의 마음은 은홍이 가져다놓은 영산홍처럼 화사하게 붉었다.

그의 마음을 물들인 게 누구인지 뻔했기에 태웅은 입꼬리를 길게 올렸다.

 양 대인이 짚신을 팔라고 했다는 말을 그녀에게 전해 들은 문길은 손
으로 턱을 짚었다. 하찮은 짚신이 참 여러 거성의 마음을 들었다 났다
하는구나 싶었다. 어찌 보면 그게 은홍의 힘일 수도 있었다.
 본인은 지금 죽을 맛이라는 표정을 짓고 있지만 말이다.
 "아무래도 이번엔 꼭 파셔야 할 거 같은데요."
 선물 때처럼 서신 한 장으로 넘길 수 있는 문제가 아니었다. 꼭 집어
서 '짚신'이라 양 대인이 정했으니까. 그건 짚신 장수였던 은홍에게 던지
는 도전장 같은 것이었다.
 그러니 은홍은 피할 수가 없었다. 양 대인은 손님이고, 그녀는 안주
인이었으니까. 그녀도 좋은 쪽으로 생각하기로 했다. 사실 서신 한 장
을 양 대인에게 선물로 주고 태웅에게 혼날까 봐 조마조마했었다.
 그런데 짚신을 양 대인에게 비싼 값을 주고 팔면 분명 잘했다고 칭찬
받을 것이다. 어찌 보면 그녀에게 다시 한 번 주어진 기회였다. 이번엔
선물도 아니었으니까 양 대인이 좋아할까 고민하지도 않을 것이다. 무
조건 양 대인한테 돈을 많이 받을 궁리만 할 생각이었다.
 그리 결론을 내리니 그녀는 마음이 한결 편해져서 결의에 찬 표정으
로 말했다.
 "칠패 시장에 가봐야겠습니다."
 "칠패 시장이요?"
 한양에는 삼대 시장이 있었다. 화룡 상단이 상권을 형성하고 있는

곳은 조선 초기부터 있었던 종루 시장이었다. 남대문과 서소문 밖에는 칠패 시장이 있었고, 어의동 근처에 이현 시장까지 해서 삼대 시장으로 유명했다. 종루 시장이 사대부를 위한 시장이라면 칠패와 이현은 서민들을 위한 시장이었다.

은홍이 짚신을 팔았던 곳도 칠패 시장이었다. 그곳에 짚신을 필요로 하는 사람들이 더 많이 왔으니까.

"네, 제가 양 대인에게 팔아야 하는 게 짚신이니까, 짚신 파는 사람들 모습을 보고 싶어서요."

"팔아보셨으니까 이미 아실 거 아닙니까?"

"좀 다른 관점으로 보고 싶어서요."

"다른 관점이요?"

"제가 짚신을 사본 적은 한 번도 없습니다."

짚신을 팔아서 먹고살기 바빴기에 그걸 산다는 건 상상도 해본 적이 없었다. 그래서 이번엔 짚신을 사는 사람으로 시장에 가보고 싶었다.

은홍의 뜻을 받아들여서 문길은 같이 칠패 시장에 가주었다.

칠패 시장은 조선에서 가장 큰 어물 시장답게 전국 각지에서 올라온 어물들로 가득했다. 이 시장의 주인공은 어물이었다. 비린내조차도 사람들의 관심을 끌어모았다. 은홍이 사려고 하는 짚신은 그곳에선 조연도 안 되는 미미한 존재였다.

"여기도 정말 오랜만에 와봅니다."

그녀는 감회가 새롭다는 듯 시장을 둘러보았다. 그곳에서 짚신을 팔 때에는 이리 활기찬 곳인지 미처 몰랐다. 그녀의 세상이 그땐 그만큼이나 좁았었나 보다.

"저기 짚신 파는 사람이 있습니다."

문길이 먼저 짚신 장수를 발견하고 손으로 가리켰다.

"짚신 장수는 많을 테니 더 둘러볼 것입니다."

왕년의 짚신 장수답게 신중한 은홍을 보고 문길은 웃음을 삼켰다.

꽤 장사꾼다운 눈빛이었다.

시장을 걸어가던 그녀의 걸음이 멈춘 곳은 짚신을 파는 어린 남매 앞에서였다. 질 씻지도 못하고 입성도 허술한 것이 부모의 돌봄을 전혀 못 받는 아이들 같았다. 어린 누이는 짚신 따위 관심 없다는 듯이 오라비 옆에서 풀꽃을 만지작거리고 있었다. 짚신을 파는 오라비도 나이가 한참 많은 것은 아니었다.

둘 다 아직은 노는 게 더 어울릴 나이였다.

은홍은 그 앞에 무릎을 꿇고 앉으며 오라비에게 물었다.

"네가 만든 짚신이니?"

"네, 닷 푼이구만유."

오라비는 무뚝뚝한 말투로 가격부터 던졌다. 살 거면 빨리 사라는 태도였다.

"내가 이걸 사고 싶은 마음이 들게 하면 돈을 더 줄 수도 있는데."

은홍의 말에 어린 오라비는 그게 말이냐 방귀냐는 눈으로 그녀를 보았다.

"돈을 더 주신다고요?"

하지만 그건 분명 솔깃한 말이었다.

"그래, 네가 어찌하면 내가 이 짚신을 사고 싶어질까?"

놀리는 것도 같고, 아닌 것도 같고. 오라비의 눈에는 그녀에 대한 의심이 가득했다.

은홍은 웃으며 오라비에게 말했다.

"그게 생각나면 화룡관으로 찾아오너라."

짚신 파는 오라비에게 그리 말한 건 답을 찾기보다는 어린 오라비를 도와주고 싶은 마음이 더 컸기 때문이었다. 은홍은 그 자리를 떠나기 전에 누이가 가지고 놀던 풀꽃을 가져다가 누이가 신고 있던 작은 짚신에 장식처럼 묶어주었다. 짚신이 꽃신이 되는 걸 누이가 놀란 눈으로 쳐다보았다.

"이러니까 예쁜 신이 됐지?"

누이가 활짝 웃으니 오라비의 굳은 표정도 풀어졌다.

은홍은 짚신을 사지 않고 그냥 자리에서 일어났다. 그대로 돌아서던 은홍은 문길이 서 있어야 할 자리에 서 있는 어연번듯한 이를 보고 놀라서 눈이 화등잔만 해졌다.

"대행수 어른."

태웅이 서 있었다. 칠패 시장의 한가운데, 그녀의 앞에. 도대체 이게 어찌 된 일인가 싶은데.

태웅은 짚신 파는 오누이를 한 번 본 뒤 그녀에게로 시선을 옮겼다. 꽃에 대한 보답으로 무언가를 넘치게 줄 수는 없었기에, 한 시진 정도 그의 시간을 그녀에게 내어주기로 했다. 그래서 그녀가 칠패 시장에 간다는 문길의 보고를 받고 따라 나왔다.

시장은 언제나처럼 번잡했고, 은홍은 그 풍경 속에서 곱다랬다. 짚신을 팔던 그때와는 사뭇 다른 모습으로.

그게 다행이고, 그게 고마웠다.

그러니 설령 은홍이 화룡 상단의 안주인 노릇을 제대로 못 하게 되더라도 그는 후회하지 않을 듯했다. 그녀를 화룡관으로 데려온걸.

"오늘 하루는 문길 대신 내가 동행하마."

그는 기꺼이 그리 말했고, 은홍은 갑자기 찾아온 행운이 그저 놀라웠다. 짚신을 사러 나왔는데 대행수가 뚝 떨어지다니, 이걸 어찌 돈으로 계산할 수 있겠는가. 돈은 그녀의 심장을 떨리게 하지 못했다.

칠패 시장의 소란스러움은 여전했지만 그녀는 더 이상 그 시끄러움이 귀에 들어오지 않았다. 설마 태웅과 함께 이 시장 길을 걷게 되리라고는 상상도 못 했다. 마치 그가 그녀의 짚신을 사주던 그때로 돌아간 거 같은 착각이 일었다.

하지만 그때의 그녀는 짚신 판 돈으로 겨우 끼니를 해결하던 아무것도 아닌 소녀였고, 그는 그때도 여전히 대단한 화룡 상단의 대행수였다. 그녀는 길가에 핀 들꽃보다도 더 하찮은 존재였으니 그는 그냥 그녀를 지나쳐 가버릴 수도 있었는데 그러지 않았다.

이 시장에서도, 취향관에서도.

그날 취향관에서 태웅이 그대로 그녀를 지나쳐 갔다면 그녀의 인생은 지금과는 너무도 달라졌을 거다. 그런 상상이 너무 무섭고, 그래서 그가 너무 고마웠다.

저벅, 저벅.

자박, 자박.

우뚝—.

움찔.

앞서 걷던 태웅이 멈추어 서서 돌아보자 그녀는 놀라서 멈추었다.

태웅은 그와 그녀의 거리를 눈으로 재보았다. 분명 같이 걷고 있는데 손을 뻗어도 닿을 수 없는 거리였다. 그녀에게 그는 아직도 이리 어려운 존재인가 싶어서 새삼 반성하게 되었다. 멀찍이 떨어져 걷고 있는 그녀를 빤히 보던 그가 물었다.

"문길과 걸을 때도 이리 뒤에서 걸었느냐?"

아닐 것이다. 뻔하다. 두 사람은 이제 가족처럼 가까웠다. 그걸 질투하면 그만 속 좁은 사내가 되는 거니까 절대 티를 내면 안 되었다.

"아뇨. 나란히."

"그럼 내 옆으로 오너라."

태웅이 그의 옆자리를 가리키자 그녀는 숨을 크게 들이켰다. 문길과 나란히 걸을 때는 별생각이 없었는데, 태웅이 옆으로 오라고 하니 감히 그래도 되는 건가 싶었다. 선뜻 움직이지 못하는 그녀를 재촉하지 않고 태웅은 조용히 기다렸다. 그녀가 그의 옆으로 오기를.

그가 먼저 다가가는 게 더 쉬웠지만, 그러지 않았다. 어렵게 얻은 것일수록 가치 있다는 걸 아니까.

태웅이 끝까지 기다리니 그녀는 다가갈 수밖에 없었다. 거부할 수 있는 존재가 아니었다. 그녀가 어찌 그러겠나.

저벅ㅡ.

그녀의 발이 움직였다. 그녀는 살금살금 걸어 그의 옆자리까지 다가갔다. 가까워진 그녀를 내려다보며 태웅이 짧게 입꼬리를 올렸다.

"한결 낫군."

그녀의 심장이 난리가 났다. 어찌할 바를 모르겠다.

두 사람은 한동안 말없이 나란히 시장 거리를 걸었다.

한가하게 시간을 보내는 건 태웅에게도 오랜만이었다. 항상 무언가에 쫓기듯이 살았기에 버리는 시간을 참을 수 없었다.

그런데 그녀와 함께 걸으니 아무것도 하지 않는 시간이 버리는 게 아니라 오히려 채우는 것 같아 신기했다. 꽃에 대한 보답이 아니라 그에게 휴식이 되고 있었다.

"아까 짚신은 왜 안 산 것이냐?"

오누이 앞에서 멈추는 것을 보고 당연히 살 거라고 생각했다. 예전의 자신이 생각나서라도.

"짚신 하나 사주는 걸로는 그 아이들의 삶이 변할 것이 없을 거 같아서."

그녀의 대답에 태웅은 고개를 돌려 그녀의 얼굴을 보았다.

은홍은 담담한 시선으로 시장 상인들을 둘러보고 있었다. 그녀는 겉모습뿐만 아니라 많은 것이 성장했다. 그녀를 바라보는 그의 시선에 기꺼움이 가득했다.

"그래, 그렇겠구나."

설마 이번에도 그녀가 짚신을 팔려나. 문득 그런 생각이 들기도 했지만 양 대인은 호락호락하지 않은 인물이었다. 선물이면 몰라도 제 돈 나가는 일이니 결코 쉬울 리 없었다.

"그럼 오늘 짚신은 안 살 것이냐?"

"아!"

그럴 생각이었는데 이대로 그냥 돌아가면 태웅과 둘이 함께 있는 이 시간도 바로 끝나는 것이었다.

"또 살 게 있습니다."

그래서 바로 말이 튀어나왔다. 여긴 시장이다. 살 물건은 넘쳐났다. 짚신이 아니더라도.

"그래? 뭘 살 것이냐?"

태웅은 급할 게 없었기에 느긋하게 물었는데 은홍은 갑자기 바빠졌다. 그녀는 서둘러 주위를 둘러보았다. 어물이 제일 많았지만 생선을 산다고 할 수는 없었다. 비린내가 나니까.

"아, 그러니까 짚신보다는 비싼 것인데."

시장에서 파는 물건 거의 대부분이 짚신보다는 비싼 거였다.

"여자들이 쓰는 물건이라."

대행수 어른은 잘 모르실 거라고 입 안에서 우물거렸다.

어설픈 그녀의 행동에 태웅은 속으로 웃음을 삼켰다. 성장했다고 칭찬하자마자 다시 어수룩해지니 그녀를 지켜보는 게 지겨울 틈이 없었다. 다음에는 어떤 모습을 보여줄지 전혀 짐작이 안 되니까. 어차피 그녀를 위해 낸 시간이었기에 태웅은 그녀에게 장단을 맞추었다.

"노리개 같은 것이냐?"

"네, 맞습니다. 노리개!"

그녀는 태웅의 말을 넙죽 받으며 아차 싶었다. 노리개라는 건 치장에 쓰는 것이니 굳이 오늘 당장 사야 할 급한 물건은 아니었다. 꾸미는 것에만 신경 쓴다고 태웅이 나무랄까 봐 그의 눈치를 보았지만 태웅은 그녀보다 먼저 주위를 둘러보며 잡화전을 찾고 있었다.

"파는 곳이 있는지 찾아봐야겠구나."

은홍은 고개를 돌려 안도의 한숨을 내쉬었다. 잘 넘어갔다고 안도했다. 태웅이 그녀에게 맞추어준 건 전혀 눈치채지 못하고.

태웅이 앞장서서 잡화전을 찾아 걸어가니 그녀도 서둘러 그를 쫓아 걸어갔다. 다행히 태웅과의 장터 나들이는 계속 이어갈 수 있었다.

"대행수 어른은 칠패 시장에 자주 오십니까?"

"가끔 온다."

그래서 짚신 팔던 은홍도 만날 수 있었던 것이다. 그땐 정말 몰랐다. 짚신 팔던 그 작은 소녀가 그의 부인이 될 줄은.

태웅이 이 시장에 묻어 있는 두 사람의 추억에 젖어 있을 때 은홍은 이 순간 태웅과 같이 시장 구경을 하는 게 설레서 발을 내딛는 것보다 심장이 뛰는 게 더 빨랐다. 앞을 보고 걸어가던 태웅이 잠깐씩 고개를 돌려 그녀가 잘 따라오나 확인하는 눈빛도 너무 좋았다. 잡화전이 아주 멀었으면 했다. 이렇게 오래 같이 걸을 수 있게.

하지만 그녀의 바람과 달리 노리개 파는 곳은 금방 나타났다. 난전에서 여자 장신구들을 팔고 있었다.

태웅이 그곳으로 다가가자 방물장수가 고기를 낚아채는 노련한 낚시꾼처럼 입정을 떨기 시작했다.

"아이구! 선남선녀들이시네. 이런 노리개 하나 딱 달면 월궁항아겠습니다요."

그녀보고 월궁항아라고 하면서 노리개는 태웅에게 내밀었다. 돈 낼 사람을 알아보는 거다.

태웅이 그녀를 돌아보며 말했다.

"네가 골라보거라."

그와 같이 있을 핑계로 댄 물건이라 그녀는 건성으로 물건들을 보게 되었다. 다 예쁜 물건이었지만 지금 그녀의 눈에는 잘 안 들어왔다. 옆에 있는 사람이 더 신경 쓰였기에.

그녀가 안 살 것 같자 방물장수는 더 적극적으로 권했다.

"아씨는 이 비취색 노리개가 딱이구만요. 아니 그렇습니까? 나리."

태웅이 아무리 장사에 잔뼈가 굵었어도 여자 장신구에 대해서는 잘 몰랐기에 그리 물어도 대답을 할 수 없었다. 그저 은홍에게 물을 뿐이었다.

"마음에 드느냐?"

"예쁘기는 한데."

"그럼 주시오."

태웅이 그대로 노리개를 사려고 하자 은홍은 깜짝 놀라 그의 얼굴을 보았다.

"이리 쉽게 사십니까?"

그라면 하나부터 열까지 꼼꼼하게 따지고 난 뒤에야 물건 값을 치를 줄 알았는데 말이다.

"네가 예쁘다 하지 않았느냐."

태웅은 가격 흥정도 없이 산 노리개를 대수롭지 않게 그녀에게 내밀었다.

그녀는 어쩌다 얻게 된 노리개를 두 손으로 받고 기분이 이상해졌다. 분명 조금 전까지는 남의 물건 같기만 하던 노리개가 이젠 그녀의 것이었다.

태웅이 그녀에게 사준 것이었기에 각별하고 특별해졌다.

이 세상에 단 하나뿐인 노리개가 되었다.

물건의 가치는 결국 가격도 아니고, 귀함의 정도도 아니고, 사람과의 관계에 의해 결정되는 것이었나 보다.

그녀는 태웅을 올려다보며 환하게 웃었다. 그녀가 웃으니 그도 쓴 돈이 아깝지 않았다. 오히려 너무 싼 걸 사준 거 같아서 마음이 걸렸다.

"더 이상 살 게 없으면 그만 돌아……."

"아! 찻잔도 사야 합니다. 양 대인이 워낙 차를 자주 마셔서."

태웅은 몸을 돌리다 다시 원상복귀를 하며 가늘게 뜬 눈으로 그녀를 처다보았다.

"찻잔을 칠패 시장에서 산다고?"

"아니…… 됩니까?"

태웅과 좀 더 시장에 머물고 싶어서 지금 막 생각한 물건인데 이번엔 통하지 않은 듯했다.

"양 대인이 좋아할 만한 찻잔은 종루 시상으로 가야 살 수 있을 거다."

"아……."

이번엔 실패구나 생각한 그녀의 표정이 시무룩해졌다.

그녀의 표정에 감정 다 드러나니 태웅이 모를 수가 없었다. 이대로 끝내면 시간을 아니 낸 것만 못 하겠다는 생각이 들어서 없던 계획을 즉석에서 만들어냈다.

"종루 시장으로 가겠느냐?"

시장을 옮기자는 말에 그녀는 눈을 동그랗게 뜨고 그를 올려다보았다.

"이번에도 같이 가 주시는 겁니까?"

"오늘 하루 동행하겠다 하지 않았느냐. 화룡관에 돌아갈 때까지 네 옆에 있을 거다."

그녀의 얼굴에 주체할 수 없는 웃음이 퍼졌다. 오늘 하루 땡잡은 거 같다는 말을 태웅에게 그대로 할 수는 없어서 그저 웃음이 헤픈 사람처럼 웃기만 했다.

하지만 그녀가 말하지 않아도 그리 웃는데 그가 어찌 모르겠나. 모르는 척 앞만 보며 걸었지만, 그의 입꼬리도 자꾸 위로 올라갔다.

이 정도면 꽤 성공적인 외출이었다고 스스로 칭찬하고 싶어졌다.

종루 시장으로 건너오니 칠패 시장과는 분위기가 달라졌다. 모두가 태웅을 알아보고 먼저 인사를 하였다. 이미 지나쳐 갔던 사람이 다시 돌아와 인사를 하기도 했다. 그래서 사람들 눈치를 보느라 칠패 시장에서처럼 혼자 들뜨는 사치는 부릴 수가 없었다.

"두 분이 함께 계신 모습은 처음 보네요. 정말 잘 어울리십니다."

이럴 줄 알았으면 괜히 종루로 오자고 했다. 그냥 계속 칠패에서 생선들이라도 구경할걸. 그녀는 혹시라도 사람들에게 흠 잡히지 않기 위해 걸음걸이조차 신경 써야 했다.

"대행수 어른, 둘이 같이 있어서 더 눈에 띄는 거 같은데 찻잔 사러 가는 건 저 혼자……."

결국 같이 있고 싶어서 안 사도 될 찻잔 핑계를 댔던 은홍은 먼저 오늘의 동행을 그만 끝내자고 제안했다. 안 그럼 사람들의 시선에 압사당할 거 같았다.

칠패 시장에서는 깃털처럼 가볍게 걷던 은홍이 종루로 넘어와서는 그의 등 뒤에 반쯤 몸을 가리고 납덩이라도 매단 듯이 걷는 걸 보고 태웅도 마음이 쓰였다. 사람들이 그녀에게 가지는 관심이 아직은 버거울 것이었다.

그러나 그건 그녀 스스로 이겨내야 하는 것이지 그가 언제까지나 방패막이가 되어줄 수는 없었다. 그래서도 안 되었다.

"네가 떳떳하다면 사람들의 시선 따위는 신경 쓸 거 없다."

이미 완성형 인생을 살고 있는 그에게는 그게 가능할지 몰라도 그녀에게는 무리였다. 그녀는 태웅이 칠패 시장에서 사준 노리개를 구명줄인 것처럼 꽉 움켜쥐었다.

태웅은 끝까지 모른 척할까 싶었지만 그가 사준 노리개를 꽉 움켜쥐고 있는 작은 두 손을 보니 그게 쉽지 않았다. 태웅은 그녀의 손을 향해 손을 뻗었다. 손이라도 잡아주면 좀 나을까 싶었는데.

"이런, 대행수를 여기서 뵙소."

거슬리는 목소리가 귀를 파고들자 태웅의 눈빛이 바로 날파래졌다. 고개를 돌려 앞을 보니 기린 객주 박형도가 자신의 수하를 거느리고 다가오고 있었다. 왜 하필 지금 마주친 것인가 싶어서 그의 마음이 예민해졌다.

박형도의 시선이 그의 옆에 있던 은홍에게로 향하자 이젠 태웅이 그의 몸으로 그녀의 존재를 철저히 가렸다. 그런 그의 행동에 박형도는 비릿한 미소를 지었다. 본 적 없는 태웅의 기민한 반응이 아주 재미있었다.

"혼례식도 없이 부인을 들였다고 하더니 진짜였군."

"문길!"

태웅이 문길의 이름을 부르자 내내 보이지 않던 문길이 좁은 길목에서 걸어 나와 은홍의 옆으로 다가왔다. 태웅은 박형도한테서 눈을 떼지 않으며 문길에게 명했다.

"아씨를 화룡관으로 뫼시거라."

문길은 바로 은홍의 어깨를 잡고 이끌었다.

은홍은 문길과 함께 걸어가면서도 태웅이 걱정되어서 고개만 돌려 그의 등을 보았다. 넓고 큰 등이 산처럼 버티고 서 있었다. 그는 분명 강한 사람인데 그녀는 걱정되는 마음을 지울 수가 없었다.

"이대로 그냥 가도 되는 것입니까?"

"둘 다 장사꾼입니다. 저잣거리에서 갑자기 칼부림할 일은 없을 것이니 신경 안 쓰셔도 됩니다."

그래도 은홍은 신경이 쓰여 자꾸 뒤돌아보게 되었다. 태웅을 쳐다보던 그자의 눈빛은 독을 품은 독사 같아서 잊히지가 않았다. 태웅이 누군가에게 미움 살 사람은 아니라고 여겼기에 꽤 충격이었다. 꼭 태웅에게 무슨 일이 생길 것만 같아서 그의 곁에 있고 싶었지만 지금 그녀한테는 그를 지켜줄 힘이 없었다.

오히려 거추장스럽기만 할 것이라 문길과 함께 화룡관으로 돌아갈 수밖에 없었다.

은홍은 태웅이 집에 돌아올 때까지 가만히 한자리에 앉아 있을 수 없었다. 문길은 별일 없을 거라고 몇 번이나 말했지만 그녀는 안심이 안 되었다.

야기가 몰려와도 태웅이 안 돌아오자 그녀는 더 이상 참고 기다릴 수만은 없었다.

"더 이상은 못 기다리겠습니다. 찾으러 나갈 것입니다."

"대행수 어르신이 어디 계신 줄 알고 찾는단 말입니까?"

"모릅니다! 그러니 찾아보겠다는 것입니다!"

정서 불안처럼 갑자기 화를 내는 은홍을 보고 문길은 깊게 한숨을 내쉬었다.

"아씨 생각대로 박형도는 대행수 어른과 사이가 안 좋습니다. 하지만 그렇다고 그자가 대행수 어른에게 위해를 끼칠 수 있을 정도로 대단한 인물도 아니니 쓸데없는 걱정은 안 하셔도 됩니다."

그럼 태웅이 그리 급히 그녀만 화룡관으로 돌려보내지 말았어야 했다. 꼭 위험한 상황에서 그녀를 피신시킨 거 같아서 그녀는 마음이 안 좋았다.

"두 사람은 왜 사이가 안 좋은 것입니까?"

지금 말해주지 않으면 은홍이 진짜 태웅을 찾으러 나갈 거 같아서 문길은 어쩔 수 없이 말해주었다.

"박형도는 원래 화룡 상단에서 일하던 이였습니다."

"네?"

그건 전혀 상상도 못 한 답이었다.

"박형도가 상단에서 쫓겨나게 된 게 상단의 물건을 빼돌리다 걸려서 인데, 그걸 밝혀낸 사람이 대행수 어른입니다."

그제야 박형도란 자가 태웅을 왜 그런 눈으로 보았는지 납득할 수 있었다.

그는 태웅에게 복수하고 싶어 하는 것이다. 그게 분명했다.

"그럼 진짜 위험한 자이지 않습니까! 당장 대행수 어른을 찾으러 나갈 것입니다!"

그때 그녀의 멈추지 않는 객기를 저지하듯이 문밖에서 파주댁의 목소리가 들려왔다.

"대행수 어른이 돌아오셨습니다요."

은홍은 그대로 문길을 지나쳐 사랑채로 달려갔다.

허겁지겁 달려가는 은홍의 뒷모습을 보며 문길은 한숨을 내쉬었다. 진짜 부부처럼 살지도 않았는데 정은 언제 저리 깊어진 건가 싶었다.

그래도 부부란 말인가. 우습기도 하고, 애틋하기도 했다.

쾅―!

태웅이 돌아왔다는 말을 듣자마자 달려와 사랑방 문을 열었는데, 태웅의 모습은 보이지 않았다. 은홍은 다시 사랑 마당으로 달려 내려와 눈에 보이는 행랑아범에게 다급히 물었다.

"대행수 어른이 오셨다 들었는데, 어디 계신지 보셨소?"

"아! 대행수 어른이라면 지금 목……."

은홍은 행랑아범의 말이 끝나기도 전에 그가 손가락으로 가리킨 방향으로 서둘러 뛰어갔다.

행랑아범은 치마를 휘날리며 뛰어가는 은홍의 뒷모습을 쳐다보며 미처 하지 못한 말을 마저 했다.

"……간통에서 목간 중이라, 가도 못 만나실 텐데."

하지만 그 말을 듣기에 은홍은 이미 멀리 가버렸다.

어째 그냥 두면 민망한 일이 생길 거 같은데, 쫓아가서 말리기에도 애매한 상황이라 행랑아범은 그 자리에서 빈 대통을 든 채 너털웃음만 지었다.

불빛이 보이고, 그 안에서 사람의 인기척이 느껴지자 은홍의 발걸음은 더욱 빨라졌다. 어서 빨리 태웅이 무사한 모습을 보고 싶었다. 저잣거리에 혼자 두고 온 태웅의 뒷모습만이 뇌리에 박혀 있어서 아직도 불안함에 심장이 불규칙적으로 뛰었다.

"대행수 어른!"

안에서 들어와도 된다는 부름이 있기도 전에 은홍은 닫혀 있던 문을 벌컥 열었다. 그리고 그녀는 그토록 기다리던 대행수를 보게 되었지만 대행수의 모습은 평소의 모습이 아니었다.

뜨거운 물에서 피어오른 수증기가 안개처럼 사방을 감싸고 있어서 그 속에 있는 존재는 사람인 듯 신선인 듯 신비로운 존재감을 뿜어내고 있었다.

태웅의 몸이 그녀의 눈에 들어왔다. 당연히 입고 있어야 할 옷은 보이지 않고, 구릿빛의 탄력 넘치는 그의 맨가슴이 바로 시선에 꽂혀오지 은홍의 동그란 두 눈이 극치까지 팽창했다. 태웅도 갑자기 목간하는 곳에 뛰어 들어온 은홍을 보고 깜짝 놀랐다.

여기는 정방(淨房)이었다. 태웅이 이곳에 있다면 이유는 하나.

은홍은 자신이 무슨 행동을 한 것인지 깨닫고 소스라치게 놀랐다. 뜨거운 물을 제대로 뒤집어쓴 기분이었다.

태웅 역시 은홍이 이곳에 나타날 줄은 몰랐기에 적잖이 당황했다.

두 사람이 미동도 못 하는 동안 수증기만 살아 있는 생물처럼 위로 피어올랐다. 그래도 좀 더 오래 산 태웅이 먼저 입을 열었다.

"무슨 일이냐?"

그제야 은홍은 얼음이 되었던 입을 떼었다.

"소, 송구합니다! 전 대행수 어른이 오셨다는 말만 듣고……."

그녀는 허둥지둥 몸을 돌려 도망치듯 그곳에서 뛰어나왔다.

그녀가 사라지고 혼자 남은 태웅은 물에 젖은 손을 올려 가슴에 대었다. 어지간히 놀랐나 보다. 뛰는 심장이 피부를 뚫고 나올 거 같은 걸 보니.

제 6 장

동상이몽

새벽이 되었지만, 은홍은 잠이 들지 못하고 있었다. 사람이 꼭 홍삼 같은 약을 먹어야 밤에 열이 나는 게 아니라는 걸 은홍은 오늘 몸으로 직접 깨닫고 있었다. 자꾸 목간통에서 보았던 태웅의 벗은 몸이 생각나며 몸에서 열이 쉬이 내려가지 않았다.

설마 그의 몸이 그녀의 수면을 방해할 줄은 정말 몰랐다. 아무리 사내의 벗은 몸은 처음 보았다지만, 그 때문에 불면증까지 오는 건 너무 심했다. 이건 순진과 방탕의 경계선을 허무는 일이었다.

"그만! 제발 그만 생각해!"

은홍은 도저히 감당이 안 되어 스스로 자기 머리를 쥐어뜯었지만, 결국 잠은 들 수 없었다.

잠을 제대로 못 잤으니 아침 산책을 나온 그녀의 얼굴은 퀭할 수밖에 없었다. 양 대인이 못 볼 걸 봤다는 듯 그녀의 얼굴을 보며 '쯧쯧' 혀를 찼다.

"여인이 어찌 그런 얼굴로 사내 앞에 서나. 꽃은 꽃다워야지."

"저는 꽃이 아니라 사람입니다. 사람은 잠 못 자면 이런 얼굴이 되는 겁니다. 그리고 양 대인이 어찌 사내입니까. 저한테는 아버지뻘인데."

그녀가 받아치는 말에 양 대인은 기가 차다는 웃음을 지으며 부채를 세게 부쳤다.

"지금 나한테 이리 뻗댈 때가 아닐 텐데."

은홍은 그에게 짚신을 팔아야 했다. 그런데 정신을 어디 팔고 있는 것인지 짚신의 'ㅈ'자도 안 꺼내고 있었다.

"뻗대긴요. 제가 화룡관의 귀한 손님에게 어찌 감히 그러겠습니까."

고개를 조아리는 걸 보니 이제야 짚신에 대해 이야기하려나 싶었는데 은홍은 조용히 산책만 했다.

그래서 오히려 양 대인이 그녀의 눈치를 보게 되었다.

뭐야? 왜 짚신 이야기를 안 해?

결국 은홍은 산책이 끝날 때까지 짚신에 대해서는 한마디도 하지 않았다. 자기가 짚신을 팔아야 하는 건 아예 까먹은 사람처럼. 하여튼 묘하게 신경 쓰이는 안주인이었다.

은홍은 시장에서 마주쳤던 박형도에 대해 잊을 수가 없었다. 그자가 얼마나 위험한 인물인지 알고 싶은데 문길은 절대 가르쳐줄 마음이 없는 듯 보였다. 그렇다고 대놓고 태웅에게 물으면 쓸데없는 곳에 관심 갖는다고 혼만 날 게 뻔했다.

이럴 때 그녀가 도움을 청할 사람은 한 명뿐이었다. 은홍은 문길 모르게 행랑아범의 아들인 칠석에게 부탁해서 시윤에게 서신을 보냈다. 서신을 전달하고 돌아온 칠석은 굉장히 곤란한 표정을 지으며 말했다.

"이야기를 듣고 싶으시면 아씨께서 직접 용화루로 나오시랍니다."

시윤까지 그녀에게 말해주지 않으려고 수를 쓰는 거 같아서 그녀는 마음이 안 좋았다.

"용화루가 어디냐?"

"나가시게요?"

칠석은 화들짝 놀랐다. 용화루가 시윤이 술 마시며 노는 곳이라는 걸 잘 알았으니까.

"절대 너까지 혼나게 하지는 않을 것이니 가르쳐다오."

은홍이 사정하니 칠석은 난처해졌다. 마음 약한 칠석은 그녀의 간청을 끝까지 모른 척하지 못하고 용화루가 있는 곳을 알려주었다.

은홍은 문길에게 말하지 않고 혼자 조용히 집을 나섰다.

그러고 보니 화룡관에 온 뒤 그녀 혼자 집 밖으로 나가는 건 이번이 처음이었다.

마치 일탈을 하는 기분이었지만, 그녀는 단지 걱정이 될 뿐이었다.

이 세상에 태웅을 좋아하는 사람만 있는 게 아니라 증오하는 사람도 있다는 게.

태웅은 도중 회의 중 서사가 전해주는 전갈을 받았다. 문길이 보낸 것이었기에 바로 펼쳐보았다.

아씨께서 시윤 나리를 만나려 혼자 용화루로 가셨습니다.

태웅은 눈살을 찌푸렸다. 이럴 때의 시윤은 친우라기보다는 골치 아픈 존재였다. 은홍이 먼저 용화루로 시윤을 찾아갔을 리가 없었다. 시윤이 먼저 그곳으로 은홍을 불렀을 것이다. 시윤의 해괴한 행동은 익히 알고 있었지만 이건 그중에서 가장 마음에 안 들었다.

은홍은 대외적으로 엄연히 그의 내자였다. 그런데 어찌 그리 함부로 불러낸단 말인가.

태웅은 회의가 끝나자마자 바로 용화루로 향했다. 그의 신부를 돌려받기 위해서.

"어이구! 이 사람아 왜 이리 늦었어. 기다리다 피부 상했구먼."

용화루 위에서 그가 걸어오는 걸 본 시윤은 오히려 그가 늦었다고 타박했다. 지금은 그런 말을 받아줄 기분이 아니었기에 태웅은 딱딱한 목소리로 물었다.

"은홍이는 어디 있습니까?"

시윤은 히죽 웃으며 슬쩍 옆으로 몸을 피했다.

그제야 상 위에 머리를 박고 쓰러져 있는 은홍이 보였다. 기절한 것인지 잠이 든 것인지. 하여튼 맨정신이 아닌 건 확실했다. 태웅은 놀라서 용화루 위로 뛰어 올라가 은홍의 몸을 일으켜 안았다.

"은홍아!"

그의 부름에도 은홍은 정신을 못 차렸다. 완전히 의식을 놓은 상태였다. 대경한 그와 달리 시윤은 태평하게 은홍의 상태에 대해 말해주었다.

"술에 취한 거뿐이니 걱정할 거 없네."

"술도 못 마시는 애한테 이리 먹이다니! 제정신이십니까!"

태웅이 화를 내자 시윤은 손을 휘휘 저었다.

"스스로 먹은 거네. 하늘에 맹세코 내가 먹으라 강요한 건 한 잔도 없어."

"은홍이 왜 마시지도 못하는 술을 대책 없이 마신단 말입니까!"

"어허! 이 사람이! 왜 내 말을 못 믿나! 자네와 나의 우정이란 게 계집 하나 때문에 쪼개질 만큼 가벼웠단 말인가!"

"계집 하나가 아니라 화룡 상단 안주인입니다."

"그러니까 화룡 상단 안주인께서 나랑 술 내기를 했다가 그리 뻗은 것이란 말일세. 안주인 일어나서 해명을."

짝―!

시윤이 접선으로 은홍의 어깨를 건들려고 하자 태웅은 그 접선을 거칠게 손으로 쳐내었다.

시윤은 진짜 한 대 맞은 사람처럼 충격받은 얼굴을 하였다.

"이보게. 이 자리에서 같이 술잔을 나누었던 벗한테 너무한 거 아닌가?"

"그래서 지금 참고 있는 것입니다. 또다시 이런 일이 있을 시에는 그땐 안 참을 것입니다."

시윤은 갑자기 더워진 사람처럼 접선을 펴 펄럭펄럭 부쳤다.

그러는 사이 태웅은 취해 정신을 잃은 은홍을 안고 일어나 용화루에서 내려왔다.

저벅저벅―.

다신 그를 안 볼 사람처럼 냉정히 걸어가는 태웅의 등에 대고 시윤이 큰 소리로 물었다.

"그 아이가 오백 냥의 값어치를 다하면! 그때도 그 아이의 지아비처럼 굴 건가? 아니면 돈 계산 끝났으니 그 아이에게 자유를 줄 건가?"

우뚝! 태웅의 걸음이 무겁게 멈추었다.

시윤은 열심히 부채질하며 태웅의 대답을 기다렸다. 대책 없이 의지만 앞섰던 어설픈 은홍 때문에 즐거웠던 마음이 그를 부녀자 희롱범 취급하는 태웅 때문에 아주 거지 같아졌다. 설마 다른 사람도 아니고 태웅에게 이런 취급을 받을 줄은 몰랐다.

그래서 더 배신감이 큰 것이다. 아무리 신부가 걱정이 되었어도 그를 이리 대하면 안 되었다. 다른 사람도 아니고 태웅이 그러면 안 되는 것이었다.

저벅저벅―.

태웅이 대답도 없이 가버리려고 하자, 시윤은 부치던 접선을 '탁' 힘껏 접고는 태웅의 등을 향해 외쳤다.

"내 이번에 그 아이에게 오백 냥을 벌게 해줄 걸세! 단 한 번에 말이야! 그때 자네가 무슨 말을 할지 내 두고 보겠네! 알겠나? 그땐 피하고 싶어도 피할 수 없을 것이야! 분명히 대답해야 하네!"

그래도 멈추지 않고 가버리는 냉정한 뒷모습이 참으로 야속하고 아팠다.

왜 아무런 대답을 못 해!

태웅이 진심인 것처럼 구니 시윤만 나쁜 놈이 되어버렸다.

화룡관 안채.

사락―.

태웅은 조심스럽게 은홍을 이부자리 위에 내려놓았다. 가는 목이 힘없이 뒤로 꺾였다가 베개 위에 닿자 편하게 위치를 잡았다. 이곳에 올 때까지 한 번도 깨지 못하는 은홍이 걱정되어 숨 쉬는 상태를 확인하였다.

숨은 고르고 따뜻했다. 그저 술에 취해 아주 깊게 잠이 든 거였다. 그래도 쉬이 걱정을 거두지 못하고 태웅은 잠든 은홍의 얼굴을 가만히 지켜보았다.

색색, 은홍이 숨을 쉴 때마다 봉긋한 가슴이 위아래로 오르락내리락, 긴 속눈썹이 파르르거렸다. 술기운 때문인지 두 볼은 잘 익은 과실처럼 발그레했다. 살짝 벌어진 도톰한 입술에서는 달큼한 술 내음이 나는 듯했다.

이젠 눈이 닿는 곳마다 여인의 향기가 솔솔 풍겨 나왔다.

이 집에 올 때만 해도 곧 말라 죽게 생긴 아이였는데, 어느새 곱게 꽃이 피었다. 만개한 꽃은 점점 더 향이 짙어질 거다.

태웅의 손이 그 달금한 향기에 끌리듯이 그녀의 얼굴을 향해 뻗어가다 뺨에 닿기 전에 멈추었다. 태웅은 뻗었던 손을 꼭 쥐었다.

"네가 잘못한 건 내가 고쳐주면 되는데……."

잠들어 듣지 못하는 은홍에게 나직하게 물었다.

"내가 잘못한 건 이제 누가 고쳐주지?"

그를 나무라던 억만은 더 이상 없었다. 그가 완벽하지 않다는 것에 불안해지는 밤이었다.

눈을 뜨는 순간 머리를 누가 밟는 것처럼 아팠다. 은홍은 머리를 감싸고 몸을 작게 웅크렸다.

"으.으.으.으.으."

절로 신음이 흘러나왔다. 술 석 잔을 마셨을 뿐인데 몸도 엉망이고 언제 집으로 돌아온 것인지 기억조차 없었다.

"아직도 안 일어나셨습니까?"

밖에서 들리는 문길의 목소리에 은홍은 문을 향해 손을 뻗었다.

손끝이 바들바들 떨렸다.

"사, 살려주십시오."

드르륵―.

다 죽어가는 은홍의 목소리를 들은 문길이 문을 열었다. 숙취가 고 스란히 남아 있는 은홍의 모습을 보고 문길은 혀를 찼다.

"일어나십시오."

어림도 없다는 듯한 문길의 말이 지금은 너무 서러운 은홍이었다.

이런 때는 괜찮냐고 먼저 물어주면 좋으련만.

"어젯밤의 일은 부디 대행수 어른께 비밀로."

다 죽어가도 그 말만은 꼭 해야 했다. 그런데 돌아온 문길의 말이 그 녀를 두 번 죽였다.

"어제 술에 떡이 된 아씨를 집에 모셔온 분이 대행수 어른이십니다."

머릿속에서 천둥이 와르르 치는 듯했다. 그리고 내장이 뒤틀렸다.

그녀는 서둘러 손으로 입을 틀어막았다.

"스, 스승님. 저, 토하고 싶습니다."

"소인한테 토하면 절연할 것입니다."

"스승님!"

다시 또 술을 마시면 그녀가 개였다.

태웅은 매일 효두에 연무장에서 검술 훈련을 했다. 어릴 때의 꿈은 무관이었다. 검을 익혀 조선에서 가장 강한 사람이 되고 싶었다.

그러나 사는 것은 꿈처럼 흘러가는 게 아니었다. 그는 조선 제일 검 박무진을 만나 꿈이 좌절되었고, 화룡 상단의 대방인 억만을 만나 이리 장사꾼이 되었다.

후회는 하지 않았다. 장사꾼이 안 되었으면 그의 신분으로 이리 성공하는 건 불가능하다는 것도 잘 알았다.

그러나 가끔은 생각이 났다. 무관을 꿈꾸었던 어린 그가.

오늘은 검술 훈련이 평소보다 길어져서 해가 뜬 뒤에도 그는 검을 계속 휘둘렀다. 온몸이 땀에 젖어 들어갔지만 검을 휘두르는 움직임은 더 빨라질 뿐이었다.

탁—.

그의 몸이 새처럼 하늘로 날아오르며 허공을 할퀸 검날에 볕뉘가 닿아 눈부신 빛을 뿜어냈다. 검에 새겨진 '파천'이란 글자가 순간 빛을 머금고 찬란했다.

"대행수 어른."

그를 부르는 익숙한 목소리가 들렸지만 태웅은 검을 계속 휘둘렀다. 검이 공기를 가르는 소리가 날파랐다.

은홍은 태웅이 검술 훈련을 멈추지 않자 난감한 표정을 지으며 그 자리에 서 있었다. 겨우 용기를 내어 잘못한 것에 대해 스스로 야단을 맞으려고 찾아온 자리였다. 태웅을 또 부르기가 조심스러웠다. 여기서 검술 훈련을 방해했다는 죄명까지 늘 수는 없었다.

그래서 태웅이 훈련을 마치기를 조용히 기다렸다. 태웅이 검을 휘두르는 모습은 처음 보는 것이었다. 그의 신분을 몰랐다면 영락없이 무관이라 생각했을 것이다. 아주 오래도록 해온 일인 듯 그는 검과 하나가 되어 허공을 갈랐다. 그녀보다 훨씬 큰 사람의 움직임이 어찌 저리 가벼울 수 있을까 싶었다. 검술은 꼭 춤을 추는 것처럼 보이기도 해서 은홍은 어느새 넋을 잃고 쳐다보고 있었다.

"아직도 술이 덜 깬 것이냐?"

태웅이 꾸짖는 소리에 퍼뜩 정신을 차린 은홍은 서둘러 허리를 숙여 사죄했다.

"어제는 제가 잘못했습니다."

"네가 무얼 잘못하였는데?"

태웅의 목소리가 아침 공기보다 더 차가웠다.

은홍은 고개를 더 푹 숙이며 기가 죽은 목소리로 말했다.

"대행수 어른의 바쁜 시간을 빼앗았습니다."

"잘못이 그것뿐이더냐?"

먼지까지 탈탈 털어 그녀의 죄목을 드러낼 역정인 거 같아 머리가 더 무거워졌다.

"이기지도 못할 정도로 술을 마셔 추태를 보였습니다."

"그것뿐이냐!"

감자알 뽑듯이 쭉쭉 뽑으라 하니 미처 몰랐던 잘못들까지 억지로 생각하게 되었다.

"그러니까 그것이……."

그녀가 대답을 못 할수록 태웅이 점점 가까이 걸어오니 압박감이 심해졌다. 태웅이 더 가까이 오기 전에 생각해내야 했다. 안 그럼 저 무시무시한 검이 이번엔 그녀를 향해 날아올 것 같았다.

그런데 생각을 하면 할수록 모르겠다. 태웅을 번거롭게 만든 것과 정신을 잃을 때까지 술을 마신 것 외에 그녀가 도대체 무슨 잘못을 했는지.

헉! 설마 술에 취해 시윤에게 엄청난 실수를 해버린 건가?

"제가 혹시 시윤 나리께 실수를 하였습니까?"

기어코 태웅은 그녀의 앞까지 다가와버렸고 여전히 무서운 표정이었다. 굳이 검이 아니더라도 태웅의 칼날 같은 눈빛에 심장이 쿡쿡 찔리고 있었다.

"김시윤이 너한테 무슨 짓을 할 거라는 의심은 안 들더냐? 무엇 때문에 그리 쉽게 혼자 오라는 그의 말을 따른 것이냐? 방심이었더냐? 아니면 그를 만나고 싶은 이유라도 있었던 것이야?"

은홍의 심장이 싸해졌다. 시윤은 분명 태웅의 가장 가까운 벗인데 태웅이 시윤을 공대하지 않고 김시윤이라 이름만 말했다. 그 말투에는 적대감이 가득했다.

그래서 그가 화가 난 사람이 그녀인지 시윤인지 혼란스러웠다.

또르륵.

그의 뺨을 타고 땀이 흘러내렸다. 날씨는 선선하나 검술 훈련을 한 그는 무척이나 뜨거워 보였다. 땀은 단단한 턱에 맺혀 아슬아슬하게 그를 붙잡고 놓지 않았다. 그 모습을 보고 있기가 갑갑했다.

흠칫, 그의 살결이 굳는 게 느껴졌지만 그녀는 옷소매로 그의 얼굴에 흐르는 땀을 마저 닦아내었다. 그의 얼굴에 가득했던 역정도 그녀의 옷깃에 씻겨나간 듯 그는 더 이상 화를 내지 못했다.

탁—!

그의 손이 그녀의 손목을 잡아챘을 때에야 자신이 무슨 행동을 한 건지 깨달은 그녀의 얼굴이 벌겋게 달아올랐다. 아직도 술이 덜 깼나 보다.

감히 누구 얼굴에 손을 댄 것인가! 남의 땅, 내 땅도 구분 못 한단 말인가!

태웅의 깊은 눈빛이 더 짙어지며 열기 섞인 목소리가 흘러나왔다.

"사내 몸에 함부로 손을 대는 것이 아니다."

태웅의 경고에 그녀의 심장이 오그라들었다.

"많이 혼나셨습니까?"

태웅에게 혼나러 갔다가 힘없는 모습으로 돌아온 은홍을 보고 문길이 넌지시 물었다. 은홍이 저지른 일은 문길이 생각해도 그냥 넘어갈 일이 아니었다.

은홍은 문길의 옆자리에 털썩 주저앉으며 한숨을 길게 내쉬었다.

"그게…… 혼나다 말아서 찝찝합니다."

"혼나다 말다니요?"

"대행수 어른이 말씀하신 저의 잘못이 네 가지 정도 되는데, 제 잘못을 잔뜩 알려주시고는 그냥 가버리셨습니다."

그건 문길이 들어도 이상한 말이었다. 태웅은 잘못한 것이 있으면 그 자리에서 모든 것을 마무리하는 확실한 성격이었다.

은홍이 술 때문에 실수했다면 술독이라도 들고 벌을 세웠어야 했다. 그래야 똑같은 잘못을 두 번 반복하지 않을 테니까.

"그런데 잘못이 네 가지나 됩니까?"

"네, 저도 몰랐는데 그렇게나 되었습니다."

"술 많이 마신 거랑, 대행수 어른을 몸종으로 부린 거랑, 시윤 나리를 함부로 믿은 거 외에 뭐가 또 있습니까?"

은홍은 놀란 눈으로 문길을 보았다. 잘못을 저지른 그녀도 미처 몰랐던 걸 문길은 바로 잡아냈으니 말이다.

"역시 스승님이시라 저보다 하나를 더 맞히시는군요."

"지금 그깟 것에 감탄할 때입니까? 또 하나는 무엇입니까?"

"사내 몸을 함부로 만지는 게 아니라 하셨습니다."

그녀의 말에 문길은 잠시 할 말을 잃고 그녀의 얼굴만 쳐다보았다.

문길은 은홍이 만진 사내 몸이 시윤이라 착각해서 더 놀랐다.

그러나 은홍은 문길의 착각을 알지 못한 채 어떻게 하면 태웅에게 용서를 받을까 생각하느라 머릿속이 복잡했다.

그때 청지기가 와서 그녀에게 손님이 찾아왔다 알려주었다.

"김시윤 나리께서 찾아오셨습니다."

문길이 은홍보다 먼저 벌떡 일어서더니 그녀의 앞길을 막아섰다.

은홍은 왜 그러느냐는 눈으로 문길을 쳐다보았다.

문길이 심각한 표정으로 은홍을 보며 나직이 물었다.

"어디까지 만진 것입니까?"

"네?"

"누가 먼저 시작한 것입니까?"

"네?"

"아씨한테 진심으로 실망입니다."

태웅에 이어 문길까지 그녀를 질책하니 은홍은 진짜 울고 싶어졌다.

그때 이 모든 일의 원흉이라 할 수 있는 시윤이 안채 안으로 부채를
부치며 걸어 들어왔다.

"안주인, 내 약조를 지키러 이리 친히 왔느니라."

'약조'라는 말에 문길은 차게 시윤을 쳐다보았고, 은홍은 의아한 눈
으로 시윤을 보았다.

"약조요?"

그런 걸 했단 말인가?

그녀가 술 취했을 때 무슨 말을 한 것인지 그녀 자신조차 알 수 없었
다. 술이란 건 정말 요망한 것이었다.

"그래, 네가 오백 냥을 벌게 해주겠다고 대행수랑 약조했네."

은홍은 조용히 문길에게 물었다.

"방금 대행수라고 들은 건 제가 잘못 들은 것입니까?"

아직 숙취가 남아 있는 그녀는 자신의 귀도 믿을 수 없었다.

"아닙니다. 똑바로 들으셨습니다."

그렇다면 정말 해괴한 일이었다. 태웅이 시윤과 그런 약조를 했다는
게.

"정말 대행수 어른이 그런 부탁을 나리께 하신 겁니까?"

은홍이 시윤에게 묻자 문길이 차게 잘라냈다.

"그럴 리가 없습니다."

시윤은 부채를 펄럭이며 태웅의 분신 같은 문길을 못마땅한 눈으로
노려보았다.

"나는 분명 대행수에게 그리 말했네. 혼자만의 약조는 약조도 아니
란 말인가."

시윤은 여전히 약조에 대해 이해를 못 하고 있는 그녀에게 손을 뻗었

다.

"그러니 이리 오시게, 안주인."

"안 됩니다!"

문길도 팔을 뻗어 그녀의 앞을 막았다.

한 명은 오라고 하고, 한 명은 안 된다고 막고. 그리고 숙취로 여전히 머리는 아프고.

딱 죽을 맛이었다.

"뭐?"

태웅은 눈살을 찌푸리며 문길을 보았다. '시윤'이란 이름을 들은 순간 부터 심장이 불편했다. 시윤이 지금 화룡관에 있다면 분명 은홍 때문 일 테니까.

"지금 안채에 아씨와 함께 계십니다."

양반인 시윤을 함부로 쫓아낼 수는 없었기에 태웅에게 보고하러 온 것이다. 은홍을 멋대로 데려가려고 하는 시윤을 어찌하면 좋겠냐고.

태웅은 손으로 이마를 짚었다. 시윤이 어젯밤 했던 말을 그대로 실행 에 옮기려는 거라는 걸 직감했기 때문이다. 골치 아프게 생겼다. 그가 하필 시윤의 심기를 건드려놨으니 말이다.

하지만 그때는 그런 걸 신경 쓸 여유가 없었다. 그도 진심으로 시윤 에게 화가 난 상태였으니까. 은홍이 시윤과 술을 마셔서 고주망태가 되 었는데 그가 어떻게 가볍게 넘길 수 있겠나. 만약 그 자리에 있던 사내 가 시윤이 아니라 다른 이였다면 주먹까지 나갔을 거다.

해가 뜨고 은홍도 멀쩡해지니 태웅은 이제야 뒤탈이 걱정되기 시작했다. 시윤이 어떤 인물인지 잘 알고 있었으니까. 그는 남의 이목보다 자기 기분이 제일 먼저인 사람이었다.

"만약 아씨가 시윤 나리께 가고 싶다고 하면 보내실 생각입니까?"

발정 난 고양이 같은 시윤을 어떻게 처리해야 하나 고민하던 태웅은 문길의 거슬리는 질문에 눈동자만 움직여 그를 보았다.

"그게 무슨 소리냐?"

너무 어이없는 말이라 화내는 것도 잊어버렸다.

"대행수 어른이 먼저 경고하시지 않으셨습니까. 그건 시윤 나리와 아씨 사이를 알고 하신 말씀 아니십니까?"

문길이 하는 말에 괜히 하지 않아도 될 상상이 되어 참을 수가 없어졌다. 둘만 있던 자리에서 시윤과 은홍이 술잔을 나누며 도대체 무슨 이야기를 나눈 것인지.

태웅은 참지 못하고 목소리가 높아졌다.

"알긴 뭘 안단 말이냐! 같이 술 한번 마시면 대단한 사이가 되는 거라고 은홍이 그러더냐?"

문길은 이야기의 흐름이 이상하다 생각하며 눈을 좁혔다.

"그럼 사내의 몸은 함부로 만지면 안 된다는 말씀은 왜 아씨에게 하신 것입니까?"

그의 질문에 갑자기 태웅의 입이 딱 닫혔다. 마치 잘못한 걸 들키기라도 한 사람처럼 두 눈동자가 찰나에 흔들린 걸 문길은 분명히 알아챘다. 오래도록 태웅과 지냈기에 알 수 있는 직감이었다.

당황했다. 대행수가. 최태웅이. 저 사내가.

그가 단단히 착각한 것이다. 은홍이 만진 몸은 시윤이 아니라 대행수였다. 그리고 태웅이 사내라 말한 건 시윤이 아니라 태웅 자신이었다.

눈빛만 봐도 대화가 통하는 오랜 관계인 두 사람은 한참이나 말없이 서로를 쳐다보기만 했다. 참으로 어색한 침묵이라 누가 감히 먼저 깰 엄두도 내지 못했다.

문길은 태웅을 데려올 때까지 절대 안채에서 움직이지 말라고 그녀에게 단단히 경고하고 가버렸다. 그걸로도 부족했는지 아까부터 안채 담 밖에서 칠석이 서성이는 게 보였다.

시윤은 이리 불청객 취급받는 걸 아는 건지 모르는 건지 차양 밑에서 한가하게 부채질만 하고 있었다.

그래도 손님이라 은홍은 시윤에게 차를 대접했다.

"귤강차입니다."

"지금 한가하게 차나 마실 때가 아니라니까. 오늘 내로 오백 냥 벌려면 빨리 움직여야 해."

"네? 오백 냥을 오늘 안에 벌 수 있단 말입니까?"

은홍은 진짜 깜짝 놀랐다. 그녀도 돈을 벌어봤기에 한 냥 버는 것도 얼마나 힘든지 알고 있었다. 역시 양반이라 돈을 쓰는 것도 버는 것도 남다르구나 싶었다.

"그래, 내가 아무한테나 이런 기회를 주는 게 아니야. 그런데 진짜 안 갈 것이야?"

"제가 술 마신 거 때문에 대행수 어른께 크게 혼났습니다. 그래서 오늘은 나갈 수 없을 거 같습니다."

은홍이 사랑스러운 원앙안을 깜박이며 그리 착하게 말하니 시윤은 더 포기할 수 없었다. 어떻게든 그녀를 꼬드겨서 태웅의 속을 박박 긁어버리고 싶었다. 그렇게 어젯밤 그의 마음에 입은 상처를 되돌려주고 싶었다. 그는 배포 큰 태웅과 달리 좁쌀만큼 속 좁은 남자였으니까.

시윤은 부채를 접으며 심각한 목소리로 말했다.

"사실은 내가 어제 다 말하지 않은 게 있는데, 박형도 말이야."

어제는 은홍이 걱정할까 봐 일부러 다 말하지 않았었는데 그녀의 마음을 움직이기 위해서는 좀 센 걸 던져야 했다. 역시나 '박형도'라는 이름에 은홍은 눈을 크게 뜨며 관심을 보인다.

"이 화룡 상단을 빼앗으려고 혈안이 되어 있어."

"네? 그럼 큰일이잖습니까!"

"그렇지. 안주인 지아비가 잘생긴 대행수에서 멧돼지 상인 박형도로 바뀌면 얼마나 충격이겠나."

말만 들어도 충격이라 은홍은 입을 벌린 채 얼음이 되었다.

사고 다발 지역인 시윤을 화룡관에서 몰아내려고 직접 안채로 온 태웅은 은홍이 혼자 있는 걸 보고 의아한 표정을 지었다.

"시윤 나리는 어디 있느냐?"

"돌아가셨습니다."

태웅은 믿을 수 없다는 듯 주위를 둘러보았지만, 시윤의 그림자도 보이지 않았다. 귀신이 곡할 노릇이 아니라 김시윤이 곡할 노릇이었다. 절대 이리 쉽게 물러날 리가 없는데 말이다.

태웅은 다시 은홍을 보았다.

"혹 시윤 나리가 너한테 무슨 말을 했느냐?"

"오백 냥을 벌게 해주시겠다고."

그 망할 오백 냥. 이젠 누가 공돈으로 오백 냥을 준다고 해도 고맙다는 말보다 욕부터 나올 것 같았다.

"나한테 맺힌 게 있어서 그러는 것이니 무시해라."

"그럼 나리께 사과하시고 푸십시오."

태웅은 진심으로 욱했다.

그가 왜 사과를 해야 하는가!

남의 부인에게 술이 떡이 되게 마시게 한 망나니는 김시윤이었다.

"너는 신경 쓸 거 없다."

시윤에 대한 원망이 남아서 은홍에게도 차게 말했다. 하지만 시윤 때문에 그녀에게 화를 내면 정말 옹졸한 지아비가 되는 것 같아서 태웅은 더 이상 말을 하지 않고 안채를 나섰다. 영 마음이 찝찝했다.

"시윤 나리는?"

안채 밖에 있던 문길이 중문을 나오는 그에게 물었다.

"그냥 돌아갔다는구나."

"네?"

문길도 쉽게 믿을 수 없다는 표정을 지었다.

"그럴 리가 없을 텐데."

태웅도 그리 생각했기에 고개를 돌려 담 너머로 안채를 보았다.

그의 눈빛이 가늘어졌다.

"은홍이 내게 뭔가 숨기고 있는 거라면 말이 되겠지."

서운해지려고 했다. 그가 아니라 시윤 편을 드는 것이었으니까.

그래도 그녀를 믿고 싶은데, 김시윤에 대해 너무 잘 알기 때문인지 그게 참 쉽지 않았다.

창밖이 어두워지자 그녀는 자꾸 창문 쪽을 보게 되었나.
사실 시윤이 그녀에게 하고 간 말이 더 있었다.

ㅡ박형도가 무슨 일만 하려고 하면 제일 먼저 찾는 게 무당이야.

최근 박형도한테 무당을 찾아갈 중한 일이 생겼다고 했다. 그래서 조 만간 반드시 무당 집을 찾아갈 거라고.

ㅡ내가 용한 무당 집을 하룻밤 빌릴 테니, 안주인이 거기서 무당 대신 앉아 있다가 박형도가 찾아오면 말하는 거지. 화룡 상단을 멀리해야 명줄을 보존할 수 있다고. 그리고 부적 하나 써주고 복채로 박형도한테 오백 냥을 받는 거야. 너무 완벽한 계획이지 않나?

우선 그녀가 신내림을 받은 무당이 아니었으니 그건 사기였다. 하지 만 그녀가 무당이 아니라는 걸 박형도에게 들키지 않는다면 그것보다 확실한 겁박은 없을 듯했다. 힘이 없는 그녀가 박형도한테서 태웅을 지킬 방법은 쉽게 찾을 수 있는 게 아니었다.

ㅡ할 마음이 있으면 오늘 밤 술시까지 소광교로 나오너라.

그녀의 엉덩이가 움찔거렸지만 쉽게 움직일 수는 없었다. 일이 조금이라도 틀어지면 이건 거의 소박이었다.

그러나 박형도와 태웅이 같은 한양 땅에서 살고 있다는 건 계속 그녀의 걱정거리가 될 것이었다. 이대로 잊어버릴 수 있는 문제가 아니었다.

그냥 무당 옷 입고 말 몇 마디만 하면 되는 거니 위험한 일은 아니었다. 발 뒤에 앉을 테니까 박형도한테 얼굴을 들킬 일도 없었다.

결국 그녀는 장옷을 챙겨 들고 안방을 나섰다. 아무한테도 들키지 않고 나갔다 와야 했기에 고양이처럼 살금살금 걸어 대문으로 향했다. 떳떳한 일을 하러 가는 건 아니었기에 누구라도 마주칠까 봐 발을 내디딜 때마다 심장이 쿵쿵 뛰었다. 다행히 대문에 도착할 때까지 아무도 마주치지 않았다.

끼이익—.

막 대문을 열고 세상 밖으로 나가려고 하는데…….

"이 밤에 어딜 가는 것이냐?"

은홍은 그대로 돌처럼 굳어버렸다. 하필 절대 들키면 안 되는 상대에게 들켜버린 것이다.

태웅이었다.

"사, 산책을……."

아침도 아니고 이 밤에 산책은 확실히 이상했다. 그것도 집 밖으로. 분명 야단맞을 거라 생각해서 그녀의 목소리가 떨렸다. 떳떳하게 그의 얼굴을 보지도 못했다.

"그래? 나도 마침 산책 나온 것이니. 같이 가자꾸나."

생각도 못 한 말에 놀란 은홍은 고개를 돌렸다. 태웅의 팔이 그녀의 눈앞을 뻗어나가 그녀가 열지 못한 대문을 열었다. 키 차이 때문에 그녀의 눈에는 그의 날 선 턱과 높은 콧날만이 보였다. 그가 고개를 내리자 그제야 눈이 마주쳤다. 그의 눈빛이 서늘해서 그녀는 바짝 긴장했다.

하지만 그녀의 걱정과 달리 그는 별말 없이 먼저 대문 밖으로 나섰다. 태웅은 일부러 기다리고 있었던 거였다. 은홍이 시윤과 나눈 말을 숨기고 있는 거라면 분명 오늘 내로 다른 행동을 할 것 같았으니까.

역시나 은홍은 밤에 몰래 집 밖으로 나가려고 시도했다. 당연히 화를 내야 할 상황이었지만, 우선은 참았다. 은홍이 시윤의 말에 흔들린 거라면 그한테도 책임이 있다고 생각했으니까. 그가 제대로 남편 노릇을 했다면 은홍이 다른 남자의 말에 흔들릴 이유가 없었다. 그의 탓이라 생각하니 화를 낼 수가 없어졌다.

화를 내지 못하니 난데없이 밤 산책을 하게 되었다.

태웅은 걸으면서 생각했다. 그가 어떻게 해야 은홍이 다른 남자 말에 안 흔들릴 것인지. 그런데 이런 고민을 하는 게 처음이라서인지 마음만 답답하고 좋은 생각이 안 떠올랐다. 그도 누군가의 지아비는 처음이라, 지아비로서 서툰 건 은홍과 마찬가지였던 거다.

저벅저벅ㅡ. 자박자박ㅡ.

산책하자고 하긴 했는데 내내 태웅이 말없이 앞만 보고 걸으니 은홍은 그의 눈치를 볼 수밖에 없었다. 이럴 거라면 차라리 들키자마자 야단을 맞는 게 더 나았을 뻔했다. 그럼 계속 불안하지는 않았을 것 같았다.

그냥 이제라도 이실직고할까?

하지만 그녀가 시윤과 손잡고 사기 치려 했다는 걸 알면 태웅이 어떤 표정으로 그녀를 볼지 무서웠다. 상대가 나쁜 놈이라도 사기가 정당화

되는 건 아니었으니까.

"시윤 나리."

"헉!"

태웅이 '시윤'이라고 말하자마자 은홍은 화들짝 놀라서 몸을 크게 틀었다. 그 순간 태웅의 손에 그녀의 손이 스쳤고, 은홍은 더 크게 놀랐다. 태웅이 경고했으니까. 함부로 만지지 말라고.

"소, 송구합니다! 정말 실수였습니다!"

그녀는 큰 소리로 잘못했다고 하며 서둘러 태웅한테서 멀찍이 떨어졌다. 거기서 멈추지 않고 장옷을 뒤집어써서 눈과 코만 내놓고는 어찌할 바를 몰라 했다.

그런 그녀의 행동이 너무도 황당해서 태웅은 잠시 할 말을 잃었다. 야밤에 눈뜬 채로 잠꼬대하는 것도 아니고 왜 저러나 싶었다.

뒤늦게야 그가 했던 말 때문이라는 걸 깨달은 태웅도 아차 싶었다. 그런 뜻이 아니었는데. 그를 또 만지면 가만 안 두겠다는 겁박이 절대 아니었다.

자신과 그녀의 사이가 이리 멀 줄은 몰랐다. 말 한마디도 제대로 전해지지 않을 정도로. 같은 집에서 산다고 무조건 가까워지는 건 절대 아니었다.

노력이 필요했다. 어떻게든 다가서려는 노력이 없으면 지금 이 거리는 절대 좁혀질 수 없었다.

"그런 뜻이 아니었다."

그의 말에 은홍은 장옷으로 얼굴을 가린 채 눈만 크게 뜨고 그를 쳐다보았다. 그 모습은 밤에 핀 하얀 박꽃처럼 은밀하고 미려했다.

"네가 날 만지는 게 싫다는 뜻이 아니라……."

그의 눈썹이 살짝 찌푸려졌다. 신경질적이라기보다는 곤란하다는 듯이.

그가 바로 말하지 않고 머뭇거리자 은홍은 의아함을 느끼고 그의 얼굴을 빤히 보았다. 그의 이런 모습은 처음이었다.

"네가 날 만지면 내가……."

꿀꺽. 그녀는 서도 모르게 긴장했다. 그가 할 나음 말에 그녀의 육감이 집중되었다.

"내가."

은홍은 그의 말에 집중하느라 태웅의 입술에 저절로 시선이 갔다.

그의 입술은 정말 그린 듯이 아름다웠다. 아니, 아름답다는 말로는 부족했다. 고아한 힘이 입술 선을 따라 흘렀다. 계속 보고 있으니 그의 입술에 그녀의 마음이 홀렸다.

"나답지 않게."

그답지 않게 뭐? 그의 말을 곱씹을수록 온몸의 감각이 살아나는 것만 같았다. 밤의 공기가 흐르는 소리까지 느껴졌다. 이제 그가 정말 중요한 말을 할 차례였는데.

"왜 안 오나 했더니 내 이럴 줄 알았지!"

갑자기 난봉꾼의 목소리가 끼어들었다. 멀리서 시윤이 도포 자락을 휘날리며 걸어오고 있었다.

"대행수한테 잡혀 있었구만."

작당을 모의했던 한 패가 눈에 들어오자 은홍은 화들짝 놀랐다.

"까놓고 말해서 그 일로 제일 덕 보는 건 대행수 자네야!"

시윤의 객기에 태웅은 눈살을 찌푸렸다.

"무슨 소리입니까?"

시윤이 태웅 앞에서 다 실토할까 봐 그녀의 심장이 미친 듯이 뛰어댔다. 그래서 손을 내저으며 시윤에게 아무 말도 말라고 신호를 보냈지만 방정맞은 시윤의 입은 멈추지 않았다.

"이미 은홍이한테 다 들었을 거 아닌가. 우리가 그 무당 집에서 박……."

안 돼!

은홍은 시윤의 입을 틀어막기 위해서 정신없이 그에게로 달려가서 머리로 그의 배를 박아버렸다.

"헉!"

시윤은 그대로 바닥에 쓰러졌고, 은홍은 후다닥 화룡관으로 뛰어가 버렸다.

순식간에 벌어진 일에 태웅은 할 말을 잃어버렸다. 서로 비밀을 나눈 사이치고 이렇게 난장판인 관계는 보다 보다 처음이었다.

바닥에 쓰러진 시윤이 배를 움켜잡은 채 그에게 말했다.

"자네 부인이 양반을 패고 튀었네."

그건 꽤 큰 문제였다. 조선은 신분 사회였으니까.

태웅은 원만한 해결을 위해 시윤에게 손을 내밀었다.

"우선 일어나십시오."

"합의금 오백 냥."

이런 양반 자식.

안채로 도망쳐 온 은홍은 방에 들어가자마자 이불을 뒤집어쓰고 안

절부절못했다. 급해서 냅다 시윤을 머리로 때리고 오긴 했는데 뒷감당이 안 되었다. 그녀가 감히 양반을 폭행한 것이다.

설마 관아에 잡혀가는 것인가? 어쩌지? 어떡해!

태웅을 지켜주려다가 태웅에게 소박맞게 생겼다. 그것만은 막아야했다. 이제라도 시윤에게 가서 잘못했다고 빌까. 시윤은 다른 양반과는 다르니 용서해줄지도 몰랐다.

"은홍아."

움찔, 밖에서 들린 태웅의 목소리에 은홍은 몸을 크게 떨었다.

"시윤 나리는 내가 알아서 했으니 신경 쓰지 말고 자거라."

그의 말에 놀란 은홍은 서둘러 문으로 달려가 벌컥 열었다. 등을 보이고 걸어가던 태웅이 고개만 돌려 그녀를 보았다.

"어, 어떻게?"

"돈으로 해결했다."

"네?"

은홍은 식겁해서 신발도 신지 않고 안마당으로 내려서서 태웅의 앞까지 달려갔다.

"제 잘못이니 제가 내겠습니다. 얼마면 됩니까?"

"네가 내겠다고?"

은홍은 크게 고개를 끄덕였다.

그녀는 진심인지 몰라도 그는 그게 더 마음에 안 들었다. 시윤에게 그녀가 오늘 몰래 집을 빠져나가 무엇을 하려고 했는지 다 듣고 오는 길이었다. 차라리 처음부터 솔직하게 말하지. 그녀가 잘못했다고 사과만 하니 그는 두 사람에 대해 하지 않아도 될 불경한 상상까지 하며 바보처럼 혼자서 화를 냈었다.

지금이라도 그녀에게 화를 내고 싶었다. 또 한 번 그런 식으로 그를 바보로 만든다면 가만 안 두겠다고. 그러나 꽉 부여잡은 그녀의 손이 달달 떨리는 것을 보니 그럴 수도 없었다. 태웅은 말없이 그녀를 내려다보다가 고개를 돌리며 말했다.

"그럼 단오에 팔 부채를 만들어라. 아주 많이 만들어야 할 것이야."

그녀가 화룡 상단 안주인이 되는 과정에서 힘든 건 그녀뿐인 줄 알았는데 전혀 아니었다. 그의 마음도 이리 휘청 저리 휘청하며 뒤늦은 사춘기라도 겪는 것 같았다. 이건 억만이 살아 있다고 해도 절대 답을 주지 못할 것이다.

앞으로 그가 그녀와 함께 찾아야 할 답이었다. 부부였으니까.

그녀는 태웅의 지시대로 단오에 팔 부채를 만드는 작업에 동참했다. 단오 날, 임금이 신하들에게 하사하는 단오선만큼 고급스러운 부채는 아니었지만, 백성들이 서로의 건강을 빌며 주고받기에는 좋은 선물이었다. 손재주가 좋아서인지 오래도록 이 일을 한 사람보다 그녀의 부채가 더 예쁘다고 칭찬을 많이 받았다.

"아휴! 아씨 마님이 만든 부채가 제일 예쁘네요."

"예쁘게 만드시니 나중에 예쁜 딸 낳으시겠어요."

그녀는 몸 둘 바를 몰랐다. 비록 합방은커녕 혼례식도 못 올린 부부였지만 말이다.

그때 문길이 그녀를 데리러 왔다.

"칠패 장에서 봤던 짚신 파는 오누이가 왔습니다. 만나실 겁니까?"

안 그래도 그녀도 기다리던 중이라 바로 그 아이들을 만나러 갔다.

안채로 안내받은 아이들은 파주댁이 챙겨준 떡을 허겁지겁 먹고 있었다. 그녀가 온 것을 보고 오라비만 먹는 걸 멈추고 벌떡 일어났다.

은홍은 웃으며 아이들을 반겨주었다.

"그래, 내게 짚신을 팔러 온 것이니?"

그녀는 말했었다. 그녀가 짚신을 사고 싶은 마음이 들게 하면 더 비싼 값을 주고 사겠다고.

오라비는 가지고 온 짚신을 들고 그녀의 앞으로 걸어왔다. 누이는 먹던 떡을 꽉 움켜쥔 채 오라비의 뒤를 쪼르르 쫓아왔다. 두 명이었지만 한 명이나 마찬가지였다. 그 모습이 정겨우면서도 아팠다.

"이거."

오라비가 그녀에게 짚신을 내밀었다.

장에서 봤던 짚신과 같은 것이었다.

그녀는 오라비가 내민 짚신을 받지 않고 아이의 얼굴만 빤히 보았다. 그녀는 아직 짚신 사고 싶은 마음이 안 생겼으니까.

그녀는 동정심에 이 짚신을 사주고 싶지 않았다. 그건 그들이 불쌍하다는 것 외에 아무것도 남지 않으니까.

"하나 사시면 한 짝 더 드리겠습니다요."

오라비의 말에 그녀는 눈을 좁히며 웃었다.

"한 짝. 한 켤레가 아니라?"

"네, 공다지로 드리는 거니까 한 짝만 드립니다요. 한 켤레로 만들고 싶으시면 짚신 하나 더 사시면 됩니다."

결국 짚신 두 켤레 사서 세 켤레 만들라는 오라비의 말에 은홍은 웃고 말았다. 나름 열심히 머리를 굴린 게 느껴졌으니까.

"나는 그렇게 많은 짚신은 필요 없다."

은홍이 산다는 말을 하지 않자 오라비의 얼굴이 굳어졌다. 기껏 여기까지 왔고, 처음으로 공짜로 준다고까지 했는데 그녀가 사지 않으면 정말 마음에 상처를 받을 거였다. 이럴 거면 차라리 장에서 그냥 지나쳐 가지 왜 굳이 화룡관까지 찾아오라 한 것인지.

은홍에 대한 원망이 생기려는 그때, 은홍이 돌아서며 말했다.

"나 대신 그 짚신을 사줄 사람이 있을 거 같으니 따라오거라."

이번에도 그녀의 말대로 따라갔는데 또 안 산다고 하면 이 집에 똥이라도 싸지르고 갈 거라고 분통을 터트리며 오라비는 은홍의 뒤를 쫓아 갔다.

오라비가 움직이자 누이도 작은 발로 열심히 그의 뒤를 쫓았다.

은홍이 짚신 파는 오누이를 데리고 간 곳은 양 대인이 머무는 별채였다. 양 대인은 은홍이 데리고 온 입성 허름한 남매를 보고 눈살을 찌푸렸다.

"왜 내 처소에 거지를 데려온 건가? 안주인."

문길은 아이들이 듣지 못하게 은홍의 귀에 대고 통역해주었다.

은홍은 일부러 더 얼굴에 미소를 지으며 양 대인을 보고 말했다.

"짚신을 팔러 온 아이들입니다. 대인."

드디어 나온 짚신에 관심이 생기긴 했지만, 그가 짚신을 팔라고 한 건 은홍이었다. 다른 이가 아니라.

설마 이 순진한 안주인이 벌써 꼼수를 익힌 건가 싶어서 눈을 좁히는데 은홍이 손으로 어린 누이를 가리키며 설명했다.

"이 여자아이에게는 오라비가 아비나 마찬가지입니다. 짚신을 팔아서 이 아이를 먹여 살립니다."

양 대인은 뭐라 대꾸하지 않고 팔짱을 끼고 듣고 있기만 했다.

짚신 파는 오누이도 처음 보는 청국 상인의 풍채에 기가 죽어서 눈치만 보고 서 있었다.

"양 대인이 이 아이의 짚신을 사주시면……."

"난 자선사업은 하지 않아."

양 대인이 냉정하게 말해도 은홍은 포기하지 않고 뒷말을 이었다.

"어린 오라비가 아비의 역할까지 해내고 있다면, 동정이 아니라 존경해야 맞습니다."

그 말은 양 대인에게 너는 실패한 아비라는 말로 들려서 그의 표정이 급격하게 일그러졌다.

양 대인이 화가 난 얼굴이었기에 문길은 걱정되기 시작했다. 여기서 은홍이 양 대인의 심기를 불편하게 만든다면 상단 거래에도 문제가 생길 것이었다.

짚신 한 켤레의 문제가 너무 커졌다.

"양 대인은 따님을 위해 무엇을……."

"그만!"

양 대인의 호통이 떨어졌다.

아이들이 겁을 먹고 문길의 뒤에 숨었다. 은홍도 놀라 눈이 커졌다. 그가 이렇게 화를 낼 말을 하지 않았으니까.

"당장 나가거라."

매서운 축객령이 떨어졌다.

별채에서 나온 문길은 은홍에게 양 대인이 그리 화를 낸 이유를 설명해주었다.

"딸이 자결했다고요?"

"네, 그러니 양 대인 앞에서 딸 이야기를 꺼낸 건 실수하신 겁니다."

그저 몸이 아파 죽은 거라 생각했던 은홍은 적잖이 놀랐다. 은홍은 오누이를 내려다보았다. 오라비의 표정이 좋지 않았다.

"짚신 두고 가렴."

은홍의 말에 오라비의 표정이 오히려 일그러졌다. 은홍이 양 대인 대신 짚신을 사면 그건 결국 동정이 되니까.

"양 대인이 짚신을 사면 내 그 돈을 가져다주마."

양 대인이 짚신을 살 거라는 말에 오라비는 불신하는 눈으로 은홍을 올려다보았다.

"안 살 거 같던데."

오라비는 더 이상 그녀의 말을 믿지 않았다.

"아니야. 그분은 이걸 아주 비싼 값에 사주실 거다."

"왜요?"

"넌 누이가 귀찮니?"

오라비는 바로 옆에 있던 누이를 두 팔로 끌어안고 그녀를 경계했다. 은홍은 그 모습을 보고 웃었다.

"너희들 모습이 대견하니까. 양 대인이 부끄러움을 아는 사람이라면 필시 이걸 사실 거다."

돈 많은 아비는 딸을 지키지 못했다. 그러나 거리의 거지인 이 오라비는 끝까지 누이를 지키려고 한다. 누가 더 대단한가.

은홍은 존경의 마음을 담아 어린 오라비를 바라보았다.

양 대인은 마음 상한 일은 절대 그냥 넘어가는 법이 없었다. 태웅까지 알게 되었고, 그녀는 그날 밤 사랑채로 불려갔다.

"대행수 어른, 은홍입니다."

"들어오너라."

그의 허락이 떨어지자, 은홍은 조심스럽게 대청 위로 올라섰다.

드르륵―.

문을 열자 언제나처럼 태웅이 반듯한 자세로 서안 앞에 앉아 있었다. 평소와 다름없는 모습이었다. 그래서 그녀에게 화가 난 것인지, 아닌 건지 가늠할 수 없었다. 은홍은 앞으로 걸어가 태웅의 앞에 찻잔을 내려놓았다.

"모과차입니다."

김이 모락모락 올라오는 찻잔 속 뜨거운 차를 힐긋 본 태웅은 눈동자만 위로 올려 그녀를 보았다.

"난 차를 가져다달라 한 적이 없는데."

"혼나러 오는 김에 가져왔습니다. 피로 회복에 좋습니다."

그녀는 혼나고, 그는 피로 회복하고.

한 번에 두 개 다 하면 더 좋지 않느냐는 눈으로 그를 쳐다보니 태웅은 살짝 입술을 깨물었다. 꽤 여물었다. 예전이었다면 이런 상황에서 그의 눈도 못 쳐다보았을 거다. 그런데 지금은 차까지 가져오는 여유가 생긴 것이다. 그러나 칭찬하러 부른 자리가 아니라 야단치러 부른 자리였다. 그녀가 손님의 심기를 불편하게 한 건 맞으니까.

"누구든 건들면 안 되는 부분이 있는 법이다."

그 말은 태웅에게도 그런 부분이 있다는 소리로 들려서 은홍은 그의 눈을 빤히 쳐다보았다. 하지만 그런 걸 쉬이 가르쳐줄 이가 아니었다. 태웅은 자신이 할 말만 했다.

"내일 양 대인에게 사과하거라."

"하지만 짚신을 먼저 팔라고 한 건 양 대인이셨습니다."

'짚신'이란 말에 그의 눈썹이 살짝 위로 올라갔다가 내려왔다.

"설마 아직도 양 대인에게 짚신을 팔 생각이냐?"

"네, 팔 것입니다. 양 대인은 그 짚신을 꼭 사야 합니다."

"왜?"

양 대인의 화만 돋운다면 그녀는 처음 하는 손님 영접에 실패하는 것이었다. 그럼 그도 계속 그녀의 편을 들어줄 수 없었다. 화룡 상단 대행수는 그러면 안 되었으니까.

"제게 화내시는 건 죽은 딸에 대한 죄책감 때문인 거 같으니까."

그 짚신을 양 대인에게 팔려는 건 꼭 오누이만을 위한 마음은 아니었다.

"그 짚신을 사셔야 죄책감을 좀 덜어내고 집으로 돌아가실 수 있을 테니까."

장사는 돈이 아니라 사람을 남기는 것이다. 그게 억만의 가르침이었는데, 그녀는 가르쳐주지 않아도 스스로 실천하고 있었다. 처음부터 그랬었다. 그에게 짚신을 팔 때도 돈이 아니라 사람을 보고 짚신을 팔았었다. 그래서 그가 그녀를 그냥 모른 척 지나칠 수 없었던 거다.

"그래, 그럼 한번 잘 팔아보아라."

태웅이 크게 혼내지 않고, 그녀의 말을 들어주자 은홍의 표정이 밝아졌다. 그에게 인정받은 거 같아서 마음이 들떴다.

하지만 격려 뒤에 경고도 잊지 않는 대행수였다.

"앞으로 내 허락 없이는 김시윤을 만나지 마라."

그녀의 두 손이 공손히 무릎 위에 모였다. 이젠 김시윤의 이름만 들어도 야단맞는 거 같았다.

"양 대인이 청으로 돌아갈 때까지는 그한테만 신경 쓰도록 해라. 그게 네가 해야 할 일이니까."

그녀는 긴장해서 태웅의 입만 뚫어지게 보았다. 자세히 보니 더 잘생긴 입술이었다. 사람 입술이 어찌 저리 그린 듯이 뻗어 있을까 싶었다. 모양도, 색도, 자꾸 사람의 마음을 울렁이게 만드는 신비한 힘을 지녔다. 그녀는 또다시 속절없이 그의 입술에 홀렸다.

그것도 모르고 그는 열심히 설명했다. 그녀가 진짜 잘해야 하는 일에 대해서.

"하지만 짚신 파는 것에 너무 집착하지는 말고. 그런 집착이 물러날 때를 놓치게 하니까. 내 말 알아들었느냐?"

은홍의 대답이 없어서 그는 눈을 가늘게 뜨고 그녀의 눈을 보았다. 뭔가 넋이 빠진 표정이었다.

"내 말 듣고 있는 것이야?"

그녀는 그제야 화들짝 놀라며 목소리를 높였다.

"넵! 듣고 있었습니다!"

"그럼 내가 방금 뭐라 했느냐?"

그녀의 표정이 희게 질렸다. 그의 입술에 정신이 팔려 귀에 들어온 소리는 그대로 흘러가버렸던 거다.

"그러니까 그게……."

생각이 안 나면 아무거나 지어내기라도 해야 했다. 거짓말한 게 들키면 더 혼이 날 테니까. 딴 데 정신 팔린 상황에서도 '짚신'이란 말은 기똥차게 들렸다.

그녀는 이미 짚신에 집착하고 있었다.

"제가 짚신을 팔면 저한테 잘해주신다고."

분명 틀린 말인데 태웅은 그 말을 듣자마자 말문이 막혔다. 지금까지 그가 그녀를 구박만 했다는 소리로 들렸으니까.

분명 억만처럼 구느라 다정하게 대하지는 못했지만 진짜 구박했다고 생각한단 말인가? 그래도 가끔은 좋은 소리도 했던 것 같은데, 시장에서 노리개도 사주었잖나. 그걸로는 다정한 지아비 노릇은 택도 없단 말인가. 뭐가 그리 어렵나.

아무렇게나 내뱉은 그녀의 말 한마디에 태웅이 또 다른 번뇌에 빠진 줄도 모르고, 은홍은 자신이 거짓말한 걸 들켰을 것 같아서 긴장한 눈으로 태웅을 쳐다보았다. 그런데 이상하게도 태웅은 바로 그녀를 혼내지 않았다.

뭐야? 정말 그렇게 말했어?

"……그만 나가보거라."

우와, 진짜 그렇게 말했나 보네. 대박.

그녀는 태웅이 앞으로 그녀에게 어찌 잘해주려나 생각하느라 마음이 붕 떴고, 태웅은 자신이 지금까지 얼마나 모자란 지아비인지 돌아보느라 마음이 무거워졌다.

부부는 한자리에서 마주 보고 있어도 아직은 동상이몽이었다.

제 7 장

빗장 풀린 마음

화룡관 별채.

"대인은 더 이상 아침 산책을 아니하시겠답니다."

청국 상인이 대신 전하는 말에 은홍의 표정이 무거워졌다. 분명 그녀가 그의 앞에서 딸에 대해 거론했기 때문일 것이다.

하지만 그녀는 그것에 대해 사과할 수가 없었다. 그럼 그녀가 잘못한 게 되고, 오라비의 짚신도 팔 수 없을 테니까. 그녀는 양 대인이 머무는 별채 건물을 쳐다보다 청국 상인에게 전언을 남겼다.

"마음이 바뀌시면 언제라도 말씀해달라 전해주십시오. 저는 산책하는 걸 굉장히 좋아한다고."

청국 상인은 알았다고 고개를 끄덕였다.

양 대인을 만나지 못하고 안채로 돌아온 은홍은 계속해서 부채를 만들었다. 처음 목적은 시윤을 때린 걸 돈으로 갚기 위함이었다. 그런데 그녀가 원래 손으로 무언가를 만드는 걸 좋아하다 보니 꽤 재미있었다. 욕심내어서 부채에 그림까지 그려 넣자, 부채는 더 예뻐졌다.

"이건 대행수 어른 선물로 드려야지."

그렇게 생각하며 웃던 은홍은 태웅이 돈은 안 갚고 허튼짓한다고 혼낼 거 같아서 다시 시무룩해졌다. 어쩌다 빚쟁이가 된 건가 싶었다.

이게 다 시윤 탓이었다. 앞으로는 시윤이 옳은 말을 해도 조심해야겠다 생각했다. 곧이곧대로 다 들었다가는 소박이 가까워질 것이다. 상상만 해도 소름이었다.

"부채를 왜 그리 열심히 만드시는 겁니까? 설마 부채 만드느라 잠도 안 주무신 건 아니시죠?"

안채로 온 문길은 그녀가 빨개진 눈으로 부채를 만드는 걸 보고 한소리를 했다. 하루 정도면 그러려니 하겠는데 꼭 부채 만들기 부업을 하는 사람처럼 만들고 있었다.

"제가 원래 손으로 만드는 걸 좋아합니다."

시윤을 때린 일을 부채 만드는 걸로 갚는 거라고 차마 문길에게 말할 수 없었다. 쪽팔렸으니까.

"그래도 적당히 하십시오. 부채 만들 사람은 상단에도 많으니까."

"그래도 제가 만든 부채가 제일 예쁘지 않습니까?"

이 상황에 그녀가 손재주 부심을 부리자 문길은 한숨을 내쉬었다.

"짚신은 어찌하실 겁니까? 양 대인이 아침 산책도 거절하였다 들었는데."

"강매는 안 합니다. 살 때까지 기다려야죠."

그냥 기다리기만 한다는 그녀의 말에 문길은 눈을 좁혔다. 과연 그걸로 충분한 걸까 싶긴 했다.

"그래서 그때까지 부채만 만드시겠다고요?"

"제가 열심히 만들어서 스승님께도 하나 선물로 드리겠습니다."

"안 줘도 되니까 그만 만드십시오."

"안 됩니다!"

은홍은 문길이 부채를 빼앗아가지 못 하게 치맛자락 안으로 부채들을 감추었다.

몸을 날려 부채를 사수하는 그녀의 행동에 문길은 고개를 절레절레
저었다. 이게 그럴 일인가 싶었으니까.

은홍이 잠도 안 자고 부채를 만들고 있다는 문길의 보고를 받은 태
웅은 일부러 늦은 밤에 안채로 가보았다.

정말 안채의 불이 켜져 있었다. 이렇게 밤잠도 줄여가면서 부채를 만
든다고 합의금 오백 냥을 갚을 수 있을 리가 없기에 태웅은 짧게 한숨
을 내쉬었다. 그녀가 갚겠다고 해서 대충 생각나는 일을 맡긴 것뿐이었
다. 안 그러면 시윤을 찾아갈 거 같았으니까.

그러니 이 정도 만들었으면 되었다고 그가 한 마디 해주는 걸로 마
무리해야 했다. 안 그럼 은홍은 단오 때까지 계속 잠도 안 자고 부채를
만들 게 분명했다.

달칵―.

그가 인기척을 내지도 않았는데 안방의 창문이 열려서 태웅은 놀란
표정을 지었다. 그가 담 너머에 있어서 은홍은 미처 그를 보지 못한 듯
했다. 무얼 하나 지켜보았더니 그녀는 하늘 위 달을 한 번 보았다가 부
채 위에 그림을 그리는 행동을 반복했다. 곁에 그가 있는지도 모른 채
집중해서 하는 걸 보니 그가 시켜서 하는 게 아니라 진짜 좋아서 하는
것 같았다.

무언가에 열중하는 모습이 아름다워 태웅은 한참을 바라만 보다 아
차 싶었다. 그래도 잠은 충분히 자면서 만들어야 했다. 뭐든 지나치면

좋지 않았다.

태웅은 은홍을 강제로 재우기 위해 안마당으로 들어섰다.

저벅저벅.

부채에 달과 별 그림을 그리는 것에 집중하던 은홍은 고개를 들었다가 밤하늘 그림 속에 태웅이 껴 있는 걸 보고 귀신이라도 본 듯 화들짝 놀랐다.

"엄마야!"

그도 기분이 안 좋아졌다. 그는 그녀의 엄마가 아니었으니까.

그럼 '서방님'이라고 했으면 기분이 안 나빴을까?

모르겠다. 그리 불려본 적이 한 번도 없어서.

그래서 그의 목소리가 좀 더 무뚝뚝하게 흘러나왔다.

"왜 그리 놀라느냐?"

"아! 그러게요."

그녀도 없는 엄마까지 찾은 게 민망했다.

태웅은 그녀가 그림을 그리던 부채를 보았다.

"그리 그림까지 그려 넣으면 부채 값은 얼마더냐?"

단오에 서로의 건강을 빌며 나누는 선물이 비싸면 그것도 옳지 않았다.

"그냥 원래 부채 가격으로."

"그건 손해다. 네 노력과 손재주는 공짜더냐?"

짚신 살 때도 그걸로 혼냈었는데 여전히 물건 값 정하는 건 물러터져서 태웅은 또 야단을 치고 말았다. 야단도 습관인 듯했다. 그래서 그의 마음보다 먼저 튀어나오는 거다. 자동 반사였다. 만약 이 습관 때문에 혼내고 혼나는 대행수와 안주인 관계에서 변화는 거라면⋯⋯.

태웅은 미래가 암담하게 느껴졌다.

그는 이제 좀 더 발전된 관계를 원했다. 그녀도 더 이상 어리지 않았으니까. 그도 부인이 있었으면 좋겠다고 생각하게 되었다. 안주인과 부인은 엄연히 달랐다. 그런데 그 경계가 아직도 그한테도 모호했다.

도대체 어디서부터 시작하면 되는가.

혼례식만 올리면 완벽하게 해결이 될까?

우선은 저 부채부터 처리해야 했다. 그래야 그녀가 잠을 잘 테니까.

"오백 냥으로 하자."

"네?"

너무 어마어마하게 뻥튀기되는 부채 값에 깜짝 놀란 그녀의 눈이 보름달처럼 커졌다.

"그리고 김시윤에게 팔자."

태웅의 사악한 장사법에 그녀는 눈만 껌뻑였다.

"그럼 너도 부채 그만 만들어도 된다."

설마 시윤이 그녀한테 얻어맞고 요구한 돈이 오백 냥이란 말인가.

이제 보니 완전 날강도 양반이다. 한 대가 아니라 두 대 때릴 걸 그랬다.

"저는 부채 만드는 게 재미있습니다."

시윤이 너무하기는 했지만 그걸 억울하게 생각하며 만든 부채가 아니었다.

"그래?"

태웅이 진심이냐고 되묻자 은홍은 거짓 없이 대답했다.

"네."

그녀가 진심이니 태웅은 그녀한테 맞출 수밖에 없었다. 장사꾼의 계산법은 잠시 내려두기로 했다.

"그럼 같이 만들자꾸나."

"네?"

이번엔 그녀가 크게 놀랐다. 부채 만드는 건 대행수의 일이 절대 아니었으니까.

"대, 대행수 어른이 왜?"

"네가 재미있다 하지 않았느냐."

너 혼자 재미있지 말고 같이 재미있자 하니 그녀는 당황스러울 뿐이었다. 부채 만드는 게 태웅에게도 재미있으란 법은 없으니까.

태웅이 기어코 방문을 열고 들어오자 그녀는 어찌할 바를 몰라 부채를 들고 허둥댔다.

"앉아라. 정신없다."

그의 명에 은홍은 바로 그 자리에 풀썩 앉았다. 부채 하나가 그녀의 치맛바람에 자기가 나비인 줄 착각한 듯이 팔락이며 날아가 바닥에 떨어졌다.

태웅은 그녀가 부채를 만들던 서안 앞으로 와서 앉았다. 그녀를 그냥 두고 갈 수 없어서 부채를 같이 만들자고 하긴 했는데, 태웅한테는 초면인 부채였다.

"어찌 만드는 것이냐? 난 처음이다."

살면서 그녀가 태웅에게 무언가를 가르쳐줄 일이 생길 줄은 상상도 못 했다. 은홍은 품에 안고 있던 부채를 내려놓고 그의 앞까지 무릎걸음으로 다가갔다.

"진짜 만드실 겁니까?"

"그래, 둘이 만들어야 빠를 것이고, 그래야 네가 잘 거 같으니."

그녀는 부채 만드는 법을 그에게 가르쳐주어야 한다는 것에 긴장해서 그녀를 자게 하려고 그가 부채를 만들려 한다는 뜻인 줄 못 알아들었다.

"우선 대나무로 부챗살을 만들고, 종이를 붙이면 됩니다."

말은 간단했지만 솜씨 있게 만드는 건 각자의 손재주에 달렸다. 그녀는 원래 손으로 만드는 걸 좋아해서 한 번 보고 바로 따라 했는데, 그게 당연한 게 아니라는 걸 태웅이 부채 만드는 걸 보고 깨달았다.

설마 잘나고 대단하신 대행수께서 손재주가 없을 줄이야.

태웅도 생각처럼 잘 안 되자 눈썹이 눈에 딱 붙고 입매가 일자로 굳었다.

"저기, 부챗살 간격이 일정하게."

뚝―.

그 순간 태웅이 부챗살 하나를 분질러버렸다. 마치 화풀이하듯이.

"이게 왜 이리 쉽게 부러지는 것이냐? 불량품인가 보구나."

부챗살 부러뜨리는 사람은 그녀도 처음 보았다. 아마 흔하지는 않을 거 같았다.

"다시 만드셔야 할 듯한데."

태웅은 할 말 많은 눈으로 그녀를 보았지만 본인이 실수한 것이기에 꾹 눌러 참으며 새로 부채를 만들기 시작했다.

부욱―.

이번엔 붙이던 종이를 찢어먹었다.

"다시 하셔야 할 거 같은데."

태웅이 고개를 들어 그녀를 보았다. 그러기 싫다는 눈빛이었다.

은홍은 솔직하게 말했다.

"그건 못 팝니다."

"그냥 내가 쓸 것이다."

성격 있었다. 하긴 무지 성격 있는 관상이었다.

태웅은 기어코 망친 부채에 다시 종이를 붙였다. 새로 붙인 자국이 부챗살에 덕지덕지 남았다. 그래서 태웅은 부채 하나를 다 만들고도 불만 가득한 표정이었다.

"난 두 개는 못 만들겠구나."

결국 같이 재미있는 건 실패였다. 이건 그녀만 재미있는 일이었다.

은홍은 조용히 손을 뻗어 그가 만든 부채를 끌고 와서 깨끗하지 않은 부챗살 위에 붓으로 그림을 그려 넣기 시작했다.

흔적을 따라 덩굴을 그리니 금세 꽃 덩굴이 완성되었다. 꽃에 날아드는 나비까지 그려 넣자 한 폭의 그림이 되었다.

은홍이 그가 망친 부채를 예쁜 부채로 새로 태어나게 하는 걸 가만히 지켜보던 태웅이 입을 열었다.

"내가 잘하는 건 뭔지 아느냐?"

그림을 그리던 은홍은 고개를 들어 그를 보았다. 태웅이 한쪽 입꼬리를 올리자 눈빛이 변했다. 좀 더 위험해진 느낌이었다. 태웅이 부채 하나를 잡아 들고서 긴 팔을 한 번 크게 휘둘렀다. 그러자 순식간에 방이 어두워졌다. 그녀는 깜짝 놀라고, 태웅은 만족한 듯이 말했다.

"불을 잘 끈다."

하지만 어두우면 부채를 만들 수 없었다. 서로의 얼굴을 볼 수도 없었다.

"다시 불 켜겠습니다."

그녀가 움직여 촛대로 다가가려고 하자 태웅이 막았다.

"불 켜지 마라."

그의 말에 그녀는 놀라 돌아보았다. 달빛만이 스며드는 방에서 그의 얼굴은 정확히 보이지 않고, 그의 윤곽만이 들어왔다.

어둠 속에서도 그의 존재는 컸다. 오히려 밝은 곳에서 볼 때보다 더 강렬했다.

"왜?"

짧게 묻는 그녀의 목소리에 떨림이 스며 있었다.

"네가 말해보아라."

무엇을 말하라는 건지 그녀는 알 수 없었다.

"내가 어떻게 잘해주었으면 좋겠는지."

그러고 보니 그녀가 양 대인에게 짚신을 팔면 그가 잘해주겠다고 약조했었다. 그녀는 아직도 그리 알고 있었다.

"넌 부끄러움이 많아 내 얼굴을 보고는 말하지 못할 것 아니냐."

그것도 맞는 말이었다. 그와 눈이 마주치면 심장박동이 빨라지며 얼굴이 막을 새도 없이 붉어졌다.

"하지만 아직 짚신을 못 팔았는데."

"그래도 말해보거라."

그가 알고 싶어졌다.

"그래야 내가 널 얼마나 힘들게 했는지 알 수 있지 않겠느냐."

다정함을 배우지 못했다. 배울 기회가 없었다는 말이 정확했다.

다정한 어미도 없었고, 듬직한 아비도 없었기에. 그저 살아남는 것에 급급한 삶이었다. 그가 그리 살았다고 그녀까지 그의 옆에서 힘들기만 했다고 하면 그의 마음이 아플 거 같았다.

"대행수 어른은 제게……"

어둠이 공기까지 다 삼켜버린 듯이 은홍은 숨을 한 번 크게 들이켜고 말을 이었다.

"은인이십니다."

어두워서 태웅의 표정을 볼 수가 없었다. 그래서 그의 반응을 신경 쓰지 않고 말할 수 있었다.

"그날 취향관에서 대행수 어른이 절 구해주시지 않았다면 제 삶이 힘들어졌을 겁니다."

그러니 그녀는 그의 옆에서 힘들지 않았다. 그가 매일 그녀를 혼내기만 한다고 해도 말이다.

"은인이라."

그의 목소리가 어둠 속에서 흘러나왔다. 그녀의 말에 기뻐하는 목소리는 아니었다.

"그 말, 별로구나."

그의 중얼거림에 그녀는 움찔했다.

왜? 은인만큼 대단한 표현이 어디 있다고.

사라락—.

그의 옷자락이 바스락거리는 소리가 들렸다. 그가 움직이는 듯했다.

불을 켜려는 것인가?

처음엔 사방이 깜깜하기만 했는데 어느새 눈이 어둠에 익숙해졌다. 그래서 그녀의 앞으로 온 그의 존재도 확실히 느낄 수 있었다.

왜 촛대가 아니라 그녀의 앞으로 온 것인가 싶었다.

방향을 잘못 잡았나?

"내가 은인이라고 하니 더 나쁜 짓을 하고 싶어졌다."

그의 손끝이 그녀의 턱에 닿았다. 눈에 안 보이니 피부에 닿은 긴 손가락의 체온이 더 뜨겁게 느껴졌다.

꿀꺽.

그녀는 힘겹게 숨을 넘겼다. 어둠과 그가 혼연일체가 되어 그녀를 뒤덮었다. 어둠이란 게 이리 농밀하다는 걸 그녀는 처음 알았다. 보이지 않는 그의 존재가 더 거대하게 느껴졌다.

그의 기세에 밀린 그녀의 몸이 뒤로 빠졌다. 아무 곳에나 손을 뻗어 짚었는데 심상치 않은 소리가 들려왔다.

부욱ㅡ.

그건 조금 전 태웅이 부채 종이를 찢을 때 났던 소리와 똑같았다.

그리고 어둠 속에서 태웅의 낮은 웃음소리가 들려왔다.

"이번엔 네가 부채를 망가뜨린 거 같은데."

지금 그게 중요하단 말인가.

그녀는 그가 할 나쁜 짓에 온 신경이 집중되어 있었다.

태웅의 손이 그녀의 뺨을 감싸 쥐자 온몸의 피가 머리를 향해 솟구치듯 얼굴이 타올랐다. 그의 숨결이 닿은 피부가 뜨거웠다.

더 이상 참기 힘들어서 은홍은 두 눈을 질끈 감았다.

태웅이 그녀의 귓가에 대고 속삭였다.

"부채는 이제 충분하다. 그만 자거라."

눈을 감고 있는데도 그가 멀어지는 게 느껴졌다. 그래도 그녀는 눈을 뜨고 가는 그를 보지 못했다. 아무 일도 없었지만 무슨 일이 벌어진 거나 마찬가지였다. 그녀의 심장은.

쿵쾅쿵쾅.

천둥이라도 치는 듯이 몸속이 시끄러웠다. 은인에게 느끼는 감정치고는 참 소란스럽다. 그러니 그게 전부가 아닌 거겠지.

176

하지만 그걸 다 말로 설명하는 건 지금의 그녀에겐 무리였다. 그녀가 느끼는 감정만으로도 벅찼으니까. 미처 태웅의 마음까지 헤아릴 수는 없었다.

안방에서 나온 태웅은 신발을 신고 마당으로 내려섰다. 그는 바로 움직이지 못하고 짧게 한숨을 내쉬었다.

쉽지 않았다. 지금 상태로만 따지면 상단 대행수 노릇을 하는 것보다 그녀의 지아비 노릇을 하는 게 더 힘든 것 같았다. 아무래도 그들의 처음이 보통의 부부와는 많이 달랐기 때문일 거다. 그렇다고 그걸 후회할 수는 없었다.

그녀가 말했다. 그가 은인이라고.

그런데 어떻게 후회를 하겠나.

태웅은 고개를 돌려 불이 꺼진 안방을 보았다. 그의 밤은 혼란스러워도 그녀의 밤은 평안하길 바랐다.

"잘 자거라."

아직은 착한 은인을 하고 싶었다. 나쁜 은인이 언젠가 못 참고 튀어나오게 되더라도, 아직까지는.

양 대인이 또 산책을 거부하자 은홍은 가지고 온 부채를 청국 상인에게 전했다.

"그럼 이거라도 전해주십시오. 제가 드리는 선물입니다."

청국 상인은 알겠다고 말하고 그녀의 부채만 가지고 돌아갔다.

은홍은 별채 앞에서 그대로 몸을 돌려야만 했다. 진심은 꼭 통할 거라고 믿고 싶었지만, 양 대인은 호락호락하지 않았다. 양 대인은 한 번 마음이 틀어지면 끝까지 가는 사람이라는 걸 확실히 보여주고 싶었나 보다.

"네? 숙소를 취향관으로 옮기겠다 하였다고요?"

문길에게 그 말을 듣고 그녀는 크게 당황했다. 만약 지금 양 대인이 화룡관을 나가면 그녀의 영접이 실패한 것이니까.

"지금 대행수 어른이 양 대인을 만나고 있습니다."

이번엔 태웅도 그냥 보고만 있을 수는 없었기에 직접 나섰다. 이건 은홍 혼자만의 일이 아니라 화룡 상단 전체의 일이었다.

"꼭 옮기셔야겠습니까?"

"그래야겠어. 이곳은 영 불편해서 내가 편히 잠을 잘 수가 없네."

부채를 부치며 거드름 피우듯 말하는 양 대인을 태웅은 말없이 쳐다보았다. 양 대인이 원하는 건 뻔했다.

은홍이 그에게 잘못했다고 사과하는 것.

하지만 짚신을 팔라고 한 것도 양 대인이었다. 그리고 은홍이 딸에 대해 말했다고 화를 내는 건 대인다운 행동이 아니었다. 태웅도 은홍에게 사과하라고 명할 수는 없었다. 그녀가 잘못한 게 없었으니까.

"그럼 내일 옮기시죠. 취향관도 준비가 필요할 것이니."

태웅이 선선히 그러라고 하자 양 대인이 오히려 움찔했다. 그가 이대로 화룡관을 나가면 곤란한 건 태웅이었다. 그러니 당연히 붙잡을 줄 알았다.

설마 제일 곤란해지는 건 본인이 아니라 안주인이기 때문에 태웅이 미적지근하게 나오는 건가 싶어서 양 대인은 굳이 하지 않아도 될 말을 꺼내고 말았다.

"허. 들어보니 혼례식도 안 올렸다고 하던데. 설마 내 영접을 제대로 못 하면 쫓아내고 안주인을 새로 들이기라도 하는 건가?"

양 대인이 도리어 그를 못된 놈 취급하자 태웅의 눈썹이 살짝 위로 올라갔다가 원위치되었다.

"그리되면 그건 시생이 아니라 대인 탓이겠죠. 대인이 취향관으로 옮기신다 하지 않으셨습니까?"

"뭐라!"

태웅은 평소와 다름없이 차분하게 말했지만, 양 대인은 참지 못하고 목소리를 높였다. 능글맞게 여자를 밝혔어도 양 대인이 진짜 자기 속내를 보인 적은 지금껏 한 번도 없었다. 당연히 얼굴 붉히며 화를 내는 일도 없었다. 그건 감정적으로 밀렸다는 뜻이니까. 그래서 이게 나쁜 신호인가, 좋은 신호인가, 태웅은 섣불리 결정 내릴 수 없었다.

태웅이 별채에서 나왔을 때 은홍이 밖에서 기다리고 있었다. 그녀의 표정만 봐도 알 수 있었다. 지금 화룡관 안에서 제일 마음이 힘든 사람은 그녀라는 걸. 양 대인이 한 말 때문에 그런 그녀를 보는 태웅의 마음도 편치 않았다.

은홍은 별채에서 나온 태웅을 붙잡고 물었다.

"어찌 되었습니까? 진짜 취향관으로 옮긴다고 하십니까?"

"네 탓이 아니니 신경 쓸 거 없다."

어떻게 신경을 안 쓰겠는가. 그녀의 탓이 아니라고 해도 신경을 안 쓰는 건 불가능한 일이었다.

"제가 들어가서 양 대인을 만나보겠습니다."

"그럴 필요 없다."

"하지만."

태웅이 손을 뻗어 그녀의 어깨를 잡았다. 흔들리는 그녀의 마음 대신.

"네가 말하지 않았느냐. 끝끼지 양 대인에게 짚신을 팔아보겠다고. 그런데 여기서 들어가 잘못했다고 사과한다면 그러지 못하게 된다. 그래도 괜찮으냐?"

짚신 때문에 상단의 장사를 망칠 수도 있다는 게 은홍은 더 힘겨웠다. 그녀의 눈동자가 힘없이 흔들렸다.

"제가 잘못 생각하는 거라면 어찌합니까?"

"너는 잘못 생각하지 않았어."

그녀가 잘못한 거라면 이 세상 모든 장사꾼은 양아치가 되어야 장사를 할 수 있었다.

"이건 누가 잘못했는지 따지는 게 중한 게 아니라 더 잘 버티는 쪽이 이기는 거다."

양 대인도 이번 일로 분명 잃는 게 있었다. 그러니 은홍이 먼저 머리 숙여 사과하길 바랄 것이었다. 그래야 그가 다시 대인배답게 그 사과를 받아줄 수 있으니까.

"하지만."

그러나 은홍한테도 고역인 일이었다. 버티는 것만으로도 속이 바싹바싹 타들어가서 새까매졌다.

그녀가 흔들리니 그가 더 강하게 나갈 수밖에 없었다.

"가자."

지금은 그의 지아비가 아니라 오로지 대행수로서 행동했다.

태웅은 은홍을 아예 화룡관에서 데리고 나왔다.

마음이 화룡관 별채에 가 있는 은홍은 자꾸 뒤돌아보았다. 지금 이렇게 한가롭게 외출할 때가 아니라는 마음만 가득했기에 태웅과 함께하는 외출은 전혀 즐겁지 못했다.

손해도 이런 손해가 없었다. 흔치 않은 기회였건만.

"가고 싶은 곳이 있느냐?"

집에 가고 싶었다. 그리고 그냥 양 대인에게 빨리 사과해서 끝내고 싶었다.

그녀가 불쌍한 표정을 지으며 쳐다보자 태웅은 바로 결정을 내렸다.

"광통교로 가자꾸나."

다리에는 왜? 뛰어내리라는 건가?

마음이 우울하니 뭐든 부정적으로 생각하게 되었다. 그녀는 태웅이 가자는 데로 조용히 따라갔다.

"그런데, 하고 있는 걸 본 적이 없구나."

태웅이 갑자기 하는 말의 뜻을 이해할 수가 없어서 은홍은 고개를 들어 그의 얼굴을 보았다.

"시장에서 산 노리개. 마음에 안 들어서 하지 않는 것이야?"

그제야 태웅이 무얼 말하는지 깨달은 은홍이 놀라서 크게 손을 내저었다.

"아닙니다. 너무 아까워서 아끼느라."

"아끼다 똥 된다는 말도 모르느냐?"

똥이라니.

그녀는 충격받아 입을 벌린 채 굳어버렸다.

그녀의 표정을 보고 태웅은 웃음을 삼켰다. 이런 말 욕인지도 모르겠는데, 괴롭히는 보람이 있는 관상이었다. 어찌 말 한 마디 한 마디에 이리 정성스럽게 반응하는지.

그녀는 뒤늦게 똥의 충격에서 벗어나 진지하게 말했다.

"그런데 정말 이렇게 밖에 있어도 되는 건지."

"넌 나와 함께 있으면서 왜 자꾸 딴 데 신경 쓰는 것이냐?"

뜻밖의 걸로 야단맞은 그녀는 눈을 크게 떴다.

태웅의 얼굴이 가까이 다가왔다. 잘생긴 얼굴은 가까이서 보면 더 잘생겨서 부담이었다.

"나로는 성에 차지 않는 것이야?"

"그, 그게 무슨."

너무 넘쳐서 탈이었다.

그의 도발이 효과가 있었는지 그녀의 머릿속에서 양 대인에 대한 걱정이 점점 작아져갔다.

광통교에 도착해서 흐르는 청계천을 보니 마음이 좀 더 풀렸다. 화룡관에 살게 된 뒤 외출을 자주 하지 못했기에 광통교도 오랜만이었다.

"만약 말이다."

태웅이 나직이 입을 열었다.

"내가 널 힘들게 했는데, 네가 차마 말하지 못할 때가 있으면."

그런 순간은 분명 올 것이다. 어쩌면 그게 지금일 수도 있었다.

그는 상단 대행수 노릇을 할 때는 매몰차졌고, 은홍은 고통을 자기 마음속에 담아 넣고 참는 성격이었으니까.

오늘만 해도 양 대인에게 사과하려는 은홍을 그가 막았다. 그게 옳기 때문이라기보다는 그녀를 좀 더 강한 안주인으로 키워야 했으니까.

그리고 화룡 상단이 양 대인의 변덕에 흔들리게 할 수 없었다. 한 번 꺾인 위상은 회복하는 게 쉽지 않았으니까.

하지만 그로 인한 마음고생은 그녀가 해야 했다. 그가 대신해줄 수는 없었다.

"이곳으로 오너라."

은홍은 고개를 들어 그의 얼굴을 보았다.

"그럼 내 반드시 네게 와서 사과할 것이니."

대행수의 다정함에 은홍의 눈에 물기가 차올랐다.

"대행수 어른, 제가……."

그녀가 잘 하고 있는 건지, 화룡 상단 안주인으로 모자란 것은 아닌지……. 하지만 차마 말로 꺼낼 수가 없었다. 태웅이 부족하다고 대답할까 봐 무서웠다. 다리 난간을 붙잡고 있던 그녀의 손이 꽉 쥐어졌다. 그런 그녀를 내려다보던 태웅이 가벼운 목소리로 말했다.

"배고프지 않으냐?"

은홍은 고개를 저었다.

그녀의 우울함에 태웅은 계속 말을 걸었다.

"그럼 뭐가 하고 싶으냐?"

"오늘 양 대인은 어때 보였습니까? 그냥 화난 사람처럼 보이던가요?"

어쩔 수 없이 다시 양 대인 얘기로 돌아갔다.

그가 그녀에게 쥐어준 책임감이니 태웅이 뭐라 할 자격은 없었다.

"글쎄. 다른 건 모르겠고."

양 대인이 그녀에 대해 험하게 말한 걸 그녀에게 솔직하게 말할 수는 없었다. 그게 그녀에게 가장 상처가 될 걸 아니까.

"부채에서 좋은 향이 나더구나."

은홍은 고개를 들어 그를 보았다.

"향이요? 어떤?"

태웅은 기억을 더듬어보았다. 양 대인이 부채를 부칠 때마다 풍겨오던 향에 대해.

"흠, 네 꽃밭에서 나던 향과 비슷했던 것도 같고."

은홍은 손을 꼼지락거리다가 태웅을 올려다보며 밝은 목소리로 말했다.

"저, 엿을 먹고 싶습니다."

"엿?"

뜬금없이 엿이라니, 태웅은 눈을 가늘게 떴다.

"네, 단 걸 먹으면 기분이 좋아질 거 같습니다."

그렇다고 하니 그가 안 사줄 수는 없었다.

"그럼 여기서 기다려라. 내가 가서 엿을 사 올 테니까."

엿 장사가 어디 있는지 알 수 없었기에 태웅은 은홍을 광통교에 남겨놓고 그만 혼자 움직였다. 흔한 게 엿 장사였으니 그리 오래 헤맬 필요는 없을 것이었다. 다행히 다리를 벗어나기 전에 엿장수를 발견한 태웅은 바로 엿을 살 수 있었다.

임무를 완수하고 다시 은홍에게 돌아가기 위해 몸을 돌린 태웅의 발걸음이 멈추었다. 멀리 은홍이 치맛자락을 휘날리며 뛰어가고 있었다.

어디 가는지는 안 봐도 뻔했다.

"그렇다고 날 버리고 가느냐."

사람 마음 섭섭하게.

"이건 내가 다 먹어야겠군."

버리고 갔는데 뭐가 곱다고 엿까지 갖다 바치겠나.

은홍을 주려고 산 엿을 하나 집어 입에 넣었던 태웅은 너무 단맛에 절로 얼굴이 찌푸려졌다.

은홍이 혼자 돌아온 것을 보고 문길이 의아해하며 물었다.

"대행수 어른은 어디 가셨습니까?"

광통교에 버리고 왔다고 할 수는 없었기에 은홍은 대답 없이 문길에게 물었다.

"양 대인은 지금 별채에 있습니까? 설마 벌써 취향관으로 옮긴 건 아니죠?"

그녀가 양 대인을 만나러 온 것을 깨달은 문길의 표정이 굳었다.

"만나시려고요?"

"네, 지금 꼭 봬야겠습니다."

"그럼 저도 같이."

"아뇨. 저 혼자 만나겠습니다."

양 대인은 산책로에 있었다. 그녀와는 산책하기 싫다고 하더니 혼자서는 괜찮았나 보다.

"이런. 못 보고 갈 줄 알았더니 생각보다 빨리 나타나셨구만."

그녀를 보고 양 대인은 오히려 반가워했다. 그녀한테 화난 사람처럼 안 보일 정도로.

"정말 취향관으로 가실 겁니까?"

"그래, 거기 가면 예쁜 여인도 더 많은데 내가 굳이 왜 여기 있겠느냐."

은홍은 손으로 치마를 꽉 움켜잡았다가 놓으며 말했다.

"갈 때 가시더라도 짚신은 사고 가십시오. 그 돈을 가져다주겠다고 오라비에게 약속했습니다."

그녀가 사과하지 않고, 오히려 짚신을 사라고 강요하자 양 대인은 헛웃음을 지었다.

"네가 지금 짚신 따위나 팔 때라 생각하느냐? 대행수가……."

"짚신 따위가 아닙니다."

은홍은 목소리를 높여 양 대인의 말을 잘랐다.

"그 짚신을 팔아야 오라비가 누이한테 먹을 걸 사줄 것이 아닙니까."

"그게 나랑 무슨 상관이더냐!"

양 대인은 참지 못하고 버럭 성을 내었다. 그 거지 오누이가 다녀간 뒤 그는 딸이 꿈에 나오는 악몽까지 꾸었다. 그러니까 편히 잠도 못 잔다는 건 거짓이 아니었다.

"너야말로 이 상단에서 언제 쫓겨날지 모를 몸 아니냐. 그러니까 대행수가 혼례식을 여직 안 올린 것이야."

갑자기 양 대인이 혼례식 이야기를 하자 그녀의 눈동자가 크게 흔들렸다.

"대행수 어른은 그럴 분이 아닙니다."

"아니긴! 네가 필요 없어지면 가차 없이 버릴 자다. 그러니까 그 젊은 나이에 상단 대행수 자리까지 오른 것이야."

"함부로 말하지 마십시오! 제 서방님입니다!"

그녀도 진짜 화를 내버렸다. 이러면 말싸움이 되었다. 영접하는 손님과 싸움이라니. 그녀는 정말 안주인 자격이 없는지도 모르겠다.

그러나 한 번 터진 입은 멈추지 않았다.

"그리고 양 대인은 대행수 어른을 욕할 자격이 없으십니다! 자기 자신도 용서하지 못한 사람이 누굴 욕한단 말입니까! 그러니까 짚신이나 사서 가시란 말입니다!"

그녀는 있는 대로 소리치고는 몸을 돌려 뛰어가버렸다.

양 대인은 손님에게 험한 소리를 뱉어내고 도망치는 안주인을 붙잡아 화를 내지 못했다. 대신 은홍이 사라진 뒤 양 대인은 다른 곳을 향해 차게 말했다.

"언제까지 숨어 있을 건가?"

그제야 나무 뒤에서 태웅이 걸어 나왔다. 은홍을 쫓아 그도 바로 화룡관으로 돌아왔었다.

양 대인은 은홍 대신 태웅에게 화를 냈다.

"이제 만족하는가?"

이로써 태웅이 은홍을 화룡 상단에서 쫓아내는 건 확정된 거나 마찬가지였다.

"네."

그런데 태웅이 너무 쉽게 대답하자 양 대인은 기가 찬 표정을 지었다. 마치 그의 친딸이 시집에서 소박맞은 것처럼 속이 부글부글 끓었다. 그래도 태웅은 입꼬리를 올리며 웃었다.

"대인 덕에 서방님이란 말도 들어보는군요. 감사합니다."

처음이었다. 은홍이 그를 그리 부른 건.

그가 누군가의 지아비라는 게, 그녀가 그의 부인이라는 게 그 부름

하나로 선명해져버렸다. 어쩌면 그가 어렵게 고민한 것보다 더 간단한 것인지도 모르겠다.

진짜 부부가 된다는 건.

안채로 도망쳐 온 은홍은 어찌할지 몰라 방황하다가 보따리를 펼쳤다. 태웅이 뭐라고 하기 전에 제 발로 화룡관을 나가기로 한 것이다. 이렇게나 손님 영접을 망쳐놨는데 무슨 낯짝으로 계속 이 안방을 차지하고 있겠나. 그녀가 생각해도 염치없는 짓이었다.

그녀의 물건을 챙기려고 했는데, 모두 이곳에서 얻은 것이었다. 그녀는 화룡관에 올 때 달랑 몸 하나만 왔을 뿐이었다. 그 생각을 하니 울컥했다. 그러니 다 놓고 가는 게 맞았지만, 하나만은 포기할 수가 없었다. 은홍은 경대를 열어 그 안에 넣어두었던 노리개를 꺼냈다.

태웅이 사준 노리개를 손에 쥐고 바라보는데, 방문이 열렸다.

드르륵—.

은홍은 흠칫 놀라 노리개를 품에 안았다.

"도망치려는 것이냐?"

태웅이었다. 태웅의 시선이 그녀가 싸려다 포기한 보따리로 향하자 그녀는 낭패스러워졌다.

"왜 나를 광통교에 버리고 혼자 돌아온 것이냐?"

분명 이리 도망치려고 혼자 온 것은 아니었다. 양 대인과 만난 걸 그가 보았으니까.

"양 대인이 제가 만든 부채를 가지고 있다 하여서."

향이 나는 부채라는 말을 듣고 그녀가 만들어 선물한 부채라는 걸 바로 눈치챈 것이다. 부채를 부칠 때 바람에서 향이 나면 좋을 거 같아서 부채에 향낭을 달았었다.

"저한테 진짜 화가 나셨다면 그 부채를 쓰지 않을 거 같았습니다."

그래서 기회는 있다고 생각해서 양 대인을 만나러 간 것이었다.

그런데 양 대인이 태웅에 대해 험하게 말하는 바람에 그녀까지 화를 내버렸다. 결국 그녀가 다 망쳐버렸다. 안주인 자격이 없었다.

그가 사준 노리개만 꽉 움켜잡고 있는 그녀를 태웅은 말없이 내려다보았다. 종루 시장에서도 그랬었다. 그때 그는 그녀의 손도 못 잡아주었었다. 하지만 지금은 조금이나마 해결해줄 기회가 있었다. 그녀가 안주인으로서 해선 안 되는 실수를 한 건 분명하지만 그는 양 대인의 생각처럼 그녀를 화룡관에서 내칠 생각이 전혀 없었으니까.

"양 대인은 취향관으로 안 갈 것이다."

"네?"

그녀는 깜짝 놀랐다. 이젠 빼도 박도 못하게 그리될 줄 알았으니까.

"대신 예정보다 일찍 청으로 돌아가기로 했다."

양 대인이 자존심 때문에 은홍을 괴롭히는 것이 아니라는 걸 그도 느꼈기에 억지로 양 대인을 꺾을 수는 없었다. 그래서 두 사람 모두 피해가 없는 제안을 했다. 양 대인이 취향관으로 가지 않고 청으로 돌아간다면 은홍의 접대가 실패한 건 아니었다.

"하지만."

그걸로 괜찮은 것인지 은홍은 알 수 없었다. 그녀는 양 대인에게 짚신도 팔지 못했고, 상단 손님에게 해선 안 되는 행동까지 해버렸는데.

태웅은 잘못한 그녀에게 벌을 내리는 대신 기회를 주었다.

"마지막으로 양 대인을 위한 꽃놀이를 갈 것이니 그걸 차질 없이 준비하도록 하거라."

태웅이 그녀의 앞에 한쪽 무릎을 꿇고 앉았다. 그리고 그녀가 두 손에 꼭 쥐고 있는 노리개를 잡았다.

"도망치는 건 제일 쉬운 일이다. 끝까지 책임지는 게 어려운 것이지."

그의 말이 그녀의 심장을 아프게 때렸다. 반박조차 할 수 없었다.

"그러니 네가 끝까지 책임질 때까지 이 노리개는 압수다."

은홍은 당황했다. 이 집에서 나가도 이것만은 가져가려고 했으니까.

"아, 안 됩니다."

"그건 네가 멋대로 이 집을 떠나려고 했을 때 내가 해야 할 말이다."

태웅은 손에 힘을 주어 그녀한테서 노리개를 빼앗아갔다.

은홍은 허망한 눈으로 그의 손에 쥐어진 노리개를 바라보았다.

태웅은 끝까지 노리개를 은홍에게 돌려주지 않았다. 지금 이걸 그녀에게 주면 진짜 그녀가 이곳을 떠나버릴까 봐 두려웠다. 양 대인은 그가 그녀를 화룡관에서 쫓아낼 수 있다 하였지만, 정반대였다. 그녀는 떠나고 싶을 때 이곳에서 떠날 의지가 있다는 걸 지금 보여주었다.

그는 그게 무서워졌다.

청으로 돌아가는 양 대인을 위한 마지막 꽃놀이는 근처 풍경 좋은 계곡으로 가기로 하였다. 양 대인을 위해 준비한 나들이였기에 취향관 진월향도 함께였다.

다행히 양 대인도 꽃놀이는 거부하지 않았다. 그리고 은홍이 그에게 화를 낸 것에 대해서도 언급하지 않았다. 천만다행하게도. 그녀에게 마음이 상한 양 대인과 그녀를 싫어하는 진월향과 함께해야 하는 나들이였다. 하지만 그녀는 얼굴에서 미소를 잃지 않으려고 노력했다. 더 이상 안주인으로서 실수하고 싶지 않았다. 그러니 오늘은 무슨 일이 생기더라도 생글생글 웃어야 했다.

"조선은 작지만 참으로 아름다운 나라요."

양 대인은 순수하게 자연 풍경을 칭찬하였다.

"대국의 절경만 하겠습니까."

태웅은 일부러 낮추어 말했지만, 사실 마음속으로는 청에 대한 경외나 부러움은 별로 없었다. 그는 남의 것, 내 것의 경계가 확실한 사람이었고, 철저하게 그의 것만을 생각하며 살았다.

진월향이 양 대인의 술잔에 술을 따라주는 걸 본 은홍은 술병을 슬쩍 집어 들었다. 태웅의 술잔에 따라줄 생각이었는데, 막상 술병을 태웅의 앞에 내밀고 보니, 어느새 진월향이 든 술병도 태웅의 앞으로 와 있었다. 동시에 두 여자가 따라주는 술을 받게 된 태웅을 보고 양 대인이 껄껄 웃었다.

"최 대행수는 좋겠소. 그저 가만히 있어도 이리 어여쁜 여인들이 먼저 따르니 말이오."

그 말과 달리 태웅은 살짝 눈을 찌푸렸다. 이 상황이 마음에 안 들었던 것이다. 예를 따진다면 당연히 진월향이 술병을 내려놓고 화룡 상단 안주인인 은홍에게 양보하여야 했다. 하지만 그녀를 무시하는 게 분명한 진월향은 끝까지 술병을 들고 있었다.

난감하긴 은홍도 마찬가지였다. 그녀도 진월향에게 양보하긴 싫었으니까.

두 여자가 얕은 치기로 버티니 선택은 온전히 태웅의 몫이었다. 태웅의 술잔이 은홍의 앞으로 왔다. 그녀가 태웅의 내자였고, 진월향은 단지 기생이었으니 당연한 일이었지만, 은홍은 그래도 기뻤다. 진월향이 그녀를 쏘아보는 시선도 상관없을 만큼 말이다.

또르르르─.

조심스럽게 태웅의 술잔에 술을 따르는데, 진월향의 목소리가 들려왔다.

"일전에 안주인께서 취향관으로 절 찾아오셨습니다."

뚝, 술을 따르던 손길이 갑자기 멈추었다. 태웅이 슬쩍 눈을 들어 그녀의 얼굴을 보았다. 은홍은 얼굴이 붉게 달아올라 입술만 깨물었다.

"그런데 찾아온 용무도 말씀 안 하시고 저의 얼굴만 뻔히 쳐다보다 돌아가셨습니다. 사내였다면 저한테 반한 줄 알았을 것이옵니다."

진월향의 농 같은 폭로에 모여 있던 사람들이 껄껄 웃었다. 안 웃은 사람은 그녀와 태웅, 문길, 그리고 양 대인 정도였다.

그때 진월향을 찾아간 이유가 너무도 수치스러웠기에 은홍은 고개를 들지 못했다.

"고개를 들어라."

태웅이 그녀만 들릴 정도로 작은 소리로 말했다. 그래도 고개를 들지 못하는 그녀에게 태웅이 다시 주의를 주었다.

"그리 쉽게 네 수치를 보이지 마라. 너의 수치가 우리 상단의 수치가 되는 것이야."

은홍은 그제야 붉어진 눈으로 고개를 들었다. 태웅을 보기가 부끄럽고 또다시 미안해졌다.

그녀의 행동이 이리 사람들 앞에서 웃음거리가 될 줄은 몰랐다. 아마도 진월향과 태웅의 오랜 관계를 아는 사람들은 속으로 그녀가 투기를 했다고 생각하고 있을 것이다. 그리고 진월향이 그 말을 꺼낸 의도도 그럴 것이다. 그래도 진실을 밝힐 수가 없었다.

"이 산에는 봄까치꽃이 피어 있나?"

갑자기 양 대인이 입을 열면서 웃던 분위기가 잠잠해졌다.

양 대인의 옆에 있던 진월향이 능숙한 청국어로 대답했다.

"네, 흔한 풀꽃이니 찾으면 쉬이 볼 수 있을 것입니다."

양 대인이 진월향이 아닌 은홍의 얼굴을 쳐다보며 말했다.

"그럼 안주인이 꺾어다주시게. 내 청에 돌아가기 전에 그 꽃이 꼭 보고 싶소만."

은홍은 양 대인이 청국어로 말해서 알아듣지 못했고, 태웅이 대신 대답했다.

"다른 이에게 시켜 꺾어 오게 하겠습니다."

"아니, 난 여인이 꺾은 꽃을 보고 싶네. 꽃은 꽃이 꺾어야 더 아리따운 법이야."

이 자리에 있는 여인은 진월향과 은홍뿐이니, 꼭 은홍이어야 한다는 뜻이었다.

태웅은 할 수 없이 문길을 보았다. 은홍과 같이 다녀오라는 뜻임을 안 문길이 그녀의 옆으로 다가와 그녀의 귓가에 속삭였다.

"꽃 따러 가시지요."

은홍은 순간 문길이 농을 한다고 생각했다. '스승님 왜 이러십니까.'라는 눈길로 쳐다보는 은홍을 마주 보는 문길의 눈빛은 언제나처럼 진지함의 극치였다.

진짜 꽃 따러 간다고? 왜?

문길과 함께 산길을 오르며 은홍은 물었다.

"왜 양 대인이 갑자기 봄까치꽃을 보고 싶다 하시는 겁니까?"

꽃을 찾는 데 열중하며 문길은 대답했다.

"전 독심술은 못 합니다."

전혀 도움이 안 되는 대답이라 은홍은 입술을 쭉 내밀며 주위를 둘러보았다. 봄까치꽃이 어찌 생긴지는 알고 있었지만 평소 마음먹고 눈여겨보지 않은 꽃이라서인지, 막상 찾으려고 하니 쉬이 눈에 띄지 않았다.

"양 대인이라면 모란이나 매화꽃을 보고 싶다 할 줄 알았는데 말입니다."

"그게 정석이죠."

문길도 그리 생각했는지 그녀의 말에 동의했다.

"아마 아씨와 연관이 있나 봅니다."

그녀와 상관이 있다는 말에 은홍은 고개를 들어 앞서가는 문길의 등을 보았다.

"저랑요? 왜요?"

"진월향이 풀꽃일 리는 없지 않습니까."

은홍은 바로 못마땅한 표정이 되었다. 분명 좋은 뜻이 아닌 거 같았으니까.

"죄송합니다. 풀꽃처럼 생겨서 이리 고생하게 만드네요."

"그래도 꽃인 게 어디입니까."

가만 보면 문길이 제일 독했다. 그녀가 불의의 사고로 죽어도 다 팔

자지, 하며 쉽게 받아들일지도 몰랐다.

그녀가 조용히 노려보자 문길이 한 소리 했다.

"빨리 찾으십시오. 꽃이 풀이 되기 전에."

꽃이랬다, 풀이랬다.

그녀는 뿔이 나서 문길과 반대 방향으로 걸어갔다.

문길도 꽃 찾는 것에 집중하느라 미처 그녀가 멀어지는 걸 보지 못했다. 문길이 그녀를 확인하려고 고개를 들었을 때는 이미 그녀의 모습은 울창한 숲으로 가려진 뒤였다.

"아씨?"

문길은 당황해서 그녀를 불렀다. 그녀가 죽어도 눈 하나 깜빡 안 할 거라던 독종은 의외로 쉽게 당황했다.

태웅은 문길과 은홍이 갔던 산길 쪽을 보았다. 찾기 어려운 꽃이 아니니 금방 돌아올 줄 알았는데 두 사람은 시간이 한참 지나도 돌아오지 않고 있었다. 이제 슬슬 걱정이 되기 시작했다. 이러지 말라고 일부러 문길을 함께 보낸 것인데 말이다. 직접 찾으러 가고 싶었으나 손님을 모시고 나들이 온 장소에서 그가 빠질 수는 없었다.

"아무래도 안주인 혼자 보냈어야 했나 보오. 남녀가 붙어 있으니 시간 가는 줄 모르나 보네."

양 대인의 말에 태웅의 눈매가 굳었다. 두 사람 사이를 함부로 말하는 건 그에 대한 모욕이나 마찬가지였다.

"두 사람은 제게 피붙이나 같은 이들입니다. 함부로 말하지 마십시오."

"진짜 피붙이도 정이 붙는 게 남녀 사이 아닌가."

태웅은 서늘한 눈으로 양 대인을 보았다. 왜 양 대인이 은홍보다 그한테 더 꼬인 태도를 보이는지 태웅은 쉽게 납득할 수 없었다.

양 대인이 두 사람에 대한 뒷담화를 한마디라도 더 하면 그도 참고만 있을 수는 없을 기 같았다.

"봄까치꽃은 그냥 평생 풀꽃으로 남았으면 좋겠군."

양 대인이 그의 얼굴을 똑바로 보았다. 조금 전 음탕한 말을 하던 이와 동일인이라고 생각되지 않을 정도로 진중한 눈빛이었다.

"그이는 화룡 상단 안주인의 자리가 너무 버거울 것이네. 자멸할 수도 있어."

그 말은 꼭 은홍을 걱정하는 듯이 들렸다. 양 대인답지 않은 말이라 그가 진심인지 그저 그를 떠보는 것인지 쉬이 짐작할 수 없었다.

"내 딸이 그랬지. 나 양평의 딸로 살기 싫다 하며 스스로 손목을 그었네. 내 피를 이어받은 아이도 버티지 못했어. 그런데 근본도 없는 안주인은 무엇으로 버틴단 말인가?"

은홍은 진월향에게 가책 없이 청국으로 갈 것을 강요했어야 했다. 그게 비윤리적이든, 비인간적이든. 그리고 취향관으로 가겠다던 그를 무슨 수를 쓰든 붙잡았어야 했다. 그가 무슨 이유로 그런 강짜를 부린 것이든. 그런데 그런 것도 못하는 은홍이 앞으로 이 큰 상단의 안주인 노릇을 어찌할지 양 대인은 가늠이 안 되었다. 처음엔 그저 태웅이 화룡 상단 주인의 빈틈을 없애기 위해 그림자 아내를 세운 것이라 여기며 눈여겨보지도 않았던 이였다.

그런데 은홍이 처음이었다. 이미 오래전에 죽은 딸을 떠올리게 한 이는. 그리고 그 기억은 점점 선명해져버렸다. 그가 괴로울 정도로.

이제 양 대인은 뭐라도 해야 했다.

"그저 이름뿐인 화룡 상단 안주인을 시킬 여인은 많을 것이네. 그런데 꼭 그이여야 하겠나?"

만약 태웅이 대가를 바란다면 양 대인은 그 대가를 치르고서라도 은홍을 청으로 데려가 그의 양딸로 키우고 싶었다. 진월향이 제 주제도 모르고 아무 죄 없는 은홍을 내리깎으며 농짓거리로 삼을 때, 그 순간조차 제 변호를 제대로 하지 못했던 은홍을 보며 그리 결심이 섰다.

그리고 이번엔 모질고 잔인한 아비가 아닌, 진정으로 딸을 사랑하는 아비 역할을 해보고 싶었다.

"내 짚신 가격으로 오백 냥을 내겠네."

오백 냥은 그가 은홍을 취향관에서 사 온 가격이었다. 그녀가 자유를 얻을 수 있는 돈. 그녀의 짚신은 도대체 몇 명의 마음을 움직이는 거란 말인가. 그런데 태웅은 전혀 기쁘지 않았다. 곽 행수에게 사기당한 오백 냥을 찾게 되었다고 흡족해할 수도 없었다. 이제 그녀는 그에게 단지 오백 냥 신부가 아니었으니까.

"그럴 수 없습니다."

태웅은 양 대인의 두 눈을 똑바로 직시하며 단호히 말했다.

"시생한테는 돈으로 바꿀 수 있는 이가 아닙니다."

태웅은 말을 마치자마자 바로 자리에서 일어나 은홍을 찾기 위해 숲속 길로 걸어갔다. 멀어지는 태웅의 뒷모습을 보며 양 대인은 씁쓸한 표정을 지었다. 태웅이 놓지 않겠다면 은홍도 그를 따라 청으로 안 갈 것을 알기에.

제 8 장

규방

봄까치꽃을 찾아 숲으로 들어가던 은홍은 잠시 멈추어 서서 뒤돌아 보았다.

인기척이 느껴져서 문길이 따라온 줄 알았는데 그의 모습은 보이지 않았다.

착각인가?

그때, 은홍의 눈에 덤불 사이에 있는 파란색의 작은 꽃이 눈에 들어 왔다.

분명 봄까치꽃이었다.

찾았다는 기쁨에 은홍은 수풀을 헤치고 꽃이 있는 곳으로 들어갔다. 한창 헤매다 찾은 꽃이라서인지 평소보다 더 앙증맞고 예뻐 보였다.

"그래, 너도 나름 예뻐."

은홍은 기분 좋게 봄까치꽃을 꺾었다.

이제 양 대인에게 가져다주기만 하면 되었다.

꽃을 들고 왔던 길을 되돌아 걸어가던 은홍은 그제야 깨달았다. 자신이 너무 깊이 들어왔다는 걸.

뭐, 가다 보면 나오겠지. 우선은 가볍게 생각했다. 이 나이에 길 잃었다고 하는 건 쪽팔렸으니까.

"문길아!"

은홍을 찾아 숲으로 들어갔던 태웅은 혼자 있는 문길을 발견하고 가파른 비탈길을 날 듯이 내려갔다.

"왜 혼자 있는 것이냐? 은홍이는?"

"찾고 있었습니다. 꽃을 찾다가 길이 엇갈린 듯합니다."

그놈의 봄까치꽃이 말썽이었다.

태웅은 빠르게 주위를 둘러보았다.

"난 저쪽을 살펴볼 것이니, 넌 이쪽으로 가거라."

"네."

그는 문길과 갈라져 다시 은홍을 찾기 위해 숲으로 더 깊이 들어갔다. 그녀가 단지 길을 잃었을 뿐인데도 그는 한 마리 짐승처럼 빠르게 숲을 내달렸다.

은홍을 데려가겠다는 양 대인의 말을 듣는 순간 깨달았다. 상단에 안주인이 필요해서 그녀를 데려온 것이지만, 이젠 그가 더 그녀를 필요로 한다는 걸.

그녀가 없는 화룡 상단은 생각하고 싶지 않았다.

그녀의 능력이 아니라 그녀의 존재 자체가 그에게는 중했다.

그녀에게 억만이 되려고 했는데 아무래도 그는 그녀의 지아비가 더되고 싶은가 보다.

빗장이 풀린 마음은 몸보다 더 빨리 앞으로 내달았다.

'은홍아.'

마음으로 부르는 그녀의 이름이 그의 안을 가득 채워 뜨거웠다.

"이쪽이 아닌가?"

은홍은 자신이 잘못된 길로 가고 있을지도 모른다는 불안이 들자 걸음을 멈추었다. 분명 숲에 들어온 시간만큼 걸었는데 태웅 일행이 있는 계곡은 나오지 않았다.

아무래도 물줄기를 찾아야 할 듯했다. 흐르는 물을 따라가다 보면 길을 찾을 수 있을 것 같았다. 그나저나 양 대인이 꽃을 따 오라고 했는데 길을 잃어서 꽃을 못 보여주었으니…… 안 그래도 언짢은 마음이 더 언짢아졌을까 봐 걱정이었다.

터벅터벅 걸어가던 은홍은 수풀 사이에 서 있는 사람을 발견하고 깜짝 놀라 멈추어 섰다. 이런 숲에서 마주칠 거라고 상상도 못 한 작은 여자아이였다.

"애, 너 여기 어떻게 왔어?"

본인도 길을 잃은 처지이면서 자신보다 한참 어려 보이는 여자아이를 걱정하며 다가서던 그때 여자아이가 팔을 뻗어 한쪽을 가리켰다. 여자아이가 가리킨 쪽으로 고개를 돌렸다가 다시 그녀 쪽으로 시선을 돌린 은홍은 깜짝 놀랐다.

그 짧은 사이 여자아이가 사라지고 없었던 것이다.

은홍은 빠르게 주위를 둘러보았다. 귀신이 아니라 사람이라면 그리 빨리 사라질 수가 없었다.

설마, 진짜 귀신?

귀신 생각을 하자마자 등골이 오싹해진 은홍은 저도 모르게 뒷걸음질을 쳤다.

툭—!

머리카락이 나뭇가지에 걸린 순간 누군가 손으로 붙잡은 것만 같아
서 그녀는 진짜 귀신의 짓인 줄 알고 기겁했다.

"꺄아아아아악!"

은홍은 뒤돌아 확인해볼 엄두도 내지 못하고 비명을 지르며 정신없
이 내달렸다. 나뭇가지에 걸린 머리가 풀어 헤쳐지며 비녀가 바닥에 떨
어졌지만, 그런 걸 신경 쓸 틈이 없었다.

은홍은 무조건 앞으로 달렸다. 이젠 숲이 그녀를 집어삼킨 괴물의
입속같이 느껴졌다. 아무리 달려도 출구가 보이지 않았다. 이성이 바닥
나고 시야도 좁아져 은홍은 바닥에 박힌 돌부리를 보지 못하고 그대로
걸려 대차게 넘어지고 말았다.

쾅—!

기껏 열심히 찾아서 딴 봄까치꽃도 바닥에 내팽개쳐지며 꽃잎이 떨
어져버렸다. 몸도 아프고, 귀신은 무섭고, 여전히 그녀 혼자 숲속이고.
딱 악몽을 꾸는 기분이었다. 그녀가 쓰러진 채 숲이 무서워서 꼼짝도
못 하고 있던 그 순간, 희미하게 소리가 들려왔다.

"⋯⋯홍아!"

그녀를 부르는 태웅의 목소리를 들은 은홍은 그제야 눈물이 차올랐
다. 엉엉 울고 싶은 기분이었지만 태웅에게 우는 모습을 들키면 나약하
다고 야단맞을까 봐 은홍은 서둘러 소매로 젖은 눈을 훔치고는 서둘러
일어났다. 그리고 절뚝이며 태웅의 목소리가 들리는 쪽으로 걸어갔다.

"은홍아!"

처음보다 더 확실히 그의 목소리가 들려왔다. 이번엔 확신할 수 있었
다. 그의 목소리만 쫓아가면 이 미로 같은 숲을 나갈 수 있다는 걸.

아무리 찾아도 그녀가 안 보이자 태웅은 마음이 다급해졌다. 그러나 숲은 그가 상대하기에 너무 웅장하고 고요했다. 감히 사람 주제에 덤비지 말라고 침묵으로 경고하는 듯했다. 그래도 태웅은 빨리 그녀를 찾아내야만 했다. 그래서 화룡 상단 대행수가 아니라 최대웅이라는 남자에게 그녀가 얼마나 필요한 존재인지 은홍에게 말하고 싶었다.

그녀가 부담스러워할 수도 있다는 염려는 미처 하지도 못할 정도로 그는 완벽하게 감정적이 되었다. 마치 열정 가득한 소년이 된 기분이었다. 어릴 때조차 그는 그런 적이 없었다.

"은홍아!"

은홍을 발견한 태웅은 빠르게 그녀에게 달려갔다. 그녀를 만나면 하고 싶은 말이 마음에 잔뜩 차올라 있었는데 은홍이 먼저 다급하게 태웅에게 말했다.

"이 숲에 귀신이 있습니다!"

태웅은 순간 말문이 막혀서 그녀의 얼굴만 바라보았다. 참 할 말이 많았는데, 그 모든 말을 귀신이 잡아먹어버렸다.

"귀신이라고?"

그는 장사꾼이라 허황된 말은 믿지 않았다. 그럼 바로 망하는 길이니까. 그런데 은홍이 말하는 귀신은 참으로 무서웠다. 그의 마음에 인정사정없이 찬물을 확 끼얹어버렸으니까.

"네. 제가 여자아이를 봤는데 고개를 잠깐 돌린 사이에 사라졌습니다."

은홍은 진심으로 흥분해 있었고, 그녀의 모습도 심상치 않았다. 단정

했던 머리는 풀어 헤쳐져 허리까지 늘어져 있었고, 옷은 온통 흙투성이였다.

태웅은 냉정해지기로 했다. 아직 손님을 영접 중이었으니까. 그녀와는 나중에, 귀신이 없는 곳에서 차분하게 이야기하는 게 나을 듯했다.

"이젠 뭐가 나타나도 안전할 것이니 무서워 마라."

태웅이 그리 말하며 은홍의 머리 위에 손을 올렸다. 그러자 어지럽게 날뛰던 그녀의 마음이 거짓말처럼 얌전해졌다.

은홍은 큰 눈을 들어 태웅의 얼굴을 바라보았다. 그녀는 이제 귀신이 돌아다니는 나무뿐인 숲이 아니라 태웅이 있는 세상 속에 있었다. 그 사실이 너무도 안심되었다.

그녀는 자신이 그를 얼마나 믿고 의지하는지 깨달았다.

"아? 그런데 왜 대행수 어른이 여기……?"

태웅은 양 대인 옆에 있어야 했다. 그가 숲에 있다면 지금 양 대인 옆에는 아무도 없다는 뜻이라 은홍은 뒤늦게 화들짝 놀랐다.

"네가 너무 안 와서 찾으러 왔다."

사실은 양 대인이 그녀의 짚신을 사는 대신 그녀를 데려가려고 해서 발끈해서 숲으로 온 것이었다. 하지만 그걸 사실대로 은홍에게 말할 수는 없었다. 은홍이 양 대인 따라 청에 가겠다고 하면 낭패였으니까.

"소, 송구합니다. 꽃을 찾다가 길을 잃어서……."

꺾은 봄까치꽃을 태웅에게 보여주는데, 꽃은 이미 망가져 있었다. 그걸 이제야 확인한 은홍의 얼굴이 잔뜩 일그러졌다.

"아! 다시 따 오겠습니다."

그녀가 서둘러 몸을 돌리자 태웅이 그녀의 어깨를 잡았다.

"괜찮다. 그만 돌아가자."

"하지만 양 대인께서 봄까치꽃을 보고 싶으시다고······."

"문길이 찾았을 거다."

그제야 문길을 떠올린 은홍은 안도한 표정을 지었다.

문길은 그녀보다 똑 부러지니까 벌써 꽃을 찾아서 양 대인에게 가져 다주었을 거다.

"지금은 네 몸부터 생각해라. 넘어진 것이냐?"

태웅이 그녀의 옷에 묻은 흙을 손으로 툭툭 털어주었다.

그 손길에 당황한 은홍은 망가진 꽃만 두 손으로 꽉 움켜잡고 서서 대답했다.

"아! 돌부리에 걸려서."

옷의 찢어진 흔적을 본 그의 눈매가 찌푸려졌다. 그녀가 망가진 게 아니라 옷이 망가진 것이었다. 그런데 그 모습에 그의 마음이 거칠어졌다.

"다쳤느냐?"

은홍은 아니라고 세차게 고개를 저었다. 긴 머리카락이 같이 휘날렸다. 그제야 자신의 머리가 어떤 상태인지 깨달은 은홍은 당황해서 머리로 손이 올라갔다. 손을 더듬으며 비녀를 찾았는데 흔적도 없이 사라져 있었다. 낭패였다. 여분의 비녀도 없었다. 그렇다고 숲에 다시 들어가서 찾아올 수도 없었다.

"제가 숲에서 비녀를 잃어버린 거 같습니다."

그녀는 그게 마치 죽을죄라도 되는 듯이 침통한 목소리로 말했다.

옷에 묻은 흙을 털어주던 태웅이 눈동자를 움직여 그녀의 얼굴을 쳐다보았다.

은홍은 눈을 어디에 둘지 몰라서 이미 생을 마감한 봄까치꽃에 생명을 불어넣으려는 듯이 계속 만지작거리기만 했다. 그 모습은 꼭 화룡관에 처음 왔을 때의 그녀의 모습을 생각나게 했다. 밤에 몰래 도망치려다 그에게 들켜서 바닥에 엎드려 꼼짝도 못했던 그때.

태웅은 눈을 좁혔다. 하필 왜 지금 그 생각이 다시 난 것인가. 그는 그때와 마음이 전혀 달라졌는데.

그런데 은홍한테는 아닐 수도 있었다. 지난 3년 동안 화룡 상단에 적응하려고 부단히 애쓰며 살아오기만 했으니까. 그의 위치에서 보는 그녀와 그녀의 처지에서 보는 그가 같을 수 있을 리가 없었다.

그의 마음을 말하는 게 그녀에게 강요만 되면 어쩌나 하는 걱정이 그제야 들었다.

지금껏 그는 상단의 주인이었고, 그녀는 그의 아래에 있었다. 그러니 무작정 말하는 것보다는 그녀도 그와 같은 마음이라고 조금이라도 느꼈을 때 말하는 게 나을 수도 있었다. 그럼 그녀도 자연스럽게 받아들일 수 있을 것이다.

과연 그런 때가 올까 불안하기는 했지만, 적어도 괴로운 건 그녀가 아니라 그일 것이다.

"걱정할 거 없다. 진월향이 도와줄 수 있을 것이야."

그건 그녀가 싫었다. 하지만 지금 싫다는 말을 할 수는 없었다. 비녀를 잃어버려 이 꼴이 된 건 그녀의 실수였으니까.

태웅은 꽃만 만지작거리는 은홍의 손을 움켜잡고 앞서 걸어갔다. 은홍은 태웅이 이끄는 대로 걸어가며 그의 등을 바라보았다.

이런 상황에 참 철없는 생각인 것 같은데 그의 손이 너무 따뜻해서 이젠 귀신이 눈앞에 나타나도 하나도 안 무서울 것 같았다. 귀신뿐이겠는가. 그와 함께 있으면 세상에 무서울 건 하나도 없을 것이다.

그러니 그녀만 잘하면 되는데 왜 자꾸 실수만 하는 것인지, 너무 속상했다.

태웅과 은홍이 같이 돌아오는 걸 보고 걱정하던 사람들은 안도하는 표정을 지었다. 한 명만 빼고.

진월향은 태웅이 데려오는 은홍을 찬 시선으로 바라보았다.

'그냥 숲속에서 뒈져버렸으면 좋았을걸.'

그런 악한 생각도 서슴없이 할 정도로 어느새 은홍에 대한 미움이 너무 커져버렸다.

하지만 수가 낮게 바로 앞에서 티를 내지는 않았다. 언젠가 반드시 기회가 있을 것이다. 오백 냥을 화룡 상단에서 내칠 기회가.

"송구합니다. 꽃은 찾았는데 가지고 오다가 망가져버렸습니다."

은홍은 양 대인에게 먼저 사죄했다.

양 대인은 은홍의 손에 들린 망가진 봄까치꽃이 꼭 그녀 같아서 마음이 더 안 좋았다.

"그보다는 내가 짚신을 산다고 했는데 거절한 대행수가 더 문제인 거 같은데."

조금 전 있었던 일을 고자질하는 양 대인의 말에 태웅이 못마땅한 눈으로 그를 쳐다보았다.

은홍도 깜짝 놀라서 태웅을 올려다보았다.

"네? 어째서?"

태웅은 은홍의 시선을 피하며 변명했다.

"네가 직접 만든 짚신이 아니었으니 셈이 맞지 않는다."

말은 그럴듯했지만 억측이었다. 그런 건 짚신을 돈 내고 사는 양 대인이 따져야 할 문제였다. 옆에서 훈수 두는 대행수가 아니라.

천하의 대행수가 변명하는 모습을 양 대인은 재미있다는 눈으로 쳐다보았다.

"하지만 짚신 판 돈을 가져다주겠다고 오누이에게 약속했습니다. 그 아이들에게는 생계의 문제입니다."

어린 오누이가 살아가는 문제였기에 은홍도 감히 대행수에게 대거리를 했다.

평소와 다른 그녀의 행동에 태웅은 적잖이 당황했지만, 양 대인은 짚신이 아니라 그녀를 청으로 데려가려고 하는 것이었기에 더 강하게 반박했다.

"그럼 내가 그 짚신을 사면 될 것이 아니냐."

"양 대인이 산다고 하신 짚신입니다."

"물건 값에도 정도가 있는 법이다. 대인은 너무 과하게 불렀어."

"비싸게 사주면 고마운 거지. 왜 그걸 거절한단 말입니까?"

"그럼 그걸 허락하란 말이냐!"

숲속에서 다정하게 손을 잡고 빠져나왔던 두 사람이 양 대인 앞에서 부부 싸움을 하고 있었다.

그 모습에 양 대인은 소리 내어 크게 웃어버렸다.

"하하하하하하. 싸우는 걸 보니 부부가 맞긴 맞군."

은홍은 흠칫 놀라고, 태웅은 민망해졌다. 그래서 두 사람은 동시에 말했다.

"싸운 게 아닙니다."

"싸운 게 아닙니다."

양 대인은 못 들은 척 몸을 돌려 걸어가버렸다. 봄이 가고 뜨거운 여름이 다가오고 있었다. 그리고 그도 이제 그의 고국으로 돌아갈 시간이 되었다. 비록 그의 뜻대로 은홍을 데려갈 수는 없을 것 같지만 조선에서 보낸 봄을 잊지 못할 것 같았다. 봄까치꽃 신부도.

양 대인이 청으로 떠나기 전에 은홍은 자신이 저지른 무례에 대해 제대로 사죄하고 싶었다. 그녀가 처음으로 영접한 상단 손님이었다.

은홍은 마지막으로 양 대인의 산책 길에 동행하기 위해서 아침 일찍 별채로 찾아갔다. 이번에도 거절하면 정말 답이 없었는데, 다행히도 양 대인은 같이 산책하는 걸 허락해주었다. 양 대인도 그녀가 사과하고 싶은 마음을 이해한 거라 여겨져서 한결 마음이 놓였다.

양 대인은 그녀가 선물한 부채도 들고 나왔다. 향낭이 달린 부채는 양 대인이 부칠 때마다 주위로 좋은 향이 퍼졌다. 처음 만든 것이라고 했는데 장인이 만든 것처럼 꼼꼼한 솜씨였다.

그리고 부채에 그려 넣은 나비는 금방이라도 꽃을 찾아 날아갈 것처럼 생생했다.

"너는 상단 안주인이 아니라 예인이 더 어울릴 거 같다."

"네? 제가요? 말도 안 됩니다."

은홍은 자신의 재주를 낮추어 부끄러워했다. 그녀의 삶은 예술과는 거리가 멀었다. 그저 어떻게든 먹고살려고 만들 수 있는 걸 만들었을 뿐이었다.

하지만 양 대인은 확신할 수 있었다. 그가 은홍을 청으로 데려가면 세상에 이름을 날릴 예인으로 만들 수 있었다.

그러나 그는 은홍에게 직접 청으로 가자는 말은 할 수 없었다. 그녀가 태웅 때문에 화내는 걸 보고 느꼈으니까. 그녀에게 태웅은 그냥 상단 대행수가 아니라 진짜 지아비였다. 비록 혼례식을 안 올렸다고 해도 말이다.

그러니 태웅이 가도 좋다고 말하지 않는 이상 그녀는 그를 따라 청으로 가지 않을 것이다. 태웅이 은홍을 취향관에서 오백 냥에 사 왔다는 말을 진월향한테서 들었다. 그래서 짚신을 오백 냥에 사겠다고 태웅에게 말한 것이었다. 고작 그 정도 사이라면 태웅은 돈을 받고 은홍을 포기할 거라 생각했는데 그는 그러지 않았다.

사내의 마음은 확신할 수 없지만 화룡 상단 대행수가 어떤 이인지는 알았다. 그가 그리 나왔다면 쉽게 은홍을 버릴 자가 아니었다.

그러나 그걸로는 부족했다.

양 대인은 은홍을 청으로 데려갈 수 없으면 혼례식이라도 치르게 하고 싶었다.

"그런데 혼례식을 언제 올릴 것이냐?"

양 대인이 묻는 말에 그녀의 얼굴에서 웃음이 사라졌다. 그녀는 '혼례식'이라는 말 앞에서 작아질 수밖에 없었다. 정식으로 태웅과 혼례를 올려 이 자리에 있는 게 아니라 오백 냥이라는 돈 때문이었으니까.

그래서 그녀의 실력으로 인정받고 싶었는데, 그건 결코 쉬운 일이 아니었다. 그녀가 말을 제대로 못 하고 있는데 뒤에서 태웅의 목소리가 들려왔다.

"그녀가 하고 싶다고 할 때 혼례식을 올릴 겁니다."

은홍은 놀라 고개를 돌렸다.

양 대인도 아침 산책 길에서 태웅과 마주친 건 처음이라 놀란 눈으로 그를 바라보았다.

저벅, 저벅.

태웅이 두 사람 곁으로 걸어왔다. 은홍과 양 대인의 마지막 산책이기에 혹시라도 양 대인이 그가 없는 곳에서 은홍에게 청국에 같이 가자는 말이라도 할까 봐 나와본 것이었다.

"그럼 내가 혼례식까지 보고 가야 하는 건가?"

"그건 은홍의 마음에 달렸습니다."

두 남자의 시선이 그녀에게 쏠렸다.

"안주인, 당연히 혼례식을 올릴 것 아닌가?"

성질 급한 양 대인이 그녀의 대답을 강요하듯이 물었다.

"저는 아직 준비가……."

"뭐? 그럼 혼례식을 안 올리겠다는 말이냐?"

혼례식을 올릴 장본인들보다 양 대인이 더 놀라서 흥분했다. 하지만 손님 영접을 이런 식으로 끝낸 상황에서 그녀가 행복하게 혼례식을 올릴 수 있을 리가 없었다.

"저는 손님께 화를 내었습니다. 안주인으로서 자격 미달입니다."

결국 은홍이 혼례식을 올리지 못하겠다는 이유가 자신임을 안 양 대인은 당황했다. 그리고 태웅은 모든 책임을 전가하는 눈빛으로 양 대인을 보았다.

"그렇다는군요."

'나는 너무도 혼례식을 올리고 싶은데, 당신 때문에 못 올리게 되었다.'는 태웅의 눈빛에 양 대인은 또 화가 나려고 했다.

"혼례식을 올리거라. 그럼 내가 그 일은 없던 일로 해줄 테니까."

양 대인이 얼렁뚱땅 혼례식으로 퉁 치려고 하자 은홍은 오히려 억울한 눈으로 그를 보았다.

"그럴 수 있는 일이 아닙니다."

그럼 어쩌라고!

"저는 이만 가보겠습니다."

은홍은 도망치듯이 몸을 돌려 산책로를 먼저 떠나버렸다.

둘만 남게 되자 양 대인은 그제야 태웅에게 제대로 화를 내고 싶었지만 태웅이 먼저 입을 열었다.

"제 탓입니다."

"무엇이?"

태웅은 은홍이 가버린 길 쪽을 보며 회한에 찬 목소리로 말했다.

"은홍이 처음 화룡관에 왔을 때부터 화룡 상단 안주인에 어울리는 사람이 되어야 한다고 귀에 못이 박히도록 말했습니다. 그러니 은홍이 어떻게 그 말에서 벗어날 수 있겠습니까."

그땐 그게 옳았기에 그리 말했는데 결국 그 말들이 은홍을 얽매이게 하였고, 그의 마음도 묶어버렸다.

"이젠 제가 풀어줄 수가 없습니다. 스스로 그 말을 이겨내는 수밖에는."

말은 주문이 되어 그 사람을 지배했다. 그 주문을 심은 사람이 그였기에 태웅은 그녀가 혼례식에 대해 확답을 안 주어도 그녀를 탓할 수가 없었다.

"내 딸들은 왜 다들 팔자가 이리 기구한가. 속상하구만."

양 대인의 말에 태웅은 바로 도끼눈을 떴다.

"은홍은 양 대인의 여식이 아닙니다."

"혼례식을 안 올렸으니 자네 부인도 아니네."

"할 겁니다. 꼭!"

"그때 날 안 부르면 우리 거래는 끝인 줄 알게."

두 사람은 서로의 논리로 팽팽하게 말씨름을 했다.

사실은 무서워서 그 자리에서 혼례식을 올리고 싶다 말할 수가 없었다. 혼례식을 올리고 나면 이제 한양 사람 전부가 그녀의 존재를 알게 될 텐데, 그녀가 제대로 화룡 상단 안주인 노릇을 못하면 어쩌나 하는 불안함.

이미 한 번 실패한 그녀에게 불안함은 공포와 똑같았다. 적어도 지금은 실수해도 아직 혼례식 전이니까 괜찮다고 위로라도 할 수 있었다. 그런 자신이 너무도 하찮고 작게 느껴져서 은홍은 바닥에 쓰러진 채 일어나지 못했다.

"대행수 어른은 얼마든지 기다려주실 수 있는 분입니다."

문길은 그런 그녀에게 희망을 심어주었다. 참 좋은 스승이었다. 좀 냉정하긴 해도.

"그러시겠죠? 전에도 저한테 말씀하셨습니다. 제가 잘할 수 있을 때까지 얼마든지 기다려주실 수 있다고."

"네. 그러니 부담 가지시지 말고 안주인으로서 할 일을 하십시오. 그리고 자신감이 붙으시면 그때 대행수 어른께 혼례식을 올리고 싶다 당당히 이야기하시면 됩니다."

그녀만 잘하게 되면 혼례식을 올릴 수 있다고 생각하자 그제야 의욕이 솟아났다. 그녀가 태웅의 옆에 섰을 때 부끄럽지 않은 사람이 되었을 때 혼례식을 올릴 수 있다면 정말 행복할 것 같았다.

"그럼 이제 제가 화룡 상단 안주인으로서 해야 할 일이 뭐죠?"

처음으로 했던 손님 영접은 끝이 났다. 당분간 양 대인처럼 중요한 손님은 상단에 없을 것이다.

"지금껏 안주인이 없어서 화룡 상단에서 접근할 수 없었던 손님들과 친분을 쌓으시면 됩니다."

"어떤 손님인데 꼭 안주인이 해야 하는 겁니까?"

은홍은 바로 짐작이 안 되었다. 아리송한 표정을 짓고 있는 은홍을 보며 문길은 의미심장한 표정을 지었다.

"쉽지는 않을 것입니다."

이번 일만 잘해내면 진짜 태웅에게 말할 거다. 혼례식을 올리고 싶다고. 그러니 쉽지 않아도 할 거였다. 꼭 해내고야 말겠다.

"규방입니다."

어떻게든 해내겠다고 기운을 팍 넣고 있는데, 문길이 말한 순간 은홍은 자신이 없어졌다. 태어날 때부터 귀한 핏줄을 타고 태어난 양반댁 여인들만 있는 곳이 규방이었다. 그녀와는 사는 세계가 달랐다. 그런 이들에게 어떻게 다가가 친분을 쌓아야 하는지 은홍은 짐작조차 안 되었다. 그들에게 그녀가 사람으로 보이기는 할까?

청국의 배가 떠나는 날이었다. 도선목 조구에 들이댄 배로 조군들이 바삐 짐을 실어 날랐다. 아무 때나 올 수 있는 배가 아니었기에 청으로 가져갈 물목의 양만 해도 어마어마했다.

"내가 혼례식을 보고 갈 수 있었으면 참 좋았겠구만."

양 대인만이 마지막까지 혼례식에 미련을 못 버리고 계속 그녀에게 부담을 주었다.

태웅이 그녀의 바람막이가 되어 대신 대답했다.

"혼례식을 올리게 되면 그새 다시 조선에 방문해주십시오. 그땐 손님이 아니라 가족으로 맞이하겠습니다."

"하하하하하. 가족이라고 물건 값 깎아줄 것도 아니면서 말만 듣기 좋구만."

말은 그리했지만 양 대인은 그녀가 선물한 부채를 부치며 정말 기분 좋게 웃었다.

"꼭 다시 와주십시오."

그녀도 진심으로 말했다. 이게 양 대인과의 마지막이 아니었으면 했다. 그녀가 직접 청국으로 가는 것은 힘들 터. 양 대인이 조선에 방문하지 않으면 그녀는 그를 만나기 힘들 것이다.

양 대인은 그녀의 얼굴을 잠시 바라보다가 배에 오르기 위해 몸을 돌렸다. 이제 그의 나라로 돌아갈 시간이었다. 조선에 다시 오게 되었을 때, 화룡 상단 안주인은 또 어떤 모습으로 성장해 있을지 기대가 되면서 걱정도 되었다.

태웅과 은홍은 양 대인이 탄 배가 포구를 떠나는 걸 나란히 서서 지켜보았다. 그녀는 손님을 보내는 게 처음이라 그 느낌이 더 각별할 거라 태웅은 조용히 그녀가 움직일 때까지 기다려주었다.

"저기, 대행수 어른."

그녀가 조심스럽게 그를 불렀다.

아마 혼례식에 대해서 그에게 미안하다고 말하려는 듯해서 태웅은 마음을 넓게 쓰기로 했다. 그는 이해심 깊은 지아비로 살 것이었다. 혼례식 전에도, 혼례식 후에도.

"짚신 값은 대행수 어른이 대신 주시는 것이죠?"

그런데 '혼례식'이 아니라 '짚신'이 그녀의 입에서 튀어나오자 태웅의 눈빛이 움찔했다.

은홍은 그의 표정을 살피지 못하고 정말 중요한 일이라는 듯이 꾸역꾸역 끝까지 말했다.

"오라비에게 짚신 값을 가져다준다고 제가 약조를 해서."

태웅은 조용히 돌아섰다. 그는 절대 혼례식이 짚신에 밀린 것에 화난 게 아니었다.

태웅이 대답 없이 그냥 가버리자 은홍은 당황해서 그의 뒤를 쫓으며 계속 요구했다.

"대행수 어른? 저기, 짚신 값……"

"줄 것이니 쫓아오지 마라."

"네? 그럼 저는 어디로?"

아무래도 그는 앞으로 은홍에게 짚신 팔라는 소리는 평생 안 할 것 같았다.

태웅이 만든 부채에 그녀가 손을 더해 완성했다. 두 사람이 함께 완성한 부채라 더 특별해서 이건 감히 팔 수 없을 것 같았다. 그녀가 가질까 하다가 향낭을 달아 태웅에게 선물하기로 했다. 그녀는 가질 때보다 다른 이에게 선물할 때 더 행복을 느끼는 사람이니까.

은홍은 태웅이 상단으로 나가기 전에 부채를 전해주기 위해서 아침 일찍 사랑방으로 향했다. 서두른다고 서둘렀는데도 사랑방은 비어 있었다.

"대행수 어른은 지금 연무장에서 검술 훈련 중이시구만요."

행랑아범이 태웅이 있는 곳을 알려주었다.

그곳에서 태웅에게 아주 크게 혼난 적 있는 은홍은 감히 연무장까지 찾아가지는 못하고 태웅이 돌아올 때까지 사랑채에서 기다리기로 하였다. 툇마루에 앉아서 태웅에게 선물할 부채를 흐뭇하게 바라보고 있는데 검을 든 태웅이 멀리서 걸어왔다.

은홍은 서둘러 자리에서 일어났다.

그녀를 본 태웅도 멈추어 섰다.

"왜 거기 있는 것이냐?"

그리 말하며 태웅이 턱으로 흐르는 땀을 손으로 무심하게 닦아내자 은홍은 서둘러 함에서 부채를 꺼내 그에게 내밀었다.

"이걸 쓰십시오."

태웅은 그녀가 내민 부채와 그녀의 얼굴을 번갈아 보았다.

"단오 때는 바쁘실 거 같아서 미리 드리려고……."

그녀는 설명하며 그의 얼굴에 직접 부채질을 해주었다.

얼굴의 열을 식히는 향긋한 바람에 태웅은 절로 입꼬리가 올라갔다.

"이 부채도 바람에서 향이 나는구나."

"네, 바람이 불 때 좋은 향이 나면 기분이 좋아지니까……."

"정말 그렇구나."

태웅이 부채 선물에 기분이 좋아진 걸 보고 그녀가 용기를 내어 입을 열었다.

"저기, 그러니까 저도 혼례식……."

부끄러움 많은 그녀가 고개를 숙이고 웅얼거리니 태웅은 그녀의 말을 제대로 들을 수가 없었다.

그녀의 목소리를 듣기 위해 태웅은 고개를 숙였다.

"……꼭 올리고 싶다고."

그래도 안 들리니 허리까지 숙이게 되었다.

"그러니까 오해하지 말아주시길……."

"뭘 오해하지 말라는 것이냐?"

뒷말만 겨우 들은 태웅이 묻는 말에 그녀는 고개를 들었다.

태웅은 눈앞에 있는 그녀의 뽀얀 얼굴에 잠시 시선이 빼앗겼다.

어떻게 피부가 이리 하얗다 못해 투명할까 싶었다. 그래서 복숭아 익듯이 도홍빛으로 물든 뺨이 더욱 사랑스러웠다.

"향낭의 향인 줄 알았더니, 네 향이었구나."

그의 말에 그녀는 꽃이 되었다. 꽃의 떨림은 온몸으로 퍼져 색이 더 짙어졌다.

은홍은 선물할 부채를 들고 문길과 함께 영의정 대감 댁으로 향했다.

"와! 집이 으리으리하네요."

시윤이 사는 집에 와보니 그가 정말 대단한 가문의 사람이라는 걸 처음으로 실감할 수 있었다. 화룡 상단에서 시윤을 만나러 왔다고 했더니 청지기가 문을 열어주었다.

"나리께 통자 넣고 올 것이니 예서 잠시만 기다려주십시오."

대문 앞에서 기다리던 은홍은 헐숙청에 사람이 많은 것을 보고 문길에게 작은 목소리로 말했다.

"집에 무슨 일이 있나 봐요."

"영의정 대감에게 연줄을 대러 온 선비들입니다."

"네? 선비라면 학문을 해야지. 왜 여기서?"

"학문보다 더 빠른 길이 뇌물이니까요."

문길은 아무렇지 않게 말했지만, 은홍은 쉽게 이해가 안 된다는 눈으로 헐숙청에서 10년은 묵은 얼굴로 이야기를 나누고 있는 선비들을 바라보았다.

그들에게 선비의 기개나 품위는 별로 느껴지지 않았다. 오히려 자기 아비가 뇌물을 많이 받아서 집안 안 망했다고 큰 소리로 말하던 시윤이 더 당당해 보이니, 참 이상한 일이었다.

그때 통자 넣고 온 청지기가 돌아와 그들을 시윤이 있는 곳으로 안내해주었다.

"아이고! 이게 누구신가! 오백 냥 신부님께서 우리 집까지 직접 와주시다니!"

시윤이 호들갑스럽게 반겨주자 문길이 정색하며 말했다.

"오백 냥 신부라 부르지 마십시오."

이제 화룡 상단의 누구도 그녀를 그렇게 부르지 않았다.

시윤이 문길을 밀어내며 은홍을 이끌었다.

"깐깐한 윤 서기는 필요 없으니 안주인과 나만 따로 이야기하세."

"오늘은 나리 부인께 드릴 게 있어서 왔습니다."

은홍이 '부인'이라는 말을 하자마자 시윤은 서둘러 그녀한테서 떨어지며 정색하고 물었다.

"무슨 소리인가?"

"저도 압니다. 나리 혼인하셨잖습니까?"

"허허. 무슨 소리인지."

딴청을 피우는 시윤은 좀 낯설었다.

은홍은 웃으며 가지고 온 부채를 비단 보자기에서 꺼내었다.

"제가 부인께 드리려고 부채를 만들었습니다. 예쁘지 않습니까?"

"우리 부인은 그런 거 안 좋아하네."

은홍은 진지하게 시윤에게 부탁했다.

"제가 규방에 가려면 나리 부인의 도움이 필요합니다."

시윤은 굉장히 곤란한 표정을 지었다.

시윤답지 않은 태도에 그녀도 불안해졌다.

시윤만 믿고 온 것인데 여기서 시윤이 도와줄 수 없다고 하면 그녀는
방도가 없어졌다.

"부인을 만나게 해주십시오. 부인께 제가 직접 부탁드리겠습니다."

"그래도 안 될 것이야. 내 내자는 바깥출입을 전혀 하지 않으니 규방
에 연이 없네."

그러나 영의정 대감의 며느리인 그녀는 충분히 규방에 참여할 자격
이 있었다. 천한 출신인 그녀와 달리.

"오늘은 이 부채를 선물하는 것만으로도 괜찮으니 만나뵐 수 없겠습
니까?"

시윤은 그녀의 얼굴과 부채를 번갈아 보다가 할 수 없이 고개를 끄덕
였다.

"따라오시게."

안채에 들어선 은홍은 중문 앞에서 걸음을 잠시 멈추었다. 그녀도 지금 똑같이 안채를 쓰고 있는데 뭔가 느낌이 달랐다. 그녀가 화룡 상단 안채를 빌려 쓰는 수준이라면 시윤의 부인 란은 이 안채의 진짜 주인 같은 기운이 일하는 사람들의 움직임에서조차 느껴졌다.

기죽지 말자. 은홍은 스스로에게 당부했다.

그녀는 규방에 가야 했다. 그런데 여기서부터 기가 죽으면 아무것도 할 수 없었다. 이건 화룡 상단을 위한 일이기도 하지만 평생 그녀를 짓눌러온 그녀의 신분과의 싸움이기도 했다.

그녀는 이겨내고 싶었다. 그녀가 자신을 천하다고 생각하면 결코 태웅의 옆에 설 수 없을 테니까. 부모가 그녀에게 귀한 신분을 주지 못했다면 그녀 스스로라도 귀해져야 했다. 그건 으리으리한 집에 산다고, 좋은 옷을 입는다고, 배가 고프지 않다고 해결되는 게 아니었다. 그건 눈에 보이지도 않고 소리도 없지만, 지독하게도 질기게 그녀 안에 벽처럼 존재했다.

"흠, 그럼 난 여기서 물러날 테니 잘 만나보게."

시윤이 안내만 해주고 그냥 가려고 하자 은홍은 놀라서 시윤의 소매를 붙잡았다.

"같이 만나셔야죠. 부인이시잖습니까."

"아닐세. 우리 부인은 낮에 날 만나는 걸 별로 안 좋아해."

시윤이 말도 안 되는 소리를 하며 그녀의 손을 뿌리쳤다. 그리고 도망치듯이 안채에서 나가버렸다. 그녀는 황망한 눈으로 멀어지는 시윤의 뒷모습을 쳐다보았다.

"들어오십시오."

하필 그때 근엄한 표정의 하녀가 그녀에게 입실을 허해주었다. 은홍은 어색하게 웃었다. 내실에는 문길이 같이 들어갈 수 없으니 온전히 그녀 혼자 지체 높은 양반가 여인을 만나야 했다.

"잘하실 겁니다."

문길이 그녀를 격려해주었다. 은홍은 다시 한 번 더 어색한 웃음을 짓고는 댓돌 위로 올라섰다.

드르륵―.

문이 열리자 단아한 모란꽃을 사람으로 형상화한 듯한 여인이 음전한 자태로 앉아 있었다. 시윤의 부인 서란은 아름다운 여인이었다. 그런데 왜 시윤은 그리 무서워하며 도망쳤는지 모르겠다.

"화룡 상단 대행수가 어린 부인을 새로 들였다고 들었는데 혹 그이인가?"

란 부인이 묻는 말에 그녀는 깊게 고개를 숙여 인사하며 가지고 온 부채를 그녀의 앞에 내놓았다.

"단오에 선물하는 부채이옵니다. 이걸 선물하고 싶어서 뵙고자 했습니다."

란 부인의 시선이 그녀가 가지고 온 부채로 떨어졌다. 은홍은 그녀가 가져온 선물을 란 부인이 어찌 받아들일지 긴장되어 눈에 절로 힘이 들어갔다.

안채에서 도망친 시윤이 서둘러 달려간 곳은 태웅이 있는 화룡 상단이었다.

"큰일 났네! 큰일 났어! 지금 자네 부인이랑 내 부인이 만나고 있다고. 이리 한가하게 돈이나 벌 때가 아니란 말일세."

시윤은 마치 세상에 종말이라도 올 것처럼 요란 법석을 떨었다.

그런 시윤에게 태웅은 냉정하게 한마디 했다.

"전 힌기해서 돈 번 적이 없습니다."

그리고 설령 그렇다고 해도 자기 손으로 돈 한 번 벌어본 적 없는 양반이 그런 말을 할 자격은 없었다.

"지금 내 말 꼬투리 잡아서 자네에게 남는 게 뭔가? 자네 부인을 사지에 던져넣고!"

과격한 표현에 태웅은 눈살을 찌푸렸다.

"나리야말로 자기 부인을 어찌 생각하시기에 그런 말씀을 함부로 하시는 겁니까?"

"우리 부인 말고 규방 말일세! 거기 어떤 악마들이 있는지 자네가 알긴 아는 건가?"

알 리가 있겠나. 거긴 여인들의 세계인데.

"오죽하면 우리 부인님이 거긴 쳐다도 안 보겠나. '규방'이란 말만 들어도 아주 징글징글해하네."

시윤이 진짜 징글징글하다는 표정을 지었기에 태웅은 좀 불길해졌다. 여인들만 있는 곳이라고 그가 너무 쉽게 본 것일 수도 있겠다는 생각이 들었다.

"……어떤 곳이기에 작은 마님이 그리 싫어하시는 겁니까?"

시윤은 팔꿈치로 탁자를 짚고 전진해 와 그에게 얼굴을 들이밀었다.

태웅은 경계하며 어깨를 뒤로 뺐다.

"우선 거기 우두머리인 정경부인."

왕자를 생산한 후궁 숙빈의 생모였다. 남편은 좌의정 윤택진이니, 그녀의 권력 또한 규방에서 가장 셌다.

"남편의 눈에 든 여종을 본인이 직접 불태워 죽였다는군. 활활 불타는 여종의 방 앞에서 웃고 있는 정경부인의 모습을 본 사람이 한두 명이 아닐세."

오싹, 그 말을 듣자마자 태웅의 전신에 소름이 돋아났다.

"그것뿐인가. 규방의 여인 중 대부분이 양반 아닌 이는 사람 취급도 안 한다던데. 양반도 아니고 심지어 중인도 아닌 은홍을 보면 어찌하겠나?"

태웅은 어느새 방어적으로 팔짱을 끼고 있었다.

"여인들만 들어갈 수 있는 곳이라 더 폐쇄적이고 무서운 곳이야. 정녕 거기 자네의 귀여운 부인을 보낼 생각인가?"

이젠 시윤의 목소리가 저주처럼 들려왔다.

"난 규방에 가지 않네."

란 부인은 차분하지만 단호한 어투로 거절했다.

은홍은 당황하지 않고 물어보았다.

"왜……."

"나와 맞지 않으니까."

명확한 이유였다. 따로 설명조차 필요 없는. 그 한마디로 란 부인의 성격까지 파악할 수 있었다. 그녀는 거짓된 걸 꾸미지 못하는 성격이었다.

"저는 가고 싶어도 신분이 낮아 갈 수가 없습니다."

"화룡 상단에는 돈이 많으니 대신 그걸 들고 가면 될 것이네."

"넘치는 돈은 뇌물이 될 뿐입니다. 그건 대행수 어른이 용납하지 않을 것입니다."

"그렇다고 내게 하기 싫은 일을 하라고 강요하는 건 옳은 일인가?"

은홍은 말문이 막혔다. 그녀의 말이 틀린 게 하나도 없어서. 이제야 시윤이 왜 꽁지 빠지게 도망쳤는지 알 수 있었다. 이런 식으로 란 부인에게 야단맞을까 무서웠나 보다. 어쩐지 갑자기 시윤한테 동질감이 들었다. 그녀도 항상 태웅에게 혼났으니까.

"그럼 제가 또 찾아뵙는 것도 싫으신 겁니까?"

그녀의 물음에 란 부인은 잠시 생각하다가 뜻밖의 말을 했다.

"각궁 좋아하나?"

각궁이면, 설마 활?

"나와 각궁을 같이 하겠다면 찾아와도 되네."

이게 거절의 말인지 진심인지 잠시 헷갈렸다.

어째서 귀한 양반 댁 여인이 각궁을 한단 말인가?

은홍은 아리송한 마음만 가득 품고 물러 나와야 했다. 뜻대로 되지 않아 집으로 돌아오는 발걸음이 무거웠다.

같이 간 문길이 그녀를 위로해주었다.

"한 번에 쉽게 성공할 일이었다면 아무나 시켜도 되었을 것입니다."

그래도 그녀의 기분은 전혀 나아지지 않았다. 걸음은 무겁고 고개는 자꾸 아래로만 내려갔다. 도대체 어찌하면 될지 감이 전혀 잡히지 않았다.

"아! 대행수 어른."

문길의 말에 그녀의 걸음이 멈추었다.

고개를 들어 앞을 보니 화룡관 대문 앞에 꼿꼿한 자세로 서 있는 태웅이 보였다. 그도 막 돌아온 길이었나 보다. 그녀는 서둘러 태웅이 있는 곳으로 걸어갔다.

"오늘도 일찍 돌아오신 것입니까?"

시윤이 잔뜩 겁을 주고 가서 걱정이 되어 와본 것이었다.

하지만 은홍은 그를 보자마자 웃기부터 하니 그녀의 얼굴만 보고는 아무것도 알 수 없었다. 태웅은 고개를 틀어 문길 쪽을 보았다.

문길은 바로 고개를 떨어뜨렸다.

"그럼 전 이만 가보겠습니다."

어째 그가 뭔가 묻기 전에 내빼는 거 같았지만 간다는 문길을 붙잡을 수는 없었다. 문길을 보내고 태웅은 은홍에게 직접 물었다.

"영의정 대감 댁에 갔다고 들었는데 별일 없었느냐?"

시윤의 부인이 그녀를 무시해서 기운이 없는 건가 싶어 염려가 되었다. 그는 살면서 신분 앞에서 작아진 적이 없는데 그게 그녀의 일이 되니까 뜻대로 안 되었다. 조선에서 가장 돈이 많은 건 자신 있는데, 신분으로 그녀를 지켜줄 수 없다는 게 굉장히 분했다.

"아! 네. 제가 만든 부채를 마님께 직접 드리고 왔습니다. 시윤 나리는 안채 앞에서 바로 도망치셨고요."

그리고 그에게 와서 저주를 퍼부었다. 그래서 태웅에게 이제 규방은 악의 소굴이었다.

"너무 힘들면 굳이 안 해도 된다."

태웅의 말에 은홍은 놀라서 고개를 높이 들어 올렸다.

"지금껏 규방과의 교류 없이도 상단은 잘 돌아갔다. 그러니까 네가 반드시 그 일을 해야만 하는 건 아니야."

사람한테 불을 지르는 여자가 있는 곳에 보내봤자 나쁜 일만 생길 것 같았다.

"아뇨. 전 꼭 규방에 갈 것입니다."

하지 않아도 된다고 말했는데도 온홍이 하겠다고 하자 태웅의 눈매가 가파르게 좁아졌다.

"화룡 상단 안주인인 제가 할 일이니까요."

사실 조금 전까지는 정말 자신이 없었는데 태웅이 하지 않아도 된다고 말하니 정신이 번쩍 들었다. 이 일만 잘 마무리하면 태웅에게 혼례식을 올리겠다고 말하려고 했는데 시작도 하기 전에 포기할 수는 없었다. 그녀는 안주인으로서도, 혼례식 때문에라도 규방을 포기할 수 없었다.

그녀가 어떤 마음으로 규방에 가겠다고 하는 것이든 태웅의 마음도 편할 리가 없었다.

시윤의 저주가 제대로 걸린 게 분명했다. 그날 밤 태웅은 자다가 악몽을 꾸고 한밤중에 눈을 떴다.

불타는 집 안에 온홍이 갇힌 아주 무시무시한 꿈이었다.

구해야 했는데 그의 몸이 죽어도 움직이지 않았다.

"하아."

꿈이 너무도 생생해서 태웅은 잠에서 깬 뒤에도 거친 숨을 토해냈다.

태웅은 다시 자지 못하고 일어나 앉았다. 창밖을 보니 달이 밤하늘의 중앙에 걸려 있었다. 아침이 오려면 한참 멀었다.

악몽 탓인지 은홍이 잘 자는 모습을 확인하고 싶었다.

드르륵—.

태웅은 일어나서 밖으로 나왔다. 더운 몸에 닿는 밤의 찬 공기가 선뜩했다.

저벅저벅—.

깊은 밤을 날아서 태웅은 그녀에게 연결된 길을 걸어갔다. 은홍이 있는 안채의 불은 다 꺼져 있었다. 그녀는 한창 곤히 자고 있을 것이니 불러서 깨울 수는 없었다.

태웅은 조용히 안방의 문을 열었다. 보료 위에서 곤히 자는 그녀의 모습이 보이자 그제야 안도가 되었다.

꿈은 꿈일 뿐이었다.

태웅은 좀 더 문을 열어 방 안으로 들어갔다. 이 이상은 그녀의 허락이 필요할 것 같았지만 자는 걸 깨울 수는 없으니까. 치사한 변명을 하며 태웅은 잠든 그녀의 곁까지 다가갔다. 가까이 다가가니 눈을 감고 잠이 든 그녀의 얼굴이 보였다.

평온한 모습이었다. 그의 걱정이 무색하게.

"너는 거기 있는데 여전히 멀구나."

혼잣말처럼 중얼거렸는데 그게 탈이었다. 감겨 있던 그녀의 눈꺼풀이 스르륵 위로 올라간 것이다.

순간 태웅은 놀라서 온몸이 굳어버렸다. 이 상황에 무슨 말을 해도 그가 여인이 자는 방에 몰래 들어온 사실은 바뀌지 않았다. 그녀가 설령 그의 부인이라고 해도 그의 행동에 정당성이 주어지지는 않았다. 그들은 그런 게 당연히 여겨질 정도로 가까운 부부 사이는 아니었으니까.

눈을 뜬 은홍과 시선이 마주쳤을 때는 차라리 그녀가 그의 마음을 다 알아버렸으면 좋겠다는 생각도 들었다. 그럼 그녀의 앞에서 한참 어른인 척을 그만해도 될지도 몰랐다.

그의 마음 안에 그도 몰랐던 또 다른 사내가 있었다. 그 사내는 혈기 왕성하고, 욕구에 솔직하며, 감정의 변덕이 심했다. 그런 사내를 다스릴 수 있는 건 그녀뿐이었다.

난감하게도 그가 할 수 없는 일이었다.

"대행수 어른."

하지만 그녀가 순하게 웃으며 그를 부른 순간 태웅은 창피해졌다.

이런 식은 아니었다. 그의 마음을 그녀에게 전하는 방법은.

스르륵—.

그가 아무런 말도 못 하고 얼어 있는 사이 그녀의 눈이 다시 감겼다. 그리고 은홍은 깬 적이 없는 사람처럼 다시 잠이 들었다.

새근새근.

참 사람 기겁하게 하는 잠버릇이었다.

술 취했을 때는 너무 잘 자서 이런 잠버릇이 있는 줄은 몰랐다.

태웅은 조용히 안방에서 나왔다. 다음에 그녀의 방에 들어갈 때는 밤손님이 아니라 당당히 지아비이고 싶었다.

꼭 그럴 것이다.

태웅은 사랑채로 돌아오는 걸음걸음, 다짐했다.

제 9 장

아씨의 성교육 선생

다음 날 태웅은 문길을 따로 불러 이야기했다.

"네? 정경부인이 사람을 불로 태워 죽였다고요?"

문길의 얼굴이 희게 질렸다. 규방이 어려운 곳이라고만 생각했지, 그런 야차 같은 여인이 있는 곳인 줄은 몰랐기 때문이었다.

"그래, 문길이 네가 옆에 있다면 그리 크게 걱정될 건 없겠지만."

태웅이 무겁게 말하자 문길의 표정도 덩달아 심각해졌다.

규방에는 여인만이 들어갈 수 있었다. 그래서 문길은 은홍과 같이 갈 수가 없었다.

"그럼 지금이라도 아씨와 함께 갈 수 있는 여인을 찾아보겠습니다."

"급하게 구한 이를 어찌 믿을 수 있겠느냐?"

그건 그랬지만 은홍 혼자 보내는 것보다는 나을 것이었다.

"그래서 내가 밤새 생각해 보았는데, 차라리……."

태웅이 문길의 얼굴을 똑바로 쳐다보자, 문길은 그 시선에서 뭔가 불길함을 느꼈다.

"네가 여장을 하고 같이 가는 게 어떻겠냐?"

문길은 순간 자신의 귀를 의심했다.

태웅은 황당한 말을 너무 진지하게 했다.

"너는 여인들보다 더 고운 얼굴이니 아무도 모를 것이다."

진심이라 더 무섭다.

은홍은 다시 란 부인을 찾아갔다. 그녀가 이리 빨리 또 찾아올 줄은 몰랐는지 란 부인은 의외라는 표정을 지었다.

"진짜 나와 활을 같이 쏘겠다는 건가?"

"네, 제가 처음이라 많이 서툴 것입니다. 그래도 괜찮다면 같이 쏠 수 있게 해주십시오."

물론 마지막 목표는 란 부인의 소개로 규방에 가는 것이었지만 지금은 란 부인과 활을 쏘는 것에 집중하기로 했다. 장사할 때 무엇을 하든지 진심이어야 한다는 게 중요하다고 그녀는 생각했다. 설령 장사와 전혀 상관없는 활쏘기라도.

뭐, 배워두면 언젠가 쓸 일이 있긴 있겠지. 개똥도 약으로 쓸 일이 있다잖아.

란 부인은 말없이 그녀의 얼굴을 바라보다가 댓돌 위로 내려섰다.

"그럼 나를 따르게."

그녀는 종종걸음으로 란 부인을 따라갔다.

"그런데 마님은 왜 각궁을 쏘시는 겁니까?"

"운동이네."

생각보다 간결한 대답에 은홍은 오히려 안심했다. 그녀가 어렵게 대답했다면 앞으로 란 부인을 대하는 것도 어려워졌을 테니까.

"저는 주로 아침 산책을 합니다. 산책은 안 하십니까?"

"그런 건 안 하네."

단호한 대답에 산책을 권하기도 애매해졌다. 자기 취향이 확고한 사람인 듯했다.

활터에 도착해서 란 부인이 먼저 각궁을 잡고 활을 쐈다. 란 부인이 쏜 화살은 정확히 과녁의 중앙을 맞추었다.

"명중입니다!"

그녀는 감탄하며 박수를 열심히 쳤다. 여인이 사내와 똑같이 활을 잘 쏘는 것을 보니 너무 멋있었다.

"이번엔 자네가 쏴보게."

그녀는 각궁을 손에 들었다. 각궁이라는 건 꽤 무겁고, 시위를 당기는 건 엄청 힘이 든 일이고, 과녁을 맞히는 건 더 어려운 일이었다. 하지만 운동이라고 하니 무조건 잘해야 한다는 마음은 내려두어도 괜찮을 거다. 그렇지 않으면 그녀는 활을 쏠 수 없었다.

휘이잉ー. 픽ー.

그녀가 쏜 화살은 과녁까지 닿지 못하고 바닥에 곤두박질치듯이 꽂혔다.

"하하, 저한테는 너무 어렵네요."

그녀가 너무 못한다고 란 부인이 쫓아버릴까 봐 은홍은 그녀의 눈치를 보았다. 하지만 란 부인은 그녀가 활을 잘 쏘는지 못 쏘는지는 별로 개의치 않았다.

"내가 처음 쏜 화살도 바로 그 자리에 꽂혔었네."

"네? 정말입니까?"

지금은 이렇게 잘 쏘는데.

"그래, 계속 쏘다 보니 조금씩 과녁의 정중앙에 가까워지더군."

란 부인의 말에 은홍은 용기가 났다. 노력하면 할 수 있다는 말로 들렸으니까.

"마님께서 좋은 분인 거 같아 다행입니다."

그녀는 웃으며 말했다가 란 부인이 그녀를 빤히 쳐다보자 당황해서 사과했다.

"아! 제가 건방지게 말한 거라면 송구합니다."

"아니, 장사하러 온 사람이 너무 순진하게 말해서 놀란 거네."

여기서 순진하다는 말은 욕인가? 칭찬인가?

그녀는 바로 판단이 안 되어 눈만 깜빡였다.

란 부인은 다시 활 하나를 집어 들며 특유의 건조한 어조로 말했다.

"그러니 자네는 규방에 가면 만신창이만 될 뿐이야. 그래도 가겠다는 건가?"

은홍은 각궁을 두 팔로 꽉 끌어안았다.

"네, 그래도 가야 합니다."

"대행수가 들은 것과는 달리 지독한 이인가 보군."

란 부인은 시위를 단숨에 끝까지 당겼다. 그리고 과녁을 매섭게 노려보았다. 이 순간만큼은 그녀는 나약한 여인이 아니었다.

"아뇨! 대행수 어른은 규방에 가지 말라고 했습니다. 이건 제 의지입니다."

란 부인은 활을 쏘려다 그냥 내려놓으며 다시 그녀를 돌아보았다. 란 부인이 왜냐고 묻지 않지만 은홍은 계속 말했다. 그래야 란 부인이 태웅에 대한 오해를 풀 것이었으니.

"제가 저와 약조를 했습니다."

란 부인이 쏘는 화살이 과녁을 향해서만 날아가듯이 그녀도 그 약조를 지켜내기 위해 움직였다.

"규방 일을 무사히 성사시키면 그때 대행수 어른께 말할 겁니다."

혼례식을 올리고 싶다고.

"무얼?"

은홍은 웃으며 고개를 저었다.

"송구하지만 그건 대행수 어른께만 말할 겁니다."

"나한테 말하면 내가 규방에 데려가줄지도 모르는데도?"

그 말에 잠시 혹했지만 은홍은 고개를 저었다.

"안 됩니다. 미리 말하면 부정 탈 거 같습니다."

"하. 거듭 순진하군."

아무래도 순진하다는 말은 욕이었나 보다. 활을 열심히 쏴서 점수를
따야겠다.

"그럼 순진한 자네에게 내가 도움이 되는 선물을 주어야겠군."

갑자기 선물을 주겠다는 란 부인의 말에 은홍은 눈을 동그랗게 떴
다. 그녀가 잘한 게 아무것도 없는데 도대체 왜?

곽 행수의 방문은 태웅에게도 의외의 일이었다.

"무슨 일이 생긴 것입니까?"

큰일이 생겨야 찾아온다는 말이나 마찬가지였기에 곽 행수는 마른
미소를 지었다. 그녀가 처음 화룡 상단에 온 날은 태웅을 억만에게 버
리던 날이었다. 그녀는 태웅이 버거워졌고, 억만은 아무 의심 없이 태
웅을 거두었다.

그런데 그 아이가 벌써 이리 커서 그녀를 내려다보고 있었다. 그 시선에 세상에 대한 두려움은 없었다. 억만은 그를 참 잘 키웠다. 아니, 그는 억만의 기대보다 더 큰 인물이 되었다.

화룡 상단은 젊은 대행수를 중심으로 점점 부강해지고 있었다. 그게 그의 힘이 될지, 그의 불운이 될지, 곽 행수는 여전히 판단할 수 없었다.

"안주인이 청국 상인 영접을 잘하였다고 들었소. 그러니 이제 때가 된 듯싶어 내 선물을 가져왔네."

은홍은 그리 생각 안 하지만 밖에 있는 사람들한테는 그리 보인다니 다행이다 싶었다.

곽 행수가 눈짓하자 따라온 여종이 비단 보자기를 태웅의 앞에 펼쳤다. 그 안에 고이 담긴 붉은 혼례복을 보고 태웅의 눈이 커졌다.

"대행수는 이런 거 챙겨줄 어미가 없으니 내가 대신 챙겨야지 어쩌겠나."

태웅을 한 번 버린 이로서 참 염치없는 말이지만 곽 행수는 개의치 않았다. 긴 세월 살면서 어디 염치없는 짓이 이거 하나뿐이겠는가. 염치가 습관이 되면 사람은 뻔뻔해질 수 있었다.

"이제 혼례식을 정식으로 올려야 안주인의 면이 제대로 서지 않겠나. 아니 그런가?"

태웅은 말없이 혼례복만 바라보았다. 그런 태웅을 곽 행수도 말없이 바라보았다.

적어도 이 혼례복만은 진심이었다.

그의 신부가 될 이를 가장 빛나게 해줄 수 있게 가장 좋은 것들로만 만들었다.

각궁을 쏘고 오겠다면서 잔뜩 각오하고 영의정 대감 댁에 갔던 은홍은 집에 돌아올 때 란 부인이 주었다는 선물을 가지고 왔다.

그런데 그 선물이라는 게 참으로 기이했다. 귀하다면 귀했고, 좋은 것이라면 좋은 것이었지만 아직 혼례식도 올리지 못한 어린 신부에게 선물이라며 주기에는 좀 거시기한 물건이었다.

"정말 이 야관문주를 작은 마님이 주셨다는 겁니까?"

"네."

은홍은 쭈그려 앉아 야관문주를 복잡한 눈으로 쳐다보았다. 밤에 태웅에게 먹이라고 하는데 참으로 난감했다.

도대체 무슨 말을 하며 이 술을 태웅에게 준단 말인가.

"스승님, 제가 정말 달리 물어볼 사람이 없어서 묻는 건데……."

"야관문주의 효능에 대해 물으시는 겁니까?"

"그게 아니라……."

그녀도 장에 짚신 팔러 다니며 야관문주가 무엇인지는 귀동냥으로 들었다. 그런데 아직도 도통 모르는 것이 하나 있었다.

"아기는 어떻게 생기는 것입니까?"

야관문주를 보던 문길은 휙 고개를 돌려 지금껏 본 중 가장 크게 눈을 뜨고 그녀를 쳐다보았다.

"그걸 아직도 모르셨단 말입니까?"

사람이 애써 부끄러움을 참으며 물어봤는데 너무 놀라니 더 부끄러워졌다. 그녀는 어릴 때부터 어미 없이 노름에 미친 아비와 살았기에 초경도 혼자 치렀다. 하루하루 살아내기에 바빴기에 미래에 있을 일을 궁금해할 처지가 아니었다.

그러다 화룡관에 와서는 죽어라 상단 교육만 받았는데 그런 걸 언제 배우겠나. 따지고 보면 그녀가 그런 것들에 무지한 건 문길과 태웅의 탓도 있었다. 그러니 절대 이걸로 그녀를 놀리면 안 되었다.

"그리고 모르면 대행수께 물으셔야죠."

"그런 걸 어떻게 대행수 어른께 묻습니까!"

당연히 혼례식을 올리고 난 뒤에는 태웅과 그녀가 같이 아이를 만들어야 하니까.

그런데 기겁하며 비명을 지르는 그녀를 보니 갈 길이 먼 듯했다.

하여튼 그것만은 문길도 은홍에게 가르쳐줄 수 없어 대행수에게 물어보라고 딱 잘라 말했다. 그래서 은홍은 더 난감해졌다.

그날 밤 은홍은 란 부인이 준 야관문주를 가지고 사랑채까지 갔다가 바로 자신이 왔다 고하지 못하고 문 앞에서 발만 꼼지락거렸다. 문길이 질문에 시원하게 대답만 해주었어도 찝찝한 마음이 좀 풀렸을 텐데, 대답을 안 해주니 오히려 머릿속에서 그 질문이 떠나지를 않았다. 지금 당장 대행수와 마주해야 하는데 머릿속이 이 지경이라 난감하기 이를 데 없었다.

"은홍이냐?"

방 안에 있는 태웅이 먼저 그녀를 알아보고 부르니 들어갈 수밖에 없었다. 은홍은 단전에 힘을 꽉 주고 방문을 열었다.

"마님은 잘 만났느냐?"

태웅이 묻는 말에 은홍은 고개를 끄덕였다.

"둘이 무얼 하였느냐?"

"각궁을 쐈습니다."

"뭐?"

여인들이 할 만한 게 아니었기에 태웅은 놀란 표정을 지었다.

어떻게 여인이 시윤보다 더 대장부인가 싶었다.

"너는 힘들지 않았고?"

"오늘은 전부 바닥에 쐈습니다."

"마님은 뭐라더냐?"

"자기도 처음엔 그리 쐈다고."

란 부인의 대답이 마음에 들어 태웅은 입꼬리를 올렸다.

"지아비와 달리 속이 넓은 분인가 보구나."

그럼 규방에 갔을 때 은홍을 맡겨도 괜찮은 이이지 않을까 싶었다. 하지만 섣부른 판단은 좋지 않았다. 좀 더 지켜보기로 했다. 규방은 신중해야 하는 문제였으니까.

장롱 안에 곽 행수가 놓고 간 혼례복이 있어서 태웅도 오늘은 마음이 싱숭생숭했다. 은홍이 입을 옷이었지만 지금 그녀에게 줄 수는 없었다. 그럼 그 아름다운 혼례복이 그녀에게 부담만 될 것 같았으니까. 그건 그도 슬픈 일이었다. 그러니 그녀가 기쁜 마음으로 혼례식을 받아들일 수 있을 때 내어줄 것이다.

은홍이 아직도 문가에 서 있음을 깨달은 태웅은 의아해서 물었다.

"왜 계속 거기 서 있는 것이냐?"

꼭 벌 서는 것처럼.

혹시 밤에 그가 그녀의 방에 찾아갔던 걸 기억하는 건가 싶어 불안하긴 했지만 그건 아닌 듯했다. 그걸 기억했다면 이 밤에 먼저 그를 찾아왔을 리가 없었다. 그리 생각하니 안도보다 쓸쓸함이 더 컸다.

그래도 그녀가 안 움직이자 그는 명을 내렸다.

"가까이 와라."

은홍은 그제야 살금살금 걸어와 그의 앞에 가지고 온 야관문주를 내려놓았다.

태웅의 시선이 야관문주로 향했다.

"이게 무엇이냐?"

"작은 마님이 선물로 주신 것입니다. 대행수 어른께 드리라고."

은홍은 대답을 하면서도 여전히 그와 눈을 맞추지 못하고 바닥만 보고 있었다.

그게 영 답답하여 태웅은 손을 뻗어 그녀의 턱밑에 손가락을 대고 위로 살짝 올렸다. 놀란 토끼 같은 은홍의 눈동자와 마주한 태웅이 나직이 물었다.

"새삼 내가 무서워 눈을 피하는 것이냐?"

당황한 은홍의 얼굴에 붉은 꽃이 피어올랐다.

"그게 아니라, 스승님께서 질문의 답을 안 해주셔서 그게 자꾸 머리에 남아서……."

태웅은 그 질문이 무엇인지 모르니 쉽게 말했다.

"그럼 내게 물어보아라. 내가 답해줄 테니."

은홍은 더 놀라 심장이 몸 밖으로 튀어나올 것 같았다.

그걸 물어보고 부끄러움에 죽느냐.

그걸 안 물어보고 아쉬움에 늙느냐.

그녀가 살아온 시간 중 가장 긴박한 순간이었다.

"그러니까 그게……."

말을 뱉어내는데 입으로 불이라도 베어 문 듯이 뜨거웠다. 말도 하기 전에 부끄러움으로 죽을 것 같았다.

그녀의 얼굴이 갑자기 불타오르는 빨간색으로 변하는 걸 바로 눈앞에서 목격한 태웅은 오히려 걱정되기 시작했다. 정상이 아닌 건 확실해 보였으니까.

"너 괜찮은 것이냐?"

"전 건강합니다!"

그녀는 화가 난 사람처럼 소리친 뒤 스스로 소스라치게 놀라서 서둘러 자리에서 일어났다. 예 계속 있다가는 더 큰 실수를 할 것 같았다.

"그, 그럼 전 이만 물러가보겠습니다."

그녀의 정신없는 행동에 태웅도 어리둥절해졌다. 그녀가 도대체 왜 이러는지 알다가도 모를 일이었다.

"물어볼 게 있다고 했잖느냐."

"다음에! 혼례식 올린 뒤에!"

그녀는 입에서 튀어나오는 대로 뱉어낸 뒤 도망치듯이 사랑방을 나가버렸다. 야관문주와 함께 남겨진 태웅은 이러지도 저러지도 못하고 망부석이 되었다.

혼례식 올린 뒤에?

그 말의 여운이 아주 깊게 남았다.

태웅의 시선이 자개장 쪽으로 향했다. 그 안에 곽 행수가 주고 간 혼례복이 있었다. 은홍의 것인데 그가 가지고 있어서인지 마치 그의 방에 건들면 안 되는 성역을 만들어버린 느낌이었다. 그래도 언젠가는 은홍에게 저 안의 혼례복을 전해줄 날이 오겠지.

은홍도 방금 자기 입으로 말하지 않았나. 혼례식 올린 뒤라고.

그게 그녀도 혼례식 올리고 싶은 마음은 있는 거라고 그는 믿고 싶었다. 가문을 위해, 나이가 차서 하는 혼례식이 아니라 쉬이 성사되지는 않았지만, 그랬기에 진짜 혼례식을 올리게 되었을 때 두 사람은 정말 행복한 부부가 될 수 있을 것 같았다.

그는 아직 치르지 못한 혼례식에 대해 짐짐 희망을 품게 되었다. 마치 그가 무관의 꿈을 꾸었을 때처럼. 꿈이란 말은 희망으로만 가득해서 현실성이 없는데 그 꿈이 좌절되었을 때의 고통은 너무 잘 알고 있어서 태웅의 표정이 가라앉았다.

태웅은 쓱 시선을 돌려 조용히 자리를 지키고 있는 야관문주를 내려다보았다.

그런데 도대체 무슨 질문이었을까?

이번에도 문길에게 물어보면 쉽게 알 수 있을 것 같았지만 뭔가 자존심이 상했다. 그는 왜 부인에 대해 궁금할 때마다 문길에게 물어봐야 하는가.

옳지 않았다. 하지만 계속 그럴 것 같다는 슬픈 예감이 꼭뒤를 찌르고 지나갔다. 태웅의 손이 저절로 야관문주로 향했다.

"다 드셨다고요?"

다음 날 사랑채 노속을 통해 야관문주가 든 술병이 다 비워졌다는 소리를 들은 은홍은 깜짝 놀랐다. 장에서 귀동냥으로 들었을 때 그 술은 한 잔만 마셔도 힘이 불끈 솟아난다고 했다.

그런데 그걸 다 마신 태웅이 잠은 제대로 잤을까 싶었다.

"대행수 어른은 괜찮으십니까?"

"아이고, 당연하죠. 우리 어르신이 어떤 분이신데 그깟 술에 어찌 되시겠습니까. 거뜬히 일어나셔서 아침 검술 훈련도 하시고, 밥도 잘 드셨습니다."

그녀는 술 몇 잔에 시윤 앞에서 고주망태가 되어 쓰러졌기에 힘 불끈 야관문주에도 끄덕하지 않는 태웅이 정말 대단하게 느껴졌다.

역시 사내 중의 사내.

쓸데없는 것에도 존경심을 뿜어내던 그녀는 금세 시무룩해졌다. 그에 비해 질문 하나도 제대로 못 한 자신이 너무 바보같이 느껴졌다. 이 나이 될 때까지 아이가 어떻게 생기는지도 알지 못하다니. 다른 이는 이미 혼례하고 아이를 한둘씩은 낳았을 나이였다.

"대행수 어른한테 못 물어보셨나 봅니다."

문길은 그녀의 표정만 보아도 다 안다는 듯이 말했다.

"혹시 스승님도 절 바보 취급하시느라 안 가르쳐주시는 겁니까?"

은홍은 자신에 대한 실망이 문길에 대한 의심으로 옮겨가서 얄쭉스름히 눈을 뜨고 그를 흘겨보았다.

어이없는 의심에 문길은 헛웃음을 지었다.

"어차피 혼례식 올리시면 자연스럽게 알게 될 일입니다."

"제가 아무것도 모른다고 첫날밤부터 대행수 어른께 구박받으면 어찌합니까?"

"그럴 일 없으니 수업 시작하죠."

아무래도 이 이야기는 여기서 끊어버려야 할 것 같았기에 문길은 냉정하게 책을 펼쳤다.

하지만 이미 야관문주로 마음이 어지럽혀진 은홍은 도통 수업에 집중하지 못했다.

"뭐?"

문길이 태웅을 알아온 이래 가장 다채로운 표정 변화였다. 하긴 이런 말을 하는 문길도 마음이 복잡다단했다. 은홍이 어릴 때는 이런 게 필요하다는 의식조차 없었으니까.

"아씨는 어미도 없이 혼자 컸고 어린 나이에 상단에 들어와서도 쭉 저만 옆에 있었습니다. 그러니 모르는 게 당연합니다."

오히려 다 알면 징그럽게 이상한 거였다.

"하지만 아직 혼례식도 올리지 않았는데 굳이 배워서까지 알 필요가 있느냐."

은홍이 화룡 상단에 왔을 때 그녀를 교육시키라고 지시를 내린 건 그였지만, 그가 생각한 교육에 그런 건 포함되어 있지 않았다. 그래서 이런 대화가 참으로 불편했다. 이미 알 거 다 아는 태웅까지 고개를 돌리며 외면하자, 문길은 이 부부가 갈 길이 참 멀다는 걸 느꼈다.

"허락하시면 취향관에서 교육해줄 사람을 데려오겠습니다."

"취향관?"

"상단 여인에게 아씨를 가르치게 할 수는 없으니까요."

취향관 여인들은 성교육에 특화되어 있으니 가르치는 것에는 문제가 없을 것이다.

"마음이 내키지 않는데."

취향관 기생에게 은홍을 맡겼다가 이상한 물이라도 들까 저어되었다. 은홍이 어서 빨리 성장하길 바랐으면서 지금 은홍의 순수함이 깨지지 않았으면 하는 이율배반적인 마음도 있었다. 이건 도대체 무슨 마음인지 그도 잘 모르겠다.

태웅이 석연찮은 표정만 지으며 결정을 못 내리자 문길이 딱 잘라 물었다.

"그럼 대행수 어른이 직접 하시겠습니까?"

심각한 표정을 짓고 있던 태웅은 문길의 말에 숨을 내쉬다 멈추었다. 돌처럼 굳어버린 태웅을 보고도 문길은 할 말을 했다.

"사실 대행수 어른이 가장 적당합니다. 아씨의 지아비시니까."

태웅의 생각은 정반대였다.

그가 그런 걸 은홍에게 어찌 가르친단 말인가!

"대행수 어른도 아씨에 대해 저한테 묻는 걸 그만할 때가 되지 않았습니까?"

태웅은 바로 칼눈이 되었다.

"싸우자는 거냐?"

"이 기회에 아씨와 친해지시는 겁니다."

어떤 부부가 성교육하며 친해진단 말인가!

아니, 가능한가? 아니, 더 불편해질 것 같았다.

태웅은 다시 혼자만의 싸움을 시작했다.

은홍은 산초 기름등잔에 불을 당기고 책을 펼쳤다. 문길이 구해다

준 병기도설이었다. 군대에서 쓰는 병기에 관련된 책이었다. 그녀가 이 어렵고 무시무시한 책을 읽는 이유는 단 하나였다.

어떻게 하면 각궁을 좀 편하게 쏠 수 있을까.

그녀는 손재주가 좋으니까 병기도설에서 어떻게든 지식을 얻으면 손으로 만들어낼 수 있었다. 다른 사람들은 훈련으로 익히는 각궁을 손재주 좋은 그녀는 기술로 극복하려고 했다.

잔머리가 아니었다. 기술이었다. 기술!

"아! 고현기."

활시위를 당기는 지렛대 부분 역할을 하는 것이었다. 고현기만 있으면 활 몇십 대를 한 번에 날릴 수 있었다. 그럼 하나 날리는 건 얼마나 쉬울까 싶었다. 드디어 화살을 과녁까지 날릴 수 있는 기술을 찾아낸 그녀의 눈에 생기가 돌았다.

"어떻게 만드는 거지?"

그녀는 눈이 빠져라 고현기 부분을 읽어 내려가는데 밖에서 태웅의 목소리가 들려왔다.

"안에 있느냐?"

은홍은 서둘러 일어나 문을 열었다. 밤하늘의 달이 휘영청 밝고 그 달빛 아래 태웅이 서 있으니 꼭 그가 금방 달에서 내려온 선비처럼 느껴졌다.

태웅은 신발을 벗고 대청 위로 올라섰다. 열린 문 사이로 서안 위에 펼쳐진 책을 본 그가 그녀에게 물었다.

"공부하고 있었느냐?"

"찾고 싶은 게 있어서……."

글을 모를 때는 그냥 돌아다니다 어깨너머로 본 것들로 익히고 만들었는데 글을 배운 뒤로는 책에서 터득하여 만드니 그녀의 손재주가 더 빛을 발했다.

그녀가 스스로 찾으려 하는 모습이 그는 기특했다. 이런 것들만 배워도 충분하면 얼마나 좋을까. 사람 사는 데 알아야 할 게 너무 많은 게 불편해지는 날이었다.

태웅은 혼자만의 번뇌를 접으며 자연스럽게 물었다.

"이번엔 뭘 만들려는 것이냐?"

"네, 각궁 쏠 때 쓸 고현기를……."

여인의 입에서 쉬이 나올 말이 아니었다. 태웅은 놀라기보다는 말없이 서안으로 걸어가 그 앞에 앉았다. 그리고 그녀가 읽고 있던 병기도설을 읽어 내려갔다.

은홍은 조용히 책 읽는 태웅을 바라보았다. 그의 침묵이 길어지자 그녀는 좀 불안해졌다.

왜 그러시지? 내가 잘못 찾은 건가? 저거면 될 거 같았는데.

"……이번 건 누굴 위해 만들려는 것이지? 그냥 널 위한 것이냐?"

태웅의 질문에 은홍은 서둘러 대답했다.

"제가 그걸 만들면 작은 마님도 더 편하게 각궁을 쏠 수 있지 않겠습니까?"

사실 자신이 편하고 싶어서 만들려고 한 마음이 먼저였지만 란 부인을 위한 거라고 말해야 태웅이 칭찬해줄 것 같아서 은홍은 그리 대답해 버렸다.

"병기도설이 무슨 책인지는 아는 것이냐?"

"무기에 대해 적혀 있는 책입니다."

"아니다."

"네?"

그녀가 읽었을 땐 분명 이 세상에 존재하는 모든 무기에 대해 쓰여 있었는데 태웅이 왜 아니라고 하는 건지 은홍은 이해가 되지 않았다.

"이 책은 적과 싸울 때 필요한 책이다. 란 부인은 각궁으로 누군가와 싸우려 한다더냐?"

그녀는 소심하게 고개를 저었다.

"그냥 운동하시는 거라고."

태웅의 긴 손가락이 병기도설을 덮었다.

탁―.

책이 닫히는 소리가 그녀에게는 천둥소리처럼 컸다.

"그럼 이 책이 아니다."

그녀의 얕은수를 들킨 것만 같아서 부끄러웠다. 야관문주 때문에 부끄러웠던 것보다 몇십 배는 더 낯 뜨거웠다. 차라리 처음부터 솔직하게 말할걸. 몇 번 그녀가 만든 것에 태웅이 칭찬을 해주니 겸손을 잊고 도를 넘어버렸다.

"사실은 제가 각궁 쏘는 게 힘들어 편하게 쏠 수 있는 법을 찾고 있었습니다."

뒤늦게 실토한 그녀는 잘못한 사람처럼 고개를 푹 숙였다. 아무래도 그녀는 여전히 그를 실망시키는 게 무섭나 보다. 다른 건 다 변한다고 해도 그것만은 평생 그럴 것 같았다.

태웅은 또 분위기가 이리 훈련소처럼 흘러가자 살짝 난감해졌다.

오늘은 그러면 곤란했다. 그래서 그는 조금 더 부드러워진 목소리로 말했다.

"그럼 내가 시간을 내서 각궁 쏘는 법을 가르쳐주마."

그의 말에 은홍은 놀라서 고개를 들었다.

"참말이십니까?"

"그래, 나도 활은 많이 쏴봤다."

"와! 대행수 어른은 정말 못 하는 게 없으십니다."

은홍이 두 손을 맞잡으며 감탄하자 그는 기분이 좋은 게 아니라 부담되었다. 지금 그가 안방에 온 목적 때문에.

활 쏘는 건 정말 기똥차게 가르쳐줄 수 있는데, 이건 정말 자신 없었다. 그래서 망설이게 되었다. 그렇다고 취향관 기생을 불러오는 건 더 마음이 안 놓이니 결국 그가 해결을 봐야 할 문제였다.

언젠가는 반드시 넘어야 할 산.

혼례식 올리고 한 방에 다 해결하는 것보다 차근차근 알려주는 게 더 나을 수도 있었다. 적어도 그녀의 심장에는 좋은 일이었다.

태웅이 그녀의 얼굴을 빤히 쳐다보며 아무 말을 안 하자 은홍은 점점 그 시선이 부담되었다.

왜 저리 빤히 보시지? 내가 또 뭘 잘못했나?

태웅이 손가락으로 서안을 두드리는 소리만이 방 안에 울려 퍼졌다.

톡. 톡. 톡.

그 소리는 점점 속도를 내며 빨라졌다. 그리고 그녀의 심장박동도 덩달아 빨라졌다. 아무 일도 일어나지 않는데 긴장감이 서서히 올라갔다. 은홍은 고개를 푹 숙인 채 확신했다.

큰일 났네. 뭔가 큰 잘못을 했구나.

뭔지 모르지만 분명한 것 같았다. 그렇지 않으면 태웅이 저리 무섭게 그녀를 노려보며 이리 긴 침묵을 유지할 리가 없었다.

뚝.

어느 순간 그의 손가락이 멈추었다. 그제야 그녀는 숨통이 트이는 거 같았는데, 태웅의 입도 같이 트였다.

"문길이 너에게 가르쳐줄 수 없는 게 있다더구나."

"네?"

은홍은 뜻밖의 말에 숙였던 고개를 들어 태웅을 보았지만, 오히려 태웅이 고개를 숙여 그녀가 아니라 딴 곳을 보고 있었다. 이 책이 아니라던 병기도설을.

"설마, 각궁?"

"각궁이 아니다."

문길이 그녀에게 가르쳐줄 수 없는 건 당연히 몸 쓰는 거라고 생각한 은홍은 태웅이 아니라고 하자 아리송해졌다.

그게 아니면 뭐란 말인가?

지금껏 문길은 그녀가 궁금해하는 거의 모든 것에 대한 답을 주었다. 문길이 그녀에게 알려줄 수 없다 한 것은 최근의 그것뿐이었다.

아기 생기는…….

은홍의 눈동자가 살짝 떨렸다.

에이, 설마 아니겠지.

만약 그 이야기를 문길이 그대로 태웅에게 일러바친 거라면 문길은 스승 자격 박탈이었다. 다신 그에게 솔직하게 다 말하지 않을 거다.

"……그게 아니면 도대체 무얼?"

은홍은 제발 아니길 바라는 마음으로 느릿하게 물었다.

비켜나 있던 태웅의 시선이 움직여 그녀의 얼굴을 보았다. 빛을 흡수한 검은 눈동자는 그 깊이를 도저히 짐작할 수 없을 만큼 깊었다. 마주 보고 있으면 정처 없이 끌려들어가는 것 같았다.

하지만 오늘은 안 된다며 버티게 된다.

태웅의 입에서 아기의 'ㅇ'만 나와도 그녀는 이 방에서 바로 뛰쳐나갈 것이었다.

"문길이 네 성교육을 나보고 맡으라더구나."

'성교육'이란 학습적인 단어에 그녀는 도망치지 않고 한 대 제대로 맞은 사람처럼 얼이 빠져버렸다. 문길은 역시 타고난 선생이었나 보다. 설마 이런 것까지 교육으로 연결할 줄은 상상도 못했다.

그 덕에 부부는 가장 어색한 선생과 학생 사이로 마주 앉게 되었다.

"궁금한 게 있으면 뭐든 물어보거라."

그리 말은 했지만 태웅도 무슨 질문이 날아올지 진심으로 불안했다. 차라리 병기도설을 펼쳐 들고 무기들에 관해 설명해주는 게 속은 더 편할 듯했다.

은홍의 목소리도 심하게 떨렸다.

"도대체 뭐, 뭘 물어보라는 것인지……."

선생은 질문 받는 게 불안하고, 학생은 질문하는 게 심장 떨리는 성교육 수업.

"아무거나."

과연 잘될 것인가?

시간은 속절없이 흘러가는데 누구도 먼저 입을 열지 않았다. 아니, 그가 그녀에게 질문하라고 했으니, 그녀가 말을 못 하는 것이었다. 그러나 지금은 도저히 입이 열리지 않았다.

여긴 어디? 나는 누구?

그녀는 점점 자기 안으로 숨어들어갔다. 이대로 먼지처럼 사라지고만 싶었다.

태웅도 이 상황이 참으로 불편했다. 넋이 빠진 그녀의 반응을 보니 성교육 선생을 괜히 맡았다는 생각이 들기도 했다. 하지만 아무나 그녀의 성교육 선생으로 들일 수는 없었다.

그냥 싫었다. 거슬렸다. 그게 그의 이기심이라도 어쩔 수 없었다.

그녀의 첫눈 같은 순수함은 지켜도 그가 지키고, 깨트려도 그가 깨트려야 했다. 그는 단지 신생 자격으로 여기 앉아 있는 거라는 것만 잊지 않고 명심해야 했다.

"내가."

"네?"

그가 말만 해도 그녀가 소스라치게 놀라니 딴마음이란 걸 품을 수가 없었다.

"해주었으면 하는 건 없느냐?"

"무엇을?"

"그러니까 그 무엇을 네가 말해달라는 거다."

철저하게 그녀에게 맞출 것이었다. 적어도 이 수업에서만큼은. 실전이 아니라 교육이니까.

"무엇이 무엇인지."

그런데 은홍은 너무 열등생이었다.

태웅은 잔소리하고 싶은 걸 참느라 서안 아래서 주먹을 꽉 쥐었다. 이 수업에서만큼은 무조건 친절하게 굴어야 했다. 야단쳐봤자 나중에 힘든 건 그였으니까. 무엇이든 처음만 힘들지 그다음엔 일사천리였다. 그러니 이 고비만 무사히 넘기면 되었다.

태웅은 끝까지 친절하게 말했다.

"그럼 다음 시간까지 생각해두어라. 내게 할 질문."

은홍은 바로 고개를 저었다. 다음 시간이 되어도 그녀에게 질문할 용기 같은 게 생길 리가 없었다.

태웅은 그녀의 거부를 못 본 척하며 일어나서 안방에서 나왔다.

그렇게 첫 번째 성교육 시간이 서로 간만 보다가 끝이 났다.

과연 다음 수업 시간에는 진도를 나갈 수 있을까?

다음 날 은홍은 문길을 보자마자 분통을 터트렸다. 이게 다 문길이 못 가르치겠다고 해서 벌어진 일이라고 생각했으니까.

"대행수 어른은 질문하라고 하셨는데 전 부끄러워서 아무것도 못 물어봤습니다!"

은홍한테 제일 힘든 게 부끄러움을 이겨내는 것이었다.

"그럼 물어볼 용기가 생기면 그때 물어보십시오."

그 말이 태웅과 계속 성교육 수업을 하라는 말처럼 들려서 은홍은 기겁하였다.

"그때까지 어찌 견디란 말입니까!"

아무 말도 없이 마주 앉아 있는 건 수업이 아니라 고문이나 마찬가지였다. 그건 태웅도 똑같을 거다.

학생도, 선생도 고역인 수업을 도대체 왜 해야 하느냔 말인가!

"견디기 힘들면 대행수 어른께 질문하라 하십시오."

문길의 조언도 지금은 전혀 도움이 안 되었다.

"대행수 어른이 물어도 전 아무것도 몰라 대답을 못 하는데 그게 무슨 소용입니까?"

"아씨가 대답할 수 있는 질문으로 하라 하십시오."

은홍은 그제야 흥분을 가라앉히고 코로 색색 숨을 내쉬었다.

은홍이 조금은 마음을 바꾼 것을 느낀 문길이 옅게 미소를 지었다.

하긴 부끄럽고 민망한 것만 빼면 같이 있는 게 너무도 좋은 사람인데 어찌 무조건 거부만 할 수 있겠는가. 설령 성교육 수업으로 은홍이 배우는 게 아무것도 없더라도 의미 없는 시간은 아니라고 생각했다.

은홍은 란 부인과 각궁을 쏘기 위해서 터벅터벅 활터로 향했다. 고현기 만드는 건 깔끔하게 포기했다. 아주 어렵고 힘들게 각궁을 쏠 거다. 편한 게 꼭 좋은 것만은 아니라는 걸 이번 기회에 한번 배워봐야지.

"야관문주는 잘 마셨나?"

하지만 그 질문에는 그녀도 좋은 표정을 지을 수가 없었다. 입가에 경련이 일어났다.

"제가 그 술 때문에 아주 곤란해졌습니다."

"그런가."

란 부인은 대수롭지 않게 받아치며 활을 시위에 걸었다.

그런 란 부인의 태도에 은홍은 더 억울해져서 각궁을 끌어안고 얼굴 근육을 실룩였다.

"진짜 엄청 곤란해졌습니다. 그런 수업이 얼마나 민망한지 마님은 상상도 못 하실 겁니다."

"수업?"

은홍은 자신이 지체 높은 양반 앞에서 너무 흥분한 것 같아서 목소리를 눌렀다.

"제가 화룡 상단 안주인이 되려면 모르는 게 없어야 하니까요. 그래서 매일 배우고 있습니다. 이렇게 마님께는 각궁도 배우고요."

"규방 가려고 내 환심을 사는 건 줄 알았는데."

"아 참! 그랬었죠."

은홍도 까먹고 있었다는 듯이 말하자, 란 부인은 짧게 웃었다. 그녀가 가식을 떠는 거라고는 느껴지지 않았으니까.

"그런데 마님 때문에 각궁을 쏘게 되니까 어떻게 하면 이걸 잘 쏠 수 있을까 생각해보고 방법을 찾게 되었습니다."

"좋은 태도네. 그럼 그 민망한 수업도 그런 태도로 임해보게."

각궁을 보던 은홍은 란 부인의 말에 얼굴을 찌푸리며 고개를 들었다.

"그건 절대 무리입니다."

"야관문주가 또 필요하면 얼마든지 주겠네."

야관문주 한 잔 마시고 취하면 민망함은 잊을 수 있을 것 같았다.

하지만 한 번 겁 없이 술 마셨다가 태웅에게 크게 혼이 난 경험이 있었기 때문에 그것도 쉽지 않았다.

"제가 술 마시면 대행수 어른께 혼납니다."

"그럼 대행수와 같이 마시면 될 거 아닌가."

은홍은 할 말을 잃은 눈으로 란 부인을 보았다. 그 사이 란 부인은 화살 하나를 날려 보냈다.

탁一.

화살은 과녁의 정중앙에 정확히 꽂혔다. 란 부인이 쏘는 화살은 거의 백발백중이라 이젠 놀랍지도 않았다.

"그럼 마님은 시윤 나리와 자주 술을 드십니까?"

우뚝—.

란 부인의 움직임이 멈추었다. 그녀가 활을 쏘지 않자 은홍은 그녀의 눈치를 보았다. 설마, 하면 안 되는 질문이었나?

란 부인은 다시 아무 일 없었다는 듯이 활시위를 당기며 무덤덤하게 말했다.

"난 술을 한 잔도 못 하네."

엥?

그녀는 사기당한 눈으로 활 쏘는 란 부인의 뒤태를 바라보았다.

그럼 야관문주는 왜 그리 많아 담가놓은 거란 말인가?

화룡 상단.

"찾으셨던 물목입니다. 확인해보십시오."

의임이 태웅의 앞에 내려놓은 건 청국산 무소뿔이었다. 각궁을 만들 때 쓰는 것이었다. 대행수가 병장기에 필요한 물건을 찾은 건 처음이었기에 의임이 궁금해하며 물었다.

"각궁은 만들어 어디에 쓰시려고?"

"선물할 것이다."

"아! 무관에게."

"아니, 여인이다."

"네?"

의임은 전혀 이해가 안 된다는 표정을 지었지만, 태웅도 군이 설명하

254

지 않았다. 직접 손에 들고 무소뿔의 품질을 확인한 태웅은 만족한 표정을 지었다. 이걸로 각궁을 만들면 활을 아주 멀리 쏠 수 있을 거다. 은홍이 그 정도로 잘 쏘게 될지는 모르겠지만 그래도 이왕 선물을 줄 거면 최고급으로 만들어주고 싶었다.

"그런데 이것도 정말 어렵게 구했습니다. 누군가 무소뿔을 매점하고 있는 듯했습니다."

의임의 말에 태웅의 눈매가 날카로워졌다. 우선 매점이란 말 자체가 장사꾼이 가장 경계해야 하는 말이었다. 그리고 무소뿔은 각궁이라는 무기를 만들 때 필요한 물목이었다. 무기를 만들 때 쓰는 물건을 싹쓸이하는 이가 그냥 평범한 상인일 리가 없었다.

태웅은 의임에게 지시했다.

"누가 매점하는 것인지 알아보거라."

란 부인이 쏜 화살은 은홍을 지나 태웅에게 와서 과연 어디까지 날아갈 것인가?

하지만 지금 태웅은 무소뿔을 매점하는 수상한 자보다 당장 오늘 밤 성교육이 더 걱정이었다. 또 첫 수업처럼 아무 말 없이 마주 앉아 있기만 한다면 참으로 고역일 거다.

그렇다고 그가 억지로 수업을 진행할 수는 없었다. 그건 그녀의 마음을 억지로 끌어당기는 것과 똑같았으니까. 아무래도 그가 수업을 힘들어하는 건 감정이 들어가서 그런 듯했다.

차라리 장사를 가르치는 거였다면 이리 힘들 리가 없었다. 아주 독하게 가르칠 자신이 있었다.

도대체 훌륭한 성교육 선생이란 어떤 것인가?

고민해 보았자 답이 안 나왔다. 그냥 그의 본능에 맡길 수밖에.

화룡관 안채.

드르륵―.

방 안으로 들어서던 태웅은 차려진 술상을 보고 잠시 멈추어 섰다.

아직도 가르친다는 말을 하는 게 참 불편하기는 했지만 그는 분명 수업을 하러 온 것이었기에.

그런데 수업에 술이라니. 부적합하면서 위험하기까지 했다.

태웅이 방문 앞에 멈추어 서서 움직이지 않자 은홍은 서둘러 설명했다.

"마님께서 또 야관문주를 주셨습니다."

또 야관문주라니. 밤에 몰래 찾아가서 야관문주 담근 술 항아리를 다 깨버리고 싶었다.

"그래도 주신 거니 마셔야 할 거 같아서."

"오늘은 아닌 거 같으니 치우거라."

그는 전혀 술 마실 기분도 아니었고, 마시면 큰일 날 것 같아서 치우라 했는데 은홍은 그의 눈치를 보며 물었다.

"제가 마시면 안 됩니까?"

은홍이 마시겠다고 하자 태웅은 눈을 좁혔다. 시윤과 술 마시고 뻗은 걸로 크게 혼낸 적이 있었으니까.

"한 잔 정도 마시면 편하게 수업할 수 있을 것 같습니다."

편해질 수 있다는 그녀의 말에 안 된다는 그의 말이 목 안으로 쏙 들어갔다. 그녀가 편해지면 그도 그럴 수 있을 거다.

그래, 딱 한 잔 정도는 괜찮을지도.

태웅은 술상 앞에 앉아서 술 주전자를 들어 올렸다.

"그럼 딱 한 잔만이다."

태웅이 허락하자 은홍은 서둘러 술잔을 그의 앞에 내밀었다.

또르르ー.

그가 채워주는 술잔을 보며 은홍은 꿀꺽 침을 삼켰다. 과연 이 한 잔의 야관문주가 어떤 효과를 줄지는 모르겠지만, 그래도 완전 맨정신인 것보다는 나을 것이었다.

태웅이 그녀의 술잔에 술을 따르고 난 뒤 자신의 앞에 놓인 술잔에도 술을 따르자 은홍이 놀라서 말했다.

"대행수 어른은 안 마신다고 하셨는데."

"술은 혼자 마시는 게 아니다."

태웅은 술을 따른 잔을 들어 올려 그녀를 보았다. 그리고 단단히 당부했다.

"이게 마지막이다. 작은 마님이 또 야관문주를 주시면 그냥 몰래 버리거라."

그의 진심이 느껴져서 은홍은 입술을 깨물었다.

태웅이 바로 술을 단번에 마셔버리자 그녀도 조심스럽게 술잔에 입을 댔다. 술맛이 쓰면서도 깊었다. 목구멍을 타고 넘어간 술은 순식간에 핏줄을 타고 온몸으로 퍼졌고, 체온이 올라갔다. 긴장했던 몸이 스르르 풀리는 기분이 나쁘지 않았다.

"그래서 오늘은 질문할 게 생겼느냐?"

첫날은 단 한마디도 못 했던 그녀였다. 그도 강요하는 건 아닌 거 같아서 입 꾹 다물고 앉아만 있다가 그냥 나갔었다.

오늘은 술까지 나누어 마셨으니 좀 다르려나?

하지만 그는 술 한 잔에 취하기에는 너무 술이 셌다. 아주 정신이 또 렷했다.

은홍도 한 잔으로 정신을 잃을 정도로 취하지는 않았다. 그래도 취 기가 돌긴 하는지 뺨에 곱게 도홍빛이 돌며 긴장했던 표정이 좀 풀어졌 다. 오늘 란 부인의 야관문주는 그나마 꽤 쓰임을 하고 있었다.

"오늘은 대행수 어른이 지에게 질문해주십시오."

"뭐?"

"제게 궁금한 걸 하문하시면 답하겠습니다."

태웅은 바로 질문을 던지지 않고 그녀의 얼굴만 바라보았다.

문길이 가르쳐준 대로 한 것뿐인데 은홍은 오늘도 침묵이 길어지자 속으로 문길을 욕했다.

뭐야, 똑같잖아.

야관문주 한 잔만 더 하자고 해야 하나 고민하고 있는데 태웅이 입 을 열었다.

"널 이곳에 데려온 날 원망한 적이 있느냐?"

태웅의 물음에 은홍의 눈이 동그랗게 커졌다. 대답은 생각보다 먼저 튀어나왔다.

"아뇨. 당연히 없습니다."

그는 그녀를 구해준 은인이었다. 그런데 어떻게 감히 원망을 하겠나. 그럼 그녀가 배은망덕한 것이었다.

그녀의 대답에 태웅의 마음은 오히려 좋지 않았다. 혼례식을 여태껏 못 치른 것에 대해 원망할 줄 알았는데. 그건 분명 그의 탓이 컸으니 까. 아직도 그가 어려워서 솔직하게 모든 걸 말하지 못하는 건가.

"그래서 네가 내게 아무런 질문도 못 하나 보구나."

"네?"

태웅은 한 잔만 먹겠다던 야관문주를 다시 빈 잔에 따랐다.

태웅이 한 잔 더 마시는 걸 은홍은 멍하니 쳐다보았다.

탁, 빈 술잔이 상 위에 놓이고 태웅의 입매가 천천히 휘어졌다.

"그래서 내가 문길을 부러워하는 것인지도."

그의 목소리에서 쓸쓸함이 배어 나왔다.

은홍은 당황스러웠다. 태웅이 무슨 이야기를 하는지 알아들을 수 없어서 더더욱.

"대행수 어른이 왜 스승님을……."

"네가 나한테 못 하는 말을 문길에게는 하니까."

그건 부정할 수 없었다. 만약 태웅이 누가 더 편하냐고 묻는다면 그녀는 문길을 선택할 수밖에 없었다.

"하지만 그건……."

화룡관에 와서 가장 많은 시간을 보낸 게 문길이었기 때문이다.

그는 대행수라 바빴기에 어쩔 수 없는 일이었다. 그녀도 아는 걸 그가 모를 리가 없었다.

또르르르―.

태웅이 다시 술잔에 야관문주를 채우자 그녀는 서둘러 그 잔을 빼앗아 마셔버렸다. 두 번째 잔은 첫 번째 잔보다 조금 더 뜨거웠다.

그녀가 술기운에 인상을 쓰며 술잔을 내려놓자 태웅이 서늘한 눈빛으로 그녀를 쳐다보고 있었다.

"술 함부로 마시는 건 아직도 안 고쳤구나."

"대행수 어른이 술은 혼자 마시는 게 아니라고……."

"지금 감히 내 말꼬리를 잡는 것이냐?"

"안 됩니까?"

감히 대행수에게 대든 순간 그녀는 자신이 취했다는 걸 느낄 수 있었다.

"두 잔 마시고 취한 걸 보니, 석 잔 마시면 또 쓰러지겠구나."

또르르르르—.

태웅이 이번엔 그녀의 잔에 술을 따라주었다. 마시면 기절한다는 바로 세 번째 잔이었다.

이걸 왜 따라주지?

그녀는 태웅의 행동이 혼란스러워서 술잔과 그의 얼굴을 어지럽게 번갈아 보았다.

"네가 이걸 마시면 날 원망하는 거라 생각하마."

헉. 도대체 무슨.

듣는 순간 당황했지만 그 술을 안 마시면 될 일이었다. 술은 절대 안 마시겠다고 그녀가 다짐하고 있는데 태웅이 이어서 말했다.

"이걸 안 마실 거면 질문하거라."

이번엔 '헉' 소리조차 안 나왔다. 설마 이런 식으로 그녀한테서 질문을 쥐어짤 줄이야. 진정으로 무시무시한 성교육 선생이었다. 문길도 이럴 줄은 예상 못 하고 그녀한테 그를 선생으로 붙였을 거다.

그녀의 눈빛은 그가 쥐고 흔드는 대로 사정없이 흔들렸지만 태웅의 눈빛은 장난 하나 없이 진지했다.

"그래서 넌 이 술을 마실 것이냐? 아니면 내게 질문할 것이냐?"

그녀의 입이 벌어진 채 닫히지 않자 태웅은 친절하게 그의 긴 손가락으로 그녀의 턱 끝에 대고 입을 다물려주었다. 문길이 부럽다고 해서 그가 문길이 될 수는 없었다. 그런 건 의미 없기도 했고.

"이게 내 교육 방식이다. 나는 문길과 달리 꽤 지독한 선생이지."

하지만 지독한 지아비가 될 생각은 절대 없었다.

그의 어린 신부를 아껴주고, 위해주고, 지켜주리라.

은홍은 울상을 지었다.

"날 원망하며 마시던가."

태웅이 그녀의 앞으로 술잔을 가까이 밀어주었다.

"거침없이 질문하던가."

그리 말하는 태웅이 더 거침없는 눈빛으로 그녀의 심장을 꽉 조여왔다.

"어느 쪽인가? 부인."

그가 처음으로 그녀를 '부인'이라 부른 순간, 은홍은 짜릿하고 뜨거운 불덩이가 되어버렸다. 활활 타올랐다. 다 타버릴 것처럼.

'부인, 부인, 부인, 부인……'

태웅이 '부인'이라고 말한 것만 계속 귀에 맴돌며 아무 생각도 안 드는데, 그 순간에도 그는 그녀의 선택을 기다리고 있었다. 당연히 그녀가 질문해주는 게 좋았다. 그럼 남녀의 관계를 가르쳐준다는 핑계로 그 순간만큼은 그녀에게 대행수 역할을 안 해도 되었으니까. 그녀의 지아비 노릇을 하고 싶어서 저절로 '부인'이라 부른 것이었다.

은홍의 시선이 술잔으로 향했다. 지금 세 번째 술잔을 마시고 기절하면 참 속 편할 거 같은데 저 술을 마시면 그녀가 그를 원망하는 게 되는 거였다. 그러니 마실 수 없었다.

결국 그녀에게는 선택이 아니라 용기가 필요한 일이었다. 그는 참 무서운 선생님이었다.

그녀는 천천히 술잔으로 손을 뻗었다.

그녀가 술잔을 두 손으로 감싸 쥐자 그의 눈빛이 가늘어졌다. 그녀의 선택이 술이라면, 그는 어쩔 수 없이 실망이다.

"제가……"

그녀의 입이 열렸다. 그녀의 선택은 술이 아니라 질문이었으니까.

"이 술을 마시고도 정신을 차릴 수 있을까요?"

그녀의 질문에 태웅은 천천히 팔짱을 꼈다.

그러고 보니 질문하라고만 했지, 어떤 질문을 하라고 정해준 건 아니었다. 그러니까 꼼수 쓴다고 그녀를 나무랄 수도 없는 일이었다. 무서운 선생님 뒤통수치는 미꾸라지 학생이었다.

"그건 마셔봐야 알 일이지."

"하지만 전 대행수 어른을 원망하지 않으니 이걸 마실 수 없습니다. 그럼 그걸 어찌 알 수 있습니까?"

객담치고는 참으로 진지했다.

태웅의 손이 뻗어와 술잔을 잡은 그녀의 손을 덮자 그녀는 움찔했다. 태웅은 그녀의 손 안에서 술잔을 빼앗아갔다.

"실행도 하기 전에 결과를 짐작하려 하는 건 위험한 행위다. 그러니 질문 자체가 잘못되었다. 네가 술을 마시지 않는다면 그 결과도 당연히 모르는 것이야."

"하지만 장사에서는 그래야 하는 경우가 있지 않습니까?"

갑자기 질문이 장사로 옮겨가자 태웅은 잠시 갈등했다. 여기서 이 질문을 받으면 그는 대행수답게 대답해야 하는 거고, 무시하면 성교육 강행이었다. 마음 같아서는 무시하고 싶었다.

왜 성교육 수업에서까지 장사를 해야 하느냐 말인가.

이러다 평생 혼례식을 못 치르는 거 아닌가 싶다. 슬쩍 그녀의 눈을 보니 아주 초롱초롱한 눈빛으로 그를 쳐다보고 있었다. 그녀가 그를 너무 믿는 게 이 순간에는 부담이었다. 그도 가끔은 일탈하고 싶은 사람이었으니까.

하지만 오늘은 날이 아닌가 보다.

"돈만 보고 장사를 한다면 그러겠지. 하지만 장사는 돈보다 사람이 먼저다."

"사람이요?"

"그래, 돈을 남기려는 장사꾼은 자기 배만 부르고 끝날 것이지만 사람을 남긴 장사꾼은 역사를 만들 수 있어."

억만이 그를 남겼기에 화룡 상단은 계속 번창할 수 있었다. 그래서 그도 사람을 남겨 화룡 상단이 역사 속에서 사라지지 않게 할 것이었다. 결국 성교육하러 와서 장사 이야기로 마무리 지은 태웅은 쓴웃음을 지었다.

"그래서 질문은 그것뿐이냐?"

은홍은 배시시 웃더니 입을 꾹 다물었다.

그녀가 더 이상 말하지 않자 태웅은 은홍에게 주었던 세 번째 술잔을 그냥 그가 마셔버렸다. 다음 수업에는 좀 나아지겠지.

결과를 예측하는 게 아니라 희망해본다.

제 10 장

안주인의 가출 선언

사실 지금 성교육보다 더 시급한 문제는 규방이었다. 그리고 은홍이 규방에 가기 위해서는 란 부인의 도움을 꼭 받아야 했다.

"서 씨 부인을 어찌 그 집에서 나오게 할 건지 방법을 찾아야 합니다. 같이 활만 쏘다가는 해를 넘기고 말 겁니다."

그럼 네 혼례식도 해를 넘기는 거라고 문길의 눈빛이 말하고 있어서 은홍은 무서워졌다.

"하지만 싫다는 사람을 억지로 집 밖으로 끌고 나올 수는 없는 일입니다."

"그건 당연하죠. 양반한테 그러면 아씨께서 잡혀가십니다."

무시무시한 이야기를 참 무덤덤하게 하는 문길이었다.

"장에 가서 마님이 좋아하실 만한 선물을 골라봐야겠습니다."

란 부인이 좋아할 만한 물건을 고르다 보면 그녀의 마음이 보일 것도 같았다.

"스승님이 시윤 나리를 불러주시겠습니까?"

은홍이 란 부인의 남편인 시윤의 도움을 받으려는 걸 눈치채고 문길은 딱 잘라 말했다.

"나리는 자기 부인에 대해 모를 겁니다."

"어찌 그리 확신하십니까?"

"저는 서 씨 부인은 몰라도 시윤 나리는 아니까요. 절대 모릅니다."

모두 시윤에 대해 너무 확신하고 있었다.

그런데 그녀도 확실히 부정할 수가 없었다. 평소 시윤의 행실을 보았기 때문에.

시윤은 그녀의 부탁을 받고 장까지 나와주었다. 그래도 합의금 오백 냥을 요구한 것이 좀 미안하긴 했었나 보다. 군말 없이 나와준 것을 보니.

"오늘 장에서 마님이 좋아할 물건을 사려고 합니다. 그래서 나리의 조언이 필요합니다."

은홍의 말에 시윤의 부채질이 딱 멈추었다.

은홍과 문길이 시윤의 얼굴만 쳐다보자 그는 슬며시 몸을 반대편으로 돌려 피하는 듯한 모습을 보였다.

"설마 모르십니까?"

"흠, 여인들 선물하면 비녀 아닌가."

그건 란 부인에 대한 말이 아니었다. 여인이라면 누구라도 좋아할 거라는 속 편한 대답이었다.

"마님은 비녀 선물을 안 좋아하실 겁니다."

그녀의 말에 시윤은 흠칫 놀라며 고개를 돌렸다.

"그게 무슨 말인가? 난 항상 그것을 선물하였는데."

문길은 그런 시윤을 한심하게 쳐다보았고, 은홍은 그 이유를 설명해주었다.

"마님이 하고 계시는 비녀는 항상 같은 것이었는데, 오래된 물건처럼 보였습니다. 아마도 시집오시기 전에 어머니한테 받은 물건일 것입니다. 그런 비녀보다 좋은 비녀를 어찌 찾겠습니까?"

시윤은 낭패스러운 표정을 지었다. 혼인한 지 벌써 8년이 넘어가는데 이세야 깨딜은 것이다. 란 부인이 그가 준 비녀를 한 번도 하지 않았다는걸.

"그럼 내 부인이 좋아하는 게 뭐란 말인가?"

그걸 묻고 싶어서 불렀는데 도리어 시윤이 그들에게 묻고 있으니 답답할 따름이었다. 하지만 은홍은 미소를 잃지 않고 친절하게 말했다.

"모르시면 댁에 돌아가셔서 마님께 물어보십시오. 나리께서 물으시면 마님도 대답해주실 겁니다."

"그러는 안주인은 지아비가 뭘 좋아하는지 알고 있나?"

시윤이 도리어 그녀에게 물어오자 은홍은 잠시 당황했지만 여기서 모른다고 하면 안 될 것 같아 애써 당당하게 말했다.

"네, 당연히 압니다. 대행수 어른은 검을 좋아하십니다. 그래서 매일 빠지지 않고 검술 훈련을 하십니다."

좋아하는 거니까 매일 하는 거다.

그런데 그녀의 대답에 시윤은 도리어 혀를 '쯧쯧' 찼다.

"그걸 알면 안주인이 말려야지. 그리 자랑스럽게 말하면 어쩌나."

"네?"

"대행수가 무관도 아닌데 검술 훈련을 그리 열심히 한다는 건 아직도 무관의 꿈을 버리지 못했다는 거고, 그렇다는 건 조선제일검 박무진과 언젠가는 붙어보겠다는 거 아닌가."

'박무진'이라는 이름을 처음 듣는 은홍은 그 이름이 수수께끼처럼 느껴졌다.

"조선제일검이요?"

"그래, 조선에서 검으로 제일 잘 싸우는 이. 그게 왕의 운검인 박무진이야."

"나리, 그만하십시오."

란 부인 때문에 나온 길이었는데 대화가 너무 엉뚱한 방향으로 새자 문길이 시윤의 입을 틀어막으려고 했지만 역부족이었다.

시윤은 남의 말을 듣지 않고 자기 하고 싶은 말만 했다.

"일인자가 되려면 일인자를 꺾어야 하는 법. 그러니까 대행수는 조선 제일검 박무진과 겨룰 기회가 생긴다면 바로 뛰어들 것이야. 설령 죽게 된다고 해도 말이야."

죽는다는 말에 은홍의 눈이 커진 채 얼어붙었다.

"죽⋯⋯는다고요?"

충격받은 은홍의 앞을 문길이 막아섰다.

"아씨, 새겨들을 필요 없는 말입니다."

"새겨들을 필요 없다니! 대행수가 박무진과 붙으면 대행수가 죽는다에 내 한 표 던지겠네."

"나리! 그만하십시오!"

문길이 시윤에게 화를 내는 동안 은홍은 화룡관으로 서둘러 뛰어갔다.

"아씨!"

문길도 빠르게 그녀의 뒤를 쫓아 달려갔다.

순식간에 혼자 남은 시윤은 거칠게 부채질을 했다.

"내 말이 틀릴지 맞을지 한번 두고 보자고."

부인 이야기에 기분이 상해 격한 말까지 하게 되었지만 거짓말은 절대 아니었다고 시윤은 자기 자신에게 변명했다.

드르륵—.

우뚝—.

방문을 열었을 때 태웅의 걸음이 바로 멈추었다. 그의 방에서 무엇이 없어졌는지 태웅은 단번에 알아챌 수 있었다. 그가 가장 아끼는 물건이면서 매일 쓰는 것이니 모를 리가 없었다.

"게 아무도 없느냐!"

그가 큰 목소리로 부르자 행랑아범이 허둥지둥 달려와 시립했다.

"무슨 일이십니까? 대행수 어른."

태웅은 방문 앞에 우뚝 선 채 차갑게 물었다.

"내 방에 있던 검이 어디 간 것이냐?"

화룡관에서 감히 그의 검을 건들 생각을 하는 사람은 지금까지 단 한 명도 없었다. 그가 용서하지 않을 걸 알기 때문이었다.

"그것이……."

행랑아범이 대답을 망설이자 태웅은 사납게 호통쳤다.

"당장 고해라!"

"아, 아씨 마님이 가지고 가셨습니다. 아, 안 된다고 말렸는데도 듣지 않으셨습니다."

은홍이 그의 검을 가져갔다는 말을 듣자마자 태웅은 바로 안채로 향했다. 바람을 일으키며 성큼성큼 걸어가는 태웅의 뒷모습만 보아도 뭔가 일이 크게 터질 것 같았기에 행랑아범은 칠석을 불러 문길을 불러오라고 다급하게 말했다. 지금 이 상황을 중재할 수 있는 사람은 문길뿐이었다.

태웅이 안채의 중문을 넘었을 때 은홍은 그가 올 줄 알았다는 듯이 안마당에 서 있었다. 평소였다면 왜 그랬느냐고 이유부터 물었을 그였다.

그러나 그 검은 그가 상단에 오기 전부터 가지고 있던 그의 분신이나 마찬가지였다. 그런 검을 은홍이 그의 허락도 없이 가져간 건 그를 무시한 거나 마찬가지였다.

그래서 태웅은 은홍에게도 매섭게 말했다.

"내 검을 내놓거라."

그가 조금만 차갑게 말해도 겁을 먹는 그녀였지만 지금 이 순간만큼은 그의 분노를 피하지 않고 똑바로 마주 보았다. 그가 이렇게 화를 내는 게 그녀를 더 불안하게 했으니까.

"그럼 저와 약조해주십시오."

멋대로 검을 가져간 것도 기가 찬 일인데 약조까지 하라는 말에 태웅의 눈썹이 위로 솟았다.

"난 내 검을 멋대로 만진 자를 용서하지 않는다. 그게 너라고 내가 그냥 넘길 거라 생각한 것이냐!"

약조가 아니라 벌을 주겠다는 그의 호통에 그녀의 작은 어깨가 파르르 떨렸다. 그가 그녀에게 이렇게 화를 내는 건 처음이라 그녀도 겁이 났다.

그래도 그가 죽을 수도 있다는 말을 들었는데 어찌 검을 쉽게 내놓겠는가.

"당장 내 검을 가져와라."

"약조부터 해주십시오."

"내 말을 감히 거역하는 것이냐!"

그의 목소리가 화룡관 안에 쩌렁쩌렁 울려 퍼지자 사람들이 몰려왔다. 하지만 아무도 섣불리 대행수를 말리지는 못했다. 그저 담 밖에서 어쩌면 좋으냐고 발만 동동 굴렀다.

"난 내 말을 거역하는 사람을 이 화룡관에 둘 수 없다."

태웅이 최후통첩처럼 하는 말은 무시무시했다. 그녀가 끝까지 검을 안 내놓으면 쫓아낼 수도 있다는 말처럼 들렸으니까.

아니, 그는 정말 그럴 것 같았다.

"그러니까 검을 가져와라. 은홍아."

이 살벌한 상황에 그가 그녀의 이름을 부른 건 그도 그러기 싫다는 뜻이었다. 이쯤에서 그녀가 검을 내놓으면 그는 그녀를 용서할 것이었다. 태웅은 그녀에게 화내고 싶지 않았다. 무서운 선생이 되는 것과 화를 내는 건 전혀 다른 일이었다.

그런데 은홍이 뚜벅뚜벅 그를 향해 걸어왔다. 그녀가 검을 숨겼다면 안채 깊숙한 곳일 것이기에 그에게 다가오는 그녀를 보는 태웅의 눈빛이 냉랭했다.

우뚝ㅡ.

한 걸음 남겨두고 멈추어 선 은홍은 그의 얼굴을 올려다보며 무겁게 입을 열었다.

"그 검을 들고 박무진과 겨룰 일은 없을 거라 약조하시면 드리겠습니다."

은홍의 입에서 절대 나올 수 없는 이름이 나오자 그의 눈이 가파르게 가늘어졌다.

"그 이름을 누가 가르쳐준 것이냐?"

"약조부터 해주십시오."

태웅은 입을 꾹 다물고 그녀의 작은 얼굴을 노려보기만 했다.

그가 더 이상 화를 내지도 않고, 아무 말도 안 하자 그녀의 눈동자가 크게 흔들렸다.

"약조…… 못 하십니까?"

그의 눈빛이 일그러졌다.

"그래, 못 한다."

그럴 기회가 있다면 그는 피하지 않을 것이었다. 어쩌면 그게 그가 검을 끝까지 놓지 못하는 이유일 수도 있었다.

태웅의 대답에 은홍은 충격으로 와르르 무너지는 것만 같았다. 하지만 그녀는 그 자리에 주저앉는 대신 발을 내디뎌 중문으로 걸어갔다.

태웅이 그를 지나쳐 가려 하는 은홍을 붙잡듯이 물었다.

"어딜 가는 것이냐?"

은홍은 앞만 보며 열없는 목소리로 대답했다.

"제가 검을 안 내놓으면 화룡관에서 쫓아낸다 하셨잖습니까. 그러니까 제 발로 나가겠습니다."

안주인의 가출 선언에 태웅은 말문이 턱 막혔다.

소식을 들은 문길이 안채로 달려왔을 때도 태웅은 여전히 안마당에 뿌리내린 나무처럼 그 자리에 서 있었다.

"대행수 어른, 아씨는……?"

문길이 물었지만 태웅은 아무 대답도 하지 않았다.

숨소리 하나 없이 조용했지만 그가 몸 안에 끓어오르는 분노를 꾹 눌러 참고 있다는 걸 허공을 잘라내는 그의 눈빛만 봐도 알 수 있었다.

은홍이 그의 허락도 없이 화룡관을 나갔다. 그 사실이 평생을 지니고 있던 검을 잃어버린 것보다 그를 더 큰 충격에 빠뜨렸다.

그녀가 그럴 수 있을 줄은 상상도 못 했다. 그녀에게 주었던 마음이 모조리 배신감으로 바뀐 듯이 마음이 엉망진창이었다.

"지금 바로 아씨를 찾겠습니다."

문길의 말에 태웅은 차게 일갈했다.

"그럴 필요 없다."

태웅이 집 나간 은홍을 찾지 않겠다고 하자 문길은 당황했다.

"제 발로 나간 사람, 찾을 필요 없어."

태웅은 그 말만 남기고 몸을 돌려 안채를 떠났다.

문길은 돌덩이 같은 태웅의 뒷모습에서 눈을 떼지 못했다. 그가 화가 나서 한 말이라는 걸 알고 있었다. 은홍이 잘못되면 가장 후회할 사람이 그였다. 그래서 문길은 은홍을 찾을 수밖에 없었다.

저벅저벅―.

화룡관을 나온 뒤 하염없이 걷기만 했던 은홍은 멀리 보이는 허름한 초가를 보고 걸음을 멈추었다. 그녀가 태어나고 자란 집이었다.

저 집이 저리 초라했었나.

그곳에서 살 때는 그걸 몰랐었다. 화룡관의 화려함에 벌써 익숙해져 버렸나 보다. 화룡관에서 산 시간보다 저 집에서 살았던 시간이 몇 배로 많은데도.

사립문 앞에 선 은홍은 선뜻 문을 열고 들어가지 못하고 인기척이 없는 집을 멍하니 바라만 보았다. 이곳에 오고 싶어서 온 게 아니었다. 화룡관을 나선 순간 그녀가 갈 수 있는 곳은 이곳밖에 없었기에 여기로 온 것이었다. 이 집으로 오면 어쩌면 아버지와 마주칠 수도 있겠다고 생각했다.

그러나 집은 몇 년 동안 버려진 듯이 먼지만 잔뜩 쌓여 있었다.

은홍은 이곳에 아버지가 없다는 걸 확신한 뒤에야 삽짝을 열고 안으로 들어섰다. 싸늘한 기운과 수북한 먼지만이 다시 집에 온 그녀를 맞아주었다. 이곳에서 잠을 자려면 우선 소제부터 해야 할 것 같아 그녀는 소매를 걷어 올렸다.

"밤새 해야겠네."

어차피 가출해서 잠도 안 올 게 뻔했기에 차라리 잘되었다. 청승 떨고 있는 것보다는 소제라도 하는 게 좀 더 보람찰 것 같았다. 밤이 깊도록 비질하고 걸레질하던 그녀는 지쳐서 정주간(鼎廚間)에 뻗었다.

꼬르륵—.

생각해보니 오늘 아침만 먹고 제대로 먹은 게 없었다. 그런 몸으로 한 시진이나 소제를 했으니 기운이 빠질 만도 했다.

"먹을 게 없을 텐데."

소제는 그녀의 몸을 써서 할 수 있지만 아무것도 없는 집에서 먹을 것까지 만들어낼 수는 없었다. 이 배고픔을 어찌 해결해야 하나 생각하고 있는데 밖에서 사립문 열리는 소리와 사람 발소리가 들렸다.

그녀는 놀라서 벌떡 일어났다. 아버지일 수도 있다는 생각에 몸이 돌처럼 굳는데, 그녀를 부르는 목소리가 들려왔다.

"아씨, 문길입니다."

아버지가 아니라는 걸 알고 나서야 굳었던 몸이 풀렸다. 그녀는 비척거리며 일어나 시세문을 열었다.

정말 문길이 봉당에 서 있었다.

"스승님이 제가 여기 있는 건 어찌 아셨습니까?"

문길은 그녀가 가출했을 때 화룡관에도 없었다.

"칠석이 가르쳐주었습니다."

정신이 없어서 누군가 쫓아오는 것도 몰랐다.

"전 지금 돌아갈 수 없습니다."

그럼 태웅이 또 검을 내놓으라고 할 게 뻔했으니까.

그녀는 그에게 검을 돌려줄 생각이 없었다. 그가 박무진과 겨루지 않겠다고 약조할 때까지는.

"소인도 억지로 데리고 갈 생각은 없습니다."

다행이라고 생각하면서도 마음이 안 좋았다.

"대행수 어른이 그리 시키신 것입니까?"

그녀가 한 행동을 생각하면 태웅이 충분히 그리했을 것도 같았다.

아니, 그녀가 먼저 화룡관에서 나오지 않았다면 태웅이 본인 손으로 직접 쫓아냈을 수도 있었다.

문길은 태웅이 한 말을 그대로 그녀에게 전할 수 없었다. 상처받을 테니까. 그래서 일부러 말을 돌렸다.

"그런데 정말 이 집에서 주무실 겁니까?"

"제가 살았던 집입니다."

오히려 주막보다 살았던 집이 그녀에게는 더 편할 수도 있을 거 같아서 문길은 집에 대해 더 말하지 않았다. 은홍의 아비인 박가는 대행수에게 오백 냥을 받은 뒤 한양에서 자취를 감추었다. 그러니 그걸 걱정할 필요는 없을 듯했지만 그렇다고 이 허름한 집에 그녀만 두고 갈 수는 없었다.

"그럼 저도 여기서 자겠습니다."

"전 혼자도 괜찮습니다."

"제가 안 괜찮습니다. 그리고 대행수 어른도 그리 생각하실 겁니다."

정말 그럴까?

지금 태웅은 그냥 그녀에게 화가 나 있을 거 같았다.

가출 첫날 밤이 깊어가고 있었다. 많이 배고프고 많이 쓸쓸했다.

아침이 되어 문길이 화룡 상단으로 돌아왔을 때, 상단 앞에 서성이고 있는 양반 한 명을 볼 수 있었다. 시윤이었다. 상단 안으로 들어가려다 다시 돌아서 나오는 걸 몇 번이나 반복하는 걸 보니 자신이 무슨 짓을 저질렀는지 알긴 아나 보다.

문길은 조용히 시윤의 뒤로 다가가 말을 걸었다.

"지금 들어가시면 죽습니다."

"헉!"

시윤은 저승사자라도 만난 사람처럼 사색이 되었다. 갑자기 그에게 말을 건 사람이 문길인 걸 알고 시윤은 버럭 성을 내었다.

"놀랐잖나!"

시윤이 화를 내도 문길은 무덤덤한 얼굴로 그를 쳐다보았다.

"그런데 내가 죽는다니? 설마 자네가 농이라도 한 건가?"

"아뇨. 아씨가 가출하셨습니다."

시윤은 잠시 멍한 표정을 지었다. 자신이 방금 무슨 말을 들은 건가 싶었다. 시윤은 손으로 귀를 후벼 파며 문길에게 밀했다.

"내가 귀가 좀 안 좋나 보네. 안주인이 가출했다는 헛소리가 들리는 걸 보니."

"맞습니다. 나리께서 박무진에 대해 아씨께 말하는 바람에 지난밤 화룡관에 큰일이 있었습니다."

얼굴이 하얗게 질린 시윤은 천천히 뒷걸음질 치며 상단에서 멀어졌다. 지금 태웅과 마주치면 그가 죽을 수도 있다는 문길의 말이 농도 아니고, 허언도 아니라는 걸 알 수 있었으니까.

"난 오늘 여기 안 온 거네. 난 안주인 가출했다는 말도 못 들은 것이야."

시윤은 그대로 줄행랑을 치려고 했지만 문길이 그의 앞을 막아섰다.

"아직 대행수 어른께서는 모르십니다. 아씨가 박무진에 대해 누구에게 들었는지."

그 말을 듣자마자 시윤은 덥석 문길의 손을 붙잡았다.

"윤 서기, 제발 비밀로 해주게. 난 이리 일찍 죽기 싫으이."

은홍이 가출까지 해버리면서 일이 너무 커져버렸다. 시윤은 뒷감당을 할 자신이 없었다. 설마 박무진이란 이름의 여파가 이리 무시무시할 줄은 그도 짐작하지 못했었다.

태웅이 죽을 거라 예언했다가 그가 죽게 생겼다.

"비밀로 해드릴 수 있습니다. 대신 나리도 제 부탁을 하나 들어주십시오."

문길 역시 상단 사람답게 절대 공짜가 없었다. 가는 게 있으면 오는 게 있어야 했다.

"뭔가? 돈이라면 내 얼마든지 줄 수 있네."

시윤은 당장 주겠다는 듯이 전낭을 넣어둔 큰 소매에 손을 깊이 찔러 넣었다. 하지만 문길이 원하는 건 돈이 아니었다.

"대행수 어른께 사실대로 말하지 않는 대신 나리 부인께 사실대로 말하십시오."

시윤은 소매에서 전낭을 꺼내던 그 동작 그대로 얼어붙고 말았다. 그리고 악마를 보듯 문길을 쳐다보았다.

"이제 보니 자네 정말 지독한 사람이군."

"아씨께서 지금 예전에 살던 집에 계십니다. 거기까지 같이 가보시겠습니까?"

시윤은 싫다는 듯 고개를 세차게 저었다.

문길이 내실 안으로 들어갔을 때 태웅은 평소와 똑같은 모습으로 일하고 있었다. 만약 어젯밤 화룡관 안채에 우뚝 서 있던 그의 모습을 못 보았다면 그가 아무렇지 않은 줄 알았을 거다. 문길은 일을 보고할 때처럼 태웅에게 고했다.

"아씨는 원래 살았던 집에 계십니다."

태웅의 눈썹이 살짝 찌푸려졌지만 그는 바로 냉정하게 잘라 말했다.

"내게 보고할 필요 없다."

정말 이대로 은홍이 검을 내놓을 때까지 태웅이 그녀의 가출을 모른 척할까 염려되어 문길은 장부를 살피고 있는 그한테서 눈을 떼지 못했다. 검은 새로 만들어도 되는 것이라고 말을 하려다가 문길은 그냥 입을 다물었다. 그게 태웅의 화를 더 부를 수도 있을 것 같았기에.

그를 처음 보았을 때부터 가지고 있던 검이니 가족보다 너그의 곁에 오래 머물렀던 물건이었다. 그러니 사람보다 안 귀하다고 말하는 것도 오만일지도 몰랐다.

"박무진에 대해 은홍에게 말한 이가 누구냐?"

그런데 태웅은 폭풍을 불러오려는 듯이 원흉을 발고하라고 압박해 왔다.

이미 시윤과 이야기가 끝난 문길은 사실대로 말할 수 없었다.

"죄송합니다. 저도 모르겠습니다."

문길이 모른다고 하자 태웅은 그제야 고개를 들어 그를 똑바로 응시하였다.

"네가 모른다고?"

"네, 저라고 아씨에 대해 다 아는 건 아닙니다."

"그게 변명이 된다고 생각하느냐?"

태웅이 뿜어내는 시퍼런 서슬에 문길은 여름이 다가오는 계절임에도 냉기를 느꼈지만 아무렇지 않은 척 버티고 서 있었다.

그러나 그것도 오래할 수는 없었다.

"그만 나가봐도 되겠습니까?"

문길이 나가고 혼자가 된 태웅은 열없는 시선으로 장부에 적힌 글자들을 응시하였다. 아까부터 보고는 있었으나 읽을 수는 없었다.

─약조해주십시오.

은홍의 목소리가 반복해서 그의 깊은 곳을 때려댔다. 억만이 유일하다고 생각했었다. 그를 억압할 수 있는 말을 남길 사람은.

하지만 그건 그의 오만한 착각이었다. 그녀의 말은 거스를 수 없는 힘이 되어 그의 심장을 무자비하게 짓눌렀다. 그의 준미한 눈매가 찌푸려졌다. 그가 부부에 대해 너무 단순하게 생각했나 보다.

아름답고 예쁜 것만 생각했었다. 하지만 아니었다. 때론 적보다 더 매섭게 그를 공격할 수 있는 사람이 아내였다. 믿었던 존재였기에 내상도 더 심했다.

태웅은 자리에서 일어나 화룡관으로 향했다. 분명 검은 아직도 화룡관 안에 있었다. 은홍은 자기 발로 나갈 때까지 검을 들고 화룡관을 나간 적이 없다고 했으니까.

"샅샅이 다 뒤져라."

사람들을 시켜 화룡관 안에 숨겨진 검을 찾으라 명한 뒤, 그는 은홍이 썼던 안방을 직접 살펴보기 위해 안채로 갔다.

드르륵─.

주인 없는 방이 텅 빈 것을 본 태웅은 바로 방 안으로 들어갈 수가 없었다. 사람 한 명이 없을 뿐인데 방 안의 모든 것이 색을 잃은 듯이 느껴졌다.

"어떻게 그리 쉬울 수 있느냐?"

그녀가 자신의 발로 이곳을 떠난 것이 그녀가 검을 숨긴 것보다 더 용서가 안 되었다. 그의 목울대가 한 번 크게 출렁했다. 분노와 슬픔은 분명 다른 감정인데 지금은 무엇이 분노이고, 무엇이 슬픔인지 알 수 없을 정도로 그의 마음속에서 뒤섞였다.

방 안으로 걸어 들어간 태웅은 그녀의 물건을 하나하나 확인했다. 그의 손이 멈춘 건 그녀의 글씨로 빼곡한 책 한 권을 발견했을 때였다.

날짜와 날씨, 그리고 그날 한 일에 대해 적은 그녀의 일기였다. 꼼꼼하게 하루도 빼놓지 않고 정갈한 글씨로 일기를 적어놓았다. 그녀다웠다.

> 내가 잘할 수 있을까? 사실 불안하다.
> 내가 별 볼 일 없는 사람일까 봐.
> 그래서 대행수 어른이 나한테 실망하는 게.

그의 앞에서는 함부로 말하지 못해도 일기에는 솔직하게 적혀 있는 그녀의 속마음이 그에게 그대로 전해져서 마음이 아팠다. 그녀가 힘들어한다는 걸 그도 짐작하고는 있었다. 하지만 그녀가 이겨내야 할 일이라고 여기며 일부러 모른 척한 것도 있었다.

차라리 다정하게 안아주었다면 그녀에게 더 힘이 되었을까.

누구도 그에게 다정함을 가르쳐준 적이 없었다. 그게 핑계가 되면 안 되는데 그리된 거 같아서 입이 썼다.

마지막으로 적힌 일기에서 그의 손이 멈추었다.

> '아기는 어떻게 생기는 건가요?'라고 속으로 백번 말하면
> 입으로 말할 수 있으려나. 아니, 무리다. 절대 무리.

그의 입꼬리가 올라갔다. 분명 가출한 그녀에게 화가 난 마음은 여전한데도 얼굴은 웃게 되었다.

이 순간에도 그녀는 참 짜증나게 사랑스러웠다.

태웅은 그녀의 일기를 덮었다. 검은 여전히 찾지 못했지만, 마음은 정했다. 그는 그녀처럼 이 답답한 마음을 남몰래 일기에 적는 걸로 끝낼 수 없었다.

그녀에게 직접 말해야 했다.

다시 화를 내게 되든, 아니면 돌아와달라고 매달리게 되든.

그녀를 만나러 가야 했다.

터벅터벅─.

좁은 집에만 있기 답답해서 밖으로 나왔지만, 결국 다시 돌아갈 곳은 그 허름한 집밖에 없었다.

이대로 화룡관에 갈 수는 없었다.

그녀의 발걸음이 무거웠다. 마음도 편치 않았다.

이 가출이 언제까지 이어질지 알 수가 없으니 막막했다.

아무리 생각해도 태웅이 먼저 고개 숙일 일은 없을 것 같았다. 지금껏 그런 적이 한 번도 없기도 했고, 그녀에게 그의 의지를 꺾을 힘 따위도 없었다.

그럼 설마 이러다 가출이 영원한 이별이 되는 건가?

그런 생각만 하면 딱 죽을 맛이었다. 하지만 그렇다고 그녀가 먼저 잘못했다고 고개 숙이고 돌아갈 수는 없었다. 그건 태웅이 박무진이랑 겨루다 죽어도 상관없다는 걸 인정하는 꼴이니까.

일색이 다한 하늘은 그녀의 마음처럼 온통 붉은빛이었다. 깊은 시름에 잠겨 울바자(대, 갈대, 수수깡, 싸리 따위로 발처럼 엮어서 만든 울타리)를 따라 걸어가던 은홍은 사립문 앞에서 우뚝 멈추어 섰다.

봉당에 키 큰 사내가 우뚝 서 있었다. 갓 아래 유려하게 뻗은 얼굴선이 그녀의 눈보디 심장에 먼저 와서 닿았다.

"대행수 어른."

그녀의 작은 목소리를 듣기라도 한 듯이 태웅이 천천히 그녀가 있는 쪽으로 고개를 돌렸다. 새까만 그의 눈빛만 보고는 그가 지금 어떤 마음인지 전혀 알 수 없었다. 여전히 그녀에게 화가 난 건지, 아니면 그녀를 데리러 이곳에 온 것인지. 그녀가 혼란 속에 아무 말도 못 하고 있는데 그가 입을 열었다.

"나는 너의 무엇이냐?"

그의 목소리는 바람 한 점 없이 고요했으나 그의 질문은 그녀의 마음속에서 휘돌아 커다란 파동을 일으키며 그녀를 집어삼켰다.

"네?"

너무 당황해서 되묻고 말았다. 바보처럼.

"내가 너에게 무엇이냐 물었다."

태웅은 똑같은 목소리로 똑같이 물어왔다.

두 번 들어도 뼈를 때리긴 마찬가지였다. 그녀가 그에게 들었던 질문 중 가장 어려운 질문이었다. 하지만 대답을 안 할 수는 없었기에 그녀는 힘겹게 대답했다.

"그야 대행수 어른."

"내가 설마 여기 화룡 상단 대행수로서 왔겠느냐?"

그녀의 대답이 틀렸다고 그가 지적까지 하자 그녀는 돌처럼 굳어버렸다.

아무 대답도 못 하는 그녀를 태웅은 말없이 쳐다보았다. 한 번도 그를 지아비라고 부르지 않았는데 가출한 상황에서 부를 수 있을 리 없었다. 그럼에도 묻는 건 그가 억울해서였다.

아무리 생각해도 그는 잘못한 게 없었다. 그가 검을 놓지 못하는 건 박무진이 먼저 그를 죽이려고 했기 때문이다.

살기 위해 검을 익힌 건데, 이제 와서 그의 잘못이라며 검을 숨기면 그보고 어찌하란 말인가.

저벅저벅―.

태웅이 그녀에게 다가오자 은홍은 움찔했다. 하지만 뒤로 물러날 수는 없었다. 그럼 그녀가 잘못한 게 되니까. 그래서 심장에 부담이 와도 땅에 발을 붙이고 버티고 있는데 가까이 다가온 태웅이 큰 소매에서 무언가를 꺼내 그녀에게 내밀었다.

그가 빼앗아갔던 노리개였다. 그녀의 눈동자가 흔들렸다.

"이것도 안 받을 것이냐?"

은홍은 입술을 꾹 깨물었다가 떼었다.

"치사하십니다."

하필 왜 지금 이걸 돌려주는 거란 말인가?

"멋대로 집 나간 너만 할까."

그의 질책에 은홍은 지지 않고 고개를 들어 그를 노려보았다.

태웅도 가출한 부인까지 너그럽게 포용해줄 수 있는 어른은 아니었다. 그러나 이 낡고 작은 집을 보니 차마 그녀만 두고 발걸음이 떨어질 것 같지 않았다.

그가 허리를 숙여 그녀의 옷고름에 직접 노리개를 달아주자 그녀의 몸이 굳었다. 아픈 말을 했다가, 다정하게 굴었다가, 그의 진심이 무엇인지 도통 알 수가 없었다.

"나와 같이 집에 가자. 은홍아."

그의 말에 그녀의 눈동자가 떨렸다.

"화를 내도 내 옆에서 하거라."

그녀가 없는 화룡관은 이제 그가 감당하기 힘들었다.

은홍은 그가 달아준 노리개를 내려다보며 무겁게 입을 떼었다.

"저는 대행수 어른이 약조해주시기 전까지 돌아갈 수 없습니다."

그녀의 변함없는 대답에 태웅의 눈빛이 일그러졌다. 그가 자존심을 꺾고 이렇게까지 말했는데도 가지 않겠다는 그녀가 원망스러웠다.

"네가 후회하게 될 거다."

이미 그가 후회하고 있었다. 그녀가 집을 나간다고 했을 때 어떻게든 붙잡았어야 했다. 한 번 놓쳤으니 두 번이라고 없을까. 불안은 틈 사이를 비집고 나오며 점점 마음의 구멍을 넓혔다.

"그건 제가 감당하겠습니다."

그녀가 이리 강한 사람이었나. 태웅은 은홍이 낯선 사람처럼 느껴져서 할 말을 잃었다. 그녀가 마음을 꺾지 않으니 그에게는 그녀를 집에 데려갈 명분이 없었다. 검을 내놓지 않으면 쫓아내겠다고 먼저 말한 사람이 그였으니까.

검도 못 찾고 그녀까지 놓쳤는데, 그 말까지 번복할 수는 없었다. 그게 그의 마지막 자존심이었다. 그래서 오늘 그는 그녀에게 졌다. 그 미련한 자존심 때문에.

결국 그날 태웅은 혼자 화룡관으로 돌아와야만 했다.

태웅을 보내고 그녀 혼자 멍하니 앉아 있는데 뜻밖의 방문객이 찾아왔다. 란 부인이 보낸 하인이었다.

란 부인은 하인을 따라 자신을 찾아온 은홍을 보자마자 무거운 표정으로 진지하게 말했다.

"내 서방님 때문에 벌인 일이니 내가 책임을 지겠네. 내가 무얼 해주면 되겠나?"

은홍은 이번 일에 대해 시윤 탓을 하지도 않았고, 란 부인에겐 가출한 것에 대해 말할 생각도 없었는데 란 부인은 자신이 전부 책임지겠다고 했다. 그녀는 뼛속 깊이 양반이었다. 수치를 절대 용납하지 않는. 그러니 아마도 지금 은홍이 규방에 데려가달라고 부탁하면 그녀는 거절하지 못할 것이었다. 기회는 이리도 얍삽하게 찾아왔다.

은홍이 말없이 그녀를 쳐다보자, 란 부인은 눈을 좁혔다.

"왜 말이 없는가? 분명 나한테 원하는 게 있었잖나."

"제가 가출한 건 시윤 나리 때문이 아니라 대행수 어른 때문입니다. 그런데 그 책임을 마님께서 지시면 제가 너무 민망합니다."

그녀의 말에 란 부인의 굳었던 표정이 조금은 펴졌다. 만약 은홍이 규방에 데려다달라고 말한다면 그녀는 싫어도 들어줄 수밖에 없는 입장이었기에.

"하지만 서방님이 쓸데없는 소리를 한 것도 맞네. 사내는 입이 무거워야 하는 법인데. 내가 자네 앞에서 참으로 낯부끄럽군."

"제가 먼저 나리를 면구하게 만들 말을 했습니다. 나리가 마님께 그 말씀은 안 하셨죠?"

란 부인은 처음 듣는 말이라는 눈빛으로 그녀를 쳐다보았다.

"마님께 드릴 선물 때문에 나리께 조언을 구했는데 선물 고르는 안목이 없다며 제가 먼저 말했습니다. 정말 송구합니다."

란 부인이 말없이 그녀를 쳐다만 보자 은홍은 빙그레 웃었다.

"가출한 제가 가여우시면 술이나 한잔 주십시오. 나리 주시려고 담가놓으신 술 많으시잖습니까."

"난 술을 못하네."

"저도 못합니다. 그래도 그거 한 잔 마시면 잊고 싶은 걸 잠시라도 잊을 수 있을 거 같아서요."

"뭘 잊고 싶은 건가?"

은홍은 옷고름에 걸린 노리개를 손으로 조심스럽게 움켜잡았다. 혼자 돌아가던 태웅의 뒷모습을 잊고 싶었다. 그녀가 그를 쫓아낸 게 아니었는데 꼭 그런 것만 같아서 내내 마음에 걸렸다.

허둥지둥, 영의정 댁 노복 한 명이 상단 안으로 서둘러 들어와 대행수를 찾았다.

"정말 급한 일입니다요."

태웅은 시윤이 보내서 왔다는 말에 딱히 시간을 내주고 싶지 않았지만 급하다는 얘기에 노복을 만나주었다.

"무슨 일이냐?"

그가 냉정하게 묻는 말에 노복은 굽신거리며 말했다.

"빨리 대행수 어른을 댁으로 모셔 오라고 나리께서 명하셨습니다."

"제대로 이유를 말하지 못하면 나는 가지 않는다."

태웅은 가고 싶은 마음이 없었기에 차게 내쳤지만 노복이 다급하게 설명했다.

"지금 작은 마님과 화룡 상단 안주인께서 술판을 벌이고 계십니다."

"뭐?"

태웅은 믿을 수가 없었다. 은홍이라면 그럴 수도 있을 것 같았지만 음전하고 품위 넘치기로 소문 난 서 씨 부인까지 그런다는 건 도저히 말이 안 되었다. 태웅은 그 말이 헛소리인지 아닌지 그의 눈으로 직접 확인하기 위해 바로 영의정 대감 댁으로 향했다.

그가 도착했을 때 시윤은 안채 밖 담에 매달려 안채 안을 훔쳐보고 있었다. 딱 단오절에 그네 타는 여인들 훔쳐보는 한량의 자태였다.

"뭐 하시는 겁니까?"

그가 구박하며 인기척을 하자 시윤은 오매불망 기다리던 지원군을 만난 사람처럼 태웅의 팔을 붙잡았다.

"왜 이제야 왔나! 큰일 났네! 지금 저 안에서 우리 부인이랑 자네 부인이 술판을 벌이고 있단 말일세!"

"그럼 나리께서 말리셔야지, 왜 절 부른 겁니까?"

"내가 그런 걸 어찌하나!"

시윤은 소문난 조선의 한량이었다. 그런 주제에 부인에게 술 마시지 말라고 야단을 치면 그거야말로 똥 묻은 개가 겨 묻은 개 나무라는 꼴이었다. 그가 뻔뻔한 성격이기는 했지만 부끄러운 짓까지 뻔뻔하게는 못 했다.

"어서 들어가서 말려주시게. 자네를 보면 안주인이 펄쩍 놀라서 마시던 술잔도 깰 걸세."

그를 낮도깨비 취급하는 시윤을 짧게 노려보던 태웅은 별 반항 없이 안채의 중문으로 걸어갔다. 이곳에 올 때부터 은홍을 데려갈 작정으로 온 것이었으니까.

"에구머니나!"

사내는 함부로 들어오면 안 되는 안채에 성큼 들어온 태웅을 보고 여비들은 화들싹 놀라서 동분서주하였다.

"마, 마님! 화룡 상단 대행수께서 오셨습니다!"

서둘러 안에 고하자 안방의 문이 벌컥 열렸다. 문을 연 건 란 부인이 아니라 은홍이었다. 안마당을 걸어오는 그를 발견한 그녀의 얼굴 가득 미소가 걸렸다.

"대행수님!"

대행수님?

두 팔을 쫙 벌려 그를 반기는 은홍의 태도에 오히려 태웅이 놀라서 걸음을 멈추었다. 그가 예상한 반응이 전혀 아니었다. 시윤의 말처럼 낮도깨비 만난 듯이 놀랄 줄 알았더니, 은홍은 춤을 추듯이 그를 향해 두 손을 흔들었다. 은홍의 옷고름에 걸린 노리개가 그녀와 같이 덩실댔다. 생각도 못한 환대에 그는 넋이 빠졌다. 이게 노림수였다면 그녀는 천재일지도 몰랐다. 하지만 그녀는 단지 술에 얼큰하게 취한 것뿐이었다.

"대행수님!"

그녀는 술을 마시고 그를 잊은 게 아니라 가출한 것을 잊어버리고 그를 반긴 것이었다. 은홍이 태웅을 격하게 반기는 모습은 란 부인의 눈에도 좀 황당했다. 가출한 사람의 도리가 아니었다.

"안주인이 많이 취한 것 같군."

그만하라는 뜻이었다. 하지만 은홍은 태웅한테서 눈을 떼지 못하며 몸을 흔들었다.

도대체 왜 몸은 그리 흔드는 거냐고 물으려다 그만두었다. 의미 없는 질문인 거 같았으니까.

그때 가까이 다가온 태웅이 란 부인에게 고개 숙여 인사했다.

"처음 뵙겠습니다. 화룡 상단 대행수 최태웅이옵니다."

양반댁 규수로서 대낮부터 술판을 벌인 건 남들 눈에 보기에는 굉장히 문란한 일이었지만 란 부인은 품위를 잃지 않고 태웅의 초인사를 받았다. 처음 보는 대행수는 소문보다 더 범상치 않은 기운을 뿜어내는 헌헌장부였다. 단지 중인일 뿐인 자가 어찌 이런 기운을 가지고 있는 것인지 신기할 따름이었다.

"그래, 안주인을 데리러 온 것인가?"

"네, 많이 취한 거 같으니 소인이 데려가도 되겠습니까?"

란 부인은 은홍을 힐긋 보았다.

은홍이 싫다고 하면 그녀가 막아줄 수 있는데 은홍은 이미 태웅을 쫓아가려고 신발을 신고 있었다.

그 팔불출다운 모습을 보고 란 부인은 속으로 혀를 찼다. 술 마시고 잊고 싶다더니, 가출한 걸 잊다니. 허, 참.

란 부인은 할 수 없이 허락했다.

"그러게."

란 부인이 은홍을 데려가도 된다고 하자마자 태웅은 바로 하직 인사하고 돌아서려 했다. 그때 란 부인이 그에게 말했다.

"그리고 안주인이 술이 깨면 전해주게. 날 다시 찾아오라고."

태웅은 무슨 일이냐고 굳이 묻지 않고 알았다고 대답했다. 그리고 은홍을 돌아보니 벌써 그의 옆에 와서 바투 붙어서 있었다. 굳이 억지로 끌고 갈 필요는 없을 듯했다.

"그만 가자."

그의 말에 은홍은 고개를 크게 끄덕이고는 란 부인에게 인사했다.

"가보겠습니다, 마님."

란 부인이 뭐라고 하기도 전에 은홍은 대행수의 뒤를 강아지처럼 쫓아갔다. 술 취한 부인이 비틀거리니 대행수가 멈추어 섰다. 보통의 지아비라면 이 상황에 술 취해서 제대로 걷지도 못하는 부인을 혼을 낸다. 여자가 술 잘 마셨다고 칭찬하는 사내는 본 적이 없다.

란 부인은 태웅이 어찌 나오는지 주시하였다.

과연 대행수는 어떤 지아비인가?

그녀가 몸을 가누지 못하고 비틀거리자 태웅이 멈추어 서서 돌아보았다.

은홍은 괜찮다고 당당하게 말하고 싶었지만 불행히도 몸이 그녀의 의지를 따라주지 않고 흐느적거렸다.

"혼자 걸을 수 있느냐?"

"넵! 걸을 수 있습니다."

그 대답을 굳이 손까지 번쩍 들어 올리며 할 필요는 없었다. 쓸데없이 귀여우니까.

"그럼 앞서가거라."

그녀가 혼자 못 걸을 거라 확신한 태웅은 그녀를 앞장세웠다.

은홍은 잘 걸어야 한다는 일념으로 발을 내디뎠지만 이상하게 몸이 옆으로 기울어지며 태웅의 가슴을 머리로 박아버렸다.

"악!"

그녀는 놀라 비명을 질렀다. 몸이 갑자기 하늘로 붕 떠올랐기 때문이었다.

태웅이 그녀의 몸을 번쩍 들어 올린 것이었다.

"대행수님, 제 몸이 공중에 떴습니다."

태웅은 여전히 정신을 못 차리고 있는 그녀를 내려다보았다. 이제 보니 술 취하면 아이로 돌아가나 보다. 행동이 화룡관에 처음 왔을 때보다 더 어렸다. 귀여운 술주정이기는 하지만 남에게 보여주기는 싫었다. 그런데 이미 한 명이 보았다. 바로 김시윤.

안채 담 뒤에 숨어 있다가 갑자기 태웅의 칼눈을 맞은 시윤이 흠칫 놀라며 뒤로 물러났다.

"왜 날 그런 눈으로 보나? 이번엔 내가 술 먹인 게 아닐세."

"아니까 그냥 돌아가는 겁니다."

"그런데 자네 눈빛은 전혀 그냥 돌아갈 사람 같지 않은데."

이미 눈빛으로 사람을 한 번 베었다.

태웅은 그대로 시윤을 지나쳐 대문으로 걸어갔다. 우선 그녀가 술을 깨기 전에 화룡관에 돌아가는 게 먼저였다. 가출한 걸 기억해내기 전에.

그의 검은 속내를 눈치챈 듯이 그의 품에 얌전히 안겨 있던 은홍이 눈살을 찌푸리며 물었다.

"그런데 제가 술 마시고 뭔가 중요한 걸 까먹은 거 같습니다. 혹시 대행수님은 그게 뭔지 아십니까?"

태웅은 걸음을 더 빨리했다. 가능한 한 빨리 화룡관으로 돌아가야 한다는 생각뿐이었다. 그런데 은홍의 손이 뻗어와 그의 입술에 닿자 태웅은 놀라서 멈추어 섰다.

우뚝—.

그가 놀란 눈으로 내려다보자 은홍이 배시시 웃으며 말했다.

"저는 대행수님 얼굴 중 입술이 제일 좋습니다."

뭐? 도대체 그게 무슨 뜻이야?

태웅은 혼란과 본능이 뒤섞인 눈으로 그녀를 내려다보았다. 그녀의 말 한마디에 몸이 반응하니 그는 정녕 어디로 가고 있는 건가 싶었다. 그런데 은홍은 폭탄만 던져놓고 술기운이 온몸으로 퍼지자 그의 품에서 그대로 잠이 들었다.

사람 마음에 불만 지펴놓고 태평하게 잠이나 자다니!

이래서 술이 나쁘다는 거다. 책임감이 전혀 없다.

깨워서 끝까지 묻느냐, 아니면 빨리 화룡관으로 돌아가느냐.

잠시 그의 안에서 치열한 싸움이 일어났다. 그는 다시 걸음을 뗴었다. 먼저 집으로 돌아가야 했다. 그녀가 깨면 기회가 없을 수도 있었으니까.

그가 나쁜 게 아니었다. 그녀가 허술한 것이었다. 그는 분명 전에 술 마시지 말라고 경고했었다.

그 말을 새겨듣지 않으니 이렇게 되는 것이었다.

제 11 장

부부 금슬의 모든 것

짹짹.

새소리가 들리고 따가운 빛줄기가 그녀의 얼굴을 찔렀다. 두 눈을 감고 있던 그녀는 부스스 눈꺼풀을 들어 올렸다. 볕뉘가 눈이 부셔서 그녀는 눈살을 찌푸렸다. 어섯눈을 뜨고 보는 주위 풍경은 전혀 이질감이 없었다. 이젠 그녀에게 너무도 익숙한 화룡관 안채였으니까.

"으음."

숙취 때문에 느릿하게 움직이던 은홍은 한순간 눈이 터질 듯이 커졌다. 그녀가 가출 중이라는 것을 기억해냈으니까.

은홍은 소스라치게 놀라 몸을 벌떡 일으켰다.

"헉! 내가 왜 여기 있어."

란 부인과 술을 마신 건 기억했다. 그다음이 문제였다. 자신을 찾아온 태웅을 좋다고 반긴 것도 모자라 가자는 말에 졸래졸래 쫓아온 걸 기억해낸 은홍은 두 손으로 머리를 움켜잡았다.

이런 고주망태 바보 멍청이 같으니라고!

그녀는 누가 보기 전에 여기서 빨리 나가야 한다는 조급함에 서둘러 이불을 들치고 일어나서 문으로 달려갔다.

벌컥―.

문을 열어젖혔던 은홍은 대청에 앉아 있는 태웅을 발견하자마자 바로 문을 '쾅' 닫아버렸다. 그리고 그대로 바닥에 주저앉았다.

망했다.

그런 기분이 아주 강하게 드는 순간이었다. 폼 나게 가출했다가 고주망태로 복귀하다니.

이런 망신, 망신, 개망신이 어디 있단 말인가!

그런데 술은 그녀가 먼저 마시자고 한 것이니 누굴 원망할 수도 없었다.

"깼으면 나오너라."

태웅의 목소리가 밖에서 들려오자 은홍은 흠칫 어깨를 떨었다.

하지만 피할 수 없었다. 어디로 도망갈 곳도 없었다. 은홍은 할 수 없이 문을 다시 조심스럽게 열어 얼굴만 내밀었다. 팔짱을 끼고 이쪽을 보고 있는 태웅과 눈이 마주치자 그녀는 어찌할 바를 몰라 그냥 웃었다. 또 문을 닫고 숨을 수는 없었으니까.

"제, 제가 왜 여기 있습니까?"

"네가 여기 있는 게 잘못됐느냐?"

"아뇨, 그게 아니라 전 지금…… 가출 중이라……."

마지막 말은 목소리가 기어들어가서 거의 들리지도 않았다.

"또 나가고 싶으면 나가거라. 붙잡지 않을 테니까."

그 말은 또 다른 상처로 가슴을 하비었다. 그녀는 원망이 섞인 눈으로 그를 쳐다보았다.

그런 그녀의 눈빛을 말없이 바라보던 태웅은 입꼬리 끝을 올려 부드럽게 호를 그렸다.

"왜 웃으시는 겁니까?"

전혀 웃을 상황이 아닌데. 그녀가 이 집을 나가는 게 그는 좋단 말인가. 그의 미소에 그녀의 표정이 굳었다.

"네가 이 집에서 나가기 싫어하는 거 같아서."

"아닙니다!"

그녀는 머뭇거림 없는 걸음으로 방에서 나와 섬돌 위의 신발을 신었다. 그리고 이번엔 태웅을 똑바로 보았다.

"아무런 약조가 없으면 저는 또 나갈 겁니다."

그녀의 고집이 못마땅해 그의 눈빛이 찌푸려졌다.

"일어나지 않을 수도 있는 일 때문에 집까지 나가는 건 너만 손해다."

그의 말에 그녀는 서운함만 더 깊어졌다.

"그러니까 대행수 어른이 아니 그러겠다고 약조만 해주시면 되는 일입니다. 그게 그리 힘든 일입니까?"

"대행수님이라고 했다."

"네?"

은홍은 그게 무슨 소리냐는 눈으로 그를 쳐다보았다.

"어제 네가 나를 그리 불렀다."

그랬던가? 그랬던 거 같기도 하고.

"같은 거 아닙니까?"

'이 자식아!'라고 욕한 것도 아닌데, 왜 굳이 그걸 지적하나 싶었다.

"그럼 그냥 대행수님이라고 불러라."

그의 말에 그녀는 그의 얼굴만 빤히 쳐다보았다. 왜 그런 걸 따로 부탁까지 하는 건가 싶었으니까.

"왜?"

"너뿐일 테니까. 날 그리 부르는 사람은."

그 소소한 부름의 차이가 특별함인 것 같아서 은홍은 몸이 배배 꼬이다가 자신이 가출 중이라는 걸 퍼뜩 깨닫고 바로 눈에 힘을 주어 그를 흘겨보았다.

"그런 말로 홀리지 마십시오."

그녀의 가출에 방해만 되었다. 그녀가 원하는 건 그의 약조뿐이었다. 그녀가 결의를 다시 굳히는데 태웅의 눈빛이 미묘하게 변했다.

좀 더 위험해진 느낌이었다.

"네가 홀린다는 말을 잘못 배웠구나."

"네?"

그녀가 무슨 말인지 못 알아듣는 사이 태웅은 그녀의 팔을 빠르게 잡아당겨 그의 다리 사이에 그녀의 몸을 가두었다.

순식간에 일어난 일에 그녀는 깜짝 놀라 눈이 커졌다.

태웅이 나머지 손으로 그녀의 옷고름에 걸려 있는 노리개를 만지작거리다가 좀 더 위로 움직였다.

"홀린다는 건 이 옷고름을 풀 수도 있고, 안 풀 수도 있다는 거다."

그의 손에 잡힌 옷고름을 보고 그녀의 눈동자가 크게 떨렸다. 그가 손에 힘을 슬쩍 주자 옷고름이 느슨해졌다. 그걸 내려다보는 그녀는 숨을 쉬기가 버거워졌다. 불덩이라도 삼킨 듯이 체온이 가파르게 오르는 아찔한 느낌이었다.

그의 길고 단단한 손가락의 움직임만이 세상의 전부가 되었다.

"대, 대행수님."

그녀가 어렵게 그를 부르자 태웅이 눈동자만 움직여 그녀를 쳐다보았다. 찌르는 듯한 눈빛이 진짜 그녀의 피부를 찌른 듯이 아팠다.

"숨이…… 안 쉬어……."

그녀는 진짜 숨이 안 쉬어졌다. 꼭 천 길 낭떠러지 위에 서 있는 기분이었다.

그녀가 버거워하는 걸 보고 태웅은 옷고름에서 손을 떼고 달아오른 그녀의 뺨을 감싸 쥐었다.

"괜찮으니 숨 쉬어라."

설마 그가 그녀를 다치게 하겠는가.

그가 다독이자 그녀는 천천히 평정심을 찾아갔다. 손 안의 따뜻한 온기가 애틋하고 사랑스럽고 잠들어 있던 욕망을 깨웠다. 하지만 어지러운 마음과 달리 그는 겉으로는 어른스러운 척했다.

"그자의 검에 난 죽을 뻔했었다."

태웅이 덤덤하게 하는 말에 그녀의 심장이 철렁 내려앉았다.

"그런 자를 또 마주쳤을 때 도망치는 건 나의 수치다. 넌 내가 수치를 약조하길 정말 바라는 것이냐?"

태웅의 성정을 생각했을 때 그게 얼마나 힘든 일인지 그녀도 짐작할 수 있었다.

그러나 그녀에게는 그의 수치보다 그의 목숨이 더 중했다.

"하지만 그 사람이 조선제일검이라고."

"그를 처음 마주쳤을 때 난 고작 열셋이었다."

그리고 많은 시간이 흘렀고, 태웅은 그 이후 하루도 쉬지 않고 검술 훈련을 했다. 다시 박무진을 마주쳤을 때 똑같은 굴욕을 당하기 싫었으니까.

"지금도 그를 이긴다고 장담하지는 못해도 그의 검에 죽지도 않는다."

태웅이 장담하는 말에 그녀의 눈이 붉게 물들었다.

"참말이십니까?"

"그래. 내 절대 죽지 않을 거라는 건 약조할 수 있다."

그녀가 원했던 약조의 내용은 아니었지만 그도 진심으로 약조하는 게 느껴졌기에 은홍은 슬프면서 고마웠다.

"이제 내 검을 돌려줄 것이냐?"

그녀는 작게 고개를 끄덕였다.

그제야 그는 답답했던 속내를 토해내었다.

"도대체 검을 어디 둔 것이냐?"

화룡관을 다 뒤져도 나오지 않았다.

"흑돌이가 가지고 있습니다."

"뭐?"

설마 그의 검이 마구간에 있을 거라고는 상상도 못 했었다.

"흑돌이도 저랑 같은 마음일 거 같아서."

아니라고, 흑돌이에게 중요한 건 먹고 싸는 것뿐이라고 말하려다가 그만두었다.

말 못하는 말이라고 무시한 그의 안일함이 잘못이었다.

술 마시고 다 잊어버릴 때만 좋았었다. 술을 깨고 보니 현실이었다.

혹, 란 부인에게도 술 먹고 실수한 게 있나 싶어서 그녀를 만나자마 자 사과부터 했다.

"제가 술 마시고 실수했다면 정말 송괴합니다."

"괜찮네. 앞으로 안 마시면 되지."

앞으로 절대 술 마시지 말라는 경고처럼 들려서 그녀는 란 부인의 눈치를 보았다.

"대행수 어른께 들었습니다. 저에게 다시 찾아오라 하셨다고."

어차피 란 부인과 같이 각궁을 하고 있었기에 굳이 그런 말을 안 했어도 그녀는 먼저 찾아왔을 것이었다. 그런데 란 부인이 그런 말을 따로 했다면 다른 의도가 있어서일 터였다.

"기다려보게."

"네?"

뭘 기다리라는 건가 싶었다. 그래도 마님이 기다리라고 하시니 그녀는 말없이 얌전히 앉아 있었다. 아무 일 없이 시간만 흐르니 좀 지루해지려고 했지만 란 부인이 아무 말이 없으니 그녀도 말을 하면 안 될 것 같았다.

그때 밖에서 하인이 통자 넣는 목소리가 들려왔다.

"마님, 숙부인이 오셨습니다."

뜻밖의 손님에 놀란 그녀의 눈이 커졌다.

란 부인은 이미 방문을 알고 있는 손님이었는지 놀라지 않고 의연하게 대답했다.

"뫼시거라."

이 집에 영의정 대감에게 뇌물 주러 오는 선비들은 많이 봤지만 란 부인을 사사로이 찾아오는 손님은 처음 보기에 은홍은 놀라서 란 부인에게 물었다.

"친우 분이십니까?"

"규방 사람이네."

'규방'이라는 말에 그녀는 할 말을 잃고 란 부인의 얼굴을 쳐다만 보았다. 오히려 란 부인이 무덤덤하게 말했다.

"내가 대신 청을 해줄 것이니 그이를 따라 규방에 가게."

너무도 고마운 말이었으나 은홍은 당황스러움이 더 컸다.

"어째서?"

그녀는 란 부인에게 아무것도 해준 게 없었다.

"고마워할 필요 없네. 난 자네에게 더 큰 시련을 준 것인지도 모르니."

그때 문이 열리며 대제학 영감의 며느리인 숙부인이 들어섰다.

"오랜만에 뵙습니다."

양반의 서열은 가문의 힘과 관리의 품계로 결정되었다. 그래서 영의정 대감 댁 란 부인에게 숙부인은 먼저 공손하게 인사했다.

"어서 오시게."

란 부인의 표정과 눈빛이 그녀와 둘만 있을 때와는 달라졌다. 그 견고한 권위에 은홍은 긴장해서 잠시 숨을 참았다.

숙부인의 시선이 그녀에게 닿았다.

"이쪽은 처음 보는 얼굴인데."

"화룡 상단 대행수의 부인이네."

란 부인이 그녀를 소개해주는 말을 듣는 순간 그녀는 비장해졌다.

그래, 난 대행수의 부인이다. 쫄지 말자.

상단에 있던 태웅에게 화룡관 칠석이 서신을 들고 찾아왔다.

"아씨께서 대행수 어른께 드리라고 하셨습니다."

일 끝나고 집에 들어가면 어차피 볼 수 있는데 왜 굳이 서신까지 보
낸 건가 싶었다. 태웅은 받은 서신을 바로 펼쳐보았다.

오늘 수업을 했으면 합니다.

이 수업이라는 게 아무래도 성교육 수업을 말하는 것 같아서 태웅의
표정이 미묘하게 변했다. 어차피 질문도 못 하면서 오늘은 왜 일부러 하
고 싶다고 서신까지 보낸 것인가 싶었다.

사람 기대되게.

태웅은 은홍의 일기에서 봤던 내용이 떠올라 혼자 심각해졌다. 아
무래도 이젠 그가 힘 좀 써야 할 거 같았다. 그녀의 속도에 맞추다가는
사이좋게 늙어만 갈 것 같았다. 그녀는 아직 어려서 괜찮을지 몰라도
그는 안 괜찮았다. 시간이 그냥 흘러가는 게 너무 아까웠다.

그런데 안타깝게도 그 서신은 태웅의 오해였다. 은홍이 태웅에게 서
신을 보낸 건 규방에 갈 수 있게 되었다고 말을 하기 위해서였다. 분명
그녀가 이루려는 것에 한 발짝 다가가는 것인데도 마음이 복잡했다. 그
집을 나선 뒤 숙부인이 그녀에게 했던 말이 내내 마음에 남았다.

—서 씨 부인의 부탁이라 내 규방에 데리고 가기는 하겠는데 그곳에
　서 내 도움은 바라지 말게.

그 말에는 규방에 대한 자부심보다는 두려움이 깔려 있었다. 혹시라

도 자신도 밉보일까 저어하는.

란 부인은 규방에 가는 걸 싫어하고, 숙부인이란 이는 규방을 두려워하면서도 멀리하지 못하고. 그곳이 도대체 어떤 곳이기에.

—그리고 선물을 꼭 준비하게. 상단 사람이니 그 정도는 굳이 알려주
  지 않아도 잘 알겠지?

결국 공짜는 없다는 거다. 이번에도 그녀는 선물 때문에 고심하게 되었다. 양 대인 때보다 더 어려웠다. 고민하다 보니 시간이 훌쩍 간 것인지 밖이 어두워졌다.

저벅저벅—.

누군가 걸어오는 발소리를 들은 은홍은 고개를 번쩍 들었다. 태웅일 거라 확신한 그녀는 벌떡 일어나서 문으로 걸어갔다.

드르륵—.

그녀가 문을 열자 걸음 소리도 멈추었다. 문 사이로 고개를 내민 은홍은 마당에 서 있는 태웅과 눈이 마주치자 뱅시레 웃었다. 그 어여쁜 미소에 태웅의 표정도 무름해졌다.

누군가 마중해준다는 게 어떤 것인지 그녀 때문에 알게 되었다. 그래서 이젠 집에 돌아오는 게 의미가 있었다. 단지 내일을 준비하는 잠을 자기 위해 숙소로 오는 게 아니라, 그녀가 기다리고 있는 집으로 돌아오는 것이었기에.

"날 기다렸느냐?"

그 말이 뭐라고 그녀는 수줍어했다. 아무리 나이를 먹어도 태웅 앞에서 그녀는 부끄러움 많은 소녀의 마음을 버리지 못할 것 같았다.

방으로 들어선 태웅에게 은홍은 기쁜 소식을 전했다.

"제가 규방에 갈 수 있게 되었습니다."

태웅이 말없이 그녀를 내려다보자 은홍은 조심스럽게 그의 표정을 살폈다.

"안 기쁘십니까?"

"그 말을 하려고 날 부른 거구나."

"네."

"그럼 수업하자는 말은 하지 말았어야지."

"네?"

그와 같이 있을 수 있는 시간이 그 수업 시간뿐이라 그리 적은 거라 은홍은 왜 태웅이 그걸 지적하는지 알 수 없었다.

"내 오늘은 제대로 수업을 할 작정이었다."

태웅이 고개를 돌리며 중얼거리는 말을 듣고 은홍은 절로 두 손이 앞으로 모아졌다. 규방만 생각하느라 수업받을 생각은 전혀 못 했었다.

"그, 그럼 수업을……."

그러니까 이게 성교육 수업이었다. 그녀가 질문 한 번 제대로 못 했던. 그래서 '수업'을 하자는 말에 심장이 쿵쿵 뛰었다. 두려움인지, 설렘인지 그녀도 알 수 없었다.

그는 수업하는 게 더 나았지만 규방이 그녀에게 얼마나 중요한 일인지 알았기에 오늘은 그의 욕심을 집어넣기로 했다.

"오늘은 되었다. 규방에 가게 되었으면 네 마음이 복잡할 테니."

사실이긴 한데, 태웅이 수업 안 하겠다고 하니 살짝 실망감이 들었다. 그녀는 잘하지 못할 수업이 분명하니까 안도해야 하는데 실망이라니. 참 요망한 마음이었다.

"저는 괜찮은 거 같은데."

은근히 그리 말을 던졌는데 태웅의 손가락이 그녀의 턱 끝에 닿아 위로 올렸다.

망언이다. 전혀 안 괜찮았다. 심장에서 땀이 나는 거 같았다.

"너는 표정에서 마음이 다 읽힌다. 규방에 가서 그리하면 바로 그곳 부인들의 먹잇감이 될 것이야."

그가 냉정하게 하는 말에 그녀의 눈빛이 굳었다. 도와주지 않겠다는 숙부인의 말이 겹쳐지면서 한기가 느껴졌다.

"그러니 오늘은 마음을 숨기는 법을 배워야겠구나."

확실히 성교육 수업은 아니었다.

"그런 것도 배울 수 있습니까?"

"그래, 이런 건 문길도 가르쳐주지 못하겠지."

유치하지만 문길이 할 수 없는 걸 그가 해줄 수 있다는 게 태웅은 참 뿌듯했다. 은홍이 그의 옆에서 성장하는 중이라면 그는 그녀와 함께하면서 그가 몰랐던 자신을 알아가고 있었다. 마음이 하루에도 몇 번이나 바뀌었다. 기대했다가, 실망했다가, 설레었다가, 질투했다가, 행복했다가, 화났다가……. 그의 마음이 이리 다채롭다는 걸 그도 미처 몰랐다.

그녀에게 그는 근엄한 대행수일 뿐일지라도 그는 지금도 마음에 살랑살랑 바람이 불었다. 하지만 무언가를 가르쳐줄 때만은 확실해야 했다. 선생이 흔들리면 학생이 무얼 배우겠나.

"앉거라."

그 한마디에 안방은 다시 훈련소가 되었다. 그녀는 태웅과 마주 앉았다. 도대체 어떤 식으로 마음을 숨기는 법을 배울 수 있는지 궁금해서 그의 말에 귀를 기울이는데 태웅은 아주 짧고 강렬하게 말했다.

"지금부터 내 눈을 피하지 마라."

그 말을 듣는 순간 이미 눈빛이 흔들렸다.

"네?"

"눈은 마음을 보여주는 창이다. 그러니까 절대 먼저 피하지 마라."

말은 알아들었지만 그걸 실천하는 게 어려웠다.

칼날처럼 날카로운 그의 눈빛을 피하지 않고 마주하고 있는 건 상상 이상으로 힘든 일이었다. 그가 작정하고 그녀를 노려보니 은홍은 한없이 쪼그라드는 기분이었다. 이건 남자라도 끝까지 버티기 힘들 것 같았다. 결국 오래 참지 못하고 그녀는 눈을 감아버렸다. 피하지 말라고 하니 차마 고개를 돌릴 수가 없었다.

부스슥一.

옷깃 스치는 소리가 들리며 그가 움직이는 게 느껴졌다.

헉. 설마 못 하면 때리는 건가?

그런 거라면 정말 문길이 할 수 없는 수업 방식이긴 했다. 그녀가 눈을 떴을 때 태웅은 아까보다 조금 더 가까워져 있었다.

"네가 눈을 피할 때마다 내가 다가갈 것이다."

때리는 게 아니라고 하니 안심하긴 했는데 좁아진 그와의 거리를 보고 난감해졌다.

그럼 더 이상 가까워질 거리가 없어졌을 때는 어찌 되는 거지?

궁금했지만 차마 그에게 물어볼 용기는 안 생겼다.

"계, 계속합니까?"

"그래, 내 눈을 피하지 마라."

이건 수업이 아니라 극기 훈련이었다. 차라리 성교육 수업하자고 할 걸. 이제 와서 후회가 막심했지만 되돌릴 수 없었다.

거리가 가까워지니 마주한 눈빛은 더 압박이었다. 저 날카로운 눈빛을 다정하다고 느낄 때도 있었다는 게 새삼 신기했다.

"말은 해도 되는 겁니까?"

"감당할 수 있으면 해라."

그녀는 입을 꾹 나물었다. 감당 못 할 것 같았기에.

또다시 위기는 너무도 금방 찾아왔다. 억지로 참고 있었더니 눈가에 경련이 일었다. 그에 비해 그는 전혀 동요가 없었다. 눈 한 번 깜빡이지 않았다. 사람이 아닌가 의심이 들 정도였다.

결국 이번에도 그녀는 두 손으로 눈을 가리며 포기 선언을 했다.

"더는 못 하겠습니다."

그녀가 눈을 피하자 그는 다시 움직여 그녀에게로 다가앉았다. 이제 그녀와의 거리는 반걸음 정도였다. 그녀는 손가락 틈으로 더 가까이 앉은 그를 부담스럽게 쳐다보았다. 이제 그가 한 번 더 움직이면 그녀와 무릎이 닿을 것이었다.

"손 내리고."

그는 계속 강행했다. 끝장을 보자는 것인가 보다.

"그만하면 안 됩니까?"

그녀는 사정했다. 오늘은 이 정도면 충분했다.

"그럼 너도 규방에는 갈 수 없다."

그야말로 청천벽력이었다. 그녀가 어떻게 가게 된 규방인데!

그녀는 얼굴을 가리고 있던 손을 내리고 너무하다는 눈으로 태웅을 노려보았다.

"상단을 위해 규방에 가려는 것입니다. 대행수 어른."

그녀는 자신이 기분 상했다는 것을 알리려고 일부러 그를 극존칭으로 불렀다.

"거기 갈 준비가 안 된 이를 보내는 것도 대행수가 할 일이 아니지."

그렇습니까? 그럼 해보자고요.

그의 도발에 제대로 걸려든 그녀는 심기일전해서 그의 눈빛을 마주했다. 매력적인 봉안의 눈빛은 이제 손을 뻗으면 잡힐 듯한 거리에 있었다. 가까워진 그의 얼굴은 더 치명적이었다.

쿵쿵. 심장아, 뛰지 마라.

그녀는 자신의 몸에게 경고했다. 이번에도 실패하면 정말 낭패였다. 온몸의 기운을 끌어모아서 버티다 보니 입안이 바싹 말랐다. 할짝, 마른 입술을 혀로 살짝 축였는데 그걸 본 그의 눈빛이 처음으로 움찔했다. 그걸 그녀가 놓칠 리가 없었다. 그가 눈을 피하지 말라고 신신당부했으니까.

뭐지? 뭐에 반응한 거지?

드디어 그녀가 승기를 잡을 기회인 것 같은데 그가 뭐에 반응한 건지 전혀 모르겠다는 게 그녀의 패착이었다. 그녀는 답답함에 입술을 질끈 깨물었다.

그의 눈동자가 움직여 그녀의 입술을 보았다.

"대행수님이 눈을 피하셨습니다!"

은홍은 큰소리로 외친 순간 아차, 했다. 너무 신난 티를 낸 것이다.

태웅은 떨떠름한 눈으로 그녀를 쳐다보았다. 뭔가 굉장히 억울한데 티를 낼 수 없는 그런 순간이었다.

"알았다. 이번엔 네가 움직여라."

웅? 끝내는 게 아니었어?

그녀는 괜히 좋아했다고 후회하는데 태웅이 그녀를 보며 물었다.

"다가올 것이냐? 멀어질 것이냐?"

그 간단한 물음이 그녀는 세상에서 제일 어려웠다. 그녀는 심각한 눈으로 그와의 거리를 가늠했다.

태웅은 조용히 그녀가 움직이길 기다렸다. 당연히 뒤로 물러나겠지. 그녀는 수줍음이 많으니까. 가끔 겁은 스스로 이겨내는 것 같지만 수줍은 건 여전히 약했다. 그래서 아직도 소녀 같았다.

은홍이 일어났다. 그리고 잠시 고민하다가 한쪽으로 움직였는데, 그녀가 앉는 순간 두 사람의 무릎이 닿았다.

태웅은 놀란 눈으로 그녀를 보았다.

"어찌 다가온 것이냐?"

"대행수님은 제가 물러날 거라 생각하시는 거 같아서."

그녀는 히죽 웃었다.

"제 생각을 안 들키는 것도 중하지만 남의 생각대로 안 움직이는 것도 중할 듯하여."

한 발 더 나아간 그녀의 대답에 태웅은 만족한 미소를 지었다.

"그래, 네 말이 맞다."

그가 살짝 고개를 숙였을 뿐인데 그의 더운 숨결이 느껴져서 은홍은 깜짝 놀랐다.

"그래서 이 거리를 감당할 수 있다는 뜻이겠지?"

그녀는 거기까지는 생각하지 않았다.

꿀꺽. 순식간에 긴장감이 치솟았다.

점점 색이 빨갛게 변하는 그녀의 얼굴을 보고 태웅은 눈을 내리깔았다. 그도 당연히 알았다. 그녀가 의도한 건 아무것도 없다는 거.

기대하는 건 아직 그 혼자였다. 그에게 맞추자니 그녀가 버거워하고, 그녀에게 맞추자니 그가 애탔다. 그러니 그녀를 이끌고 지켜주어야 하는 그가 참게 되었다. 하지만 언제까지 그럴 수 있을지 이젠 자신이 없었다. 그도 사람이고, 사내였으니까. 결국 한계는 올 거다. 이미 왔을지도.

"규방은 쉽지 않을 것이다."

태웅이 뒤로 물러나며 하는 말에 은홍은 이상한 기분이 되었다. 그가 정말 하고 싶은 말은 그게 아니었던 듯한 느낌. 하지만 그가 틀린 말을 한 게 아니라서 그녀는 묻지 못했다.

"우선 신분으로 너를 누르려 할 것이고."

태웅은 차분하게 현실을 말해주었다.

"상단의 물건을 사기 전에 먼저 자신들이 원하는 걸 요구하겠지."

그의 말은 틀린 적이 없다. 그래서 더 무서운 말이기도 했다.

"그런 것에 일일이 마음 쓸 필요 없다. 어차피 인간이란 원래 이기적이니까."

그는 냉소적으로 말했지만 그게 꼭 그녀를 격려하는 것처럼 들렸다.

"그럼 대행수님도 이기적이십니까?"

그녀의 질문에 그는 입꼬리를 살짝 위로 올렸다.

"그래, 내가 지금 무슨 생각하는지 알면 넌 내가 무서워질 거다."

그리 말하니 그의 마음이 더 궁금해졌지만 그녀는 아직 사람의 눈을 통해 마음을 읽는 능력이 부족했다. 그가 그의 입으로 직접 말해주지 않는 이상 알 수가 없었다.

"지금도 무서운데."

그녀의 한마디에 태웅은 바로 정색했다. 은홍은 웃으며 말했다.

"농입니다."

처음엔 무서웠지만 지금은 전혀 아니었다.

"웃지 마라."

그런데 그녀의 농담에 진짜 마음이 상한 듯 태웅이 고개까지 돌렸다. 그녀는 바로 그의 눈치를 보았다.

"화나셨습니까?"

그러게 말이다. 고작 이 정도에 마음 상하는 게 자존심 상했다. 왜 그의 마음은 이제 농담도 구분 못 하는 바보가 된 걸까? 이 정도면 병 아닌가, 불안했다.

규방에 가져갈 선물을 고르려면 우선 규방에 대해 알아야 했다.

"규방에는 정3품, 종3품 이상의 부인이나 며느리만 들어갈 수 있습니다. 다른 집안에 시집갈 딸은 애초에 자격이 없습니다."

"네? 그런 게 정해져 있습니까?"

"네. 그래서 여인들의 모임임에도 권력이 생긴 겁니다. 아무나 들어갈 수 있는 곳이 아니니까."

권력이란 말이 묵직하게 그녀를 짓눌러왔다.

"분명 품계 순으로 앉아 있을 겁니다. 그러니까 반드시 가장 상석에 있는 이에게 먼저 인사하십시오."

그런 건 미처 생각도 못 했다.

"그럼 준비한 선물이 하찮으면 절 바로 쫓아낼 수도 있겠네요."

"그럴 수도 있겠죠."

결국 이번에도 이름만 선물이지 선물이 아닌 거다.

그녀의 규방 출입을 통과시켜줄 물건을 찾아야 하는 일이었다.

"하, 난감하네요."

드디어 갈 수 있게 되었는데 걱정은 더 되고 있었다.

그녀의 표정이 심각하자 문길은 용기를 주기 위해서 말했다.

"막막하시면 서 씨 부인께 도움을……."

"더 이상은 안 됩니다."

그녀가 단칼에 잘라내자 문길은 의아해서 물었다.

"부인과 무슨 일이 있으셨습니까?"

"아뇨, 아무 일도 없었습니다."

오히려 도움을 받았다. 그런데 그러고 난 뒤에야 깊이 생각하게 되었다. 그녀가 정1품 영의정 대감의 며느리이면서도 왜 규방에 가지 않으려는 건지. 그녀는 왜 마시지도 않는 그 많은 술을 담그는 건지.

"이젠 제 힘으로 하고 싶습니다."

아무리 인간이 이기적인 존재라지만 그녀에게는 염치라는 게 있었다. 그녀는 란 부인에게 더 이상 폐를 끼치기 싫었다. 그녀의 사정을 묻기도 겁이 났다. 위로조차 상처일까 봐.

은홍은 밤늦게까지 규방에 가져갈 선물에 대해 생각하다가 서안에 기대 잠이 들었다. 누군가 그녀를 부르는 소리도 꿈결이라고 생각하며 눈을 뜨지 못하는데 조심스러운 손길이 그녀의 뺨에 닿았다. 긴 손가락이 소중한 걸 만지듯이 조심조심 피부를 어루만졌다.

스르륵—. 그녀가 눈을 뜨자 손길이 멀어졌다.

태웅이 앞에 있는 걸 보고 은홍은 서둘러 일어나 앉았다. 몰래 자다 가 들킨 것처럼 굉장히 민망했다.

"문길이 네가 규방 선물 때문에 고민이 많다 하더구나."

그걸 그새 보고했단 말인가. 은홍은 문길을 슬쩍 원망하며 아니라고 고개를 저었다.

"문제없습니다. 잘되고 있습니다."

그랬다면 서안 위에 쓰러져 자고 있지는 않을 것이기에 태웅은 눈을 좁혔다.

"정말이냐?"

"네, 전 손재주가 좋으니까요."

그녀가 두 손을 쫙 펴며 앞으로 내밀었다. 자랑이라고 하기에는 어색 한 미소가 영 안 어울렸다.

"일어나거라."

"네?"

은홍은 일어나는 태웅을 당황한 시선으로 올려다보았다. 태웅은 별 다른 설명 없이 방문을 열고 밖으로 나가버렸다. 은홍은 부스스 자리 에서 일어나 태웅의 뒤를 따라갔다. 태웅은 그녀가 따라오는지 확인도 안 하고 성큼성큼 앞으로 걸어갔다. 그녀는 치마를 두 손으로 잡아 올 리고 종종걸음을 쳐야 했다. 잠은 확실히 깼다.

태웅의 걸음이 멈춘 곳은 흑돌이 있는 마구간 앞이었다.

은홍은 태웅이 흑돌을 데리고 나오는 걸 보며 의아해서 물었다.

"흑돌이는 왜……?"

그녀에게 말 타는 법을 제대로 가르쳐주려는 건가 싶었다.

그런데 이 밤에?

"답답할 때는 말 타고 달리는 것도 도움이 된다."

"저, 전 아직 달리는 건 못하는데."

겁을 먹은 그녀에게 태웅이 손을 내밀었다.

"걱정할 거 없다. 내가 같이 탈 것이니."

태웅도 함께 탄다는 말에 놀라 그녀의 눈이 커졌다. 그녀가 흑돌을 쳐다보자 태웅이 말했다.

"두 사람은 거뜬히 버틸 것이니 흑돌이도 걱정할 거 없다."

이전에는 이상한 이름 붙이지 말라고 잔소리하던 태웅이 이젠 먼저 흑돌이라고 부르자 그녀의 입가에 웃음이 번졌다.

"타기 싫은 것이냐?"

태웅이 내민 손을 거두려고 하자 그녀는 서둘러 그의 손을 부여잡았다.

"탈 것입니다!"

그의 손을 움켜잡는 그녀의 힘을 느낀 태웅은 피식 웃고 말았다. 이런 점은 여전히 아이 같았다.

그가 그녀의 허리를 움켜잡자 은홍은 속으로 비명을 삼켰다.

태웅은 단번에 그녀의 몸을 말 위에 태웠다. 그리고 자신도 가뿐하게 말 위에 올라탔다.

그녀의 등에 그의 가슴이 닿자 은홍은 잠시 숨을 멈추었다. 태웅이 두 팔을 뻗어 말고삐를 잡자 그녀의 작은 몸이 그의 품속에 갇혔다. 체온이 단숨에 몇 도는 높아진 것만 같았다.

"이랴!"

태웅이 말을 쾌차자 흑돌이 달리기 시작했다. 밤의 풍경이 빠르게 뒤로 멀어지며 바람이 달리는 두 사람을 감싸 안았다. 고민하느라 답답했던 속을 바람이 훑고 지나가니 마음 길이 다시 열렸다.

흑돌은 점점 더 빨리 달렸다.

그녀의 뒤에 태웅이 있으니 아무리 빨리 달려도 떨어질 거라는 두려움도 없었다.

현실임에도 꿈속에 있는 듯한 질주였다. 그녀는 꿈이 아니라는 걸 확인하기 위해 고개를 들어 태웅의 얼굴을 보았다. 날렵한 그의 턱선이 베일 듯했다. 앞을 응시하는 눈빛은 강렬했다. 붉은 입술은 관능적이었다. 그녀는 관능을 배운 적이 없는데도 그의 얼굴에서 관능을 느낄 수 있었다.

가장 꿈같은 건 그의 존재였다. 그가 그녀의 인생에 나타나지 않았다면 그녀는 지금 어찌 살고 있었을까. 생각만 해도 아득해졌다. 그러니 이 정도 고민은 오히려 사치였다.

"대행수님."

그녀가 부르는 소리에 태웅이 시선을 내려 그녀를 보았다. 고아한 눈매가 세상에서 제일 귀하게 느껴졌다.

"이제 답답하지 않습니다."

그녀의 말에 그의 기품 있는 봉안이 부드럽게 웃음 지었다.

그가 웃으면 그녀는 떨렸다. 그의 미소가 귀하다는 걸 알기에.

귀한 만큼 아름다우니 그에게 넋을 빼앗겼다.

"밤이 아직 길구나."

그는 이대로 집에 돌아가기 아쉽다는 듯이 높은 곳으로 말을 몰았다. 은홍은 그와 함께 달리는 이 밤의 공기와 바람과 그녀를 지켜주는 따뜻한 그의 온기를 수정 주머니에 담아 평생 간직하고 싶었다.

고민하느라 잠도 못 잤을 줄 알았던 은홍의 혈색이 좋아진 걸 보고 문길은 지난밤 태웅이 다녀갔음을 묻지 않고도 느낄 수 있었다.

"선물에 대해 너무 깊이 생각하지 않기로 했습니다."

"그럼 뭐로 할지 정하셨습니까?"

"짚신이나 만들어서 줄까요?"

"네?"

문길이 경악한 표정을 짓자 은홍은 킥킥 웃었다.

"농이 나오시는 거 보니 살 만하신가 봅니다."

"마음 같은 거에 얽매이지 않고 쉽게 생각하기로 했습니다. 이번엔 진짜 선물이 아니니까."

선물 준비가 괴롭다면 그건 이미 선물이 아니라 뇌물이었다. 그래서 양 대인에게는 진짜 선물을 주었지만 이번에는 통하지 않았다.

선물과 뇌물 그 사이에 있는 무언가를 찾아내야만 했다.

"그래도 짚신은 절대 안 됩니다."

문길이 단호히 말하자 그녀는 웃으며 고개를 끄덕였다. 그녀도 짚신은 정말 좋아하는 사람에게만 만들어서 주고 싶었다. 양반에게는 하찮은 물건인지 몰라도 그녀에게는 마음의 정표 같은 것이라 귀했다.

"그럼 책을 읽다가 마음에 드는 게 나오면 그걸 줘야겠습니다."

"책이요?"

"네, 지식을 얻고 싶을 때는 책을 읽으라고 하셨잖습니까."

그러기는 했지만 이번에는 양반 댁 부인들에게 줄 선물이었다.

과연 그런 게 책에 있을지 문길은 의문이 들었다.

"책은 거의 모두 사내들이 적은 것입니다. 그러니 여인들의 마음을 엿볼 수 있는 내용은 없을 듯한데."

여인은 남편의 뜻에 따르고 순종해야 한다는 그런 내용만 있을 뿐이었다.

"그럼 여인들이 적은 책만 모아주십시오."

"아!"

문길도 그 생각은 미처 못 했기에 눈이 커졌다.

"없을까요?"

"아뇨, 많지는 않지만 있습니다."

찾기가 힘들다는 게 문제지.

"그럼 구해다 주십시오. 전부 다."

화룡 상단이니 가능한 일이었지만 선물을 골라야 할 시간에 여인들이 적은 책만 찾아서 읽고 있어도 괜찮을지 문길은 걱정이 되었다.

"그걸로 괜찮으시겠습니까?"

"모르겠습니다."

은홍이 쉽게 대답하고 히죽 웃는 걸 보고 문길은 헛웃음을 지었다. 도대체 대행수가 지난밤 무슨 바람을 집어넣었기에 사람이 이렇게 변한 건가 싶었다. 하여튼 일이 잘못되면 모두 대행수 탓이라고 할 꼬투리는 잡았다.

"누구라고?"

무소뿔을 매점한 자의 이름을 들은 태웅의 눈매가 찌푸려졌다.

"기린 객주의 박 객주입니다."

언제 들어도 불쾌한 이름이었다. 사대부에 뇌물 줄 돈을 충당하기 위해서 밀수를 일삼고 있다는 건 알고 있었으나 무소뿔은 지금까지와는 전혀 결이 다른 물건이었다. 다른 것도 아니고 무기를 만드는 데 쓰이는 것이었다. 그리고 분명 객주에서 취급하는 물건도 아니었다.

"그 물목을 어디로 공급했는지도 아느냐?"

그의 물음에 의임은 고개를 저었다.

"거기까지는 알아낼 수 없었습니다."

그럼 역시 팔려고 사들인 게 아니라는 소리였다. 누군가의 사주를 받고 대량으로 매점한 거라면 심상치 않은 움직임이었다.

"박 객주에게 사람을 붙여 앞으로 어떤 물건들을 사들이는지 빠지지 않고 알아보라 해라."

"네, 분부대로 하겠습니다."

그냥 돈만 벌려는 거라면 차라리 나았다. 만약 박형도가 도를 넘는 욕심을 부려서 하지 말아야 할 일까지 하는 거라면 태웅에게는 막아야 할 의무가 있었다. 박형도 한 명 때문에 상계가 더럽혀지는 걸 막기 위해서라도.

안채.

안방의 불은 늦은 밤까지 꺼지지 않았다.

은홍은 밤이 깊을 때까지 규방도 잊고 책에 빠져들었다. 여인들이 쓴 책은 신세계였다. 어떻게 지금껏 이런 책들을 모르고 살았나 싶었다.

"지아비의 사랑을 확인하는 법?"

그녀의 큰 눈이 두 배는 더 커졌다. 은홍은 책을 집어 들어 코앞으로 가져왔다. 그런 걸 알 수만 있다면 무슨 짓이든 할 수 있을 것 같았다.

"잠자는 지아비의 옆에서 이름을 불러라. 그때 다른 여인 이름을 부르면."

책을 소리 내어 읽던 그녀의 목소리가 뚝 끊겼다.

왜 지아비의 사랑을 확인하는데 다른 여인의 이름이 나온단 말인가?

뭔가 기분 나쁘게 이상했다. 그래도 한 번 발을 들였기에 빠져나올 수 없었다. 그녀는 끝까지 읽었다.

"바람피우는 것이고, 부인이라고 하면 아니니 안심해라."

은홍은 책에서 눈을 떼 앞을 보았다. 갑자기 등 뒤가 싸해지는 기분이었다.

진, 월, 향.

그 이름 석 자가 그녀의 뇌를 강하게 때렸다. 은홍은 아니라고 고개를 세차게 저었다. 태웅이 잘 때 진월향의 이름을 부를 리가 없었다. 그런 사이였다면 그녀가 아니라 진월향과 혼인했을 거다. 머리로는 그리 생각하고 마음으로도 그리 믿는데 몸이 말썽을 부렸다. 엉덩이가 들썩이며 가만히 앉아 있을 수가 없었다. 책보다 그녀가 더 태웅에 대해 잘 알았다. 그러니 책에 적힌 내용에 현혹되면 안 되었다.

그러나 그 뒤로 글자가 안 읽혔다. 잠도 안 왔다. 정신을 차려보니 그녀는 사랑채 앞에 서 있었다. 사랑채의 불은 꺼져 있었다. 태웅은 이미 자고 있었다. 당연했다. 멀쩡한 사람이라면 잠을 잘 시간이었다.

은홍은 밖에서 소심하게 그를 불러보았다.

"대행수님."

아무런 반응이 없었다. 하긴 자고 있다면 들릴 리가 없었다. 그녀는 도둑고양이처럼 슬금슬금 사랑방 쪽으로 다가갔다. 머리로는 지금이라도 그냥 돌아가야 한다고 생각하는데 손은 어느새 문으로 다가가고 있었다.

드르륵ㅡ.

조금 문을 열자 보료 위에 누워 있는 사람의 형체가 보였다. 당연히 태웅일 거다. 은홍은 꿀꺽 침을 삼키고 다시 그를 불렀다.

"대행수님."

몇 번이나 그를 불렀는데도 아무런 반응이 없었다. 그를 깨우면 안 되니 큰 소리로 부를 수는 없고, 작게 부르니 그가 듣지 못하고. 은홍은 애가 타서 신발을 벗고 마루 위로 올라섰다. 방 안까지는 들어가지 말아야 하는데 태웅이 듣지 못하니 방법이 없었다.

살금살금, 은홍은 치마를 두 손으로 부여잡고 태웅이 자는 곳으로 다가갔다. 기어코 그의 옆까지 다가간 은홍은 그의 얼굴 쪽으로 몸을 숙이며 다시 그를 불렀다.

"대행수님."

책과 전혀 달랐다. 아무리 불러도 태웅은 누구의 이름도 부르지 않았다. 그게 다행이기도 했고, 실망이기도 했다.

그가 진월향의 이름을 안 부른 것만으로 만족해야 할 듯했다. 이쯤에서 포기하고 그냥 나가려고 일어나는데 무언가 그녀의 손을 움켜잡았다. 은홍은 소스라치게 놀라 그 자리에 그대로 주저앉았다. 태웅이 어느새 눈을 떠 그녀를 바라보고 있었다. 은홍은 그가 깨어나길 바란 건 아니었기에 당황해서 몸이 꽁꽁 굳어버렸다.

"왜 자꾸 나를 부르는 것이냐?"

책에서 그러라고 시켰다. 책이라는 건 원래 지식을 전해주는 거라고 굳게 믿었는데, 이번엔 책이 그녀와 공모자였다. 책의 저자가 옆에 있다면 왜 그녀를 이런 궁지로 몰아넣은 거냐고 멱살을 잡으며 화낼 거다.

"그러니까 그게……."

은홍은 뭐라고 변명해야 할지 몰라서 더듬거렸다. 머릿속이 백지였다. 태웅은 제대로 대답 못 하는 그녀를 말없이 바라보다가 입을 뗴었다.

"혼자 자기 싫어서 온 것이냐?"

태웅은 잠귀가 밝았다. 당연했다. 검을 쓰는 사람이 잠귀가 어두우면 날카롭게 검을 쓸 수 없었다.

드르륵ㅡ.

문 열리는 소리에 이미 잠이 깼었다. 겁도 없이 화룡 상단 대행수의 방에 침입하려는 한밤의 수상한 자를 바로 처리하려고 손을 뻗어 무기가 될 물건을 잡으려는데 그의 이름을 부르는 소리에 멈칫했다.

"대행수님."

은홍이었으니까. 그를 그리 부르는 사람은 그녀뿐이었다.

도대체, 이 밤에 왜?

"대행수니임."

사람을 왜 저리 도둑고양이처럼 부르나?

급한 일이 있는 사람치고는 부르는 소리가 너무 간드러졌다. 그래서 태웅은 반응하지 않고 가만히 있었다. 왠지 그래야 할 것 같았다. 그녀가 불러도 그가 아무런 반응이 없자 은홍은 신발을 벗고 방 안으로 들어왔다. 살금살금, 딱 도둑이 몰래 방에 들어올 때처럼 아주 조심스러운 발걸음이었다. 그래서 이젠 진짜 눈을 뜨는 게 난감해졌다.

설마, 진짜 뭘 훔치러 왔나? 그냥 달라고 하면 될 걸 굳이 이런 수고를 들이면서 가져갈 게 뭐란 말인가?

사르락─. 그녀가 그의 옆에 앉는 게 느껴졌다. 좋은 향이 그한테 날아와 코를 간질였다. 그냥 처음부터 눈을 떴어야 했다. 자는 척하는 게 영 고역이었다.

"대행수님."

그녀가 다시 그를 불렀다.

그런데 너무 가까이에서 부르니 그녀가 내뿜는 숨결이 그의 피부에 닿았다. 간지러움이 극에 달해 절로 눈썹이 찌푸려졌다. 자는 척하는 것도 더 이상 무리였다. 그래서 눈을 떠 그녀에게 물었던 건데 은홍이 오히려 기겁하였다.

"네?"

이 반응, 별로 마음에 안 들었다. 그의 방에 먼저 들어온 건 그녀였으니까. 그가 먼저 무슨 짓을 한 게 아니었다.

"아니면 이 밤에 내 방에 왜 온 것이냐?"

은홍은 눈알을 빠르게 굴렸다. 책 때문이라고 말할 수는 없었다.

그럼 그녀가 진월향에게 가지는 못난 마음을 그에게 들킬 테니까.

"그러니까 대행수님이 잘 주무시고 계신지 확인하려고……."

그녀가 머리 굴려 변명하는 말에 태웅은 눈을 가늘게 떴다.

"그런 사람이 날 왜 자꾸 부른 거지?"

"제가요? 그랬습니까?"

은홍이 전혀 금시초문이라는 듯이 눈을 동그랗게 뜨는 걸 보니 그의 이름을 그리 부른 이유는 끝까지 설명하지 않을 생각인 듯했다.

태웅도 끝까지 캐물을 생각은 없었다. 그렇다고 이대로 보내줄 마음도 없었다. 그러기엔 뭔가 억울해졌으니까.

"그럼 내가 다시 잠들 때까지 옆에 있어라."

"네?"

그의 지시에 그녀는 크게 당황했다.

"네가 말했잖느냐. 내가 잘 자는지 확인하러 왔다고. 그럼 자는 걸 보고 가야지."

그녀가 한 말에 그녀가 발이 걸려 넘어진 꼴이었다. 이제 와서 아니라고 할 수도 없어 그녀는 안절부절못했다.

반면 태웅은 느긋하게 두 눈을 감았다. 그녀가 옆에 있으니 잠이 더 안 올 것 같았지만 기분은 즐거워졌다. 혼자가 아닌 느낌이 썩 만족스러웠다.

은홍은 눈을 감고 있는 태웅을 내려다보았다. 처음엔 그가 몰래 방에 들어온 그녀에게 벌을 내리는 건가 싶었는데, 잠자는 그의 모습을 보고 있으니 또 그게 아닌 것도 같았다.

이거, 설마…… 동침?

그녀는 두 손으로 뺨을 감싸며 혼자 부끄러워했다. 그녀는 보초라는 걸 잠시 망각하고.

"대행수님, 주무십니까?"

"네가 말을 걸면 더 못 자겠지."

그가 또렷한 목소리로 대꾸하자 그녀는 손으로 입을 가렸다.

"네가 졸린 것이냐?"

"아닙니다. 전 괜찮습니다."

"그래야지. 넌 내가 잠들면 가거라."

가라고 하는 걸 보니 동침은 아닌 듯했다. 하긴 그녀가 몰래 숨어든 것이니 동침이라는 말은 무리였다. 그래도 밤에 이렇게 한 방에 같이 있는 건 처음이라 은홍은 점점 기분이 이상해졌다.

언젠가 혼례식을 올리게 되면 그땐 당연하게 그와 한방을 쓰게 되겠지. 비록 지금은 그와 나란히 눕지 못하고 이리 보초 서듯이 앉아 있지만 그때는 그와 나란히 누워서 저 넓고 따뜻한 품에 안겨 잠을…….

상상이 깊어질수록 그녀의 심장이 점점 빨리 뛰었다. 술을 한 모금도 안 마셨는데 몸의 기온이 오르는 것 같았다. 이러다 또 실수할 거 같아서 그녀는 그만 상상하려고 손으로 머리를 때렸다.

탁탁―.

이상한 소리가 들려서 태웅은 한쪽 눈을 살짝 떠서 그녀를 보았다. 은홍이 손으로 자기 머리를 때리고 있었다. 설마 그가 자지 말라고 해서 잠을 깨려는 건가? 그 정도로 할 필요는 없는데 말이다.

"내가 빨리 자길 바라면."

그의 말에 그녀는 고개를 들어 그를 쳐다보았다.

"손이라도 잡아주거라."

태웅이 자신의 손을 내밀자 은홍은 당황했다.

"손이요?"

"그래, 난 누가 손을 잡아주면 잠이 잘 오더구나."

당연히 거짓말이었다. 어미도 없이 살았는데 누가 잠든 그의 손을 잡아주었겠나.

"참말이십니까?"

"거짓말 같으냐?"

이 밤에 한방에 같이 있으면서 마음 가는 대로 하지 못하고 인내해야 하는 건 참 못 할 짓이었다. 그러니 이 정도 거짓말은 용서해줘야 했다. 그녀가 조심스럽게 두 손으로 그의 손을 잡아주었다. 보드라운 살결이 간지러울 정도였다. 눈을 감아도 그녀가 온전히 느껴지니 잠은 달아나고 그의 몸만 뜨거워졌다.

"대행수님, 주무십니까?"

이번에 그는 일부러 대답하지 않고 자는 척했다.

그가 대답이 없으니 은홍은 그의 앞에 손을 흔들어보았다. 그래도 그가 반응이 없자 진짜 잔다고 생각한 은홍은 그의 자는 얼굴을 편하게 감상했다. 강한 인상을 만드는 눈을 감고 있으니 그의 얼굴도 순하게 느껴졌다. 꼭 잠자는 우아한 왕자님 같았다.

"대행수님은 잘 때가 제일 착하셔."

뭐야? 욕이야?

태웅은 욱했지만 자는 중이라 아무것도 할 수가 없었다. 그나저나 그가 자면 가라고 했는데 그녀는 왜 안 가는 건가 싶었다.

진짜 다른 꿍꿍이가 있나?

덕분에 그는 다시 힘들어졌다. 괜히 자는 척했다. 아무리 생각해도 혼례식이 시급했다. 이러고 오래 살면 병에 걸릴 게 분명했다.

긴 밤이 지나고 아침이 되어 문길이 오자마자 은홍은 책을 꺼내놓으며 분통을 터트렸다.

"제가 이 책을 쓴 저자를 꼭 만나야겠습니다."

그녀에게 책을 가져다주었던 문길은 의아해하며 물었다.

"왜 그러십니까?"

"이 저자 완전 사기꾼입니다."

"네?"

여인이 쓴 책만 모아서 가져다달라 해서 이것저것 다 끌어모아 가져온 건데, 그래서 사회에서 인정받은 이가 쓴 책이 아닐 수도 있지만, 사기꾼이라니.

"그러니까 제가 만나서 단단히 혼을 내야겠습니다. 이런 책으로 사람 마음을 홀리면 안 된다고."

규방에 가져갈 선물을 준비하다가 엉뚱한 곳으로 튄다 싶었지만 은홍이 너무 진심으로 화를 내서 문길은 할 수 없이 그녀와 함께 화룡관을 나섰다.

"그런데 정확히 이 책의 뭐가 문제인 겁니까?"

"다 문제입니다. 전부 다!"

그녀는 자신이 책을 읽고 밤에 몰래 태웅이 자는 방에 들어갔다고 솔직하게 말할 수는 없었다. 쪽팔렸으니까.

"저는 잘 모르겠는데."

문길이 책장을 넘기며 그리 말하자 은홍은 그의 손에서 책을 빼앗았다.

세책 방 주인의 도움을 받아 찾아간 책의 저자는 주막을 하는 과부댁이었다. 보통 책이란 건 교육을 받은 이가 쓰는 거라 생각했기에 은홍은 많이 놀랐다.

"진짜 이 책을 그쪽이 쓴 게 맞소?"

그녀가 책을 들이밀며 묻는 말에 과부댁은 술구기를 까닥이며 거침없이 말했다.

"지금 그딴 거 따지러 예까지 왔소? 참 할 일 없는 여편네네."

순식간에 욕먹은 은홍은 머리가 멍해졌다. 그녀는 여기서 지면 안 된다고 생각하며 따져 물었다.

"이런 책을 왜 쓴 것인가?"

"왜 쓰긴. 서방 없는 긴긴밤 외로워서 썼지."

자꾸 과부댁에게 밀리는 느낌이었다. 그녀는 사기꾼을 혼쭐내려고 온 것인데.

"내가 이 책의 내용을 믿었다가 어젯밤에 아주 혼쭐이 났소. 그걸 어찌 책임질 거요?"

"그걸 내가 왜 책임을 지나. 이 책 읽고 뭔 짓을 하든 그건 그쪽 소관이지."

"그, 그리 무책임하게 말하면 안 되는 거 아니요!"

같이 왔던 문길은 끼어들지 못하고 지켜보기만 했다. 여자들끼리의 싸움이라 그가 끼어들기가 참 난감했다. 그런데 어째 이대로 두면 은홍이 크게 밀릴 것 같았다. 과부댁의 기운은 심상치 않았다.

"지금 서방한테 소박맞고 나한테 와서 화풀이하는 거 같은데."

딱 은홍이 상처받을 말이라 문길이 안 되겠다 싶어서 서둘러 앞으로 나서려는데 은홍이 먼저 말했다.

"그쪽이야말로 남 잘되는 꼴 보기 싫은 배배 꼬인 속으로 이런 책 쓴 거 아니요?"

순간 과부댁의 얼굴이 처음으로 굳어졌다. 문길도 멈칫하며 은홍의 얼굴을 보았다.

그녀는 앞으로 한 발 나서며 과부댁에게 다가갔다.

"사랑하는 법이라고 낚지만 말고 진짜 그런 걸 쓸 수는 있소?"

"내가 그딴 걸 왜 써야 하지?"

과부댁이 쓴 책을 한마디로 표현하면, 발칙했다. 그녀가 몹쓸 마음으로 쓴 책이었지만 그녀는 글로 사람의 마음을 낚는 법을 알고 있었다. 그건 학문이 깊고 지식이 넘치는 책도 쉽게 하지 못하는 것이었다.

"그런 걸 정말 쓸 수 있다면 내가 돈을 지불하겠소."

돈을 준다는 말에 과부댁이 자세를 바꾸고 좀 누그러진 눈빛으로 그녀를 보았다.

"그런데, 뉘시오?"

뒤늦게 그녀의 정체를 물었다. 그녀가 진짜 돈을 줄 수 있는지 알아야 했으니까.

"난 화룡 상단 안주인이요."

은홍이 자신의 신분을 밝히자 과부댁은 깜짝 놀랐다. 화룡 상단 안주인이면 돈이 어마어마하게 많을 것이니.

"스승님, 규방에 가져갈 선물로 쓸 수 있는 돈이 얼마 정도 됩니까?"

은홍의 물음에 문길은 깜짝 놀랐다. 그 돈을 여기 쓰겠다는 뜻으로 들렸으니까.

"진심이십니까?"

"네, 이분이 책만 제대로 써준다면."

그녀는 규방 부인들의 마음을 낚아야 했다. 그런데 이 과부댁이 쓴 책에 그녀의 마음이 먼저 낚였다. 그러니 방향만 잘 잡는다면 가능성은 있다고 생각했다.

"그러니 그쪽도 내가 돈을 지불할 가치가 있는지 보여줄 수 있소?"

그녀의 물음에 과부댁은 잠시 생각하다가 손가락을 까닥이며 그녀를 가까이 불렀다.

지난밤 한숨도 못 자서 평소보다 더 피곤한 날이었다. 그래서 오늘은 푹 자고 싶다고 생각하며 대문을 들어서던 태웅은 은홍이 서 있는 걸 보고 놀라서 멈추어 섰다.

밤에 그의 방에서 봤던 것보다 더 놀랐다.

"왜 여기 있는 것이냐?"

"대행수님 마중 나왔습니다."

그녀의 마중을 좋아하긴 했지만 이리 본격적으로 받으니 살짝 당황스러웠다.

"굳이 그럴 필요 없다. 서로 피곤한 일이니."

그가 귀가하는 시간이 매일 다르니 일부러 마중 나오는 건 그녀에게도 힘든 일이었다.

입장에서는 일을 마무리할 때마다 그녀가 마중 나와 있는 걸 신경 쓰느라 서두르게 될 거고. 서로에게 안 좋았다.

"제가 마중 나오고 싶을 때도 하면 안 됩니까?"

그녀의 질문에 태웅은 살짝 놀랐다. 평소의 그녀였다면 그가 귀찮아한다고 생각하고 기죽을 것 같은데 오히려 질문을 던지니까.

그녀가 평소와 뭔가 다르다고 생각하며 태웅은 대답했다.

"가끔 하겠다는 거면 괜찮다."

태웅의 대답에 은홍은 활짝 웃었다.

―서방이 서운한 말을 할 때는 무조건 질문을 던지시오.

―왜?

―그래야 내가 서운한 걸 서방이 알 거 아니오. 혼자 속앓이하면 그
걸 어찌 아나. 대신 말대꾸는 안 되오. 내 마음 알아달라고 상대방
마음 상하게 하면 그냥 싸움이지.

과부댁의 말이 맞았다. 질문을 던지니까 태웅에게서 더 좋은 대답이
돌아왔다.

"저녁을 준비하겠습니다."

오늘 더 중요한 건 '밥'이었다.

―서방과 술이 기방이라면 서방과 밥은 무조건 집이라는 걸 각인시
켜야 하오.

―술도 집에서 마시면 안 되오?

―밥이나 제대로 하고 술도 넘보던가.

―내가 밥은 잘 짓소.

―누가 밥 맛있게 지으랬나. 밥을 맛있게 먹게 해야지.

―그게 같은 거 아니오?

―다르지. 기방이 술을 맛있게 빚나. 술을 맛있게 마시게 하지.

은홍은 정갈하게 차려진 저녁상 앞에서 기합을 넣었다.

할 수 있다! 맛있게!

준비된 저녁상이 한 사람이 먹을 것뿐인 걸 보고 태웅은 은홍에게
물었다.

"넌 벌써 저녁 먹었느냐?"

"아뇨, 아직."

"그럼 앉아라. 같이 먹게."

"아닙니다!"

겸상하자는 그의 말에 그녀는 깜짝 놀라서 뒤로 물러났다.

"네가 먹어야 나도 먹을 기다."

이건 과부댁이 말한 상황이 전혀 아니었다. 가르쳐주지 않은 걸 스스로 깨닫는 건 아직은 버거워서 그녀는 밥상 앞에서 어찌해야 하나 방황했다.

"나랑 같이 밥 먹는 건 부담이냐?"

그는 항상 그게 신경 쓰였다. 그녀가 부담 가지는 게. 그가 처음부터 그녀에게 큰 부담을 안겨주었기에 이제는 그 행동에 대한 대가가 그에게 돌아오고 있었다. 싫어하는 것과 부담은 전혀 다른 것이지만 그에게는 같은 무게로 다가왔다.

"아닙니다."

그래서 그녀가 부담 가지지 않기를 바랐다. 그와 함께 있을 때나 그가 다가설 때.

"그럼 앉거라."

은홍은 그의 옆자리에 조심스럽게 앉았다.

태웅은 젓가락으로 산적의 고기를 하나 집어서 그의 입이 아니라 은홍의 입으로 가져다주었다. 그녀가 당황해서 고기와 그의 얼굴을 번갈아 쳐다만 보자 태웅은 말했다.

"네가 더 커야 하니 고기는 네가 다 먹거라."

이런, 그가 맛있게 먹게 해야 하는데 그녀가 맛있게 먹게 생겼다.

"고기는 힘쓰는 대행수님이 드셔야 할 거 같은데."

"내가 어디 힘을 쓴단 말이냐?"

"상단 일할 때."

"난 붓만 잡는다."

그래서 남아도는 힘을 주체를 못 하고 있었다. 그 부분을 그녀가 좀 알아주었으면 하는데 지금은 도저히 무리였다.

"그럼 고기는 제일 맛있으니까 사이좋게 나누어 먹어요."

그녀는 고기를 반만 먹으려고 한쪽만 입에 물었다. 그냥 다른 걸 집어서 태웅에게 주면 되는데 마음이 급하다 보니 이 고기를 정확히 반만 먹어야겠다는 생각뿐이었다. 그런데 그때 태웅의 얼굴이 다가왔다. 그의 입술이 점점 다가오는 걸 보는 그녀의 눈이 커졌다.

어어, 더 오면 안 되는데.

꽉—.

태웅이 정확히 그녀가 입에 물고 있던 고기의 나머지 반을 삼켰다. 순간 그의 입술인지 그의 숨결인지 모를 것이 그녀의 입술에 닿아 뜨거워서 은홍은 꼼짝도 할 수 없었다. 먹이를 낚아채는 포식자처럼 고기 반쪽을 정확하게 떼어간 태웅이 그녀를 보며 씨익 웃었다.

"그래, 네 말대로 고기가 제일 맛있구나."

오늘따라 그의 미소가 음흉하게 느껴지는 건 그녀의 착각인가?

태웅과 같이 식사하고서 은홍은 확실히 느꼈다. 밥을 쉽게 보면 안 되었다. 매일 세 끼 먹는다고 만만한 게 아니었다. 그래서 밥을 강조한 과부댁의 말에 더 신뢰가 갔다.

서방님과의 관계에서 '밥'은 정말 중요했다.

"정말 그 과부댁에게 책을 써달라 하실 겁니까?"

문길은 영 석연치 않아서 그녀를 말리고 싶었다.

"네, 좋은 책을 쓰게 하면 됩니다."

"하시만 규방에 가져갈 선물인데."

그래서 그랬다.

"비싸면 비쌀수록 좋겠죠. 하지만 처음에 그런 물건을 가져가면 점점 더 과한 걸 바라게 되는 게 사람 심리이지 않습니까."

그래서 그녀는 돈과 관련 없는 선물을 준비하고 싶었다.

"그래서 무시당할 수 있습니다."

"제가 같은 여자의 입장에서 생각했을 때, 그리 쉽게 무시당할 책은 아닙니다."

신분이 높은 여인이든, 낮은 여인이든, 혼인한 여인이라면 똑같이 바랄 것이었다. 부부 금슬이 좋아지는 걸. 그러니 가치는 충분하다고 생각했다.

"책의 제목은 '금슬'이 어떻습니까?"

문길은 은홍에게 맡기기로 하였다. 그녀가 규방의 무게를 이겨낸 것 같았으니까. 그 정도로도 대견했다.

제 12 장

지옥 불 마님

드디어 규방에 가는 날이 밝았다. 평범한 날은 아니었기에 은홍의 눈이 평소보다 일찍 떠졌다. 하지만 유별나게 굴면 탈이 날까 봐 일부러 더 누워 있다가 일어나 매일 하던 것들을 똑같이 했다. 소세를 하고, 깨끗한 옷을 입고, 마지막으로 태웅이 사준 노리개를 잊지 않고 옷고름에 달았다. 오늘 그녀의 부적 같은 것이었다. 그리 비싼 물건은 아니었지만 그녀에게는 천군만마 같은 물건이었다.

규방 앞까지는 문길이 동행할 것이기에 그는 안마당에서 그녀가 준비를 마치고 나오기를 기다리고 있었다.

드르륵―.

문을 열고 나오는 그녀를 보고 문길은 드물게 미소 지었다.

"긴장되십니까?"

문길의 물음에 그녀는 아니라고 고개를 저었다.

"제가 할 일인걸요."

준비하던 시간보다는 오히려 차분해졌다. 준비한 선물을 들고 배행하는 문길과 함께 대문으로 향하던 은홍은 대문 앞에 서 있는 태웅을 발견하고 걸음을 멈추었다. 설마 그가 배웅 나왔을 줄은 몰랐다.

저벅저벅―.

태웅이 그녀에게로 다가왔다. 그의 얼굴을 보니 일부러 내리눌렀던 감정이 솟아나며 가슴 부근이 무지근해졌다. 태웅은 잘하고 오라는 말보다 먼저 그녀의 옷고름에 달린 노리개로 손을 뻗었다.

"같이 가지 못하는 나 대신 이게 같이 있다 생각하고 너무 긴장하지 마라."

그의 격려만으로도 기분이 나아졌지만, 태웅은 거기서 말을 멈추지 않고 예사롭지 않은 눈빛으로 그녀를 보았다.

"그리고 세 번까지만 참거라."

"네?"

"참는 것도 습관이 되면 비굴해지니."

이렇게 말하지 않으면 그녀가 무조건 참기만 할 것을 알기에 태웅은 단단히 일렀다.

"만약 무례가 세 번을 넘어가면……."

어쩐지 기운이 심상치 않아서 그녀는 긴장한 눈으로 그의 입을 주시했다.

"그냥 밟아주고 오너라."

그리 말하는 그의 눈빛이 진심이라 은홍은 입이 벌어진 채 아무 말도 못 했다.

화룡관을 나온 뒤에야 은홍은 심각하게 문길에게 물었다.

"대행수님이 농을 하신 거겠죠?"

"아닐 겁니다."

그럼 진짜 지체 높은 규방 부인들을 밟아버리란 말인가!

"전 개미도 밟아본 적 없습니다."

"사람은 커서 꽤 힘이 들긴 하겠군요."

태웅도 모자라 문길까지 그렇게 말하자 은홍은 단호히 말했다.

"전 절대 안 밟을 겁니다! 이 일에 제 혼례식이 걸렸다고요."

태웅은 그녀의 결심을 모르니 그리 말한 것이었다.

"규방 부인들이 아씨에게 도를 넘는 무례를 범하면 참지 말라는 뜻일 겁니다. 대행수 어른은 언제나 사람이 제일 먼저이신 분이니까."

태웅은 그녀에게도 그리 말했었다. 장사는 돈보다 사람을 남겨야 하는 거라고.

"전 혼례식이 제일 먼저입니다."

그게 그녀의 원동력이었다. 그래서 규방 일이 틀어지면 그녀의 상심이 더 클 것이었다. 문길은 그게 걱정되었다.

"미리 말씀드리지만 규방과의 연을 맺지 않는다고 해서 혼례식을 못올리는 건 아닙니다."

그녀가 혼례식을 올리고 싶다고 말만 하면 태웅은 바로 하자고 할 것이었다.

"밥도 일한 사람이 먹는 거라고 했습니다. 그런데 제가 아무것도 못하고 혼례식을 올리면 너무 염치가 없을 것입니다."

문길은 앞서 걸어가는 은홍의 작은 머리통을 말없이 바라보았다. 사람들의 인정을 받으려 애쓰는 그녀가 어쩐지 애처로웠다.

숙부인과는 규방 모임이 이루어지는 좌의정 대감 댁 앞에서 만났다. 가마에서 내린 숙부인은 문길이 들고 있는 선물 상자부터 확인했다.

"선물이 너무 간소한 거 아닌가?"

사람 수대로 비단을 준비했어도 마차에 싣고 왔어야 했는데 문길이 들고 있는 상자는 뭔가 많이 들어갈 수 없을 정도로 작았다.

"이것이면 충분하다 생각했습니다."

은홍의 대답에 숙부인은 탐탁잖은 표정을 지었다.

"서 씨 부인의 청이라 내 어쩔 수 없이 하긴 하네만."

린 부인을 생각하면 은홍은 지금 이 자리에 그녀가 같이 있지 않다는 사실 하나만으로도 마음이 무거워졌다.

"오늘 내게 창피를 주면 용서치 않을 걸세."

이걸 참는 거 한 번으로 쳐야 하는 건가.

은홍은 그리 따져보며 알았다고 고개를 끄덕였다. 문길과는 집 앞에서 헤어져야 했다. 그는 규방에 들어갈 수 없었으니까.

문길은 선물 상자를 숙부인을 배행하고 온 여종에게 넘겼다.

문길이 그녀를 쳐다보자 은홍은 괜찮다는 뜻으로 짧게 웃고는 숙부인을 따라 안으로 들어갔다. 규방 여인들이 모여 있는 안채로 가는 길은 굉장히 멀었다. 그 길을 걷는 동안 숙부인은 그녀가 주의해야 할 것들을 일러주었다.

"절대 정경부인의 얼굴을 똑바로 쳐다보지 말게. 그걸 제일 싫어하시니까."

'왜?'라는 의문이 들었지만 물어보면 숙부인이 화낼 것 같아서 묵묵히 듣고만 있었다.

"그리고 먼저 말하지 말고 부인들이 묻는 말에만 공손하게 답하게."

길게 말했지만 간단하게 줄이면 건방지게 굴지 말라는 뜻이었다. 이곳에서 제일 중요한 건 무엇보다 신분이니까. 화룡 상단에서는 양반인 시윤과 양반이 아닌 태웅도 친구가 될 수 있었다. 그러나 이곳에서는 그게 불가능했다. 안채 후원으로 가니 크고 아름다운 정자가 있고, 그곳에 부인들이 모여 있었다. 가장 상석에 앉아 있는 정경부인은 멀리서도 눈에 띄었다. 짙은 눈썹과 툭 튀어나온 광대, 두꺼운 입술, 사각 턱이 굉장히 강한 인상이었다.

"똑바로 쳐다보지 말래도."

숙부인의 경고에 은홍은 바로 고개를 숙였다.

그녀에게는 지체 높은 양반일지 몰라도 규방에서는 가장 서열이 낮은 숙부인은 깊게 고개 숙여 인사했다.

"오늘은 소개할 이가 있어 데려왔습니다, 마님."

정경부인에게 허락을 구하는 말이었다. 영의정 대감의 며느리인 란 부인이 소개한 사람이라고 말하면 절대 토를 달지 못할 테지만 란 부인이 그러지 말라고 부탁했기에 어쩔 수 없이 그녀의 이름은 꺼내지 않았다.

"이곳이 아무나 함부로 들어올 수 없는 곳이라는 건 자네가 잘 알 것이네."

정경부인의 근엄한 목소리는 꼭 여자 대장부 같았다.

"화룡 상단 대행수의 부인입니다. 규방에 줄 귀한 선물이 있다 하여."

물건을 파는 상인의 아내라는 말에 규방 부인들은 아랫사람 보듯이 은홍을 쳐다보았다.

하지만 그녀가 가져온 선물에는 관심을 보였다. 청과도 교역하는 상단에는 귀한 물건이 많을 것이니.

"그래? 그럼 내어놓아 보게."

정경부인이 허락하자 숙부인이 그녀에게 눈짓했다. 은홍은 여종에게 선물 상자를 받고 앞으로 나섰다. 모두의 시선이 그녀가 들고 있는 선물에 쏠렸다. 이래서 숙부인이 그녀에게 꼭 선물을 준비하라 당부했나 보다. 선물이 아니면 이곳에서 그녀가 설 자리조차 없을 테니.

은홍은 선물을 정경부인 앞에 있는 서안 위에 올려놓고 보자기를 풀었다. 상자 뚜껑을 열자 쳐다보던 시선들이 일제히 정경부인의 눈치를 보기 시작했다.

"이게 뭔가?"

정경부인의 짙은 일자 눈썹이 위로 솟았다. 좋은 의미는 아니었다.

"책입니다."

은홍의 대답대로 상자 안에는 달랑 책 하나가 들어 있었다.

"이게 선물이라고?"

정경부인이 그녀를 쳐다보았다. 단단히 화가 난 얼굴이 아닌데도 무서운 인상이었다.

"네, 규방 마님들께 이 책이 꼭 필요할 거라 생각했습니다."

"자네 지금 여기가 어디라고 감히 장난질인가!"

정경부인의 옆에 앉아 있던 정2품 정부인이 버럭 화를 냈다.

은홍보다 숙부인이 화들짝 놀라 어깨를 움츠렸다. 은홍을 데려온 게 그녀였으니 은홍이 여기서 실수하면 그녀도 큰일이었으니까.

"청국 최고급 비단을 가져와도 시원찮을 마당에 고작 책이라니!"

"목소리 낮추게, 정부인."

정경부인의 한마디에 정부인은 바로 입을 다물었다. 하지만 그녀를 노려보는 화난 시선은 그대로였다. 은홍은 반응이 이럴 거라는 건 처음부터 예상했었기에 당황하지 않고 말했다.

"비단은 몸에 걸치고 있을 때만 귀한 것입니다. 하지만 부부 금슬은

삶 자체가 귀해지는 거라 생각했습니다."

은홍은 손으로 책을 가리켰다.

"혼인한 부부의 사이가 어떻게 하면 돈독해질 수 있는지 상세하게 적은 책입니다. 읽어보시면 그동안 고민만 하던 부부 사이의 일에 대한 해결책을 찾으실 수 있을 겁니다."

그녀의 말이 이어질수록 부인들의 시선이 일제히 책으로 몰렸다. 그런 책이 있다는 건 듣지도 보지도 못 했으니까. 그녀들이 지금껏 보아왔던 책은 여인으로서 지켜야 할 도리를 가르쳐주는 책이거나, 생활 상식이나 요리법 정도였다. 부부 사이의 일에 대해 적은 책도 무조건 여인이 남편에게 복종해야 한다는 것뿐이었다. 대놓고 화를 냈던 정부인조차 정경부인의 눈치를 보며 책을 힐끔거렸다. 속는 셈치고 한 번은 꼭 읽어보고 싶은 책이었다.

"돈으로도 살 수 없는 걸 가지고 와야 규방 부인들께 어울리는 선물이라 생각했습니다. 그래서 소인이 직접 저자를 찾아 집필을 부탁한 책이라 이 세상에 단 하나뿐인 책입니다. 소인이 너무 경솔하게 생각해서 고른 선물이라면 정말 송구합니다."

은홍은 깊게 고개를 숙여 사과했다.

주위는 조용했다. 다들 책의 내용에 대해 묻고 싶었지만 정경부인의 눈치를 보느라고 함부로 입을 떼지 못하고 있었다.

"……그런데 왜 책이 고작 한 권뿐인가?"

정부인이 조심스럽게 물었다. 정경부인이 목소리를 낮추라고 했지, 아무 말도 하지 말라고는 안 했으니까.

"이 책 한 권을 준비하는 데 시간을 다 써서 미처 여러 권을 준비할 시간이 없었습니다. 소인이 필사해서 댁으로 책을 보내드릴 수 있습니다. 이 책이 필요하신 분이 계십니까?"

은홍이 고개를 들어 청중을 둘러보자 부인들이 서로를 쳐다보며 손을 꼼지락거렸다. 손을 들고 싶은 마음이 굴뚝같았지만 아직 정경부인의 반응이 없었다. 이곳에서는 손을 드는 것조차 정경부인이 허락해야 가능한 것이었다.

눈치 보는 부인들을 보며 숙부인은 입술을 깨물었다. 다들 이미 책에 혹한 것 같은데 정경부인의 눈치를 보느라 참고 있으니 그녀의 속이 타들어갔다.

"그런 책 따위는 필요 없네."

정경부인의 한마디에 모두 망했다는 표정을 지었다. 정경부인이 안 된다고 했으니 저 책은 가질 수 없었다.

"대신 자네가 해줄 다른 일이 있을 거 같군."

선물로 준비했던 책이 거절당해 난감했던 은홍은 정경부인의 말에 일말의 희망을 품었지만, 곧이어 그녀의 입에서 나온 이름을 듣는 순간 절망했다.

"취향관 진월향을 데려와 우리 앞에 무릎 꿇리게. 그럼 자네의 성의를 받아들이겠네."

진월향과는 도대체 무슨 악연이기에 이렇게 사사건건 얽히는 건가 싶었다. 혼례식이 좀 더 멀어진 것만 같아서 그녀는 마음이 한없이 무거워졌다.

터벅터벅. 저벅저벅.

화룡관으로 돌아가는 걸음걸이만 보아도 그녀의 마음을 알 수 있었기에 문길은 군이 규방에서 무슨 일이 있었는지 묻지 않았다. 규방 일이 잘 안 되었으니 혼례식도 쉽지 않게 되었다. 이제라도 제일 비싼 비단을 규방에 보내야 하나, 하는 생각도 들었지만 그런 식으로 일을 해결한다고 해서 은홍에게 좋을 것 같지도 않았다. 그녀의 방법이 틀렸다는 걸 알려주는 것만 될 테니까.

지금 은홍에게 제일 필요한 건 자신에 대한 인정이었다.

"상단에 들렀다 가야겠습니다."

일이 잘 안 되었는데 상단으로 태웅을 찾아가 보고하겠다고 하자 문길이 말렸다.

"그냥 대행수 어른이 귀가하시면 그때 말씀하시죠."

"아뇨, 매도 미리 맞는 게 낫습니다."

그녀는 희망 따위는 없다는 표정으로 말하고 터벅터벅 상단으로 걸어갔다. 문길은 한숨을 길게 내쉬며 그녀의 뒤를 따라갔다.

태웅은 상단으로 찾아간 그녀에게 바로 시간을 내주었다. 그녀가 규방에 다녀오는 길이라는 걸 알았으니까. 내실로 들어온 그녀가 고개를 푹 숙이고 있는 것만 봐도 그는 결과를 짐작할 수 있었다. 그녀가 그에게 잘못했다고 말할 때의 몸짓과 표정이었다.

그녀가 무거운 목소리로 보고했다.

"송구합니다. 제가 잘하지 못했습니다."

정경부인이 진월향에 대해 말한 건 그에게 차마 말할 수 없었다. 그냥 그녀가 못나서 못 해낸 거라고 마무리 지으려 했다.

"죄지은 것도 아니니 고개 들어라."

그의 말에도 그녀는 쉽게 고개를 들어 그의 눈을 보지 못했다. 지금 그의 얼굴을 보면 울 것 같았다. 이번 일을 잘하면 꼭 혼례식을 올리고 싶었는데 그러지 못하게 되었으니까.

태웅한테도 고스란히 전해져왔다. 그녀가 자신을 자책하는 걸. 그러지 말라는 말 한마디로 그녀의 마음이 치유될 리 없었다. 혼자 힘들어하는 그녀를 이대로 그냥 내버려둘 수 없었다. 그는 이제 그녀에게 기댈 수 있는 사람이 되고 싶었다. 혼만 내는 대행수는 그만하고.

저벅—.

그의 발걸음이 그녀의 심장을 꾹꾹 밟으며 가까워졌다. 고개 숙인 그녀의 눈에 그의 발이 들어왔다. 그가 그녀의 앞에 섰다. 그가 어떤 말을 하든 그녀의 모자람 때문이니 서운해하지 않고 받아들이리라 마음먹었다.

조용히 그의 꾸지람을 기다리고 있는데, 그녀의 몸을 감싸온 건 그의 단단한 팔이었다. 커다란 손이 그녀의 등과 허리를 감싸며 그녀의 작은 몸을 끌어안았다. 얼굴에 닿은 그의 가슴이 너무 따뜻해서 은홍은 울컥했다. 그녀는 습기 가득한 목소리로 그에게 물었다.

"제가 규방 일을 제대로 못했는데 왜 위로해주시는 겁니까?"

"위로 아니다."

이렇게 따뜻하게 안아주는데 어째서 위로가 아니라는 건가 싶었다.

"내가 널 이리 한번 안아보고 싶었다."

그녀를 안은 그의 팔에 힘이 더 들어갔다. 그의 품 안에서 그녀는 모든 생각을 지웠다.

쿵쿵.

누구의 심장 소리인지 모를 소리만이 들려왔다. 규방은 더 이상 중요하지 않았다. 그녀를 감싸고 있는 체온에, 그저 아찔했다. 그녀의 손이 어느새 그의 옷깃을 붙잡고 있었다. 이대로 그냥 시간이 멈추어도 좋을 것 같았다. 그러나 그건 불가능했다. 시간이란 건 나라님도 못 멈추는 것이었으니까.

태웅이 멀어지자 그녀는 아쉬웠지만 입 밖으로 말할 수는 없었다.

"집에 돌아가서 아무 생각 말고 쉬거라. 그리할 거지?"

그녀는 고개를 끄덕였다. 하지만 상단을 나선 은홍은 화룡관이 아니라 취향관으로 향했다. 태웅에게 힘을 얻으니 진월향을 만날 용기가 생긴 것이었다.

"왜 또 날 찾아온 거지?"

진월향은 대놓고 은홍을 불청객 취급했다. 은홍도 진월향이 보고 싶어 찾아온 게 아니라 웃을 수 없었다.

"규방에 갔다가 그쪽 이름을 들었소."

'규방'이란 말에 진월향은 대놓고 싫은 표정을 지었다. 그곳 여인들의 남편이나 아들이 취향관의 손님이었다. 그러니 그곳에서 그녀의 이름이 좋게 나왔을 리가 없었다.

"그래서 거기서 날 잡아 오라고 해서 잡으러 왔단 말인가? 안 본 새 규방의 개라도 되었나 보지?"

대놓고 험한 말을 하는 진월향을 말없이 쳐다보던 은홍은 무겁게 입을 열었다.

"나는 그럴 수 없다 했네. 내가 여기까지 온 건 그쪽을 미워하는 사람이 있다는 걸 알려주기 위해서요. 사람들에게 미움을 사면 결국 그

미움이 그쪽에게 고스란히 돌아갈 것이오. 그러니 그걸 명심하고 살란 말이오."

은홍의 충고가 기분 나빴기에 진월향은 돌아서는 그녀의 뒤에 대고 비꼬듯이 말했다.

"참! 내 오늘 그대와 똑같은 이를 보았는데."

은홍은 멈추어 서서 고개를 돌렸다.

"아비가 제 딸을 기방에 팔러 왔더군. 그대도 그렇지 않았나?"

은홍의 눈가가 파르르 떨렸다.

"자네는 대행수가 사주어서 이리 잘 살고 있으니 덕을 베풀어야지. 이번엔 자네가 그 불쌍한 여인을 살 차례인 거 같은데."

참으로 아름다운 얼굴로 참으로 독하게 사람 마음을 후벼 판다. 그런데 그 말이 전부 사실이라는 게 은홍을 꼼짝 못 하게 만들었다. 은홍은 주먹을 꽉 쥐었다가 펴며 입을 뗐다.

"내가 그 여인을 살지 안 살지는 그 여인을 직접 보고 판단하겠네."

전혀 상처받은 티가 안 나는 그녀의 목소리에 진월향은 잘 다듬어진 눈썹을 찌푸렸다. 은홍이 수치심에 무너지는 꼴을 보고 싶어 꺼낸 말이었으니까.

부엌 근처까지 갔을 때 누군가 서럽게 우는 소리가 들려왔다.

"으허어어엉. 저는 사내들이 무서워서 기녀는 절대 못 합니다."

아비에게 팔려 왔다는 여인이 펑펑 울고 있었다.

"그러니까 넌 부엌에서 밥만 하면 된다니까."

얼굴이 못생기고 몸집이 사내처럼 커서 겉모습은 절대 기녀와는 어울리지 않았다. 그래서 부엌데기를 시키려고 취향관에 들인 것인데, 자기는 몸 파는 기녀는 하기 싫다고 엉엉 울어대니 부엌어멈은 답답한 노릇이었다. 몸집이 커서인지 목소리는 또 어찌나 큰지, 그녀의 울음소리에 부엌 부뚜막이 들썩이는 것 같았다. 못난 것들을 질색하는 진월향은 부채로 얼굴을 가리며 짜증을 숨겼다. 은홍은 우는 여인에게 다가갔다.

"이름이 무엇이냐?"

은홍의 물음에 울던 여인은 더 서럽게 울며 대답했다.

"덕춘입니다."

"나이는 몇이냐?"

"흐흑…… 열여섯."

자신보다 당연히 더 많을 줄 알았는데 두 살이나 어린 걸 알고 은홍은 잠시 움찔했다.

"네 아비가 널 왜 판 것이야?"

그녀는 아비의 노름빚 때문에 팔릴 뻔했었다.

"흑흑…… 내가 밥을 많이 먹는다고……."

장군 버금가는 몸집을 유지하려면 이해가 안 가는 바도 아니었다.

"그럼 네가 잘하는 게 무엇이냐?"

어느새 거의 눈물을 멈춘 덕춘이 잘 모르겠다는 눈으로 그녀를 쳐다보자 은홍은 웃으면서 말했다.

"난 짚신을 잘 만든다. 바느질도 잘하고. 뭐든 손으로 만드는 걸 잘하는 편이지."

진월향은 슬슬 이 상황이 참을 수 없어져서 목소리가 날카롭게 나왔다.

"언제까지 내가 여기 서서 그대가 수다 떠는 걸 듣고 있어야 하는 건
가!"

진월향의 짜증에 덕춘은 다시 겁을 먹은 표정을 지었다.

은홍은 돌아보며 오히려 진월향을 나무랐다.

"물건을 사는 게 아니라, 사람을 사는 것이오."

도리어 인정머리 없는 사람 취급을 당하게 되자 진월향은 입술을 세
게 깨물었다. 저게, 뚫린 입이라고 감히.

은홍과 진월향의 눈싸움 사이에 끼인 덕춘은 더듬거리며 말했다.

"전 장작을 잘 팹니다. 무거운 물건도 잘 나르고, 뭐든 힘쓰는 걸 잘
하는 편입니다."

덕춘은 뒤에 작게 덧붙였다.

"밥만 잘 먹으면."

은홍은 진월향을 응시하는 시선을 피하지 않으며 덕춘의 값을 말했
다.

"좋다. 내 네가 이곳에 팔려 온 값의 10배를 치르겠다."

그녀의 흥정에 부엌어멈은 물론 진월향까지 놀랐다.

"지금 10배라고 했나?"

"그렇소, 더 내고 싶으나 덕춘이 밥을 많이 먹는다 하여 식비는 감한
것이네. 돈은 누구에게 지불하면 되겠나?"

덕춘은 부엌데기로 팔려 왔으니 필시 기생으로 팔려 온 이보다는 값
이 훨씬 쌌을 것이다. 그러니 그녀는 기녀 한 명의 값으로 덕춘의 가치
를 매겼다. 그녀의 모자란 가치를 오백 냥으로 높여준 대행수처럼, 그녀
도 덕춘의 가치를 지금 지불한 돈보다 더 높이 올리고 싶었다. 상단은

사람을 남기는 거라 하였으니.

문길은 놀란 눈으로 덕춘을 바라보았다. 은홍이 구한 여종은 장군님이었다. 남자인 그보다 더 덩치가 좋았다.

"아씨께서 취향관에서 이 처자를 돈을 주고 샀단 말입니까?"

부부는 닮는다고 하지만 뭐 그런 거까지 닮는 건가 싶었다.

"네. 아비가 밥을 많이 먹는다고 기방에 팔았다고 하여."

설마, 동병상련?

"그런데 덕춘이의 쓰임은 기방보다 상단에 더 있을 거 같아서 데려왔습니다."

장군님의 이름이 덕춘이라는 걸 그제야 안 문길은 여전히 놀란 눈으로 덕춘을 보았다. 덕춘은 문길과 눈이 마주치자 수줍어하며 은홍의 뒤에 숨었다. 하지만 그녀가 숨기에 은홍은 너무 작았다.

"규방 일이 잘 안 되어 어찌합니까?"

선물은 거절당하고, 진월향은 그녀가 거절했으니 달리 방법이 없었다.

"아직 속단하기에는 이른 거 같습니다."

문길의 말에 은홍은 고개를 들어 그의 얼굴을 보았다.

"아마 거기서는 정경부인 앞이라 다들 눈치 보느라 손을 못 들었을 겁니다."

그녀는 그래서 실패한 거라 생각했는데 문길은 팔짱을 끼며 의미심장한 표정을 지었다.

"그렇게 남의 눈치 보며 몸 사리는 부류가 잘하는 짓이 있죠."

"잘하는 짓이요?"

그녀는 그게 무엇인지 도통 알 수 없었는데 문길은 웃으며 말했다.

"한 번 기다려보죠."

뭘 기다려?

문길이 기다리라는 이가 찾아온 건 일색(日色)이 다했을 때쯤이었다.

"숙부인께서 보내서 왔습니다."

그녀를 규방에 소개해준 이였다. 그러고 보니 제대로 사과도 못 했는데 숙부인이 먼저 사람을 보낸 것이었다.

"그래도 규방에 소개해준 은혜가 있으니 그 책을 보답으로 받아 오라 하셨습니다."

그러니까 책을 달라는 소리였다. 그녀 때문에 규방에서 창피를 당했다고 화를 내는 건 아니라서 그나마 다행이라면 다행이었다.

"알았네. 내 책을 내줄 것이니, 감사하고 송구했다는 말을 꼭 같이 숙부인께……."

"잠깐만!"

숙부인이 보낸 여종과 이야기 중이었는데 갑자기 누군가 헐레벌떡 안마당으로 뛰어 들어와 두 사람의 대화에 끼어들었다.

"안 됩니다! 그 책은 정부인께서 꼭 받아 오라 하셨습니다. 쇤네한테 주셔야 합니다요."

일이 잘 풀리고 있었는데 정부인이 끼어들어 하나뿐인 책을 빼앗아 가려고 하자 숙부인이 보낸 여종이 버럭 역증을 냈다.

"내가 먼저 왔네!"

"그쪽은 정3품 숙부인 아닌가! 우리는 정2품일세! 그러니까 우리가 먼저야."

남의 집에서 노비들끼리 품계를 따지는 모습이 참으로 기이했다. 그녀는 도대체 이게 어찌 된 일인가 싶었다. 분명 규방에서는 아무도 그녀의 책을 원한다고 손을 들지 않았다. 그래서 그녀는 그게 끝인 줄 알았다.

조용히 있던 문길이 그녀에게 다가와 넌지시 귓속말을 했다.

"기다리면 분명 다른 부인도 사람을 보낼 것입니다. 그러니 절대 원본 책을 내주어서는 안 됩니다. 필사해서 준다고 하십시오."

은홍은 문길을 올려다보았다.

"스승님이 말한 게 이런 것입니까?"

"네, 뒤에서 몰래 하기. 앞에서 용감하게 하는 것보다 천 배는 쉽죠."

벌써 부인 두 명이 사람을 보냈으니 분명 앞으로 또 누군가 올 거라고 문길은 확신했다.

"아씨 선물이 규방에 통했네요."

문길의 말에 은홍은 고개를 갸웃했다.

이게 정말 통한 거란 말인가? 저렇게 삿대질하며 싸우고 있는데.

책을 원하는 규방 부인들이 있었기에 그녀의 필사가 시작되었다. 필사는 그대로 따라 쓰면 되는 것이라 다른 사람에게 맡겨도 되었지만, 그녀만큼 글씨를 예쁘게 쓰는 사람을 찾지 못해 결국 그녀가 직접 필사하게 되었다. 글씨가 정갈하면 읽는 내용에 더 신용이 갈 수도 있으니까.

서안 앞에 앉아서 열심히 글만 적다 보니까 꼭 상단에 와서 열심히 글자를 공부하던 때로 돌아간 것 같았다. 그땐 태웅에게 정말 많이도 혼났었다. 글자를 틀리면 몇 번이고 다시 써야 해서 무한 반복의 '필사 지옥'에 빠졌었다. 그때의 그녀가 번데기였다면 지금의 그녀는 나비 비스름하게 된 것도 같아서 은홍은 스스로 기특하다고 생각하며 대견한 표정을 지었다.

저벅저벅―. 나비는 듣는 귀도 좋아서 누군가 걸어오는 발소리를 듣고 서둘러 일어나 문으로 걸어갔다.

드르륵―. 그녀가 문을 열자 걸어오던 태웅이 멈추어 섰다. 그가 부르기도 전에 알아채고 나온 그녀를 보고 태웅은 설핏 웃었다.

"네가 필사할 게 넘쳐난다고 하더구나."

"네, 책을 달라고 하는 부인들이 많아서."

사실 정경부인 빼고 전부였다.

그러나 가장 중요한 정경부인의 마음을 얻지 못했기에 그녀는 아직도 규방이 실패라고 여기고 있었다.

"그럼 혼자 하기 버거울 거 같은데."

"저는 성실하니까 괜찮습니다."

그녀가 번데기 시절 태웅이 그녀에게 유일하게 칭찬해주었던 말이었다. 벌로 쓴 삼천 자의 첫 글자와 마지막 글자가 똑같이 반듯하니 그녀는 성실한 성격이라고. 그 칭찬을 들은 뒤 그녀는 더 성실에 집착하게 되었다.

"성실해도 속도가 굼벵이 같으면 욕만 먹는 법이다."

태웅의 뼈 때리는 말에 은홍은 가슴을 움켜쥐었다. 그나마 장점이라 여긴 성실함이 이런 식으로 구박받다니.

"하지만 예쁘게 글 쓰는 사람이 써야 합니다."

이래 봬도 그녀는 장인정신이 투철했다.

"글은 나도 꽤 쓴다."

태웅이 말하며 손을 들어 올리자 그녀는 눈을 동그랗게 떴다.

그녀가 감히 대행수에게 글자를 못 쓴다고 구박할 수 있을까?

태웅이 책 필사를 도와주겠다고 해서 그도 방에 들어와 서안을 사이에 두고 마주 앉았다.

"한번 써보십시오."

그녀가 진짜 글자 평가를 하려고 하자 태웅의 한쪽 눈썹이 슬쩍 위로 올라갔지만, 그는 순순히 글자 하나를 적었다. 부인들이 읽기 쉽게 언문으로 된 책이라 한문보다는 쓰기 어렵지 않았다.

"끝이 너무 날카롭습니다."

항상 야단치는 쪽이었는데 반대로 한소리 들으니 기분이 묘해졌다.

"내가 검을 써서 그렇다."

"하지만 이건 예쁜 부부 사이를 적은 책이니까 예쁘게."

"나는 예쁘게 안 된다."

태웅은 단호하게 불가능을 선언했다.

"그럼 그냥 가십시오. 제가 다 할 테니까."

그런데 은홍이 단호히 내치자 그는 조용히 다시 글자를 썼다. 이번엔 처음보다 안 날카롭게, 획의 끝을 일부러 굴렸다.

"애쓰셨습니다."

진짜 그랬기에 놀림 받은 기분이었다. 태웅은 슬며시 그녀를 흘겨보았다.

"그럼 멋진 글자가 취향인 분도 있을 수 있으니까 한 권만 필사해주십시오."

그는 분명 도와주러 온 건데 어째 기분이 찜찜했다.

"난 빨리 쓰니 금방 끝나겠구나."

태웅이 글을 쓰기 시작하자 은홍은 속으로 웃음을 삼키며 그녀도 다시 쓰기 시작했다. 태웅이 쓴 책은 그녀가 가지고, 원본 책을 규방 부인에게 줄 것이다. 생각만 해도 기분 좋아지는 계략이었다.

슥슥―.

두 사람은 한참이나 필사만 했기에 빙 안에는 붓 놀리는 소리만이 이어졌다.

태웅은 본인 말대로 글을 빨리 써서 그녀보다 두 배는 빨랐다.

은홍은 힐긋 눈동자를 움직여 필사하는 태웅의 모습을 훔쳐보았다. 빠르면서도 절도 있게 글을 써내려가는 그의 자태가 기품 있었다. 비록 쓰는 내용이 '부인이 서방님을 어찌 휘어잡느냐' 하는 것이라고 해도 말이다.

"너는……."

태웅이 입을 여는 순간, 그녀는 빠르게 고개를 내려 훔쳐보지 않은 척했다.

"책 한 권 들고 규방 가는 게 무섭지 않았느냐?"

뜻밖의 질문에 그녀는 다시 고개를 들어 태웅을 보았다. 그는 여전히 글을 쓰고 있었다.

"제가 너무 무모했다 생각하십니까?"

"아니, 대단한 용기라고 생각한다."

그의 칭찬은 절대 흔치 않았다. 그래서 그 말 한마디는 그녀의 마음을 가득 채우고도 넘쳐흘렀다.

"무서웠느냐?"

규방 안에서는 문길도 없이 오로지 그녀 혼자였다.

태웅은 그게 가장 신경 쓰였었다.

"조금."

사실 정경부인이 너무 강한 인상이라 엄청 쫄았다. 결국 그녀는 끝까지 마음이 움직이지 않았고.

"날 처음 봤을 때처럼 기절하지 않은 게 다행이구나."

부끄러운 과거에 그녀의 얼굴이 달아올랐다. 그러고 보니 진짜 화룡관에서 그를 처음 봤을 때 너무 무서워서 기절했었다. 고작 몇 년이 흘렀을 뿐인데 그때의 그녀가 참 낯설었다.

"대행수님도 무서운 게 있습니까?"

태웅은 언제나 강한 사람이었기에 그는 무서운 게 없을 것 같았다.

"있다."

그런데 무서운 게 있다는 그의 대답에 그녀는 깜짝 놀랐다.

"정말요? 무엇입니까?"

그녀가 너무 궁금하다는 눈으로 쳐다보자 태웅은 다 쓴 책장을 넘기며 도도하게 말했다.

"절대 안 가르쳐줄 거니 필사나 계속하거라."

사람 궁금하게 해놓고 말해주지 않는다고 하니 은홍은 너무하다는 표정을 지었다.

"가르쳐주십시오. 저만 알고 있겠습니다."

그녀는 사정하며 상체를 서안 앞으로 쭉 내밀어 어떻게든 듣고 싶다는 의지를 몸으로 표현했다.

"나만 알고 있겠다고 말하는 사람은 절대 믿으면 안 된다."

툭—.

태웅은 경고와 함께 앞으로 붓을 든 팔을 뻗어 그녀의 코에 점 하나를 콕 찍었다. 그녀는 이게 무슨 상황인가 싶어서 큰 눈만 끔벅였다. 무서워하는 걸 가르쳐달라고 했더니 얼굴에 점 찍는 건 무슨 의도란 말인가?

"그 점 지우지 마라."

"네?"

얼굴에 낙서한 것도 모자라 그냥 이대로 살라고 하시니, 대행수님이 너무했다.

그녀에게 관능을 가르쳐준 태웅의 입술이 부드럽게 호를 그렸다.

"'내 거'라는 표시이니."

그의 관능은 오만할 때 더 빛을 발했다.

톡—.

그녀의 붓이 그의 입술 옆에 점을 찍었다.

태웅이 깜짝 놀라 그녀를 보자 은홍은 씨익 웃었다.

"부부니까 점도 같이."

좋은 뜻으로 한 말인데 그가 눈빛까지 변하며 엄하게 말했다.

"그 말, 후회하게 될 거다."

그녀의 얼굴에 점 찍는 건 괜찮고, 그의 얼굴은 안 된단 말인가. 그건 공평하지 않았다.

"후회 안 합니다."

그래서 강하게 말했는데 태웅이 갑자기 서안을 옆으로 밀어버리며 그녀에게 다가왔다. 그의 기세에 은홍은 화들짝 놀라 몸이 뒤로 넘어갔다.

탁—.

태웅이 팔을 뻗어 병풍을 짚자 그녀의 몸이 병풍과 그의 몸 사이에

간했다.

내리깐 검은 눈빛과 베일 듯한 콧날, 그리고 벌어지는 그의 입술.

"부부니까 같이할 수 있는 게 설마 점 찍는 것뿐이겠느냐?"

꿀꺽, 그녀는 침만 삼켰다. 그의 관능에 집어삼켜질 것만 같았기에.

그의 입술 옆에 찍은 점에 자꾸 시선이 갔다. 점 때문에 그의 입술이 더 관능적으로 보였다.

실수인가, 잘한 일인가?

이 상황에서는 도통 모르겠다.

그녀의 시선을 느낀 태웅이 일부러 물었다.

"너는 내 얼굴 중에 어디가 제일 좋으냐?"

"네?"

그의 물음에 그녀는 서둘러 그의 입술에서 시선을 돌렸다. 나쁜 짓을 한 것처럼 심장이 쿵쿵 뛰어댔다.

당황하는 그녀를 보고 태웅은 입꼬리를 올렸다. 그녀도 그가 느끼는 이 감정에 조금씩 물들어가는 것 같아서 그는 점점 그녀를 자극하고 싶었다.

"난 네 눈이 제일 좋다."

원앙의 눈을 닮은 아름다운 그녀의 눈동자가 처음부터 그를 끌어당겼는지도 모르겠다. 그의 손길이 그녀의 눈가를 문지르자 풍성한 속눈썹이 파르르 떨렸다. 그녀의 연약함이 그를 자극했다.

지키고 싶은 마음과 점령하고 싶은 욕망은 한 끗 차이였다.

"이번엔 네가 날 안아주면 안 되겠느냐?"

들끓는 욕망을 정중한 부탁 속에 감추었다.

그의 말에 그녀가 당황하며 어깨를 움츠렸다.

그녀가 겁을 먹으면 그도 같이 겁먹게 되었다. 그가 그녀를 다치게 할 수도 있다는 게 가장 무서웠다. 그가 뒤로 물러나려고 병풍에서 손을 떼었을 때 그녀의 손이 그의 어깨를 잡았다. 그녀가 두 팔을 뻗어 그의 몸을 감싸 안으니 그는 꼼짝도 할 수가 없었다. 누군가에게 안겨 보는 건 그도 처음이었다. 그 여린 다정함에 마음이 울컥했다.

"대행수님이 너무 키서 제 팔이 모자랍니다."

그녀의 말에 태웅의 가슴이 떨렸다.

"아니, 내겐 넘친다."

태웅은 그녀의 품 안에서 두 눈을 감았다. 이 평온함을 절대 잃고 싶지 않았다.

은홍은 처음 필사한 책을 들고 제일 먼저 숙부인에게 찾아갔다. 어쨌든 그녀는 규방에 갈 수 있게 해준 사람이었기에 가장 먼저 책을 가져다주는 게 예의인 듯했다.

"처음 상자에 책 한 권 있는 걸 봤을 때는 욕이 나올 뻔했었네."

숙부인은 그때를 생각하면 지금도 아찔하다는 듯이 손으로 이마를 짚으며 얼굴을 찌푸렸다.

그녀는 깊이 고개를 숙여 진심으로 사죄했다.

"정말 송구합니다. 소인이 폐를 끼쳤습니다."

"되었네. 정부인 여종도 찾아왔었다면서. 또 누가 사람을 보내 책을 달라고 했나?"

숙부인은 분명 둘만 그런 게 아니라고 확신하고 그녀에게 물었다.

은홍은 솔직하게 말해주었다.

"정경부인만 빼고 모두."

그녀의 대답에 숙부인은 고개를 뒤로 젖히며 큰소리로 웃었다. 그렇게 크게 웃을 줄은 몰랐기에 은홍은 깜짝 놀랐다.

"호호호호, 고상한 척들은 다 하더니. 내 그럴 줄 알았지."

숙부인은 진심으로 통쾌해했다. 그동안 규방에서 서열이 제일 낮다는 이유로 은근히 무시를 당한 게 내내 마음에 쌓여 있었던 거다. 숙부인은 쌓인 게 이번 일로 완벽하게 풀리지 않았는지 그녀에게 당부했다.

"만약 앞으로 규방 부인 누구라도 자네에게 물건을 주문하면 무엇이든 나에게 제일 먼저 가져다주어야 하네. 알겠나?"

"하지만 숙부인께 필요 없는 물건일 수도 있는데."

"그런 건 자네가 상관할 거 없고. 무조건 내가 먼저네."

숙부인의 마음이 완벽하게 이해되진 않았지만 은홍은 알겠다고 대답했다.

"그런데 정경부인은 진월향을 얼마나 원망하고 계신 겁니까?"

만날 때마다 마음에 거슬리는 이라고 해도 그런 지체 높은 마님에게 밉보여 혹시라도 험한 일을 당할까 좀 걱정이 되었다.

"말해 뭣 하나. 좌상이 아끼는 여종을 불태워 죽어버렸으니 진월향도 그 곱상한 얼굴 오래가지 못할 거야."

"네?"

숙부인이 질색을 하며 하는 말이 너무도 끔찍하여 은홍의 얼굴이 희게 질렸다.

숙부인은 누가 들을까 저어된다는 듯이 목소리를 낮추며 말했다.

"정경부인 얼굴만 봐도 모르겠나. 남편한테 사랑받지 못하는 걸 남한테 앙갚음하는 걸로 푸는 아주 지독한 관상 아닌가."

그랬던가? 강해 보이는 인상이기는 했지만 그녀는 그리 지독한 관상이라고 생각하지는 않았다.

"정말 정경부인이 여종을 직접 불태워 죽인 겁니까?"

"불타는 집을 아주 무시무시한 표정으로 보고 서 있었다더군. 그래서 난 질대 정경부인이랑 눈을 안 마주치네. 그 눈을 조금만 마주 보고 있어도 밤에 잠을 못 잘 것이야."

책을 전하러 갔다가 정경부인에 대한 끔찍한 소리를 들어서 그런지 집에 돌아오는 은홍의 마음은 편치 않았다.

물건의 시세가 갑자기 너무 오르거나 너무 떨어지면 나라가 어지럽다는 뜻이었다. 한 섬에 다섯 냥 하는 쌀의 가격이 치솟기 시작하자 태웅은 지시를 내렸다.

"당분간은 시계전의 물계가 오르는 것을 조절하거라."

쌀이 비싸지면 보리의 수요가 급증하니 굶어 죽는 백성이 생기지 않게 곡식의 가격을 관리했다.

"대행수 어른, 취향관에서 사람이 찾아왔습니다."

취향관이라는 말에 태웅의 미간이 살짝 좁아졌다. 급하게 뛰어온 듯 취향관의 심부름꾼에게서는 땀 비린내가 심하게 났다.

"무슨 일로 날 찾아온 것인가?"

심부름꾼은 깊게 고개를 떨어뜨리며 격앙된 목소리로 말했다.

"진월향 아가씨가 화룡 상단 안주인의 부탁으로 정경부인을 찾아갔다가 큰 봉변을 당하셨습니다요."

그 말을 듣는 순간 태웅의 얼굴이 단번에 일그러졌다.

"뭐?"

그가 최근 들었던 말 중 가장 어이없으면서도 믿기 힘들었다.

쉽게 믿을 수 없는 말이었지만 진월향이 은홍의 부탁을 들어주었다
가 큰일을 당했다고 하니 무시할 수 없어 태웅은 직접 취향관으로 찾
아갔다. 그가 방에 들어섰을 때 환자처럼 누워 있던 진월향이 부스스
몸을 일으키는데 한쪽 눈과 이마를 붕대로 감고 있었다. 그 모습에 그
의 눈빛이 굳어졌다.

"어찌 된 일이냐?"

진월향은 갈쌍한 눈으로 그를 올려다보며 가녀린 목소리로 말했다.

"안주인이 직접 절 찾아와 제가 정경부인 앞에서 무릎 꿇고 용서를
빌어야 자신이 규방과 연을 쌓을 수 있다 말씀하셨습니다."

그날 은홍이 취향관으로 진월향을 찾아온 건 부정할 수 없는 사실이
었다. 은홍이 덕춘을 사서 데려왔으니까.

덕춘이 피할 수 없는 증거였다.

"은홍이 그리 말했다고? 너한테 정경부인을 찾아가 무릎 꿇고 빌라
고?"

그리 묻는 태웅의 목소리는 서늘하고 날카로웠다.

"네, 분명 그리 말씀하셨습니다. 아니면 소녀가 왜 정경부인을 찾아
갔겠습니까?"

진월향은 자신의 말을 바꾸지 않았다. 오히려 그를 똑바로 바라보며 자신의 말을 믿으라고 강요까지 하고 있었다.

태웅은 주먹을 움켜쥐었다.

"……내가 은홍한테 가서 확인해보마."

"소녀의 말이 맞다면 어찌하실 것입니까?"

"내가 지금 네게 해줄 수 있는 말은!"

태웅은 목소리를 높였다가 인내심을 발휘해서 중간에 끊고 차분하게 말을 마무리 지었다.

"미안하다는 사과뿐이다."

은홍 대신 사과하는 그를 진월향은 원망의 눈으로 쳐다보았다.

태웅은 바로 몸을 돌려 방을 나가버렸다. 방문 밖에 곽 행수가 서 있었지만 태웅은 인사도 없이 그냥 지나쳐 걸어가버렸다.

곽 행수는 멀어지는 태웅의 뒷모습을 지켜보다 고개를 돌려 병자의 행색을 한 자신의 딸을 바라보았다.

"도대체 무슨 짓을 꾸민 것이냐?"

진월향은 곽 행수의 말을 무시하며 등을 보이고 누웠다.

"이런다고 대행수가 널 선택할 거 같아? 왜 이리 어리석어!"

이 일로 태웅의 마음이 그녀에게 돌아오지 않는다고 해도 적어도 은홍에 대한 정은 떨어져 나가게 할 수 있었다. 뱀의 마음을 품은 진월향은 아름다운 입술로 잔악한 미소를 지었다.

한자리에 앉아서 계속 글을 쓰는 일은 쉬운 게 아니었다. 한 시진만 지나도 몸이 뻣뻣하게 굳어지는 거 같아서 은홍은 두 팔을 위로 쭉 뻗으며 기지개를 켰다. 그걸로도 좀 부족한 듯해서 자리에서 일어나 허리를 좌우로 움직이며 목을 빙빙 돌리는데, 밖에서 덕춘의 놀란 목소리가 들려왔다.

"헉. 대행수 어른."

이 시간에 태웅이 올 리가 없기에 은홍은 의아해하며 문으로 걸어갔다. 문을 열었더니 정말 쩔쩔매는 덕춘의 앞에 태웅이 서 있었다.

"대행수님."

반가움에 웃으며 그를 부르던 은홍은 그의 표정이 돌처럼 굳어 있는 걸 느끼고 천천히 미소가 작아졌다.

태웅은 방에 들어오지 않고 뜨락에 선 채 말했다.

"취향관에서 진월향을 만나고 오는 길이다."

'진월향'이라는 이름에 심장 한끝이 아릿했다. 원래 편한 이름도 아니었지만, 태웅이 말하는 그 이름이 제일 아픈 듯했다.

"왜?"

태웅이 입을 열기 전 그의 울대가 크게 위로 올라왔다가 아래로 떨어졌다.

"네가 정경부인을 찾아가 무릎 꿇고 용서를 빌라 했다고 진월향이 말하더구나."

그녀의 눈동자가 크게 떨렸다. 그게 거짓말이라는 걸 그녀 자신이 제일 잘 알았다. 그런데 더 크게 놀란 건 정말 규방에서 정경부인이 그리 말했기 때문이다.

"……그래서 진월향이 정경부인을 찾아갔다가 봉변이라도 당한 건가요?"

그녀가 사실이 아니라고 부정하지 않자 이젠 태웅의 눈빛이 흔들렸다. 그는 진실보다는 아니라는 그녀의 대답이 듣고 싶었다.

"얼굴에 붕대를 감고 누워 있더구나."

대답하는 그의 목소리가 거칠었다.

은홍은 태웅의 시선을 피하듯이 고개를 모로 틀었다.

그가 찍어준 점이 아직도 그녀의 코에 남아 있는 걸 본 태웅의 눈빛이 찌푸려졌다. 그녀의 모습은 그대로인데 그녀의 마음은 가장 멀었다.

"왜 사실이 아니라고 말하지 않는 거냐?"

은홍은 무겁게 입을 열었다.

"저는 그날 대행수님 말대로 집에 가지 않고 취향관에 가서 진월향을 만났습니다."

"그걸 묻는 게 아니다!"

"그건 정경부인이 정말 제게 진월향의 용서를 요구했기 때문입니다."

태웅은 얼어붙은 눈으로 그녀를 쳐다만 보았다. 은홍은 무거운 눈빛으로 말을 이었다.

"규방에 있던 모든 부인이 들었습니다. 정경부인이 제게 그리 말한 걸."

그러니 그녀가 사실이 아니라고 해도 사람들은 믿지 않을 거다.

"네가 아니라고 말하면 난 그리 믿을 거다."

믿는다는 그의 말이 너무도 무거웠다. 그 말에 그녀가 숨는다면 사람들은 그도 욕할 것이다.

"제가 정경부인을 만나고 오겠습니다."

정경부인이 정말 여종을 불태워 죽인 무서운 이라도 이젠 정경부인을 피할 수 없게 되었다. 그녀의 명예를 지키기 위해서라도.

제 13 장

입맞춤

"돌아가십시오."

정경부인을 만나기도 전에 청지기가 먼저 그녀를 불청객 취급했다. 그러나 그녀를 배행했던 덕춘 장군이 몸을 움직이자 강경했던 청지기는 움찔하며 뒤로 물러났다.

"하, 하여튼 마님은 절대 안 만난다고 하시니 어여 돌아가시란 말입니다."

덕춘의 눈치를 보며 청지기는 할 말을 다 했다.

"내가 꼭 정경부인을 만나야 하네."

"아 글쎄! 마님은 아무나 함부로 만날 수 있는 분이 아니라니까."

"그럼 진월향은 왜 만난 것이오?"

"그거야!"

청지기는 말을 하려다가 서둘러 입을 닫고 대문까지 닫아버리며 집 안으로 숨어버렸다. 은홍은 한숨을 내쉬며 솟을대문을 올려다보았다. 정경부인을 만나기조차 쉽지 않으니 마음이 더 답답해졌다. 하지만 이대로 그냥 돌아갈 수는 없었다. 그녀는 꼭 정경부인을 만나 그녀의 결백을 밝혀야만 했다.

"기다려보자꾸나."

"네? 여기서요?"

은홍이 기다리겠다고 하니 덕춘도 할 수 없이 그녀의 옆에서 같이 기다릴 수밖에 없었다.

꾸벅꾸벅.

밤이 깊어지자 덕춘은 그녀의 옆에서 졸기 시작했다.

은홍은 밤하늘을 올려다보며 중얼거렸다.

"이럴 줄 알았으면 필사할 거라도 가져올걸."

기다리며 필사했다면 한 권은 거뜬히 썼을 거 같았다. 시간이 아까웠지만 어쩔 수 없었다.

끼이익—.

대문이 열리는 소리에 은홍은 앉아 있던 자리에서 벌떡 일어났다.

열린 대문에서는 청지기가 아니라 안채 여종이 걸어 나왔다. 규방에 왔을 때 정경부인의 근처에서 보필하던 여종이었다. 그녀는 계단 위에서 도도하게 턱을 들고 말했다.

"따라오십시오."

은홍은 잠든 덕춘을 그 자리에 두고 혼자 여종의 뒤를 따라갔다.

모두가 잠든 깊은 밤이라 불이 켜져 있는 곳은 정경부인이 쓰는 안채뿐이었다. 대청 위에 서 있는 정경부인에게 은홍은 고개를 깊이 숙여 인사했다.

"만나주셔서 감사드립니다."

"고마워할 거 없네. 내 경고하려고 부른 것이니."

정경부인의 목소리는 차다찼다. 규방에서 만났을 때보다 더 그녀를 적대시하고 있었다. 아마 진월향의 영향도 있을 것이었다. 진월향은 분명 그녀의 이름을 들먹이며 정경부인을 만났을 것이니.

"한양에서 계속 장사하고 싶으면 앞으로 이런 무례는 절대……."

"제가 사람들이 모두 오해할 만한 상황에 빠졌습니다."

은홍이 정경부인의 말을 끊으며 이야기하자 그녀의 각진 턱이 단단해지며 더 부각되었다.

"사람들은 전부 제가 그랬을 거라고 철석같이 믿을 겁니다."

"자리를 가려가며 투정을 부리게!"

정경부인의 역정에 은홍은 오히려 그녀의 얼굴을 똑바로 쳐다보았다. 숙부인이 절대 그녀의 얼굴을 똑바로 보지 말라고 경고했는데도.

"그래서 마님의 마음을 이해할 수 있을 거 같습니다."

이 일로 정경부인은 강샘으로 조선 최고 기생의 얼굴까지 망친 지독한 악녀라고 소문이 날 것이었다. 이미 사람들은 여종을 불태워 죽인 잔인한 여인이라고 믿고 있으니 이 일도 당연히 사실이라고 여길 거다. 그런데 정경부인이 그러지 않았다는 걸 그녀는 알고 있었다.

진월향은 강샘 때문에 자신의 전부나 마찬가지인 미모를 포기할 인물이 아니었다.

"정말 마님이 불을 지른 게 맞습니까?"

"어느 안전이라고 무엄하게!"

여종이 오히려 진노하며 나서자 정경부인이 손을 들어 막았다. 그녀는 손을 내리며 숨을 크게 들이켰다. 정경부인에게 그런 질문을 한 건 은홍이 처음이었다.

모두가 당연히 그녀가 불을 질렀다고 믿었다. 남편에게 사랑받는 어

예쁜 여종을 시기하여. 당연히 미웠다. 사라졌으면 했다. 그래서 구하지 않았다.

하지만 불을 지르지는 않았다. 그녀는 사람을 죽일 정도로 지독한 사람은 아니었으니까.

"마님이 아니라고 말씀하시면 저는 그리 믿겠습니다."

은홍은 태웅이 그녀에게 해주었던 말을 그대로 정경부인에게 하였다.

"진월향의 얼굴에 상처를 낸 적이 없다 하시면 그것도 그리 믿겠습니다."

정경부인은 똑바로 마주쳐 오는 원앙을 닮은 그녀의 눈을 보다가 서늘하게 말했다.

"너는 눈이 참 예쁘구나."

그 말 속에 담긴 원망을 느낀 그녀의 눈동자가 가늘게 떨렸다.

"돌아가거라."

축객령을 내린 정경부인이 먼저 그녀에게 등을 보였다.

끼이익—.

그녀가 대문 밖으로 나왔을 때도 덕춘은 그녀가 사라진 줄도 모르고 여전히 앉아서 졸고 있었다. 덕춘을 깨우고 그만 집에 돌아가기 위해서 터벅터벅 계단을 내려오던 은홍은 마지막 계단에서 그 자리에 주저앉았다. 이제야 다리에서 힘이 풀렸다.

그래서 바로 일어나지 못하고 있는데 누군가 그녀에게 다가오는 발소리가 들렸다.

저벅저벅—.

사내의 발소리였다. 다가온 이는 그녀의 앞에 한쪽 무릎을 꿇고 앉았다. 그녀는 천천히 고개를 들었다.

눈이 마주치자 태웅이 말했다.

"힘들면 힘들다고 말해도 된다."

그의 다정함에 그녀의 눈동자가 흔들렸다.

사람들이 진월향의 말을 믿기 시작하면 과연 그녀가 계속 화룡 상단의 안주인을 할 수 있을까?

그 생각만 하면 무서워졌다.

하지만 제일 두려운 건 이 일에 그까지 엮이는 것이었다.

"사람들이 절 욕하면 대행수님은 모른 척하십시오."

그녀의 말에 그의 눈빛이 일그러졌다.

"내가 널 모른 척하면 그냥 남인 것이다."

그런 식으로 항상 옆에 있으면 그게 무슨 의미가 있단 말인가.

"아직 혼례식을 안 올렸으니까 상관없……."

혼례식을 안 올린 걸 처음으로 다행이라고 생각하는데, 그녀의 마지막 말은 부딪혀 온 그의 입술 안으로 빨려 들어갔다.

그녀의 얼굴을 붙잡은 그의 커다란 손, 닿아버린 그의 입술, 파고들어오는 숨결…….

모든 게 너무나 뜨거웠다.

첫정이고, 첫 입맞춤이었다.

그래서 그 뜨거움에 부서질 것 같으면서도 피하지 않았다. 그가 눈을 감으라 하지도 않았는데 그녀의 눈은 저절로 감겼다. '닿는다'는 말로는 표현이 부족한 격렬한 접촉에 그녀의 풍성한 속눈썹이 파들파들 떨렸다.

그의 입술은 거침없이 그녀의 모든 걸 삼켰다. 그녀는 그대로 그에게 섭슬렸다. 도대체 언제 숨을 쉬어야 할지 알 도리가 없어서 그녀는 또 숨을 참았다. 하지만 그는 그런 것도 개의치 않는다는 듯이 그녀의 입술을 빼앗고 또 빼앗았다. 보드라운 살결을 빨아들이는 축축한 뜨거움에 현기증이 밀려왔다. 영원히 끝나지 않을 것만 같은 농밀함이었다.

'대행수님.'

그에게 집어 삼켜진 입은 말을 뱉어낼 수 없어서 그녀는 마음으로 간절히 불렀다. 어찌할 바 모르는 이 마음을 그가 알아주었으면 했다. 무지에서 오는 두려움을 그가 다시 따뜻하게 안아주길 바랐다.

점점 혼곤해지는 정신 속에 그의 거친 숨결 소리가 들려왔다. 그의 입술은 떨어졌지만 아직도 그녀의 입술에 그의 체온이 엉켜 있었다.

"네 입술은 달구나."

그녀는 너무 뜨거웠는데 그는 달았단다.

새빨개진 그녀의 입술을 그의 긴 손가락이 더듬었다. 아직 식지 않은 몸의 열기 때문에 그 여린 자극에도 그녀의 피부가 짜릿했다. 건들 때마다 그녀가 움찔거리자 그의 눈빛이 짙어졌다.

그녀가 숨을 못 쉬어 쓰러질 것 같지만 않았어도 그는 멈추지 못했을 거다.

참고 참았던 마음이 입맞춤 한 번으로 터져버렸다.

어찌 이리 좋을 수 있는지. 입 맞추는 순간, 미치는 줄 알았다.

그래서 후회하기 싫었다. 그가 성급했다고.

"진월향 일은 내가 해결할 것이니 넌 걱정할 거 없다."

태웅의 입이 뱉어내는 그 이름에 은홍은 혼곤함 속에서도 정신이 번쩍 나서 고개를 세차게 저었다.

"안 됩니다! 제가!"

태웅이 다시 다가와 그녀의 입술 위에서 속삭였다.

"네가 안 된다고 할 때마다 입을 맞출 것이니, 계속해보거라."

그녀는 차가운 이성과 뜨거운 감정이 뒤엉켜 어찌할 바를 몰랐다.

그녀가 꼭 해야 할 말을 못 하게 하니, 이게 그가 주는 애정인지 벌인지 너무 헷갈렸다.

밤의 취향관은 향락의 세계였다.

"뭐? 진월향이 아파서 없어?"

그 향락의 세계에서 가장 비싼 꽃인 진월향의 부재는 손님들을 놀라게 하고 화나게 했다.

"송구합니다. 진월향이 화룡 상단 안주인 명으로 정경부인을 찾아갔다 안 좋은 일을 당하는 바람에."

진월향의 지시를 받은 기생은 일부러 더 슬픈 표정을 지으며 굳이 은홍과 정경부인의 이름을 꺼냈다. 그 말을 듣고 손님들은 서로 수군거리기 시작했다.

정경부인이 여종를 불태워 죽인 건 양반들 사이에 유명한 일이었기에 이번에도 정경부인이 진월향의 얼굴에 무슨 짓을 한 거라고 확신했다.

"화룡 상단 안주인이라는 이는 정말 지독하구만. 어찌 그런 무시무시한 곳에 진월향을 보낼 수가 있어."

결국 불똥은 은홍에게까지 튀니, 그걸 뒤에서 듣고 있던 문길의 얼굴이 굳었다. 사랑받지 못해 추하게 변한 건 정경부인이 아니라 진월향 자신이라는 걸 정말 모르는 것인가 싶었다.

"화룡 상단에서 온 윤 서기네. 진월향에게 내가 왔다고 전해주게."

헛소문을 퍼트리고 있던 기생은 화룡 상단이라는 말에 화들싹 놀랐지만 금세 새침한 표정을 지으며 알았다고 고개를 까닥였다.

"잠시만 기다리십시오."

문길은 주먹을 꽉 쥐었다. 태웅은 지금 진월향을 함부로 건드리는 건 위험하니 아무것도 하지 말라고 했지만 그럴 수는 없었다.

진월향을 만나면 반드시 얼굴의 붕대를 풀어버릴 것이었다.

태웅이 은홍을 데리고 집에 돌아오자 그를 기다리는 충격적인 소식이 있었다.

"뭐?"

그가 대번에 놀라고 화난 표정을 지으니 행랑아범은 쩔쩔매며 그에게 고했다.

"윤 서기 나리께서 지금 취향관에 잡혀 있답니다. 진월향을 겁탈하려다가 걸렸다던데. 윤 서기 나리가 그럴 분이 절대 아닌데 이게 어찌 된 일인지."

결국 문길이 아무것도 하지 말라는 그의 말을 안 듣고 폭탄을 건드려서 터트린 거다. 태웅은 사나워지는 마음을 짓누르며 행랑아범에게

명했다.

"이 일은 은홍이 절대 모르게 해야 하네. 알겠나?"

지금 문길의 소식을 듣게 되면 자기 탓이라고 자학할 게 뻔했다.

행랑아범은 알겠다고 몇 번이나 머리를 조아렸다.

태웅은 집안사람들에게 단단히 입조심을 시켜놓고 흑돌을 타고 바로 취향관으로 향했다.

안 좋은 일로 또 나타난 태웅을 보고 곽 행수는 말을 아끼며 문길이 있는 곳으로 안내해주라고 아랫사람에게 명했다.

문길은 고방에 묶인 채 갇혀 있었다.

그를 본 문길의 얼굴이 진짜 죄를 지은 사람처럼 어두워졌다.

"이런 꼴이 되어 죄송합니다, 대행수 어른."

"됐다. 이미 벌어진 일."

문길이 진월향의 얼굴에 감긴 붕대를 풀려다 이 사달이 난 건 뻔한 일이었다.

"진월향은 네가 나타나길 기다리고 있었을 거다."

"네. 진월향이 비명을 지르자마자 사람들이 문을 열고 들이닥쳤습니다."

문길이 스스로 덫으로 걸어 들어간 꼴이었다. 하지만 문길이 결백하다는 걸 밝히는 건 은홍의 결백을 밝히는 것만큼이나 힘든 일이었다. 모두 진월향과 둘만 있을 때 벌어진 것이었으니까. 결백은 진월향만이 명백히 밝혀줄 수 있었다.

태웅은 심각한 표정으로 허공을 노려보다가 문길에게 말했다.

"불편하겠지만 참고 있어라. 내가 결심할 시간이 필요하다."

문길은 알았다고 고개를 끄덕였다.

은홍은 필사하면서 마음을 진정시켰지만 마음은 쉬이 고요해지지 못했다. 그녀와 정경부인에 대한 나쁜 소문은 지금도 장안에 빠르게 퍼지고 있을 것이었다. 어떻게든 하고 싶었으나 안채에서 필사만 하라는 태웅의 명이 있었다. 그가 해결할 것이라고 했다.

그녀가 일으킨 문제를 그에게 모두 떠넘긴 것 같아서 마음이 안 좋았다.

"덕춘아, 스승님 좀 불러주렴."

답답한 마음을 문길에게 말하면 좀 풀릴 것 같아서 그리 말했는데 덕춘이 화들짝 놀랐다.

"네? 윤 서기 나리 말입니까?"

"그래, 왜 놀라는 것이냐?"

"아닙니다! 쇤네 전혀 안 놀랐습니다요."

큰 손을 휘저으며 부정하니 더 놀란 듯 보였다. 뭔가 이상한 걸 느낀 은홍의 미간이 좁아졌다.

"설마 스승님한테 무슨 일이 생겼느냐?"

덕춘은 그녀의 눈을 피하며 어쩔 줄 몰라 했다.

은홍은 자리에서 일어나서 이리저리 피하는 덕춘의 시선을 좇아 움직이며 끈질기게 물었다.

"스승님은 지금 어디 계신 것이냐? 덕춘이 너는 알고 있는 거지?"

"쇤네는 모릅니다요. 절대 아씨께 말하지 말라고……. 헙!"

덕춘은 자신의 말실수를 깨닫고 서둘러 두 손으로 입을 틀어막았다.

은홍은 문길에게 무슨 일이 생겼다는 걸 느끼고 덕춘을 다그쳤다.

"네 주인은 나다. 그러니까 아는 걸 당장 말해라!"

은홍이 평소와 달리 강하게 나오니 덕춘은 바짝 긴장했다.

말을 안 할 수도, 말을 할 수도 없는 이 상황이 딱 미치고 환장할 것 같았다.

취향관 뜨락에 서서 진월향에게 통자를 넣으러 간 여종이 돌아오길 기다리던 은홍은 주위에 느껴지는 시선이 가시 같아서 턱이 굳었다. 이미 이곳에 있는 이들은 모두 그녀를 성격 음흉한 화룡 상단 안주인으로 보고 있었다.

아직도 병석에 누워 있다고 해서 당연히 들어오라 할 줄 알았는데 진월향이 직접 모습을 드러냈다. 얼굴에 붕대를 감고 있는 그녀의 모습을 보고 사람들은 안타까운 한숨을 토해냈다.

"세상에! 진짜 정경부인에게 봉변을 당했나 보네."

"저 고운 얼굴에 상처 남으면 어쩌나."

"이게 다 화룡 상단 안주인 때문인데 무슨 낯짝으로 예까지 찾아왔단 말인가."

마치 그녀 들으라는 듯이 쏟아내는 사람들의 목소리를 애써 무시하며 은홍은 누마루 위에 서 있는 진월향을 올려다보았다.

"윤 서기가 여기 있다고 해서 데리러 왔소."

그녀의 말에 진월향은 서늘하게 웃었다.

"우선 저에게 사과를 먼저 해야 하는 거 아닙니까?"

사람들 앞이라고 말을 높이는 진월향의 태도가 가식적이었다.

그제야 왜 진월향이 병자 흉내를 내며 방에 있지 않고 직접 나왔는지 알 수 있었다. 그녀를 사람들 앞에서 망신 주고 싶은 것이다.

그걸 눈치채고도 은홍은 달리 방법이 없었다. 문길이 이곳에 잡혀 있다고 하니까, 어떻게든 그를 데려가야 했다.

"내가 어떻게 하면 마음이 풀리겠나?"

그녀의 물음에 신월향은 턱을 높이 들어 올리며 서만한 눈빛으로 그녀를 내려다보았다.

"무릎 꿇으세요."

진월향의 무례한 말에 덕춘이 놀라서 그녀의 앞으로 나서려고 했지만, 은홍은 덕춘의 팔을 꽉 움켜잡으며 그러지 못하게 했다.

"가만히 있어라. 내 일이다."

"하지만 아씨."

덕춘은 자신이 말을 해서 이리된 거라 어찌할 바를 몰라 했다. 그런 덕춘에게 은홍은 짧게 웃어 보였다.

"나는 정말 괜찮으니까 물러나 있어."

덕춘은 용감한 장군상에 어울리지 않게 눈물을 뚝뚝 흘리며 뒤로 물러났다.

은홍은 다시 진월향을 올려다보았다. 그녀를 내려다보는 진월향의 눈빛에 자비란 없었다. 그녀를 무너뜨리려고 하는 잔악함만이 넘실댔다. 저리 아름다운 얼굴을 가지고 살면서도 행복하지 않다는 게 참으로 기이했다.

은홍은 천천히 몸을 낮추었다.

그녀가 무릎을 꿇는 걸 보며 진월향은 눈을 번뜩였다. 할 수만 있다면 직접 그녀의 몸을 짓밟고 싶었다. 그녀의 불행이 모두 오백 냥 신부

탓 같았으니까. 그러니 은홍이 망가져야 그녀가 다시 행복해질 수 있었다.

"당장 일어나거라!"

표한한 목소리가 두 여자를 갈라놓았다.

은홍도, 진월향도 놀라서 목소리가 들린 쪽을 돌아보았다.

태웅이었다. 역광을 받으며 저벅저벅 걸어오는 그를 보는 두 여자의 표정이 엇갈렸다.

은홍은 당황했고, 진월향은 수치심을 느꼈다.

은홍이 있는 곳까지 거침없이 걸어온 태웅은 무릎 꿇고 앉아 있는 그녀를 단번에 일으켜 세웠다.

"상단으로 돌아가거라."

그의 목소리는 차갑고 화가 나 있었다. 그러나 그녀도 절박했다.

"하지만 스승님이 여기에 있다고……."

"난 분명 돌아가라 했다. 내 말을 거역하면 너라도 용서치 않을 거다."

그의 냉정한 눈빛은 그의 말이 모두 진심이라고 말하고 있었다.

은홍은 더 말을 할 수가 없었다.

태웅이 휙 고개를 돌려 덕춘을 쳐다보자 덕춘은 허둥지둥 달려와 은홍의 팔을 부여잡고 끌고 갔다. 은홍을 보내놓고 태웅은 몸을 똑바로 세워 누마루 위의 진월향을 쳐다보았다.

"이젠 내가 너와 이야기할 차례구나."

진월향은 부르르 몸을 떨었다. 분명 그가 이리 먼저 찾아오길 기다리고 있었는데 마주친 그의 눈빛 속 불이 너무도 뜨거워서 그녀는 움츠러들었다.

두 사람만이 이야기할 수 있는 방으로 옮긴 뒤 태웅은 진월향의 앞에 장부 하나를 던졌다.

툭—.

바닥에 떨어진 책은 아주 오래된 듯 낡아 있었다.

"이게 무엇입니까?"

"네 어미의 허물이다."

곽 행수의 비리가 적힌 장부라는 말에 진월향은 눈을 날카롭게 뜨고 그를 노려보았다.

"어찌 이런 걸 대행수 어른이 가지고 있을 수 있습니까? 어머니는 대행수 어른을 아들처럼 여겼습니다!"

"내가 진짜 아들이 아니니까 버렸겠지."

태웅도 알고 있었다. 곽 행수가 그를 화룡 상단으로 데리고 간 것은 그를 버린 것이라는 걸. 어차피 낳아준 친어미도 아니었으니 그것에 대한 원망은 없었다. 대신 곽 행수와 함께 일을 하면서도 완벽하게 신용하지 않았었다. 취향관의 이익을 위해서는 언제든지 배신할 수 있는 이라 여기고 대비를 한 장부였다.

그게 그녀의 딸 때문에 쓰일 줄은 그도 몰랐었다.

"그러니 선택해라. 내 사람을 끝까지 상처 입혀서 이 취향관을 망하게 할 것인지, 취향관을 살리기 위해 그 광대놀이를 그만할 것인지."

진월향은 붉게 타오르는 눈으로 태웅을 노려보았다. 그에게 가진 애정만큼 원망도 컸다.

"대행수 어른이 제게 어찌 이러십니까?"

그의 기억 속에도 진월향이 그저 어여쁜 여동생 같은 때가 있었다. 그 기억이 남아 있기에 지금 진월향의 모습이 너무도 처참했다. 태웅은 손을 뻗어 진월향의 얼굴을 가리고 있는 붕대를 뜯듯이 풀어냈다.

드러난 진월향의 얼굴에 상처는 없었다.

'네 얼굴에 없는 상처가 내 마음에 지워지지 않을 상처로 남았으니.'

태웅은 자비 없는 시선으로 눈물로 얼룩진 진월향을 바라보며 기나긴 인연을 단칼에 잘라냈다.

"오늘은 내가 널 버렸다."

투두둑—.

지금 그녀가 흘리는 눈물은 처절한 슬픔이었지만 이제 태웅에게는 무의미했다.

은홍은 차마 화룡관으로 돌아가지 못하고 광통교로 갔다. 그가 그녀를 힘들게 하면 이곳에서 그를 기다리라고 했었다. 그럼 그가 꼭 찾아와서 사과하겠다고.

그런데 지금은 모두 그녀의 잘못이라 그는 오지 않을 것이다. 그녀에게 양심이라는 게 있다면 이대로 조용히 화룡관을 떠나야 할 것 같았지만 차마 발걸음이 안 떨어졌다. 화룡관을 떠나서 어찌 살지 자신이 없었다. 그곳에서 산 건 고작 3년이 좀 넘는 시간일 뿐인데도 마치 그녀 인생의 전부인 것만 같았다.

아직 태웅에게 제대로 그녀의 마음도 전하지 못한 것만 너무 서러웠다. 이럴 줄 알았다면 진작 말할걸. 모든 게 후회가 되었다.

그녀가 한없이 바닥으로 가라앉고 있는데 덕춘이 외쳤다.

"아씨! 저기 대행수 어른께서 오십니다!"

은홍은 놀라서 몸을 돌려 다리 끝을 보았다.

정말 태웅이 걸어오고 있었다. 그리고 그는 혼자가 아니었다. 그의 곁에 문길이 있었다. 결국 그가 그녀도 구해주고, 문길도 구한 거다. 그게 너무 고맙고 미안해서 눈가가 뜨거워졌다.

은홍은 치맛자락을 손으로 꽉 움켜잡았다. 울면 안 되었다. 뭘 잘했다고 운단 말인가. 여기서 울기까지 하면 진짜 최악이었다. 눈물을 애써 참느라 먼저 다가가지 못하고 치맛자락만 움켜잡고 서 있는데 두 남자가 그녀가 서 있는 곳까지 다가왔다.

"저는 괜찮습니다, 아씨."

문길의 그 말이 그녀를 안도하게 만들었다. 은홍은 태웅에게로 시선을 옮겼지만 차마 말을 못 하였다.

죽을힘을 다해 참느라 흐르지 못한 눈물 흔적을 보기라도 한 듯 그가 무겁게 입을 열었다.

"나는 안 괜찮다."

그녀를 나무라는 말 같아서 은홍의 마음에서 눈물이 넘치려고 하는데 그가 말했다.

"당장 혼례식을 올려야겠다."

그가 그녀와 제대로 혼례식만 올렸었어도 진월향이 그리 굴었을까 생각하니 태웅은 더 이상 기다릴 수가 없었다. 진월향 때문에 더럽혀진 그녀의 명예를 되살리기 위해서라도 혼례식을 치러야 했다. 가능한 한 빨리.

태웅이 혼례식을 올리겠다고 하자 은홍과 문길은 같이 놀랐다. 그녀

가 간절히 바랐던 혼례식이었다. 하지만 지금 그녀는 순수하게 기뻐할
수가 없었다.

"대행수님, 저는……."

그녀는 당당히 혼례식을 올리고 싶어서 지금껏 노력한 것이었다. 하
필 이렇게 안 좋은 추문에 휩싸였을 때 그녀가 혼례식을 올리고 싶다
고 솔직하게 말할 수 있을 리가 없었다.

그녀가 선뜻 대답하지 못했지만 이번엔 태웅이 망설이지 않았다. 그
럴 수 없었다.

"이미 너무 늦어버린 혼례식이다. 문길, 네가 맡아서 준비하거라. 그
리고 덕춘이는 문길을 도와주고."

문길은 그리하겠다고 덤덤히 받아들이고, 덕춘은 '혼례식'이라는 말
에 큰 몸을 들썩이며 어찌할 바를 몰라 했다.

태웅이 혼례식 준비를 하라고 명을 내리자 은홍의 마음이 복잡해졌
다. 숙인 고개를 들지 못하는 그녀가 애련해서 태웅의 눈매가 일그러졌
다.

한양 사람 모두의 이목을 집중시킬 성대한 혼례식으로 다 괜찮아질
거라고 믿으면서도 결국 그녀가 혼례식을 올리고 싶다고 말할 때까지
기다려주지 못한 게 미안했다. 그저 기다려주기만 하면 되는 일조차 못
했다는 게 그에게도 마음의 짐으로 남을 듯했다.

화룡 상단 대행수가 드디어 혼례식을 올린다는 소문은 사람들의 입
에서 입을 통해 장안에 빠르게 퍼져나갔다.

"아이고! 드디어 혼례를 치르긴 치르네요."

"그러게 말이에요. 그날은 크게 잔치를 올린다고 하니 한양 사람들이 다 화룡관으로 몰려가겠어요."

"연분이 있긴 있나벼. 내가 살아서 대행수 장가가는 모습을 보고 가게 생겼네."

시전 거리에서 사람들이 혼례식에 대해 분분하게 말하는 걸 살피고 화룡관에 돌아온 덕춘은 신이 나서 안채로 향했다.

다들 진월향의 'ㅈ'도 안 꺼내고 혼례식 이야기만 한다는 걸 은홍에게 어서 알려주고 싶어서 바로 안방 문을 열었다. 그런데 그 안의 풍경을 보고 흥이 돋았던 덕춘의 어깨가 아래로 쑥 꺼졌다. 은홍은 필사하고 있었다. 그 모습은 꼭 수도승이 수도하는 모습과 다를 게 없었다.

"아씨는 당장 혼례식 준비를 해야 하는데 왜 붓만 잡고 계신대요?"

덕춘이 너무도 답답한 마음에 결국 한소리를 했다. 그래도 은홍은 붓을 놓지 않았다.

"내가 이걸 늦으면 화룡 상단 안주인으로서 한 약속을 어기는 것이야."

"하지만 그게 혼례식보다 중한 건 아니잖아요. 아니 그런가?"

덕춘은 아리송하다는 표정을 지으며 혼잣말로 마무리 지었다.

은홍은 입술을 꾹 깨물며 계속 글씨를 썼다.

"벌써 시전은 대행수 어른과 아씨의 혼례식 소식으로 떠들썩합니다요."

태웅의 의도대로 혼례식에 대한 소식은 진월향의 일을 완벽하게 묻어 버렸다. 늦어질 대로 늦어진 만큼 대행수의 혼례식에 사람들의 관심이 지대했다.

"분명 내 혼례식인데, 꼭 남의 이야기를 듣는 거 같구나."

은홍이 중얼거리는 말을 들은 덕춘은 그녀의 눈치를 보았다. 혼례식을 앞두고 좋아서 어찌할 바 모를 새색시의 모습이어야 하는데 계속 필사만 하고 있으니, 이래도 되나 싶었다.

은홍은 태웅의 부름을 받고 사랑채로 향했다. 그의 앞에서는 밝은 모습을 보여야 한다고 다짐했지만 자신이 없었다.

"대행수님, 은홍입니다."

그녀가 왔다고 고하자 방 안에서 태웅의 목소리가 들려왔다.

"들어오너라."

그의 허락이 떨어지자 사랑방의 문을 열었던 은홍은 방 안에 있는 물건을 보고 놀라서 바로 안으로 들어갈 수가 없었다.

태웅의 앞에는 혼례복이 있었다.

"왜 안 들어오는 것이냐?"

그녀가 움직이지 않자 태웅이 물었다. 그제야 은홍은 조심스럽게 걸음을 떼어 사랑방 안으로 들어갔다. 그녀가 자리에 앉자 태웅은 혼례복이 든 상자를 그녀 쪽으로 밀었다.

"네 것이니 이젠 네가 가지고 있거라."

하지만 그녀는 선뜻 혼례복에 손을 뻗지 못하고 그저 바라만 보았다. 그런 그녀의 행동을 태웅이 못 느낄 리 없었지만 이제 어쩔 수 없었다. 그녀의 부담감과 상관없이 밀어붙이는 수밖에. 혼례식은 꼭 올려야 했으니까.

"혼례식을 올리기로 했으니 이제 우리도 보통의 부부처럼 지내는 게 낫겠지?"

복잡한 눈으로 혼례복을 보던 은홍은 '보통의 부부'라는 그의 말에 놀라 태웅을 보았다.

태웅이 그녀를 똑바로 보며 물었다.

"네가 가까이 오겠느냐, 내가 가는 게 낫겠느냐?"

움찔.

그가 두 가지 중 한 가지를 선택하라고 할 때는 언제나 그 선택은 무의미했다. 뭘 선택하든 결과는 같았으니까.

"제가 오늘 밤은 필사할 것이 아직 남아서……."

그녀는 핑계를 대며 슬그머니 뒤로 물러났다.

하지만 오늘 밤 태웅은 그녀의 물러남을 용납하지 않았다. 그는 한 번 드러낸 마음을 숨기는 법을 몰랐다.

"내가 가까이 가야겠구나."

태웅이 갑자기 벌떡 일어나자 그녀는 크게 당황하여 손을 뻗으며 저지했다.

"대, 대행수님. 잠깐만! 오늘 말고 내일……."

"내가 언제 오늘 일을 내일로 미루라고 가르쳤더냐?"

그가 어느새 성큼 가까이 다가오자 그녀는 기겁해서 물러나다가 뒤로 발랑 넘어지고 말았다. 태웅은 일으켜주는 대신 그의 몸을 그녀의 몸 위로 숙였다. 시야를 가득 채우는 사내의 몸에 그녀는 숨을 멈추었다. 작고 연약한 그녀와는 비슷한 구석 하나 없이 눈이 닿는 모든 것이 강하고 단단했다.

그가 가까이 다가설 때마다 호흡 곤란을 느끼는 그녀에게 그가 미리 경고했다.

"숨 쉬거라."

무리였다. 또 숨이 안 쉬어졌다. 은홍은 버틸 수 없을 거라 생각되자 본능적으로 눈을 감아버렸다. 아무것도 안 보이니 그나마 숨통이 트였다. 하지만 눈에 안 보인다고 그의 존재가 사라진 건 아니었다. 그녀의 작은 몸을 지배하듯이 감싼 그의 더운 몸이 더 선명하게 느껴졌다.

태웅은 그의 아래에서 떨고 있는 작은 몸이 안쓰럽고 또 탐이 났다. 그는 그녀를 해치려는 게 아니었다. 그녀와 진짜 부부가 되고 싶을 뿐이었다.

그녀는 자신이 못났다고 자책하며 혼례식을 부담스러워하고 있었지만, 그에게 그녀는 그저 혼례식을 올리고 싶은 여인일 뿐이었다.

화룡 상단 안주인은 실수하면 안 된다고 해도, 그의 아내가 한 실수는 언제라도 그가 품어줄 수 있다는 걸 어찌 그녀에게 전할 수 있을지 고민이었다.

"은홍아."

그가 부르는 그녀의 이름이 데일 듯이 뜨거웠다.

"눈 뜨거라."

그의 말은 그 자체가 힘이라 그녀의 눈꺼풀이 파르르 떨리다 위로 올라갔다. 베일 듯한 그의 수려한 얼굴이 바로 앞에 있었다.

태웅은 잠시 아무것도 안 하고 그녀의 얼굴만 바라보았다. 그래서 은홍도 꼼작 못하며 숨만 꼴깍 목 뒤로 넘겼다.

"안 씻은 것이냐?"

그의 질문에 긴장감이 와장창 깨어지는 듯했다.

그녀는 억울해서 외쳤다.

"매일 씻었습니다!"

그의 긴 손가락이 다가와 그녀의 얼굴에 닿자 소리치던 객기는 바로 쪼그라들었다. 그녀가 달팽이였다면 벌써 집 안으로 몸을 숨겨버렸을 거다.

"그런데 이 점이 아직도 남아 있구나."

그가 찍어준 점은 그녀의 코에 아직 남아 있었다. 지우지 말라고 했더니 그 말을 성실히 지켰다는 게 사랑스럽고 웃겼다. 그녀가 입가에 찍어준 그의 점은 진작에 사라지고 없었으니까. 그녀의 얼굴에 남아 있는 점을 보니 어쩌면 마음이 더 깊은 건 그녀가 아닐까 착각하고 싶어졌다.

은홍은 그곳만 피해서 씻었다는 말을 하는 게 부끄러워서 차마 말하지 못하고 그에게 부탁했다.

"이, 일으켜주십시오."

그녀의 부탁에 태웅은 멋지게 웃기만 하고 전혀 움직이지 않았다. 지금은 그녀의 뜻대로 할 수 없었다. 그럼 그들의 관계에 발전이 없을 테니까.

그의 깊은 속내를 알 길 없는 은홍은 그의 밑에서 계속 꼼지락거렸다. 그녀는 자신의 행동이 그를 더 자극한다는 걸 전혀 모르고 있었다.

"우선은 가까워지는 것이다."

"네?"

"이리 가까이 있는 게 자연스러워지고, 내가 만져도……."

그의 손가락이 다시 그녀의 얼굴에 닿자 그녀는 또 숨을 참았다.

그는 그럴 줄 알았다는 듯이 입꼬리를 길게 올렸다.

"네가 숨을 잘 쉬면."

옷고름을 만져도 호흡 곤란, 입을 맞추어도 호흡 곤란. 계속 그러면 곤란했다. 목숨 걸고 부부 관계를 맺을 수는 없었으니까.

"그다음 단계로 넘어갈 것이야."

은홍은 그 말을 듣자마자 다음 단계가 궁금해졌다. 숨도 제대로 못 쉬는 주제에.

"다음 단계는 무엇입니까?"

그녀가 궁금해하자 그의 눈빛이 웃음을 품고 초승달처럼 휘어졌다.

빛인 듯, 관능인 듯.

마주 보기 바듯했지만, 피할 수 없었다.

아니, 피하고 싶지 않았다.

"그건 혼례식 올리고 난 다음에."

안 알려준다는 말을 참으로 그럴듯하게 하신다. 궁금증이 풀리지 않아서 그녀의 하얀 미간이 찌푸려졌다.

"더디게 가지도 않을 것이다."

그의 손이 그녀의 뺨을 덮었다. 피부에 닿은 그의 손바닥이 불에 달구어진 듯 뜨거웠다. 그럴 리가 없는데, 분명 그녀와 똑같은 온도일 텐데도, 정말 그리 느껴졌다.

"내 인내심에도 한계가 있으니."

그리 말하며 내리까는 태웅의 눈빛에 그녀가 전혀 몰랐던 그가 담겨 있었다. 그건 사내의 눈빛이었다. 한 여인을 너무도 원하고, 그래서 이 순간 지독히도 인내해야 하는 그의 힘겨움을 굳이 그녀가 다 알아줄 필요는 없었다. 그저 도망가지 말고 받아주기만 한다면.

그의 시선이 그녀의 입술로 향하자 은홍은 바싹 긴장했다. 그의 입술이 그녀의 입술에 닿았던 경험은 그녀의 인생을 통틀어서 가장 뜨거운 사건이었으니까.

하지만 태웅은 그때처럼 입 맞추지 않고 그녀한테서 멀어져갔다.

"왜?"

그녀도 모르게 나온 질문에 태웅이 다시 그녀를 보자 은홍은 서둘러 두 손으로 입을 틀어막았다.

"지금은 아무것도 안 할 것이니 긴장할 거 없다."

그녀의 행동을 오해한 태웅이 말했다. 그가 입 맞춰주지 않아서 그녀가 아쉬워할 거라고는 전혀 의심하지 않는다는 듯이.

그녀도 그의 마음을 다 모르지만, 그도 여자의 마음을 참 몰랐다.

란 부인에게는 직접 혼례식 소식을 알려야 할 것 같아서 은홍은 오랜만에 그녀를 찾아갔다.

"혼례식을 올린다고?"

필시 진월향과 관련된 안 좋은 소식도 들었을 텐데 그것에 대해서는 전혀 묻지 않는 란 부인의 깊은 속내가 은홍은 존경스러웠다.

"네, 부끄럽게도 그리되었습니다."

"그게 왜 부끄러운 일인가? 부부라면 당연히 해야 할 관례인 것을."

은홍에게 혼례식은 당연한 관례가 아니었다. 그녀가 화룡 상단 안주인의 자격이 있음을 증명하는 것과 관련이 있었기에 부끄럽다고 한 것이다. 그녀는 아직 그 자격을 제대로 입증하지 못했기에.

"제가 정말 이대로 혼례식을 올려도 괜찮을까요?"

아마도 그녀는 이 질문을 하고 싶어서 란 부인을 찾아왔나 보다. 란 부인이라면 현명한 대답을 해줄 것 같았기에.

란 부인이 담담한 목소리로 말했다.

"조선에서 자기가 원하는 혼인을 하는 여인이 몇 명이나 될 거 같나?"

그녀가 대답하지 못하고 쳐다만 보자, 란 부인은 드물게 입가에 미소를 지었다.

"자네가 행복해질 수 있는 혼례식이라면 당연히 욕심내야지. 못 하면 바보네."

은홍은 물기 어린 눈으로 란 부인을 바라보았다. 그제야 답답한 마음이 풀리면서 그녀에게 한없이 고마운 마음이 들었다.

란 부인을 만나고 화룡관으로 돌아와서도 은홍은 필사를 계속했다.

"안에 있느냐?"

은홍은 밖에서 들려온 목소리에 화들짝 놀라며 고개를 들었다. 아직 태웅이 집에 올 시간이 아니었기에.

그녀가 잘못 들었나 싶었는데 곧 문이 열리고 문 앞에 서 있는 태웅이 보였다.

그는 놀란 표정으로 쳐다보고 있는 은홍과 눈이 마주치자 눈을 좁히며 팔짱을 꼈다.

"내가 너무 일찍 와서 싫은 건가?"

그는 새신랑의 마음으로 일도 서둘러 끝내고 온 것인데 말이다. 곧 혼례식인데 어떻게 평소와 똑같을 수 있겠는가. 그건 천하의 화룡 상단 대행수에게도 무리였다.

"이리 가까이 오너라."

어제는 그가 다가갔다면, 오늘은 그녀에게 다가오라 했다.

은홍은 그의 눈치를 보다가 천천히 발을 떼어 조금씩 그에게로 다가섰다.

"가까워진 다음은 무엇인가요?"

그가 무엇까지 하려는지 알 수 없어 불안했지만, 그를 믿기에 물러남도 없었다.

"너는 어디까지 할 수 있을 거 같으냐?"

그의 짓궂은 질문에 원앙처럼 순수함과 사랑만 가득한 그녀의 눈빛이 빠르게 돌아갔다.

어떻게 대답해야 잘 대답했다는 칭찬을 들을까 고심하는 게 다 보였기에 그의 얼굴에서는 웃음이 가시지 않았다.

그가 가질 수 없는 사랑스러움을 가진 그녀가 태웅은 한없이 탐이 났다. 그리고 결국 그가 전부 가지게 될 것이었다.

그녀는 혼례식에서 그의 신부가 될 여인이었으니.

"저는 대행수님 대신 죽을 수도 있습니다."

생각도 못 한 그녀의 대답에 그의 눈이 커졌다. 성교육 수업에 어울리지 않는 너무 비장한 대답이었다.

그런데 그게 그녀의 진심이라는 것이 그의 마음을 울컥 치밀게 했다. 그는 그녀의 충성이 아니라 그녀의 사랑이 필요했다.

"네 목숨까지는 필요 없다."

그의 거절에 그녀는 시무룩해졌다. 그녀는 진심이었으니까.

"그냥 너만 있으면 된다."

그의 팔이 그녀의 가는 허리를 휘감고 그의 몸으로 바싹 끌어당겼다. 그리고 그건 끝이 아니라 시작이었다. 입술이 닿을 듯이 그의 얼굴이 가까이 다가왔다.

그녀는 어찌할 바를 몰라서 눈만 크게 뜨고 가만히 서 있었는데 그가 나직이 말했다.

"지금은 눈을 감는 거다."

그녀는 빠르게 두 눈을 꽉 감았다.

힘이 잔뜩 들어가서 눈, 코, 입이 가운데로 몰린 그녀의 얼굴을 보며 태웅은 입술을 꾹 깨물었다. 여기서 웃으면 안 될 듯했으니까. 하지만 웃음을 참느라 입맞춤도 무리였다.

태웅이 갑자기 그녀의 몸을 꽉 끌어안자 은홍은 놀라 감았던 눈을 떴다.

어라?

그녀가 뭘 잘 몰라도 태웅이 방금 하려던 게 포옹이 아니었다는 건 느낄 수 있었다.

뭐지? 무슨 일이 있었던 거지?

그녀는 눈을 감아 아무것도 못 봤기에 도통 알 수가 없었다.

"저기, 대행수님?"

"그냥 이러고 잠시 있자꾸나."

그의 손이 그녀의 작은 뒤통수를 감싸 안았다. 다정한 손길에 그녀는 조금 안도했다. 잘못된 건 아닌 듯해서. 그녀는 용기 내어 손을 뻗어서 그의 등을 끌어안았다. 호흡이, 체온이, 살이, 심장의 박동이 닿으니 마음까지 그와 닿은 듯이 가까워졌다.

태웅의 낮은 웃음소리가 귀를 통해 그녀의 심장까지 전해졌다.

"네가 이리 힘이 넘치는 줄 미처 몰랐구나."

얼굴에도 힘을 주더니, 안는 팔 힘도 엄청났다.

그녀가 슬며시 손에서 힘을 빼자 이번엔 그가 그녀의 작은 몸을 꽉 안았다. 홍조 돋은 그녀의 얼굴이 그의 가슴에 빈틈없이 파묻혔다. 그의 체향에 취해 술을 안 마시고도 알딸딸해졌다.

"우리 혼례식만 생각하기라."

'혼례식'이라는 말에 그녀의 심장이 따끔했다.

"너는 내가 선택한 신부이니, 그 하나로 충분하다."

그녀가 모자라지 않다는 그 말이 그녀를 기쁘게도 하고, 아프게도 하였다.

"말씀하셨던 봉황잠입니다."

의임이 내미는 상자 속 봉황잠을 본 태웅은 만족한 표정을 지었다.

금으로 만들어진 금슬 좋은 봉황 두 마리에 산호와 진주, 비취, 그리고 칠보로 화려하게 장식되어 있었다. 용잠과 봉황잠은 궐에서 1품 빈에 속하는 귀한 여인들만 할 수 있는 비녀였지만, 특별히 혼례식을 올릴 때는 신분에 상관없이 모든 신부들에게 사용이 허락되었다. 봉황잠은 그 자체로 이것을 한 여인이 얼마나 귀한 신부인지 보여주기에 더할 나위 없이 충분했다.

그래서 태웅은 은홍에게 줄 혼례식 선물로 봉황잠을 준비했다.

"수고했다."

혼례식 날까지 잘 보관하기 위해서 상자 뚜껑을 닫으려는데 밖에서 시윤의 목소리가 들려왔다.

"우리 새신랑! 내가 왔네!"

태웅은 서둘러 봉황잠을 집어넣었다. 시윤에게 먼저 보이면 괜히 부정 탈 것 같았으니까.

문을 벌컥 열고 들어오던 시윤은 태웅이 무언가를 급하게 숨기는 걸 보고 그 자리에 멈추어 섰다.

"자네는 나한테 뭘 숨기는 건가?"

"그런 거 없습니다."

태웅이 시치미를 떼자 시윤은 더 격분했다.

"없기는! 자네가 자꾸 그러면 내가 아주 속상해."

"그 말 하려고 오신 겁니까?"

혼례식을 코앞에 둔 새신랑에게 그런 푸념이나 하러 온 거라면 그는 진짜 철이 없는 것이었다.

우는 척하던 시윤은 손을 내리며 뜻밖의 말을 했다.

"투전판에서 박가를 보았다는 사람이 있네."

태웅의 눈빛이 예리해졌다.

하필 혼례식 직전에 은홍의 아비를 보았다는 사람이 나타났다는 게 석연치가 않았다.

"혼례식 이야기를 듣고 돈이나 뜯으러 왔는지도 모르지."

그럴 가능성이 제일 컸다. 돈을 받고 딸을 판 비정한 아비니까.

"어쩔 생각인가?"

"문길에게 찾아보라 하겠습니다."

태웅은 혼례식을 올릴 때까지 은홍이 좋은 생각만 하고, 또 좋은 일만 있기를 바랐다. 그래서 그녀에게도 말 안 할 생각이었다.

은홍은 주막으로 과부댁을 다시 찾아갔다. 책은 이미 다 썼지만 필사하다 보니 깨달은 점 때문이었다. 책에는 서방님께 사랑받는 방법은 있었지만, 혼례식 직전의 신부와 신랑에 대해서는 하나도 안 쓰여 있다.

"그야 당연한 거 아니오. 누가 혼례식 전에 신랑을 만난단 말이오."

일반적으로는 신랑과 신부가 서로의 얼굴도 모르는 상태에서 혼례식을 했다. 그게 조선의 흔한 혼례식이었다.

과부댁이 그런 경우는 없으니 안 써주겠다고 하자 은홍은 강하게 반박했다.

"내가 그런 경우네. 그러니 추가해주시오. 한 명이라도 그런 경우가 있으면 당연히 고려해야 하네."

사실 그녀가 정말 알고 싶었다. 당장 혼례식인데 그녀는 태웅에게 아무것도 해준 게 없었다.

"하! 돈 좀 냈다고 완전 갑질이시네."

과부댁이 거칠게 나오자 덕춘이 앞으로 나서며 장군미를 뽐냈다.

웅장한 덕춘의 기세에 과부댁은 움찔했지만 모진 풍파를 이겨낸 경험으로 바로 세게 나왔다.

"정 그것도 책에 넣고 싶으시면 돈을 내시오."

"이 정도면 되겠나?"

은홍이 닷 냥을 꺼내 손에 올려주자, 과부댁의 태도는 바로 변했다.

"옷을 지어준다 하시오."

"옷?"

그녀가 손재주는 있으니 남자 옷도 그럴듯하게 만들기는 할 것이었다. 이번에도 그녀의 손재주로 태웅을 감동하게 해야 하는 건가.

"옷을 지으려면 제일 먼저 뭘 해야겠소?"

"옷감을 골라야지."

"그 전에 치수를 재야 할 거 아니오."

과부댁은 덕춘의 뒤에 서서 치수 재는 시늉을 하며 당부했다.

"접촉은 노골적이지 않고 은밀하게."

과부댁이 덕춘의 넓은 등 뒤에서 얼굴을 내밀며 음흉한 미소를 지었다.

"원래 강한 사내일수록 은밀한 것에 더 약한 법."

은홍은 과부댁이 말한 걸 잊기 전에 종이에 열심히 적었다.

화룡관으로 돌아오는 길에 태웅의 옷을 지을 옷감을 사기 위해 선전이 있는 시전 거리로 방향을 틀었다.

꼭 과부댁의 말 때문이 아니더라도 태웅의 옷을 짓는 건 좋은 생각인 것 같았다. 왜 지금껏 그 생각을 못 했을까 싶었다. 마음만 먹으면 만들 수 있었는데.

그녀가 태웅의 부인으로서 처음으로 하는 게 그의 옷을 짓는 거라고 생각하니 몸과 마음이 같이 들떴다.

"은홍아."

우뚝―.

은홍은 멈추어 선 채로 빠르게 몸을 돌려 뒤를 보았다. 그녀의 뒤를 따라오고 있던 덕춘이 놀라서 물었다.

"왜 그러신데요? 아씨."

은홍은 혼란스러운 눈으로 덕춘의 어깨 너머로 저잣거리를 바라보았다.

아버지 목소리였다.

설마, 착각인가?

"아니다. 그냥 화룡관으로 가자."

"비단 사신다고."

"그건 다음에 사자."

은홍은 집으로 걸음을 재촉했다. 아버지의 목소리를 들은 건 제발 그녀의 착각이길 바랐다. 이제야 겨우 행복한 혼례식을 올리고 싶은 마음을 먹게 되었으니까.

귀가한 태웅은 은홍이 마중 나와 있는 걸 보고 미소 지었다. 혼례식이 정해지고 그녀가 이리 마중 나온 건 처음이었기에.

이제야 좀 마음의 짐을 내려놓은 것 같아 다행이었다.

"제가 대행수님 옷을 지어드리고 싶습니다. 그래도 될까요?"

그녀의 말이 뜻밖이기는 했지만, 그녀가 워낙 손재주가 좋아서 하는 말이라고 생각했다. 그리고 그녀가 만든 옷이라면 그도 꼭 입어보고 싶었다.

"안 될 리가 있겠느냐. 우린 부부인데."

그가 말하는 '부부'란 말이 너무 따뜻하고 예뻐서 그녀의 뺨에 홍조가 일었다.

"그럼 제가 대행수님 몸 치수를 재야 하는데."

두근두근.

과부댁은 신랑을 설레게 하라고 가르쳐준 방법인데 그녀의 심장이 설레발치듯이 쿵쿵 뛰어댔다.

그녀의 얼굴에 그게 다 드러나니 태웅이 의아해하며 물었다.

"그런데 왜 얼굴이 그리 붉은 것이냐?"

"아닙니다! 전 절대 다른 뜻이 있는 게 아니라……."

그 말이 수상해서 그의 눈빛이 가늘어졌다.

뭐지? 옷 치수 재는데 무슨 다른 뜻?

그래도 태웅은 전혀 의심하지 않았다는 듯이 그녀에게 물었다.

"사랑채로 갈까? 아니면 안채?"

"네?"

"옷 치수 잰다고 하지 않았느냐."

"아! 사랑채로 가시죠!"

그녀는 앞장서서 서둘러 사랑채로 걸어갔다.

태웅은 천천히 그녀의 뒤를 따라갔다. 그녀의 행동이 좀 수상하긴 했지만 우선 두고 보기로 했다. 뭔가 꿍꿍이가 있다고 해도 어차피 그의 손바닥 안일 테니까.

사랑방에 먼저 도착한 은홍은 두 손을 공손하게 맞잡고 그를 맞이했다.

방에 들어선 태웅은 갓을 벗으며 그녀에게 물었다.

"어디까지 벗어야 하느냐?"

그가 아무렇지 않게 툭 던진 물음에 그녀는 그대로 굳어버렸다.

버, 벗, 벗는다고?

이건 전혀 생각 못 한 상황이었다. 과부댁도 가르쳐주지 않았다. 그녀는 단지 치수를 잴 때 은밀하게 접촉하라고 했을 뿐이었다. 그런데 그녀가 접촉을 시도하기도 전에 태웅이 먼저 강하게 한 방 먹인 것이다. 역시 그는 그녀 같은 순둥이는 감히 상대가 안 될 정도로 강했다.

그녀가 눈 뜬 채로 기절한 것 같자 태웅이 다시 물었다.

"겉옷 위에 해도 상관없느냐?"

"네! 상관없습니다!"

"난 벗어야겠다."

"네?"

정작 옷을 만들 그녀가 지나치게 큰 목소리로 괜찮다고 했는데도 그가 옷을 벗겠다고 하자 은홍은 기겁했다. 이런 상황에서 은밀한 건 무리였다. 옷 치수나 제대로 잴 수 있을까 걱정되었다.

"난 옷이 딱 맞는 게 좋으니까."

사실 그녀의 반응이 재미있어서 더 나가게 되었다. 그의 행동, 말 한 마디에 표정이 시시각각 바뀌는 게 귀엽고 재미있었다. 그런 그녀에게 계략이 있다고 의심한 그가 오히려 더 나쁜 것이었다. 딴마음 먹고 무슨 짓을 하는 건 그녀가 아니라 그일 것이다. 바로 지금처럼.

태웅이 도포를 벗고 저고리의 옷고름까지 풀어 젖히자 하나 남은 속적삼이 드러났다.

은홍은 눈앞에서 펼쳐지는 대행수의 탈의에 넋을 놓아버렸다.

툭―.

손에 들고 있던 실마저 놓쳐서 바닥으로 떨어졌다.

떼구르르르.

그녀가 놓친 실타래는 태웅의 앞까지 굴러갔다. 속적삼만 입은 태웅이 직접 몸을 숙여 그녀가 떨어뜨린 실을 집어 들었다.

그가 몸을 숙일 때 살짝 벌어진 속적삼 사이로 보이는 쭉 뻗은 쇄골이 그녀에게 또 다른 충격을 주었다. 관능적인 건 그의 입술이 최고일 줄 알았는데 그게 아니었다. 그의 몸에는 더 큰 관능이 숨겨져 있었다. 어떻게 같은 사람 몸인데 그녀와 이리 다를 수 있나.

그녀가 막 만든 두부라면, 그는 잘 깎아놓은 조각상이었다.

그녀가 잘 익은 말랑한 홍시라면, 그는 펄펄 끓는…….

그가 그녀에게 실을 내밀며 은밀하게 말했다.

"이제 시작하거라."

하지만 그녀는 시작하기도 전에 이미 그에게 당한 기분이었다.

태웅은 가만히 서서 그녀가 치수를 재길 기다렸지만 은홍은 실을 손에 든 채 섣불리 움직이지 못했다.

"왜 안 재느냐?"

그녀는 꿀꺽 침을 삼키고는 그에게 한 발 다가섰다. 어차피 그의 옷을 만들려면 몸의 치수를 재야 했다. '은밀하게'는 이미 물 건너간 것 같으니 치수라도 정확히 재야 했다. 그녀는 은밀한 접촉에는 약해도 멋진 옷을 만드는 건 자신 있었다.

"그럼 치수를 재겠습니다."

은홍은 태웅의 등 뒤로 가서 옷 길이부터 쟀다. 그리고 어깨 길이를 재는데, 그녀의 두 배는 되었다. 그는 참 커서 그녀에게는 태산처럼 느껴졌다.

"가슴을 재야 하니 팔 좀 들어주십시오."

태웅이 두 팔을 들자 그녀는 가슴통을 재려고 시도하다가 멈칫했다. 바로 과부댁이 알려주던 은밀한 접촉이 이 부분이었다. 그녀는 가슴을 재는 것처럼 하면서 안았다.

은홍은 힐긋 그의 얼굴을 살폈다. 태웅은 아무런 의심 없이 앞만 보고 있었다. 지금이 기회인가. 그녀는 숨을 참고 두 팔을 앞으로 쭉 뻗었다. 그녀의 가슴과 그의 등이 닿았다. 쿵쿵 뛰는 그녀의 심장 소리가 그에게도 들릴 것만 같아 긴장되었다.

"무리구나."

그의 한 마디에 그녀는 움찔하며 고개를 들었다. 설마 그녀의 수작을 들킨 건가 싶어서 긴장했는데 태웅은 짧게 혀를 찼다.

"내 가슴을 재기에 네 팔이 짧다. 다른 이의 도움이 필요할 거 같은데."

팔이 짧아 슬픈 짐승이여.

하지만 그녀의 탓이 아니었다. 그녀의 팔은 지극히 정상이었고, 그가 너무 큰 거였다.

"아닙니다! 저 혼자 할 수 있습니다."

"어떻게?"

태웅이 의심의 눈으로 그녀를 내려다보았다.

딱 보아도 그의 몸통보다 그녀의 팔이 짧은데.

"반씩 재면 됩니다."

은홍은 등 쪽만 먼저 재고 서둘러 앞으로 옮겨서 가슴 부분을 재었다. 임무를 완수한 은홍은 그를 올려다보며 만족한 미소를 짓다가 그의 칭찬에 바로 표정이 굳었다.

"똘똘하구나."

순식간에 '똘똘이'가 되었다. 그런 애칭은 전혀 은밀하지 않았다.

"왜 그러느냐?"

그는 일 잘한다고 칭찬했는데 그녀의 표정은 죽상이니 태웅은 의아했다.

"아닙니다. 계속하겠습니다."

그녀는 충실히 나머지 치수를 재었다.

어쩌겠나. 사람이 다 잘할 수는 없으니까.

그녀는 옷을 잘 짓는 대신 은밀하게 치수를 재는 건 서툴렀다.

"그럼 혼례식이 끝난 뒤에 네 옷을 입을 수 있는 것이냐?"

그러려면 그녀는 혼례식 전까지 그의 옷만 만들어야 했지만, 혼례를 올리자마자 그가 그녀가 만든 옷을 입는다면 더 의미가 클 것 같았다. 그녀가 아내로서 그에게 해주는 첫 번째 일이었다. 그리고 앞으로도 계속 그가 입을 옷은 그녀가 지어주고 싶었다.

"네, 제가 평생 대행수님 옷을 만들어드리겠습니다."

그녀의 약조에 태웅의 입가에 미소가 그려졌다.

'평생'이라는 말이 한없이 애틋하고 깊었다.

그는 허리를 숙여 그녀의 얼굴 가까이 다가갔다. 그의 얼굴이 다가오자 은홍은 그가 또 입을 맞추려는 줄 알고 숨을 꾹 참았다. 손끝까지 바짝 세운 그녀의 긴장감이 그한테도 다 전해져서 태웅은 한숨 섞인 미소를 지었다. 하지만 첫날밤을 지내고 나면 그녀도 달라질 것이다. 그럴 수밖에 없다. 그러니 며칠만 조심하면 된다고 생각하며 태웅은 그녀의 작은 머리통 위에 손을 올려 머리를 쓰다듬었다.

"기대되는구나."

은홍은 홍조 띤 얼굴로 그를 올려다보았다.

그녀도 기대되었다.

혼례식을 올린 뒤 변할 두 사람의 미래가.

제 14 장

사라진 신부

혼례식 날에는 화룡관의 문을 개방해 누구든지 환영하는 잔치를 열기로 했기에 혼례식 전날부터 화룡관 안은 음식 만드는 냄새로 가득했다. 어마어마한 양의 음식을 만들어야 해서 일손도 많이 필요했다.

그래서 은홍도 덕춘과 함께 도와주려고 했으나 신부는 이런 일 하는 게 아니라고 하면서 그녀만 부엌에서 쫓겨났다. 모두 신부를 배려한다면서 어째 그녀를 왕따시키는 기분이었다.

지금껏 혼례식에 대해서만 생각했지 혼례식 전날의 신부는 무엇을 해야 하는지는 미처 생각하지 못했다.

혼례식 전날의 신랑은 혹시 알고 있으려나?

그러나 태웅은 혼례식 전날도 상단에 나갔다. 돈 잘 버는 신랑이라서 좋다고 해야 하나, 이런 날까지 일하는 일벌레라 너무하다고 해야 하나.

은홍은 아직 다 완성하지 못한 태웅의 옷을 마저 짓기 위해서 안채로 향했다. 첫날밤이 지나고 일어났을 때 태웅이 이 옷을 입었으면 좋겠지만 그러려면 혼례식 전날 밤을 꼴딱 새워야 했다.

아무리 생각해도 그건 아니었다. 피부라도 상하면 정말 큰일이었다. 내일 무슨 일이 있어도 그녀는 예뻐야 했다. 두 뺨을 손으로 감싸고 안채로 연결된 중문을 지난 은홍은 안마당에 서 있는 태웅을 발견하고 놀라서 멈추어 섰다.

그가 여기서 그녀를 기다리고 있을 줄은 상상도 못 했다.

"언제부터 여기 계셨던 겁니까?"

그런 줄 알았으면 다른 곳을 어슬렁거리지 않고 바로 안채로 왔을 거다.

"네게 줄 것이 있어서 기다리고 있었다."

그가 손에 들고 있던 상자를 내밀었다.

"혼례식 날 네게 어울릴 것 같아 준비했다. 받거라."

그가 준비한 선물이 무엇인지 그녀는 짐작할 수 없었다.

"그게 무엇입니까?"

"궁금하면 직접 열어보거라."

은홍은 상자를 열기 전에 그의 얼굴을 힐긋 올려다보았다.

태웅은 말없이 그녀가 상자를 열어보길 기다려주었다.

"제가 대행수님께 고맙다는 말을 했었나요?"

"흠, 그러고 보니 네가 송구하다는 말은 밥 먹듯이 했던 거 같은데."

그만큼 그녀가 그에게 자주 혼났다는 뜻이었다. 왜 고맙다는 말을 못 했나 했더니 혼나느라 못했던가 보다. 이번에 제대로 고맙다는 말을 하고 싶은데 태웅이 먼저 말했다.

"부부끼리 고맙다는 말은 불필요하다."

"왜?"

"다른 말을 하면 되니까."

"다른 말이라면?"

"안 열어볼 것이냐?"

그가 말을 돌리자 그녀는 그제야 다시 상자로 관심을 돌렸다.

달칵―.

상자 뚜껑을 여는 순간, 안에 들어 있는 물건에 햇빛이 반사되어 눈부셨다.

"아!"

봉황잠을 본 그녀의 눈이 커졌다. 한 번도 본 적 없는 물건이라도 알 수 있었다. 엄청나게 귀한 물건이라는 걸.

"혼례식에 네가 할 비녀다."

은홍은 고개를 들어 그의 얼굴을 보았다.

"제가 하기에 너무 귀한 물건입니다."

"네가 내게 귀한 여인이니 잘 어울리겠구나."

그리 말하며 미소 짓는 그야말로 세상 그 어떤 보석에 견주어도 빛이 날 만큼 기품이 흘렀다. 그녀가 어쩌다 그처럼 대단한 사내를 만나 이리 귀한 대접을 받나 싶었다.

"저는……."

그가 그녀에게 해주는 만큼 그녀는 그럴 수 없을 것 같아서 목이 메었다. 그녀가 자책할 틈을 주지 않고 그가 말했다.

"오늘 밤이 마지막이다."

다른 부부는 혼례식부터 시작하지만 그들은 이 혼례식을 치르기 위해서 아주 긴 시간과 과정을 견뎌내야 했다.

그만큼 혼례식이 각별했다.

이름뿐인 부부가 아니라, 진짜 부부가 되는 것이었다.

"혼례식을 올리고 나면 매일 밤 같이 있자꾸나."

그녀 혼자 잠이 드는 밤은 오늘이 마지막이라는 그의 말에 그녀의 심장이 쿵쿵 뛰어댔다. 매일 밤 그의 얼굴을 보며 잠들 수 있다는 게 어떤 것인지 지금은 상상조차 안 되었다.

어서 내일이 오길…….

기다림이 벅차 심장이 계속 두근거렸다.

시간은 충실히 흐른다고 해도 유독 긴 하루였다.

그녀에게 봉황잠까지 전한 태웅은 어서 빨리 오늘이 지나 혼례식 날이 되길 바랐다. 이제 긴 기다림의 마침표를 찍고 싶었다. 거창한 걸 바라는 게 아니었다. 은홍과 함께 평범한 부부처럼 살고 싶었다.

같이 밥 먹고, 같이 자고, 화낼 때는 싸우기도 하고, 아이를 낳아 가족을 이루고…….

남들에게는 평범한 일상이 지금껏 그에게는 너무 멀었다. 그러나 이젠 아니었다. 은홍이 있으니까 그도 그리 살 수 있었다.

지금까지는 꼭 그가 희망을 품을 때마다 인생의 굴곡이 생기곤 했다. 무관의 꿈을 가졌을 때 조선제일검 박무진과 마주쳤고, 상인의 성공을 바라게 되었을 때 유일한 버팀목이었던 억만이 죽었다.

그리고 오늘은 해가 서녘으로 깊이 기울어 세상이 온통 붉게 물들었을 때, 상단 겸인이 헐레벌떡 그를 찾아 화룡관으로 왔다.

"대행수 어른, 큰일 났습니다!"

혼례식을 치를 때까지 아무 일도 일어나지 않길 바랐기에 겸인의 수선스러움이 거슬려 태웅은 말이 차갑게 나갔다.

"무슨 일인데 이리 호들갑이더냐!"

"윤 서기 나리가 저자 뒷골목에서 괴한한테 습격을 당해 쓰러졌다

합니다."

벌떡, 태웅은 그 말을 듣자마자 놀라서 자리에서 빠르게 일어났다. 문길이 습격당할 일이라면 은홍의 아버지 박가를 찾는 일과 관련이 있을 터였다.

하지만 박가는 문길을 습격할 만큼 무예가 능할 리가 없었다. 도대체 어떻게 된 일이란 말인가? 설마 다른 패거리가 있었다고?

"이 일은 은홍이 절대 알게 해서는 안 된다. 알겠느냐?"

문길이 다치기까지 했는데 그걸 숨기면 은홍이 나중에 크게 화를 낼 것이었다. 하지만 지금은 방도가 없었다. 바로 내일이 혼례식이었다. 벌써 밤이 되었으니 이제 몇 시진 남지도 않았다.

태웅은 단단히 일러두고 바로 문길이 치료받고 있다는 의원으로 향했다.

태웅이 방문을 열고 들어서자 누워 있던 문길이 몸을 일으켰다. 그가 바로 말렸다.

"그냥 누워 있어라."

"괜찮습니다. 잠시 기절했던 거뿐입니다."

그런 것치고는 꽤 큰 상처였다.

"은홍의 아비가 널 공격한 것이냐?"

"아닙니다."

박가가 아니라는 말에 태웅은 조금 안도했다.

"그럼 누구 짓이냐?"

그의 질문에 문길은 얼굴을 찌푸렸다.

문길이 바로 대답하지 못하자 태웅은 눈을 좁혔다.

"설마 못 본 것이냐?"

"아뇨, 보긴 봤는데……."

전혀 뜻밖의 인물이었다. 길거리에서 마주쳤다면 의심 없이 그냥 지나쳤을 거다.

"여자아이였습니다."

"뭐?"

태웅도 놀랐다. 당연히 성인 남자가 공격했을 거라 여겼기에.

"그리고 이상한 게 하나 더 있습니다."

문길은 자신을 공격한 게 여자아이라는 것보다 그게 더 마음에 걸렸었다.

"대행수 어른과 같은 검을 가지고 있었습니다."

태웅은 눈을 부릅떴다.

"……그 검은 돌아가신 대방 어르신이 주신 것입니까?"

아니었다. 그저 취향관에 들렀던 뜨내기손님이 나뭇가지를 들고 검 연습을 흉내 내던 어린 그에게 던져주고 간 것이었다. 그냥 그런 검이었다. 그런 검치고 너무 잘 만들어진 검이라 그가 지금까지 쓰게 된 것이긴 했다.

"똑같이 파천이라 적혀 있었느냐?"

"네, 그랬습니다."

破天(파천). 하늘을 깨다.

검을 처음 받았을 때부터 새겨져 있던 글자였다. 지금껏 태웅에게 그 글자는 그저 검에 새겨진 문양 같은 것이었을 뿐이다.

그런데 그 글자에 무언가 깊은 뜻이 담겨 있는 거라면……

순간 몸을 감싸는 스산한 기운이 느껴졌다. 그는 위험에 지독히도 민감한 편이었다. 그래서 풍파 많은 인생에서 지금껏 목숨을 부지하고 있는 것이기도 했다. 그런데 이 순간, 감이 지독히도 나빴다.

그가 급하게 집을 나섰다가 다시 돌아왔을 때는 이미 깊은 밤이었다. 안채도 불이 꺼져 있었다. 은홍이 자고 있다면 다행히 문길이 다친 건 모를 터였다. 문길도 내일 혼례식에는 참석할 수 있다고 하니 크게 걱정하지 않아도 될 거다.

그는 바로 사랑채로 가지 않고 안채로 향했다. 그녀가 잘 자는 모습을 눈으로 봐야 안심하고 잘 수 있을 것 같았다.

안마당에 들어선 태웅은 멈추어 섰다. 은홍이 자고 있을 안방의 문이 조금 열려 있었다. 아무래도 그가 느낀 스산한 기운은 파천검이 아니라 저 열린 문틈으로 불어온 것이었나 보다.

저벅저벅ㅡ.

태웅은 신발도 벗지 않고 대청마루 위로 올라가서 안방의 문을 열어젖혔다. 달빛이 한꺼번에 쏟아져 들어간 방 안에는 아무도 없었다. 은홍이 자고 있어야 할 요가 비어 있는 걸 보고 그의 눈이 얼어붙었다. 그가 오늘 그녀에게 준 봉황잠만이 덩그러니 놓여 있었다.

"은홍아!"

태웅은 안마당으로 뛰어내려 그녀의 이름을 크게 불렀다.

"은홍아!"

하지만 돌아오는 대답이 없었다.

해가 뜨면 두 사람의 혼례식이건만, 신부가 사라져버린 것이다.

반 시진 전.

은홍은 태웅이 준 봉황잠을 머리맡에 두고 잠자리에 들었다. 내일 있을 혼례식에 대한 설렘으로 쉬이 잠이 오지 않았다. 내일부터는 오늘처럼 그녀 혼자 자는 게 아니라 그녀의 옆자리에 그가 있을 거라 생각하니 오히려 첫날밤이 기다려지기도 했다.

어서 내일이 오길……

기다림이 벅차 심장이 계속 두근거렸다.

모두가 잠든 깊은 밤이었다. 혼례식에 대한 설렘으로 잠을 설치던 은홍도 막 잠이 들었는데 그 순간 소리도 없이 방문이 열리더니 누군가 도둑고양이보다 더 가벼운 발걸음으로 방 안으로 들어섰다.

태웅처럼 위험에 민감하지 않은 은홍은 미처 알아채지 못했다.

방 안에 들어선 이는 은홍보다 더 작은 몸집이라 소년인지, 소녀인지 구분이 안 되었다. 자는 은홍 앞에 쭈그려 앉아서 크기를 재본 괴한은 미간을 찌푸리고는 품에서 단도를 꺼냈다. 그리고 손으로 툭툭, 자는 은홍의 어깨를 두드리며 깨웠다.

그녀의 눈꺼풀이 열리는 순간, 괴한은 은홍의 목에 단도를 대고는 무섭게 말했다.

"찍소리라도 냈다가는 그대로 그어버릴 것이다."

무시무시한 경고였지만 앳된 여자 목소리였다.

은홍은 칼을 들고 있는 도둑의 존재에 그대로 얼어붙었다.

"일어나."

은홍이 겁을 먹고 움직이지 못하자 괴한은 그녀의 목에 칼을 더 가까이 댔다. 따끔한 느낌이 나며 그녀의 하얀 목에서 피가 배어 나왔다. 그 통증이 이게 악몽이 아니라 현실이라는 걸 깨우쳐주었다.

"다음엔 네 얼굴을 그어줄 것이다."

그 말을 듣는 순간 그녀는 바보 같게도 혼례식 걱정을 하였다. 얼굴에 상처 난 신부를 사람들이 어찌 볼지 생각하니 몸이 저절로 움직였다.

"이, 이보시오. 난 내일 혼례식이네."

그러니 제발 돈이나 패물만 가져가길 바랐지만, 도둑은 돈이나 패물은 찾아보지도 않고 그녀한테만 움직이라고 강요했다. 은홍은 애가 타 죽을 것만 같았다. 오늘이 그녀가 혼자 자는 마지막 밤이었는데, 왜 하필 오늘 이런 일이 벌어진단 말인가. 옆에 태웅만 있었어도 도둑은 꼼짝도 못 하고 잡혔을 것이라 그녀는 속만 타들어갔다. 당장 태웅에게 도움을 청하고 싶어도 그가 자는 사랑방은 여기서 너무 멀었다.

"허튼수작 부리면 죽어. 빨리 움직여."

할 수 없이 괴한이 시키는 대로 안채 뒤뜰로 향했다. 그곳에 서 있는 사람을 본 그녀의 눈이 커졌다.

"은홍아!"

그녀의 이름을 부르며 달려오는 이는 분명 그녀의 아버지였다.

은홍은 다리에 힘이 풀려 그 자리에 풀썩 주저앉고 말았다.

"아이고! 은홍아! 내가 널 얼마나 보고 잡았는지 알어!"

아버지가 아무리 울며 그리 말해도 그녀는 이 상황이 기가 막히기만 했다.

도대체 아버지가 딸을 보려고 도둑처럼 담을 넘다니! 이게 말이……!

퍽―!

갑자기 세상이 까맣게 변하며 은홍의 몸이 힘없이 바닥으로 쓰러졌다. 은홍의 아버지 박가는 깜짝 놀라서 은홍을 때려 기절시킨 괴한에게 버럭 성을 냈다.

"이게 뭐 하는 짓이야!"

"잔말 말고 빨리 업어. 여기서 들켜 관아에 끌려가고 싶은 거 아니면."

'관아'라는 말에 정신이 번쩍 든 박가는 서둘러 기절한 은홍을 둘러업었다. 납치라는 생각은 전혀 없었다. 그의 딸을 데려가는 것뿐이었으니까. 고작 돈 오백 냥에 어찌 핏줄을 잘라낸단 말인가.

말도 안 되는 소리였다.

태웅이 안채로 왔을 때는 이미 은홍이 납치된 후였다.

"은홍아!"

태웅이 그녀를 부르는 목소리를 듣고 잠자고 있던 화룡관 사람들이 달려왔다. 내일 혼례식을 올릴 신부가 사라진 걸 알고 다들 혼비백산하였다.

"세상에! 도둑이 왜 돈이 아니라 신부만 데려간단 말이여?"

"아이고! 경사스러운 날 앞두고 어찌 이런 변고가!"

모두 어찌할 바를 몰라 우왕좌왕할 때 태웅이 칼날 같은 목소리로 하명했다.

"상단 호위단을 소집하여 은홍의 아비와 파천검을 가진 소녀를 찾으라 이르고, 여기 있는 사내들도 모두 나를 따라 안주인을 찾는다!"

무슨 일이 있어도 해가 뜨기 전에 은홍을 찾아야 했다. 어떻게 올리게 된 혼례식인데, 이리 허망하게 놓칠 수는 없었다.

사라진 신부를 찾기 위해서 홰를 든 화룡관 남자들이 거리로 쏟아져 나왔다. 도성 거리뿐만 아니라 어두운 산속까지 뒤져 은홍을 찾았지만, 하늘로 솟은 것인지 땅으로 꺼진 것인지 그녀의 그림자조차 찾을 수가 없었다.

이런 순간에도 시간은 착실하게 흘러 산기슭 너머로 붉은 기운이 넘실대며 퍼져나갔다. 혼례식을 치러야 할 날은 밝아버렸지만, 아직도 신부를 찾지 못한 태웅의 마음은 까맣게 타들어갔다.

행복이란 건 어렵게 찾아와서 이렇듯 잠깐 방심한 사이 너무도 쉽게 손가락 사이로 빠져나가버렸다. 그는 너무도 견디기 힘들었다. 차라리 기대를 안 했다면 이런 일이 닥쳤을 때도 의연할 수 있을 텐데, 그가 너무 기대했나 보다.

그가 발 딛고 서 있던 땅이 힘없이 무너지는 듯한 기분이었다.

"대행수 어른! 저기 사람이!"

누군가 외치는 소리에 태웅은 빠르게 고개를 돌렸다가 여명의 숲속에서 마주친 이의 얼굴을 보고 그대로 굳어버렸다. 검으로 단련된 무사의 몸, 심연까지 뚫어보는 것 같은 삼백안, 날카로운 검미, 그리고 사내가 허리에 차고 있는 운검.

─다시 날 보게 되면 그때 난 정말 널 죽일 수도 있다.

십수 년 전에 그리 말했던 이가 천천히 그를 향해 걸어오고 있었다.

태웅은 주먹을 꽉 움켜쥐었다.

최악의 상황에서 재회한 조선제일검 박무진이었다.

"이상한 시간에 이상한 곳에서 마주쳤군."

15년 만에 보는 박무진은 먼저 그를 아는 척했다.

"전 사람을 찾고 있었습니다. 운검 나리야말로 이 시간에 여기서 뭘 하고 계신 겁니까?"

"우연이군. 나도 사람을 찾고 있는데."

그걸 증명하듯이 박무진은 혼자가 아니라 수하 세 명과 함께였다.

"그런데 자네한테 그 검이 안 보이는군."

박무진의 말에 태웅은 기민한 예감이 들었다. 박무진이 찾고 있다는 사람이 어쩌면 파천검을 가진 그 소녀일 수도 있다는.

"버렸습니다."

태웅이 파천검을 버렸다는 말에 박무진의 눈빛이 가늘어졌다.

"누굴 찾는지 말하면 내가 보게 되면 알려주겠네."

전혀 고맙지 않은 배려였다.

"됐습니다. 제 사람은 제가 찾습니다."

태웅이 단칼에 거절하자 박무진도 두 번 말하지는 않았다.

그가 그대로 가버릴 듯이 돌아서자 태웅은 거칠게 물었다.

"왜 이번엔 칼을 뽑지 않는 것입니까?"

분명 다시 마주치면 그를 죽일 수도 있다고 겁박했던 이였다. 그래서 태웅은 지금껏 하루도 빼놓지 않고 그리 열심히 검술 훈련을 한 것이었다.

박무진은 힐긋 곁눈으로 그를 보며 대수롭지 않게 대답했다.

"난 무기를 가지지 않은 자를 공격하는 무뢰배가 아니네."

그 말에 태웅은 오히려 울컥했다.

그럼 15년 전의 어린 그를 공격한 건 그가 단지 검을 들고 있었기 때문이란 말인가!

태웅은 멀어지는 박무진의 뒷모습을 시린 눈으로 노려보며 그에게서 시선을 떼지 못했다. 은홍을 찾지 못한 불안감과 박무진에 대한 분노가 뒤섞여 마음이 불지옥이었다.

덜그럭. 덜그럭.

심하게 흔들리는 느낌에 은홍은 구역질을 느끼며 의식을 되찾았다. 가까이서 아버지 박가의 목소리가 들려왔다.

"은홍아, 정신이 드냐? 괜찮아?"

은홍은 정신을 차리려 애쓰며 물었다.

"여기가 어딥니까? 왜 움직이고 있어요?"

그녀의 질문에 아버지는 한숨을 푹푹 쉬며 한탄을 했다.

"내가 너 정신 차릴 때까지만이라도 기다려야 한다고 했는데, 저 가시나가 당장 떠나야 한다고 고집을 부려 싸서 말이야. 왜? 많이 어지러워?"

소가 끄는 달구지는 느리지만 멈추지 않고 움직였기에 이미 화룡관을 한참 벗어나 있었다. 그녀가 모르는 거리였다. 은홍은 다급해져서 아버지의 팔을 붙잡았다.

"전 당장 화룡관으로 돌아가야 합니다. 오늘이 제 혼례식이에요."

그녀의 말에 아버지는 당황한 표정으로 바로 대답하지 못했고, 소달구지를 끌던 소녀가 퉁명스럽게 말했다.

"우린 도성을 벗어날 것이니 조용히 닥치고 있어라. 시끄러우니까."

한양을 떠난다는 말에 은홍의 얼굴이 사색이 되었다. 그녀는 거세게 아버지의 팔을 부여잡으며 흔들었다.

"전 지금 당장 돌아가야 해요. 혼례식이 있다고요! 아버지!"

"진정해라. 은홍아! 널 돈 주고 산 놈이랑 하는 혼례식이 뭐가 중하다고!"

"돌아가야 한다고요! 당장 멈춰요!"

"아씨! 시끄러!"

찰싹—!

뺨에 거센 고통이 오며 그녀의 얼굴과 함께 몸까지 휘청했다.

아버지가 놀라서 소녀에게 소리쳤다.

"내 딸한테 손대지 마라! 차라리 날 때려!"

"염병할! 저년 입에 재갈 물리기 전에 조용하나 시켜."

두 사람이 싸우는 소리를 들으며 은홍은 몸을 벌벌 떨었다. 맞은 게 아파서도 아니고, 무기를 든 소녀가 무서워서도 아니었다. 이대로 영영 태웅을 보지 못할 수도 있다는 불길함이 그녀를 떨게 하였다.

덜컹—.

달구지가 아주 크게 흔들리며 그녀도 같이 나락으로 떨어져 내렸다.

은홍의 아비 박가도, 문길을 공격한 파천검 소녀도, 은홍도, 아무도 찾지 못했다.

"이미 도성을 빠져나간 거 같습니다. 그렇지 않으면 지금까지 발견 안될 리가 없습니다."

태웅은 차가운 얼굴로 허공만 바라보고 있었다.

은홍이 사라졌다는 소식을 듣고 아픈 몸을 이끌고 달려온 문길은 태웅이 아무 말도 안 하는 게 답답해 먼저 물었다.

"무슨 생각을 하고 계십니까?"

그제야 태웅은 무겁게 입을 열었다.

"파천에 대해 알아봐야겠다."

안 그래도 문길도 그 검이 수상하여 파천에 대한 기록을 이미 찾아봤었다.

"파천에 대한 기록은 이 책이 유일했습니다."

태웅의 시선이 문길이 내민 책으로 향했다. 수많은 한자 중 '파천'이란 글자는 피를 먹인 듯 도드라져 보였다.

"30년 전 악명을 떨친 도적을 부르던 이름이었습니다."

도적이라는 말에 태웅은 눈살을 찌푸렸다. 결국 그에게 파천검을 준 이가 도적이라는 뜻이었으니까. 그는 지금껏 그게 도적이 쓰던 검인 줄도 모르고 썼었다. 진작 버렸어야 했는데, 은홍이 그 검 때문에 가출까지 했었는데도 버리지 못했었다. 그게 얼마나 미련한 짓이었는지 그가 진작 깨닫지 못해서 은홍이 납치당한 거라고 생각하니 마음이 사정없이 할퀴었다.

"그래서 그 도적은 아직도 활동하고 있는 것이냐?"

만약 박무진이 찾는 이가 정말 그 파천검과 관련이 있다면 도적은 궐과도 관련이 있는 위험 인물이란 뜻이었다.

"그게, 기록으로 남아 있는 파천의 기록은 30년 전이 마지막입니다."

어느 시기를 기점으로 마치 누가 일부러 지우기라도 한 것처럼 흔적은 사라지고 없었다.

"그럼 30년 전에 궐에서 있었던 사건에 대해 알아보거라."

파천이 궐과 관련이 있다면 일이 너무 커졌다. 그럼 사라진 은홍의 안전도 더 위험해지는 거라 문길의 안색이 창백해졌다.

"정말 파천이 궐과 관련이 있다고 생각하십니까?"

"그러지 않길 바란다."

진심으로 아니길. 박무진은 오늘 그저 우연히 마주친 거라고.

만약 그의 짐작이 다 맞는다면 그처럼 불운한 운명을 지닌 자를 만나 은홍이 위험해졌다는 말이었다. 그녀를 지켜주겠다고 했는데 오히려 위험에 처하게 한 거라면 그 상황을 그걸 감당할 자신이 없었다.

도성을 벗어난 뒤로는 어디가 어딘지 알 수 없어졌다. 돌아가겠다고 악을 쓰다 목소리마저 쉬어버린 은홍은 멍하니 두 사람이 식사 준비하는 걸 보고만 있었다.

아버지는 불을 피우고 소녀는 냇가에서 고기를 잡고 있었다.

"은홍아, 조금만 기다려라. 연화 저 지지배가 사냥은 겁나 잘하니까."

이름이 연화라니. 사냥꾼에게는 참 안 어울리는 고운 이름이었다.

철퍼덕—!

공중에서 날아온 팔뚝만 한 물고기가 그녀의 바로 앞에 떨어져 파닥거렸다. 물을 애타게 찾는 물고기의 모습이 꼭 지금 그녀의 모습과 닮아서 가만히 보고 있으니 냇가에 있던 연화가 소리를 빽 질렀다.

"굶기 싫으면 비늘이라도 벗겨내!"

어차피 안 먹을 생각이었기에 은홍은 그냥 고개를 돌려버렸다.

"염병! 저게 아직 덜 굶었나!"

"아이고! 내가 한다! 내가 하니까 고기나 어여 잡아! 이 한 마리를 누구 코에 붙인당께!"

물고기의 숨통을 단숨에 끊고 비늘을 벗겨내는 아버지를 물끄러미 보던 은홍은 무감하게 물었다.

"이번엔 어디에 절 파시려는 거예요?"

그녀의 질문에 아버지가 놀란 눈으로 그녀를 보았다.

"뭔 소리당가! 내가 널 어따 판다는 거여!"

이미 그녀를 한 번 팔았던 사람이 억울해하며 펄쩍 뛰는 모습이 우습기까지 했다.

"연화만 따라가면 집도 주고 밭도 줄 거라고 약속했어. 우리 거기서 평생 배곯을 걱정 없이 살 수 있다니까."

은홍은 아버지의 말들이 그저 허풍처럼 들릴 뿐이었다.

"제 몸값으로 그것들을 전부 받았다고요?"

도대체 그녀에 대해 얼마나 뻥을 쳐놓았기에 그만큼이나 받은 건가 싶었다. 이번엔 기방이 아니라 어느 돈 많은 영감한테 첩으로 넘기려나 보다. 팔려갈수록 지독해져간다.

"그게 아니여! 네 몸값이 아니라고. 야! 연화야! 설명 좀 해줘라. 야가 오해하잖아. 내가 지 판다고!"

아버지는 그녀가 전혀 믿지 않자 연화에게 도움을 요청했다.

하지만 물고기 잡는 데 집중하던 연화는 또 버럭했다.

416

"그리 쓸모없는 계집을 누가 돈을 주고 사! 오라비가 미친 것이지! 저 보릿자루 같은 거랑 혼인하겠다니."

순간 아무런 빛이 없던 은홍의 두 눈이 크게 떠졌다.

뭐? 오라비?

은홍은 물고기 두 마리를 양손에 잡고서 물가에서 나오는 연화를 어지러운 눈으로 좇았다.

"누가 네 오라비라는 것이냐?"

그녀가 혼인하는 사람은 태웅이었다. 하지만 태웅은 형제가 없었다. 부모도 없었다. 가족은 혼인할 그녀가 유일했다.

"네 건 없어! 먹으면 죽을 줄 알아."

연화가 딴소리하자 은홍은 벌떡 몸을 일으켜 그녀의 팔을 붙잡았다. 연화는 바로 벼락처럼 그녀의 팔을 잡아 꺾었다.

"악!"

"아이고! 이게 또 사람 잡네! 물고기만 잡으면 됐지!"

"이 가시나가 먼저 건드렸다고!"

은홍은 고개를 저었다. 절대 그럴 리 없다면서.

그녀는 단지 나쁜 인신매매범일 뿐이었다.

아버지를 꼬드겨 그녀를 비싼 값에 팔아 돈을 챙기려는.

태웅의 가족일 리가 없었다.

제 15장

파천

신부도 없이 혼례식 날이 그대로 흘러가버렸다.

태웅은 은홍이 없는 안채 대청에 앉아 새빨갛게 물든 하늘을 표정 없는 눈으로 바라보았다. 예정대로 은홍과 혼례를 올렸다면 첫날밤을 올리고 처음 맞는 아침이었을 것이다.

그런데 그는 홀로 이렇게…….

"30년 전 왕실에서 갑자기 병사한 분이 한 명 계십니다."

문길의 목소리가 들리자 돌부처처럼 앉아 있던 태웅은 그제야 고개를 움직였다.

"누구냐?"

"선대왕의 후궁 화빈 윤씨의 소생이신 연화 옹주 마마이십니다."

태웅은 눈을 좁혔다. 이름도 생소한 옹주였다.

"연화 옹주 마마께서 병사하는 바람에 청국과의 혼담이 깨졌습니다."

역사는 변화 없을지 몰라도 연화 옹주 본인에게는 전쟁보다 더 큰 시련이었을 거다. 힘없는 여인의 몸으로 멀고 먼 땅으로 팔려가기 싫었을 테니까.

"그럼 병사가 아닐 수도 있겠구나."

태웅이 덤덤히 말하니 엄청난 사실도 차가운 온도로 다가왔다.

"연화 옹주의 죽음에 파천이 연관되어 있다고 보십니까?"

"죽은 게 아니라면."

파천이 악명 높은 도적답게 궐의 담을 넘어 옹주를 훔친 거라면 궐이 파천에 대한 기록을 말살하고 30년이나 쫓을 이유는 충분했다.

왕실의 권위를 지키기 위해서 파천과 관련된 건 모조리 이 세상에서 지우려고 할 것이었다. 그리 생각하면 15년 전 박무진이 그를 죽이려고 한 이유가 납득되었다. 그때 박무진이 그를 못 죽인 이유는 아직도 불명이고.

태웅은 그제야 앉아 있던 자리에서 일어나 우뚝 섰다.

"난 박무진을 쫓는다."

박무진이 파천검을 가진 소녀를 쫓을 이유를 찾았으니 그는 이제 은홍을 찾기 위해 박무진을 쫓을 것이었다.

"운검은 위험합니다."

박무진이 검으로 누군가에게 진 적은 없었다. 태웅도 그에게 진 쓰라린 경험이 있었기에 무관이 되는 걸 포기한 것이었다.

"그래서 은홍을 찾는 걸 포기하란 말이냐?"

문길은 더 이상 태웅을 말릴 수가 없었다.

"그럼 저도 함께 가겠습니다."

"너는 내가 없는 동안 상단을 맡는다."

"대행수 어른!"

"명이다!"

태웅이 물러남 없이 일갈하자 문길은 그대로 굳어버렸다.

"내가 못 돌아오면 도중 회의를 열어 새로운 대행수를 뽑는 일을 네가 맡아라."

태웅이 사무적으로 던지는 말에 문길의 눈빛이 정처 없이 흔들렸다.

"그럴 수는 없습니다."

"그럼 대행수도 없이 상단을 굴리겠다는 것이냐?"

"대행수 어른!"

문길에게 앞으로 해야 할 일을 알려준 태웅은 망설임 없이 문길을 지나쳐 걸어가버렸다. 문길은 태웅이 위험한 선택을 하려 한다는 걸 알면서도 그를 붙잡을 수가 없었다.

그는 은홍을 찾으러 가는 것이었으니까.

해가 떠오르는 방향으로 걸어가는 태웅의 뒷모습이 온통 붉었다.

"설마 혼자 가려는 건가?"

막 말에 올라타려던 태웅은 목소리가 들린 쪽으로 고개를 돌렸다. 시윤이 그를 향해 걸어오고 있었다. 세상에서 가장 한량인 줄 알았더니만, 이제 보니 세상에서 가장 밤도깨비 같은 자였다. 상단 사람들도 모르는 걸 그가 어찌 알고 이 시간에 화룡관에 나타난 것인가 싶었다.

"나도 같이 가겠네."

시윤의 말에 태웅은 쓴 표정을 지었다.

"박무진의 뒤를 쫓을 겁니다."

박무진이 어떤 인물인지는 굳이 설명해주지 않아도 시윤은 잘 알 것이다. 왕의 호위 무사를 쫓는 일이었기에 상단의 호위 무사를 데려갈 수 없었다. 그럼 화룡 상단이 엮이게 될 테니까.

이건 오로지 그 혼자 벌인 짓이어야 했다.

"그럼 자네가 박무진과 싸우는 동안 은홍이는 혼자 도망치나?"

태웅은 찬 시선으로 시윤을 바라보았다. 이젠 그도 의심이 되었다. 그는 왕실의 외척이었으니까. 양반이 상인인 태웅에게 처음부터 먼저 관심을 보였다면 그게 정말 순수한 관심이었을까?

시윤이 한량이라고 쉽게 본 그의 실수였다.

하지만 지금 시윤을 캐본다고 은홍을 찾을 수 있는 것도 아니었기에 태웅은 냉정하게 말했다.

"그럼 마음대로 하십시오."

태웅은 바로 말을 출발시켰다.

먼저 가버리는 태웅의 뒷모습을 보고 시윤은 혀를 찼다.

"내 목숨을 걸고 왔구만. 다정함이 전혀 없군."

처음엔 단지 호기심이었다. 하지만 이젠 신분을 뛰어넘어 친구가 되었으니 그의 신부가 무사하길 시윤도 진심으로 기도했다.

"아버지."

은홍은 한 번 잠이 들면 쉽게 깨지 못하는 아버지를 벌써 몇 번이나 부르고 있었다. 자면서도 검을 안고 있는 연화의 눈치를 보느라 작은 소리로 불러야 했다.

"으흠, 왜 그러냐? 또 어디가 아픈 거여?"

은홍은 아니라고 고개를 저으며 연화의 눈치를 살폈다. 다행히 아직 아무 미동도 없었다.

"정말 저 팔려는 거 아니라면 제 부탁 좀 들어주세요. 그럼 아버지 말 믿어드릴게요."

"부탁? 무슨 부탁?"

"화룡 상단에 가서 대행수 어른한테 제가 무사하다고 알려주세요."

'화룡 상단'이라는 말에 아버지는 단박에 얼굴을 찌푸렸다. 돈 오백 냥을 주고 은홍을 사간 무시무시한 사내는 그의 기억 속에 여전히 또 렷했으니까.

"너 사라진 거 알고 오백 냥 손해 본 거 때문에 엄청 화나 있을 것인 디. 내가 가면 가만히 두겠냐? 나 칼 맞을지도 몰라!"

"아니에요. 제 소식 전해주시면 그럴 일 없어요. 아버지도 제 말 좀 믿어주세요. 대행수 어른은 돈 때문이 아니라 진짜 절 걱정하고 계실 거예요."

아버지는 여전히 의심이 남은 눈으로 그녀를 쳐다보기만 했다. 은홍 은 더 강경하게 나갔다.

"아버지가 안 가시면 저 여기서 혀 깨물고 죽을 거예요."

"야가 시방 뭔 큰일 날 소리를 하는 것이여! 멀쩡한 혀를 왜 깨물어!"

아버지가 그녀의 말에 놀라 버럭 소리치며 일어났다. 아버지를 움직 이게 하는 데는 성공했으나, 아버지의 고함에 연화까지 깨고 말았다. 은홍은 낭패감에 얼굴이 다시 하얗게 질렸다. 연화가 깼으니 아버지를 화룡 상단으로 보내는 건 불가능할 것이었다.

"시끄러워! 잠이나 자지! 왜 소리를 질러 대!"

"너야말로 조용히 좀 해! 우리 은홍이가 혀 깨물고 죽겠다잖아!"

연화는 어이없다는 눈으로 그녀를 보았다.

은홍은 연화의 시선을 피해 옆으로 고개를 돌렸다.

"가지가지 한다. 기껏 지 손으로 할 줄 아는 게 지 명줄 끊는 건가 보네."

은홍의 무릎에 놓여 있던 손이 꾹 쥐어졌다. 수치심이 몰려왔다.

탁—!

연화가 가지고 다니던 작은 단도를 그녀의 앞에 던지며 이죽거렸다.

"할 수 있으면 해봐라. 겁이나 먹고 네 손가락이나 제대로 베겠냐."

은홍의 손이 더듬더듬 바닥에 떨어진 단도로 향했다. 이건 무기였다. 지금 그녀의 몸을 지켜줄. 단도를 손에 단단히 움켜쥔 은홍은 연화를 향해 그걸 거누었다.

"나, 날 당장 보내주거라. 난 한양으로 돌아갈 것이다."

단검이 달달 떨리는 걸 연화는 무감한 눈으로 쳐다만 보았다.

은홍은 자신의 손에 쥐어진 차가운 무기에 스스로가 겁먹고 더 큰소리를 쳤다.

"보내줘!"

"갈 수 있으면 가봐라."

뜻밖에도 너무도 선선히 나온 말에 은홍의 두 눈이 크게 떠졌다.

연화는 비웃는 듯 한쪽 입술 끝만 올렸다.

"가다 산짐승의 밥이 되든, 산적을 만나 겁탈을 당하든. 길을 잃어 굶어 죽든. 네 재주껏 잘 피해 갈 수 있으면 가보란 말이다."

은홍은 연화가 말한 그 모든 악운과 부딪힌다고 해도 가야만 했다. 태웅이 기다리고 있을 것이니. 그래서 은홍은 곧바로 몸을 일으켜 어둠 속으로 달렸다.

은홍이 진짜 가버리자 박가가 놀라서 벌떡 일어났다.

"은홍아! 예가 어딘 줄 알고 혼자 간다는 것이여!"

박가까지 은홍을 쫓아가버리자 연화만 혼자 남았다. 연화는 왼쪽 발가락으로 오른쪽 다리를 긁으며 길게 하품을 했다. 은홍에게는 벼락이라도 맞은 것 같은 시간들이 그녀에게는 항상 있었던 그저 그런 날들이었으니까.

"헉헉."

은홍은 무조건 앞으로 나아갔다. 사람이 다니지 않는 곳인지 길도 없었고, 인가도 보이지 않았다. 여기가 어딘지 알 길이 없었지만, 어떻게든 화룡관으로 돌아가야 했다.

"제발, 누가 좀……."

은홍은 누구든 사람이 나타나길 바라며 힘겹게 달려가다 무엇엔가 걸려 앞으로 꼬꾸라졌다.

"악!"

아팠지만, 누군가 도와주러 오기만을 기다릴 수는 없었다. 이대로 있으면 또 연화가 그녀를 잡으러 올 것이다.

하지만 일어나려 할 때마다 몇 번이나 다시 무너졌다. 그녀의 체력이 바닥이 나 있었다. 제대로 몸을 움직일 수가 없자 의지 역시 같이 무너져 내렸다. 은홍은 손에 잡히는 흙을 부여잡으며 몸을 떨었다.

연화가 태웅의 동생이라는 건 분명 거짓말이다. 그저 아버지가 그녀를 팔아치울 포주의 심부름꾼일 것이다. 그의 동생이 이럴 리가 없었다.

"거기 누구냐?"

사람 목소리에 은홍은 화들짝 놀라 고개를 들었다. 멀리서 묵직한 발소리가 다가오고 있었다. 한 명이 아니라 여러 명이었다. 인가도 없는 곳에 사람이 있으니 산적일 가능성이 더 컸다. 그럼 은홍은 또다시 위험에 처하게 되는 것이었다.

다시 도망간다 해도 등 뒤에는 연화뿐이었고, 지금은 다가오는 사내들을 피할 수 있는 체력도 되지 않았기에 은홍은 그녀에게 다가오는 어두운 인영을 멍하니 쳐다보고만 있었다.

"이런! 여인이잖아. 어찌 이런 곳에."

"산적이라도 만났나 봅니다."

가까이 온 이들은 모두 칼을 차고 있었다. 그 사실 하나만으로도 은홍은 얼어붙었다. 이들이 지금 나쁜 마음을 먹는다면 그녀는 도망칠 수 없었다.

무리 중 우두머리인 듯한 사내가 그녀에게 가까이 다가왔다. 검을 쓰는 사내의 손은 돌처럼 단단해 보였다. 사내가 차고 있는 검 또한 예사 검이 아닌 듯 보였지만 그 검이 정확히 무엇인지 그녀가 알 수 있을 리가 없었다.

"우린 나랏일을 하는 관군이니 무서워할 거 없다."

관군. 적어도 그녀를 어딘가에 팔아넘길 사람들은 아니라는 것에 은홍은 안도했다.

타닥타닥ㅡ.

관군들은 그녀를 위해 모닥불을 피워 쉴 수 있는 공간을 만들어주었다. 인가가 있는 곳까지 가려면 한참을 가야 했기에 동이 트고 난 뒤 움직여야 한다고 했다.

"어디 사는 누구인가?"

무리의 대장으로 보이는 이가 그녀에게 물었다.

"한양에 사는 박가 은홍이라 합니다."

"한양에서 예까지 어찌 오게 된 것이냐?"

"아버지가 절 돈을 받고 팔기 위해 억지로 끌고 오셨습니다."

연화에 대해서는 어찌 말해야 할지 몰라서 입을 다물었다. 그녀보다 어린 여자애한테 납치당했다고 하면 과연 누가 쉽게 믿을까 싶었다.

"쯧. 몹쓸 애비를 봤나. 그럼 지금쯤 처자를 찾고 있겠군."

"네."

대장은 바로 수하들을 보며 지시했다.

"근처를 살펴서 혹시라도 수상한 자가 있으면 잡아 오너라."

수하들은 잘 훈련받은 사람들처럼 재빠르게 어둠 속으로 사라졌다. 아버지를 잡아 온다는 말에 걱정이 된 은홍은 관군 대장에게 물었다.

"잡아 오신다고요?"

"아무리 친족이라도 노비가 아닌 자를 돈으로 사고파는 건 불법. 관아에 넘길 것이다."

은홍은 간담이 서늘해졌다. 분명 법대로 말했는데도 무서웠다.

"이제 그 칼은 필요 없을 것이니 내려놓고 편히 쉬거라."

그 말을 듣고서야 은홍은 자신이 아직도 연화가 던진 칼을 가지고 있다는 걸 깨달았다. 머뭇거리던 은홍은 신뢰감이 가는 그의 눈빛을 마지막으로 믿어보기로 하고, 천천히 그의 손에 단도를 건네주었다.

"……이 칼은 누구에게 받은 것이냐?"

관군의 물음은 어쩐지 조금 전까지의 목소리와는 현저히 차이가 날 정도로 낮아져 있었다.

"네?"

단도를 내려다보던 사내가 눈을 들어 그녀를 보았다. 그녀를 쳐다보는 눈빛이 아까와 달리 예리해진 듯해 은홍의 몸이 다시 긴장되었다.

"혹시 열넷 정도 되는 소녀가 아니더냐?"

연화에 대해 아는 듯한 물음에 은홍은 더더욱 긴장하였다.

"이 칼에 새겨진 파천이란 글자를 보고 알았다. 그는 우리가 쫓고 있는 도적이다. 그리고 그 소녀는 파천이란 도적의 딸로 알려져 있다. 그들을 잡는 게 우리의 임무이니 알고 있는 게 있다면 소상히 알려주거라. 만약 잡게 되면 그대에게도 포상을 내릴 것이니."

관군이니 도적을 잡는 게 그들의 임무였다. 그들이 연화를 잡으면 그녀도 더 이상 쫓길 위험은 없어지니 그녀에게도 나쁜 일은 아니라고 애써 생각하며 은홍은 입을 열었다.

"아버지와 함께 저를 납치한 게 그 소녀였습니다."

관군의 눈빛이 가늘어졌다.

"아버지 혼자가 아니라. 그 소녀도 같이 처자를 납치했다는 말인가?"

"네."

"그대 혹시 화룡 상단 대행수와 개인적으로 관계가 있는 사람인가?"

갑자기 관군의 입에서 태웅의 얘기가 나오자 은홍의 두 눈이 무방비하게 커졌다.

"혹 그 소녀에게 대행수에 대해 들은 말이 있나?"

있긴 있었다. 도저히 믿을 수 없는 말.

입을 꽉 다물고 있는 은홍을 박무진은 집요하게 쳐다보았다.

"자신이 대행수와 어떤 관계인지, 그 소녀가 말을 했나?"

그때였다.

팟—!

갑자기 날아온 표창을 박무진이 들고 있던 단도로 빠르게 쳐냈다. 그리고 빛의 속도로 자신의 검을 꺼내었다. 다시 표창이 여러 개 날아와 박무진을 공격했지만 그는 검으로 모두 쳐냈다.

챙—!

검이 부딪힌 곳마다 불꽃이 이는 듯 그곳만 환해졌다.

그녀는 얼어붙어 꼼짝도 못 하고 있는데 숲속에서 연화의 목소리가 들려왔다.

"뭘 멍청히 있어! 당장 튀어!"

그녀를 납치했던 연화가 그녀에게 도망치라고 하고 있었다.

연화가 외치는 소리를 들은 박무진이 바로 그녀를 향해 검을 치켜들었다. 이젠 정말 죽었구나 싶었는데 연화가 수풀 속에서 튀어나와 그의 검을 쳐올렸다. 연화가 다시 그녀에게 외쳤다.

"살고 싶으면 도망가란 말이야!"

하지만 그녀를 납치하려 했던 건 연화였다. 연화와 싸우는 이는 관군이고. 이 상황에서 그녀가 연화의 말을 믿고 도망치는 건 정말로 바보 같은 짓이건만.

촤악—!

사내의 검이 연화의 옆구리를 베고 지나가자 붉은 피가 튀었다. 관군은 정말 연화를 죽이려 하고 있었다. 어린 여자에 대한 동정심 따위, 그의 검에는 없었다.

관군의 살기를 느끼자마자 그녀는 다시 숲속으로 뛰어들었다. 이젠 누가 그녀를 도와줄 수 있는지, 그녀를 해할 것인지 알 수가 없어져버렸다. 세상 모든 것이 그녀를 쫓고 있는 듯한 착각이 들어 은홍은 또 정신없이 앞만 보고 뛰었다.

"헉헉."

자신의 숨소리가 사람이 아니라 꼭 짐승의 것 같았다.

'은홍아!'

순간 머릿속에서 아주 또렷하게 들린 태웅의 목소리에 은홍은 그 자리에 우뚝 멈추어 섰다. 은홍은 고개를 돌려 주위를 둘러보았다. 빽빽한 나무들만 보일 뿐, 살아 있는 건 아무것도 없었다. 은홍은 조금 전 자신이 도망쳐 온 쪽을 쳐다보았다.

아마도 연화는 그 관군을 이길 수 없을 것이다. 관군이란 사내의 검술 실력은 검에 대해 모르는 그녀가 보아도 엄청난 것이었다. 어린 연화는 힘으로도 상대가 안 될 것이었다. 그런데 자신이 도망치는 대신 그녀에게 살고 싶으면 도망치라 했다.

왜?

태웅을 오라비라 부르기도 했다.

도대체 왜?

은홍의 눈빛이 정처 없이 흔들렸다. 연화에 대해 아무것도 이해할 수 없었지만, 이것 하나만은 확실했다.

이대로 두면 연화는 그 관군의 검에 죽을 거라는 것.

"이보게. 우리 좀만 쉬어가지."

태웅이 밤에 잠도 안 자고 계속 말을 달리니 시윤은 말과 함께 생지옥을 경험하고 있었다. 사람을 지키는 일은 생각보다 더 고된 일이었다. 그리고 연정이라는 건 무서운 것이었다.

모든 걸 돈에 따라 판단하고 움직였던 대행수 태웅은 어디로 가버렸단 말인가. 엉덩이가 아프니 너무 그리웠다. 그 계산적인 남자가.

그의 앓는 소리가 이제야 들린 것인지 태웅의 말이 멈추었다.

태웅이 말에서 내려서는 걸 보고 시윤은 이제야 쉬나 보다 싶어 안심하며 그도 말에서 내려섰다. 시윤이 태웅의 옆으로 다가갔을 때 태웅은 바닥에 찍혀 있는 말발굽 자국을 보고 있었다.

진흙 길이어서 발자국이 선명하게 남아 있었다. 여러 필의 말이 지나간 것을 보니 일반인은 아니었다.

태웅은 말 발자국들이 향한 산 쪽을 보았다. 산세가 험준한 높은 산은 말조차 타고 갈 수 없을 거 같아 시윤의 낯빛이 어두워졌다.

"점점 이 혼례, 반대하고 싶어지는군."

혼례식 한 번 올리기 정말 힘든 오백 냥 신부였다.

말까지 버려두고 두 발로 산을 오르게 되니 차라리 말 위에서 엉덩이가 아픈 게 더 나았다는 걸 시윤은 깨닫게 되었다.

"헉헉. 그런데 자네 운검한테 져서 무관 포기한 거 아닌가? 이번엔 이길 자신이 있어서 이리 지원군도 없이 온 거겠지?"

"내가 죽어도 혼자 죽지는 않을 테니 그땐 은홍이를 부탁합니다."

태웅이 아무 감정 없이 하는 말에 시윤은 오히려 경악했다.

"뭐야? 오늘 자네 죽는 거 이미 정해진 건가?"

죽는 것도 안 무서운지 저벅저벅 앞으로만 나아가는 태웅의 뒷모습에 질린 시윤이었다. 그는 남을 위해 절대 그렇게까지 할 수 없었다.

"자네 신부는 고작 오백 냥이었잖나. 그런데 이젠 자네의 목숨 값이랑 같다고? 장사치가 돈 계산을 그런 식으로 하면 안 되지."

장사치의 마음으로 그녀를 샀지만, 사람의 마음으로 그녀를 지키고 싶었다.

우뚝―.

태웅의 걸음이 멈추었다. 그는 날파란 눈빛으로 숲을 노려보다 순식간에 칼집에서 칼을 꺼내 나무를 향해 날렸다. 빠르게 날아간 칼이 나무에 꽂힌 순간, 나무 뒤에 숨어 있던 남자가 기겁하며 바닥에 주저앉았다.

"으악! 사람 살려!"

사람 목소리에 놀란 시윤의 눈이 커졌다.

"뭐야, 저자는?"

아무리 봐도 운겸이 이끄는 관군은 아니었다.

"은홍이 아비."

차갑게 일러준 태웅은 벌벌 떨고 있는 박가에게로 저벅저벅 걸어가 나무에 꽂힌 칼을 단숨에 빼내어 박가의 목에 겨누었다.

"은홍이 어딨나?"

"사, 살려주십시오! 저도 정말 모릅니다. 쫓아가다가 놓쳤습니다요."

시윤은 혀를 차며 태웅에게 알려주었다.

"대행수, 혹시 잊은 거 같아 알려주는데, 그분이 자네 장인어른일세."

장인과 사위의 조우가 너무 심한 거 아닌가 싶었다.

아무리 은홍의 아버지라도 그녀를 납치한 게 용서되는 게 아니었기에 태웅은 칼을 더 바싹 들이대며 몰아붙였다.

"이번엔 은홍을 어디에 팔 작정이었나?"

태웅이 정말 칼로 벨 것 같자 박가는 두 손을 싹싹 빌며 변명했다.

"아이고! 아닙니다! 믿어주십시오. 이번엔 정말 좋은 곳에 같이 가려고 했던 겁니다요. 참말입니다. 연화 고것이 돈 없이도 잘 살 수 있는 곳이 있다고 하여."

박가가 말한 이름을 듣고 태웅과 시윤의 표정이 동시에 굳었다.

"방금 누구라고?"

파천과 연화 옹주를 쫓아서 왔더니 진짜 연화가 있었다. 이건 결코 우연이 아니었다. 이렇게 박무진과 파천, 그리고 연화 옹주까지 연결이 되었다. 그리고 그 연결 고리의 끝에 태웅이 있었다.

자신의 운명을 처음으로 느끼게 된 그의 피가 차게 굳어갔다. 단지 친부모 없는 고아라는 것보다 더 지독한 운명이 존재할 줄은 생각도 못했었다.

챙그랑—.

부딪힌 검이 그대로 튕겨나가 바닥에 꽂혀버렸다.

역시 운검 박무진은 강했다. 그걸 뻔히 알면서도 먼저 검을 휘두른 그녀가 무모한 것이었다. 호랑이에게 대든 하이에나는 결국 호랑이에게 물려 죽는 것이었다.

"그 여인과 화룡 상단 대행수는 어떤 관계더냐?"

그녀가 검을 놓쳐 더 이상 그의 상대가 되지 못하자 박무진은 그제 야 여유를 보이며 그녀에게 맵차게 물었다. 연화는 목에 겨누어진 칼날에도 개의치 않고 콧방귀를 뀌었다.

"왜? 또 쳐 죽이게?"

왕실이 파천에 대해 지금까지 보여준 처사는 너무도 간단했다. 누구든 파천과 옹주의 관계를 알아내면 무조건 그 입을 열지 못하게 죽여버렸다. 왕족의 피가 도적의 피로 더럽혀진 게 그들에게는 참을 수 없는 치욕이라는 듯이 말이다.

"왜 대행수의 주위를 맴돈 것이냐! 그 여인은 어디까지 알고 있는 것이야!"

연화는 입을 꾹 다물고 박무진의 얼굴만 노려보았다. 그에게 쫓기면서도 한양에 남아 있었던 건 태웅을 진짜 오라비라고 믿었기 때문이다.

하지만 아버지의 경고 때문에 태웅 앞에 나타날 수는 없었다. 그녀가 태웅을 만나면 다 죽을 거라고 했었다. 그래서 대신 태웅과 혼인할 은홍을 데려온 것인데, 그녀 때문에 죽게 생겼다.

바보 같은 짓의 완벽한 결말다웠다.

"널 살려둔 게 나의 실수다."

어린 여자애라는 이유로 그동안 모질지 못했던 게 실수였다. 이 순간 확실히 매듭을 지어야 한다는 생각에 박무진은 검을 치켜들었다. 그대로 목을 베어버릴 작정이었다. 연화도 이번엔 도망칠 수 있는 곳이 없다는 걸 느꼈는지 아무 미동 없이 그를 쳐다보았다.

하지만 더 이상 어린 눈빛이라고 동요하지 않았다.

"안 돼! 연화야!"

순간 들려온 여인의 목소리에 박무진의 칼날이 멈칫했다. 연화라는 이름이, 무쇠처럼 단단한 무신의 검조차 막아섰다. 그리고 연화는 그의 살기가 흔들린 걸 놓치지 않았다. 이 순간이 그녀가 살아남을 수 있는 유일한 찰나였으니, 이걸 놓치면 그녀는 정말 죽을 것이었다. 그녀는 재빠르게 소매에 숨겨두었던 표창을 꺼내어 검을 든 박무진의 오른쪽 어깨를 향해 던졌다.

박무진은 본능적으로 검을 움직여 하나를 막아냈지만, 표창 하나가 정확히 박무진의 어깨에 꽂혔다. 박무진이 균형을 잃고 휘청하자, 연화는 튕기듯이 몸을 뒤로 굴려 은홍이 있는 쪽으로 내달렸다.

또 살아남았다. 이것이 몇 번째 죽을 고비인지는 모르겠지만, 어쨌든 죽을 날이 오늘은 아니라는 거다.

은홍은 크게 다친 연화를 부축해 다시 숲속을 걸었다. 혼자 도망칠 때보다 더 힘들었지만 연화를 놓고 갈 수는 없었다.

"이 꼴이 될 거면 도대체 왜 날 납치한 거야?"

연화가 한없이 원망스러웠다. 그녀 때문에 혼례식도 못 올렸으니까. 다시 태웅과 혼례식을 올릴 기회가 없을 수도 있다고 생각하니 눈가가 뜨거워졌다.

심한 상처를 입고 격하게 움직였기에 아무리 신출귀몰했던 연화도 지쳐서 주저앉고 말았다.

관군이 쫓아오는 상황이라 마음이 급했다.

하지만 연화의 상처 치료를 먼저 하지 않으면 정말 죽을 수도 있을 것 같아서 은홍은 그녀의 치마 밑단을 힘을 주어 단번에 찢어냈다.

부우욱—.

그녀가 찢어낸 치맛단으로 상처를 힘껏 동여매자 극심한 고통을 느낀 연화의 눈꺼풀이 위로 올라갔다.

"정신 좀 차려. 너도 길에서 죽기는 싫을 거 아냐."

"니미럴."

욕을 하는 걸 보니 아직 죽을 때는 아닌 거 같았다. 은홍은 한쪽 팔로 연화의 등을 감싸서 다시 부축했다. 그녀를 납치한 사람을 도와주는 게 말도 안 되는 거 같았지만 연화가 위기에 처한 그녀를 구해준 것도 분명 사실이었다.

"네가 날 납치했잖아. 그런데 도대체 왜 날 구해준 거야?"

"그 망할 관군."

"설마 그냥 그 관군이 싫었던 거라고?"

그럼 정말 기가 찰 일이다. 사람 싫어하는 걸로 연화는 죽을 뻔했으니까. 그래도 사람 목숨이 우선이니 어서 빨리 이 산을 내려가 의원에게 치료를 받아야 했다. 험한 산길을 몇 번이고 미끄러지며 힘겹게 내려가던 두 사람 앞에 움막 하나가 나타났다. 은홍은 잘되었다는 생각보다 이상함을 느끼고 서둘러 연화와 함께 풀숲에 몸을 숨겼다.

"왜 산속 움막을 칼 든 무사가 지키고 있는 거지?"

그것도 두 명이나 되었다. 그들을 쫓는 관군은 분명 아니었다. 그리고 무엇보다 이상한 게 두 명 중 한 사내의 얼굴이 낯이 익었다. 그녀가 무사를 알 리가 없는데 도대체 어디서 봤을까 골똘히 생각하던 은홍의 눈이 커졌다.

"박형도!"

시전 거리에서 마주쳤던 박형도의 호위 무사 중 한 명이었다. 설마 어딘지도 모를 숲속에서 다시 박형도라는 이름을 떠올리게 될 줄이야. 며칠 사이에 인생의 묘미를 너무 극심하게 느끼고 있었다. 탈진할 정도로.

은홍은 연화를 바닥에 앉혀놓고 작은 목소리로 말했다.

"나 저 움막에 다녀올 테니까 여기 잠깐만 있어."

박형도는 밀수로 큰돈을 벌고 뇌물로 잡혀가지 않는다고 했다. 꼬리가 절대 잡히지 않는다는 밀수꾼들을 보고 그냥 갈 수는 없었다. 저 움막 안에 무엇이 있는지 확인해야 했다.

이런 상황에서도 그녀는 화룡 상단 안주인이었으니까.

탁ㅡ.

일어서는 그녀의 옷깃을 피투성이가 된 연화의 손이 붙잡았다. 은홍이 그녀만 혼자 버려두고 가려는 거라고 착각한 듯했다. 은홍은 연화의 손을 잡으며 안심시켰다.

"다시 올 거야. 저 안에 뭐가 있는지 확인만 하려고 그래."

이젠 정말 기력이 다한 것인지 연화는 입만 달싹일 뿐 말을 하지 못했다. 그래서 그녀는 연화의 손을 뿌리치고 움막으로 갈 수 있었다. 무사에게 들키지 않게 몸을 낮추고 천천히 움막으로 다가가던 은홍은 혹시 몰라 무기가 될 수 있는 돌을 잡아 손 안에 숨겼다. 무사히 움막 뒤쪽에 도착한 은홍은 벌어진 나무 틈으로 안을 살펴보려고 바닥에 납작 엎드렸다.

"너 뭐야!"

갑자기 터진 무사의 목소리에 은홍이 아차 싶어 서둘러 몸을 일으키려는 순간, 날아온 표창이 그대로 무사의 목에 꽂혔다. 그녀가 놀라는 동안 다시 날아온 표창은 막 달려 나온 나머지 무사의 목을 향했다.

창!

무사는 칼로 표창을 힘껏 쳐내고는 그녀를 향해 돌아섰다. 은홍은 손에 잡고 있던 돌을 무사의 머리를 향해 있는 힘껏 던졌다.

퍽—.

두 번째 무사도 첫 번째 무사 위로 쓰러졌다.

순식간에 칼을 쓰는 사내 둘을 처치한 은홍은 손이 덜덜 떨리며 몸이 굳어서 움직이지 않았다. 연화가 아니었다면 그녀 혼자 절대 못 할 일이라 은홍은 고개를 돌려 연화를 두고 온 숲 쪽을 보았다. 말도 못할 정도로 힘들어했으면서 어떻게 표창을 날린 것인가 싶었다.

은홍은 무서움에 떨리는 손에서 돌을 놓아버리고는 움막 입구를 향했다. 원래의 목적대로 안에 무엇이 있는지 확인해야 했다.

덜컥덜컥.

문이 잠겨 있었다. 은홍은 열쇠를 찾기 위해 쓰러져 있는 무사들 곁으로 다시 다가갔다. 피 흘리는 무사들의 얼굴을 보기 힘들어 고개를 돌리고 열쇠를 찾는데, 차고 섬뜩한 것이 그녀의 목으로 다가왔다.

"어린 계집은 어디 있나?"

연화를 죽이려고 했던 그 관군인 것을 알고 은홍의 얼굴에 핏기가 가셨다. 그녀가 하얗게 질린 얼굴로 쳐다만 보자 박무진은 부하들에게 지시했다.

"숲 쪽을 뒤져라."

안 된다고 소리치고 싶었지만 바로 그녀의 목을 잘라낼 듯이 가까이 있는 칼이 무서워 그녀는 꼼짝도 할 수가 없었다.

"왜, 왜 그 아이를 죽이려는 것입니까?"

성격이 좀 그악스럽고, 그녀를 납치하긴 했지만 그렇다고 죽을 정도로 큰 죄는 아니었다.

"그 이유를 알면 너도 죽어야 한다."

뚝ㅡ.

억울함에 그녀의 큰 눈에서 굵은 눈물이 흘러내렸다. 아무리 그녀와 연화가 힘없는 계집이라도 이렇게 죽이면 안 되는 것이었다. 그것도 백성을 지켜야 하는 관군이.

"저, 저는 죽을 수 없습니다. 돌아가 혼례식을 올려야 합니다."

혼례식이라는 말에 박무진의 눈매가 가늘어졌다.

"네 지아비가 될 자가 누구더냐?"

은홍은 대답할 수 없었다. 혹여 여기서 그녀가 태웅의 이름을 말했다가 태웅한테까지 화가 미칠까 무서웠다.

"누구냐고 물었다!"

그의 다그침에 응한 건 은홍이 아니라 바람이었다.

성난 기운을 품고 밀려오는 바람을 느낀 박무진은 빠르게 몸을 돌려 등 뒤를 방어했다.

촤악ㅡ!

마치 하늘에서 떨어진 사람처럼 높은 곳에서 뛰어내린 태웅은 땅에 닿기 전에 허공에서 박무진을 향해 칼을 휘둘렀다.

챙ㅡ!

운검의 명검과 태웅의 칼이 날카로운 굉음을 내며 부딪혔다. 온 힘을 싣고 날아온 태웅의 반격이 더 세서 무진의 몸이 버티지 못하고 다리가 꺾였다.

하지만 일격에 당할 운검이 아니었다. 위에서 눌러오는 힘을 뒤로 몸을 날리며 피해 다시 공격 자세를 잡았다.

순식간에 벌어진 두 사내의 살기 가득한 칼부림에 은홍은 숨도 쉬지 못하고 얼어붙었다. 그제야 눈앞의 관군이 누군지 알 수 있었다.

조선제일검 박무진.

태웅이 다시 만나면 죽을 수 있다는 바로 그자였다!

"은홍아."

박무진에게서 눈을 떼지 않고 낮게 그녀의 이름을 부르는 태웅의 목소리가 현실이라는 게 믿겨지지 않았다. 그녀가 화룡 상단으로 돌아가지 않으면 절대 못 만날 거라 여겼기에.

"눈 감거라."

태웅은 눈을 감으라 했지만 그녀는 박무진에게 달려드는 태웅에게서 눈을 떼지 못했다.

챙—!

다시 두 사내의 칼날이 무섭게 부딪혔다. 저 칼에 베이면 분명 둘 중 한 명은 죽을 것이었다. 칼에서 뿜어져 나오는 살기가 멀리 있는 은홍까지 숨 막히게 만들었다.

"안 돼. 안 됩니다."

자신 때문에 태웅이 죽는 건 그녀가 죽는 것보다 더 싫었기에 은홍은 안 움직여지는 몸으로 엉금엉금 기어서 태웅에게 가려고 했다.

뒤늦게 산길을 타고 달려온 시윤이 서둘러 그녀의 어깨를 붙잡아 태웅에게 가지 못하게 막았다. 여기서 그녀가 다치면 태웅이 한 모든 게 헛수고가 되었다.

"은홍아. 우린 피해야 한다."

"안 됩니다. 대행수님이 죽습니다."

"널 안 데려가면 대행수 손에 내가 죽어."

한량이라도 사내이기에 힘으로 은홍을 데리고 갈 수 있을 줄 알았는데 은홍이 버티니 끌고 갈 수가 없었다. 할 수 없이 시윤은 주먹으로 은홍의 급소를 쳐서 기절시켰다.

"때린 건 내가 정말 미안하다. 다 널 살리려고 그러는 거야."

축 늘어진 그녀의 몸을 서둘러 어깨에 둘러메고 그 자리를 떠나려던 시윤은 운검과 싸우는 태웅을 보고 걸음이 멈칫했다. 조선제일검인 운검을 상대로 팽팽하게 싸우는 것조차 대단한 일이었지만 태웅이 이길 수 있을지는 장담할 수 없었다. 그걸 알면서도 은홍만 데리고 이 자리를 떠나는 게 옳은 건가 잠시 갈등이 되었다.

"가십시오!"

태웅이 그의 갈등을 읽은 듯 소리친 순간, 찰나의 빈틈을 읽은 운검의 칼이 태웅의 오른쪽 어깨를 베고 지나갔다.

태웅이 흘린 붉은 피를 보고서야 시윤은 서둘러 은홍을 데리고 그곳을 도망치듯 떠났다. 그가 머뭇거리는 만큼 태웅의 목숨이 위험해질 테니까.

오늘따라 서녘에 지는 붉은 노을이 핏빛처럼 서늘하게 느껴졌다. 시윤은 아직 정신을 차리지 못하는 은홍을 말 옆에 눕혀놓고 멍하니 해가 지는 하늘만 바라보고 있었다. 지금 그가 할 수 있는 건 그것뿐이었으니까.

관군과 싸우고 있는 태웅을 살리려고 관가에 달려갈 수도 없는 노릇이었다. 그렇다고 태웅과 같이 싸워줄 수도 없었다. 그는 한량 양반일 뿐이니까. 박무진의 검 앞에서 파리 목숨이었다.

"씻음굿이라도 해야 하나."

아무리 생각해도 태웅의 운명이 너무 박복했다. 이대로 그냥 두면 단명할지도 몰랐다. 아니, 설마 이미 죽었으려나?

벌떡—.

"헉!"

시윤은 갑자기 상체를 일으키는 은홍 때문에 소스라치게 놀랐다.

"살살 좀 일어나지. 귀신인 줄 알았다."

은홍은 기절하기 전에 봤던 태웅과 박무진이 칼부림하는 장면이 너무 선명했기에 다급하게 시윤에게 물었다.

"대행수님은 어디 계십니까?"

"아직 이승에 있으면 좋으련만."

"연화는요?"

"그 이름 가진 이도 꼭 한 번 보고 싶었는데 말이야."

은홍은 엉망이 된 몸을 힘겹게 일으켰다. 그녀는 시윤처럼 남의 일 말하듯이 할 수 없었다. 가서 두 사람을 구하든지, 같이 죽든지.

"지금은 가봐야 소용없다."

시윤이 말렸지만 은홍은 다시 산으로 휘청휘청 걸어갔다. 그런 은홍을 시윤은 답답하다는 듯이 쳐다보았다.

"싸우는 법도 모르면서 가서 어쩌자는 거야."

그냥 살아주는 게 태웅을 위한 것이었다. 같이 싸워주는 거나, 구해주는 건 태웅이 바란 게 아니었다.

하지만 은홍은 혼자서는 집에 돌아갈 수 없었기에 휘청휘청 산을 향해 걸어가다 그 자리에 멈추어 섰다. 검은 어둠이 깔린 산길 저 멀리 이쪽을 향해 저벅저벅 걸어오는 사내가 있었다.

밤을 가르며 걸어오는 이의 형체가 점점 선명해질수록 시윤도 놀라서 앞으로 달려 나왔다.

"최 대행수?"

은홍은 눈으로 제대로 확인도 하기 전에 마지막 남은 힘을 다해 걸어오는 이를 향해 달려갔다. 헝클어진 머리가 날리고, 더럽혀지고 찢긴 치마가 날리고, 눈물이 날리고. 곧 혼례를 치를 새색시라고는 볼 수 없는 아주 엉망인 꼴로.

우뚝—.

달려오는 그녀를 보고 태웅의 걸음이 멈추었다. 그는 들고 있던 칼을 놓아버리고 그를 향해 달려온 그녀의 작은 몸을 꽉 끌어안았다. 태웅은 떨고 있는 그녀의 가는 몸을 감싸 안으며 그녀를 찾는 동안 내내 참고 있던 한숨을 뱉어냈다.

"나비도 아니면서 내 손에서 날아가지 마라."

결국엔 오늘처럼 찾아낼 것이지만, 그래도 겁은 나니까.

은홍은 그의 품에 안겨 눈물을 펑펑 쏟았다. 화룡관에 온 뒤 절대로 안 울었었는데 오늘은 도저히 참을 수가 없었다. 그녀가 납치된 것보다도 그를 잃은 줄 알고 더 겁이 났다.

태웅은 우는 그녀의 머리를 한 손으로 감싸 안았다. 그에게도 힘겨운 날이었다. 어쩌면 그녀가 겪은 고통보다 더.

그래도 아직 이렇게 살아서 그의 두 팔로 그녀를 안아볼 수 있으니 다행이라고 생각했다.

"은홍아!"

태웅이 살았다는 안도감에 극도로 긴장해 있던 맥이 풀리면서 은홍은 태웅의 품에서 또다시 기진했다.

태웅은 쓰러진 은홍의 몸을 서둘러 안아 들었다. 그녀의 머리와 팔이 아래로 축 늘어졌다.

그때 시윤이 태웅에게 달려와 격앙된 목소리로 물었다.

"진정 자네가 조선제일검 박무진을 이긴 것인가?"

시윤은 당연히 그가 박무진의 칼에 죽었을 줄 알았다. 조선제일검이었으니까. 그건 조선에서 칼을 제일 잘 쓰는 무사 딱 한 명만이 가질 수 있는 명예였다. 그러니 그런 박무진을 태웅이 이겼다면 이제 그가 조선제일검이 되는 것이었다.

"아닙니다."

딱 잘라 부정하는 태웅의 대답에 시윤은 의아했다. 태웅이 졌으면 분명 죽었을 테니까.

"졌는데 어떻게 살았단 말인가?"

시윤은 그와 운검의 대결이 더 궁금한 것 같았다.

하지만 태웅은 은홍을 치료하는 게 먼저였기에 말로 걸어가 은홍을 먼저 태우고 그도 날렵하게 말 위에 올라탔다.

"마을로 갈 것입니다."

한양에 돌아가기 전에 은홍을 치료할 수 있는 의원을 찾아야 했다.

"자네가 대답 안 하면 난 이곳에서 한 발짝도 뗄 수 없네."

갑자기 뒷짐 지고 양반 행세하는 시윤이 참으로 귀찮았지만 은홍을 구하는 걸 도와주었으니 혼자 두고 갈 수도 없었다.

"끝까지 겨루지 않았으니 이기고 지고 할 게 없습니다."

"뭐? 그럼 설마 도망을 쳤다는 건가! 조선제일검을 상대로 칼을 든 자가 어찌 그럴 수 있단 말인가! 운검이 도망치는 자넬 얼마나 비웃었겠나!"

한 번도 칼싸움을 해본 적이 없는 시윤은 태웅이 절대 해서는 안 될 일을 한 것처럼 대경했다.

"전 은홍을 찾으러 온 거뿐이지, 운검과 대결하려고 온 게 아닙니다."

시윤이 은홍을 데려가서 안전해졌으니 그가 끝까지 운검과 싸울 이유는 없었다. 은홍이 살았으니 그도 사는 게 중요해졌다.

"내 자네가 이리 융통성이 넓은지는 몰랐네. 그러면서 죽겠다는 말은 왜 했나! 내 깜빡 속았구만."

"이럇!"

태웅이 갑자기 말을 출발하자 시윤은 은홍만 데리고 떠나는 태웅을 향해 크게 소리쳤다.

"자네한테 정말 실망이야. 같이 가! 난 혼자 있는 게 제일 싫다고!"

시윤은 서둘러 자신의 말로 달려가 올라탔다.

길섶에 있는 허름한 주막이었지만 운 좋게도 약초를 구하러 산에 왔었던 한양 의원을 만날 수 있었다. 의원은 기절한 은홍보다 태웅의 상태를 보고 혀를 찼다.

"치료는 여인보다 그쪽이 더 급한 듯한데."

운검의 칼에 베여 흐른 피로 태웅의 옷은 온통 검붉게 변해 있었다.

"난 괜찮으니 이 여인부터 치료해주시오."

죽기 전 마지막 맥이 뛸 때까지도 자신은 괜찮다고 말할 사내라는 걸 짐작한 의원은 '쯧' 혀를 차고는 은홍을 먼저 살폈다. 놀란 일을 겪어 기진한 상태였기에 충분히 안정을 취하면 괜찮아질 수 있었다.

"내 양기를 보하는 탕약을 지어줄 터이니 깨어나서 그걸 꾸준히 마시면 별 탈 없을 거요. 그러니 이제 자네 상처를 치료해도 되겠나? 빨리 지혈하지 않으면 자네도 기진할 걸세."

그제야 태웅은 칼에 베인 상처를 치료받았다.

시윤도 이런 험한 일을 한 건 처음이었다. 자신의 몸 여기저기가 굉장히 안 좋은 것 같았지만 칼에 다친 태웅보다 먼저 봐달라고 할 수는 없었다. 그는 쑤시는 몸을 자신의 손으로 껴안고 태웅의 치료가 끝나기를 기다렸다.

의원에게 치료받는 중에도 태웅이 깨어나지 못하는 은홍에게서 시선을 떼지 못하자 시윤은 이젠 괜찮다는 뜻으로 가볍게 말했다.

"이제 신부도 찾았으니 돌아가서 혼례식만 올리면 되겠군."

태웅이 아무 반응 없이 은홍을 보기만 하자 시윤은 뭔가 이상함을 느끼고 눈이 가늘어졌다.

"무슨 생각하는 건가?"

그러고 보니 은홍은 찾았지만 아직 파천과 연화 옹주에 대한 건 아무것도 해결된 게 없었다.

"내가 누구인지."

"자네는 화룡 상단 대행수 최태웅 아닌가?"

그건 그가 살아가면서 스스로 만들어낸 자신이었다. 한 번도 깊게 생각하지 않았다. 그의 핏줄에 대해, 그의 친부모에 대해. 어차피 그들이 먼저 그를 버린 거라 생각했으니까. 개의치 않으면 그와 상관없는 거라 여겼다. 그런데 그렇게 살았기에 이런 일이 벌어진 거라면, 앞으로 또 이런 일이 안 생기란 법도 없었다.

"알아야겠습니다."

이번에 몰라서 당한 거라면 알아내서 철저히 대비해야 했다.

태웅의 한마디가 마음에 걸려 시윤은 그를 말렸다.

"은홍도 무사히 찾았잖나. 이제 돌아가서 혼례식만 올리면 되는데 왜 굳이 들추려 해."

"혹시 나리는 이미 알고 있는 겁니까?"

태웅이 갑자기 그를 추궁하자 시윤은 온몸으로 부정했다.

"나는 정말 아무것도 몰라. 진짜일세."

"그럼 왜 저한테 접근하신 겁니까?"

"접근이라니! 난 단지 자네가 닮은 게 신기해서……. 흡!"

시윤은 손으로 황급히 입을 틀어막았다. 그런 시윤을 태웅은 시린 눈으로 노려보았다.

"제가 누굴 닮았다는 겁니까?"

설마, 도적 파천? 하지만 서른도 안 된 시윤이 30년 전 기록에서도 사라진 파천의 얼굴을 알 수 있을 리가 없었다.

"세상엔 모르고 사는 게 속 편한 법도."

차락―!

갑자기 서늘한 칼날이 목에 와서 닿자 시윤은 혀까지 얼어붙었다. 태웅이 칼을 꺼내 그를 겨누고 있었다. 치료하던 의원까지 깜짝 놀라 허둥지둥 방에서 도망 나가버렸다. 그러나 태웅은 개의치 않고 시윤을 겁박했다.

"피를 보고 말할 겁니까, 아니면 그냥 말할 겁니까?"

이런 냉정한 성정까지 어쩌면 닮았을 거 같아서 시윤은 등에서 땀이 흘렀다. 태웅은 이미 자신에 대해 알아내기로 마음먹은 것 같았기에 시윤은 할 수 없이 입을 떼었다.

"왕."

시윤이 꺼낸 한마디에 태웅의 눈이 가파르게 좁아졌다.

그는 도적을 생각하고 있었는데 갑자기 왕이라니.

도대체 뭐가 진실이란 말인가?

대행수가 직접 혼례식 전날 사라졌던 신부를 찾아 데려와서 위기는 무사히 넘긴 듯 보였다. 하지만 혼례식을 올려야 할 이들이 혼례를 못 올렸기에 뒤따르는 소문이 낭자했다.

신부가 혼례식을 올리기 싫어 도망친 거다.

신부가 다른 남자와 도망쳐서 대행수가 다시 데려온 거다.

대행수가 다친 건 그 내연남과 싸우다 생긴 거다.

신부를 돈 주고 팔았던 아버지가 다시 나타나 데려간 거다.

거짓과 사실이 뒤섞인 소문은 살아 있는 생물처럼 점점 몸집을 키워 갔다. 결국 소문을 잠재우기 위해 서둘렀던 혼례식이 오히려 소문을 더 키우는 꼴이 되어버렸다. 그나마 다행인 건 은홍이 화룡 상단으로 돌아와서도 며칠 동안 일어나지 못하고 누워 지내서 그 소문들을 전혀 못 들었다는 거다.

칼에 맞은 태웅이 아무 일 없었다는 듯이 바로 그가 없는 동안 밀렸던 상단 일을 시작했다. 그리고 그의 지위를 이용하여 사람들 입단속을 시켰다. 이젠 그렇게 할 수밖에 없었기에.

"누구라도 안주인에 대해 함부로 말하는 이가 있다면 내 용서치 않을 것이다."

대행수가 그 어느 때보다 강경하게 나오니 사람들은 입조심을 하기 시작했다.

태웅이 뒷수습으로 바쁘게 지내다 밤이 되어 집에 돌아오면 그제야 안채에 들러 은홍의 얼굴을 잠깐 볼 수 있었다. 창백한 얼굴로 눈을 감고 누워 있는 그녀의 모습을 볼 때마다 그는 무겁게 가라앉았다. 그녀가 기력을 회복하면 괜찮아질 거라고 의원마다 똑같은 말을 했다. 하지만 은홍이 쉬이 눈을 뜨지 않으니 그는 그녀를 찾았는데도 마음이 편해지지 않았다.

"잠자는 병에라도 걸린 것이냐?"

어서 빨리 그가 제일 좋아한다고 했던 고운 눈동자로 그를 봐주기를 바랐다. 태웅은 힘없이 놓여 있는 그녀의 작은 손을 들어 올려 손등에 입을 맞추었다. 그녀의 손에서 느껴지는 온기가 그나마 그를 위로해 주었다.

"날 혼자 버려두지 마라."

그녀와 행복한 혼례식을 올리려고 했었다. 그게 그에게 허락된 운명이 아니라고 해서 어그러졌다고 해도 그는 끝까지 그녀를 놓을 수 없었다. 한 번 누군가에게 주어버린 마음을 되돌리는 법을 그는 알지 못하니까.

눈을 떠 정신을 차린 은홍은 제일 먼저 태웅을 찾았다.

"대행수님은 괜찮으십니까?"

은홍의 질문에 문길은 한숨을 푹 내쉬었다.

"누워 있는 사람이 할 질문은 아닌 거 같습니다. 그게 걱정되면 어서 일어나십시오."

"저도 정말 그러고 싶은데."

몸에서 자꾸 힘이 빠져나갔다. 마치 영혼이 빠져나가는 것처럼.

"아무래도 제사를 지내주어야 저도 괜찮아질 듯합니다."

"제사요?"

태웅과 시윤이 그곳에서 구한 사람은 그녀뿐이었다. 두 사람 모두 연화는 보지 못했다고 했다. 그러니 연화는 그곳에서 그 관군의 칼에 죽었을 거다.

"제가 아니면 그 아이 제사를 지내줄 사람이 없을 겁니다."

이 세상에 연화의 죽음을 신경 쓸 사람이 그녀 한 명뿐이라는 게 너무 서글펐다.

파천검 소녀의 죽음을 슬퍼하는 은홍의 눈에 눈물이 그렁그렁 맺히자 문길은 자신을 공격했던 소녀의 제사를 막을 수가 없었다.

"그 소녀의 제사를 지내서 아씨가 건강해질 거 같으면 그리하십시오."

문길의 입장에서는 세상에서 가장 찝찝한 제사상이 될 듯했다.

다신 취향관에 발걸음하지 않을 줄 알았던 태웅이 찾아오자 곽 행수는 석연찮은 눈으로 그를 바라보며 물었다.

"어인 일인가?"

신부가 사라져 혼례식을 못 치르게 된 일을 곽 행수가 모를 리가 없었다. 그 탓을 곽 행수에게 하기 위해 찾아온 건 아니었다.

태웅은 곽 행수의 앞에 파천검을 내어놓았다. 이 검을 버려야 하는데 아무리 생각해도 안전하게 버릴 수 있는 곳은 여기밖에 없었다.

이곳은 조선 제일의 기방인 취향관이다. 조선의 돈 있는 사대부 사내라 하면 안 거쳐간 이가 없으니, 향에 취해, 술에 취해, 미색에 취해 사내들이 털어놓은 비밀이 차곡차곡 곽 행수의 안에 쌓여 있었다. 그것들은 나라님이 와서 어명이라 하여도 결코 사실대로 털어놓을 수 없는 것들이었다. 거기에 파천검 하나 추가한다고 곽 행수의 인생이 달라질 리 없었다.

곽 행수의 눈이 무감하게 검으로 향했다. 그가 취향관에 있을 때에도 이 검으로 수련하곤 했기에 곽 행수도 이미 알고 있는 검이었다.

"이 검을 맡아주십시오."

"용무는 그게 전부인가?"

"네."

그게 다일 리가 없을 텐데도 태웅이 말을 아끼자 도리어 곽 행수의 눈빛이 흔들렸다.

이 검 때문에 태웅을 화룡 상단에 버렸다. 그러니 태웅은 충분히 그녀를 원망할 수 있었다. 은홍이 납치당한 것도, 혼례식을 못 올린 것도, 그때 그녀가 그를 버린 것 때문이라고.

하지만 모두 묻어두겠다는 듯이 태웅이 자리에서 일어났다. 검을 그대로 둔 채.

"혼례식은 어찌할 건가?"

절대 묻지 않으려고 했는데 먼저 묻고 말았다.

태웅은 흔들림 없는 눈으로 그녀를 돌아보며 대답했다.

"반드시 올릴 겁니다."

모든 걸 다 알게 되었어도 여전히 자신이 화룡 상단 대행수 최태웅이라고 말하는 듯해서 곽 행수는 마음이 조금은 놓였다.

은홍은 병석에서 일어날 기력이 생기자마자 직접 제사상을 준비했다. 그녀가 제사상을 준비하다 쓰러지면 안 되기에 문길도 덕춘과 함께 옆에서 도왔다.

밝은 달이 뜨는 뒤뜰 큰 나무 앞에 연화의 제사상을 차린 은홍은 달을 올려다보며 연화의 넋을 기렸다.

"연화야, 거기서는 부디 착하게 살렴."

향을 피우고 술잔에 술까지 따르는데 순간, 그녀의 귓가에 누군가의 목소리가 들려왔다.

"술 싫어, 바보야."

움찔, 은홍은 소스라치게 놀라며 고개를 들어 위를 보았다. 둥근 달이 아까와 똑같은 위치에 휘영청 떠 있었다. 은홍은 혼란스러운 눈으로 달을 쳐다보며 뒤에 서 있는 문길에게 물었다.

"스승님, 방금 무슨 소리 못 들으셨습니까?"

"네? 아씨가 이야기한 거 아닙니까?"

은홍은 자신이 잘못 들은 거라 여기고 다시 고개를 내려 술잔을 보는데 술잔에 거꾸로 매달린 연화의 동그란 얼굴이 가득 차 있었다.

"꺄아악!"

은홍은 연화 귀신에 놀라 술잔을 집어 던져버리고 문길에게 달려가 그를 붙잡고 비명을 질러댔다.

영문을 모르는 문길은 그녀가 갑자기 비명을 지르며 그의 허리를 부여잡자 덩달아 놀랐다.

"아씨, 왜 이러십니까?"

"까아아아아악! 귀신!"

자기가 제사 지내고 싶다고 했으면서 갑자기 웬 귀신 타령이란 말인가. 그런데 귀신보다 더 무서운 게 뒤뜰 입구에 있는 걸 보고 이젠 문길의 눈이 커졌다. 그는 은홍처럼 비명조차 안 나왔다.

언제 온 것인지 태웅이 뒤뜰 입구에 서 있었다. 두 사람을 바라보는 그의 눈빛이 심상치 않았다.

당연히 그의 기분이 좋을 리가 없었다. 은홍이 병석에서 일어났다고 해서 상단 일을 끝내자마자 보러 온 것인데, 태웅이 보게 된 건 건강해진 신부가 아니라 다른 남자의 허리를 끌어안고 있는 바람난 신부였으니까.

태웅이 그냥 갈 것처럼 몸을 돌리자 문길이 놀라서 손을 뻗었다.

"잠깐만! 대행수 어른! 오해이십니다!"

문길이 태웅을 부르자 은홍은 그제야 고개를 들어 주위를 살폈다. 하지만 태웅의 모습도 보이지 않았다. 이미 가버린 거였다.

은홍은 또 무서워져서 부르르 몸을 떨었다.

태웅이 안채까지 왔다가 그녀가 귀신 타령하는 바람에 그냥 가버렸다는 문길의 말을 믿어보기로 하고 은홍은 직접 사랑채로 향했다. 그

452

가 그녀보다 더 크게 다쳤으니 그녀가 그를 돌봐주었어야 했는데 화룡관에 돌아오고 내내 누워 있기만 했다. 그게 태웅에게 너무 미안했다.

"대행수님, 은홍입니다. 들어가도 되겠습니까?"

창호문 너머에서 태웅의 울림 깊은 목소리가 들려왔다.

"들어오너라."

그의 목소리에 심장이 달큰하게 조려지는 것만 같았다. 이제야 집에 돌아왔다는 걸 실감했다. 한 번 큰일을 겪었기 때문인지 평범한 일상의 순간순간이 너무 소중했다.

드르륵―.

문을 열자 강건한 모습으로 앉아 있는 태웅이 보였다. 만약 그가 피 흘리던 모습을 그녀의 눈으로 직접 보지 못했다면 지금 그의 모습만 보고는 다쳤다는 것도 몰랐을 거다. 그가 강한 사람이라는 게 지금은 너무 마음 아팠다. 그녀처럼 편하게 아프지도 못할 것 같아서.

"의원이 상처에 매일 약을 바르고 깨끗한 천으로 갈아주는 게 좋다 하였다고. 그래서 오늘은 제가 약을 발라드리려고 왔습니다."

은홍은 약과 깨끗한 천이 담긴 소반을 앞으로 내밀었다.

"이미 많이 좋아졌다."

물론 그녀가 빌빌거리는 동안 그는 혼자 잘해내고, 강건한 몸이라 상처도 알아서 척척 좋아졌겠지만 그녀가 해주고 싶었다.

"오늘만이라도 제가 해드리면 안 되겠습니까?"

태웅은 말없이 그녀를 쳐다보았다. 조금 전 다른 남자 허리를 안은 그 손으로 그를 치료해줄 거냐는 말을 할 수도 있었지만 그는 절대 하지 않을 것이었다. 상대가 문길이었으니까.

하지만 기분 나쁜 건 나쁜 거였다. 그리고 이런 걸로 기분 나빠하는 그 자신이 참 싫었다. 너무 쪼잔하니까.

"대행수님?"

태웅이 대답이 없는 걸 이상하게 여기고 은홍이 그를 불렀다.

태웅은 애써 못난 마음을 짓누르며 평소처럼 말했다.

"그래, 하거라."

태웅이 허락해서 안도했는데 그가 갑자기 옷고름을 풀고 저고리를 젖히며 속살을 보이자 은홍이 깜짝 놀라 두 손으로 얼굴을 가렸다.

"왜, 왜 옷은 다 벗으십니까?"

당연히 어깨를 다쳤으니까.

그녀가 눈까지 손으로 가리며 기겁하자 태웅은 잠시 벗는 걸 멈추고 설명했다.

"다친 곳이 어깨다."

그는 절대 옷 벗는 걸 즐기는 변태가 아니었다.

"못 하겠으면 지금이라도 그냥 가거라. 내가 직접 할 테니까."

은홍은 아니라고 고개를 저으며 여전히 두 손으로 눈을 가린 채 그의 곁으로 엉금엉금 걸어왔다.

그녀의 이상한 행동에 그의 눈빛이 가늘어졌다.

설마 눈 감은 채 약을 바르고 천을 감겠다고?

그건 거의 묘기였다.

"그럼 약을 바르겠습니다."

그리 말할 때도 은홍은 여전히 눈을 감고 있었다. 그러니 약을 든 손은 상처를 찾지 못하고 허공에서 방황할 뿐이었다.

태웅은 지금 무슨 바보짓이냐고 나무라는 대신 은홍의 손을 잡아 어깨의 상처 위에 올려주었다.

"여기 바르면 된다."

"아, 네."

어째 도움을 받는 것이 혼자 하는 것보다 더 손이 많이 가고 시간도 오래 걸렸지만 태웅은 그녀가 하는 대로 그냥 지켜보았다. 내내 복잡했던 마음이 오히려 그녀의 어설픈 치료에 좀 잠잠해지는 것 같았다.

태웅은 눈을 감은 채 약을 바르는 은홍의 얼굴을 보며 낮에 박무진을 찾아갔던 일을 떠올렸다.

왕도 그가 한양에 돌아온 걸 모르는 시간에 그의 집 앞에 서 있는 화룡 상단 대행수를 보고 박무진의 눈매가 일그러졌다.

"대행수가 내 집 앞을 우연히 지나는 길은 아닌 듯한데."

칼을 들고 공격할 때는 영락없이 무사처럼 보였던 태웅은 다시 상단 대행수의 모습으로 돌아와 운검과 마주 섰다. 그가 무기를 가지고 있지 않았기에 박무진도 검을 꺼내지 않았다.

"왕을 지켜야 하는 이가 왜 힘없는 여인에게 칼을 겨눈 것입니까? 반드시 이유가 있어야 할 것입니다."

박무진이 그의 신부에게 칼을 겨누었으니 태웅은 당연히 물어야 할 말을 캐묻는 것이었다.

하지만 박무진은 그런 태웅의 행동이 마뜩잖았다. 그의 신부 때문에 태웅과 칼을 겨누어버렸으니까. 태웅의 검 실력이 조금만 부족했어도 그는 자신의 검에 반드시 죽었을 것이다.

"난 파천검을 가진 이를 쫓고 있었을 뿐이네."

"저 역시 파천검을 가지고 있었습니다. 그럼 왜 저는 죽이지 않은 것입니까?"

하지만 태웅이 그를 공격할 때의 검은 파천검이 아니었다. 그가 검을 바꾸었다는 건 어쩌면 자신의 출신을 눈치챈 것일 수도 있기에 박무진의 눈빛이 어두워졌다. 적어도 연화 옹주는 태웅에게 부끄러운 존재가 되어서는 안 되었다. 그녀는 그리 취급당해서는 아니 되는 인물이었다.

"자네가 사는 게 옹주 마마의 뜻이었네. 그러니 자네는 살게. 난 지킬 것이니."

박무진의 말에 태웅은 실소가 흘러나왔다.

"설마 운검이 날 지킨다는 것입니까?"

그러기엔 그의 검에 태웅이 죽을 뻔한 게 벌써 여러 번이었다.

"아니, 난 이 씨 왕가의 정통성을 지키는 운검일 뿐이네."

한 번도 만난 적 없는 옹주가 그의 생명을 구했다면 그녀는 그의 어머니라는 소리였다. 그리고 그에게 파천검을 주고 간 사내.

태웅의 눈빛이 모래처럼 서걱거렸다.

"내가 옹주와 파천의 사이에서 태어난 것입니까?"

박무진은 대답하지 않음으로써 대답했다.

그 침묵이 태웅의 평온을 깨뜨렸다. 그의 존재 자체가 이 씨 왕가의 정통성을 더럽힌 것이었다.

"자네가 혼인할 여인이 무언가 들었다면."

박무진의 말에 태웅은 살기 가득한 눈으로 그를 노려보며 경고했다.

"내 신부를 죽이고 싶으면 날 먼저 죽여야 할 겁니다."

박무진은 속으로 혀를 찼다. 이미 태웅이 진심이라는 걸 그의 칼에서 느꼈다.

"그럼 신부와 함께 조선을 떠나게."

박무진의 말에 태웅은 차게 대답했다.

"나는 화룡 상단 대행수 최태웅입니다. 누구도 날 이 땅에서 마음대로 쫓아낼 수 없습니다."

죽지 말고 살라고 떠나라는 뜻이었다.

그를 죽이라 명을 내린 건 왕이었다. 이 나라에서 지존인 왕을 이길 존재는 없었다. 왕이 태웅의 존재를 알게 된다면 그는 반드시 죽을 것이었다.

"그래서 이 땅에서 언제 죽임 당할지 모를 위험을 감내하며 살겠다는 건가?"

태웅은 이를 으물었다.

"아뇨. 누구도 감히 날 죽일 수 없게 만들 겁니다."

무모한 객기일 수도 있었다.

박무진은 열셋의 태웅에게서 느낀 것과 똑같은 걸 지금 그에게서 느꼈다. 핏줄이 반은 이어져 있어서 그저 어쩌다 얼굴만 닮은 거라 여겼는데. 태웅은 참 많은 게 왕을 닮았다. 동궁전의 왕세자보다도 더.

하지만 말로 꺼내면 역모라, 그저 생각만 했다.

"은홍아."

안 보여서 끙끙대며 깨끗한 무명천으로 상처를 감던 은홍은 그의 부름에 소리가 들리는 쪽으로 고개를 돌렸다.

화려하게 변신하는 나비처럼 그녀의 고운 얼굴은 이제 성숙미까지 더해져 사내의 마음을 흔들었다. 아름다운 여인이 된 그녀를 보면 어떤 남자라도 은애하게 될 것이다.

그래서 이 말을 해야 하는 그의 마음이 아렸다.

"우리 혼례식을 미루어도 괜찮겠느냐?"

은홍은 그제야 감았던 두 눈을 떠 그의 얼굴을 똑바로 보았다. 괜찮지 않다는 걸 금세 붉게 물드는 그녀의 눈빛이 말해주었다.

"제가 잘못하여 그렇습니까?"

"그런 게 아니다."

제대로 이유를 설명해줄 수 있다면 좋겠지만 그 이유를 알려준 것만으로도 그녀를 위험에 처하게 할 수 있으니 거짓 이유라도 만들어내야 할 판이었다.

"제 아버지 때문이라면."

차라리 그 못난 아비가 그의 아비보다 백 배 나은 듯했다.

"청국 양 대인이 우리 혼례식에 꼭 참석하고 싶다고 했었다. 혼례식을 서두르느라 초대를 못 했으니 이왕 미뤄진 거 양 대인이 조선에 올 때까지 기다려줄 수 없겠느냐?"

양 대인은 은홍을 양딸로 삼아 청국에 데리고 가고 싶어 할 정도로 은홍을 걱정했기에 이 순간 자연스럽게도 그의 입에서 튀어나왔다. 양 대인은 지금 청국에 있으니 이 거짓말이 들통 날 염려도 없었다.

"아! 양 대인 나리 말씀입니까? 저도 그분이 우리 혼례식에 참석해 주시면 정말 기쁠 거 같습니다. 안 그래도 제가 여름 편지를 보내려고 했었습니다."

은홍의 표정이 그제야 밝아졌다.

하지만 처음으로 그녀에게 거짓말을 한 태웅은 마음이 무거워졌다.

—조선을 떠나게.

얼어 죽을. 누구 마음대로.
설령 왕이라고 해도 그를 죽일 수는 없었다.
그는 반드시 이 땅에서 그가 살아도 될 명분을 찾고 말 거다.
은홍이 눈물을 흘리기 전에.

제 16 장

화장

"으아아아아아악!"

아침에 은홍은 닭 홰치는 소리가 아니라 덕춘이 지르는 고함에 번쩍 눈을 떴다. 그나마 다행인 건 해가 떴다는 거다. 밤이었다면 엄청 무서울 뻔했다.

은홍은 서둘러 일어나 덕춘의 소리가 들리는 뒤뜰로 달려갔다.

"무슨 일이냐?"

덕춘은 어제 차려놓았던 제사상 앞에 주저앉아 부들부들 떨고 있었다. 누가 다 먹어버린 듯 텅 비어 있는 제사상을 보고 은홍은 걸음을 멈추었다.

"덕춘이 네가 먹은 것이냐?"

"아닙니다! 쇤네는 맹세코 고기 한 점밖에 안 먹었습니다."

먹긴 먹었지만 깨끗하게 먹어 치우지는 않았다는 소리였다.

"상단 사람들이 먹은 건가?"

하지만 이곳은 화룡 상단 안주인이 기거하는 안채라 아무나 드나들 수 있는 곳이 아니었다. 아랫사람들이 먹었다면 그녀에게 물어보고 먹었을 거다. 길 고양이가 먹었다고 하기에도 그릇이 너무 깨끗하게 비어 있었다.

은홍은 제사상 앞에 쭈그려 앉아 골똘히 생각에 빠졌다.

설마 어제 본 연화 얼굴이 귀신이 아닌가?

"아씨, 당장 무당을 불러 굿을 해야겠습니다."

덕춘은 귀신이 다 먹어 치운 거라고 믿고 굿판을 벌여야 한다고 했다.

"덕춘아. 오늘 또 제사상을 차려야겠다."

"네?"

안 그래도 제사상 때문에 귀신이 나타났는데 그걸 또 차리라는 말에 덕춘은 기절할 것처럼 놀랐다.

"그, 그, 그러다 또 귀신이 나타나면."

그럼 귀신이 아니라 사람이란 뜻이었다. 내일도 제사상이 깨끗이 비어 있다면 연화가 살아 있는 거라고 믿기로 했다.

죽지 않았다면 다행이었다. 그녀를 납치해서 혼례식을 못 치른 건 원망스럽지만 그녀를 구해준 것도 사실이니까.

"그리고 오늘은 갈 곳이 있다."

비록 혼례식은 늦추어졌지만 그녀는 여전히 화룡 상단 안주인이었기에 꼭 해야 할 일이 있었다.

높다란 궐의 성문이 보이자 은홍의 걸음이 조금씩 느려졌다. 은홍의 뒤를 따라온 덕춘은 주위를 둘러보며 그녀에게 조심스럽게 물었다.

"여기는 나라님 사시는 궐인데, 어찌 온 것입니까?"

"내 여기서 만나야 할 이가 있다."

"네? 여기서 말입니까?"

운검을 만나러 온 것인데, 몸이 경직되는 게 느껴졌다.

겁내지 말자. 겁낼 필요 없었다.

아무리 운검이라도 이리 사람 많은 궁 앞에서 그녀를 해칠 수는 없었다. 은홍은 덕춘과 나란히 서서 운검이 나타나길 기다렸다. 덕춘의 장군 같은 외모 때문에 지나가는 사람들이 한 번씩은 쳐다보았지만 그녀는 대로를 쏘아보며 검을 가진 자가 나타나길 기다렸다.

반 시진 정도 지났을까.

그녀가 기억하는 그 운검을 허리에 찬 사내가 궐로 연결된 대로에 모습을 드러냈다. 운검 박무진 역시 은홍을 기억하였기에 그녀에게 가까이 갈수록 걷는 속도를 늦추었다. 은홍이 저벅저벅 걸어가 운검의 앞을 가로막자 덕춘은 놀라서 그럼 안 된다고 손을 내저었다.

"절 기억하십니까? 운검 나리."

기억하는 것보다 그가 누구인지 알았으면서도 스스로 그의 앞에 나타난 게 기이할 뿐이었다. 보통 그를 모르던 이들도 그의 검이 무엇인지 알게 되면 겁을 먹고 멀리 도망쳤다. 사람이라면 왕, 노비할 거 없이 목숨은 하나뿐이었으니까.

"왜 제 발로 나타난 거지?"

그는 그녀를 죽일 수도 있었다. 지금은 태웅도 없으니 너무 쉬웠다.

"오늘은 나리께 따질 게 있어서 온 것입니다."

"내게?"

간이 부은 것이든, 모르는 것이든.

하여튼 이 겁을 상실한 행동으로 자신이 옹주와 파천의 이야기는 모른다는 것을 보여주는 셈은 되었다. 그 이야기를 알면 감히 그의 앞에 나타나지 못할 테니까.

"운검 나리 때문에 그날 저는 밀거래꾼을 놓쳤습니다. 어찌 책임지실 것입니까?"

그날 박무진이 해야 할 일은 밀거래꾼을 잡는 게 아니었기에 은홍의 말은 전혀 와 닿지 않았다. 그리고 그들이 밀거래꾼이라는 확실한 증거도 없었다. 은홍도, 그도 밀거래품을 직접 눈으로 보지는 못했으니까.

"나와 상관없는 일이다."

박무진이 그리 나올 줄 예상했기에 은홍은 바로 받아쳤다.

"그럼 나라님을 지키는 운검이 백성을 죽이는 일에 힘쓰다 상권을 어지럽히는 밀거래꾼을 놓치게 하였다고 관아에 고발해도 상관없으십니까?"

'고발'이라는 말에 무진은 헛웃음이 나왔다.

"네가 지금 날 겁박하는 것이냐?"

너무 오랜만에 받아본 겁박이라 신선하기까지 했다. 더군다나 상대는 검도 못 쓰는 계집이라.

"운검 나리가 너무 높은 분이라 고발이 안 통하면 성균관에 찾아가 유생들한테 부탁할 것입니다. 제 억울한 사연을 임금님께 상소로 올려달라고."

겁박이 점점 구체적이 되니 박무진도 마냥 좋은 표정만 짓고 있을 수는 없었다.

"대행수는 네가 이러고 다니는 걸 아느냐?"

대행수라는 말에 은홍의 눈가가 파들파들 떨렸다. 그날 태웅의 검과 운검이 매섭게 부딪히는 소리가 다시 선명하게 들려오는 듯했다.

"그러는 운검 나리야말로 아무 죄 없는 백성을 해치려고 하신 게 부끄럽지도 않으십니까?"

박무진이 갑자기 은홍에게 저벅저벅 걸어오자 덕춘은 기겁하며 서둘러 은홍에게 달려갔다. 순식간에 은홍의 뒤를 지키는 장군님을 보고 박무진도 움찔했다. 겁을 먹은 덕춘의 표정은 오히려 상대방을 공격하듯 사나웠다.

"그날 그놈들은 밀거래꾼들이 확실합니다. 그러니 그곳에 있던 물건들이 어디로 옮겨진 것인지 반드시 알아내어 화룡 상단에 전해주셔야 할 겁니다. 안 그럼 저도 그날 있었던 일에 대해 절대 조용히 있지 않을 겁니다."

"그건 네 명을 스스로 재촉하는 거뿐이다."

"잘못한 건 운검 나리이니 나리께서 큰일 나실 겁니다."

은홍이 할 말을 다한 듯이 움직이자 덕춘은 서둘러 그녀의 뒤를 따라가며 운검을 불안하게 쳐다보았다. 혹시라도 화가 나 검을 빼 들면 큰일이었으니까. 그땐 은홍을 둘러메고 냅다 뛰어야 했다.

다행히 박무진은 떠나는 은홍에게 아무 짓도 하지 않았다. 단지 의미를 알 수 없는 무서운 눈빛으로 쳐다만 볼 뿐이었다.

"운검 나리."

누군가 그를 부를 때까지도 박무진은 그 자리에 홀로 서 있었다. 이미 은홍과 덕춘 장군도 가버린 지 오래였다.

"안 들어가십니까?"

"……들어가야지."

그런데 발걸음이 쉬이 떨어지지 않았다. 처음이었다. 그에게 잘못하고 있다고 말한 이는. 억울한 운명의 태웅조차 그런 말은 안 했다. 마음 깊은 곳에 죄책감이 있었던 것인지 잘못했다는 그 말이 어명과 버금가는 무게로 그를 짓눌렀다.

그래도 그에게 선택권은 없었다. 그는 단지 왕의 검일 뿐이었으니 왕이 휘두르는 대로 벨 뿐이었다.

달이 휘영청 뜬 밤.

다시 태웅에게 약을 발라주기 위해 사랑채로 간 은홍은 태웅이 있는 방의 불빛이 보이자 걸음을 멈추고 심호흡을 길게 하였다. 조선에서 제일 세다는 운검한테도 할 말은 다 하고 온 그녀였다. 이까짓 일쯤이야. 오늘은 눈 뜨고 약을 바를 것이다.

혼례식만 안 올렸다뿐이지 그녀의 서방님인데 왜 그 몸을 못 본단 말인가. 당당히 두 눈으로 봐야지.

"대행수님, 은홍입니다."

은홍은 단전에 힘을 꽉 주고 방문을 열었다. 그녀가 또 약을 발라주려고 온 것을 안 태웅이 옷고름으로 손을 가져가자 은홍은 바로 몸을 돌려 뒤돌아섰다. 당당히 눈 뜨고 볼 거라던 패기는 온데간데없었다.

왜 보라고 벗는데 보지를 못해!

"그냥 내가 해도 된다."

태웅의 말에 은홍은 두 눈을 번쩍 떴다. 그녀의 부끄러움은 오히려 일을 망치고 있었다.

"아닙니다. 제가 해드리겠습니다."

은홍은 눈을 똑바로 뜨고 그의 어깨 상처에 약을 발랐다. 또랑또랑 뜬 눈이 상처만 뚫어지게 바라보았다.

"상처가 아직도 많이 아프십니까?"

눈 뜨고 보니 그의 상처가 너무 아파 보였다.

"너야말로 잠은 잘 자느냐?"

그런 큰일을 겪었으니 악몽에 시달릴 수도 있었다.

"네, 저는 괜찮습니다."

그의 손이 복숭아처럼 물이 든 피부에 닿았다. 뺨을 쓰다듬는 손길에 그녀의 눈동자가 가늘게 떨렸다. 떨림은 온몸으로 퍼져 그가 손에 조금만 더 힘을 주어도 바로 무너질 거 같았다.

그가 눈을 내리깔며 물었다.

"내가 지금 뭘 할 거 같으냐?"

"모르겠습니다."

"알 텐데."

"네? 제가요?"

그녀가 답을 알 리가 없었다.

"두 번째니까."

그의 말에 한 번 닿았던 적이 있는 그의 입술의 아찔함이 떠오르며 그녀의 몸이 먼저 떨렸다.

같은 입술이나 분명히 다른. 그녀의 것보다 더 뜨거운.

심장은 춤을 추고, 파르르 떨리던 눈꺼풀이 아래로 떨어졌다. 그녀는 밤에 핀 한 송이 봄까치꽃이 되어 그저 그가 닿기만을 떨림 속에서 기다렸다.

"대행수 어른, 시윤 나리께서 오셨습니다."

밖에서 들린 하인의 목소리에 화들짝 놀라 눈을 뜬 은홍은 보고 말았다. 태웅의 눈에 비친 살기를.

이번엔 무서움에 그녀의 몸이 오소소 떨렸다.

"하하하하하하하. 벗이여, 내가 왔네."

호탕하게 웃으며 나타난 시윤을 태웅은 냉랭한 시선으로 바라보며 말했다.

"이리 늦은 밤에 남의 집 방문은 실례입니다."

낮에 본 걸로도 질리는데 밤까지 나타날 건 뭐란 말인가.

시윤의 등장은 그에게는 악몽이나 마찬가지였다.

"어쩌겠나. 달은 밤에만 뜨는데. 저기 달 좀 보게. 너무 예쁘지 않나?"

"그럼 달한테 가십시오. 저한테 오지 말고."

"나도 그럴 수 있다면 진즉 그랬지."

시윤이 사랑방 쪽으로 가려고 하자 태웅은 그 앞을 막아섰다.

시윤이 눈치 없는 사람처럼 말했다.

"자네가 그리 서 있으니 내가 들어갈 수가 없잖나."

"오늘은 그냥 돌아가십시오."

"왜? 아직 혼례식도 못 올린 신부와 좋은 밤이라도 보내고 있었나?"

그 말에 문에 붙은 채 두 사람의 대화를 엿듣고 있던 은홍은 화들짝 놀라서 서둘러 바닥으로 몸을 낮추었다. 꼭 나쁜 짓 하다가 걸린 기분이었다.

"그렇다고 하면 돌아가실 겁니까?"

"아니, 같이 즐겨야지."

"오늘 제사상 받고 싶으시면 그리하십시오."

장난을 진심으로 받는 태웅을 보고 시윤은 낄낄 웃었다. 부인이 생겨 변한 태웅의 모습이 재미있기도 하고, 시샘도 나고. 더 쓸쓸해지는 거 같기도 하고.

"내 술 한 잔만 주면 그것만 마시고 돌아가겠네."

예까지 왔는데 그냥 돌아가기에는 시윤도 억울했다. 부인이 사랑스러워도 친구는 필요한 법이니까.

태웅은 할 수 없이 여종을 시켜 술 한 잔을 가져오라 시켰다.

"한 병이 아니라 한 잔 말입니까?"

여종이 잘못 들은 건가 싶어 되묻자 대청마루에 걸터앉아 있던 시윤이 말했다.

"아주 큰 대접에 한 잔 부탁하네."

"그냥 술잔에 한 잔이면 충분하다."

아리송한 표정을 지으며 갔던 여종은 술 한 잔에 평소와 똑같은 안주로 술상을 채워 가지고 왔다.

"이 집은 술 인심이 박해도 안주 인심은 넘치는구먼."

시윤의 넉살에 태웅은 차게 받아쳤다.

"어서 마시고 가십시오."

"너무 그러지 말게. 우리가 안 세월이 더 깊잖나."

"그래서 참고 있는 거 안 보이십니까?"

"그렇군. 고맙기도 해라."

시윤은 씨익 웃으며 술잔을 들어 올렸다.

"안주인 괜찮나 보러 온 건데. 자네 태도를 보니 만나게 해줄 리가 없겠군."

"은홍이는 멀쩡하니 그것만 마시고 돌아가십시오."

시윤은 절레절레 고개를 저으며 술을 마셨다. 시윤은 술 한 잔을 다 마신 뒤 약속대로 자리를 털고 일어났다.

시윤이 갈 것 같자 태웅도 그제야 마음이 풀렸다.

하지만 시윤은 그냥 가기 싫었는지 마지막 한 방을 날렸다.

"뭐든 처음이 제일 뜻깊지. 안주인한테는 자네가 첫사랑인가?"

아무래도 한 잔이 아니라 만취가 될 정도로 마시게 해야 했나 보다. 술이 적게 들어가니 입이 살아서 쓸데없는 소리를 던져놓고 갔다.

드르륵―.

짧다면 짧고 길다면 긴 시간 만에 은홍이 기다리고 있는 사랑방 문을 열고 들어가자 은홍은 방구석에서 두 무릎을 끌어안고 웅크려 앉아 있었다.

"왜 거기 그러고 있느냐?"

고개를 들어 그를 쳐다보는 은홍의 눈빛은 확실히 시윤이 오기 전과 후가 달랐다.

"혹시, ……입니까?"

은홍의 목소리가 너무 작아 안 들렸기에 태웅은 눈을 좁혔다.

"뭐?"

은홍은 아니라고 고개를 저으며 무릎 사이에 얼굴을 푹 묻어버렸다. 시윤 한 명 잠깐 다녀갔을 뿐인데, 이 망한 분위기를 어쩌란 말인가. 태웅은 은홍에게 다가가 그녀의 앞에 무릎 하나를 세우고 앉았다.

"몸이 안 좋은 거냐?"

은홍은 아니라고 고개를 저었다.

"아니면 졸린 것이야?"

이번에도 은홍은 아니라고 고개를 저었다.

"그럼 갑자기 왜 그러느냐?"

분명 조금 전까지 그의 손 안에서 활짝 피었던 봄까치꽃이 꽃봉오리 안으로 숨어버렸다. 태웅은 그 이유를 알 수 없어 애가 탔다.

시윤의 말대로 그녀에게 사내는 태웅이 처음이었고, 유일했다.

그러나 태웅은 그렇지 않을 것이었다. 그녀보다 훨씬 일찍 어른이 된 사람이고, 상단 일을 하며 이 세상 안 가본 곳 없이 다녔을 것이니 정말 많은 여자를 만났을 것이다. 아니, 굳이 이 한양 땅을 벗어날 필요도 없었다. 조선 제일의 미모를 자랑하는 취향관 진월향이 그를 연모하니. 어쩌면 태웅의 처음은 그녀가 아니었을까?

어젯밤 태웅의 앞에서 그런 상상을 하자 기분이 끝도 없이 가라앉았었다. 하지만 태웅한테는 끝까지 묻지 못할 것 같았다. 못난 마음을 들키는 것도 싫고, 태웅의 대답도 무서웠으니까.

그녀가 그런 생각에 빠져 밤을 지새우고 아침이 되었을 때, 덕춘은 또 제사상의 음식이 싹 사라졌다며 덜덜 떨었다. 덩치는 장군감이었지만 겁은 은홍보다 더 많았다. 살아 있는 연화가 먹은 거라 확신한 은홍은 덕춘에게 일렀다.

"제사상의 음식만 안 건들면 아무 일도 없을 것이다."

박무진을 피해 이곳에 숨은 거라면 그녀가 연화를 쫓아낼 수는 없었다. 박무진에게 죽을 뻔한 연화를 두 눈으로 보았으니까. 만약 연화가 딴마음을 먹어 또 그녀를 납치하려고 한다면 그때는 바로 그녀가 먼저 박무진에게 달려가 연화가 여기 있다고 알릴 것이었다. 그때까지는 다친 몸이 나을 때까지 뒤뜰 귀신으로 살게 두어야 할 듯했다.

"아씨, 이제라도 무당을 불러 굿을……."

"네가 음식만 안 훔쳐 먹으면 괜찮을 거다."

지금은 연화보다 그녀가 더 문제였다.

"사람들이 혼례식을 못 올린 것에 대해 어찌 말하고 있니?"

분명 그 일로 장안이 떠들썩했을 것 같은데 그녀는 화룡관 안에만 있어서 전혀 들은 바가 없었다.

"아씨가 무사히 돌아와서 다들 다행이라고 합니다."

덕춘은 좋은 말만 했다. 그녀가 상전이니 나쁜 소문을 그대로 전할 수 없었겠지. 안 그래도 늦어진 혼례식인데 그녀가 사라지는 바람에 못 치렀으니 좋은 말만 나올 리가 없었다. 그녀에게 문제가 있는 거라고 말하는 사람도 분명 있었을 거다. 그러나 언제까지나 그 일에 대해 자책만 하고 있을 수는 없었다. 태웅의 짐이 될 수는 없었으니까.

"스승님을 불러주렴."

그녀가 지금 할 수 있는 일을 할 것이다. 그것 외에는 달리 방법이 없었다. 태웅의 몸에 남은 흉터처럼 눈에 보이지 않을 뿐이지, 쉽게 상처 입던 그녀의 마음도 단단한 흉터가 자리 잡은 듯 쉽게 무너지지 않았다.

"청에서 들여온 물건 중 여인이 쓰는 화장품을 준비해주실 수 있겠습니까? 혹, 청 말고 다른 나라에서 들여온 화장품도 있나요?"

규방 부인에게 책과 함께 가져갈 선물을 준비하라는 말이었기에 문길은 걱정이 되어 말했다.

"서두르실 필요 없으니 좀 더 시간을 두고……."

올리지 못한 혼례식에 대해 아직도 거짓된 소문을 퍼트리는 사람들이 있었다. 규방 부인들이 그 소문을 못 들었을 리 없었다. 혹시라도 찾아갔다가 그녀가 상처받을까 걱정되어 문길은 말리게 되었다.

"책을 주러 가는 게 아닙니다."

"네?"

당연히 필사한 책을 전달하러 가겠다는 말인 줄 알았기에 문길은 이
해가 안 되는 표정으로 그녀를 보았다.

"그럼 화장품은 왜?"

"책을 원하지 않았던 분을 찾아갈 것입니다."

그런 사람은 규방에서 딱 한 명이었다. 바로 정경부인.

문길의 얼굴이 굳었다.

"진심이십니까?"

은홍에 대한 소문은 시간이 지나면 자연스럽게 무관심해질 테지만
정경부인은 죽을 때까지 자신에 대한 소문에 갇혀 살아야 했다. 여종
을 불태워 죽인 지옥 불 마님이라고.

문길은 은홍이 부탁한 화장품을 구하러 나왔다가 태웅을 만나기 위
해 상단으로 향했다. 문길이 내실에 들어섰을 때 태웅은 상계로 보내는
통문에 수결을 하고 있었다.

태웅은 붓을 내려놓으며 물었다.

"은홍에게 무슨 일이 있느냐?"

"그게 아니라, 아씨 심부름을 나왔다가 세책방에서 나오는 시윤 나리
를 보았습니다."

시윤이 기방이 아니라 세책방에서 나왔다는 게 참 기이하긴 했으나
문길이 이곳까지 와서 보고할 만한 일은 아니었다.

"그게 왜?"

"뜻밖의 곳이라 세책방 주인에게 직접 물었더니 춘화집을 구해갔다

고 했습니다."

역시나 시윤이 기방이 아니라 세책방을 찾은 이유다웠다. 그래서 태웅은 별일 아니라 여기며 옆에 놓여 있던 찻잔을 들어 올렸다.

"그런데 시윤 나리께서 춘화집을 찾은 게 이번이 처음이라고 합니다."

우뚝, 찻잔을 입으로 가져가던 태웅의 움직임이 멈추었다. 태웅이 고개를 들어 문길의 얼굴을 보자 문길이 심각한 표정으로 물었다.

"저만 이상하게 느껴지는 것입니까?"

아니, 태웅은 더 심하게 느꼈다.

시윤은 언제나처럼 소란스럽게 자신의 방문 소식을 직접 알렸다.

"하하하하. 안주인께선 그동안 평안하셨나?"

사실 저번에 사랑방에 숨어서 본 게 마지막이었기에 은홍은 괜히 멋쩍은 표정을 지었다.

"설마 저를 만나러 오신 것입니까?"

이 시간에 태웅을 만날 목적이었다면 당연히 상단으로 갔을 거다.

"물론. 내가 안주인께 선물을 하나 주려고."

시윤이 선물이라며 품에서 책을 하나 꺼냈다.

아마도 그녀의 공부에 도움이 되는 귀한 책인 것 같다고 생각하며 은홍은 웃었다.

"나리께 책 선물을 받을 줄은 상상도 못 했습니다."

"첫 장만 펼쳐도 내가 이걸 왜 주었는지 알게 될 거야."

시윤의 웃음이 마음에 걸렸지만, 은홍은 그 이유를 알 수 없었다.

"마님께도 비녀만 드릴 게 아니라 이런 책 선물을 하시면 어떻습니까?"

은홍이 갑자기 란 부인에 대한 이야기를 꺼내자 시윤은 불에 덴 사람처럼 화들짝 놀랐다.

"우리 부인한테 이 책을 선물하면 난 죽어."

"네?"

"하지만 은홍이 너에게는 꼭 필요한 것이니, 밤마다 정독하거라."

이해가 안 되는 소리를 하며 시윤이 그녀에게 책을 내밀었다. 하여튼 선물을 안 받을 수는 없었기에 은홍은 시윤이 주는 책을 받기 위해 손을 뻗었다.

막 그녀의 손이 책에 닿을 때쯤이었다.

탁—!

거친 손길이 그녀가 잡으려던 책을 가로채갔다. 놀라 고개를 돌리자 태웅이 책을 들고 서 있었다. 갑자기 나타난 그를 반갑게 부르기에는 태웅이 시윤을 노려보는 눈빛이 심상치 않았다.

"죽고 싶으신 겁니까?"

태웅의 말에 그녀는 얼음이 되었고, 시윤은 너털웃음을 지었다.

"허허허허. 자네 농이 심하잖나."

"이러면 제 진심이 통하겠습니까?"

태웅이 칼집에서 칼을 꺼내려고 하자 은홍은 화들짝 놀라 태웅의 팔을 힘껏 잡아당겼다.

"안 됩니다!"

예상 못 한 그녀의 괴력에 태웅의 몸이 휘청하며 손에 잡고 있던 책을 놓쳐버렸다. 책은 바닥에 떨어지며 책장이 펼쳐졌다. 시윤도 놀라고, 태웅은 더 놀라고, 그녀가 눈을 동그랗게 뜨며 본 그것은……

콱!

갑자기 덕춘의 큰 발이 책을 짓이기듯이 밟아버리며 그녀의 눈에 맺혔던 살색이 넓적한 덕춘의 발로 바뀌었다. 분위기상 시윤이 가져온 책이 이상한 거라는 걸 느낀 덕춘이 빠르게 달려와 책을 발로 밟아버린 것이었다.

태웅은 은홍의 앞을 막아서며 덕춘에게 지시했다.

"당장 가져가서 태워버리거라."

마치 악귀를 물리치듯이 단호한 명령이었다.

"어허. 아깝게 태우다니. 차라리 날 주게."

춘화집에 미련을 보이던 시윤은 칼자루를 움켜잡는 태웅의 매서운 시선과 마주치자 입을 다물었다. 아무래도 눈치 없이 한마디 더 했다가는 진짜 피를 보게 될지도 몰랐다.

덕춘은 은홍이 책 속 그림을 보지 못하게 주저앉아서 치마로 책을 감싼 뒤 서둘러 부엌 쪽으로 뛰어갔다.

"나리는 앞으로 이 집 출입 금지입니다."

태웅의 냉정한 통보에 시윤은 억울해졌다. 그는 정말 좋은 마음으로 가져온 책이었다. 은홍이 너무 모르면 고생하는 건 태웅이었다. 그런데 스스로 고생하는 길을 택하겠다니. 아직 독수공방하는 밤이 참을 만한가 보다.

은홍을 데리고 방으로 들어가버리는 태웅의 뒷모습을 시윤은 마치 버림받은 첩의 눈빛으로 바라보며 중얼거렸다.

"매정한 사람 같으니라고."

방에 들어와 둘만 남게 되자 태웅은 불안한 눈빛으로 은홍을 내려다 보았다. 그녀는 그가 끌어당기는 대로 따라와서도 멍하니 허공만 보고 있었다.

　"설마 봤느냐?"

　은홍이 고개를 들어 그의 얼굴을 보았다. 맑은 눈동자는 빗속에서 짚신을 팔던 그 어린 소녀의 순진함을 여전히 품고 있었다. 그래서 고작 그 책 한 권 때문에 그녀의 순수함을 잃어버리는 게 두려웠다. 언젠가는 결국 다 알게 된다고 해도 이런 식은 절대 아니었다. 그녀의 짝은 그였지, 춘화집이 아니었으니까.

　"못 봤습니다."

　은홍의 대답에 긴장감으로 얼어 있던 태웅의 표정이 얼음이 녹듯 일그러졌다.

　"정말이냐?"

　"네, 덕춘이가 발로 밟아버려서."

　"못 봤으면 됐어."

　그가 십 년 감수한 표정을 짓자 은홍은 손가락만 꼼지락거렸다.

　드르륵―.

　태웅이 방문을 열고 나오자 문길이 밖에서 기다리고 있었다.

　태웅에게 처음 춘화집에 대해 말한 게 문길이였기에 그는 방에서 나오는 태웅에게 조심스럽게 물었다.

　"어찌 된 것입니까?"

　늦게 도착한 문길이 목격한 건 태웅을 매정한 사람이라고 타박하며 떠나는 시윤의 뒷모습뿐이었다. 태웅의 묵직한 표정을 보니 분명 그 춘화집 때문에 무슨 일이 있었던 듯했다.

"아무 일도 없었다."

태웅의 대답에 문길은 의아했다.

섬돌에 놓인 신발을 신고 마당으로 내려선 태웅은 문길의 옆을 지나며 혼잣말처럼 중얼거렸다.

"아무 일도 없었어."

아무 일 없었다고 말하면서 무슨 일을 당한 것처럼 걸어가는 태웅의 뒷모습을 문길은 말없이 바라만 보았다. 아무래도 없었던 일인 듯 넘겨야겠다. 그러니 은홍에게도 묻지 않을 것이다. 그녀한테서 어떤 말을 듣게 될지 불안했기 때문이었다.

은홍은 문길이 준비해준 화장품을 전부 챙겨서 정경부인을 다시 찾아갔다. 정경부인의 마음을 얻고 싶은 욕심 때문이 아니었다. 규방에서 그 누구보다 신분에 집착하는 이가 정경부인이었다. 그러니 양반도 아닌 그녀에게 본인의 마음을 내보일 리가 없었다.

단지 그녀가 정경부인을 따로 만난다는 걸 규방 부인들이 알게 되면 그녀의 앞에서 섣불리 아무 말이나 할 수 없을 것이었다. 그게 어떻게 정경부인에게 들어갈지 알 수 없어 불안할 테니까.

그러니까 정경부인이 먼저였다.

"돌아가시오."

역시나 예상대로 정경부인은 쉽사리 그녀를 만나주지 않았다.

전에도 같이 문전박대 당했던 덕춘이 걱정하는 목소리로 그녀에게 물었다.

"오늘도 밤늦게까지 문 앞에서 기다려야 하는 겁니까?"

"그건 내가 안 된다."

화장은 해가 짱짱한 낮에 해야 했다. 잠잘 시간이 되면 지워야 하는 게 화장이었다. 은홍은 중천에 떠 있는 해를 올려다보며 생각에 잠겼다가 덕춘에게 말했다.

"영의정 대감 댁 작은 마님을 찾아가서 내가 준 선물을 잠시 빌려달라 청하거라."

"네? 선물이요?"

"그리 말하면 마님이 바로 알아들으실 거다."

덕춘을 보내놓고 그녀는 대문 앞에서 기다렸다. 혼자가 되니 생각이 많아졌다.

연화는 왜 그녀를 납치했던 것인지, 박무진은 왜 연화를 죽이려고 한 건지, 혼례식은 이렇게 미루다 영영 못 하는 게 아닌지.

생각이 깊어질수록 우울해져가는데 멀리 덕춘이 그녀를 부르는 소리가 들려왔다.

"아씨!"

고개를 들어 덕춘의 목소리가 들리는 쪽을 보았던 은홍은 놀라서 눈이 커졌다. 덕춘 혼자가 아니었다. 덕춘의 뒤로 가마가 따라오고 있었다. 이게 도대체 어찌 된 일인가 싶어서 은홍은 서둘러 그쪽으로 걸어갔다.

"덕춘아, 부채만 받아 오면 되는데 누구랑 같이 오는 것이냐?"

바깥출입을 안 하는 란 부인은 절대 아닐 거라 생각하고 물었는데 덕춘이 해맑게 웃으며 말했다.

"작은 마님이 직접 오셨습니다."

"뭐?"

가마 안에 타고 있는 사람이 란 부인이란 말에 그녀는 믿을 수 없다는 표정을 지었다. 바닥에 내려진 가마의 문을 열고 내린 사람은 정말 란 부인이었다.

"마, 마님께서 여기까지 어찌 오신 것입니까?"

그녀가 놀라서 묻는 말에 란 부인은 무덤덤하게 대답했다.

"자네가 준 선물은 이제 내 물건이니 내가 직접 가져온 것뿐이네."

분명 맞는 말인데도 이게 도대체 무슨 소리인가 싶었다.

"저는 그냥 정경부인께 한번 보여드리려던 것뿐입니다. 제 솜씨를 모르시니까."

그녀의 손재주를 보여주면 그래도 조금은 기회의 문이 열리지 않을까 싶었는데, 란 부인이 나타난 것이다. 이거야말로 정말 엄청난 일이었다. 그녀가 나중에 시윤에게 전해도 절대 안 믿을 거 같았다.

"내가 직접 정경부인께 보여줄 것이니, 자네는 예서 기다리게."

은홍은 좌상댁 대문으로 걸어가는 란 부인의 뒷모습을 홀린 듯 보았다. 덕춘이 무서워하는 뒤뜰 귀신이 아니라 그녀는 지금 란 부인의 모습이 귀신처럼 느껴졌다.

"이리 오너라."

란 부인은 문전박대 당한 그녀와 달리 바로 대문을 통과해 안으로 들어갔다. 그걸 보고 덕춘이 투덜거렸다.

"사람 겁나 차별하네요."

조선에서는 당연한 일이었다. 그래서 그녀가 애쓸 수밖에 없었다.

란 부인이 안으로 들어가고 한 식경쯤 지났을 때 대문이 열리고 본 적 있는 안채 여종이 나왔다. 여종은 주인을 닮아 거만한 태도로 그녀에게 말했다.

"따라오십시오."

은홍은 덕춘과 함께 정경부인이 있는 안채로 향했다. 안마당에 들어서자 정경부인과 함께 있는 란 부인의 모습도 보였다. 그래도 벽이 높은 이곳에 란 부인이 함께 있다는 게 많은 의지가 되었다.

"자네가 그리 손재주가 좋다지?"

은홍은 정경부인의 물음에 깊이 고개를 숙였다.

"네, 그래서 제가 직접 마님께 화장을 해드리고 싶습니다."

정경부인이 그녀의 눈에 대해 말하며 혐오를 드러냈을 때 그게 정경부인 본인의 외모에 대한 혐오라는 걸 느꼈다. 그래서 정경부인에게 다가서는 방법으로 화장을 선택한 것이었다. 사람의 외모를 완전히 바꾸는 건 불가능해도 화장으로 인상을 다르게 보이게 할 수는 있을 것이었다. 억세고 괴팍해 보이는 그녀의 인상을 화장으로 부드럽게 바꿔주고 싶었다.

"매분구도 아닌 화룡 상단 안주인이 감히 기생도 아닌 정1품 여인의 얼굴에 분칠을 하겠다고?"

정경부인이 내뱉는 분노 서린 말에 안채 여종들은 머리를 조아렸다. 금방이라도 불호령이 떨어질 상황이었으니까. 덕춘도 슬금슬금 은홍의 곁으로 다가갔다. 여차하면 그녀를 안고 도망칠 생각이었다.

"네, 꼭 해드리고 싶습니다."

그런데 분위기 파악을 못 하는 것인지 은홍이 그리 대답하자 덕춘은 그녀의 소매를 잡아당기며 말렸다.

정경부인이 각진 턱을 위로 올렸다. 은홍을 내려다보는 시선은 따가웠다.

"그럼 자네 손모가지를 걸 수 있나?"

정경부인의 말에 란 부인도 놀라서 눈빛이 얼어붙었다.

"자네가 한 화장이 마음에 안 들면 내게 분칠을 한 그 손모가지를 잘라 용서를 빌어야 할 것이야."

이건 그냥 그녀의 손목을 잘라버리겠다는 엄포나 마찬가지였다. 정녕 사람을 불태운 지옥 불 마님다운 겁박이었다. 은홍도 막상 당하고 보니 심장이 얼어붙었다. 아직 멀쩡히 붙어 있는 손목이 욱신거리는 듯한 착각도 들었다.

은홍이 아무 대답도 못 하자 정경부인은 그럴 줄 알았다는 듯이 비소를 지었다.

"썩 꺼지거라."

또다시 축객령이 떨어졌다.

"내가 괜히 왔군."

좌상댁을 나온 란 부인은 깊은 한숨과 함께 중얼거렸다.

은홍도 기껏 바깥출입한 란 부인에게 험한 꼴을 보인 게 미안해서 고개 숙여 사과했다.

"송구합니다. 저 때문에 마님까지 봉변을."

"알면 정경부인께 화장할 생각은 접게."

"하지만 제가 해준 화장을 마음에 들어 하실 수도 있지 않을까요?"

탁—.

란 부인의 손이 그녀의 손목을 잡아 올리자 그녀는 놀라 눈을 동그랗게 떴다.

"자네 손은 한 번 잘리면 다신 붙일 수 없어."

이미 손목이 잘리는 걸로 결정 난 거였나 보다.

"자네 인생에서 없어도 그만인 사람 때문에 괜히 무모한 짓 하지 말게."

나무라는 어조였지만 그녀는 뭉클해졌다. 그 말은 반대로 그녀가 란 부인의 인생에 없어도 그만인 사람이 아니니까 여기까지 와준 거 같아서. 그러니 아무것도 얻은 것 없는 외출은 아니었다.

대장장이가 주문했던 검을 직접 가져왔다. 파천검 대신 처음으로 그의 돈을 주고 만든 검이었다. 돈에 상관없이 무조건 명검을 만들어 오라 지시했었다.

운검과 직접 칼을 부딪쳐 보니 느낄 수 있었다. 좋은 검이 아니라면 그가 죽으리라는걸.

"100일간 정결히 보관한 최고급 철로 길한 날에 만든 명검입니다. 꺼내보십시오."

대장장이는 자신이 만든 검에 자신감을 드러냈다. 하지만 검집을 들어본 태웅은 검의 무게가 파천검과 미묘하게 다른 걸 느끼고, 검을 꺼내보기도 전에 마음이 석연치 않았다.

이 검이 나쁘다는 뜻은 아니었다. 그저 아직 그의 손에 익숙지 않은 것에서 오는 불편함일 뿐일 거다.

차랑—.

태웅은 검집에서 검을 꺼내었다. 어둠 속에서 보름달같이 은은한 빛을 내는 검은 확실히 명검처럼 보였다.

대장장이는 분명 최고의 재료를 써서 자신이 할 수 있는 최선을 다해 검을 만들었을 것이다. 그가 굳이 이 검에 대한 나쁜 점을 찾을 수 없는 걸 보면 말이다.

"나쁘진 않군."

그의 평이 마음에 들지 않았는지 대장장이의 입술이 살짝 삐뚤어졌다. 그는 화룡 상단의 대행수였기에 면전에서 뭐라고 할 수는 없었다.

그가 내미는 돈 꾸러미를 보고는 다시 얼굴에 웃음이 걸린 대장장이는 고맙다고 꾸벅 허리를 숙여 인사하고는 물러났다.

태웅은 새 검을 몸에 지니고 시윤을 만나러 갔다. 시윤은 지금 그의 상황을 가장 잘 알고 있는 유일한 인물이면서 이 씨 왕가의 외척이라는 신분을 가지고 있었으니까.

"파천검을 대신할 검을 새로 만들었습니다."

태웅이 새로운 검을 꺼내 보여주자 시윤은 움찔하며 뒤로 물러났다.

"설마 그 검으로 날 벨 것인가?"

춘화집에 대한 복수라면 너무 심했다.

"저는 이 검으로 아무도 베고 싶지 않습니다."

하지만 그러기는 힘든 상황이었다.

"다른 검을 써보니 파천검이 얼마나 명검인지 알겠더군요."

빌어먹을 운명을 던져준 아비가 그래도 검은 좋은 걸 주었다는 게 어이가 없었다.

"그런데 자네가 그 검을 가지고 있었기에 박무진이 자네를 알아본 거 아닌가? 뭔가 좀 이상하지 않나?"

박무진이 다른 마음을 먹었다면 태웅은 그때 이미 죽었을 거다. 그러니 파천검은 오히려 태웅을 죽일 뻔했고, 태웅을 살린 건 박무진이 되는 괴상한 상황이었다.

"지금 중요한 건 파천검이 아니라 이 씨 왕가에서 제 편이 되어줄 수 있는 사람을 찾는 것입니다."

과거를 돌아보지 않는 태웅은 앞일만 생각했다. 이미 너무 오랜 세월이 지난 일이라 분명 이 씨 왕가 전부가 파천에 대해 알고 있지는 않을 것이었다. 그가 모르고 산 것처럼 그리 살았을 가능성이 컸다.

"왕한테는 아들이 두 명 있는 걸로 알고 있습니다. 둘 사이가 좋습니까?"

그의 질문에 시윤이 갑자기 주위를 둘러보더니 그에게 가까이 다가와 심각하게 말했다.

"왕세자가 문성군을 조사해야 한다는 상소를 들고 직접 편전에 든 적이 있네."

유교를 중시하는 조선에서 패륜에 버금가는 일이라 궐 안에서 철저히 묻힌 사건이었다. 하지만 대신들 사이에서는 시끄러운 일이었기에 시윤은 아버지 영의정 대감을 통해 귀동냥으로 들은 적이 있었다.

"형이 동생을 고발하는 상소를 올렸다는 겁니까?"

"그렇지. 사람이 죽었는데 왕자가 용의자로 올라오자 왕이 바로 덮어버렸거든. 그걸 왕세자가 들춘 거지."

"문성군이 사람을 죽인 건 맞습니까?"

"중요한 건 그것만 봐도 둘 사이가 어떨지 짐작이 되지 않나?"

남보다 더 못한 형제 사이였다.

태웅은 한쪽을 확실히 선택해야 했다.

"전 사람을 죽였을 수도 있는 쪽보다는 그 진실을 밝히려는 쪽에 걸 겠습니다."

"그쪽이 다음 왕이 될 사람이네. 자네 은근히 권력 지향적이군."

태웅이 노려보자 시윤은 같은 편이라고 과시하듯이 씨익 웃었다.

"왕세자가 상소를 올린 사건에 대해 알아봐주실 수 있으십니까?"

궐 안에서 은폐되었다고 하니 상단에서는 알아낼 수 있는 게 없을 것이었다.

"왜? 문성군이 진짜 범인인지 아닌지 직접 알아볼 생각인가?"

"그 정도는 가지고 있어야 왕세자를 만날 수 있겠죠."

"보통 이럴 때 다들 쉽게 뇌물을 생각하는데 자네는 참 어렵게 돌아가는구만."

뇌물로는 기껏해야 권력을 살 수 있을 뿐이지 사람을 얻을 수는 없었다. 그의 목숨이 걸린 일이니 반드시 왕세자의 마음을 얻어야 했다.

은홍은 덕춘을 붙잡고 화장하는 걸 연습했다. 책을 읽으면서 이론적으로는 다 익혔는데 남에게 화장을 해준 적은 없었다. 그래서 직접 해보는데 생각처럼 나오지 않아서 당황했다.

그날 정경부인께 화장을 안 해준 게 천만다행이었다. 하늘이 주신 손재주만 믿었다가는 하마터면 그녀의 손모가지가 날아갈 뻔했다.

"이 느낌이 아닌 거 같은데."

인형처럼 앉아만 있던 덕춘은 은홍이 당황하자 이유를 모르고 눈만 끔벅였다.

"다 됐습니까요?"

"아니다. 조금 더 해야겠다."

은홍은 덕춘이 거울을 못 보게 면경을 멀리 치워놓고 화장을 고쳤다. 그녀는 매분구에게 화장을 받은 적이 한 번 있었다. 양 대인을 접대할 때 취향관 기녀들과 함께. 얼굴 분위기가 확 달라져서 거울을 보며 놀랐던 기억이 아직도 선명했다. 그 기억 때문에 더 정경부인에게 화장을 해주고 싶기도 했다. 자신의 얼굴에서 새로운 느낌을 받는다면 분명 정경부인도 달라지는 게 있을 거라고 생각했기 때문이었다.

"아씨, 문길입니다."

밖에서 문길의 목소리가 들려오자 은홍은 벌떡 일어났다.

"스승님, 잘 오셨습니다!"

은홍이 문을 벌컥 열며 반기자, 문길은 의아해하다가 방 안에서 화장받는 덕춘을 발견하고 움찔했다.

"제가 화장해 드리겠습니다."

그녀의 말에 문길은 절로 뒷걸음질을 쳤다.

"전 사내입니다."

"괜찮습니다. 스승님은 얼굴이 고와서 화장이 잘……. 어? 스승님! 어디 가십니까!"

문길이 바로 몸을 돌려 왔던 길을 돌아가버리자 은홍은 놀라서 그를 붙잡으려고 하였다.

"제가 진짜 예쁘게 해드리겠습니다. 딱 한 번만!"

"전 대행수 어른이 맡기신 일이 있어서 바쁩니다."

문길을 놓친 은홍은 황망히 돌아섰다가 거울을 보고 있는 덕춘을 발견하고 멈칫했다. 덕춘이 눈썹을 눈에 딱 붙이고 그녀를 쳐다보자 은홍은 서둘러 방향을 틀어 뒤뜰로 갔다.

어쩌면 뒤뜰 귀신이 화장에 관심 있을지도 모르니까.

덕춘도 마음 상해 가버려서 할 수 없이 은홍은 거울을 앞에 두고 그녀의 얼굴에 화장을 해보았다. 원래 피부가 흰 편이라 백분은 가볍게 바르고, 눈썹을 맵시 있게 초승달 모양으로 다듬느라 공을 들였다. 모난 곳 없이 동글동글한 얼굴이라 그리는 대로 변해갔다.

입술과 광대에 붉은 연지를 바르니 잘 익은 열매처럼 탐스러워졌다. 원앙 닮은 맑고 큰 눈은 굳이 화장하지 않아도 고왔다.

직접 해보니 화장이 어려운 이유를 알 것 같았다. 사람들이 모두 다른 얼굴을 가지고 있기 때문인 것 같았다. 책에 적힌 방법만으로는 다 완벽히 나올 수가 없었다. 각자의 얼굴에 맞는 각자의 화장법이 있는 듯했다.

화장을 끝냈더니 밤하늘에 달이 떠 있었다. 달도 예쁘게 뜨고, 화장도 예쁘게 되고, 이대로 그냥 자기에는 아까운 밤이라 그녀는 초롱불 하나 들고 대문 밖으로 나가 태웅이 오길 기다렸다.

밤은 어둡고, 거리에 인적도 끊겨 고요하니 그녀에게 있었던 일이 모두 오래전 일인 것만 같았다. 혼례식 전날로 돌아갈 수만 있다면, 봉황

잠을 주러 온 그를 붙잡고 가지 말라고 할 것이다. 그날 밤 그와 함께 있었다면 그들은 예정대로 혼례식을 올렸겠지.

혼례식을 못 올렸다고 태웅이 그녀가 아닌 다른 신부를 고르는 것도 아닌데, 그녀를 납치한 연화에게도 분명 뭔가 사연이 있었던 거 같은데, 왜 이리 후회가 되는지.

초롱불 곁에서 미련한 마음만 한가득 쌓고 있는데 그 마음을 단번에 거두어가는 목소리가 들려왔다.

"은홍아."

그가 그녀의 이름을 부르면 그녀가 귀해지고, 그녀가 어여뻐지고, 그녀가 설레는, 그런 부름이었다.

"왜 밖에 나와 있는 것이냐?"

그녀의 앞까지 걸어온 태웅은 그녀의 얼굴을 보고 눈을 좁혔다.

은홍은 대놓고 화장한 얼굴이 어떠냐고 묻지 못하고 헤실헤실 웃기만 했다. 그에게 꼭 듣고 싶은 말이 있었다.

"그만 들어가자꾸나."

태웅이 그대로 그녀를 지나쳐 대문으로 걸어가자 그녀는 당황했다.

뭐야? 어두워서 못 봤나?

그녀는 초롱불을 가능한 얼굴 가까이 들어 올리며 그의 뒤를 졸졸 쫓아갔다.

"대행수님, 제가 뭔가 달라진 게 없습니까?"

먼저 물어볼 수밖에 없었다. 안 그럼 그가 끝까지 모를 수도 있다는 불안함이 있었기에.

"은홍이는 은홍이지."

평소에는 뭐든 그리 잘 아는 분이 어찌 이 뽀얀 얼굴을 못 알아본단 말인가.

"잘 보십시오."

그녀는 서둘러 태웅의 앞으로 달려가서 까치발을 들고 얼굴을 높이 들었다.

"제가 직접 화장했습니다."

할 수 있는 없어 보이는 짓은 다 했다. 그렇게까지 해서라도 그에게 꼭 듣고 싶은 말이 있었다. 그 말을 못 들으면 오늘 밤 잠을 못 잘 것 같았다.

태웅이 여전히 말이 없자 그녀는 조바심을 느끼고 물었다.

"……안 예쁩니까?"

그녀가 듣고 싶은 말까지 먼저 꺼내고 말았다. 순간 굉장히 창피해져서 얼굴에 열이 몰려 홧홧했다.

"왜 네가 말하고 네가 부끄러워하는 것이냐?"

그가 지적까지 하니 진짜 창피해졌다. 은홍은 발을 땅에 내리며 고개를 푹 숙였다.

"편히 쉬십시오. 그만 가보겠습니다."

그녀가 돌아서자 태웅이 그녀의 팔을 잡아당겨서 다시 원래 자리로 돌려놓았다.

휙—!

그녀의 허리가 낭창하게 휘며 치맛자락이 펄럭였다. 이미 서운한 마음이 가득 쌓인 은홍은 왜 붙잡느냐는 듯 그를 올려다보았다.

태웅은 입꼬리를 길게 늘어뜨리며 웃었다.

"예쁜 건 말로만 끝내면 아쉽지."

그녀가 어설프게 선을 넘어오니 모른 척한 거였다. 분명 끝에는 감당

못 해 어찌할 바 모를 게 뻔했으니까.

"그러니까 예쁘다는 말이죠?"

이것 봐라. 그녀에게 중요한 건 고작 그 말 한마디뿐이었다.

하지만 그는 그녀처럼 순수하지 못해서 그 정도로는 절대 만족할 수 없었다.

"손 좀 줘보거라."

은홍은 망설이다가 그의 크고 사내다운 손 위에 자신의 작고 하얀 손을 올렸다. 맞닿은 살결이 같은 듯 달라 손이 오그라드는데 그의 길고 강직한 손가락이 마디마디 파고들어와 깍지를 꽉 꼈다. 그 단단한 결박에 은홍은 숨결까지 단단히 잡힌 거 같아 놀란 눈으로 태웅을 쳐다보았다. 그런 그녀의 반응에 태웅은 어르듯 말했다.

"벌써 놀라면 안 된다."

아직 시작도 못 했다.

태웅의 손가락이 뺨에 닿는 순간, 은홍의 두 눈이 질끈 감겼다. 아무것도 안 보이니 그녀의 살결을 탐하는 손가락의 움직임이 더 선명하게 느껴져 오소소 소름이 돋아났다. 뺨에서 흘러 내려온 태웅의 손가락이 연지 바른 입술을 만지자 은홍은 화들짝 놀라 눈이 번쩍 떠졌다.

놀란 그녀의 눈동자와 마주친 태웅의 눈빛은 지극히 태연해서 은홍은 어찌할 바를 몰랐다. 불씨는 그녀가 먼저 던졌는데, 그는 단숨에 불을 키웠다.

떨리는 그녀의 눈을 보며 그가 짙은 목소리로 물었다.

"그만할까?"

손으로는 그녀를 어루만지면서 그리 말하니 도대체 어느 쪽이 그의 본심인지 그녀는 도저히 알 수가 없었다.

"대답이 없구나."

그녀의 심장이 이리 시끄러운데 그가 듣지 못하는 게 신기했다.

"그럼 허락인 게지."

아니, 들린 것인가?

그의 손이 그녀의 턱을 높이 들어 올리고 얼굴을 내렸다. 갓 아래 검은 눈빛 속 별이 반짝이고 있었다.

처음엔 코끝이 닿고, 더운 숨결이 닿고, 그리고 입술이 포개졌다. 그녀를 빨아들이는 입술의 감촉에 은홍의 숨이 멈추었다. 모든 감각이 입술로 집중되어 부드러운 접촉에도 온몸이 떨려왔다. 그녀의 세상이 그로 완전히 뒤덮여서 아득해졌다.

그가 고개를 틀며 더 깊이 파고들어오자 전기가 몸을 관통한 듯이 저릿했다. 입맞춤은 그가 그녀의 입술을 벌리면서 맹렬해졌다. 그녀의 안이 그의 숨결로 채워지며 점령당했다. 단지 입술이 닿았을 뿐인데 그녀의 몸이 그녀의 것인지 그의 것인지 알 수 없어졌다.

은홍은 두 번째인데도 어찌할 바를 몰라 그의 옷자락만 남은 힘을 다해 붙잡았다. 하지만 그가 쏟아붓는 뜨거움을 감당하기에는 역부족이었다. 사내는 더 이상 참지 않겠다는 듯이 그녀의 입술을 탐하고, 맛보고, 그 맛에 그의 남은 이성이 빠르게 날아가고 있었다. 지금은 그녀를 곱게 지켜주고 싶다는 말 따위보다는 그냥 그녀를 가지고 싶었다.

툭―.

아래로 힘없이 떨어지는 그녀의 손을 느낀 태웅은 그제야 입술을 떼고 멀어졌다.

은홍은 깊은 물 속에 갇혔다 나온 사람처럼 가쁘게 숨을 내쉬었다.

"또 숨을 안 쉰 것이냐?"

붉게 달아오른 얼굴의 은홍은 대답도 못 하고 '하악, 하악' 숨만 겨우 쉬었다. 점잖은 어른인 척하더니 입술이 닿자마자 제 욕심 다 채우면서 달려든 그의 탓이 더 컸다. 그는 아직 남은 열기를 달래기 위해 그녀의 입술 대신 그녀의 손에 입을 맞추었다. 작고 뽀얀 손은 사랑스러운 감촉이었다.

"다행이다. 고와서."

오래전 비 오는 날 길거리에서 짚신을 팔던 그녀와 마주쳤었다. 비 올 때는 도롱이를 파는 거라고 나무라던 그에게 어린 그녀가 말했었다.

기다렸더니 그가 왔다고.

그때 그녀의 상처투성이 손이 내내 그의 뇌리에 남았었다. 그런데 지금은 그에게로 와서 고와져서 다행이었다. 그러니 그녀를 그의 곁에 계속 두어도 괜찮다고 그는 그리 합리화하고 싶었다.

"저 이제 괜찮은데……."

은홍이 수줍게 꺼낸 말에 태웅의 눈빛이 웃음을 품고 휘어졌다. 더 위험해진 느낌이었다. 그녀가 감당도 못 할 불씨를 또 건드린 건지도 모르겠다고 생각되자 발이 소심하게 뒤로 물러났다.

"내, 내일 이어서 할까요?"

입맞춤도 이어서 할 수 있는 것인지는 모르겠지만 말이다. 다시 하면 그건 두 번째 입맞춤의 연속인가, 아니면 세 번째 입맞춤인가?

그녀가 쓸데없는 생각을 하는 동안 그는 바로 행동에 옮겼다.

"아니, 지금이다."

태웅의 손이 상기된 그녀의 뺨을 감싸더니 머뭇거림 없이 다시 다가왔다. 그가 그녀의 입술을 머금으니 숨열이 단숨에 뜨거워졌다.

몸이 이토록 뜨거워지기 쉽다는 걸 그와 닿기 전에는 까맣게 몰랐다.

그녀의 모든 것이 그의 입속으로 빨려 들어갔다.

중독될 것 같은 아찔함이었다.

그와의 입맞춤에 모든 기력을 다 쓴 탓인지 오랜만에 꿈도 없이 깊은 잠을 잤다. 그 느낌이 좋아서 깬 뒤에도 눈을 뜨지 않고 누워 있던 은홍은 인기척을 느끼고 눈을 떴다가 바로 앞에 있는 덕춘을 보고 깜짝 놀라서 비명이 나올 뻔했다.

"왜, 왜 거기 있는 것이냐?"

"아씨가 너무 안 일어나셔서 깨우려고 들어왔습죠. 어쩐 일로 늦잠이십니까?"

은홍은 헛기침을 하며 일어났다. 부끄러운 티 안 내려고 괜히 더 근엄한 척 굴었다.

"덕춘아, 오늘은⋯⋯."

"쇤네는 화장 안 합니다요."

덕춘이 딱 잘라 거절했다.

은홍은 살짝 당황했지만 그녀도 덕춘이 섣불리 도전할 상대가 아니라는 걸 이미 깨달았기에 다른 지시를 했다.

"그럼 화장을 받고 싶은 여인들을 모아서 좀 데려오너라."

"화장 받고 싶은 여인이요?"

"그래, 대신 화장 안 해도 예쁜 사람보다 꼭 화장이 필요한 사람으로만."

덕춘은 팔짱을 끼고 자신이 꼭 화장이 필요한 사람인지 생각했다.

"아! 그럼 쉰네한테 화장이 안 어울렸던 게 쉰네는 화장 안 한 게 더 예쁘니까 그런 것이구만요."

꿈보다 해몽이랬다. 은홍은 그런 것 같다고 고개를 끄덕이며 적극 동의했다. 화장을 계속하는 건 반드시 정경부인에게 화장을 해주겠다는 의지 때문은 아니었다. 그녀의 생각이 맞았던 것인지 확인하고 싶은 마음이 컸다. 화장으로 자신을 싫어하거나 부끄러워하는 마음을 없애고 좋아질 수 있는지.

그런 게 화장이 될 수 있다면 명약보다 더 나은 게 아니겠나.

"그래서 계속 화장을 하고 있다는 것인가?"

란 부인과 각궁을 쏘면서 사람들에게 화장을 해주고 있다고 말하자 그녀는 바로 역정을 내었다.

은홍은 태웅에게 선물 받은 각궁을 끌어안으며 변명하듯이 말했다.

"제가 겁 없이 먼저 정경부인을 찾아가는 일은 없을 것이니 걱정 마십시오."

"그럼 정경부인이 먼저 불러주길 기다리기는 하겠다는 말이군."

살짝 그런 마음이 없지 않아 있기는 했지만 솔직히 말하면 진짜 혼날 거 같아서 은홍은 화제를 돌렸다.

"어제는 얼굴에 화상을 입은 아낙이 찾아왔었습니다."

'화상'이라는 말에 란 부인은 쏘려던 활을 내려놓고 그녀를 돌아보았다.

"제가 화장을 제대로 못 하면 이 여인이 화상 때문에 또 상처 입을 수도 있겠다고 생각하니 너무 긴장됐습니다."

"그래서 제대로 못 한 건가?"

그녀가 실패한 화장은 처음뿐이었다. 덕춘은 실력을 쌓고 가장 마지막에 도전했어야 했는데 그녀가 겁도 없이 첫 번째로 한 것이었다. 사람은 잘 모를 때 더 용감했다.

"제가 화장을 마쳤을 때 거울에 비친 자신의 얼굴을 보며 울더라고요. 그리 대단한 화장도 아니었습니다. 고작 백분으로 흉터를 가려준 거뿐인데."

먹고사는 것도 빠듯한 백성에게 화장은 사치였다. 그래서 그녀가 해준 화장이 태어나 처음인 사람이 대부분이었다. 규방 여인들의 마음을 사려고 익힌 화장으로 그녀는 오히려 도성 안 백성들의 마음을 훔치고 있었다. 덕분에 그녀에 대한 흉흉한 소문을 잠재우는 계기가 되었다. 그럴 의도는 전혀 없었는데도 말이다.

시윤이 말한 '기녀 살인 사건'은 뜻밖에도 너무 가까운 곳에서 벌어진 일이었다.

"취향관이요?"

문길은 놀란 표정을 지었다.

왕자가 용의자로 떠오른 살인 사건의 피해자가 화룡 상단과도 연관이 깊은 취향관 기녀일 줄은 정말 몰랐다. 아마도 그 살인 사건이 일어났을 때 태웅은 청국에 가 있어서 자세히 모르고 넘어간 듯했다.

"그래, 그러니 취향관을 책임지는 곽 행수가 몰랐을 리 없겠지."

가장 최악의 경우 곽 행수가 범인 은닉에 개입했을 수도 있었다.

"그런데 그 사건, 범인이 잡히지 않았습니까?"

그래서 잘 마무리된 줄 알고 사람들 사이에서 잊힌 사건이었다.

"그 범인이 나온 게 왕세자가 상소를 올린 다음 날이더구나."

문길은 입을 벌린 채 다물지를 못했다.

그런 문길의 반응을 보며 태웅은 눈을 좁혔다.

"네 생각도 같으냐?"

범인이 조작된 것이다. 빨리 사건을 마무리 짓기 위해서. 왕세자도 그리 의심하고 범인이 참수당한 뒤에도 계속 조사를 하고 있었다.

"곽 행수를 찾아가서 사건에 대해 물어보실 생각이십니까?"

"곽 행수한테 내 파천검이 있다."

설마 이리 엮일 줄 모르고 거기 두고 온 게 실수였다. 궁지에 몰리면 곽 행수라고 무슨 짓을 못 하겠나. 그의 목숨줄이 파천검과 연결되어 있으니 곽 행수는 섣불리 건들 수 없었다.

"그럼 어찌하실 생각이십니까?"

"문성군이 진범이라면 잡힌 범인을 돈으로 매수한 자가 있을 거다."

그리고 그런 짓도 서슴없이 해서 객주 자리까지 오른 인물을 그는 한 명 알고 있었다.

"박형도의 뒤를 캐보거라. 그 범인과 접촉한 적이 있는지."

"박 객주라고 생각하십니까?"

"그게 아니라면 박형도가 문성군 같은 거물을 만날 기회를 얻을 수 없겠지."

박형도의 새로운 뒷배가 문성군이 맞다면 박형도가 무소뿔을 매점한 것도 설명이 되었다. 그건 박형도에게 필요한 물건이 아니라 문성군에게 필요한 물건이었다. 무장한 군대는 왕세자와 대적할 수 있는 강한 힘이 될 테니까.

그럼 박형도가 몰래 사들인 게 무소뿔만이 아닐 수도 있었다.

"이건 기녀 살인 사건으로 안 끝날 거 같으니 알아볼 때 조심하거라."

태웅의 경고에 문길은 심각한 표정으로 고개를 끄덕였다.

미뤄두었던 일을 오늘 해치우기로 한 은홍은 필사한 책과 화장품을 챙겨 제일 먼저 정부인을 찾아갔다.

"어찌 이리 늦은 것인가? 설마 나보다 다른 부인에게 먼저 찾아간 것이야?"

정부인은 자신이 순서에서 밀리는 걸 참기 힘들어했다. 다른 규방 부인들과 마찬가지로.

"아닙니다. 정부인이 정경부인 다음으로 높으신 분이라 책을 부탁하신 부인 중 제일 먼저 찾아왔습니다. 늦은 것이 송구하여 청에서 구해 온 화장품을 선물로 가져왔습니다."

정부인은 눈으로 화장품의 값어치를 따져보았다. 진귀한 물건이라는 건 분향아리만 봐도 알 수 있었다.

만약 은홍이 규방에 이 물건을 가져갔다면 당연한 선물이라 여기고 귀한 줄도 몰랐을 거다. 규방에서 책 하나 달랑 받아본 경험이 있어서인지 구하기 어려운 화장품 선물에 본인이 대접받는다는 걸 확실히 느낄 수 있어서 정부인의 마음이 풀렸다.

"그런데 소문에 듣자 하니 자네 혼례식을 못 치렀다고 하던데."

은홍은 듣기 불편한 말에도 억지로 웃었다. 이미 예상한 것이었다. 지체 높은 양반 여인들에게 그녀에 대한 배려를 바라는 건 사치였다.

"네, 그리되었습니다."

그녀가 인정하자 정부인은 대놓고 혀를 크게 찼다.

"쯧쯧. 여자 팔자가 그리 박복해서야 어찌 상단 안주인 노릇을 하겠나."

박복이라는 말이 아프게 심장을 찔러왔다. 그녀는 한 번도 그녀가 박복하다고 생각한 적이 없었다. 오히려 운이 좋다고 생각했다. 안 그럼 그녀가 어찌 태웅 같은 신랑을 만났겠나.

"그런데 혼례식을 안 올렸으면 화룡 상단 안주인도 아니지 않나? 어찌 아직도 상단에 있는 것이야?"

만약 태웅에 대한 믿음이 없었다면 이 말에 그녀는 크게 흔들렸을 거다. 자격이 없는 사람이라 생각해 도망쳤을 수도 있었다.

"혼례식은 치르지 못했어도 소인과 대행수 어른의 마음은 변하지 않았으니까요."

그녀의 말을 듣고도 정부인은 전혀 이해할 수 없다는 표정을 지었다. 가문이 정해준 신랑이라는 이유로 얼굴 한 번 본 적 없는 남자와 당연하게 혼례식을 올리고 지금껏 살아온 양반 여인에게 '마음'이란 혼례의 조건이 될 수 없었다.

"이상한 말을 하는군."

말은 그리했지만 부러운 마음이 드는 것도 숨길 수 없었다.

결코 자신이 살아볼 수 없는 삶을 사는 맑고 고운 눈의 여인이 샘이 났다.

어둑발이 내릴 때 화룡관에 돌아온 태웅은 아직 가지 않고 남아 있는 문길을 보고 의아해서 물었다.

"왜 아직도 집에 안 돌아간 것이냐?"

태웅에게 해야 할 말이 있어서였다.

"오늘 아씨께서 규방 부인들에게 책을 직접 전하셨습니다."

결국 은홍이 해야 할 일이긴 했지만, 시기가 시기인지라 그곳에서 무슨 말을 들었을지 뻔했기에 태웅의 표정이 굳었다.

"말은 안 하시지만 혼례식에 대한 이야기를 들으셨을 겁니다."

은홍 앞에서 말조심하는 상단 사람이 아니기에 아무 말이나 함부로 했을 거다.

태웅이 말없이 안채 쪽만 바라보자 문길은 조심스럽게 물었다.

"혼례식은 이대로 미루기만 하실 겁니까?"

은홍과 절대 헤어질 수 없다면 차라리 그냥 혼례식을 하는 게 더 나을 수도 있었다.

"나에 대한 확신이 아직 없다."

자신이 누구인지는 알았지만 계속 화룡 상단 대행수 최태웅으로 살아도 되는지 증명한 것은 아니었다. 은홍과 혼인하려고 했던 건 화룡 상단 대행수 최태웅이었다. 도둑 파천과 옹주의 자식이 아니라.

"대행수 어른이 누구인지는 저희가 가장 잘 압니다."

그를 한 번도 만난 적 없는 왕이 결정할 수 있는 게 아니었다.

문길이 어떤 말을 하는지 잘 알기에 태웅은 문길의 어깨를 손으로 꽉 움켜잡았다가 놓고는 안채 쪽으로 걸어갔다.

은홍에게 가는 태웅의 뒷모습을 바라보며 문길은 한숨을 내쉬었다. 혼례식을 올리지 못한 게 자기 탓이라 생각하는 은홍도 안타깝고, 자신의 죄도 아닌 일로 발목이 붙잡혀버린 태웅도 안타까웠다. 문길은 어떻게든 두 사람이 혼례식을 올리는 모습을 보고 싶었다. 그들만큼 부부로 잘 어울리는 짝은 없었으니까.

은홍은 오늘도 잊지 않고 뒤뜰에 연화가 먹을 제사상을 챙겨주었다.

덕춘은 도와주면서도 여전히 귀신이 꺼림칙해서 은홍에게 물었다.

"이건 언제까지 해야 하는 겁니까?"

"음식이 안 없어질 때까지."

그럼 연화가 떠났다는 것이니까.

그런데 떠날 마음이 있긴 한지 살짝 불안하긴 했다. 매일 알아서 밥을 주니까 편하다고 아예 눌러앉을 수도 있었다.

"내일부터는 고기 반찬을 뺄까?"

그 말에 갑자기 바람도 안 불었는데 나무가 심하게 흔들리자 덕춘은 기겁하며 그녀를 잡아끌고 도망쳤다. 뒤뜰에서 허둥지둥 나오다 안마당에 서 있는 태웅을 발견하고서야 덕춘은 멈추어 섰다.

서둘러 인사하고 뒤뜰에서 가능한 한 멀리 뛰어가는 덕춘의 뒷모습을 보고 태웅은 은홍에게 물었다.

"무슨 일이 있었느냐?"

"별일 아닙니다."

그냥 귀신의 반찬 투정 정도였다.

"오늘은 어찌 지냈느냐?"

그의 물음에 은홍은 웃으며 대답했다.

"바쁘게 지내서 어찌 지나갔는지도 모르겠습니다."

문길이 미리 말하지 않았다면 그는 그녀의 말만 곧이곧대로 믿었을 거다. 그녀는 거짓말을 못 한다고 여기면서.

분명 거짓말은 아니었지만 그렇다고 완벽한 진심도 아니었다. 여인의 마음이라는 건 들여다보려고 애쓸수록 더 어려워지는 미로 같았다. 은홍이 어리다고 그가 다 알 수 있다고 생각한 것부터 그의 오판이었는지 모른다.

태웅은 그녀의 하얀 얼굴을 빤히 쳐다보다가 입을 떼었다.

"넌 내가 어찌했으면 좋겠느냐?"

"네?"

태웅의 질문에 은홍은 당황한 표정을 지었다. 그녀는 항상 그가 하라는 대로 따랐을 뿐인데, 지금은 그가 그녀에게 묻고 있으니 갑자기 하늘과 땅이 뒤바뀐 거나 마찬가지였다.

"여긴 안채고, 이곳의 주인은 너다."

그리 말하니 안채 주인답게 당당하게 서야 할 거 같아서 은홍은 척추에 힘을 실어 상체를 쭉 폈다.

"그러니 네가 하라는 대로 하마. 내가 어찌할까?"

은홍은 꿀꺽 크게 숨을 들이켰다. 감나무에서 감 떨어지듯이, 세상이 그녀의 손 위로 뚝 떨어졌다.

"참말이십니까?"

그녀의 말대로 움직이는 대행수는 전혀 상상이 안 되었다.

태웅이 짧게 고개를 끄덕이며 이게 현실이라는 걸 알려주었다.

그가 갑자기 왜 이러는지 모르겠지만 그녀에게는 너무 좋은 일이었다. 그녀가 말하는 건 뭐든 한다고 말했잖나. 대행수의 입으로 직접.

그녀가 얼굴을 붉히며 실실 웃기만 하자 태웅은 눈을 좁혔다.

"왜 말은 안 하고 음흉하게 웃기만 하는 것이냐?"

음흉하다는 말에 은홍은 손으로 입을 가리며 그를 흘겨보았다.

"음흉하다니요. 안채 주인에게 그리 함부로 말해도 되는 것입니까?"

그녀가 턱을 치켜들며 그를 혼내는데, 그를 흉내 내는 거라는 걸 알 수 있었다. 그래서 근엄하지 않고 귀여웠다.

태웅은 순순히 잘못을 시인했다.

"그래, 내가 잘못했다."

그가 사과하자 은홍이 손을 등 뒤로 넘겨 뒷짐을 졌다.

오늘 하루 힘들었을지도 모를 그녀의 마음을 위로해주고 싶어서 꺼낸 말인데 꽤 통했나 보다. 그녀는 근엄함에 흠뻑 빠져 있었다.

"그럼 대행수님은 하늘에 천(天) 자를 쓸 수 있으십니까?"

태웅이 그녀를 안채 주인으로 대우해주었는데, 그녀는 원숭이적 기억을 끄집어내버렸다. 왜 하필 지금 그녀가 나무에 또 올라가면 아예 나무에 묶어버린다고 그가 야단쳤던 기억이 생각난 건지 모르겠다.

성숙한 여인답게 같이 술이나 한잔하자던가! 성숙한 안채 주인답게 같이 밤을!

"그거면 되겠느냐?"

그거면 안 될 것 같았지만 태웅이 그걸 할 수 있다는 게 은홍은 더 놀라웠다.

"하, 할 수 있다고요?"

"붓과 종이를 다오."

진심인가. 허세인가.

그녀는 안채 주인의 허세였는데 말이다.

태웅은 붓을 잡고 종이 위에 검을 휘두를 때처럼 힘차게 '하늘 천(天)' 자를 썼다. 글자는 금방이라도 종이에서 솟아 나올 것처럼 기운찼지만 어차피 종이에 쓴 글자일 뿐이었다.

그녀는 분명 종이가 아니라 하늘에 '하늘 천(天)' 자 써달라고 했다.

"이게 다입니까?"

그녀의 물음에 태웅은 아무 대답도 하지 않고 '하늘 천(天)' 자가 담긴 종이를 들고 일어나더니 신발을 신고 뜰로 내려섰다. 그가 움직이니 그녀도 따라갈 수밖에 없었다. 종종걸음으로 그의 뒤를 쫓아가자 태웅이 멈추어 선 곳에 우물이 있었다.

태웅은 우물 안을 한 번 쓱 보더니 망설임 없이 종이를 우물에 툭 던졌다. 그리고 그녀를 돌아보며 말했다.

"네 말대로 하늘에 천 자를 썼다."

우물에 종이를 던졌을 뿐인데 도대체 무슨 소리를 하는 건가 싶어서 은홍은 우물 안을 들여다보았다. 밤하늘이 비친 물에 하늘 천 자가 적힌 종이가 동동 떠 있었다.

분명 물에 떠 있는 종이인데 그 물 안에 하늘이 있었다.

이걸 정답이라고 해야 할지, 오답이라고 해야 할지.

적어도 대행수가 그녀의 머리 위에 있는 건 맞는 것 같았다. 그녀는 하늘에 글자를 쓰겠다고 나무 위에 올라가 새를 잡으려다 떨어질 뻔했으니까. 하지만 이대로 안채 주인의 허세를 끝낼 수는 없었기에 은홍은 헛기침을 하며 입을 떼었다.

"흠, 잘하셨습니다. 그럼 이제 본격적으로……"

"그런데 은홍아."

태웅의 은밀한 목소리가 그녀의 말을 끊고 들어왔다. 그녀는 이제부터 시작인데 말이다.

"그것보다 더 중요한 게 있다."

은홍은 불길함을 느끼고 그를 보았다.

"네 말에 따르다 보니 안채를 벗어났구나."

그녀는 안채 주인이었지만, 그는 화룡관 주인이었다. 그러니 이 구역의 주인은 태웅이었다.

아차 싶었지만 은홍은 억울한 부분이 있었기에 변명했다.

"전 그저 대행수님을 따라온 것인데."

"네가 하늘에 천 자를 쓰라 하지 않았느냐."

뭐지? 제대로 망한 것 같은 이 기분은?

우물 안, 하늘 천 자만 허망하게 바라보고 있는 그녀의 옆으로 태웅이 다가왔다.

"이젠 네가 내 말에 따라야겠구나."

여기가 안채였어야 했는데, 그녀는 그 생각만 하고 있는데 태웅이 말했다.

"나와 야한 걸 같이 해볼 생각이 있느냐?"

은홍은 천천히 고개를 들어 그의 얼굴을 보았다. 늠름한 이목구비가 지금은 야하게 보이는 건 절대 그녀의 잘못이 아니었다.

"야한 거요?"

그녀는 관심 없는 척 못 하고 눈을 크게 뜨며 묻고 말았다. 그녀의
물음에 태웅은 팔꿈치가 닿을 정도로 다가서며 눈을 내리깔았다.

"그래, 관심 있느냐?"

그녀의 눈동자가 허공을 헤매다가 마지막에 우물 안 하늘 천 자에
닿았다. 은홍은 손가락을 꼼지락거리며 대답했다.

"대행수님이랑 같이 하는 거라면."

그게 야한 거라면 심장이 더 쫄깃하긴 하겠다.

"나도 너랑 꼭 하고 싶구나."

그리 말하며 태웅이 그녀의 손을 잡자 심장이 쿵쿵대기 시작했다.

"따라오너라. 내가 좋은 장소를 안다."

어머, 그런 걸 할 장소까지 이미 정해놓았다니. 대행수님, 너무⋯⋯
적극적이셔.

"예쁘지 않으냐?"

까만 밤하늘에 총총히 박혀 있는 반짝이는 별이 참 예쁘긴 예뻤다.
거기다 풀벌레 소리까지 더해지니 보고 듣는 것이 모두 아름다웠다.

"그러니까 야한 거라는 게 설마⋯⋯."

"그래, '밤 야(夜)'자다. 별은 밤에만 볼 수 있는 것이니."

그녀가 쓰라고 한 '하늘 천(天)'자가 '밤 야(夜)'자로 되돌아올 줄이야.
역시 대행수님은 그냥 당하기만 하실 분이 아니었다.

"너는 예쁜 걸 좋아하니, 많이 보거라."

그녀가 평소에 예쁜 걸 참 좋아하긴 하는데 지금은 왜 이리 당한 기

분이 드는지 모를 일이었다. 사실 태웅의 손을 잡고 오는 동안 야한 것에 대한 이런저런 상상을 너무 많이 했다. 그야말로 상상 낭비였다.

그녀가 말이 없자 태웅이 별에서 시선을 떼고 그녀를 내려다보았다.

"왜 말이 없느냐?"

"좀 졸린 거 같습니다."

태웅은 자신이 순진한 줄 아니, 야한 거나 밝히는 여자가 될 수는 없어서 은홍은 전혀 안 졸리지만 졸린 척했다. 그런데 그녀가 잠이 온다는 말에 태웅이 그녀의 팔을 잡아당겨 쓰러뜨렸다. 순식간에 밤하늘이 그녀의 앞에 광활하게 펼쳐졌다. 그리고 그녀는 태웅의 튼실한 다리 위에 머리를 대고 누워 있었다.

"이럼 괜찮을 거다."

전혀 안 괜찮았다. 오던 잠도 싹 달아났다. 그녀는 옆으로 고개를 돌려 그의 몸을 보지 않으려고 무던히도 애를 썼다. 그녀가 춘화집을 봤다는 걸 그에게 들키면 안 되었으니까.

"대, 대행수님은 안 졸리십니까?"

"나는 밤 분위기에 취하는구나."

이 얼마나 정취 가득한 대답인가.

은홍은 반성하게 되었다. 그녀만 야한 생각을 그만하면 되었다. 은홍은 밤하늘의 별에만 집중하기 위해서 눈에 힘을 주었다.

"졸리면 그냥 자도 된다."

"아닙니다. 저도 별이 참 예쁩니다."

예쁜 걸 보는 눈에 너무 힘이 들어가 있어서 태웅은 손을 뻗어 그녀의 눈가를 꾹 눌렀다. 그녀가 흠칫하며 그를 올려다보자 태웅은 입꼬리를 길게 올렸다. 해치지 않으니 안심하라는 의미였다.

은홍은 그의 얼굴을 빤히 보았다. 올려다보아서 더 좋은 건 밤하늘의 별보다 그의 잘생긴 얼굴이었다. 길고 깊은 눈매도, 우아하게 뻗은 높은 콧날도, 관능적인 입술도, 사내답게 날렵한 턱선도…… 눈에 닿는 모든 게 수려해서 심장에 무리가 왔다.

"내 얼굴에 뭐가 묻었느냐?"

그의 물음에 은홍은 배시시 웃기만 했다.

아이 같은 웃음에 물들어 태웅도 같이 웃게 되었다. 신기한 일이었다. 그의 출생에 대해 알게 되어 가장 괴로워해야 할 때인데 그녀와 함께 있으면 다 잊고 이리 행복할 수가 있으니. 그가 그녀를 취향관에서 구한 줄 알았는데, 이제 보니 반대였나 보다.

"큰일이구나."

"네? 뭐가?"

'밤 야(夜)'자를 뛰어넘는 뭐가 더 있단 말인가?

그녀는 이번에는 쉽게 넘어가지 않으려고 마음을 단단히 부여잡았다.

"네가 너무 좋으니."

그의 말은 별이 되어 그녀의 마음으로 우수수 떨어져 내렸다.

세상 어떤 여인이 그 말에 심장이 안 설렐 수가 있을까.

"왜 또 숨이 안 쉬어진다는 표정이야?"

그가 뭘 했다고. 이렇게 잘 참고 있는데.

은홍은 두 손으로 얼굴을 가리고 고개를 저었다.

"너는 내가 싫다는 뜻이냐?"

아니, 숨 잘 쉬고 있다는 거였다.

그녀는 태웅이 짓궂게 굴 때조차 그가 너무 좋았다. 마음도 너무 깊으면 병이라는데, 도저히 헤어 나올 수가 없었다.

은홍은 미처 다 완성하지 못한 태웅의 옷을 만들었다. 혼례식을 올리고 정식 부부가 되었을 때 그에게 입히려고 한 옷이었지만, 마음은 생각보다 번잡하지 않았다. 태웅이 그녀가 좋다고 했고, 그녀도 그가 너무 좋았으니까. 그러니 그가 입을 옷을 만드는 건 그녀에게는 당연히 즐거운 일이었다. 한창 옷 만드는 일에 집중하고 있는데 밖에서 덕춘의 목소리가 들려왔다.

"아씨, 화장 받았던 아주머니가 찾아왔습니다요."

은홍은 바로 일어나서 방문을 열었다. 덕춘의 옆에 얼굴에 화상 자국을 가진 아낙이 보였다. 은홍은 반갑게 말을 건넸다.

"아! 또 화장 받으러 온 것인가? 어서 들어오게."

아낙은 깊이 고개를 숙이며 그녀에게 공손히 말했다.

"오늘은 안방마님의 명을 받고 온 것입니다, 아씨."

안방마님이란 말에 은홍은 의아한 표정을 지었다. 그녀가 지금껏 화장해준 여인 중 양반은 없었으니까.

"자네 안방마님이 뉘시기에 날 안단 말인가?"

"좌상 대감 댁 정경부인이십니다."

그 말에 은홍도 놀라고, 같은 자리에 있던 덕춘도 화들짝 놀랐다.

"자네가 좌상댁 사람이었다고?"

그리고 보니 왜 눈치를 못 챘을까 싶었다. 그 집 행랑채에 큰불이 나서 난리가 난 적이 있었다. 그때 죽은 여종 때문에 정경부인은 사나운

소문의 주인공이 되어버렸다. 그 불에 죽지는 않고 화상만 입은 사람도 있을 거라는 걸 미처 깨닫지 못했다.

"설마 자네한테 화장해준 걸로도 내 손목을 내놓으라 하시던가?"

그럼 진짜 억울했다. 그녀는 좌상댁 사람인 걸 알고 해준 게 아니었으니까.

"아뇨. 마님이 아씨를 뫼서 오라 하셨습니다."

태웅은 절대 정경부인을 만나지 말라고 했는데 이제 와서 부르니 참 난감해졌다. 그렇다고 정경부인의 부름을 무시할 수는 없어서 은홍은 문길에게만 말했다. 문길은 어쩔 수 없다는 듯이 말했다.

"부르는데 안 가면 정경부인의 화를 더 부르게 될 것입니다. 가시는 게 좋겠습니다."

은홍은 갑자기 오른쪽 손목이 욱신거리는 거 같아서 왼손으로 주물렀다.

문길은 은홍과 같이 갈 덕춘에게 강마른 어조로 주의를 시켰다.

"혹시라도 무슨 일이 생길 거 같으면 네가 아씨를 모시고 거기서 바로 도망 나와야 한다."

덕춘은 눈만 크게 떴다. 그녀가 감당하기에는 너무 막중한 임무였다. 하지만 덕춘 장군이 달리기 시작하면 누구도 함부로 그 앞을 못 막을 거라는 확신이 있었기에 문길은 그녀에게 그 임무를 맡긴 것이었다. 덕춘은 그냥 은홍을 안고 달리기만 하면 되었다.

제 17 장

어쩌다 합방

다시 정경부인의 앞에 선 은홍은 그 어느 때보다 공손하게 인사를 했다. 눈앞의 양반은 그녀의 손목을 자르겠다고 협박을 했던 이니까.

"내 집 사람인 걸 알고 화장을 해준 것인가?"

마치 죄인에게 추국하는 듯한 정경부인의 물음에 은홍은 고개를 저었다.

"아닙니다. 마님 댁 여종이 먼저 화룡관으로 찾아왔습니다."

"화상 자국이 있는데 눈치도 못 챘단 말이더냐?"

정경부인의 목소리가 심상치 않아서 은홍의 뒤에 서 있던 덕춘은 언제 도망쳐야 하나 눈치를 보느라 눈알이 바쁘게 움직였다.

"화상 자국 있는 사람이 어찌 이 댁에만 있겠습니까. 한양에는 마님이 생각하시는 것보다 더 고난을 겪은 사람이 많습니다. 저만 해도 아비의 노름빛으로 기방에 팔릴 뻔한 걸 대행수 어른이 구해주셨습니다. 그래서 저도 다른 이에게 도움을 주는 사람이 되고 싶어서 화장을 할 형편이 안 되는 여인들에게 화장해준 거뿐입니다."

자신의 아픈 과거까지 드러내는 그녀의 설명에도 정경부인은 성난 눈빛을 거두지 않고 그녀를 내려다보았다. 머리로는 그럴 수 있다고 생각하면서도 감정이 따라가지 못하는 것이다. 그만큼 정경부인은 불과 화상에 대해서 예민했다. 그녀의 뼈아픈 치부였다.

"너는 갈수록 더 거슬리는구나."

너는 눈이 예쁘다고 말했던 바로 그 말투였다. 은홍은 고개를 들어 정경부인의 얼굴을 똑바로 보았다. 이게 그녀와의 마지막 순간이 될 수도 있을 거 같았기에.

"가만히 있으면 아무것도 변하지 않습니다. 그건 마님이라도 마찬가지 아닙니까?"

"시끄럽다! 그 입 다물라!"

정경부인의 호통에 덕춘은 은홍에게 손을 뻗었다. 지금이 될 시기라고 생각했기에.

하지만 은홍이 앞으로 나서면서 덕춘은 허공을 쥐고 말았다.

헉! 토껴야 되는데 왜 그 불구덩이로 더 가까이 간단 말이여!

"그리 사시면 평생 못 벗어나실 것입니다. 그래도 정말 괜찮으신 것입니까?"

"어느 안전이라고 감히!"

정경부인을 가장 가까이에서 모시는 늙은 여종이 버럭 성을 내며 나서자 덕춘도 부리나케 은홍의 앞으로 나섰다. 덕춘 장군의 등장에 늙은 여종은 흠칫 놀라며 멈추어 섰다. 덕춘은 그때를 놓치지 않고 서둘러 은홍을 들쳐 안고는 도망치기 시작했다.

"마님!"

두 사람이 달아나자 여종이 정경부인을 다급하게 불렀다. 그녀가 잡아 오라 명령만 내리면 젊은 사내종들을 시켜서 당장 잡아들일 수 있었다. 아무리 덕춘의 기세가 장군감이라도 사내들을 이길 수는 없으리라.

그런데 어찌 된 일인지 정경부인은 입을 꾹 다물고 몸만 부르르 떨고 있었다.

여종은 답답하여 발만 굴렀다.

그녀를 안고 좌상댁에서 죽어라 도망치느라 기운을 다 쓴 덕춘은 화룡관에 돌아오자마자 쓰러져서 일어나지를 못했다.

문길은 혹시 일어날지 모를 사태를 대비해서 화룡 상단 호위 무사를 화룡관으로 불러들였다. 그러나 다행히도 해가 저물 때까지 좌상댁에서 은홍을 잡으러 오는 사람은 없었다.

문길의 보고를 들은 태웅은 집에 돌아와서 그녀를 앉혀놓고 심각하게 물었다.

"정확히 무슨 일이 있었던 것이냐?"

화장은 안 했다고 하는데, 덕춘이 혼비백산하여 좌상댁에서 은홍을 데리고 화룡관으로 도망쳐 왔으니 분명 무슨 사건이 있긴 있었을 것이었다.

은홍은 그녀의 손을 내려다보았다. 그나마 손재주 하나로 여기까지 온 것인데 정경부인이 이 손을 가져가면 어쩌나 이제야 걱정이 되었다.

"말 몇 마디도 죄가 될까요?"

"상대에 따라 다르지."

그녀가 상대한 건 정1품 여인이었다. 충분히 죄가 되고도 남았다.

"그럼 제가 손이 붙어 있을 때 이 손을 대행수님을 위해 쓰겠습니다."

그녀가 마지막 유언처럼 하는 말에 태웅은 그녀의 손목을 잡아서 내리며 단호히 말했다.

"누구도 네 손목을 건들 수는 없다. 내가 그렇게 안 둬."

그가 누구의 아들인지 정경부인에게 말만 해도 그녀는 박무진의 칼에 죽을 수 있었다. 사람 죽이는 방법은 그렇게 쉬웠다.

그래도 은홍은 자신 때문에 화룡관에 비상사태가 걸린 게 죄스러워 기가 죽은 목소리로 말했다.

"저 때문에 정경부인과 척지는 행동은 하지 마십시오."

그녀의 손목 하나로 끝날 일이 화룡 상단 전체에 화가 끼치게 할 수는 없었다.

"쓸데없는 소리 말고 오늘은 여기서 자거라."

"네?"

사랑방에서 자라는 말에 은홍은 깜짝 놀랐다.

"제가 여기서 자면 대행수님은 어디서 주무시려고."

"나도 여기서 잘 것이다."

그러니까 그 말은…… 합방!

그녀의 얼굴색이 변하는 것을 보고 태웅은 경고했다.

"오늘 밤까지는 조심해야 하니까 그러는 것이니 부끄러워하지 마라."

하지만 부끄러워하지 않는 게 그녀의 의지로 되는 게 아니었다.

어찌할 바를 모르는 그녀를 보고 태웅은 한숨을 내쉬었다. 지켜주려고 하는 행동인데 그가 더 위험한 취급을 받는 것 같았다. 그래도 낮에 잠잠했던 것이 사람들이 모두 잠든 밤에 들이닥치기 위함일 수도 있으니 조심해서 나쁠 건 없었다. 그녀에게 휩쓸리면 그도 딴마음이 생길 것 같아서 태웅은 진지하게 말했다.

"같은 방에서 자도 아무 일 없을 것이니 그냥 자거라."

아무 일 없다고 해도 같은 방에서 밤을 보내는 것만으로도 잠을 자기는 힘들 것이었다. 두 사람 모두.

그녀는 아직 마음의 준비가 되지 않았는데 밤은 속절없이 깊어갔다.

"저기, 전 그냥 안채로 가서 자는 게."

"잔말 말고 눕거라."

태웅의 단호한 태도에 그녀는 더 고집하지 못하고 평소 태웅이 자던 요 위에 눕게 되었다. 분명 그녀가 쓰는 이불과 같은 재질인데 요에 닿은 등이 욱신거리는 것 같았다. 그녀가 어찌할 줄 몰라 눈알만 굴리자 태웅은 다음 지시를 내렸다.

"눈 감거라."

은홍은 에라 모르겠다 하는 심정으로 눈을 질끈 감았다. 다른 사내도 아니고 그녀가 혼인할 이와 같은 방을 쓰는 것이었다.

이상한 일도 아니고, 부도덕한 일도 아니고, 진짜 부부라면 자연스러운 것이었다. 그런데 안 자연스러운 것을 보니 그들은 아직도 진짜 부부가 아닌 것인가?

은홍은 힐긋 한쪽 눈만 떠 태웅이 있는 쪽을 보았다. 그는 여전히 꼿꼿한 자세로 앉아서 문 쪽을 보고 있었다.

"대행수님은 안 주무십니까?"

"나는 신경 쓰지 말고 자거라."

신경이 안 쓰일 수가 없었다. 이렇게 한방에서 자야 하는 거라면 더더욱.

"대행수님이 여기서 주무십시오. 제가 그쪽에서."

"움직이지 마라."

요에서 일어나려던 은홍은 반쯤 상체를 든 자세에서 그대로 멈추었다. 그녀가 눈동자만 움직여 그를 보자 태웅은 손가락으로 아래를 가리켰다. 그냥 다시 누우라는 뜻인 듯했다.

그녀는 할 수 없이 다시 누웠다.

저고리 안이 축축한 게 너무 긴장해서 땀이 난 듯했다. 하지만 태웅의 앞에서 옷을 벗을 수는 없었다. 아직은 무리였다.

"후!"

태웅이 불까지 꺼버리니 순식간에 사위가 어두워졌다.

그녀는 움찔하며 어깨를 떨었다.

"눈 감았다가 뜨면 아침일 것이니, 그만 자거라."

정말 그럴까? 잠이 오긴 오려나.

그녀는 무리라고 생각하며 두 눈을 감았다. 어둠 속에서 아무 소리도 안 들렸다. 보이는 것도 없고, 들리는 것도 없으니 시간이 흐를수록 점점 긴장감이 사라지며 꼭 그녀 혼자 이 방에 있는 듯한 착각마저 들었다.

그래도 처음 같은 방에서 자는 건데, 정말 이대로 밤이 지나버리는 건가?

그건 뭔가 억울해서 그녀는 슬쩍 한쪽 눈을 떠 태웅 쪽을 보았다.

그는 여전히 앉은 채로 문 쪽을 보고 있었다. 그대로 망부석이라도 된 것처럼.

"대행……."

"부르지 마라."

와, 너무한다. 이젠 부르지도 말라니.

아무래도 이건 합방이 아니라 그냥 극기 훈련인가 보다.

"진짜 부르면 안 됩니까?"

"그래."

"왜?"

태웅은 바로 대답하지 않았다. 달빛 아래서 울대만 움직이는 게 설핏 보였다.

"네가 부르면 내가 못 참을 것 같으니."

한 박자 늦게 나온 그의 대답에 그녀의 심장은 너무 빨리 반응했다.

쿵쿵쾅쾅.

고요한 밤이 난리가 난 그녀의 심장 소리로 가득 찼다.

"그럼 참지 마십시오."

태웅이 놀란 눈으로 그녀를 쳐다보았다. 그녀가 그런 말을 대담하게 할 줄은 꿈에도 생각 못 했다는 듯이.

그녀도 몰랐다. 자신이 이런 말을 할 수 있는 사람인 줄은.

아마도 오늘 정경부인을 들이받고 와서 간이 부었나 보다.

"네가 무슨 말을 한 건지는 아는 것이야?"

태웅의 물음에 은홍은 두 손을 꽉 맞잡았다. 여기서 대답을 잘해야 했다. 그녀가 어린 소녀에 머무르느냐 성숙한 여인이 되느냐의 갈림길이었다.

"제가 정경부인에게도 비슷한 말을 했습니다."

은홍의 입에서 정경부인이 나오자 태웅은 바로 실망한 표정을 지었다. 정경부인과 부부 관계는 절대 연결하면 안 되는 단어였다.

"아무것도 안 하면 변하는 게 없다고."

은홍은 마른 입술을 혀로 핥았다.

어둠 속에서도 그게 보여서 그의 시선이 그녀의 입술로 향했다. 모르고 하는 행동이라 더 사람 애간장을 태웠다.

"그러니까 참기만 하는 것도 안 좋은 게 아닐까 하고."

"때론 행동하는 것보다 참는 게 더 가치 있을 때도 있는 법이다."

그도 좋아서 참고 있겠나.

혼례식도 제대로 못 올려주었는데 제 욕심만 채우고 싶지는 않았다. 혼례식까지 그녀의 순결을 지켜주고 싶었다.

"그럼 오늘 밤은 참는 게 더 가치 있는 건가요?"

그녀가 어떻게 감히 대행수의 말이 틀렸다고 하겠나. 그저 질문을 던질 뿐이었다. 아주 조심스럽게.

태웅은 그녀가 또 질문을 던질 줄은 몰라서 피식 웃고 말았다. 모르고 덤비는 것인지, 뭘 알고 저리 묻는 것인지.

"그건 나도 잘 모르겠구나."

태웅이 모르겠다고 하니 그녀는 괜히 그를 격려해주고 싶었다. 사고를 쳐서 이런 상황을 만든 건 그녀였는데 말이다.

"저는 대행수님이랑 오래 같이 있을 수 있어서 참 좋습니다."

방금까지 그녀가 안채로 가겠다고 고집을 부린 걸 그는 똑똑히 기억하고 있었지만 굳이 토를 달지는 않았다. 지금은 그 자신과의 싸움만으로도 충분히 힘들었으니까.

그녀가 눈을 감고 잠을 청하니 방에 혼자 있는 것처럼 고요하기만 했다. 그 적막한 침묵을 깬 건 그의 작은 한숨 소리였다.

"하아."

바람을 불어넣는 것 같은 그의 숨소리에 그녀의 심장이 간지러워졌다. 심장을 시원하게 긁는 건 불가능했기에 요 위에 가지런히 올려놓았던 손가락 열 개를 꼼지락거렸다.

너무 고요했기에 태웅한테는 그녀의 손가락이 요를 스치는 소리가 너무 선명하게 들려 곤혹스러웠다. 꼭 그에게 어서 가까이 오라고 유혹하는 소리처럼 들렸다. 귀가 미쳤나 보다.

어떻게 저 소리를 그리 해석하나.

그만하라고 할까? 그냥 저 손을 잡아?

차라리 지금 정경부인이 보낸 자객이라도 출몰했으면 좋겠다. 한바탕 칼춤을 추면 몸에 쌓인 사리가 다 사라질 거 같았다.

"대행수님."

"자라."

태웅은 바로 그녀의 부름을 잘라버렸다. 오늘 밤 그는 그냥 그녀의 호위 무사일 뿐이라고 못을 박았으니까. 그러니 손도 안 잡을 거고, 입도 안 맞출 거고, 같이 눕지도 않을 거다.

좋은 건 진짜 좋은 날에 해야 했다.

은홍이 눈을 떴을 때 그녀는 사랑방에 혼자 누워 있었다. 창문을 통해 들어오는 햇살이 지금이 아침이라는 걸 알려주었다. 태웅이 없는 그의 방에서 잠이 깬 은홍은 한참을 꿈인 듯 헤맸다.

방에 그가 잔 흔적이 없는 걸 보니 태웅은 정말 밤새 그녀의 옆을 지켜준 듯했다. 그가 앉아 있던 문가 자리에 아직도 온기가 남아 있는 걸 손으로 확인한 은홍은 혼자 웃고 말았다.

그녀의 곁에 머문 지아비의 온도가 따스했다.

저벅저벅―. 우뚝―.

태웅은 멈추어 서서 동녘 산등성이 사이로 떠오르는 해를 보았다.

그에게는 살면서 가장 긴 밤이었다.

그는 뻣뻣한 목을 손으로 주무르며 긴 눈매를 살짝 찌푸렸다. 햇귀가 그의 얼굴 위로 쏟아져 눈부셨다.

"……정말 헛소문인가."

은홍이 정경부인에 대한 말을 했을 때는 그녀가 너무 착해서 그리 생각하는 거라고 여겼었다. 그런데 이번에 그냥 넘어간 것을 보니 정말 은홍의 말대로 헛소문일 수도 있겠다고 그도 생각하게 되었다. 그렇다고 해서 은홍이 만만하게 상대할 인물은 아니었다. 권력을 가지고 있었으니까.

문길이 그의 지시로 알아본 것을 보고하러 오랜만에 상단으로 출근했다.

"박 객주의 수하가 범인과 다방골 기루에서 만나는 걸 본 사람이 있었습니다."

태웅은 자신의 짐작대로 박형도가 문성군과 연결되어 있다는 걸 확인하고 눈을 좁혔다.

"도대체 그 인간은 어디까지 내려갈 작정이란 말인가."

어리석은 건 알았지만 이런 짓까지 할 줄은 몰랐다. 살인은 인간과 짐승을 가르는 경계 같은 것이었다.

"박 객주가 본인 입으로 실토할 리는 없을 텐데 어찌하실 것입니까?"

"내가 직접 만나보겠다."

문길은 걱정된다는 눈으로 그를 쳐다보았다. 박형도와 직접 상대하면 태웅의 몸에도 어쩔 수 없이 더러운 게 묻을 것이었다.

"아마 진월향이 그 자리에 있었을 겁니다."

태웅은 못마땅한 눈빛으로 문길의 얼굴을 보았다.

"왜 지금 그 말을 하는 것이냐?"

문길은 할 수 있는 한 안전한 길로 갔으면 해서 꺼내는 말이었다.

"문성군이 진짜 범인이라면 아무 기녀나 상대할 리 없으니까. 분명 죽은 기녀와 진월향이 함께 들었을 것입니다."

취향관에서 가장 귀한 손님을 접대하는 기녀였으니까.

진월향이 지금껏 괜찮을 수 있었던 건 곽 행수가 사건을 덮는 데 적극적으로 나섰기 때문일 가능성이 컸다.

"그리고 진월향은 대행수 어른의 출생에 대해 모르는 게 확실합니다."

그러니까 태웅을 맹목적으로 좋아할 수 있었던 거다. 진월향의 성정상 그런 걸 다 알고 거리낌 없이 태웅에게 마음을 줄 수 있을 리가 없었다.

"그러니 곽 행수 모르게 진월향을 만나 묻는다면."

진월향은 다른 사람은 몰라도 태웅에게만은 말할 거다.

"박형도를 만날 것이다."

하지만 태웅은 못을 박았다. 이미 연을 끊은 진월향을 만나지 않겠다고. 그건 그의 말과도 위반되는 일이었고, 은홍도 좋아하지 않을 게 뻔했다.

슈웅─! 탁─!

"와! 명중이다."

은홍은 본인이 쏘고도 놀랐다. 태웅이 선물해준 각궁이 좋은 것이라서인지 그녀도 처음 과녁에 제대로 활을 쐈다.

"자네도 이제 쏴버리고 싶은 게 생겼나 보군."

단지 각궁이 좋아서라고 생각했던 은홍은 란 부인의 말에 움찔했다.

"아닙니다. 전 절대 정경부인을 미워하지 않을 겁니다."

란 부인은 활시위를 당기며 덤덤히 받아쳤다.

"난 정경부인이라고 한 적 없네."

툭─.

가볍게 쏜 살은 정확히 과녁의 중앙을 꿰뚫었다.

매번 명중하는 란 부인은 무엇을 그리 사무치게 쏴버리고 싶은 것일까.

"사실은 정경부인 덕에 제가 어제 처음으로 합방을 했습니다."

은홍은 각궁을 끌어안고 쑥스럽다는 듯이 몸을 흔들었다. 란 부인은 그런 은홍을 보며 눈을 좁혔다.

"진짜 그렇다면 오늘 방에서 나오지도 못했을 텐데."

"네?"

은홍이 아무것도 모른다는 표정으로 해맑기만 한 걸 보고 란 부인은 짧은 한숨과 함께 웃었다.

"대행수가 고생이겠군."

"대행수님이 왜요?"

"알면 자네가 아픈 거고, 모르면 대행수가 고생인 거야. 그 정도만 알아두게."

은홍은 무슨 말인지 도통 모르겠어서 생각이 많아졌다. 란 부인의 말대로라면 태웅이 고생한다는 뜻이기에. 그러고 보니 어젯밤 태웅은 한숨도 못 자고 그녀의 옆을 지켜준 것 같았다.

확실히 고생이었다. 오늘 밤은 그녀가 고생한 태웅을 위해 봉사해야겠다고 생각했다. 태웅만 고생하는 건 불공평했으니까.

"걱정마십시오. 제가 잘하겠습니다."

은홍이 자신 있게 두 주먹을 쥐며 선언하듯이 말하자, 란 부인은 짧게 고개를 저었다. 여전히 전혀 감을 못 잡은 거 같았으니까.

그러나 한 번 깨지면 절대 돌이킬 수 없는 순수가 아직 은홍에게 남아 있으니, 아무래도 태웅은 그런 은홍의 모습이 소중했기에 스스로 고생하는 길을 선택한 것일 게다. 돈만 밝히는 줄 알았던 화룡 상단 대행수께 의외로 귀여운 면이 있었다.

평소처럼 늦은 시간에 대문을 들어서던 태웅은 멈칫하며 멈추어 섰다. 은홍이 대문 앞까지 마중 나와 있었다. 꼭 특별한 날처럼.

"왜 여기 있는 것이냐?"

두 손을 공손하게 맞잡고 배 위에 올려놓은 자세가 너무 '마중 나왔어요.' 하고 있었다.

"대행수님이 어젯밤 저 때문에 고생하신 듯하여 제가 보답으로 술상을 준비했습니다."

은홍의 말을 듣고 태웅의 눈이 실처럼 가늘어졌다. 어젯밤 그가 엄청 고생한 건 맞지만 술상을 보답으로 준비한 그녀의 속내는 알 수가 없었다.

설마, 오늘 제대로 합방하자는 것인가?

그는 착각도 자기 위주로 했다.

은홍한테 다른 의도가 있다고 보기에 무리였다. 은홍이 딴마음을 품는 것보다 박형도가 개과천선하는 게 더 빠를 것이었다.

태웅이 별로 좋아하는 것 같지 않아서 은홍은 본능적으로 그의 눈치를 보게 되었다.

"싫으십니까?"

"네가 마시지 않는다면 괜찮다."

그녀가 술 석 잔에 만취라는 걸 잘 아는 태웅은 단호히 같이 술 마시는 건 거부했다. 술 취한 부인은 보고 싶지 않았다. 은홍이 취했다고 해서 그가 뭘 할 수 있는 것도 아니니.

"네, 그럼 사랑방에 술상을 들이겠습니다."

단지 그에게 대접하고 싶은 마음뿐이었던 은홍은 바로 밝아져서 서둘러 몸을 돌렸다. 은홍이 덕춘의 도움을 받아 들고 온 술상에서 제일 눈에 띄는 건 알록달록 예쁜 색의 다식이었다.

"넌 먹는 것도 예쁜 걸 좋아하나 보구나."

"아! 대행수님은 싫으십니까?"

"괜찮다. 예쁜 건 네가 먹으면 되지."

태웅이 손으로 다식 하나를 집어 들어 그녀에게 내밀었다.

태웅을 위해 준비한 술상인데 그녀한테 먼저 먹이려고 하니 은홍은
순간 움찔했다. 그녀가 입을 꾹 다물고 눈만 크게 뜨자 태웅이 손을 더
앞으로 내밀며 말했다.

"입 벌려라."

입이 자동으로 벌어졌다. 아무래도 그녀의 몸은 그의 명령에 충실히
길들여진 거 같았다. 열린 입 안으로 다식이 들어왔다.

하지만 입술에 살짝 닿은 그의 손가락이 더 강렬했다. 그의 몸은 그
녀보다 더 뜨거운 게 분명했다. 그러니까 닿을 때마다 이리 깜짝 놀라
는 거다.

오물오물, 다식을 씹으니 달콤함이 입 안에 가득 퍼졌다.

"맛있느냐?"

그녀는 고개를 크게 끄덕였다.

"그럼 됐다."

그제야 깨달았다. 단 음식은 술에 안 어울린다는걸.

은홍은 이제라도 잘하기 위해서 서둘러 술 주전자를 들어서 태웅의
술잔에 따라주었다.

또르르르르―.

넘치기 직전에 멈추었다. 은홍은 속으로 안도의 한숨을 내쉬며 태웅
에게 권했다.

"대행수님도 드십시오."

태웅은 술잔을 들어 올리다가 마시지 않고 그녀를 쳐다보았다.

"설마 이 술도 야관문주냐?"

은홍은 그렇다고 고개를 끄덕였다.

"마님이 많이 있다고 마음대로 가져가라고 하셔서."

524

태웅은 술잔을 내려다보며 미간을 좁혔다. 그 집 야관문주는 그들이 다 마실 팔자인가 보다. 그래도 고맙다는 말은 절대 안 나왔다.

"다른 술을 내 올까요?"

"아니다."

태웅은 술을 단번에 들이켰다.

그의 울대뼈가 위아래로 크게 움직이는 걸 은홍은 홀린 듯 보았다. 대행수는 울대조차 잘생겼다.

태웅이 술잔을 내려놓자 은홍은 젓가락으로 고기 한 점을 집어서 서둘러 태웅에게 내밀었다.

"이것도 드십시오."

태웅은 원래 술 접대를 싫어했다. 그래서 취향관에서 손님 접대를 할 때도 기녀들을 그의 옆에 못 앉게 했다.

하지만 기녀와 아내는 분명 달랐다. 그래서 그녀가 따라주는 술이, 내미는 안주가 싫지 않았다.

"이런 건 누가 알려준 것이냐?"

그도 아니고, 문길도 아닐 게 분명하다. 음전한 양반댁 규수인 란 부인은 술만 제공했을 거고.

"어젯밤은 잘 못 주무셨으니까 오늘은 이거 드시고 푹 주무시라고."

누가 가르쳐주어서 하는 게 아니라 그를 생각하는 마음으로 준비한 술상이라고 하니 태웅은 술에 취하는 게 아니라 그 마음에 취하는 듯했다. 하지만 태생이 굴곡 많은 인생이라 쉽게 좋아하지 못하고 굳이 센 척을 했다.

"내가 잠들 만큼 마시려면 그걸로는 부족할 텐데."

그가 던지는 말에 은홍이 놀라서 눈을 크게 떴다. 그녀는 석 잔이면 만취였으니까.

"이게 부족하십니까?"

"그래, 그거 열 배는 마셔야 잠이 들 거다."

"여, 여, 열 배요?"

은홍은 손가락 열 개를 다 펴며 그게 정녕 사람이 마실 수 있는 양이
냐고 되물었다.

"그래, 밤새 술만 마시다 오늘도 날 새겠구나."

그의 농이 아주 짓궂어서 그게 농인 줄도 모르고 은홍은 쩔쩔맸다.

"그럼 어찌합니까? 다른 걸 준비할까요?"

"됐다."

그는 적당히 마시다 적당히 자면 된다고 생각했지만, 은홍은 진심으
로 진지했다.

"대행수님이 편히 잘 수 있게 제가 뭐든 하겠습니다."

태웅은 술잔을 기울이며 은홍의 얼굴을 훑었다. 하얗고 보드라운 피
부는 어떤 갈증을 불러일으켰다. 밤이고, 술도 있고…… 그녀는 그의
아내이니 그의 인내가 아슬아슬하게 경계에 걸려 있었다. 그러나 태생
이 굴곡 많은 인생인 그는 한 번 더 센 척을 했다.

"네가 뭐든 한다고 해도 내가 뭐든 할 수 없으니 무리할 거 없다."

태웅이 무슨 말을 하는 건지 그녀는 전혀 알아들을 수가 없었다.

"그럼 대행수님이 못 하는 걸 제가 해보겠습니다. 그럼 되지 않을까
요?"

그런 말이 있다. 모르면 용감하다고.

태웅은 눈을 좁히며 미간을 찌푸렸다.

"네가 하겠다고?"

"네. 뭐든 가르쳐주세요."

은홍의 그 말이 태웅에게는 악마의 속삭임으로 들렸다. 그는 상체를 앞으로 기울여 그녀에게 좀 더 가까이 다가갔다. 그녀에게서는 상큼한 과일 향이 나는 것 같았다. 한 입 베어 물기 딱 좋은.

"그럼 배워보겠느냐?"

이렇게 쉽게 흔들리는 건 술 때문이다. 열 주전자는 마셔야 취한다는 분이 두 잔 마신 술 탓을 하고 있었다.

"네, 제가 열심히 배워보겠습니다."

순진한 부인이 바로 낚이자 태웅은 살짝 이성이 돌아오려고 했지만 그러기에는 아직 밤이 너무 길었다.

탁―.

태웅은 그녀의 앞에 술잔을 놓아주었다.

"그럼 너도 한 잔 마시거라."

"저는 마시지 말라고."

분명 술상을 받기 전에 그가 그리 말했었다.

"몸에 술이 조금 들어가면 긴장이 풀릴 것이니 한 잔만 하거라."

"저 긴장하지 않았는데."

"곧 하게 될 것이야."

그녀가 툭하면 걸리는 병 같은 무호흡 같은 거.

은홍은 태웅이 따라준 술잔을 들어 올리며 그의 눈치를 보았다. 그는 조용히 그녀가 술을 마시기를 기다렸다.

은홍은 고개를 돌려 술을 조금 마셨다. 술이 식도를 타고 몸 안에 흘러들어가자 그 길을 따라 뜨거움이 화하게 퍼졌다. 술도 마시면 느는 것인지, 이제 한 잔 정도는 거뜬했다.

"괜찮으냐?"

은홍은 고개를 끄덕이며 빈 술잔을 내려놓았다.

"이제 무엇을 하면 됩니까?"

태웅은 말 대신 행동으로 보여주었다. 그가 술상을 옆으로 치워버리
자 은홍은 눈만 끔벅였다.

뭐지? 벌써 자려는 건가?

"가까이 오너라."

"제가요?"

술상은 그가 치웠는데 그녀보고 움직이라고 하자 은홍은 움찔했다.

"네가 열심히 배운다고 했잖느냐."

그랬지. 그녀가 그리 말했다. 은홍은 엉덩이를 떼고 무릎걸음으로 그
에게 다가갔다.

사라라락—.

치맛자락이 바닥에 쓸리는 소리가 그 어느 때보다 크게 울렸다. 그의
앞까지 다가간 은홍은 수줍은 표정으로 그를 쳐다보았다. 그와 눈높이
가 같으니 그녀를 바라보는 그의 깊은 눈빛에 찔리는 듯해서 저절로 눈
을 내리깔게 되었다.

"이제 어찌합니까?"

"내 어깨에 손을 올리거라."

"네?"

평소에는 감히 엄두도 못 낼 행동에 그녀는 놀라서 절로 몸이 뒤로
빠지는데 그의 손이 그녀의 허리를 휘감아 물러나지 못하게 묶었다.

"물러나는 건 불가한다."

뭔가 제대로 코 꿰인 기분이라 은홍은 긴장되기 시작했다. 정확히 그

의 말대로.

그녀가 손을 꼼지락거리며 머뭇거리자 태웅은 먼저 움직이는 대신 나직이 그녀를 격려했다.

"용기를 내거라."

뒷말이 그녀의 심장을 세게 때렸다.

"날 진심으로 원한다면."

은홍은 떨리는 눈빛으로 그를 똑바로 쳐다보았다. 눈앞의 사내는 그녀처럼 평범한 여인의 지아비라는 게 믿기지 않을 정도로 멋있었다. 그녀가 감히 탐을 내도 되는 사람인지 아직도 확신이 없었다. 그럼에도…….

"날 원하느냐?"

그의 물음에 은홍은 대답 대신 손을 올려 그의 어깨를 잡았다.

어깨를 꾹 움켜잡는 힘을 느낀 태웅이 만족한 미소를 지었다. 완벽하지 않기에 한 발 더 나아갈 때마다 희열은 배가 되었다.

"이제 어찌합니까?"

그녀가 그에게 물었다. 더 나아가기 위해서.

그녀의 순수가 그에게는 더없이 유혹이라 마음이 뜨거워졌다. 그러나 그럴수록 그녀를 그에 맞추어 끌어당기지 않고 그가 그녀에게 맞추려고 노력했다. 그의 세상보다는 그녀의 세상이 더 아름다웠기에.

"넌 어찌하고 싶으냐?"

그가 도리어 그녀에게 묻자 은홍은 잠시 당황했다.

그런 그녀를 격려하듯이 그가 말했다.

"어려워할 거 없어. 그냥 하고 싶은 걸 하면 된다."

그녀가 지금 가장 하고 싶은 건 그를 편히 자게 하는 것이었다. 은홍은 그의 목을 두 팔로 감아 그대로 그의 몸에 그녀의 무게를 실어 보료 위로 같이 쓰러졌다. 푹신한 보료가 두 사람의 몸을 부드럽게 받아주었다. 그의 예상을 벗어난 전개에 태웅은 꼼짝도 못 하고 천장만 바라보았다.

"오늘 밤은 제가 대행수님이 잠들 때까지 옆에 있어 드리겠습니다."

그녀의 순수가 조금 전까지는 너무 좋았는데 지금은 살짝 후회되었다. 그냥 자신이 하고 싶은 대로 할걸.

"나보고 이대로 자라는 소리냐?"

"저 때문에 불편하십니까?"

태웅은 그녀의 허리를 두 팔로 안았다. 안 그럼 멀어질까 봐. 그녀의 몸은 근육밖에 없는 그와 달리 부드럽고 작았다. 세게 안으면 부서질까 조심하게 되었다.

"은홍아."

그의 부름에 그의 어깨에 얼굴을 묻고 있던 은홍이 고개를 들어 그를 보았다. 원앙을 닮은 눈동자가 그의 음심을 탓하는 듯했다.

그래도 어쩌겠나. 이리 탐이 나는걸.

"나는 이대로 자기에는 아쉽구나."

"그럼 술을 더 하시겠습니까?"

"이 갈증은 술로는 안 될 듯하다."

태웅은 고개를 숙여 꽃잎처럼 곱게 물든 그녀의 연한 입술을 베어물었다. 따스하고 촉촉한 감촉의 살덩이를 모조리 삼켜버렸다. 술기운에 붉어진 그녀의 얼굴이 그와의 입맞춤 때문에 타들어갈 듯이 뜨거워졌다.

순식간에 자세가 역전되어 그가 그녀의 몸 위를 점령했다. 은홍은 그

의 밑에서 힘겹게 숨을 내쉬었다. 그녀는 가쁜 숨을 그의 입 안에 토해
냈다. 그러자 그의 숨결도 좀 더 거칠어졌다.

서툴지만 그래도 그와 호흡을 맞추기 위해 노력하는 그녀의 몸짓이
그를 더 안달 나게 하였다.

마음껏 흐트러지고 싶었다. 그가 누구라는 것도 잊을 만큼.

이 순간은 인내조차 뜨거웠다.

태웅은 길고 긴 입맞춤으로 긴 밤을 버텼다.

눈을 뜬 태웅은 제일 먼저 잠든 은홍의 얼굴이 보이자 피식 웃고 말
았다. 결국 지난밤도 푹 잔 건 그가 아니라 그녀였다.

어찌 이리 잘 자나 싶었다. 이 방에서, 그의 옆에서. 괜히 심술 나게.

"다음에는 내 옆에서 이리 편하게 자지는 못할 거다."

태웅은 중얼거리며 그녀의 뺨으로 손을 뻗다가 닿기 전에 멈추었다.
만지면 더 욕심날 것 같았다. 지금은 화룡 상단 대행수로 돌아가야 할
시간이니 참기로 했다.

태웅은 일찍 일어난 김에 새벽에 집을 나섰다.

저벅저벅ㅡ. 우뚝ㅡ.

태웅의 걸음이 상단에 도착하기 전에 멈추었다. 그는 고개를 돌려 새
벽의 푸름으로 시린 허공을 날 선 눈빛으로 보며 차게 말했다.

"나와라."

누군가 그의 뒤를 쫓아온다는 걸 화룡관을 나올 때부터 느끼고 있
었지만 집에서 멀어질 때까지 모른 척했다. 상대는 한 명이었다. 그러니

맨손으로도 충분했다.

저벅저벅—.

그러나 짙은 그늘 속에서 걸어 나오는 이를 보고 그건 불가능하다는 걸 태웅은 바로 깨달았다. 운검 박무진이었기 때문이다.

이 새벽에 갑자기 나타난 그의 존재가 전혀 달갑지 않았기에 태웅의 눈빛이 더 사나워졌다.

"왜 도둑처럼 저를 쫓아온 겁니까?"

"내가 집에 직접 찾아가는 것보다는 나을 듯한데. 내 괜한 배려를 했나 보군."

'배려'라는 말에 속이 뜨거워졌다. 박무진과 그는 그런 다정한 말을 나눌 사이가 결코 아니었으니까.

"기린 객주를 잘 아나?"

태웅의 눈매가 사정없이 찌푸려졌다.

"그건 왜 묻는 겁니까?"

박무진은 제대로 된 설명은 생략하고 옷 속에서 종이 한 장을 꺼내 태웅에게 내밀었다.

"밀거래꾼들이 물건을 옮긴 장소를 표기한 지도일세."

박무진이 생각도 못 한 물건을 내밀자 태웅의 눈빛이 빠르게 가늘어졌다.

"어째서 이런 걸 운검이 가지고 있는 것입니까?"

"자네 부인이 궐 앞까지 와서 나를 겁박했네. 밀거래꾼들이 옮긴 물건을 안 찾아내면 임금께 고하겠다고."

은홍이 박무진을 먼저 찾아간 일은 전혀 몰랐기에 태웅의 눈이 커진 채 얼어붙었다. 그런 태웅을 박무진은 사느랗게 벼려진 눈으로 바라보며 말했다.

"그래서 나는 자네를 겁박해야겠네."

박무진은 들고 있던 종이를 태웅의 앞에 던지며 차게 말했다.

"부인과 오래 같이 살고 싶으면 부인 단속 잘하게."

툭―.

지도가 그려진 종이가 그의 발아래 떨어졌다.

박무진은 순식간에 어둠 속으로 사라져버렸다.

태웅은 바닥에 떨어진 지도만 내려다보았다. 뜨거운 게 속에서 치밀어 올랐다.

하지만 분노의 대상이 정확히 누구인지는 명확하지 않았다. 그의 허락도 없이 함부로 박무진을 찾아간 은홍인 것도 같고, 그를 죄인 취급하는 박무진인 것도 같고, 박무진 뒤에 숨어서 그의 운명을 끝장내려는 왕인 것도 같고, 이런 지도나 받게 만든 박형도인 것도 같고.

태웅은 손을 뻗어 거칠게 지도를 움켜잡았다.

태웅의 귀가가 늦었다. 사실 살짝 기대했었다. 그런 밤을 같이 보냈으니까 그녀가 보고 싶어서라도 일찍 들어오지 않을까 하는.

그런데 그런 마음은 그녀 혼자뿐이었던 건지 태웅은 평소보다 더 늦었다. 일하느라 늦는 지아비를 탓하는 건 정말 못난 아내인 거 같아서 꾹 눌러 참으며 안마당에 나와 서성이다가 괜히 반빗간에서 야식을 챙겨 먹던 덕춘에게 물었다.

"뒤뜰에 제사상은 챙겨주었니?"

덕춘은 그렇다고 고개를 끄덕인 뒤 삶은 감자 하나를 껍질도 벗기지 않고 통째로 입 안에 넣었다.

우적우적, 덕춘이 맛있게 감자를 먹는 걸 보던 은홍은 또 걱정 하나가 늘어버렸다.

'저녁은 제대로 드시고 일을 하시는 건가.'

신경이 쓰이니 계속 그 생각만 하게 되었다. 그래서 덕춘에게 말했다.

"덕춘아, 상단에 가서 대행수님 저녁 드셨는지 좀 물어보고 오렴."

덕춘이 감자 먹다 놀란 눈으로 그녀를 쳐다보았다.

"……이 시간에요?"

이미 잘 시간이었다. 덕춘도 감자만 먹고 잘 생각이었다.

"아니다. 내가 직접 가마."

늦은 밤이라 상단 사람도 거의 없을 것 같아 은홍은 직접 가보기로 했다. 그럼 좀 더 일찍 얼굴을 볼 수 있을 테니까.

은홍이 늦은 밤 상단에 간다고 나서니 할 수 없이 덕춘도 따라나섰다. 주인이 가는데 몸종이 편하게 잠만 잘 수는 없었으니까.

은홍은 핑계 댈 겸 간단한 밤참을 챙겨서 상단으로 향했다. 그녀의 예상대로 상단에 사람은 거의 없었다. 이런 시간에 태웅 혼자 여기 남아서 일하고 있다고 생각하니 기분이 굉장히 이상해졌다. 속상한 거 같기도 하고, 서운한 거 같기도 하고. 하여튼 좋은 마음은 아니었다.

드르륵—.

은홍은 조심스럽게 그가 있는 내실 안으로 한 발 들어섰다.

"밤늦게까지 일하시면 출출할 듯하여."

은홍은 가지고 온 약밥을 앞으로 내밀었다.

"놔두고 가거라. 알아서 할 테니."

알아서 한다는 그 말이 신경 끄라는 소리처럼 들려 은홍은 서운한 마음이 생겼다.

그런 은홍에게 태웅은 쐐기를 박듯이 말했다.

"그만 가보거라."

가라고 했는데도 그녀가 움직이지 않고 가만히 서 있자 태웅도 불편했다.

"왜 안 가고 서 있느냐?"

그녀가 계속 거기 서 있으니 그는 자꾸 박무진이 했던 말이 생각났다. 그래서 일부러 평소보다 더 늦게까지 일을 하고 있던 거였다. 그래야 딴생각을 안 할 수 있어서. 지금은 그녀의 얼굴을 봐도 좋은 생각보다는 나쁜 생각이 먼저 들었다. 화나게도.

"왜 저한테 자꾸 가라고 하십니까?"

그에게 어떤 사정이 있든 은홍은 태웅이 그녀에게 가라는 말을 세 번이나 한 게 제일 서운했다.

"자꾸 안 했다. 한 번 했지."

"세 번이나 하셨습니다."

"내가 언제."

"놔두고 가라고, 그만 가라고, 왜 안 가냐고. 세 번 맞잖습니까."

그도 기억 못 하는 말을 그녀가 하나하나 꼬집으며 세 번이 맞다고 따지기까지 하니 태웅은 헛웃음이 나오려고 했다.

"밤이 깊었으니까 그리 말한 거지."

은홍의 얼굴이 울상으로 일그러졌다. 다른 사람도 아니고, 태웅에게 불청객 취급받는 게 그녀는 세상에서 가장 무서운 일이었다. 그때 태웅이 의자에서 일어나며 앞의 세 번과는 다른 말을 덧붙였다.

"같이 돌아가자꾸나."

같이 가자는 말에 은홍은 고개를 들어 그의 얼굴을 다시 보았다.

그녀의 곁으로 걸어온 태웅이 그녀를 내려다보며 입꼬리를 부드럽게 올렸다.

"혼자 돌아가기 싫은 거 같으니."

네 번째가 되어서야 같이 가자고 말하는 그가 야속하고, 또 안도가 되어서 어떤 표정을 지어야 할지 알 수가 없었다.

달이 밝고, 사람은 없고, 밤바람은 설레는 마음처럼 살랑살랑 불고, 그리고 태웅과 나란히 걷는 길이었다. 그래서인지 분명 좀 전에 약밥을 들고 왔던 길인데, 지금은 전혀 다른 길처럼 느껴졌다.

저벅저벅―.

자박자박―.

은홍은 옆에서 걷는 태웅의 발을 내려다보다 조심스럽게 고개를 들어 그의 얼굴을 보았다. 아래에서 올려다보니 깊은 눈매는 더 선명하고, 콧날은 베일 듯이 더 높아 보였다.

그와 입 맞추기 전에 닿았던 코끝의 감촉이 다시 떠오르며 얼굴이 붉게 달아오르는데, 앞만 보며 걷던 태웅이 그녀의 시선을 느낀 듯 고개를 내렸다. 은홍은 서둘러 앞을 보았다. 훔쳐보며 야한 생각한 거 들켰을까 봐 괜히 심장이 콩콩 뛰었다.

그녀가 자신의 발끝만 내려다보고 있는데 태웅이 그녀를 보는 시선이 느껴져서 정수리가 뜨거워졌다. 삶은 달걀이 되어가는 기분이었다.

"은홍아."

진짜 들켰나?

은홍은 부름에 대답도 못 하고 눈만 커졌다.

"달이 예쁘구나. 보았느냐?"

그녀는 안 들켰다고 안도했지만, 태웅의 미소가 나타났다 사라진 건
미처 눈치채지 못했다.

그의 말 때문에 그녀가 기분 상한 걸 보상해주듯이 태웅은 안채까지
그녀를 직접 데려다주었다. 아무래도 그는 그녀에게 화내는 게 불가능
한 거 같았다.

"그럼 난 이만 갈 테니까 편히 자거라."

그가 몸을 돌리는데 작은 손이 그의 손가락 하나를 붙잡았다. 붙잡
는 힘이라고 하기에는 거의 바람결 같았지만 태웅은 고개를 내려 그녀
를 보았다.

"조금만 더 있다 가서도 됩니다."

그녀가 그의 눈을 똑바로 보며 말했다. 정말 부끄러움이 많은 소녀라
그의 앞에서는 자기 발끝만 쳐다보았던 게 엊그제 같은데, 이젠 여인의
눈으로 그를 보며 유혹의 말을 던진다.

그녀의 성장이 심장이 뻐근할 정도로 황홀했다.

"그럼 붙잡아보거라."

"네?"

태웅은 긴 속눈썹을 아래로 내리깔며 그녀가 붙잡고 있는 그의 손가
락을 보았다.

"내가 손가락 하나로 잡힐 만큼 쉬운 남자는 아니다."

말은 그리했지만 그는 충분히 유혹당할 준비가 되어 있었다.

하지만 문제는 그를 유혹해야 할 은홍이 그쪽으로는 아주 서툴다는 거였다. 저번에는 그의 목을 조르듯이 끌어안고 보료 위로 쓰러졌었다. 그야말로 돌덩이 같은 매력이었다.

귀엽기는 하지만 그걸로는 턱없이 부족했다.

그런데 그녀의 손이 오늘따라 겁 없이 뻗어와 그가 입고 있던 도포의 옷고름에 닿았다. 옷고름을 부여잡는 하얀 손이 그의 시야를 꽉 채웠다.

"그럼 제가 이 옷고름을 풀면 저한테 홀리시는 겁니까?"

옷고름을 붙잡힌 태웅은 꼼짝도 할 수 없었다. 설마 그가 한 말에 당할 줄은 몰랐다. 그녀가 옷고름을 잡은 손에 힘을 꾹 주니 옷고름이 아니라 그의 심장이 딸려가는 듯했다.

태웅은 마른 목소리로 물었다.

"푸는 건 네 자유지만 그 뒤를 감당할 수 있겠느냐?"

그녀는 어디까지 감당해야 하는 건지 알 수 없었다. 그저 태웅이 좀 더 그녀의 옆에 있어주길 바랄 뿐이었다.

꾹, 그녀가 손에 힘을 주자 옷고름이 풀려나갔다. 생각보다 너무 쉽게 풀려서 그녀가 오히려 놀랐다.

마지막 순간에 그녀의 손이 멈추었다. 그녀가 잡아당길 때는 버티던 그의 몸이 그녀가 손에 힘을 빼자마자 딸려왔다. 그가 해일이 덮쳐오듯이 다가오자 그녀의 허리가 크게 휘었다.

"왜 물러나는 것이냐?"

그리 묻는 그의 눈빛이 아까와 달리 더 검게 변한 듯해서 은홍은 꿀꺽 침을 삼켰다.

"대행수님이 너무 갑자기 다가오셔서."

"그것도 감당해야지."

그의 목소리에 힘이 실리니 감히 토를 달 수가 없었다.

그녀가 긴장한 눈으로 쳐다만 보자 태웅은 나직이 경고했다.

"이제 와서 겁먹는 건 안 된다."

"겁나지 않습니다."

그녀가 작은 목소리로 대답하자 태웅의 입매가 관능적으로 휘었다. 그걸 보니 심장이 더 빨리 뛰었다. 겁나서가 아니라, 떨려서.

"까악!"

그가 갑자기 그녀의 몸을 번쩍 안아 올리자 절로 비명이 터져 나왔다. 겁나지 않는다고 말하자마자.

분명 그녀의 비명을 들었을 텐데도 태웅은 가볍게 무시하고 그녀를 안고 방으로 향했다. 그가 그녀를 안은 채 마루 위로 올라서니 그녀의 심장도 덩달아 하늘로 치솟듯이 뛰어댔다. 옷고름이란 게 이리도 일을 크게 만들 줄은 몰랐기에 은홍은 눈만 크게 떴다.

문 바로 앞에서 그의 걸음이 멈추었다. 태웅이 그녀를 쳐다보았다.

설마 남은 손이 없으니 문을 열어달라는 뜻인가?

그녀가 그리 생각하며 소심하게 문 쪽으로 손을 뻗는데 그가 말했다.

"너는 나를 어디까지 믿느냐?"

그는 겁이 났다. 그가 그녀를 상처입히게 될까 봐.

그래서 혼례식을 올릴 용기를 내지 못하는 것이다.

그런데 이리 욕심만 채워도 되는 것인지 모르겠다. 불신하는 건 은홍이 아니라 그 자신이었다. 의지할 가족도 없이 이 세상에 던져져서 믿을 건 자신밖에 없다고 여기며 살아왔는데, 그의 존재가 흔들리니 태웅은 그게 가장 견디기 힘들었다.

"대행수님은 제 가족이니 믿는다는 말은 불필요합니다."

오히려 그녀가 작아지는 그를 붙잡듯이 안아주었다. 평생 그보다는 어릴 줄 알았던 그녀가 지금은 그보다 더 컸다. 그래서 물러나고 싶지 않았다. 주저하기 싫었다. 참는 건 이제 그만하고 싶었다.

그대로 그녀를 안고 안방으로 들어가려고 했는데 등 뒤에서 그의 발걸음을 붙잡는 목소리가 있었다.

"대행수 어른."

문길의 목소리였기에 은홍이 먼저 깜짝 놀라며 그의 어깨를 손으로 밀었다.

"헉! 스승님!"

태웅은 한 박자 늦게 고개를 돌려 뒤를 보았다. 거칠게 요동치는 마음이 쉽게 진정되지 않았다.

은홍이 어서 내려달라고 그의 팔을 잡고 흔들었다. 이런 모습을 남에게 보이는 건 부끄러웠으니까. 꼭 나쁜 짓 하다 들킨 기분이었다.

하지만 태웅은 무시하고 문길에게 물었다.

"무슨 일이냐?"

지금 그가 끼면 안 되는 상황처럼 보이기는 했지만 문길은 모른 척하며 고했다. 그만큼 태웅에게 중한 일이었다.

"지금 취향관에 가보셔야 할 거 같습니다."

"내가 왜?"

"진월향이 소인한테 전갈을 보냈습니다."

'진월향'이라는 이름에 은홍의 눈동자가 크게 흔들렸다.

그녀가 내려달라고 흔들던 팔을 꽉 부여잡는 걸 그가 모를 리가 없었다.

"나는 안 간다. 물러가라."

문길은 그대로 돌아서는 태웅의 등에 대고 말했다.

"대행수 어른께 말하겠답니다. 취향관 기녀가 죽던 날 있었던 일을."

우뚝, 태웅의 걸음이 다시 멈추었다. 그의 시선이 은홍과 마주쳤다. 은홍도 사람이 죽었다는 말에 눈빛이 얼어붙었다.

그의 목소리가 더 차게 나갔다.

"나는 진월향한테 그걸 물은 적이 없는데 어째서 먼저 말을 꺼낼 수 있단 말이냐?"

"제가 먼저 서신을 보내어 물어보았습니다."

아무리 문길이 가족 같은 사이라도 용서할 수 없는 게 있었다. 그의 명령을 무시하고 독단적으로 행동하는 건 취향관으로 진월향을 찾아갔다가 추행범으로 몰린 것만으로도 과하게 넘쳤다.

"사람이 억울하게 죽은 일입니다. 그래도 들어보셔야 하지 않겠습니까?"

태웅이 머뭇거리는 게 은홍 때문임을 알기에 문길이 지금 한 말은 은홍에게 한 말이었다. 은홍은 희게 질린 얼굴을 태웅의 가슴에 묻어 가렸다. 태웅이 진월향에게 가는 것도 너무 싫었지만 지금 가지 말라는 소리를 못 하게 하는 문길도 처음으로 원망스러웠다.

"지금이 아니면 진월향에게 들을 기회는 안 올 겁니다."

태웅은 그의 가슴에 얼굴을 깊이 묻어 정수리밖에 안 보이는 그녀를 내려다보았다. 그녀에게 못할 질문이라는 걸 아는데 해야만 하는 이 순간이 그는 참으로 견디기 힘들었다.

"내가 다녀와도 되겠느냐?"

은홍은 그에게 얼굴을 보이지 않은 채 고개만 끄덕였다.

그녀가 안 괜찮다는 걸 그는 알고 있었다.

태웅은 문길과 함께 화룡관을 나섰다. 취향관으로 가야 하는 태웅
이 자꾸 화룡관 쪽을 돌아보자 문길이 그를 안심시키기 위해 말했다.

"아씨는 괜찮으실 겁니다."

"네가 어찌 아느냐?"

"사람이 억울하게 죽은 것도 나 몰라라 할 정도로 매정한 분이 아니
시니까."

진월향은 그 죽음을 안타깝게 여겨 그에게 말하려는 게 아닐 것 같
아서 태웅은 계속 기분이 별로였다.

취향관은 낮보다 밤이 화려하여 밤이 깊을수록 오히려 사람이 더 붐
비고 있었다. 그래서 은홍과 좋은 시간을 보내다 끌려온 태웅은 신명
나는 풍악 소리에 기분이 나빠졌다.

"대행수 어른만 들어가실 수 있습니다."

문길은 밖에서 기다리기로 하고 태웅만 안내를 받아 진월향이 있는
곳으로 향했다. 점점 풍악 소리가 멀어지고 사람도 없어졌다.

"꺄아악!"

여인의 비명이 날카롭게 울려 퍼지며 풍악 소리마저 덮어버렸다.

태웅은 빠르게 소리가 들린 곳으로 달려갔다. 방문 앞에 당도한 태웅
은 다친 사람을 보고 놀라서 몸이 굳어버렸다.

전혀 예상 못 한 이였다.

"어머니!"

진월향이 피를 흘리는 곽 행수를 끌어안고 오열하고 있었다. 곽 행수가 흘린 붉은 피가 진월향의 옷까지 붉게 물들이고 있었다.

빛이 꺼져가는 곽 행수의 눈빛과 마주치자 태웅은 무너져 내렸다. 그는 그녀에게 실망한 적은 있어도 한 번도 곽 행수가 다치는 걸 바란 적이 없었다. 그런데 그가 기녀 살인 사건의 진범을 찾아내려고 했기 때문에 곽 행수가 칼에 찔린 것이다.

그의 탓이었다. 그 때문에 다친 것이다.

"대행수 어른!"

비명을 듣고 달려온 문길이 쓰러져 있는 곽 행수를 보고 놀라서 그를 보았다. 태웅은 무거운 목소리로 하명했다.

"당장 의원을 불러오너라."

그에게 멈추라는 경고라면 그는 더더욱 멈출 수 없었다. 이대로 포기하면 그는 최태웅으로 살 수 없을 것이니까.

범인은 죽이는 문제일지 몰라도 그에게는 살아가는 문제였다.

태웅은 늦은 밤이 되어서야 화룡관으로 돌아왔다. 안채의 불이 아직 켜져 있는 걸 본 그는 사랑채가 아니라 안채로 향했다.

그가 안마당에 들어서 몇 걸음 걸었을 때 갑자기 안채의 불이 꺼지며 어두워졌다. 우뚝, 태웅은 멈추어 설 수밖에 없었다. 갑자기 꺼진 불이 꼭 가까이 오지 말라는 은홍의 말을 대신하는 것 같아서 그는 마음이 좋지 않았다.

그는 어두운 안방을 말없이 바라보다가 한참 만에야 입을 열었다.

"은홍아."

그의 부름에도 안방에서는 아무 반응이 없었다.

하지만 그녀가 안 자고 있다는 걸 알았다.

"나는 내일 한양 떠나는 배를 탈 것이다."

그렇다고 집 떠난다는 말을 이런 식으로 하고 있으니 참으로 나쁜 지아비였다. 가긴 가야 할 길이니, 차라리 빨리 해치우기로 했다.

"강원도 원주니 그리 오래 걸리지는 않을 거야."

그곳에 다녀오면 뭔가 조금은 해결되어 있기를 바랄 뿐이었다.

태웅은 몸을 돌려 안채를 떠났다.

그가 떠난 뒤에야 안방의 문이 열렸지만, 은홍은 그를 쫓아가서 붙잡을 수 없었다.

갑자기 원주라니.

상단을 이끄는 태웅이 전국을 누비는 건 당연한 일이었다. 그러나 이번엔 밝게 웃으며 배웅할 수가 없을 것 같았다. 그게 진월향 때문이라면 그녀가 너무 못난 거 같아서 속상했다.

그녀가 마포나루에 도착했을 때 수부들이 한 배에 열심히 짐을 싣고 있었다. 장선하는 배는 그뿐이니, 분명 저 배가 오늘 원주로 가는 배일 터였다.

은홍은 태웅을 찾아 두리번거렸다. 열심히 그를 찾아 눈동자를 바삐 움직이고 있는데 그녀의 등 뒤에서 목소리가 들려왔다.

"예서 뭐 하고 있는 것이냐?"

은홍은 빠르게 뒤돌아보았다. 태웅을 발견하자마자 은홍은 그에게 뛰어가 먼저 그의 단단한 허리를 두 팔로 꽉 끌어안았다. 그녀의 갑작스러운 포옹에 그의 큰 몸이 거센 바람이라도 맞닥뜨린 듯이 잠시 휘청했다.

어떤 여인이 대행수를 갑자기 끌어안으니 주위에 있던 선인들도 놀라서 쳐다보았다.

"배웅 왔습니다. 원주 잘 다녀오시라고."

배웅치고는 격했지만, 그녀가 원래의 모습으로 돌아온 걸 보고 가게 되어서 다행이었다. 이리 못 보고 갔더라면 원주에 가 있는 내내 마음이 쓰였을 거다. 불 꺼진 방에 홀로 있을 그녀를 떠올리며.

"제가 잘못했습니다."

"네가?"

태웅은 당연히 그의 잘못이라고 생각했기에 무슨 소리인가 싶었다.

"속 좁게 굴어서."

그를 진월향에게 보내놓고 마음이 상했었다. 그녀가 직접 보내놓고도 진월향에게 간 그를 원망했다.

"나도 무서웠다. 네가 끝까지 속 좁을까 봐."

그가 농처럼 던진 말에 그녀가 울상을 지으며 고개를 들자 태웅은 웃으며 그녀를 안았다.

"내가 약속하마. 앞으로 그런 일은 절대 없을 거다."

어떤 상황에서든 그녀를 내버려두고 다른 여자에게 가는 일은 결코 만들지 않을 거다. 그게 그녀에게 상처를 준다는 걸 느꼈기에.

그의 말에서 깊은 진심이 느껴졌기에 은홍은 안도하며 그의 가슴에 얼굴을 묻고 눈을 감으려고 했다. 그런데 마지막 순간 그녀의 눈에 들어온 뜻밖의 얼굴을 보고 은홍은 감으려던 눈을 번쩍 떴다. 수부들이 배로 옮기는 나무 상자에서 연화의 얼굴이 튀어나와 그녀에게 짧고 격한 손짓을 날렸기 때문이었다. 당장 떨어지라고.

"그만 돌아가보거라. 나도 배를 타야 하니."

그가 배를 탄다는 말에 은홍은 깜짝 놀라서 그의 팔을 두 손으로 붙잡았다.

"안 타시면 안 됩니까?"

"뭐?"

태웅은 황당한 눈으로 그녀를 보았다.

은홍도 사정을 제대로 설명하고 싶었지만 태웅에게 연화에 대해서 솔직하게 말할 수가 없었다. 연화는 그녀를 납치한 전적이 있으니까 태웅이 찾아내면 바로 관아에 넘겨버릴 것 같았다.

그렇다고 연화가 탄 배에 태웅이 같이 타고 가는 건 그녀가 불안해서 견딜 수가 없었다.

"제, 제가 흉몽을 꿨습니다. 아무래도 저 배가 가다가 큰일이 날 거 같습니다."

그녀는 애써 거짓말을 꾸며댔다. 그것 말고는 달리 방법이 없었다.

"바다로 가는 게 아니라 강을 따라가는 것이니 염려할 거 없다."

태웅이 오히려 그녀를 안심시키니 은홍은 답답해 죽을 거 같았다.

"내 금방 돌아올 것이니 집에서 기다리고 있거라."

태웅은 그리 다정하게 말하면서 손에 힘을 주어 자신을 붙잡고 있는 그녀의 손을 떼어내었다.

은홍은 배로 걸어가는 태웅의 뒷모습을 보며 안절부절못하다가 서둘러 근처 민가로 뛰어갔다. 그리고는 마당에서 빨래를 널고 있던 아낙에게 급하게 말했다.

"저한테 사내 옷 하나만 파십시오. 부탁입니다."

배에 여인은 한 명도 없었다. 그러니 그녀가 눈에 띄지 않게 배에 타려면 사내 옷이 꼭 필요했다. 아낙은 놀란 눈으로 그녀를 쳐다보았지만 그녀가 진짜 돈을 꺼내자 일은 쉽게 해결되었다.

치마를 벗고 바지로 갈아입은 은홍은 다시 배가 있는 곳으로 향했다. 무조건 배가 출발하기 전에 연화를 찾아서 끌고 나와야 했다.

짐 나르는 수부들 사이에 섞여 배 안까지 들어오는 건 성공했지만 산더미처럼 쌓여 있는 짐들을 보고 은홍은 다리가 꺾여 주저앉을 뻔했다. 배가 출발하기 전에 이걸 다 살펴보는 건 불가능했다.

"연화야, 너 여기 있는 거 다 아니까 당장 나와. 안 그럼 내가 대행수님께 다 말할 거야."

그녀는 분명 이 안에 있는 짐 중 한 곳에 숨어 있을 연화를 겁박하듯이 말했지만 연화가 그리 순진하게 넘어갈 리가 없었다.

"이게 마지막 짐이지?"

밖에서 들린 수부들의 목소리에 화들짝 놀란 은홍은 서둘러 짐들 사이에 숨었다. 일꾼들이 마지막 짐을 짐칸에 놓고 나가자 그녀의 마음이 다급해졌다. 짐을 다 실었으니 이 배는 곧 출항할 거다.

"연화 너! 잘 들어. 제발 사고 치지 마. 너 때문에 대행수님이 다치면 나 진짜 너 용서 안 한다."

연화는 못 찾았지만 경고는 해두었기에 늦기 전에 배에서 내리기 위해 짐칸에서 나온 은홍은 그녀가 배에 올라탈 때 지나왔던 길에 태웅이 서 있는 걸 보고 놀라서 서둘러 몸을 숨겼다. 들키지 않게 다른 곳으로 내리기 위해 배 난간을 붙잡고 밖을 보자 아래로는 깊이를 알 수 없는 강물이 흐르고 있었고, 배가 높아도 너무 높았다. 그리고 그녀는 수영이라는 걸 한 번도 해본 적이 없었다.

은홍은 두려움에 침을 꼴깍 삼켰다.

그래도 물 바로 옆이 나루터였다. 이 배에서 뛰어내리기만 하면 어찌어찌 저 나루터에 닿을 수는 있을 것 같았다.

그렇겠지?

은홍은 다시 배에서 내릴 수 있는 유일한 길목 쪽을 살폈다. 태웅만 없다면 부리나케 배에서 내릴 생각이었는데 태웅은 여전히 그곳에서 선인 행수와 이야기 중이었다. 은홍은 울상을 짓고는 다시 난간 쪽으로 갔다. 아무래도 뛰어내리는 길밖에 없는 것 같았다.

설마 죽지는 않겠지.

눈을 딱 감고 난간에 발을 올리는데, 강한 힘이 그녀의 옷깃을 붙잡고 힘껏 당겼다. 은홍은 들킨 줄 알고 심장이 쿵 발아래로 떨어졌다. 얼어붙은 채로 고개를 돌리자, 연화가 혀를 차며 그녀를 보고 있었다.

은홍은 연화의 얼굴을 보자마자 입이 터졌다.

"너 정말! ……읍!"

연화는 바로 그녀의 입을 틀어막고 짐칸으로 다시 끌고 들어갔다.

짐칸에 들어온 뒤에야 연화가 놓아주자 은홍은 버럭 화를 내었다.

"네가 왜 이 배를 타!"

"나도 오라비랑 같이 갈 거야."

또 태웅을 오라비라고 했다. 은홍은 연화가 떠나길 원했지만 이런 식은 절대 아니었다.

"됐어. 내리자. 우린 이 배에 있으면 안 돼!"

연화를 끌고 배에서 내리려는데 갑자기 덜컹하며 배가 크게 움직였다. 연화의 팔을 끌어당기던 그녀는 오히려 연화의 품으로 쓰러졌다. 은홍은 놀라서 고개를 쳐들었다.

"설마 배가 움직인 거야?"

연화는 심드렁하게 받아쳤다.

"출발하나 보네."

안 돼! 우린 내려야 해!

배는 남한강을 따라 여주 섬강까지 이동했다. 그 뒤 원주천으로 이동해야 원주까지 도달할 수 있었다.

태웅은 뱃머리에 서서 잔잔한 물결을 바라보았다.

다행히 곽 행수는 목숨을 건졌지만 누군가 겁박하기 위해 사람을 죽이려고 한 의도는 명백했다. 그래서 태웅은 아직 만난 적도 없는 진범이 도저히 용서가 되지 않았다. 사람의 목숨을 파리 취급하는 자가 정말 왕자라면 더더욱.

순간 태웅의 미간이 짧게 찌푸려졌다. 불어온 바람에서 술 냄새가 미세하게 풍겨왔기에. 바람이 술을 마셨을 리는 없었다. 분명 사람의 짓이었다. 태웅은 호위 무사들에게 지시를 내렸다.

"배 안에 있는 술을 모조리 거두어 오거라."

대행수의 지시를 받은 호위 무사들이 움직이자 선인들은 서로 눈치를 보았다.

한편 위험을 귀신처럼 감지해내는 연화는 문틈으로 밖의 동태를 살피고는 은홍에게 말했다.

"나가야겠다."

"뭐? 안 돼!"

밖에는 태웅이 있었다. 나가자마자 들킬 게 뻔했다.

"여기 숨어 있으면 잡혀서 나가게 돼."

은홍은 머리를 움켜잡았다. 태웅이 배에 몰래 올라탄 그녀를 어떤 눈으로 볼지 상상하니 당장 물에 뛰어들고 싶은 심정이었다.

연화가 먼저 문 앞까지 가서 은홍을 재촉했다.

"빨리 와. 여기까지 찾으러 오기 전에 나가야 해."

은홍이 싫다고 고개를 젓자 연화는 짜증스러운 표정을 짓고는 그녀에게 다가와 팔을 잡아당겼다. 분명 연화가 그녀보다 훨씬 작은데 힘은 장사라서 은홍은 버틸 수가 없었다.

숨어 있던 짐칸에서 나온 은홍은 난간을 붙잡았다. 당장 물로 뛰어들어서 이 배를 벗어날 작정이었는데 아까와는 달리 사방이 물뿐이었다. 마포나루는 벌써 저 멀리 작아져 있었다. 지금 물에 뛰어들면 그냥 물귀신이 되는 것이었다.

"그냥 자연스럽게 일하는 척해."

연화가 전혀 충고 같지 않은 충고를 해주고 혼자 가버리려고 하자 은홍은 서둘러 그녀의 팔을 붙잡았다.

"너 어디 가?"

"같이 붙어 있으면 바로 들켜."

그리고 자기만 살겠다는 듯이 연화는 그녀의 손을 냉정하게 뿌리치고는 빠르게 배 뒤로 사라져버렸다. 세상에서 절대 믿고 의지하지 말아야 할 사람이 있다면 바로 연화일 것이다.

혼자 남겨진 은홍은 망연자실하게 서 있다가 짐칸을 조사하러 온 호위 무사 한 명의 눈에 띄었다. 은홍은 서둘러 몸을 돌렸다.

"거기서 뭘 하는 거냐?"

은홍은 흠칫 놀랐지만 여자인 것을 들키면 안 된다는 마음에 어깨를 움츠리며 말했다.

"배, 뱃멀미가 나서. 송구합니다."

"강인데 뱃멀미를 한다고?"

파도가 없는 강에서 뱃멀미를 한다는 그녀를 호위 무사가 수상한 눈으로 쳐다보자 은홍은 간담이 서늘해졌다. 배를 처음 타보아서 바다랑 강이랑 다른 줄도 몰랐다.

호위 무사는 그녀를 문초하듯이 말했다.

"무얼 훔치려고 배에 몰래 탄 것이 아니냐?"

몰래 탄 건 맞지만 훔치려고 한 게 아니라 찾으려고 한 거였다.

"그런 게 아닙니다, 무사님."

"네가 정말 결백하다면 벗어라."

벗으라는 말에 은홍의 뇌가 잠시 멈추었다. 그 말을 절대 이해하면 안 된다는 듯이.

그녀가 돌처럼 가만히 서 있자 호위 무사는 직접 벗기려는 듯이 그녀에게 손을 뻗었다.

"네가 진짜 결백한 게 맞다면 네 옷 안에 아무것도 없겠지."

퍽—!

그녀에게 닿으려던 호위 무사의 손을 날아온 돌이 강하게 때렸다. 꽤 큰 타격에 무사의 몸이 반쯤 돌아갔다.

"윽!"

은홍은 돌을 던진 게 혼자 사라져버린 연화라는 걸 알았지만 그걸 알 리 없는 호위 무사는 그녀가 한 짓인 줄 알고 더 성이 났다.

"이놈! 수상한 짓을 하는 것을 보니 분명 도둑이 맞구나!"

차랑―!

그녀의 목에 생애 두 번째로 칼이 겨누어지는 순간이었다. 칼이란 건 참으로 차갑고 냉정한 물건이었다. 연화의 돌멩이가 인간미 있게 느껴질 정도로.

그나마 쥐똥만큼 다행인 건 연화가 근처에 있다는 걸 방금 확인했다는 거다. 그러니 그녀가 이대로 죽게 그냥 놔두지는 않을 거다.

그러겠지?

"대행수께서 널 직접 처벌할 것이다."

대행수라는 말에 그녀의 눈이 커졌다. 이대로 끌려가면 그녀는 살겠지만, 동시에 망했다.

연화야! 빨리 돌멩이를 던져! 이자를 기절시켜.

은홍은 호위 무사에게 끌려가며 속으로 크게 외쳤지만 더 이상 어디에서도 돌멩이는 날아오지 않았다.

연화야아!

은홍의 걱정과 달리 제대로 길일을 택한 것인지 순풍이 불어 배는 정해진 일정에 맞춰 목적지에 도착할 듯 보였다.

"문막 수구에 갈아탈 배는 충분한가?"

문막 수구는 좁고 수심이 얕아서 태웅은 이 큰 배에 싣고 온 물자를 나를 수 있는 작은 배가 충분히 마련되어 있는지 확인했다.

그때 호위 무사들이 몰수한 술을 들고 왔다. 꽤 많은 양의 술을 보고 태웅은 짧게 한숨을 내쉬었다.

"배 위에서 술판을 벌였겠군."

밀폐된 공간인 배, 더군다나 사내들만 있는 곳에서 술까지 들어가면 무슨 일이 생길지 가늠할 수 없었다.

"이 술들은 어찌할까요?"

"이곳에 놔두었다가 배가 목적지에 도착하면 그때 본래 주인들에게 돌려주거라."

분명 술을 빼앗겨 선인들의 마음이 상했을 것이니 뒤끝이 안 남게 하는 것도 중했다. 가족보다 더 오래 같이 배를 타고 다니는 사이였으니까.

호위 무사들이 나가고 말단 호위 무사가 제일 늦게 들어왔는데 술이 아니라 사람을 잡아 왔다. 남자치고는 작고 왜소한 몸집에 고개를 처박고 있어서 얼굴이 잘 안 보였지만 태웅은 뭔가 싸한 느낌을 받았다.

"수상한 자가 있어서 잡아 왔습니다, 대행수 어른."

말단 호위 무사가 호기롭게 말했지만 태웅의 시선은 잡혀 온 이한테 고정되어 있었다.

"고개를 들어라."

태웅의 명령에 그녀의 고개는 한없이 아래로 내려갔다.

말단 호위 무사가 버럭 성을 내었다.

"당장 고개를 들지 못하겠느냐!"

"시끄럽다."

태웅이 낮고 차갑게 경고하자, 말단 호위 무사는 바로 입을 다물었다. 태웅은 직접 그녀에게 다가왔다.

저벅저벅—.

그가 가까이 다가올수록 은홍은 죽을 맛이었다. 잡혀 온 이가 그의 부인이라는 걸 태웅이 알게 되면 얼마나 황당하겠는가. 이대로 소박맞아도 그녀는 할 말이 없었다.

그녀의 앞까지 온 태웅은 손을 뻗어 그녀의 턱을 잡고 위로 올렸다. 저항할 수 없었기에 은홍은 긴장해서 눈이 커졌다.

태웅과 정면으로 눈이 마주쳤다.

은홍은 차라리 그가 남장한 그녀를 못 알아보길 바랐지만 천천히 커지는 그의 눈동자가 그녀임을 알아본 것 같았다.

태웅이 무겁게 가라앉은 목소리로 호위 무사 사영에게 말했다.

"이자는 내가 처리할 테니, 그만 가보거라."

"넵!"

할 수만 있다면 그녀도 호위 무사를 쫓아 나가고 싶었다. 이 숨 막히는 정적. 물속보다 더 갑갑했다. 숨쉬기가 버거워서 빨리 벗어나고 싶다는 욕구가 치솟아 올라왔다.

그래도 어쩌면 아직 눈치를 못 챘는지 모른다고 실낱같은 희망을 품어봤지만 태웅은 대놓고 길게 한숨을 내쉬었다.

"하아."

그가 이리 크게 한숨을 내쉬는 건 처음 들었다. 알아본 거다. 그녀가 누구인지.

그녀는 대역 죄인처럼 다시 고개를 푹 숙였다.

"흉몽 때문에 걱정되어 몰래 탄 것이냐?"

그의 질문에 은홍은 자신이 나루터에서 그런 거짓말을 했었다는 걸 깨닫고 서둘러 받아먹었다.

"네! 흉몽! 하늘에서 벼락이 내리치고 배에 불이 나고 파도가!"

"강에는 파도가 없다."

태웅이 무미건조한 목소리로 그녀가 틀린 점을 지적했다.

강에서 뱃멀미를 한다고 해서 잡혀 왔으면서 그녀는 아직도 정신을 못 차렸다.

"네가 꿈 때문에 이런 엉뚱한 짓까지 할 줄은 정말 몰랐구나."

그러니까 말이다. 이게 모두 연화 탓이었다. 은홍은 이 배 어딘가에 숨어 있을 연화를 생각하며 허공을 노려보았다.

"네가 저지른 짓이니 네가 해결할 수밖에 없다."

태웅의 말에 은홍은 깜짝 놀라 그를 보았다. 설마 사고 친 그녀를 그가 외면하는 건가 싶어서 겁먹었는데 태웅은 현실적으로 판단한 것이었다.

이제와서 그녀 한 명 내리게 하려고 이 큰 배를 돌릴 수는 없었다. 그녀를 중간에 내려줄 수도 없었다. 여자 혼자 몸으로 한양까지 안전하게 돌아가는 게 더 어려운 일이었다.

꼼짝없이 목적지인 원주까지 같이 배를 타고 가게 되었다.

"한양에 다시 돌아갈 때까지 넌 은돌이다."

"네?"

순식간에 은홍이에서 은돌이가 된 그녀는 멍한 표정만 지었다.

"이 배에는 여자가 한 명도 없다. 그러니 너도 끝까지 그냥 은돌이 해라."

그녀의 옆에 덕춘이라도 있다면 괜찮겠지만 지금은 그녀 혼자였다. 배의 총책임자인 그가 온종일 그녀의 옆을 지켜줄 수도 없는 노릇이었다. 그러니 차라리 은돌이로 있는 게 가장 안전했다.

지금 그녀가 여자라고 의심할 사람은 없었다. 몸집이 작아서 곱상한 소년쯤으로 볼 것이었다.

"알겠느냐?"

고개를 끄덕이는 그녀의 얼굴이 처음 이곳에 들어왔을 때보다 더 창백하다는 걸 느낀 태웅이 의아해하며 물었다.

"낯빛이 안 좋은 거 같은데, 어디 안 좋은 것이냐?"

"그게…… 숨이 잘……."

처음엔 그에게 들킬까 바짝 긴장해서 그런 줄 알았는데, 점점 더 심해지며 현기증까지 올라왔다. 그녀가 손을 가슴에 올리며 힘들어하자 태웅은 곧바로 그녀에게 다가와 저고리 앞섶을 젖혀서 벌렸다. 옷을 벗기는 그의 행동에 은홍은 깜짝 놀랐다. 흰 천으로 꽁꽁 동여매진 그녀의 가슴을 보고 태웅은 혀를 찼다. 이리 꽉 묶어놨으니 숨이 쉬어질 리가 없었다.

"당장 가슴의 천을 풀어라."

그의 명령에 은홍은 당황해서 뒤로 물러나려고 하였다.

"안 됩니다!"

순간 시야가 좁아지며 몸에서 힘이 쭉 빠졌다.

그녀가 휘청하며 쓰러지자 태웅은 빠르게 그녀의 몸을 받아 안았다. 그리고 망설이지 않고 바로 그녀의 가슴을 동여매고 있는 천으로 손을 뻗었다. 태웅이 가슴을 가리고 있던 천을 풀려고 하자 은홍은 본능적으로 그의 손을 잡았다. 하지만 혼절 직전이라 손에는 힘이 전혀 들어가지 않았다. 지금은 그녀의 부끄러움보다 몸이 더 급했기에 태웅은 그녀의 손을 쳐내고 바로 천을 벗겨냈다. 가슴을 답답하게 압박하고 있던 천이 풀리자 그녀는 깊게 숨을 들이켰다. 가슴이 부풀어 오르며 천을 밀어내니 여인의 가슴골이 은밀하게 드러났다.

태웅의 손이 멈칫하며 정지했다.

은홍은 마지막으로 겨우 가슴을 가리고 있는 천을 두 팔로 부여잡고 숨을 내쉬었다. 그제야 그녀의 창백한 안색이 제 빛을 찾아갔다.

태웅은 입고 있던 도포를 벗어 그녀의 몸 위에 덮어주었다.

"아무래도 네 흉몽은 강이 아니라 이거였나 보다."

은홍은 민망함에 얼굴이 빨갛게 달아올랐다. 처음 해보는 거라 들키면 안 될 거 같아서 있는 힘껏 동여맸더니 이리 탈이 난 것이다. 너무 창피해서 검은 강물 속으로라도 도망치고 싶었다.

"호, 혹시 보셨습니까?"

그녀의 물음에 태웅은 바로 역정을 냈다.

"지금 그게 문제더냐!"

은홍은 입을 다물었고, 태웅은 차게 고개를 돌렸다.

생각하니 억울해졌다. 그는 혼례식까지 올릴 뻔한 지아비인데 좀 본다고 문제가 된단 말인가. 그러나 여기서 그걸 따지면 그가 너무 치졸해졌다.

"난 나가 있을 테니, 넌 잠시 여기서 쉬어라."

그가 일어나서 나가려고 하자 은홍은 놀라서 그의 팔을 붙잡았다.

"가지 마십시오."

이 배에서 그녀가 믿을 수 있는 사람은 그뿐이었다. 그러니 붙잡는 건 본능이었다. 하지만 이 순간 태웅은 다정한 지아비일 수 없었다.

"내 부인처럼 굴지 마라. 넌 지금 은돌이다."

그의 경고에 은홍은 그의 손을 놓을 수밖에 없었다. 그의 말이 틀리지 않으니 서운하다고 말할 수도 없었다. 일을 이 지경까지 만든 건 다른 사람도 아니고 그녀였으니까.

"제게 화나셨습니까?"

"내가 은돌이에게 화낼 필요는 없겠지."

그가 냉정하게 말하니 은홍은 시무룩해져서 고개를 숙였다. 갑자기 그녀는 은돌이 하기 싫어졌다. 하지만 배에서 내릴 때까지 그녀는 무조건 은돌이어야 했다. 지금은 갈아입을 여자 옷도 없었다.

"그럼 이 옷도 가져가십시오."

은홍은 저고리 앞섶을 여미며 그의 도포를 내밀었다. 태웅은 손을 뻗어 도포를 잡는 듯하더니 그녀의 손을 움켜잡아 단숨에 끌어당겼다. 순식간에 그의 품 안에 그녀의 몸이 갇혔다. 은홍일 때도 은돌일 때도 떨림은 똑같았다.

"지금 문제가 뭔 줄 아느냐?"

그녀가 남장하고 배를 탄 게 문제인 줄 알았는데 그거 말고 또 있단 말인가?

"너와 내가 단둘이 이곳에 오래 있으면 밖에서 이상하게 여긴다는 거다. 그러니 한 명은 빨리 나가야 해."

그제야 그의 말뜻을 알아들은 은홍의 눈이 커졌다.

"너도 네 지아비가 남색을 밝힌다는 소문이 나는 건 싫을 거 아니냐?"

"아!"

그리 말하는 그의 얼굴이 점점 가까이 다가와 숨결이 느껴지니 은홍은 당황스러웠다.

화가 안 난 거였나? 아니, 화난 건가?

이젠 그녀가 매우 헷갈리기 시작했다.

"그, 그럼 제가 나갈까요?"

그녀가 조심스럽게 말하는 순간, 무언가 툭 하고 바닥에 떨어졌다.

태웅이 바닥에 떨어진 물건을 내려다보며 중얼거렸다.

"은돌이가 나갈 때가 지금이 아닌 건 확실하구나."

그 물건이 그녀의 가슴을 가리고 있던 천이라는 걸 깨닫고 그녀의 얼굴이 새빨개졌다.

<2권에 계속>

팔려 온 신부 1

초판 1쇄 인쇄 2021년 2월 10일
초판 2쇄 발행 2021년 9월 23일

지은이 이여운 ｜ 펴낸이 강성욱 ｜ 책임 기획 전주예 ｜ 일러스트 김스타 ｜ 로고 김미현
디자인 장지은 ｜ 기획 편집 송진아 최예림 정종건 장현호 이진영 이상학 정송원 ｜ 교정 서진영 류혜선
펴낸곳 테라스북 ｜ 등록 제2021-000006호
주소 (05020) 서울특별시 광진구 동일로 116 제일빌딩 4층 403호 (화양동)
전화 070-4794-5826 ｜ 팩스 0505-911-5826
블로그 http://terracebook.blog.me ｜ 전자우편 terracebook@naver.com
ISBN 979-11-91257-08-3 (04810)
ISBN 979-11-91257-02-1 (SET)

ⓒ 이여운 2021 Printed in Korea

테라스북은 주식회사 스토리펀치의 임프린트 브랜드입니다.

잘못된 책은 구입하신 곳에서 바꾸어 드립니다.
이 책의 전부 또는 일부 내용을 재사용하려면 사전에 저작권자와 주식회사 스토리펀치의 동의를 받아야
합니다.

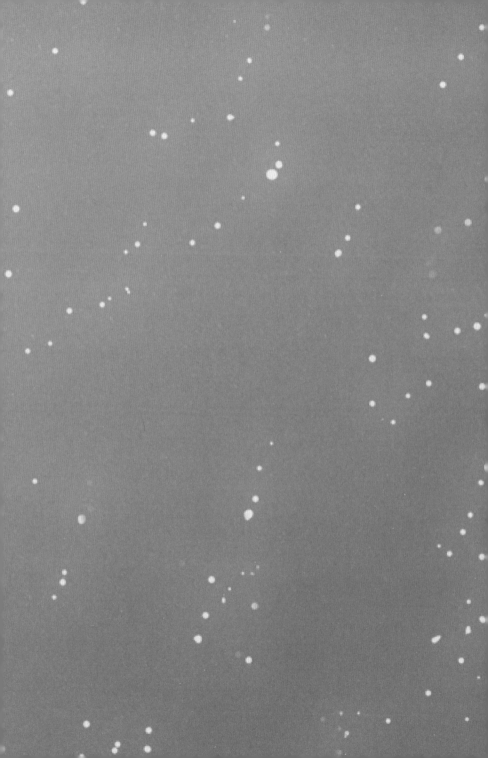

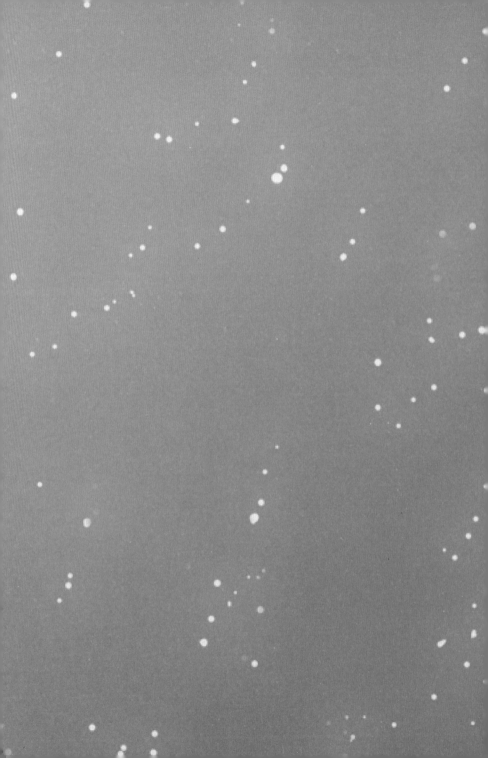